Heinrich Steinfest
Der Umfang der Hölle

Zu diesem Buch

Leo Reisiger verbrennt einen wertvollen Lottoschein. Schade drum. Doch Reisiger meint, solcherart den Abgründen des Schicksals zu entkommen. Als könnte man sich am Teufel vorbeischwindeln. Doch dann begeht Reisiger den Fehler, eine Dame vor einer Horde Hooligans zu retten. Der Gatte der Dame, der berühmte Siem Bobeck, lädt ihn zum Dank in sein Schloß im österreichischen Purbach. Leo Reisiger nimmt an, und da ist er schon, der Abgrund, der vermieden werden wollte: Siem Bobeck entpuppt sich als genialer Wahnsinniger, der über eine aggressionssteigernde Droge namens »Regina« verfügt und sie nicht nur an seiner Familie testet. Leo Reisiger wird zum Opfer. Aber es gibt auch hartnäckige Opfer. Es gibt Opfer, die nicht loslassen … Ein hintergründiger und faszinierender Krimi von Heinrich Steinfest.

Heinrich Steinfest wurde 1961 geboren. Albury, Wien, Stuttgart – das sind die Lebensstationen des erklärten Nesthockers Heinrich Steinfest, welcher den einarmigen Detektiv Cheng erfand (»Cheng«, »Ein sturer Hund«, »Ein dickes Fell«) und zudem die Kriminalromane »Tortengräber«, »Der Mann, der den Flug der Kugel kreuzte«, »Nervöse Fische«, »Der Umfang der Hölle« und »Die feine Nase der Lilli Steinbeck« schrieb. Heinrich Steinfest wurde mehrfach mit dem Deutschen Krimi Preis ausgezeichnet.

Heinrich Steinfest

Der Umfang der Hölle

Kriminalroman

Piper München Zürich

Von Heinrich Steinfest liegen bei Piper im Taschenbuch vor:
Tortengräber
Cheng. Sein erster Fall
Ein sturer Hund. Chengs zweiter Fall
Nervöse Fische
Der Umfang der Hölle
Ein dickes Fell. Chengs dritter Fall
Die feine Nase der Lilli Steinbeck

FSC

Dieses Taschenbuch wurde auf FSC-zertifiziertem Papier gedruckt. FSC (Forest Stewardship Council) ist eine nichtstaatliche, gemeinnützige Organisation, die sich für eine ökologische und sozialverantwortliche Nutzung der Wälder unserer Erde einsetzt (vgl. Logo auf der Umschlagrückseite).

Ungekürzte Taschenbuchausgabe
1. Auflage März 2007
4. Auflage Februar 2008

Umschlag/Bildredaktion: Büro Hamburg
Heike Dehning, Charlotte Wippermann,
Alke Bücking, Daniel Barthmann
Umschlagabbildung: Bernd Jonas
Autorenfoto: Bernhard Adam
Satz: EDV-Fotosatz Huber/Verlagsservice G. Pfeifer, Germering
Papier: Munken Print von Arctic Paper Munkedals AB, Schweden
Druck und Bindung: Clausen & Bosse, Leck
Printed in Germany ISBN 978-3-492-24933-1

www.piper.de

Es ist für uns gut, wenn wir zuweilen in große Schwierigkeiten geraten; denn dadurch wird der Mensch wieder daran erinnert, daß er in der Fremde ist und seine Hoffnung auf nichts in dieser Welt setzen soll.

Die Nachfolge Christi, Thomas a Kempis

Mann und Mond

Der Mensch besteht aus seinen Leidenschaften.

Zieht man die Leidenschaften ab, bleibt in der Regel nicht viel übrig. Das ist wie mit diesen voluminösen Perserkatzen, die – einmal unters Wasser gehalten – an magere Ratten oder gerupfte Hühner erinnern. Der Mensch bar seiner Leidenschaften besitzt zwar noch immer eine Gestalt, ist noch immer in der Lage, nach Schweiß, nach zerquetschten Blüten oder auch nach gar nichts zu riechen, kann noch immer Böses oder Gutes tun, schöne oder häßliche Schuhe tragen, auf das falsche oder auf das richtige Pferd setzen, Egon heißen oder Margot, doch alles, was er unternimmt oder bleiben läßt, mutet nun leer und fahl und belanglos an. Die Leidenschaft speist den Menschen mit einer Energie, die seine Handlungen erst mit einer bestimmten, wirklichen Farbe ausstattet. Aus dem Menschen wird die Person.

Freilich kann nicht jeder Mensch behaupten, bloß weil er Schuhe nicht nur trägt, sondern für selbige auch schwärmt, darum schon eine Person zu sein, von einer Persönlichkeit ganz zu schweigen. Leo Reisiger aber konnte das. Er vollzog seine Leidenschaften mit jener Intensität, die nötig war, um in die Welt auch wirklich einzutreten, die Welt mit Leben zu erfüllen, nämlich mit eigenem. Und das, obgleich es sich der Zahl nach bloß um zwei Leidenschaften handelte. Die dann auch noch ein geringes Maß an Originalität besaßen: den Mond und das Lottospiel.

Natürlich: Wer spielt nicht alles Lotto? Wer betrachtet nicht alles den Mond? Freilich stellt sich die Frage, ob man in diesen zahllosen Fällen stets von echter Leidenschaft sprechen kann. Von Spielleidenschaft? Von Mondleidenschaft? Gar von Besessenheit?

Und doch: Gerade das Lottospiel stellt den großen Krieg des einzelnen gegen sein Schicksal dar. Die große Versuchung. Die große Herausforderung. Dieselben Leute, die sich damit abfinden, ein trostloses Leben an der Seite eines inferioren Partners zu führen, die sich mit den Abenteuern begnügen, die das Fernsehen bietet, und die den Verfall oder zumindest den fortgesetzten Einbruch ihres Körpers achselzuckend zur Kenntnis nehmen, all diese Menschen, die keine drei Schritte täten, um ein drei Schritte entferntes Glück zu fassen, praktizieren etwas vollkommen Umständliches, Irres, Absurdes und Aussichtsloses, etwas Großartiges und Wagemutiges, indem sie ausgerechnet mittels ein paar angekreuzter Zahlen versuchen, das Steuer ihres Lebens herumzureißen. Das ist, als wollte jemand, anstatt ein Bad zu nehmen, sich in eine Badewanne verwandeln.

Es ist ein vielsagender Irrtum vor allem unter den Gebildeten, wenn sie meinen, die allgemeine Spielsucht resultiere aus einer Propaganda, die den Leuten die Hoffnung auf das große Geld einimpfe und sie vergessen lasse, wie überaus gering ihre Gewinnchancen wären.

Das Gegenteil ist der Fall. Noch der dümmste Spieler ist sich in einem jeden Moment bewußt – erst recht im Angesicht der bedruckten Leere auszufüllender Wettscheine –, daß seine Aussicht auf einen tatsächlich hohen Gewinn nicht nur einfach verschwindend ist, sondern weniger als verschwindend, mikroskopisch, atomistisch, eigentlich virtuell. Darum ja die Leidenschaft, für die der Schwierigkeitsgrad nicht hoch genug liegen kann. Lottospieler pfeifen auf die Einfachheit dreier Schritte, ja, sie empfinden ein solches Drei-Schritte-Glück gelinge gesagt als abstoßend. Nicht jeder, mag sein, aber die meisten. Und genau darum stellt es auch ein Mißverständnis dar, wenn gemeint wird, gebildete Menschen würden darum seltener Lotto spielen, da sie mehrheitlich zu den Besserverdienenden gehören, während umgekehrt Armut, Not oder auch nur mittelständische Trostlosigkeit die Hoffnung auf monetäre Erlösung und somit das Spielbedürfnis verstärken würden. Wenn Propaganda, dann besteht sie genau darin, in dieser Anschauung.

Nein, Lottospieler – damit sind jene gemeint, die auch wirklich keine einzige Ziehung auslassen und treu zu ihren Zahlen stehen –, Lottospieler also sind Menschen, die schlichtweg die allerhöchsten Gipfel erreichen wollen, ohne Schuhwerk, ohne Schlafsack, ohne Traubenzucker und Satellitentelefon, ohne

Sauerstoffgerät sowieso. Gipfel von solcher Macht, daß einen schon der bloße Anblick umwirft. Es sind Menschen, die zwar nicht Gott herausfordern, aber doch etwas, was Gott ziemlich nahekommt. Man könnte es vielleicht die Zukunft nennen. Der Lottospieler fordert eine Zukunft heraus, in der für ihn, den Spieler, kein Platz ist, in der zumindest seine Zahlen keinen Platz haben, zumindest nicht als feststehende Gruppe in ein und derselben Ziehung. Das weiß der Spieler und spielt trotzdem. In anderen Zusammenhängen würde man so etwas als Todesverachtung, Blasphemie, Hybris oder als ein wahnhaftes Leugnen realer Verhältnisse klassifizieren. Doch soviel Glück hat auch der glückloseste Lottospieler, daß ihn seine Leidenschaft selten in die Klapsmühle führt. Vielmehr hat das massenhafte Auftreten dieses Typus wenigstens in den betroffenen Milieus zur Anschauung geführt, ein Mensch, der nicht spiele, sei nicht ganz normal. Wie wahr.

Leo Reisiger war fraglos ein echter Lottospieler. Was bedeutete, daß er sich für zwölf unwiderrufliche Zahlenreihen entschieden hatte, es jedoch ablehnte, einen Systemwettschein zur Anwendung zu bringen, in eine Tipgemeinschaft einzutreten oder auch nur Wetten für die übernächste Ziehung abzuschließen. Statt dessen machte er sich die Mühe und Freude, die Darlegung seiner gleichbleibenden Voraussagen von Mal zu Mal handschriftlich vorzunehmen, die Kreuze wie jemand zu setzen, der eine Landkarte mit Nadeln markiert und solcherart eine Eroberung gedanklich durchspielt. Denn auch Reisiger versuchte, eine unwillige Zukunft in Besitz zu nehmen. Und obgleich nur ein einziger seiner verschiedenen Tips der absolut richtige sein konnte, so besaßen die anderen elf die Bedeutung eines militärischen Apparats, dessen Geheimnis darin bestand, seine genaue Gestalt, nämlich elf von zwölf zu sein, erst mit dem Eintritt der »richtigen« Zukunft preiszugeben.

Es waren also zweiundsiebzig Kreuze, die Reisiger zweimal die Woche mittels eines sehr speziellen Kugelschreibers aufzeichnete. Eines Kugelschreibers, dessen Gehäuse über ein derart blasses Lichtblau verfügte, wie es sonst nur bestimmte Mineralwasserflaschen sowie ausgesprochen dunstige Sommertage besaßen. Bei flüchtigem Hinsehen konnte man meinen, es handle sich nicht um einen blauen, sondern um einen weißen Kugelschreiber, was auch immer wieder behauptet wurde: »Interessantes Ding, Ihr weißer Kugelschreiber.«

Leute, die das taten, die also nicht nur ungenau waren, sondern diese Ungenauigkeit auch noch zum besten gaben, waren für Leo Reisiger erledigt. Wobei er jedoch Übertreibungen vermied. Das heißt, er erregte sich nicht in dem Sinn, daß er etwa seinen Schwager öffentlich zur Schnecke machte, nur weil dieser von einem weißen Kugelschreiber gesprochen hatte. Aber hätte Reisiger die Möglichkeit gehabt, einer Reihe von Menschen ein langes, zufriedenes Leben zu ermöglichen, hätte sein Schwager mit Sicherheit nicht dazugezählt. Wäre Reisiger andererseits gezwungen gewesen, ein paar Krankheiten zu verteilen ...

Übrigens stellte dieser Kugelschreiber eine Spezialanfertigung dar, war durch zwei Griffstellen auf Reisigers rechten Daumen und Zeigefinger »zugeschnitten« worden, besaß die Gestalt eines stark stilisierten Heuschreckenrumpfs, verfügte über Silberteile an den Enden und in der Mitte (welche natürlich den Eindruck von »Weiß« nur noch verstärkten) und war nicht durch den üblichen Druck auf Bolzen oder Oberteil zu aktivieren, sondern kraft eines gewissen Schwungs, mit dem man das Schreibgerät aus der Tasche zog. Was ziemlich genau an ein offenes Jagdgewehr erinnerte, das durch einen aufwärts geführten, raschen Ruck geschlossen und in einen schußbereiten Zustand versetzt wird. Freilich hätte Reisiger einen solchen Vergleich strikt abgelehnt und den Urheber des Vergleichs in die Kategorie »Empfänger von Krankheiten« aufgenommen.

Reisiger war seit jeher ein großer Freund exquisiter Schreibgeräte, ohne aber dafür dieselbe Leidenschaft wie für den Mond und das Lottospiel entwickelt zu haben. Nichtsdestoweniger hielt er eisern daran fest, stets einen Kugelschreiber bei sich zu tragen. Zusätzlich zu einer Füllfeder und einigen Bleistiften. Und zwar keineswegs aus einer konservativen Haltung heraus. Reisiger war alles andere als ein Feind von Computern, schätzte auch im Privaten deren gewisse Zuverlässigkeit, Präzision und Rasanz, in etwa wie man die guten Eigenschaften einer bestimmten Hunderasse hochhält und dabei gewisse negative Zuchtmerkmale billigend hinnimmt. Einen Nutzen, der ohne Schaden war, ohne Risiko, ohne Tücken und Unbill, hätte Leo Reisiger als Teufelswerk abgelehnt. Denn Reisiger, der ausgesprochen religiös war und in einer wenn auch modifizierten und ungegenständlichen Form an den Teufel glaubte, war der Ansicht, daß Gott in der Welt vor allem dadurch sichtbar wurde, daß Dinge, die funktionierten, nicht immer funktionierten. Somit war das Scheitern eine Erfindung Gottes, eine gute dazu, ohne welche die ganze Vielfalt wahrscheinlich nicht möglich gewesen wäre. (Es gibt diesen amüsanten und im Grunde sehr richtigen Satz Einsteins, Amerika sei ein Fehler. Aber wahrscheinlich muß man Einstein dahingehend korrigieren, indem man erklärt, die ganze Welt sei ein Fehler.) Ein Computer, der immer funktioniert hätte, wäre Reisiger verdächtig, eben diabolisch erschienen. Nicht anders als ein Mensch, der ausnahmslos das Richtige sagt und das Richtige tut. Weshalb sich Reisiger auch im klaren darüber war, daß der Teufel, wäre er denn als Mensch herniedergestiegen, keineswegs den Fehler begangen hätte, den zartblauen Schimmer auf einem bestimmten Kugelschreiber zu übersehen. Somit war es aber auch eine schöne und gute Erfahrung in Reisigers Leben, daß ihm noch nie ein Computer untergekommen war, der völlig ohne Macken gewesen wäre und nicht den einen oder anderen Einbruch erlitten hätte. Was ja für die meisten Dinge galt. Ganz so mächtig konnte der Teufel also nicht sein.

Reisigers Kugelschreiber war ein Geschenk seiner Firma anläßlich seines fünfzigsten Geburtstags gewesen. Die Design-Abteilung, die üblicherweise die Gehäuse hochklassiger Unterhaltungselektronik entwarf, hatte dieses spezielle Schreibgerät entwickelt, welches ja nicht nur nett anzusehen war, fingergenau in der Hand lag und von den silbernen Elementen abgesehen aus einem Material bestand, das bei Hitze abkühlte und sich in der Kälte aufwärmte, sondern auch über eine Mine verfügte, die eine Farbspur entließ, welche die extreme Blässe der Ummantelung ins Kraftvolle verkehrte, indem nämlich das überaus dunkle Blau der Schrift immer noch eine Ahnung von Transparenz besaß, so wie ja auch das tiefste und schwärzeste

Meer nicht aufhört, zur Gänze aus durchsichtigem Wasser zu bestehen. Dazu kam, daß selbst dieser Farbton je nach Temperatur leicht variierte, minimal nur, und doch sichtbar für den, der darum wußte und nicht ganz blind war. Selbstverständlich handelte es sich auch hierbei um eine Spezialanfertigung, die von Leuten stammte, die sich üblicherweise mit den Innereien von Hi-Fi-Geräten auseinandersetzten. Reisiger besaß eine ganze Serie solcher Minen, die er in einem speziellen Behältnis aufbewahrte, in etwa wie man Zigarren lagert. Ein wenig fürchtete er den Tag, da sie ihm ausgehen würden.

Wenn man bedachte, welche Mühe sich die Belegschaft jener Firma gegeben hatte, in der Reisiger seit einem Vierteljahrhundert angestellt war und seit gut zehn Jahren die Werbeabteilung leidenschaftslos, aber erfolgreich leitete, so hätte man glauben müssen, er sei entweder mächtig oder beliebt. Doch er war ersteres nur sehr bedingt und zweiteres gar nicht. Zudem fehlte ihm jegliche Begeisterung für die Produkte, deren Vermarktung er betrieb, während der Großteil der Mitarbeiter ein ausgesprochen inniges Verhältnis zur eigenen Ware pflegte.

So gesehen war ein solches Geschenk, wie es Reisiger erhalten hatte – passend, perfekt, aufwendig und einmalig –, nur schwer zu erklären, da auch die Unternehmensleitung nichts dergleichen in Auftrag gegeben hatte. Im Grunde konnte niemand wirklich sagen, wie jener launische Einfall, einen Kugelschreiber speziell für Reisiger zu entwerfen, überhaupt entstanden war. Die Idee war einfach dagewesen, das Engagement beträchtlich, das Ergebnis erstaunlich. Gerade so, als müßte man einen Virus dafür verantwortlich machen. Und als die Belegschaft praktisch geheilt gewesen war, war ihr nichts anderes übriggeblieben, als eine kleine, peinliche Geburtstagsfeier abzuhalten und Reisiger sein Präsent zu überreichen. Sodann wurde nie wieder ein Wort darüber verloren. Darum auch Reisigers Befürchtung, die Minen von damals könnten die letzten gewesen sein.

Ohne diesen Kugelschreiber wäre Reisiger nicht aus dem Haus gegangen, so wie er auch schon zuvor niemals ohne Schreibgerät auf die Straße getreten war. Alles eine Frage der Sicherheit. Und zwar im engsten Sinne. Denn aus unerfindlichen

Gründen war Reisiger der Überzeugung, daß irgendwann einmal eine Situation eintreten werde, in der sich der Besitz eines Schreibinstruments als absolut notwendig erweisen und das Fehlen eines solchen Geräts zur persönlichen, wenn nicht sogar überpersönlichen Katastrophe führen würde. Nicht, daß Reisiger auch nur einen Schimmer davon besaß, von welcher Katastrophe die Rede hätte sein müssen. Es war die pure Intuition, die ihn diesbezüglich trieb. Und zwar von Jugend an. Wobei er wohl nicht der einzige war. Möglicherweise rüsteten sich Hunderttausende von Menschen Tag für Tag mit Kugelschreibern oder Wäscheklammern oder Teebeuteln oder einer ganz bestimmten Art von Schraubenschlüsseln aus, in Erwartung einer Konstellation, deren fatale Auswirkung sich etwa nur durch eine Wäscheklammer verhindern lassen würde. Es mochte Leute geben, welche die Vision in sich trugen, eines Tages mittels einer solchen Wäscheklammer die gesamte Menschheit zu retten. Und wer kann schon sagen, wie oft die Welt bereits von ihrem Untergang bewahrt worden war, weil solche Spinner existierten.

Reisiger war nun sicher kein Spinner, bloß jemand, der es als geringe Mühe ansah, darauf zu achten, ständig einen Kugelschreiber mit sich zu führen. Für alle Fälle. Aber eben auch für Notizen und vor allem natürlich wegen des Ausfüllens seiner Lottoscheine. Hätte Reisigers rätselhafte Vorahnung jedoch darin bestanden, irgendeine Art von Unglück nur dadurch verhindern zu können, tagaus, tagein mit einem karierten, bis zur Brustmitte hin offenen Hemd durch die Gegend zu rennen, so hätte er gewiß den Eintritt dieser Katastrophe demütig hingenommen. Was ein wenig über seinen Hang zu gesitteter Kleidung aussagt. Er war das, was man wohl einen »gut« gekleideten Mann nennt. Nicht mehr und nicht weniger. Seine Anzüge und Hemden und Krawatten paßten, aber auch nicht so sehr, daß es jemand verblüfft hätte. Es gibt solche Leute, die dadurch verblüffen, daß sie eine Krawatte oder einen Turnschuh oder eine simple Kappe in einer Weise tragen, als wäre jenes Kleidungsstück gleich einer Blüte oder einem Geweih aus ihnen herausgewachsen. Zu denen gehörte Reisiger nicht. Übrigens sehr zu seinem Bedauern. Er wäre gerne perfekt gewesen. Aber perfekt war eben nur sein Kugelschreiber.

Wenn man von Leo Reisiger seine zwei Leidenschaften, den Mond und das Lottospiel, abzog, dann blieb folgendes übrig: ein zweiundfünfzigjähriger Mann, der bereits begonnen hatte – behauptete er – ein wenig zu schrumpfen, jedoch noch immer bei einer Höhe von Einmetervierundachtzig seinen Abschluß fand. Er wog ständig zwischen achtzig und fünfundneunzig Kilo, wirkte aber leichter, manchmal sogar schlank, was er natürlich nicht war. Aber er verstand es – durch eine gewisse Art flotten Gehens und eine gewisse Art flüssig hingestreckten Sitzens –, einen schlanken Eindruck zu vermitteln. Auch vermied er eine Kleidung, die seinen Körper strumpfartig umgeben hätte. Er rauchte sowohl Pfeife als auch Zigaretten, gleichwohl zwang er sich zu stundenlangen Rauchpausen, in denen er von Leuten, die ihn nicht gut kannten, für einen militanten Nichtraucher gehalten wurde. Anders gesagt: Er schätzte es nicht, wenn man während seiner Rauchpausen rauchte.

Leo Reisiger hatte ein Studium der Mathematik halb absolviert und eines der Kunstgeschichte zu Ende geführt, wobei ihm dennoch die ganze Kunstgeschichte so fremd geblieben war wie jene luxuriösen, objekthaften und totemartigen Hi-Fi-Geräte, deren Mystifizierung einen Teil seiner Arbeit bildete. Es erschien ihm wie eine bittere Notwendigkeit, sich ausgerechnet in jenen Disziplinen durchgesetzt zu haben, die ihm nur wenig bedeuteten. Natürlich war er in der Lage, einen Braque von einem Picasso zu unterscheiden, das Original von der Fälschung, wenn man so will.

Aber die Kunstwerke an sich, deren behaupteter Reiz, deren angebliche Magie blieben ihm verborgen. Beziehungsweise leugnete er eine solche Magie, hielt sie maximal für etwas, was allein im Kopf des Betrachters stattfand, vergleichbar einer Person, die sich verliebt und aus diesem Gefühl heraus eine Welt sieht, die gar nicht existiert.

Veilchen, wo keine sind. Scherben, die Glück bringen, obgleich einem die Hand blutet. Es war dieses Entzücken, welches Reisiger so sehr ablehnte, das Entzücken der Leute, die in eine Ausstellung gingen und die in Wirklichkeit von sich selbst entzückt waren, von der eigenen Position als Rezipient. Die somit ein Bild, ein Kunstwerk stets als einen Spiegel wahrnahmen und sich in einem jeden Farbflecken wiedererkannten. Aber auch in der Schwierigkeit mancher Kunst. Oder sogar in ihrer Unverständlichkeit. Gerade das Unverständliche war imstande, das Entzücken manchen Publikums ins Rauschhafte zu steigern. Wobei allerdings Reisigers kritische Haltung keineswegs auf die Moderne oder Avantgarde beschränkt war.

Besonders mißbilligend reagierte er auf das Entzücken angesichts Alter Meister, da in diesem Fall auch noch eine unsinnige Verbeugung vor dem Alter dazukam. Dabei gaben die meisten dieser Bilder schon aus konservatorischen Gründen wenig her. Nicht selten handelte es sich einfach um große, schwarze Leinwände, Hell-Dunkel-Malereien, von denen bloß der viele Schatten übriggeblieben war. Das meiste Licht auf diesen Bildern stammte von jenen ungewollten Spiegelungen der Scheinwerfer. Aber auch helleren, besser erhaltenen Gemälden konnte Reisiger nicht viel abgewinnen. An Rubens etwa störte ihn dieser völlige Mangel an Selbstbeherrschung. Rubens Malerei erinnerte Reisiger an ein Kind, das sich gerade ein bestimmtes Wort angeeignet hatte und nun einfach nicht mehr aufhörte, dieses eine Wort immer und immer wieder herauszuplärren, und dabei völlig vergaß, daß es auch noch andere Wörter zu erlernen gab.

Nun, Reisiger hatte über Rubens promoviert, über einige sehr spezielle Aspekte, und zwar auf Anraten seines Doktorvaters, versteht sich. Eine schwere Geburt, wenn man bedachte, wie tief Reisigers Aversion gegen Rubens, gegen die Barockmalerei, ja, die Malerei an sich, überhaupt die Kunstgeschichte gewesen war. Dennoch hatte seine Arbeit großes Lob geerntet, so als hätte ein jeder Leser gespürt, wieviel gerade von jener Selbstbeherrschung in ihr steckte, welche Rubens' Bildern fehlte.

Von der Kunstgeschichte war Reisiger schnurstracks in die Privatwirtschaft übergewechselt, hatte zwei Jahre für einen Lebensmittelkonzern gearbeitet, war dann aber in jenes mittelgroße Unternehmen eingetreten, dessen Plattenspieler und Radiogeräte und CD-Player und Lautsprechersysteme es sich eigentlich verbaten, genau so, nämlich als Radiogeräte und Plattenspieler et cetera bezeichnet zu werden. Zu vollkommen waren sie gestaltet, zu sehr beruhte ihre Fähigkeit, ein bestimmtes Geräusch, einen bestimmten Klang an ein ganz bestimmtes williges Ohr heranzuführen, auf dem Prinzip der totalen Vereinnahmung und der totalen Hingabe. Es ging also nicht bloß um die originalgetreue Wiedergabe, was ohnehin kein Mensch ernsthaft zu beurteilen verstand, sondern um die radikale Konzentration, um das vollständige Eingespanntsein eines Zuhörers in den Klang und in das Geräusch wie in ein Ei. Man könnte sagen: Es ging um die Vernichtung des ganzen Menschen zugunsten seines Gehörs.

Und weil es also viel zu banal gewesen wäre, derartige Geräte mit ihren ursprünglichen Gattungsbegriffen zu versehen, hatte es von Anfang an zu Reisigers Aufgaben gehört, die herkömmlichen Bezeichnungen durch neue zu ersetzen, zumindest Ergänzungen, Artikelnamen, Adjektive und Erlebniswörter zu kreieren, die nie und nimmer den Verdacht zuließen, es bloß mit besserer und teurerer Unterhaltungselektronik zu tun zu haben. Allein der Begriff der Unterhaltung war natürlich unangebracht. Welcher Audiophile wollte sich schon unterhalten. Lieber wollten diese Leute tot sein, als Spaß haben.

Das konnte man verstehen oder nicht. Für Reisiger jedenfalls waren Menschen, die sich zu horrenden Preisen derart hochgezüchtete Geräte anschafften und sie in einer akustisch wie auch kultisch optimierten Weise in ansonsten leeren Räumen aufstellten, arme Irre. Er sagte ja auch nicht, er mache Werbung für Hi-Fi-Geräte. Sondern er sagte, er mache Werbung für arme Irre.

Ebenfalls als eine Irre, wenn auch keine arme, empfand Reisiger seine Frau, die er als Neunzehnjähriger kennengelernt und bereits als Zwanzigjähriger geheiratet hatte. Wobei er das Irresein auf das extrem aktive Wesen dieser Frau bezog, die als Filmkritikerin für mehrere Zeitschriften arbeitete, Biographien verfaßte, die Festivals abklapperte, die meiste Zeit ihres Lebens vor Leinwänden und in der Umgebung tobsüchtiger und hysterischer Menschen verbrachte und dann auch noch ihre spärliche Freizeit mit der aufwendigen und umständlichen Durchquerung großer Seen und beträchtlicher Meeresabschnitte verbrachte. Denn trotz ihrer ebenfalls zweiundfünfzig Jahre war sie noch immer eine ausgezeichnete und begeisterte Langstreckenschwimmerin.

Reisiger empfand dies alles als grotesk. Hätte er seiner Frau begegnen wollen, hätte er ein Kino aufsuchen oder ins Wasser gehen müssen. Freilich kam ihm nichts davon in den Sinn, auch nicht, seiner Frau begegnen zu wollen. Nicht, daß er sie haßte. Aber ihre quirlige Art zu Land machte ihn nervös. Und ihr langer Atem zu Wasser blieb ihm fremd wie ein Bild von Rubens. Dazu kam, daß nach so vielen Jahren der Ehe alles gesagt war, alles Schöne und alles Häßliche, und sich ein stilles Nebeneinander weder anbot noch erwünscht war. Die Familie hatte sich erübrigt. Nicht zuletzt, da die Kinder, eine Tochter und ein Sohn, bereits erwachsen waren und irgendwo auf der Welt ihren Berufen nachgingen. Vielleicht auch Karriere machten. Reisiger war sich da nicht so sicher. Die kurzen Mitteilungen auf den Postkarten, die ihn zu Anlässen wie Weihnachten oder seinem Geburtstag erreichten, blieben undurchsichtig wie jene, die ihm dieselben Kinder zehn Jahre zuvor aus Sommerlagern geschickt hatten. Immer behaupteten sie – damals wie heute –, es würde ihnen *gut* gehen. Aber vielleicht tat es das ja wirklich.

Leo Reisiger abzüglich seiner beiden Leidenschaften verfügte über ein Haus am Stadtrand, fuhr einen kleinen, namenlosen Wagen, abonnierte Zeitungen, die er nicht las, und besaß zwei Pistolen, die er aus Sicherheitsgründen im Haus versteckt hatte, sich aber seit einiger Zeit nicht mehr erinnern konnte, wo denn eigentlich. Weshalb er aber noch lange nicht an seinem Verstand zweifelte. Er hielt Vergeßlichkeit in jeder Hinsicht für eine Tugend. Und natürlich für eine göttliche Erfindung. Er aß gerne gebratene Niere, aber in Maßen, bevorzugte eine japanisch angehauchte Einrichtung und schluckte seit Jahr und Tag ein Antidepressivum, das ihm ein gütiger und generöser Hausarzt anstandslos verschrieb. Reisiger war kein ausgesprochen schöner Mann, in der Art der vollhaarig Graumelierten, aber er besaß ein festes, kantiges Gesicht, das den Reiz eines Steins besaß, der einen lebendigen Eindruck macht. Totes, das lebt – so etwas wirkt natürlich interessant. Wie auch der Schatten, der stets auf seinen Augen zu liegen schien und die an und für sich belanglose Gestalt dieser Augen in ein Dunkel stellte, das gerne als Ausdruck von Intelligenz empfunden wurde. Wogegen Reisiger nichts einzuwenden hatte, obgleich er es andererseits vermied, die Sprache auf seinen Doktortitel zu bringen. Er wäre dann vielleicht in die Verlegenheit geraten, über Rubens reden zu müssen. Freundlich zu reden, um die Leute nicht zu verwirren. Folglich bevorzugte er es, sich als halber Mathematiker denn als ganzer Kunsthistoriker auszuweisen. Übrigens meinte seine Frau, die nicht anders als in Filmen denken konnte, Leo sei physiognomisch gesehen ganz eindeutig ein Connery-Typ. Und da hatte sie absolut recht.

Leo Reisiger stand in der Mitte des Zimmers. Er trug einen rötelfarbenen Wollanzug und ein schwarzes Hemd, während aus dem Schatten, der in gewohnter Weise seine Augen verdunkelte, die von einem hellen Metallgestell umrandeten Brillengläser halb herausstanden. Er hatte seine Brille nicht immer aufgesetzt, so wie er nicht immer rauchte. Jetzt aber war beides der Fall. Die Zigarette hielt er in der rechten, ein wenig weggestreckten Hand, wobei der gerade aufsteigende Rauch das Aussehen einer Klinge besaß. Die linke Hand war zu einer lockeren Faust gerundet und beinhaltete eine Schachtel Zündhölzer. Ein Aschenbecher war nirgends zu sehen.

Es war kalt in dem hohen, weiten Raum. Die gläsernen Flügeltüren standen weit geöffnet. Die Morgenröte, die sich draußen ereignete und den Balkon samt dem schmiedeeisernen Blätterwerk von der Seite her erreichte, trug so gut wie nichts dazu bei, den dunklen Raum und damit auch die dunkle Zimmermitte, in der Reisiger sich befand, aufzuhellen. Die alten, schweren Möbel, der offene, leere Kamin, das breite, ungemachte Bett, die Tapeten, die Vasen, der moosgrüne Teppichboden, der wie glattes Wasser auseinanderlief, das kleine Fresko weit oben, eingefaßt in die ovale Stuckumrandung des Plafonds, das alles verschwand in der Dunkelheit wie in einem tiefen Brunnen.

Die einzige Ausnahme war das Fernsehgerät in einer Ecke des Raums. Reisiger hatte am Vorabend vergessen, es auszuschalten. Soeben war in einer sehr viel wärmeren Gegend ein bedeutender Krieg losgebrochen, dessen erste Bilder übertragen wurden. Weil aber Reisigers Blick nach draußen fiel, hinüber auf die schneebedeckten Berge, hinüber auf den tiefstehenden Morgenmond, fand dieser Krieg praktisch hinter seinem Rücken statt. Er konnte nicht sehen, wie die Raketen sich in Bewegung setzen. Und da nun mal der Ton abgeschaltet war, entgingen ihm die aufgeregten Kommentare, in denen aber auch so etwas wie Erlösung anklang. Das war ja das Schreckliche, daß jeder Krieg auch eine Befreiung darstellte, eine Befreiung vom Druck, den der Frieden bedeutete.

Es braucht nicht betont zu werden, daß der Krieg Not und Elend hervorruft und in der Regel nicht gerade von den allernettesten Menschen organisiert wird. Wobei freilich auch der Frieden eine Menge Not und Elend nach sich zieht und sich ebensowenig von Heiligen in Szene setzen läßt. Der Krieg ist ein schlagender Vater, der Frieden eine tyrannisierende Mutter. Aber das ist nicht der Punkt. Es geht um das Gefühl der Starre, das die Menschen im Frieden überkommt, als sei die Zeit steckengeblieben, nicht nur die Zeit, ein jedes Ding, eine jede Person. Als sei auch der schönste Frieden ein Stillstand, den auf Dauer niemand aushalten könne. Wie ja auch Pausen nur erträglich sind, solange sie auch wirklich Pausen bleiben, also eine endliche und übersichtliche Dauer besitzen. Man stelle sich eine Pause zwischen zwei Akten, zwischen zwei Halbzeiten, zwischen zwei Liedern vor, die nicht endet. Eine Warten-auf-Godot-Pause. Fürchterlich.

Der Krieg, der soeben in Reisigers Rücken begonnen hatte, war zwar ein weit entfernter, aber eben auch diese weit entfernten Kriege – waren sie nur bedeutend und einschneidend und weitreichend genug – gaben einem das Gefühl, eine Pause sei zu Ende gegangen, so daß sich die Zeit und damit auch die Welt wieder in Bewegung setzen konnte. Darum also dieser leise, verschämte Ton der Erleichterung in den Stimmen der Berichterstatter.

Nun, davon bekam Reisiger nichts mit. Er gab sich völlig dem Anblick des Mondes hin, der etwas von einer papierenen Hülle an sich hatte, die aber nicht lampionartig von innen heraus leuchtete, wie man dies zumeist in der Nacht empfand, nein, dieser Mond stand im Licht wie ein Gesicht, das in die Sonne gehalten wird. Und genau das war ja auch der Fall.

Allerdings wirkte er größer und näher als üblich. Als stünde er tatsächlich über genau diesen Bergen. Einen solchen Mond hatte Reisiger noch selten gesehen. Nicht minder wichtig war ihm dabei die Art und Weise der Betrachtung. Die momentane war ihm die liebste. In einem Zimmer stehend, ohne die Hilfe eines Teleskops, den Blick beinahe gerade auf jenen Trabanten gerichtet. Frei von Poesie. Frei von Esoterik. Denn wenn man von Rubens und der ganzen Kunstgeschichte einmal absah, gab es wenig, was Reisiger so sehr verabscheute, wie die Vereinnahmung des Mondes durch Menschen, die immer irgend etwas oder irgend jemanden für ihr Unglück, ja sogar noch für ihr Glück verantwortlich machten. Leute, die sich mit gezeitenabhängigen Wassermassen verwechselten und eine bestimmte Mondphase zum Anlaß nahmen, ein bestimmtes Verhalten an den Tag zu legen oder ein bestimmtes Gefühl zu entwickeln. Ja statt nein zu sagen, ihre Haustiere umzubenennen, sich die Haare schneiden zu lassen oder den Therapeuten zu wechseln. Und denen es gelang, selbst noch das Auftauchen oder Verschwinden entzündeter Talgdrüsen der Einflußsphäre des Mondes unterzuschieben. Als wollte man die Sattheit, die man einer Scheibe Brot verdankt, einer am Tisch stehenden Blumenvase zuordnen, weil sie halt gar so hübsch aussieht.

Reisiger kannte und verachtete sie, diese Charaktere, die, nachdem sie im Antlitz ihrer heranwachsenden Kinder eine gewisse optische Ähnlichkeit zu sich selbst konstatiert hatten, dazu übergingen, diesen trockenen Umstand in einen lunaren Zusammenhang zu stellen. Als sei der Mond also nicht nur für Wunder, sondern auch für Banalitäten verantwortlich. Nicht minder idiotisch empfand Reisiger die höchst populäre Anschauung, der Vollmond würde große Teile der Bevölkerung in Rage, zumindest in Unruhe versetzen. Weshalb eine jede Wirtshauskeilerei, die in einer solchen Nacht geschah, mit einem Mal einen übersozialen Hintergrund besaß.

All diese Dinge waren für Reisiger reinster Humbug. Seine Liebe zum Mond galt alleine dem Objekt, dem Himmelskörper, der deutlichen Masse am Firmament. Vor allem natürlich auch der Möglichkeit, diese Masse relativ genau betrachten und studieren zu können. Wofür sich Reisiger durchaus diverser Fernrohre bediente, so wie er auch Sternwarten aufsuchte, Mondkarten studierte, ein kleines, nicht ganz billiges Stück Mondgestein besaß und über eine große Sammlung einschlägiger Fotografien verfügte. Aber dennoch blieb der freie Blick auf den Mond das Um und Auf, der Kern der Sache, auch der Kern der Liebe. Zudem half er, der freie Blick, die Relationen nicht aus dem Auge zu verlieren. Nicht zu vergessen, wer man war und wo man stand, nämlich in Zimmern und auf Balkonen. Während etwa die Benutzung eines Teleskops die Illusion hervorrief, sich mit einem Teil seiner Persönlichkeit von der Erde wegzubewegen. Diese Illusion verwarf Reisiger. Wenn schon, dann wollte er mit beiden Füßen auf dem Mond zu stehen kommen und nicht bloß mit den Plateausohlen seines Bewußtseins. Der Einsatz von Beobachtungsgeräten diente für ihn der Bildung, nicht der Stimmung. Die Stimmung aber ergab sich allein im Moment des freien, durch keine Technik verstellten, von keiner Technik getragenen Blicks.

Wie viele Augen braucht der Mensch?

Reisiger betrachtete die Flocken von Asche, die den Boden bedeckten. Er umging sie und warf die Zigarette in den Kamin, der mit seiner mächtigen, barocken Gestalt, mit seinen Löwenfratzen und Gazellenköpfen und seinen marmornen Wülsten mehr wie die Pforte zu einem repräsentativen Gebäude aussah. Man hätte einen Baum in diesem Monstrum verbrennen müssen, um es gemütlich zu haben.

Nun, Reisiger war nicht hier wegen der Gemütlichkeit, sondern aus beruflichen Gründen. Wobei es eigentlich seiner Art widersprach, in Grandhotels wie diesem abzusteigen. Räume, die eine Höhe von drei Metern weit überstiegen, empfand Reisiger gewissermaßen als nach oben hin offen. Und er pflegte nun mal nicht im Freien zu übernachten.

Im vorliegenden Fall aber hatte er sich fügen müssen, da es der ausdrückliche Wunsch seines Geschäftspartners gewesen war, Reisiger in diesem Hotel einzuquartieren, so daß er also die Nacht, wenn schon nicht neben einem riesigen Feuer, so doch in einem riesigen Bett verbracht hatte, in dem es allerdings trotz hochgeschraubter Zentralheizung nie so richtig warm geworden war. Als dürfe es in solchen Betten gar nicht warm werden, als seien warme Betten ein Privileg der unteren Klassen. Das war wohl ein Unterschied wie zwischen Sarg und Gruft.

Im Moment aber wußte Reisiger die Kälte zu schätzen, die durch die offenen Flügeltüren eindrang. Es war ein bitterkalter Tag. Der See vor dem Hotel gefroren. Der ganze Ort gefroren. Die Promenade, der Himmel, der Mond, die Berge. In Reisigers Kopf aber breitete sich die notwendige Klarheit aus, um zu tun, was zu tun war. Er trat an den schwarzen, langen Schreibtisch, der im Dunkel gleich einer Planke zu schwimmen schien. Reisiger griff nach den beiden Papieren, die einsam auf der weiten Fläche lagen, und hielt sie in die Höhe: einen Lottoschein, ausgefüllt, samt jener nur halb so großen, maschinell ausgestellten Quittung.

Gewissermaßen war es so, daß ein ganzes Land auf der Suche nach diesem Lottoschein war. Beziehungsweise nach seinem Besitzer. Auf das übliche Lotto-Fieber war ein unübliches Nach- und Spätfieber gefolgt, eine posttraumatische Erregung. Immerhin handelte es sich um den zweithöchsten Betrag in der Geschichte dieses Spiels und dieses Landes. Bloß, daß bereits mehr als vier Wochen vergangen waren, in denen sich der Gewinner nicht gemeldet hatte. Was diesen zweithöchsten Gewinn für Medien und Publikum weit interessanter machte, als jener höchste es gewesen war, den im Jahr zuvor eine uncharismatische Wettgemeinschaft kassiert hatte. Wettgemeinschaften waren auch für Reisiger so ziemlich das letzte, wofür sich Menschen hergeben durften. Solchen Leuten fehlte jeglicher Stolz, jegliche Einsicht in das Spiel als Herausforderung und Prüfung. Im Falle dieser Kollektive verwirklichte sich sodann das Bild jener mickerigen, winselnden, unterprivilegierten Gestalten, denen es allein ums Geld ging und die sich als Gewinner wie als Verlierer genau so verhielten, wie nichtspielende Gebildete sich das vorstellten.

Dieser höchste Gewinn war also nicht wirklich ein Thema gewesen, da sich seine Umstände und Folgen als undramatisch erwiesen hatten. Geld, das aufgeteilt wurde, war sozusagen kein Geld mehr, sondern eben bloß noch ein Rest von Geld, vergleichbar einem Ferrari, von dem man nicht mehr als die Räder besaß oder auch nur das Lenkrad oder bloß irgendeine Düse. Nicht verwunderlich also, daß man die Mitglieder dieser Wettgemeinschaft – so hoch ihre Anteile de facto auch gewesen waren – in der Öffentlichkeit bemitleidet hatte. Und tatsächlich wurde auch keiner von ihnen so richtig glücklich. Bald war die Rede von den »traurigen Millionären«. Selbst die Lottogesellschaft hatte darauf verzichtet, diesen höchsten Gewinn merklich herauszustellen. Um so erfreulicher war es nun, daß man bei dem Gewinner jener zweithöchsten Summe ganz eindeutig eine Einzelperson annehmen durfte. Anders war ein solches Schweigen nicht zu erklären. Kollektive schwiegen nicht. Nicht so lange.

Spekulationen machten die Runde, etwa über den Tod jener Person, deren Körper nun in irgendeiner stickigen, kleinen Wohnung seit Wochen vor sich hinfaulte. An anderer Stelle entwickelte man die Vorstellung einer vertuschten, hochkomplizierten Familientragödie, dann wieder davon, daß der Wettschein und die eigentlich maßgebliche Quittung verlorengegangen waren, am besten irgendwo im öffentlichen Raum, auf das ein ganzes Volk animiert wurde, die Augen endlich einmal offenzuhalten. Anonyme Briefe erschienen in den Zeitungen, von Leuten, die sich als Gewinner ausgaben und irgendwelche verrückten Dinge behaupteten. Eine kleine Hysterie hatte sich über das Land gelegt, nicht weiter schlimm, nichts, was diesem Land wirklich geschadet hätte. Daß aber der unbekannte Gewinner sich schlichtweg auf einer längeren Urlaubsreise befand, wollte niemand glauben. Denn soviel wußte man, daß es sich um keinen Systemwettschein handelte, so wenig wie eine mehrwöchige Laufzeit quittiert worden war. Vielmehr war die Wette allein für diese eine Spielrunde vorgenommen worden. Dies widersprach ganz eindeutig der Vorstellung eines urlaubenden Spielers.

Nicht zuletzt hatte die Presse dank einer dieser undichten Stellen den Namen jenes Mannes in Erfahrung gebracht, welcher in seinem Tabakladen den Schein entgegengenommen hatte. Was dazu führte, daß dieser Mann geradezu belagert wurde. Er selbst schwieg beharrlich. Nicht ohne Stolz, nicht ohne Pathos. Somit im Bewußtsein der historisch gefärbten Situation, zu der er einen wesentlichen Teil beizutragen meinte. Freilich hieß es, der Mann sei berühmt für seine Vergeßlichkeit, so daß ihm gar nichts anders übrigbleibe, als sich in eine dramatische Verschwiegenheit zu hüllen und mit großer Geste vor allem jene Kundschaft zu bedienen, die den Ort mit der Tat verwechselte und seinen Laden mit Bergen von Lottoscheinen stürmte.

Das Irrationale bestimmt die Welt. Und nicht ein paar Rädchen, die ständig geölt werden müssen.

Reisiger trat an die offene Flügeltüre und hob mit einer Hand die beiden Scheine ins Licht, die er gegeneinander verschob, so daß sich eine Lücke bildete und genau in der Bucht des spitzen Winkels die Gestalt des Mondes sichtbar wurde. Gleichzeitig ergab es sich, daß im Licht der seitlich einfallenden Sonne die gläserne Tiefe der über die Zahlen gelegten und mit Kugelschreibertinte aufgezeichneten Schrägkreuze deutlicher hervortrat. Wie eingebrannt in ein Papier, das an diesen Stellen eine Tiefe von vielen hundert Metern zu besitzen schien. Ozeanisches Papier.

So gesehen fand eine optische Verbindung der beiden Leidenschaften statt, denen Leo Reisiger anhing. Ein Mond, der zwischen Lottoschein und Quittung wie in einer Schaukel oder Wiege hing. Es war ein schöner, würdevoller Moment. Reisiger verbat es sich, auch nur einen Seufzer zu tun. Sodann trat er zurück ins Zimmer und begab sich zu jenem voluminösen Kamin, auf dessen Sims er die beiden Scheine ablegte. Er öffnete seine linke Faust, in der sich noch immer die Streichholzschachtel befand, und setzte eines der Hölzer in Brand. Erneut griff er nach den Scheinen, und ohne auch nur eine Sekunde innezuhalten, führte er die Flamme an die beiden Papiere heran, welche rasch und heftig Feuer fingen. Reisiger ließ sie los, ein wenig wie man die Hand der Geliebten losläßt, die über dem Abgrund baumelt. Lodernd segelten Spielschein und Quittung auf die feuerfeste Bodenplatte, wo sie zur Gänze verbrannten.

Wenn es denn so etwas wie eine telepathische Verbindung zwischen Menschen und Dingen gab, so mußten in diesem Moment eine Unmenge von Leuten einen tiefen Schmerz verspürt haben. Eine Explosion im Magen, ein Stechen in der Brust, ein Bersten im Kopf. Einem ganzen Land mußte für einen Moment ziemlich übel geworden sein.

Bei aller Ruhe und Beherrschtheit, zu der sich Leo Reisiger gezwungen hatte, war natürlich auch ihm der Fraß der Flammen qualvoll in die Glieder gefahren und ins Herz gedrungen. Gut möglich, daß er in diesem kurzen Augenblick ganze Millimeter geschrumpft war. Es ging ja nicht nur um das Vermögen, die Abermillionen, um die er sich selbst soeben gebracht hatte, es ging um den Wettschein als solchen, um die beiden Papiere, die Reisigers Triumph hätten dokumentieren können und die jetzt nichts anderes waren als Ruß auf einer steinernen Fläche.

Aber es versteht sich, daß Reisiger gar nicht anders hatte handeln können. Und wie um sich selbst zu bestätigen, das einzig Richtige getan zu haben, nickte er fortgesetzt in den Raum hinein, gleichmäßig wie ein Tier, das ein Loch gräbt. Ja, es war ein Loch, welches Reisiger nickenderweise in die kalte Luft bohrte. Und es war nun auch dieses Loch, durch das er gleichsam entkam.

Er nahm seine Brille ab und deponierte sie in einem schwarzen Etui, das er in der Innentasche seines Jacketts neben seinem Kugelschreiber unterbrachte. Daß er unter Weitsichtigkeit litt, erschien ihm wie eine symbolische Gabe, wenn man bedachte, wieviel Zeit er investierte, einen weit entfernten Körper im Auge zu behalten. Um freilich Lottoscheine auszufüllen oder sie auch nur zu betrachten, bevor sie in Flammen aufgingen, bedurfte es der ausgleichenden Kraft seiner Augengläser. Nun, damit war es jetzt vorbei.

Reisiger schlüpfte in einen schweren, dunklen Mantel und warf sich einen Schal um, der ihm – überrascht von der Kälte, die vor Ort herrschte – von der Rezeption zur Verfügung gestellt worden war. Ein wenig empfand er den Schal als Schlinge. Als eine bequeme Schlinge, das schon.

Er trat an die Schwelle zum Vorzimmer und blickte noch einmal zurück in den hohen Raum, um eigentlich so gut wie nichts zu erkennen, am ehesten die aufgetürmte Bettwäsche. Keinesfalls aber das noch immer laufende Fernsehgerät. Denn während Reisiger zuvor dem Bildschirm dauernd den eigenen Rücken zugewandt hatte, war es nun das Gerät, das mit seiner hinteren Verschalung zu Reisiger stand. Es sollte sich übrigens zeigen, daß Reisiger auch im Fortlauf dieser Geschichte ungewollt immer im Rücken *von* oder mit dem Rücken *zu* sämtlichen Fernsehgeräten, die seinen Weg kreuzten, zu stehen kommen würde. Beziehungsweise würde seine Blickrichtung, seine Konzentration und seine akustische Wahrnehmung stets so geartet sein, daß ihm dieser Krieg verborgen bleiben mußte. Weder verschlief noch ignorierte er ihn, sondern er übersah und überhörte ihn aus purem Zufall. Weshalb auch auf diesen Krieg im speziellen nicht eingegangen werden kann. Er blieb im Dunkel verborgen. Nicht anders als die Vasen und Möbel, nicht anders als das breite, kalte Bett und der breite, kalte Kamin.

Reisiger ging hinunter ins Foyer, das naturgemäß noch um einiges höher aufragte als die Gästezimmer. So hell es auch draußen werden mochte, hier drinnen stand man wie unter einem bedeckten Nachthimmel. Immerhin, im Kamin schien tatsächlich ein ganzer Baum zu brennen. Ältere Männer saßen schweigend davor, mit morgendlichen Drinks ausgestattet. Ihre Gesichter glühten. Vor diesem Hintergrund durchquerte ein sehr viel jüngerer Mensch die Halle, ein Paar kurze, weiße Ski geschultert, als entführe er eine steife, schlanke Braut.

Reisiger griff automatisch nach einer Zeitung, die er im Stehen ausbreitete, sich für den Inhalt aber so wenig interessierte wie zu Hause für seine abonnierten Exemplare. Er schenkte nicht einmal den Fotos Beachtung, sondern blätterte wie in einem Gestrüpp, durch das er sich – achtlos gegen Details – hindurchkämpfte. Man hätte ihn für einen ungeschickten Agenten halten können. Schlußendlich faltete er die Seiten wieder zusammen, fuhr damit durch die Luft, als verscheuche er eine Fliege, legte das Papier ab und trat hinaus in die Kälte, die sich auf seine Haut legte gleich einer Gesichtsmaske aus Gurkenscheiben.

Er stieg die gestreuten Stufen runter, trat auf den breiten Gehweg, an dessen Rändern harter Schnee kleine Hügel bildete. Dahinter öffnete sich der vereiste See, auf dem erste Spaziergänger zu sehen waren, pärchenweise, wie es schien. Wahrscheinlich mußte man ein Pärchen sein, um die Unsinnigkeit zu treiben, auf gefrorenem Wasser zu gehen. Reisiger aber begab sich hinein in die Stadt, in welcher der Begriff des Jet-sets in einer Weise überlebt hatte, wie man das von Bakterien kennt, die durch so gut wie nichts umzubringen sind. Der Ort gehörte zu den vornehmsten seiner Art, nahe der Berge, aber eben nicht mitten drin, wie viele Wintersportorte, die den Eindruck erwecken, in einem einzigen Moment von einem bloßen Kran oder Hubschrauber in der Wildnis abgestellt worden zu sein. Und dementsprechend auch jederzeit wieder verschwinden können.

Hier jedoch spürte man die Gewachsenheit des Ortes, auch die Gewachsenheit des Häßlichen, wie jene enge, eingeschattete Fußgängerzone, in die Reisiger nun über eine kleine Gasse einbog. Erste Geschäfte wurden geöffnet. Kellner in bloßen Hemden traten kurz nach draußen, plauderten. Die wenigen Passanten trugen Anoraks. Menschen, die Pelzmäntel bevorzugten, verließen erwiesenermaßen sehr viel später ihre Häuser. Der Anorak war die Uniform der Frühaufsteher wie der Nachtschwärmer, also von Personen, die der Witterung zu trotzen verstanden. Freilich waren die Anoraks, die an diesem Ort gehobenen Flanierens zu sehen waren, wenig geeignet, einen Kältetod zu verhindern. Wie es schien, waren sie nicht einmal geeignet, die Attacke ein paar besoffener Jungs abzuwehren. Denn etwa in der Mitte dieser Geschäftsstraße, genau dort, wo mehrere hohe Säulen aus poliertem Metall einen Kreis bildeten, einen überflüssigen Kreis, vielleicht auch ein überflüssiges Oval, wenn man genau hinsah, genau dort also ergab es sich nun, daß eine Gruppe junger Männer ebenfalls einen Kreis bildete, und zwar einen, der um zwei Frauen gezogen wurde. Welche wenig erfreut schienen ob dieser Einengung. Reisiger konnte von fern die Flüche einer der beiden Frauen hören, während die andere versuchte, aus dem Kreis auszubrechen, doch von einem der Burschen zurückgedrängt wurde, derart, daß sie unsanft gegen eine der Säulen stieß.

Wie schon angedeutet, beide Frauen trugen Anoraks, modische, teure Dinger, die gewissermaßen mit den ausgestellten Stücken der gegenüberliegenden Boutique korrespondierten. Die Frauen also paßten bestens in dieses Umfeld. Nicht aber die Gruppe offenkundig betrunkener und enthemmter junger Männer, die mit ihren schwarzen, von Stickern übersäten Lederjacken und den langen, bis zu den Knien reichenden Schals auf Reisiger den Eindruck von Hooligans machten. Auch meinte er, mehrmals den Ausdruck »Honved« vernommen zu haben, einen Begriff also, der ja nicht nur ungarische Vaterlandsverteidiger benennt, sondern auch eine Budapester Fußballmannschaft. Freilich paßte das nicht so richtig zusammen. Denn obgleich man bereits März schrieb und anderswo durchaus Fußball gespielt wurde, konnte bei den hiesigen Verhältnissen mit Sicherheit kein Spiel stattfinden. Ganz abgesehen davon, daß dieser schöne Ort für vieles berühmt war, aber sicher nicht für seinen Fußball.

Nun gut, das war auch gar nicht die Frage. Die Frage, die sich aufdrängte und die sich ein jeder der unbeteiligten Passanten stellen mochte, war die, was zu tun war, um diese kleine Meute rabiater Burschen daran zu hindern, zu tun, was sie taten. Denn alles andere als eine bloße Frotzelei ging hier vonstatten. Nachdem die eine Frau nicht aufgehört hatte, sich mit lauter Stimme zu erregen, hatte ihr einer von den Typen mit einer kaum faßbaren Plötzlichkeit einen Schlag mitten ins Gesicht versetzt. Noch nie hatte Reisiger eine getroffene Person, auch keinen Boxer, auf diese Weise stürzen sehen, nicht wie Menschen stürzen, sondern Felsen oder schwere, reife Früchte oder vielleicht auch Frösche, wenn es Frösche regnet. Die Frau prallte mit einem Schrei auf dem Boden auf, fiel praktisch in den eigenen Schrei hinein und erstickte ihn, so daß ein bloßes Schluchzen übrigblieb. Eine Augenbraue war geplatzt, Blut zog quer über das Gesicht, was einen windverwehten Eindruck machte, und tropfte dann auf den hellgelben, wattierten Anorak, auf dem zwei Katzenköpfe aufgedruckt waren.

Ein Kellner kam aus seinem Lokal geeilt, während er gleichzeitig die Ärmel seines strahlend weißen Hemdes nach oben schob. Ein zweiter folgte ihm. Mit ihren weißen, langen Schürzen und den feinen Terrakottagesichtern erinnerten sie an Renaissanceengel. Engel im Anflug. Doch nur ein einziger von den Hooligans machte sich auch die Mühe, die beiden himmlischen Gestalten zu beachten. Er griff in das Innere seiner Jacke und holte ein Messer hervor, ein Messer mit breiter, gezackter Klinge, ein Tauchermesser möglicherweise, verzichtete aber darauf, es den Herbeigeeilten entgegenzustrecken. Vielmehr hielt er es sich mit einer obszönen Geste ans eigene Geschlecht. Was auch immer das bedeuten sollte, es beeindruckte die Kellner, die ihren Lauf abbremsten, ihre Hände fächerartig anhoben und erklärten, man könne die Sache doch auch sicher in Frieden regeln. Der Mann mit dem Messer verdrehte bloß die Augen. Er schien ehrlich gelangweilt ob der Naivität der zwei Schürzenträger, ja, er faßte sich in einer durchaus schwermütigen Weise an den Kopf, wie jemand, der an einer kalten Welt zu zerbrechen droht. Gleich darauf lachte er schäbig. Ein gespucktes und gespeites Lachen. Seine Kumpels lachten mit. Woraufhin die beiden entzauberten Kellner kehrtmachten, der eine jedoch sich am Eingang des Restaurants nochmals umwandte, um kleinlaut das baldige Eintreffen der Polizei anzukündigen. Die Hooligans blieben ungerührt, als wüßten sie es besser.

Wie die meisten anderen Passanten auch, war Reisiger in dem Moment erstarrt, als der Fausthieb die Frau mit großer Wucht umgeworfen hatte. Und wie die anderen auch, hatte ihn das Auftauchen der engelsgleichen Kellner erleichtert und deren Rückzug bestürzt. Darum vor allem bestürzt, da er nun wieder in den Sog einer Verpflichtung geriet, die darin bestand, etwas zu unternehmen. Umso mehr, als nun einer von den Kerlen an die zweite Frau herangetreten war, wobei seine Schrittfolge unheimlicherweise an eine Einladung zum Tanz erinnerte. Er lächelte wie über einen Witz, der allein in seinem Kopf steckte und unaussprechlich blieb. Dann schob er seine Hand unter den gefransten Anorak und packte die Brust der versteinert dastehenden Frau, tatsächlich so, als wolle er diese Brust melken. Es lag etwas erschreckend Hilfloses in seiner unmenschlichen Handlung. Dieser vielleicht zwanzigjährige Mensch wollte widerwärtig und brutal sein, aber er scheiterte und spürte das auch. Er registrierte das Unbeholfene seiner Brutalität. Er war ganz einfach nicht der große, böse Bub, der er sein wollte, sondern eine komische Figur. Es blieb ihm verwehrt, diese Frau dadurch zu erniedrigen, indem er so tat, als handle es sich bei ihr um eine Kuh, die man melken konnte. Vielmehr ließ sein Auftritt ihn selbst als eine Art Dorftrottel erscheinen, als jemanden, der zu blöde war, zwischen Kuh und Frau zu unterscheiden. Und tatsächlich: So groß die Furcht der Frau auch sein mochte, und sie mußte enorm sein, so betrachtete sie jetzt das Gesicht ihres Peinigers mit unverhohlener Respektlosigkeit. In ihrem Blick klang etwas an, das wohl heißen sollte: Mein Gott, du armes Schwein, hast wohl noch nie was anderes berührt als die Euter deiner Viecher. Dann mußte sie grinsen. Sie konnte nicht anders.

Reisiger sah dieses unwillkürliche Grinsen. Intuitiv spürte er, daß es zu einer noch deutlicheren Eskalation führen würde, führen mußte. Hier waren Messer im Spiel, hier waren ein paar durchgeknallte Jungs im Spiel, die weiß Gott was für Zeug geschluckt hatten. Oder auch bloß über die Niederlage ihrer Mannschaft nicht hinwegkamen. Das Unglück der Welt war im Spiel. Und das alles vor dem Hintergrund einer miserablen Kunst am Bau, bestehend aus ein paar hohen Säulen.

Jedenfalls spürte Reisiger die nahende Katastrophe. Wobei ihm unklar blieb, inwieweit nun sein Kugelschreiber von Bedeutung sein könnte. Höchstwahrscheinlich war auch nichts zu retten mittels eines noch so wunderbaren Schreibgerätes. Die Katastrophe, auf die Reisiger seit seiner Jugend wartete und in der sein Kugelschreiber eine Rolle spielen würde, war wohl eine andere. Dennoch entschloß er sich, hier und jetzt zu handeln. Nicht, daß er der Typ dafür war. Er war eigentlich der Typ, der sich aus solchen Dingen heraushielt und auf die Polizei zu warten pflegte. Ob die nun kam oder nicht. Doch die Verhältnisse hatten sich geändert. Keine halbe Stunde zuvor hatte er einen Lottoschein verbrannt, *den* Lottoschein. Er hatte ein Millionenvermögen in Brand gesetzt. Er hatte die soeben eroberte Zukunft fallenlassen. Er hatte seine Leidenschaft verraten. Also war es nur recht und billig, wenn er jetzt daranging, sich mit diesen vier oder … Reisiger zählte, ja, er zählte, wie viele Jungs es an der Zahl waren, als wollte er mit ihnen Ball spielen. Einer schien von einem anderen verdeckt. Reisiger trat einen Schritt zur Seite und konnte nun feststellen, daß es sich um insgesamt fünf handelte, drei davon so großgewachsen wie er selbst.

Wie kräftig sie wirklich gebaut waren, war der wuchtigen Jacken wegen schwer zu sagen. Mitunter erwies sich manch martialische Erscheinung bar seines ledernen Harnischs als aufgeblähte Kröte. Allerdings besaß der Kerl mit dem Tauchermesser die platte Nase eines Boxers. Auch Reisiger hatte vor Jahren mit dem Boxen begonnen, ohne wirkliche Leidenschaft und mit der typischen Schwerfälligkeit des Spätberufenen. Was ihn nicht gehindert hatte zu erlernen, wie man Fäuste kontrolliert und effektiv in fremden Körpern unterbrachte, freilich nicht in fünf Körpern gleichzeitig. Aber darum ging es Reisiger auch gar nicht. Er wollte nicht eigentlich die anderen verletzen, sondern selbst verletzt werden. Er wollte einerseits ein Unglück verhindern, gleichzeitig aber wollte er bestraft werden. Und das war nun mal der Moment, da sich eine Strafe auch wirklich anbot. Reisiger war entschlossen, sich auf diese fünf wilden Gestalten einzulassen, wie man sich auf eine kleine Hölle einläßt, in der kleine Teufel werkeln. Für eine große Hölle hatten die fünf natürlich nicht das Format. Eine große Hölle war es auch nicht, was Reisiger vorschwebte.

»Aus!« sagte Reisiger und ging ein paar Schritte vor, ohne Eile, so wie er ja auch nicht etwa geschrieen, sondern recht ruhig gesprochen hatte. Allerdings laut genug, um verstanden zu werden. Und tatsächlich schien ein jeder ihn gehört zu haben. Denn während noch kurz zuvor das Auftauchen der beiden beschürzten Engel nur einen einzigen der Hooligans zu einer kleinen Regung verlockt hatte, waren auf Reisigers gefaßten Kommandoton hin fünf Köpfe in seine Richtung geschwenkt.

»Zieh Leine, alter Mann«, sagte der mit der Nase und dem Messer, »bevor ich dir zwei neue Augen ins Gesicht schnitze.« Und, nach einer kleinen Pause, um das Gesagte wie einen Brühwürfel zur Wirkung kommen zu lassen: »Wer braucht schon vier Augen?«

Niemand braucht vier Augen, das ist richtig. Aber daß der Plattnasige »alter Mann« gesagt hatte und nicht etwa »Opa« oder »olle Schwuchtel«, deutete eine gewisse Unsicherheit an. Eine Unsicherheit, die er wohl selbst nicht wahrhaben wollte. Vergebens. Er wirkte bei weitem nicht mehr so gelassen-melancholisch wie gerade eben. Und machte nun auch noch den Fehler, sein aus der Tasche gezogenes Messer dem alten Mann entgegenzuhalten.

»Ich weiß, wie ein Messer aussieht«, sagte Reisiger und fühlte sich auf eine unwirkliche Weise vergnügt.

»Also doch vier Augen«, bestand der Messermann auf seiner Strategie.

»Ich sehe mit den zweien, die ich besitze, ausgezeichnet«, erklärte Reisiger und nahm endlich seine Hände aus den Manteltaschen. »Und was ich sehe, sind ein paar jämmerliche Gestalten in viel zu großen Lederjacken. Wer verkauft euch solches Zeug? Wer redet euch ein, daß ihr damit wie richtige Menschen ausseht? Oder wollt ihr gar nicht wie Menschen aussehen? Macht euch das glücklich, für eine Kreuzung aus Kugelfisch und Schimpanse gehalten zu werden? Mein Gott, ich versteh euch nicht. Was für eine Lust kann denn darin bestehen, häßlich zu sein?«

Natürlich stellte sich eine ganz andere Frage, ob das nämlich die richtige Art war, eine Eskalation zu vermeiden. Immerhin kam es augenblicklich zu einer Verschiebung der Interessen. Die fünf Kerle wandten sich abrupt von den Frauen ab. Die Hand des Dorftrottels fiel wie alter Putz von der Brust der Attackierten. Auch aus dieser Hand wuchs kurz darauf die Klinge eines Messers, kleiner, schmaler, aber nicht minder geeignet, ein drittes und viertes Auge zu fabrizieren. Mag sein, daß Reisiger einen Moment zweifelte, ob denn diese Hölle wirklich so klein war, wie er gedacht hatte. Aber er stand eisern zu der einmal getroffenen Entscheidung. Auch war sein Blut fortgesetzt kühl. Kühl, wie er sich das nie hätte vorstellen können. Er sagte: »Messer machen einen auch nicht schöner.«

Der Dorftrottel vollzog einen Ausfallschritt, sprang dann auf Reisiger zu und richtete in der Folge das Messer auf dessen Kehle, derart, daß die Spitze nur wenige Zentimeter vor dem deutlich hervorstehenden Adamsapfel des Zweiundfünzigjährigen zu stehen kam.

»Was soll ich jetzt tun?« fragte Reisiger trocken und blickte am Messer vorbei in das Gesicht des anderen wie in einen kleinen, leeren Sack. »Lachen? Weinen? Einen Fotografen rufen, damit er uns beide ablichten kann, wie wir da stehen und nicht wissen, wie's weitergeht. Etwas muß ja wohl geschehen. Ich an deiner Stelle ... also ich würde zustechen. Aber nicht bis übermorgen warten.«

Reisiger schlug dem jungen Mann das Messer aus der Hand. Er tat dies rasch und unvermutet, beinahe leger. Als übe er das bereits ein halbes Leben. Die Wirklichkeit freilich war dahingehend eine andere, daß bei aller theatralischer Lockerheit, die Reisiger betrieb, auch ein gewisses Ungeschick zum Zuge kam, indem er mit dem Daumenballen seiner linken Hand an die Schneide des Messers geriet und sich einen tiefen Schnitt zuzog. Er spürte deutlich, wie die Haut und das Fleisch sich öffneten. Als klappe ein Maul auf. Man könnte natürlich auch sagen:

als werde ein drittes oder viertes Auge aufgeschlagen. Entgeistert betrachtete Reisiger die Wunde, aus der das Blut wie eine Reihe kleiner Zierfische schwappte. Sogleich aber fing er sich, schob das Ärmelende seines Mantels über die Wunde und sagte: »Das hätte in jeder besseren Küche auch passieren können.«

Was immer er damit meinte, es tat ihm gut, etwas Derartiges gesagt zu haben. Vielleicht, weil er begriffen hatte, daß es in der Auseinandersetzung mit diesen fünf herzkranken Jungs wichtig war, etwas von sich zu geben, was die andere Seite verwirrte. Diese Träger wulstiger Lederjacken also mit Wörtern und Sätzen einzudecken, die ihnen zu schaffen machten, nicht weniger als ein Faustschlag. Eher mehr.

Obgleich Leo Reisiger eigentlich vorgehabt hatte, sich verletzen zu lassen – und tatsächlich verfügte er über eine erste Verletzung, wenn auch aus eigener Schuld –, so widerstrebte es ihm trotzdem, ein Opferlamm abzugeben. Nicht anstelle von zwei Frauen in Anoraks, die ihm persönlich unbekannt waren. Er wollte sich wehren. Er wollte aus dieser Sache etwas machen. Etwas Besonderes.

Zunächst einmal aber unternahm er das Naheliegende, indem er mit seiner rechten, der unverletzten Hand, dem Dorftrottel einen Stoß gegen die Brust versetzte. Einen leichten bloß. Genaugenommen legte Reisiger seine Hand auf den Brustkorb des nun Messerlosen und trommelte mit den Fingern ein wenig dagegen. Man konnte diese Handlung auch als eine spöttische Paraphrase auf jene vormalige Berührung eines Frauenbusens verstehen. Es war jetzt also der Dorftrottel, welcher gemelkt wurde. Jedenfalls schreckte diese Vorgangsweise den jungen Mann derart, daß er hektisch zurückwich, über die eigenen Beine stolperte und hart mit dem Rücken auf dem Boden aufprallte. Gleichzeitig trat Reisiger zur Seite, beugte sich zu dem verwaisten Messer und hob es auf. Und zwar an zwei Fingern, wie Kriminalisten das zu tun pflegen oder wie man mitunter einen verdreckten Gegenstand berührt. Reisiger hielt die Klinge in Augenhöhe und meinte: »Ich glaube nicht, daß man mit so einem Messer zwei Augen schnitzen kann, vielleicht einen kleinen Mund, einen Mund ohne Zunge und ohne Zähne, aber keine schönen Augen.«

»Von schön war nie die Rede«, sagte die Plattnase, als handle es sich um einen ernsthaften Diskurs.

»Ach nicht?« sagte Reisiger mit gespieltem Erstaunen. »Na dann.«

Er packte jetzt das Messer voll am Griff, streckte seinen Arm aus, stellte die Klinge schräg und zeichnete mit der Messerspitze zwei kleine imaginäre Formen in die Luft, dabei sprach er über die Augenform der Japaner, die soviel edler anmute als die der europäischen Rasse. Nicht, daß den europäischen Augen der Eindruck von Tiefe fehle. Nein, sie würden aus viel zuviel Tiefe bestehen. Bodenloser Tiefe, was dann wiederum gemein und einfältig anmute. Das japanische Auge hingegen vermittle eine Tiefe, die immer auch die Existenz eines Grundes andeute.

Während er da herumphilosophierte, stichelte Reisiger wild in der Luft herum. Es war eindeutig, daß er mit dieser ungestümen Messersprache europäische Augen meinte.

Bei alldem betrachteten ihn die vier Jungs, die noch standen, sowie der eine, der auf dem Boden lag, mit deutlichem Unbehagen. Sie dachten wohl, es mit einem Wahnsinnigen zu tun zu haben. Und zwar mit einem wirklichen. Denn die Wahnsinnigen, an die sie üblicherweise gerieten, waren ihnen ja verwandt, Halbstarke wie sie selbst, Leute mit Baseballschlägern, die diese oder jene Religion vertraten, mit Gaspistolen und Schreckschußpistolen und Leuchtpistolen und genagelten Schuhen und Bleikugeln in den ledernen Laschen ihrer Schleudern. Bleikugeln, mit denen man nicht nur die Spatzen von den Dächern holte. Wie gesagt, es waren Herzkranke, die viel häufiger, als das allgemein bekannt ist, in die Kirche gingen, um Kerzen anzuzünden. Auch für die Spatzen, auch für die Typen, denen sie die Zähne ausschlugen. Hooligans waren in Wirklichkeit Fromme, unter ihnen auch ein paar Heilige, die in einem symbolischen wie tatsächlichen Sinn das Böse in der Welt auf sich nahmen. Zumindest Teile dieses Bösen, auf daß nicht noch mehr an Schrecklichem zu geschehen brauchte. Aber genau darum, weil alles, was sie taten, eine kompensative Kraft besaß, lebten sie stark in Ritualen. Sie zogen durch die Länder wie kleine Armeen, gescholten und verdammt, Aussätzige, die für jedermann das Bild des Asozialen verkörperten. Und die auch noch gezwungen waren, anstatt gegen einen wirklichen Gegner zu bestehen, sich vornehmlich untereinander zu bekriegen. Anders hätte eine Kompensation des Bösen gar nicht funktioniert. Während hingegen die Kämpfe, die man mit der Polizei und Ordnungskräften ausfocht, bloß eine Überwindung belebter Barrikaden darstellte, nicht viel anders, als hätte man eine landschaftliche Hürde nehmen müssen, einen Fluß oder den Paß eines unwirtlichen Gebirges.

Freilich mißachteten auch Hooligans hin und wieder die eigenen Regeln und Gepflogenheiten, verließen die Welt ihrer Bräuche und Konventionen. Dazu gehörte mit Sicherheit, sich an einem eiskalten Wintermorgen in die Fußgängerzone eines namhaften Nobelortes zu begeben, um zwei Frauen zu belästigen und diese in jeder Hinsicht zu verletzen. Ohne daß irgendein echtes Ritual zur Anwendung gekommen wäre. Außer jenem echter Betrunkenheit. Damit war absolut nichts zu kompensieren, kein Gott und kein Teufel milde zu stimmen. Ganz im Gegenteil. Mag sein, daß diese fünf Jungs genau das intuitiv begriffen hatten, weshalb ihnen das Auftauchen Reisigers wie eine Strafe erscheinen mußte (was dann eine Verdoppelung des Gedankens an Strafe bedeutet hätte). Jedenfalls scheuten sie sich, mit der ihnen gewohnten Brutalität vorzugehen. Ihnen fehlte im Augenblick jener kollektive Habitus, der nötig war, um zu fünft oder auch nur zu viert einen einzelnen Mann zu überwältigen und in der gewohnten Manier niederzuschlagen, auf ihn einzutreten, bis er sich nicht mehr rühren konnte. Statt dessen war ein jeder mit sich selbst beschäftigt, auch mit dem Gedanken an Verteidigung. Sodaß also Reisiger in aller Ruhe mehrere europidisch schlundige Augenpaare in die Luft zeichnen konnte. Als das geschehen war, drängte er: »Es wird Zeit, Leute. Auch hier gibt's eine Polizei, die irgendwann aufwacht.«

»Ja«, sagte die Plattnase und gab den anderen ein Zeichen. Und zwar eines, das bedeuten sollte, endlich daranzugehen, sich den alten Mann gemeinsam vorzuknöpfen und die Sache zu irgendeinem Ende zu bringen.

Es war aber erneut Reisiger, der die Akzente setzte, indem er mit dem Fuß ausholte, wie bei einem hoch zu spielenden Ball, nur, daß er eben keinen Ball spielte, sondern dem auf dem Boden Liegenden, der sich jetzt halb aufgerichtet hatte, einen Tritt in die Rippen versetzte. Der Körper des Jungen ging in die Höhe, zappelte in der Luft, bog sich und schlug noch heftiger als zuvor auf dem Mosaik des Trottoirs auf.

Was Reisiger getan hatte, bedeutete eine neuerliche Verhöhnung: nämlich dadurch, daß er in Hooligan-Manier vorgegangen war. Er, der »alte Mann«, spielte hier den Brutalo, spielte den Lässigen, den Virtuosen. Weshalb sich nun wenigstens der Plattnasige aus seiner Lethargie befreite und auf Reisiger losstürzte. Dabei brüllte er: »Zwei neue Augen, der Herr?!«

»Ich bitte darum«, sagte Reisiger und vollzog eine Körpertäuschung. Oder hielt es eben für eine solche, indem er dem Plattnasigen auswich und mit dem Messer eine halbkreisförmige Spur durch die Luft zog, wie um in einem Aufwasch die Bäuche der drei anderen, noch immer bewegungslosen Männer aufzuschlitzen. Was er natürlich nicht wirklich vorhatte, und dies auch gar nicht funktioniert hätte. Zu weit standen sie weg, zu dick war das Leder ihrer Jacken, um mühelos die dahinterliegenden Bäuche zu durchdringen. Aber Reisiger gab nun mal vor, sich den dreien widmen zu wollen, wechselte aber mit einem Mal die Richtung, ging ein wenig in die Knie, vollzog – nur noch auf den hinteren Kanten seiner Schuhsohlen stehend – eine Kehre und versuchte solcherart, in den Rücken des Plattnasigen zu gelangen.

Während es Leo Reisiger immer wieder schaffte, absichtslos im Rücken irgendwelcher Fernsehgeräte zum Stehen zu kommen, blieb ihm ein solches Gelingen im Falle des Plattnasigen verwehrt. Vielmehr prallte er in die Seite seines Gegners, derart heftig, das ihm nun seinerseits das Messer aus der Hand sprang, erneut in einem hohen Bogen dahinflog und in einer haustierartigen Anhänglichkeit knapp neben dem Kopf seines eigentlichen Besitzers aufschlug.

Reisiger, mit einem Mal messerlos, auch ein wenig kopflos, stand jetzt Schulter an Schulter mit dem Plattnasigen, hätte entweder seinen rechten Ellbogen in die Niere des anderen drücken oder mit einem weit auszuholenden Haken seiner verletzten Linken versuchen können, einen Schlag in der oberen

Körperhälfte des Gegners unterzubringen. Zwischen diesen Möglichkeiten stehend, zögerte Reisiger, auch überfordert von seiner eigenen Kühnheit und der extremen Gymnastik. Ja, eine plötzliche Müdigkeit, in der Art wie sie einen Grippekranken ereilt, überkam Reisiger. Er tat also gar nichts, stand da, beinahe lehnte er sich gegen die Schulter des anderen.

Dieser zeigte sich um einiges entschlußfreudiger, legte seinen freien Arm um Reisiger, zog ihn wie den allerbesten Freund an sich und beförderte ihn mittels eines Hüftwurfs zu Boden. Der Wurf war weder sauber noch elegant gewesen, hatte etwas Lasches besessen. Zwei Welpen, die sich balgen. Was nichts daran änderte, daß Reisiger einen unrunden Bogen durch die Luft beschrieb, ungebremst mit der Schulter aufschlug, viel Luft und die Hälfte eines Schreis ausstieß, zur Seite fiel und auf dem Rücken zum Liegen kam, wo ihm dann der Rest des Schreis entfuhr.

Es war nun aber die Kälte des Bodens, die ihm in höchster Weise unangenehm war, weniger der Umstand, in eine aussichtslose Position geraten zu sein. Darum war er ja hier, um jetzt endlich seine Strafe zu empfangen. Welche nun zunächst einmal darin bestand, daß der Plattnasige sich mit seinem Hintern auf Reisigers Brustkorb niederließ und mit seinen beiden Knien – ohne daß dies eigentlich noch nötig gewesen wäre – die Arme des Unterlegenen fixierte. Mit seiner freien Hand packte er Reisigers Unterkiefer und drückte ihn nach oben, sodaß es Reisiger also unmöglich wurde, seinen Mund zu öffnen. Offensichtlich war dem Plattnasigen sehr daran gelegen, seinem Kontrahenten die Möglichkeit zu nehmen, weiterhin mit Worten und komischen Theorien um sich zu werfen und die gemeinschaftliche Ordnung der Hooligans ins Wanken zu bringen. Tatsächlich wirkten die anderen Jungs geradezu erleichtert ob der Anbringung einer Mundsperre und traten ein paar Schritte heran, als seien sie die ersten Menschen, zumindest die ersten Europäer, die nun ein exotisches und gefährliches, aber endlich erlegtes Tier betrachten durften. Auch der Dorftrottel erhob sich, um näher zu kommen. Sein Messer aber vergaß er.

»Japanisch, also«, sagte der Plattnasige und entließ einen Ton, als sauge er die Luft durch einen Strohhalm. Es sollte wohl süffisant klingen. Und weiter an Reisiger gerichtet meinte er: »Ach je, alter Fetischist, bestehst du darauf, daß ich dir die Glötzlein eines Japsen verpasse. Das gibt aber 'n ganz schönen Widerspruch in deinem Arschgesicht.«

Soweit Reisiger dazu in der Lage war, zuckte er mit seiner Schulter. Wohl um zu bekunden, daß ein jeder Mensch mit Widersprüchen zu leben habe. Allerdings glaubte er nicht wirklich daran, daß der Plattnasige ihm das Gesicht zerschneiden würde. Er hielt diesen Kerl für seelisch zerrüttet, aber nicht für pervers. Und sein bürgerlicher Erfahrungsschatz sagte Reisiger, daß man pervers sein mußte, um eine Schneide über ein Gesicht zu ziehen oder gar Löcher zu bohren. Den Begriff des Perversen näher zu definieren, wäre Reisiger freilich nicht in der Lage gewesen. Die Perversion war für ihn keine soziale Erscheinung, sondern eine Erscheinung der Natur, eben einer atypischen Randzone von Natur, wo sich alles Gelungene in sein Gegenteil verkehrte.

Wie aber, dachte sich Reisiger eigentlich, sollte seine Strafe denn aussehen? Sollte sie allein darin bestehen, daß ein widerlicher Mensch auf seiner Brust saß, sein Kinn festhielt und seine Arme niederdrückte? Sollte diese Strafe vielleicht in der Kälte des Bodens bestehen, die durch Mantel, Anzug und Unterwäsche wie durch ein luftiges Netzleibchen drang?

Der Plattnasige jedenfalls führte jetzt die Klinge an Reisigers Gesicht heran und setzte sie auf die Wange unterhalb des linken Jochbeins an. Reisiger spürte den Druck der Messerspitze auf einem seiner Backenzähne, als wollte eine außerordentliche Mücke einen außerordentlichen Saugrüssel einführen. Oder als wollte man ein kleines Kirchentor – denn genau eine solche Form besaß die Messerspitze – in seine Mundhöhle stülpen. Gegen die Fixierung des Kiefers ankämpfend, bemühte sich Reisiger, die Zahnreihen auseinanderzudrücken, um eine Lücke zu schaffen, in die das Messer wie in ein Vakuum eindringen konnte, falls denn dieses Messer tatsächlich durch das Fleisch gestoßen werden sollte. Doch der feste Griff des Plattnasigen ließ keine Veränderung zu. Allerdings zögerte er, eine erste Verletzung vorzunehmen. Er schien nachdenklich wie ein Künstler, der sich nicht zwischen zwei Farben entscheiden konnte. Ja, der vielleicht nicht einmal wußte, ob er einen Mann oder eine Frau modellieren wollte. Er zögerte und ...

»Einen Moment, bitte!« ließ sich eine Stimme vernehmen. Die Stimme jener Frau, der man so unvermutet ins Gesicht geschlagen hatte. Bei dem permanenten Theater um dritte und vierte Augen, konnte man gar nicht anders, als ihre offene, blutige Braue als eine zusätzliche Augenhöhle zu empfinden, aus der heraus eine kirschartige Pupille leuchtete. Die Frau schien sich durchaus gefangen zu haben. Sie stand sehr aufrecht vor den beiden Männern, in der rechten Hand das Messer, das der Dorftrottel hatte liegenlassen.

Im Gegensatz zu dem wütenden Geschrei, mit dem sie die Angreifer zu Beginn dieser ganzen Geschichte bedacht hatte, war ihre Bitte, einen Moment innezuhalten, mit der allerruhigsten Stimme vorgetragen worden. Auch mit einem gewissen Bedauern. Als störe sie Kinder beim Spielen. Und als störe sie eben nur sehr ungern. Aber Schlafenszeit war nun mal Schlafenszeit.

Nicht minder ruhig gestaltete sich die Bewegung, die sie nun vollzog, indem sie ein Bein nach vorn stellte, ein wenig ihre Knie abwinkelte, den angehobenen Arm schräg stellte und das Messer mit leichtem Schwung – so wenig weibisch wie viril, sondern geschlechtslos umstandslos – niederfahren ließ und die Klinge zur Gänze in den Körper des Plattnasigen stieß. Und zwar genau an der Stelle, an der die Schulter in den Hals überging. Sie hatte etwas dazugelernt. Sie hatte begriffen, daß mit derselben kühlen Eleganz und harten Beiläufigkeit, mit der ein Schlag ins Gesicht zu bewerkstelligen war, auch das Zustechen mit einem Messer erfolgen konnte.

Dieses Messer war nun nicht ganz so mächtig wie jenes, das der Plattnasige in seiner Hand hielt und noch immer gegen Reisigers Wange gerichtet hatte. Doch erwies es sich als lang und scharf genug, um auch ohne ein Extra an eingesetzter Kraft und Rasanz oder gar Raserei, sondern eben auf jene ruhige und flüssige Weise einen größtmöglichen Schaden anzurichten. Zwar schien der Plattnasige zu lächeln, noch dazu abfällig, als halte er Frauen für unfähig, eine Zielscheibe von einer Satellitenschüssel zu unterscheiden, Tatsache aber war, daß die Spitze des Messers durch seine Halsschlagader gegangen und in die Luftröhre eingedrungen war. Diese Messerspitze, welche ebenfalls die gleichmäßige Bogenform einer Kirchenpforte besaß, hatte ihrerseits eine Pforte geschaffen, aus der nun das Leben des Plattnasigen ausrann und sein Odem verdampfte. Da konnte er lächeln, soviel er wollte. Die anderen aber taten sich schwer, zu glauben, was sie da sahen, dieses Messer, dessen braun und grün und grau gefleckter Knauf gleich einer kleinen Flosse aus der Schulter herausstand. Einen kurzen Moment hielt sich der Plattnasige aufrecht oder wurde auch nur von sturen Dämonen gestützt, dann kippte er zur Seite, fiel von Reisiger herunter, als sei er aus dem Sattel eines Pferdes geschossen worden. Einen Moment schien sein Lächeln in der angestammten, aufrechten Position zu verharren, in etwa wie der grinsende Mund der sich auflösenden Cheshire-Katze aus Alice im Wunderland. Sein Tauchermesser allerdings nahm der Plattnasige mit sich. Reisiger blieb also wie er war: zweiäugig.

Übrigens würde in ersten Zeitungs- und Fernsehberichten betont werden, daß der Plattnasige *nicht* auch jener Hooligan gewesen war, welcher der Frau ins Gesicht geschlagen hatte, weshalb die Presse geneigt war, einen bewußten Racheakt auszuschließen. Vielmehr vertrat man allgemein die Ansicht, daß die energische Handlung allein darin begründet lag, eine Tötung oder schwere Mißhandlung Reisigers zu verhindern. Auch dachte niemand daran, daß die Frau die Klinge mit voller Absicht genau an dieser bestimmten Körperstelle untergebracht hatte. Schon gar nicht wollte irgend jemand ihr die gemeingefährliche Beschaffenheit des Messers – des Dorftrottelmessers – zum Vorwurf machen.

Nein, man sah diese beherzte Frau als einen Engel an. Und zwar einen erfolgreichen, ganz im Gegensatz zu den beiden servierenden Renaissancegestalten. Und erfolgreich war sie nun auch tatsächlich gewesen. Vom Opfer zum Engel. Reisigers Rolle hingegen blieb unklar, obgleich *er* es ja gewesen war, der hier mit dem »Retten« begonnen hatte. Aber sein von vielen Zeugen beschriebener Mut, seine unglaublich provokanten Äußerungen, der Wahnwitz, mit dem er ein Messer aus der Hand geschlagen und sich einem anderen Messer ausgeliefert hatte, seine beobachtete Fröhlichkeit währenddessen, das alles führte bei aller Bewunderung auch zu einem großen Unbehagen. Vor allem führte es zu der Vermutung, daß Leo Reisiger wenigstens im Moment der Geschehnisse nicht bei Verstand gewesen war, daß wahrscheinlich der Anblick der beiden bedrohten Frauen, die Zerrissenheit zwischen seiner Angst und der Verpflichtung zur Zivilcourage (der gesetzlichen Verpflichtung, wie man nicht vergessen sollte) zu einem hohen Maß an Verwirrung geführt hatte. Einer Verwirrung, die dann auch die Verwirrung der Hooligans nach sich gezogen hatte.

So spät das Erscheinen der Polizei erfolgte, so gering war das Aufheben, welches sie angesichts der Umstände machte. Die Beamten zeigten sich informiert, daß heißt, daß sie sich nicht etwa auf den unschuldigen Reisiger stürzten, vielmehr nahmen sie, ohne grob zu werden oder grob werden zu müssen, die vier überlebenden Hooligans fest und sicherten den Tatort. Und zwar nicht anders, als wollte man eine archäologische Stätte vor ungewollter Beschädigung schützen. Man war freundlich gegen die jetzt zahlreichen Neugierigen, nicht minder freundlich, wenngleich unverbindlich gegen die rasch eingetroffenen Medienleute und verhielt sich im übrigen so, wie man das an einem solchen Ort erwarten durfte. Es schien, als bestünde in dieser Stadt selbst noch die Polizei aus lauter Aristokraten, aus Menschen, die diese bestimmte Körperhaltung einnehmen, als würden sie sich noch am tiefsten Grund auf einer Aussichtswarte wähnen und Ausschau halten. Und auch gar nichts dabei finden, sich über das Objekt ihrer Ausschau im unklaren zu sein.

Die beiden Frauen und Reisiger waren unverzüglich in ein Krankenhaus gefahren worden, das schloßartig auf einem hohen Hügel thronte und von dem man einen gesundheitsfördernden Blick auf den See und die entfernten Berge sowie die schneckenförmig gegen das Ufer gebaute Stadt besaß. Durch die hohen Fenster fiel das Licht wie in zugeschnittenen Platten und bildete gleichmäßige Muster. Alles hier wirkte sehr geordnet, zweihundertjährig erprobt. Keine der katholischen Schwestern lächelte. Sie sahen alle aus, als dienten sie in einem Lazarett des ersten Weltkrieges. Es handelte sich nicht um Bestien, natürlich nicht, aber sie hatten etwas an sich, was die Patienten dazu brachte, sich mit dummen Fragen und maßlosen Forderungen zurückzuhalten. Auf diese Weise herrschte große Ruhe, und jedermann war mit sich selbst und dem weiten, blauen, hellen Himmel beschäftigt, der hier überall gegenwärtig war. Im Grunde war es ein Ort, um zu sterben.

Nun, Reisiger starb nicht. Ein Arzt untersuchte die Schnittwunde ohne merkbares Interesse, murmelte ein paar Begriffe, als erstelle er einen Einkaufszettel, und überließ sodann zwei Schwestern das Feld, die mit harten Gesichtern, aber geschickten Händen Reisiger mehrere Injektionen verabreichten, die Wunde vernähten und ihm einen Verband anlegten, der so stabil und weiß und enganliegend war, daß es Reisiger vorkam, man habe ihm eine Prothese eingefügt. Erstaunlicherweise war dieses Gefühl ein angenehmes. Wie Schuhe, die passen.

Alsbald erschien Reisigers Geschäftspartner und verlangte die Verlegung des Patienten in ein Einzelzimmer. Die angesprochene Krankenschwester sah stumm durch ihn hindurch. Ohnehin winkte Reisiger ab. Er wollte liegenbleiben, wo er lag. Er wollte schlafen. Das tat er dann auch. Einen Tag und eine Nacht. Er war jetzt gewissermaßen im Urlaub.

Nur einmal wurde sein Schlaf unterbrochen. Zum Essen, das man idealerweise mit der Befragung durch zwei Kriminalbeamte kombinierte. Während Reisiger ein durchaus üppiges Mahl zu sich nahm, ohne behaupten zu können, daß der rote, marmeladige Streifen in der braunen Sauce wirklich nötig gewesen wäre, beschrieb er den Beamten in präziser Reihenfolge das Geschehen. Natürlich sprach er weder von seinem verbrannten Lottoschein noch von seinem Bedürfnis nach Strafe. Er erklärte bloß, sich verpflichtet gefühlt zu haben einzugreifen.

»Es wird behauptet«, meinte einer der Polizisten, »Sie hätten die Rowdys provoziert.«

»Ich habe mich bemüht, nicht unbedingt ängstlich aufzutreten.«

»Es war von ... von Augen die Rede.«

»Das ist nicht meine Idee gewesen, sondern die von dem Kerl, der jetzt tot ist. Eine Kontroverse über den Unterschied zwischen dem Japanischen und dem Europäischen. Ein Scheingefecht, um das eigentliche Gefecht vorzubereiten. Ich wollte dem Burschen ein wenig Kopfweh bereiten.«

»Das scheint Ihnen gelungen zu sein«, sagte der Polizist.

Dann ließ man Reisiger in Ruhe. Man vergaß nicht, daß er ein Opfer in dieser Geschichte war, so ungewöhnlich er sich auch benommen haben mochte. Und so sehr sein Verhalten höchstwahrscheinlich den tödlichen Ausgang provoziert hatte. Vor allem vergaß die Polizei nicht – so vornehm war man hier –, daß sie selbst die eigentliche Schuld trug, indem sie viel zu spät erschienen war. Reisiger hatte an ihrer Stelle agiert: laienhaft, kurios, konfliktträchtig, aber gehandelt.

Vier

Am Morgen danach wurde Reisiger entlassen. Ein Kriminalbeamter – noch eleganter und höflicher als die zwei vom Vortag – empfing ihn und geleitete ihn zu der Schar von Reportern, die bukettartig vor dem Krankenhaus versammelt waren. Der Fall hatte einige Aufmerksamkeit erregt, immerhin handelte es sich bei jener Anoraktrãgerin, die in der vollkommensten Weise zugestochen hatte, um eine ehemalige, nicht ganz unberühmte Schlagersängerin, die am Höhepunkt ihrer Karriere irgendeinen wirklich reichen Menschen geheiratet hatte und seither Bücher schrieb, die alle auf einer norwegischen Insel spielten. Daß sie einen Mann erstochen hatte, anständigerweise gar nicht anders hatte handeln können, wurde ihr auf eine mal verschämte, mal unverblümte Weise hoch angerechnet.

Allerdings stellte sich heraus, daß der Tote – der so wenig wie die anderen etwas mit »Honved« am Hut hatte, da mußte sich Reisiger verhört haben –, daß dieser Tote also mit dem wirklich reichen Gatten der Frau verwandt war. Die Presse witterte irgendeine Ungeheuerlichkeit, tappte aber vollständig im dunkeln. Umso mehr erhoffte man sich von Reisiger eine Antwort auf so manche Frage. Antworten, die er freilich nicht geben konnte. Der Name der Sängerin war ihm nur vage vertraut, und deren vielbeachtete Hochzeit definierte er als ein »Ereignis außerhalb meines Horizonts«.

Reisiger mußte den Reportern als elitär erscheinen, allein, wie er sprach, allein, daß er vorgab, noch nie von einem Chanson mit dem Titel *Ein Herz aus Schnee* gehört zu haben, einem Lied, das die Sängerin für eine kleine Ewigkeit dem Bewußtsein der Menschen erhalten würde. Fraglos präsentierte sich Reisiger als ein freundlicher Ignorant, als ein im Grunde scheuer Mensch, der nicht aus Überzeugung, sondern aus einer Gewissensnot heraus so ungemein forsch aufgetreten war. Der in seiner Verzweiflung quasi explodiert war, um schlußendlich doch recht kümmerlich zu versagen. Hätten die Presseleute freilich geahnt, daß sie dem Gewinner jener unberührten, wenn nicht sogar verschmähten Lottomillionen gegenüberstanden, ihre Mutmaßungen wären ins geradezu Literarisch-Metaphysische hochkatapultiert. So aber qualifizierten sie Reisiger als wenig ergiebig: keine Quelle, kein Star, kein Engel. Und doch ein bißchen Held des Tages.

Am selben Nachmittag noch traf Reisiger seinen Geschäftspartner, einen Kenner des asiatischen Marktes, vor allem des chinesischen, der in Shanghai, diesem Ort, der sich immer mehr zu einer Art Lego-Stadt entwickelte, eine PR-Agentur betrieb. Auch in China wuchsen Leute heran, die sich einbildeten, ein übernatürlich feines Gehör zu besitzen, und denen es als Zumutung erschien, ihr Gehör an mediokre Unterhaltungselektronik zu verschwenden. In China bildete sich eine neue Schicht audiophiler Snobs, die bereit war, die Schönheit eines zwei Finger dicken, rubinroten Plattentellers über jede andere Schönheit zu stellen.

Reisigers Geschäftspartner zeigte sich untröstlich ob des Vorfalls, empfand es als unglaubliche Schlamperei, daß Hooligans bis ins Stadtzentrum hatten vorstoßen können, ein Stadtzentrum, welches statistisch gesehen zu den friedlichsten Orten in diesem Land zählte. Von der Welt ganz zu schweigen, in der friedliche Plätze so gut wie immer mit menschenleeren einhergingen.

»Alles nicht so schlimm«, sagte Reisiger, machte ein Angebot, unterschrieb einen Vertrag, trank ein Glas Wein, ließ sich zum Flughafen bringen und flog heim. Manche Geschäfte wickelte er in einer Weise ab, als ginge es um drei Säcke Vogelfutter. Das waren die besten.

Als er am nächsten Tag das Foyer der Firma betrat, in der er arbeitete, bemerkte Reisiger bereits am Blick der Empfangsdame diese gewisse erregte Ängstlichkeit, mit der man Menschen begegnet, deren Verwicklung in ein Verbrechen soweit geht, daß man ihre Gesichter in Zeitungen bestaunen kann. Und Reisigers Gesicht tauchte in einer ganzen Reihe von Blättern neben dem der Schlagersängerin auf, einmal sogar zwischen ihrem und der ihres Gatten, was sich natürlich eignete, Irrtümer zu provozieren. Weniger oft hingegen war das Gesicht des Toten zu sehen, vielleicht auch nur, weil die Zeitungen über kein aktuelles verfügten. Sehr wahrscheinlich füllte Reisiger – Reisiger, der Passant – bloß eine Lücke und war anstelle des Toten so oft zur Abbildung gekommen. Wie auch immer: Er wirkte auf diesen Fotografien ausgeruht, auf eine zurückhaltende Art vergnügt, auch jünger, als er war, nicht wirklich wie ein Opfer, und schon gar nicht wie ein an der Hand verletztes, wenngleich natürlich eine solche Verletzung sich nicht unbedingt in einem Gesicht widerzuspiegeln brauchte. Aber wer wußte das schon? Die Leute sahen diese Bilder und dachten sich, daß ein derart erholt aussehender Mensch nie und nimmer ein Opfer sein konnte. Eher ein Spekulant, der richtig spekuliert hatte.

»Schönes Foto«, sagte Reisigers Sekretärin und klopfte mit einem ihrer kleinen, dicken Finger auf das Papier der aufgeschlagenen Tageszeitung.

»Wen meinen Sie?« fragte Reisiger im Ernst, welcher selbst noch keinen einzigen Blick auf eines seiner Porträts geworfen hatte.

»Na, Ihr Bild hier. Ich dachte immer, auf solchen Aufnahmen müsse man schrecklich aussehen. Wie ein Kaninchen oder Massenmörder. Oder als hätte man eine Geschlechtsumwandlung hinter sich. Sie aber machen einen ganz prächtigen Eindruck. Man erkennt Sie kaum.«

»Ich hoffe«, meinte Reisiger mit einer grauen, harten Stimme, »ich bin heute wieder der alte.«

»Kann ich bestätigen«, erklärte die Frau. »Es muß wohl an uns hängen. Sie mögen uns nicht, die ganze Firma nicht. Ist doch so, oder?«

Sie selbst, die Sekretärin, gehörte zu den vielen, die diese Firma liebten. Sie hätte für das Unternehmen ihr Haus und ihren Mann aufgegeben. Auch einen möglichen Liebhaber. Was weniger mit einer pathologischen Anhänglichkeit zu tun hatte, schon gar nicht mit irgendeiner Not, sondern mit dem identitätsstiftenden Charakter eines Betriebes, in dem Tonarme erzeugt wurden, welche die Schönheit und Perfektion natürlicher Gliedmaße besaßen, Tonarme, für die selbst Leute in

China ins Schwärmen gerieten. In ein Schwärmen, wie nur wenige Kunst es hervorruft, außer die Musik selbst, in der die Schwärmerei wie ein Embryo angelegt ist.

Die Sekretärin hatte natürlich recht. Reisiger wirkte immer ein wenig unglücklich, wenn er dieses Gebäude und dieses Zimmer betrat, das hoch und breit und mit geschwungenen Wänden und geschwungenen Schreibtischen seinem eigenen vorgelagert war. Er hätte lieber Mondkarten studiert oder auch nur seine Tage mit Spaziergängen verbracht.

Anstatt aber auf den Vorwurf seiner Sekretärin einzugehen, einen Vorwurf, der sich ständig wiederholte, fragte Reisiger nur: »Etwas für mich?«

»Dr. Moll möchte mit Ihnen sprechen. Um elf in seinem Büro. Er will wohl wissen, wie es Ihnen geht. Nach dieser ... Episode.«

»Noch was?«

»Ein Herr Pliska wartet auf Sie.«

»Pliska?«

»Ich habe ihn gebeten, in Ihrem Büro zu warten.«

Nun, das entsprach an sich der Usance. Zumindest im Falle angemeldeter Personen, die zu früh kamen oder eine Verspätung Reisigers abzuwarten hatten und die man ruhigen Gewissens in sein Büro führen konnte, welches ein Musterstück an Unpersönlichkeit darstellte. Nüchtern, modern, hell und stets aufgeräumt. Ein Saustall, ein noch so kleiner, ergab sich ganz einfach nicht. Von Computer und Telefonanlage abgesehen war sein Schreibtisch eine leere Fläche. Keine Fotos seiner Frau oder seiner Kinder, keine Unterlagen, keine Entwürfe, kein Zeichen von Fleiß. Fleiß war für Reisiger auch nicht wirklich ein Thema. Er hatte gute Einfälle, die er vernünftig verwaltete.

»Ich kenne niemand, der Pliska heißt«, erklärte Reisiger.

»Er hat auch keinen Termin«, stellte die Sekretärin fest.

»Was will er dann?«

»Ich weiß es nicht. Ich dachte, daß er vielleicht mit dieser Geschichte ...«

»Sie können doch nicht einfach jemand, der ohne Termin ist, in mein Büro lassen. Wie kommt der Mann überhaupt am Empfang vorbei?«

»Er hat einen Hund bei sich«, erklärte die Sekretärin.

»Meine Güte, was soll das jetzt wieder heißen?«

»Herr Reisiger, Sie brauchen nicht laut zu werden«, sagte die Sekretärin leise, wobei sie aber einen geradezu schreienden Blick hinüber zu den beiden Kolleginnen warf, die hinter ihren hellblauen, geschwungenen Tischen aussahen wie Badende, die bis zum Nabel im Wasser standen.

»Seit wann werden hier Leute vorgelassen«, wunderte sich Reisiger, »bloß weil sie einen Hund an der Leine führen?«

»Einen dreibeinigen Hund«, erläuterte die Sekretärin und machte ein Gesicht, als sei damit eigentlich alles gesagt. Alles erklärt.

Reisiger schnaubte verächtlich, legte seinen Kopf zur Seite und betrachtete die Sekretärin einen kurzen Moment, wie man eine leichte, aber hartnäckige Krankheit betrachtet. Bläschen auf der Zunge. Eine entzündete Nasenscheidewand. Er hatte diese Frau noch nie ausstehen können. Sie war bereits unter seinem Vorgänger und dessen Vorgänger hier gesessen und schlichtweg unkündbar. Wofür sie nicht einmal ihr Haus hätte opfern müssen oder ihren Mann oder ihren Liebhaber. Bei dem es sich übrigens um Dr. Moll, den Gründer und Mitbesitzer der Firma handelte. Wurde zumindest behauptet. Ihre Unkündbarkeit jedenfalls, ihre wurzelartige Verbundenheit, hatte weniger mit Moll zu tun als mit dem Umstand, daß diese Frau die Funktion einer tragenden Wand besaß.

Ohne ein weiteres Wort gegen diese tragende Wand zu richten, trat Reisiger in sein Büro und schloß hinter sich die Türe. Dann fragte er: »Herr Pliska?«

»Ja!?« Der Mann stand vor dem einzigen Bild im Raum, einer kleinen abstrakten Malerei in Schwarz und Weiß, auf der zwei senkrechte, dunkle, an den Enden ausgefranste Balken sich Seite an Seite von einem schmierigen, grauweißen Hintergrund abhoben.

»Sieht aus wie ein Franz Kline«, meinte der Unbekannte.

An Stelle einer Antwort sagte Reisiger: »Sie sind doch hoffentlich nicht hier, um sich mit mir über Malerei zu unterhalten.«

»Selbstverständlich nein«, versicherte der Mann und wandte sich mit der Winzigkeit einer Verbeugung von dem Gemälde ab, wie man das vielleicht im Falle eines Andachtsbildes noch hätte begreifen können.

Reisiger bemerkte diese Verbeugung oder dieses bloße Nicken vor dem Bild. Er ahnte Schlimmes. Und er ahnte es zu Recht.

»Tom Pliska«, nannte der Mann seinen vollständigen Namen und zeigte mit einer Geste an, daß es sich im Sitzen weit besser reden ließe.

Reisiger, als Gastgeber im Hintertreffen, schien jetzt überhaupt erst zu sich zu kommen und lud Pliska endlich ein, auf einem der beiden, mit hellrotem Stoff bespannten, schalenförmigen Stühle Platz zu nehmen, die wie zwei ausgehöhlte Herzen einem niedrigen, quadratischen und kohlschwarzen Tisch zur Seite standen. Der Tisch ruhte auf seinem eigenen Schatten wie auf einem fetten Polster.

Pliska ließ sich in einer sehr häuslichen Weise auf dem Sessel nieder und schlug die Beine übereinander, als brächte er eine riesenhafte Schere zum Einsatz. In der neuen Stellung wirkten seine Beine noch länger, als sie ohnehin waren. Damenhaft lange Beine, die in derart saubere und glatte schwarze Lederschuhe mündeten, als sei Pliska damit noch keine zehn Meter gegangen. Über dieselbe Akkuratesse verfügte auch der dunkelblaue Nadelstreifenanzug, während hingegen das weiße Rüschenhemd einen leicht verdreckten und verdrückten Eindruck machte.

Diese Mischung war typisch für Pliska, der in der Art eines Popstars zwischen dem Gepflegten und dem Verlotterten changierte. Sein schulterlanges, leicht gekräuseltes, schwarzes Haar, in dem ein Schuß Violett einsaß, sah aus wie frisch aus der Trockenhaube, aber in seinem Gesicht sprossen Bartstoppeln, die weniger schick und leger anmuteten, als daß sie in ihrer narbenhaften Unregelmäßigkeit für ein schweres Schicksal zu stehen schienen. Als hätte der gute Pliska ein gewisses übermächtiges Alkoholproblem.

Er mochte um die Dreißig sein und besaß ein Gesicht, welches man eigentlich als das eines nicht bloß schönen, sondern übertrieben schönen Menschen bezeichnen mußte. Die Übertriebenheit ergab sich nicht zuletzt aus den Brüchen, wie eben jenem ungeordneten Bartwuchs, aber auch der leichten Aufgeschwemmtheit, als sei Pliska in seinem Leben zu oft beatmet worden, als sei er bereits viel zu oft Objekt Erster Hilfen gewesen. Am abstoßendsten aber – zumindest empfand dies Reisiger so – waren Pliskas Augen, die man für das Produkt eines wahnsinnigen Optikers halten konnten, Maschinenaugen, zusammengesetzt aus den Scherben eines giftgrünen Parfümflakons, das irgendeine sensible Gräfin auf den Marmorboden ihres Badezimmers geschmettert hatte. Ja, angesichts dieser Augen mußte man ganz einfach an Gräfinnen und Hysterie und vornehm kalte, steinerne Böden denken. Diese von Drogen polierten Augen waren von einer derart scharfen Helligkeit bestimmt, daß man bei aller Schönheit nur ungern hineinsah, wie man ungern in das Licht einer Glühbirne sieht.

Im Einklang mit dieser Beobachtung zog Pliska eine kleine, vergoldete Schmuckdose aus seinem Jackett, hob den Deckel an und griff sich aus einer Menge rosafarbener Kügelchen zwei, drei Stück heraus, die er mit dünnen, gabelartig gebogenen Fingern zwischen seine Lippen schob. Er tat dies ruhig und ohne daß etwa seine Hände gezittert hätten. Offenkundig gehörte er zu denen, die ihre »Medizin« wenigstens zur rechten Zeit einnahmen. Schluckend meinte er: »Ein Büro, in dem es sich leben läßt.« Und fügte mysteriöserweise hinzu: »Wenn man an das Leben glaubt.«

Reisiger aber ignorierte die Bemerkung. Ihn beschäftigte etwas ganz anderes: »Wo ist eigentlich Ihr Hund?«

»Komm her, Vier! Zeig dich!« rief Pliska, dessen rötlicher Teint weniger auf Urlaube im Süden oder das Leben in Sonnenstudios verwies als auf einen phasenweise recht hohen Blutdruck, den wiederum der notorische Konsum von Amphetaminen verursachte. Pliska verabreichte sich eine Unmenge dieser Stimulanzien, tat dies mit Hingebung und Konsequenz, und wenn man seine Tagesrationen bedachte, war es ein Wunder, daß er nicht explodierte. Tatsächlich bewegte er sich auf einem schmalen Grad, aber eben auf einem Grad, der im richtigen Wechsel der sich zum Teil konterkarierenden Substanzen bestand.

Pliska rief also nicht etwa »Struppi« oder »Nero« oder »Churchill«, sondern tatsächlich »Vier!«, woraufhin ein eher kleiner Hund, den kurzen Schwanz hoch aufgerichtet, hinter dem Schreibtisch hervorkam. Er besaß ein schmales Gesicht, eine längliche Schnauze, stehende, blattartig spitze Ohren und offenbarte den für kleingewachsene Mischlingshunde typischen unmenschlich treuherzigen Blick. Ein Blick gleich einer devoten Anklage. Einer Anklage gegen eine Welt, in der das beste Essen auf hohen Tischen landete.

Die Zeichnung des kurzen, glanzlosen Fells bestand aus verschieden großen, schwarzen Flecken auf weißem, stellenweise ein wenig gräulichem Hintergrund, gerade so, als würden ein paar dieser Flecken abfärben. Verglichen mit der Kürze des Leibs, stand der Hund auf relativ hohen Beinen, was den genauen Beobachter auf den Gedanken bringen konnte, daß Pliska und sein Hund also doch etwas gemein hatten. Der linke, hintere Lauf jedoch war von einem Holzstock zur Gänze ersetzt. Zwangsläufig humpelte der Hund. Zwangsläufig ergab dies einen Anblick, der geeignet war, ganze Herzen zu erweichen.

Auch Reisiger konnte nicht anders, als gerührt zu sein. Der berühmte Stich in die Brust ereilte ihn. Beinahe hätte er gefragt, warum denn dieser Hund so dünn sei. Freilich war das Tier in keiner Weise ausgemergelt, sondern schlichtweg drahtig. Die Frage, die Reisiger dann stellte, war die nach dem Namen: »Vier?«

»Ja«, sagte Pliska, »der Name steht praktisch für das Bein. Der Name kompensiert den Mangel.«

»Das nützt dem Hund aber nicht viel.«

»Woher wollen Sie das wissen?« fragte Pliska und strich mit zwei geschlossenen Fingern über die Stirn des Tiers. Vier hatte sich neben Pliska auf seinem Hinterteil niedergelassen, wobei er mit großer Geschicklichkeit vorgegangen war, sein Holzbein in die gewünschte Position zu manövrieren. Für einen Moment wirkte Vier geradezu perfekt. Als seien Holzbeine ein so vernünftiges wie dekoratives Geschenk der Natur.

Reisiger unterließ es, weiter auf die Frage nach dem Sinn oder Unsinn einer ausgleichenden Namensgebung einzugehen, meinte statt dessen: »Es wäre vielleicht nett gewesen, Herr Pliska, Sie hätten sich vorher angemeldet.«

»Nicht meine Art«, verkündete Pliska. »Darum ja auch ein dreibeiniger Hund. Es ist erstaunlich, wie sich in Begleitung von Vier einem die Türen öffnen. Ich war neulich in der englischen Botschaft. Aus einer puren Laune. Man sollte annehmen, daß englische Botschaften und englische Botschafter vorsichtig sind. Mit so einem Hund aber, der sein Holzbein hinterherschleppt, bedarf es keiner Ausweise und Genehmigungen. Der Hund ist die Legitimation. Sein Elend bewegt, und es versichert. Wer wollte auch annehmen, daß ein Mensch mit einem solchen Hund etwas Böses im Schilde führt.«

»Und? Führen Sie etwas Böses im Schilde?« fragte Reisiger ungeduldig.

»Ich bin hier, um eine Einladung auszusprechen. Im Auftrag, versteht sich. Es wäre schön, wenn Sie annehmen würden.«

»Sie werden mir jetzt hoffentlich sagen, wer mich einlädt und wohin.«

»Das liegt doch auf der Hand.«

»Nein, tut es nicht«, verkündete Reisiger mit anwachsendem Ärger. Eigentlich hatte er Lust, diesen pillenschluckenden Rüschenhemdträger einfach hinauszuwerfen. Ganz gleich, was der zu sagen hatte. Ganz gleich, wie schön dessen schwarzweißer Hund das Holzbein von sich streckte.

»Bobeck«, sagte Pliska. »Siem Bobeck.«

Reisiger machte ein ratloses Gesicht.

»Sie sollten wissen, wer Siem Bobeck ist«, meinte Pliska. »Sie haben seine Frau gerettet. Oder sagen wir lieber, seine Frau hat Sie gerettet.«

»So würde ich das nicht sehen. Dieser Junge, der starb, dieser ...«

»Fred Semper«, erinnerte Pliska.

»Ja. Dieser Fred Semper hätte nie und nimmer zugestochen.«

»Fred war ein Aas«, sagte Pliska. »Er hätte kaum darauf verzichtet, Ihnen einiges an Schmerzen zuzufügen. Er besaß eine sadistische Ader. Und ein Inszenierungsbedürfnis. Von seinen Kumpels abgesehen, wird niemand ihn vermissen. Auch seine Mutter nicht. Sie ist Siem Bobecks Schwester. Eine fürchterliche Familie, die Sempers. Es gibt Leute, die bestehen einzig und allein aus einem Loch, in dem Geld verschwindet. Die Sempers sind so.«

»Bobecks Geld, nehme ich doch an.«

»Herr Bobeck ist ein großzügiger Mensch. Ich persönlich halte das für einen Fehler, obgleich ich für Siem Bobeck arbeite und die Höhe seiner Entlohnung zu schätzen weiß. Aber eine Familie wie die Sempers gehört ausgehungert. Mit jedem Geldschein rutschen die tiefer ins Asoziale und Abartige.«

»Was sind Sie eigentlich? Bobecks Leibwächter?«

»Sein Sekretär«, sagte Pliska. »Herr Bobeck lebt äußerst zurückgezogen. Was außerhalb dieser Zurückgezogenheit zu erledigen ist, überläßt er mir. Zum Beispiel hierherzufahren, um Sie, cher Monsieur, für das nächste Wochenende einzuladen. Herr Bobeck würde sich gerne mit Ihnen unterhalten.«

»Er kann mich anrufen, wenn er das für nötig hält.«

»Er hält es für nötig, Ihnen persönlich zu begegnen.«

»Warum schickt er dann Sie?«

»Er verläßt sein Haus nicht.«

»Eine Krankheit?« fragte Reisiger.

»Das auch«, sagte Pliska. Und ergänzte: »Eine Störung des Gleichgewichtssinns. Es ist Herrn Bobeck unmöglich, sich freihändig durch einen Raum zu bewegen. Da nützt auch ein Stock nichts und keine helfende Hand. Abgesehen davon, daß Herr Bobeck es nicht schätzt, an der Hand geführt zu werden. Wer schätzt das schon?«

»Man kann ja auch sitzen.«

»Richtig. Herr Bobeck ist ein Freund des Sitzens, also ein Freund der Stühle. Weniger aber der Rollstühle. Weshalb er es vorzieht, zu Hause zu bleiben.«

»Nun, was auch immer sich Herr Bobeck von mir erwartet«, sagte Reisiger, »ich würde ihn enttäuschen. Meine Reaktion in dieser Sache war unkontrolliert, unmäßig und gedankenlos. Ich wollte nicht wirklich jemand retten. Ich wollte nicht wirklich in eine Schlägerei geraten. Sehen Sie mich an, für wen halten Sie mich?«

»Es ist nicht mein Job, Sie für jemand Bestimmten zu halten«, meinte Pliska kühl. »Ich soll Sie nur davon überzeugen, wie sehr es Herrn und Frau Bobeck freuen würde, könnten Sie dieser Einladung folgen. Die Bobecks bewohnen ein wunderbares Haus in einer wunderbaren Gegend. Eine Menge Leute wären glücklich, in dieses Haus aufgenommen zu werden. Selbst der Kanzler. Selbst der Bundespräsident. Aber die bleiben draußen, egal, wie sie gerade heißen.«

»So reich?« fragte Reisiger.

»Das ist keine Frage des Reichtums, sich einen Kanzler vom Hals zu halten. Halten zu wollen. Eher eine Frage des guten Geschmacks. Herr Bobeck ist fraglos der führende Molekularbiologe und der führende Verhaltensforscher unserer Zeit, ohne Professur, ohne Institut, quasi von seinem Schreibtisch aus, von seinem Kopf aus. Man hätte ihm längst den Nobelpreis zugesprochen, hätte er nicht dezidiert erklärt, einen solchen Preis niemals annehmen zu wollen. Den Nobelpreis annehmen, das wäre für Bobeck, als müßte er den Ring des Papstes küssen.«

»Daran kann ich nichts Schlechtes erkennen«, sagte der Katholik Reisiger.

»Ich bitte Sie, das ist lächerlich, einen Ring küssen, einen dummen Preis annehmen, welchen doch – schauen Sie mal genau hin! – eine Menge dummer Leute erhalten haben. Nein, Siem Bobeck steht über solchen Dingen. Es wäre ihm zuwider, seine Forschung in den Dienst einer Nobelpreisbesteigung zu stellen.«

»Nicht jeder Nobelpreis ist ein anvisierter Gipfel.«

»Sie täuschen sich«, meinte Pliska und zwinkerte seinem Hund wie einem ungleich intelligenteren Wesen zu. »Die Leute betteln danach. Erst wenn sie den Preis haben, wenn sie mit beiden Beinen in diesem Preis drin stehen, wie man eigentlich im Blut seiner Feinde steht, dann erst tun sie so, als hätte man sie schlagen müssen, diesen Preis auch anzunehmen.«

»Macht denn eigentlich die Molekularbiologie einen Menschen reich?« fragte Reisiger.

»Sie macht einen zumindest nicht arm. Aber das ist es nicht. Bobecks Vermögen stammt aus anderer Quelle. Das ist jetzt gut drei Jahrzehnte her, daß er mit einer kleinen Erbschaft ein marodes Modehaus erstanden hat, um es zu einem außergewöhnlich gutgehenden Unternehmen zu führen. Ohne dabei seinen Namen groß herausgestellt zu haben.«

»Hat er sich geniert?«

Pliska aber schüttelte den Kopf und meinte: »Unwahrscheinlich, daß irgendeine Scham im Spiel war. Eher Vernunft. Vor einigen Jahren hat Bobeck das ganze Unternehmen verkauft. Ohne Tränen zu vergießen und mit enormem Profit. Nicht anders als ein Gemälde, das man als kleine, verdreckte Leinwand samt einem bißchen Öl drauf erwirbt und als ein ausgewiesenes Meisterwerk wieder veräußert.«

»Ein geschäftstüchtiger Biologe also. Soll sein.«

»Ich würde eher sagen: ein Genie, das auch wirtschaften kann.«

»Sie scheinen Ihren Chef zu lieben.«

»Ich hasse ihn«, gestand Pliska. »Er behandelt mich wie eine Laus. Aber er bezahlt mich viel zu gut, als daß ich daran denken könnte, den Job zu wechseln. Bobeck läßt mich einen zauberhaften alten Citroën fahren, schickt mich in der Weltgeschichte herum, erlaubt mir, Anfragen des Kanzlers und des Bundespräsidenten und dieser schwedischen Affen aufs Unhöflichste zu beantworten, und zahlt meine horrenden Telefonrechnungen. Und was sonst noch Horrendes zu zahlen ist. Dafür muß ich mir halt anhören, was für ein widerlicher, kranker Mensch ich bin.«

»Hört sich ungemütlich an«, sagte Reisiger. »Ich glaube nicht, daß ich Lust habe, mein Wochenende mit einem muffigen Genie zu verbringen.«

»Da haben Sie mich aber falsch verstanden«, sagte Pliska und schien nun ehrlich besorgt. »Bobeck behandelt seine Gäste mit der größten Fürsorge. Und sucht sie sich aus, als pflücke er Blumen.«

»Ich glaube nicht, daß Herr Bobeck etwas Florales an mir entdecken wird.«

»Nun, ich kann Sie nicht zwingen.«

»Das klang anfangs aber anders.«

»Ein Mißverständnis«, erklärte Pliska, griff in die Innentasche seines Jacketts und zog ein längliches, weißes Kuvert hervor, das er mit einer umständlichen, deliranten Bewegung auf dem niedrigen, jedoch wuchtigen Tisch ablegte. Die Hülle lag nun auf der tiefschwarzen Oberfläche wie eine vom Himmel geschossene Pforte. Reisiger machte keine Umstände, danach zu greifen.

»Ein Flugticket nach Linz«, erklärte Pliska. »Samstag vormittag. Ich würde Sie von Linz abholen.«

»Linz?« fragte Reisiger, wie man fragt: Fieber?

»Ja. Bobeck lebt in Österreich. Ich hoffe, das ist kein Problem für Sie.«

»Es ist ...« Reisiger konnte nicht recht sagen, was er von diesen Leuten hielt, die nach Österreich gingen, wohl in der merkwürdigen Annahme, daß dort irgend etwas besser sei, die Luft ein wenig luftiger und die Wiesen mehr nach echter, wirklicher Wiese rochen, der Zufall des Lebens noch eine Spur zufälliger vonstatten ging, die Menschen vergnügter waren als etwa in Hamburg ... Aber war das eine Kunst? Vergnügter als die Hamburger sein? War das ein Grund, sich in diesem Land niederzulassen, das von der Geschichte zurechtgestutzt worden war und aus diesem Zustand des Gestutztseins das Recht auf idyllische Kleinstaatlichkeit bezog? Reisiger war sich diesbezüglich unsicher. Ihm selbst war Österreich auf seinen wenigen Besuchen fremd geblieben. Daß die Bäume und Straßen und Gesichter nicht viel anders aussahen als die Bäume und Straßen und Gesichter, die er von Kindheit an gewohnt war, führte keineswegs zu einer Vertraulichkeit. Die Dinge strahlten anders. Sie besaßen – nach Reisigers unklarem Gefühl – eine phosphoreszierende Aufdringlichkeit. Ein im Grunde unnötiges Leuchten. Auch eine Verdoppelung. Alles wirkte doppelt, der Himmel, die Natur, die Menschen. Selbst noch das gesprochene Wort, sodaß also das so folkloristisch verbrämte Echo in den Bergen tatsächlich den vollkommensten Ausdruck zumindest der ländlichen Bevölkerung darstellte.

Dazu kam, daß sich Reisiger ungern vorstellte, von einem flakonäugigen Mann wie Tom Pliska chauffiert zu werden, da mochte es sich um einen noch so zauberischen alten Citroën handeln. Nicht, daß es Reisiger störte, wenn jemand Pillen schluckte, um sich aufrecht zu halten. Das ging in Ordnung. Nur wollte er nicht daneben sitzen, wenn die Straßen enger und kurviger wurden, der Straßenrand als ein magerer Rest von Kultur fungierte und das Uneinsehbare und Überraschende sich zum eigentlichen Kriterium des Verkehrs entwickelte.

»Nett von Ihnen, sich die Mühe gemacht zu haben«, begann Reisiger seine Verabschiedung. »Sagen Sie Herrn Bobeck, es täte mir leid, aber ich hätte – um ganz ehrlich zu sein – überhaupt keine Lust auf Österreich und aufs Fliegen und Autofahren und auf noch so gute und herzliche Gespräche. Sagen Sie ihm bitte auch, es gebe rein gar nichts, was ich ihm berichten könnte, was er nicht schon wüßte. Also, Herr Pliska, nehmen Sie gütigerweise Ihr Kuvert und Ihren Hund, begeistern Sie noch ein wenig meine Sekretärin, wenn Sie wollen, und haben Sie einen schönen Tag.«

»Ihre Entscheidung«, sagte Pliska im Ton der Überlegenheit und erhob sich mit einer Bewegung, die nun überhaupt nicht mehr delirant anmutete, vielmehr flüssig und erhaben. Wobei jetzt wieder seine damenhafte Langbeinigkeit zum Tragen kam, was nur ein klein wenig schwul wirkte, primär aber elegant, ja ziemlich sexy. Man konnte sich ganz gut vorstellen, daß Pliska bei aller Kälte seiner Augen, bei aller Schwammigkeit und dem Kreuz und Quer seiner Barthaare, und auch wenn er alle paar Minuten irgendwelche Pulverchen schluckte, ziemlich gut bei Frauen ankam. Bei jeder Art von Frauen. Außer sie mochten keine dreibeinigen Hunde. Aber das war nun wiederum schwer vorstellbar.

Es zeigte sich also, daß Pliska auch in bezug auf seine Bewegungen, Haltungen und Posen zwischen den Extremen wechselte. Mal formvollendet, mal wackelig. In seinem Fall schien alles auf eine Frage hin- und herschwappender Körpersäfte hinauszulaufen.

Pliska verzichtete darauf, Reisiger die Hand zu reichen. So wie er darauf verzichtete, das Kuvert an sich zu nehmen. Er ging zur Tür, wobei er im Vorbeigehen ein weiteres Mal dem Bild an der Wand zunickte. Die Hand bereits an der Klinke, signalisierte er mit einer fast unmerklichen Geste seinem Hund, der ja noch immer neben dem roten Sessel saß, sich ebenfalls zu erheben. Die Geringfügigkeit der Geste war kaum zu überbieten. Der Hund jedoch reagierte wie auf einen Startschuß.

»Schade«, sagte Pliska. »Purbach hätte Ihnen gefallen. Davon bin ich überzeugt.«

»Purbach?«

»Ja. Der Name der Ortschaft. Dort, wo das Schloß liegt. Bobecks Schloß.«

Purbach, das stellte für Reisiger einen durchaus vertrauten Ortsnamen dar, allerdings nicht in einem österreichischen Sinn, sondern in einem lunaren. Denn Purbach, das war ja auch – und für Reisiger ausschließlich – eine Wallebene auf dem Mond, gelegen in einem kraterreichen Gebiet, das den Namen Arzachel trug und sich entlang des Nullmeridians zum Süden hin ausdehnte. Das lunare Purbach war nach dem Österreicher Georg von Peuerbach benannt worden, einem Astronomen des Mittelalters, dessen deutschem Schüler Regiomontanus man die südlich an Purbach anschließende, jedoch nicht ganz so makellose Wallebene gewidmet hatte. Das war die Geographie, in der Reisiger zu Hause war, mehr als in jeder anderen.

Daß nun ein Ort auf Mutter Erde ebenfalls Purbach hieß, durfte natürlich nicht verwundern. Und dennoch hatte etwas wie ein feiner, ja angenehmer Schrecken Reisiger in diesem Moment ereilt. Eine Spannung baute sich auf, die aus der Vorstellung erwuchs, dieses österreichische Purbach könnte mit dem lunaren etwas gemein haben. Eben mehr als nur den Namen. Hinter dieser Idee – die ja keinen konkreten Grund besaß – stand wohl Reisigers unmöglicher Wunsch, einmal den Mond zu betreten. Zum Beispiel Purbach.

»Ich habe es mir überlegt«, sagte Reisiger, ohne sich eigentlich unter Kontrolle zu haben, wie das manchmal geschieht, wenn man sagt, ich liebe dich, oder großmundig verlauten läßt, ich verzeihe alles, oder ein Theaterabonnement bestellt, um dann trostlose Abende abzusitzen. Er erklärte also, es sich überlegt zu haben, er wolle die Einladung annehmen. Warum auch nicht. Ein Wochenende sei nicht das Leben.

»Das freut mich«, meinte Pliska ohne jeden Spott, jetzt auch stimmlich in eine ganz andere Region vordringend, in eine gewissermaßen gemäßigte Zone. In dieser auch verbleibend, erklärte er, daß sich in dem Kuvert nicht nur das Flugticket befände, sondern auch eine Bahnkarte erster Klasse nach München, von wo Samstag morgen der Flieger nach Linz starte.

»Herr Bobeck will Ihnen aber nicht zumuten«, sagte Pliska, »zeitig in der Früh auf die Bahn zu müssen. Weshalb er für Sie in München ein Zimmer hat reservieren lassen. Freitag abend, morgen also.«

Der Name des Hotels, den Pliska nannte, besaß den Klang eines vorbeischießenden Sportwagens. Als köpfe man einen Drachen.

»Eine Frage noch«, wandte sich Reisiger an den Mann, den er gerade noch zum Teufel hatte schicken wollen, »wo genau liegt dieses Purbach?«

»Südlich von Linz, im Garstner Tal, nahe Windischgarsten. Ein traumhafter Flecken auf siebenhundert Metern. Das ist die richtige Höhe. Man hockt weder in der Grube noch stößt man sich am Himmel. Ein Ort mit Kirche und ein paar Gasthöfen. Nichts, was stören würde, keine Tropfsteinhöhle, kein Eiskanal, kein fulminanter Altar.«

»Das ist gut so«, sagte Reisiger, der bei aller Religiosität fulminante Altäre nicht dem lieben Gott, sondern der verhaßten Kunstgeschichte zuordnete.

»Es wird Ihnen gefallen«, sagte Pliska. »Das Gebäude und der Blick. Berge rundherum. Berge von der sanften wie von der grandiosen Art. Dazu auch gute Straßen. Die Menschen selbst fallen nicht ins Gewicht. Sie haben ihre Roheit kultiviert wie ihre Wälder.«

»Das ist ja wohl ein billiges Vorurteil«, erklärte Reisiger. Nicht, daß ihm irgendeine Landbevölkerung wirklich ans Herz ging.

Pliska zuckte bloß leicht mit der Schulter, öffnete die Türe und trat sodann mit seinem Hund nach draußen. Von hinten machten die beiden den Eindruck eines ungleichen und dennoch vollkommen harmonischen Paars. Als sei Pliska der Bewahrer eines vierten Hundebeins.

Nur wenig später nahm Reisiger hinter seinem staubfreien, sichelartigen, nach einer Seite hin in eine sinnlose, noch dazu gefährliche Spitze mündenden Tisch Platz, schaltete den Computer an und versuchte, sich per Internet über ein im Garstner Tal gelegenes Purbach kundig zu machen. Allein es gelang nicht. Zwar stieß er auf eine Ortschaft selbigen Namens, mußte jedoch an der Beifügung »am Neusiedler See« erkennen, daß *dieses* Purbach unmöglich in Frage kam. Ein anderes aber bot sich nicht an. Kein Purbach mehr im Lande. Weshalb Reisiger eine Alternative versuchte. Eingedenk der ursprünglichen Schreibweise des zumindest für das lunare Purbach namensstiftenden Georg von Peuerbach gelang es ihm, ein Peuerbach im Hausruckviertel aufzustöbern. Nun lag das Hausruckviertel zwar im Oberösterreichischen, wie dies auch für das Garstner Tal zutraf, doch sehr viel weiter im Norden und Westen. Ja, das Hausrucksche Peuerbach besaß seine Koordinate nördlicher noch als Linz, auf halbem Weg nach Passau, während umgekehrt das Garstner Tal schwanzartig in jenen Gebirgspaß überging, der hinüber in das Steirische wies, in etwa wie man mit dem Finger auf eine ziemlich ordinäre Person deutet und trompetet: »Bleib mir vom Leib, Krätze!«

So akribisch Reisiger auch die Karten des Garstner Tals, dieser ganzen sogenannten Pyhrn-Priel-Region, durchforschte, ein Purbach oder Peuerbach war nicht zu entdecken. Auch kein Berg trug diesen Namen, kein See und keiner der Wanderwege. Eine ernste Verzweiflung stellte sich ein, wich aber bald dem Gefühl einer märchenhaften Verzwicktheit. Reisiger überlegte, daß für diesen Ort vielleicht dieselbe zwangsläufige Unauffindbarkeit galt, die Erich Kästner in seiner Geschichte vom doppelten Lottchen behauptet, wenn er meint, daß jenes schauplatzgebende Gebirgsdorf Seebühl am Bühlsee »ausgerechnet nur jene Leute kennen, die man *nicht* fragt«. In dieser Hinsicht gehörte Purbach im Garstner Tal möglicherweise zu einer Anzahl von Ortschaften, die nur auf Karten zu finden waren, die man *nicht* studierte.

Reisiger gab sich also geschlagen, beschloß fürs nächste, keine Karte mehr aufschlagen zu wollen, um nicht – wie er halb im Spaß dachte – mittels hemmungsloser Kartenstöberei die Existenz Purbachs zu verunmöglichen, verließ sein Zimmer und wechselte in das Büro seines Chefs.

Sein Besuch bei Dr. Moll verlief in den üblichen Bahnen. Moll, siebzigjährig, robust, weißhaarig mit kleinem, pinseligen Zopf, vital an der Grenze zum Erträglichen, redete und redete und lief dabei im Raum auf und ab. Reisiger aber saß da, rauchte und tat wenig, um den Zuhörenden zu mimen. Moll war ein Vortragskünstler, jemand, der eine Lawine von Wörtern benötigte, um eine einzige Flocke zu erklären, es jedoch verstand, dieses Mißverhältnis als unumgänglich hinzustellen, weil es nun mal ein Unterschied war, ob man sagte, es schneit, oder auch erklärte, wieso eigentlich.

Moll sprudelte über und füllte ungeschriebene Bücher. Dabei schien es ihm gleichgültig, ob sein jeweiliges Gegenüber bei der Sache war oder nicht. So betrachtet hatte auch jetzt alles seine Ordnung. Moll referierte über den Antrieb des sozialen Menschen, sich einzumischen, Position zu beziehen, nicht bloß Dinge zu wagen, die den Geist strapazierten, sondern eben auch mal etwas, das außerhalb der eigenen körperlichen Kapazität stand. Sprich: sich mit Messerstechern abgeben.

Dr. Moll hielt es trotz aller Unvernunft für lobenswert und vorbildhaft von Reisiger, sich auf diese Konfrontation mit einem Haufen tollwütiger Rowdys eingelassen zu haben. Manchmal zähle eben nichts anderes als eine solche »spontane Intervention«, ein solches »Ablegen der Scheu vor dem Triebhaften, ja, dem Animalischen«.

»Ich beneide Sie«, schloß Dr. Moll einen Wust von Überlegungen ab.

»Worum?« fragte Reisiger, sein erstes hier gesagtes Wort sachte ausstoßend, ausatmend.

»Um Ihre Tat natürlich«, erklärte Dr. Moll. »Ihre Verletzung vor allem. Was wäre eine Tat ohne erlittenen Schmerz? Sie verzeihen, aber was wäre Christus ohne Wunden?«

Reisiger betrachtete den Verband an seiner Hand, der bereits ein wenig Patina angelegt hatte, mit neuem Interesse. Er lächelte müde bei der Vorstellung, zu welchen Einbußen seiner körperlichen Unversehrtheit ein Fred Semper hätte beitragen können, hätte nicht zuvor ein perfekter Messerstich dessen unwürdigem Leben ein Ende gesetzt.

Unwürdig? Noch während Dr. Moll weiterfuhr, sich über die Grandiosität einer im Straßenkampf erlittenen Blessur auszulassen, begann Reisiger, eine gewisse Sympathie für diesen Fred Semper zu entwickeln. Gleichsam aus einer inneren Protesthaltung heraus, die sich gegen das allgemeine Arrangement richtete, Fred Semper sei der Bösewicht in dieser Geschichte. Nun, das schien er auch gewesen zu sein: ein plattnasiger Widerling aus geldfressender Familie, simpler Abschaum. Doch diese Eindeutigkeit störte Reisiger. Störte ihn ganz entschieden. Sein Mitgefühl für den Toten mochte irrational sein, ein Reflex, so wie man Straßentauben mag, nur weil der Großteil der Bevölkerung sie für scheußliche, unförmige Krankheitsüberträger hält. Welche Krankheiten, fragte Reisiger gerne. Schnupfen? Grippe? Röteln?

Er selbst empfand Tauben, genau die, die zwischen unseren Füßen und unseren Autoreifen und zwischen den Beinen unserer Biergartenstühle herumpickten, für ausgesprochen schöne Tiere, edel und grazil, auch liebenswerter als dreibeinige Hunde. Überhaupt war ihm Pliskas Hund suspekt, trotz aller Rührung, die einen kurzen Moment lang auch ihn selbst in den Würgegriff genommen hatte. Vorbei. Hunde erschienen Reisiger ganz grundsätzlich als unseriöse Geschöpfe. Ihre Anhänglichkeit ausgerechnet gegenüber dem Menschen hatte etwas von der durchtriebenen Devotion von Versicherungsvertretern und Staubsaugerverkäufern.

»Wie ich Sie kenne«, meinte Dr. Moll, »sind Sie nicht einmal stolz auf Ihre Tat.«

»Sie wissen doch«, erwiderte Reisiger, »daß ich mir diese großartige Verletzung selbst zugefügt habe.«

»Keine Ausreden«, sagte Dr. Moll, der noch nie bereit gewesen war, sich von bezahlten Mitarbeitern seine Begeisterung zunichte machen zu lassen.

Damit war das Gespräch auch beendet. Reisiger durfte gehen.

Als Reisiger am folgenden Tag früher als sonst sein Büro verließ, beugte sich seine Sekretärin leicht über den Tisch, wie um ihn mit ihren spitzen, kleinen Zähnen einzufangen. Sie fragte: »Wohin am Wochenende?«

Nicht, daß sie das irgendwas anging. Aber es entsprach nun mal ihrer Art, auf eine offene, ungenierte Art Kontrolle auszuüben.

»Kennen Sie Purbach?« stellte Reisiger die Gegenfrage. »Purbach im österreichischen Garstner Tal?«

»Eine herrliche Gegend«, sagte die Sekretärin und machte ein verträumtes Gesicht, als spreche man von einem Ort, an dem eben nicht nur die Luft eine bessere war, sondern auch Dinge wie die Liebe sich ungleich besser entfalten konnten.

Reisiger sah zu, rasch nach draußen zu kommen.

Die Frau 150 000 000

An diesem Freitag, ein paar Tage nach dem rechnerischen Antritt des Frühlings, überantwortete sich auch die Wetterwirklichkeit der neuen Jahreszeit, und zwar mit der Wucht einer überpersönlichen Blähung. Wenn man bedenkt, daß Reisiger gerade noch – wenn auch anderenorts – über vereiste Straßen gegangen war und dabei gemeint hatte, bei einem jeden Ausatmen würde sein Hauch kristallisieren und buchstabenartige Sternchen bilden, so war die Irritation zu verstehen, die er nun verspürte, als er am Nachmittag in München aus dem Zug stieg, hinaus auf die Straße trat und – platsch! – ein Kübel von Wärme sich über ihn ergoß. Diese Wärme, die ein leichter Wind vor sich herschob, besaß nicht jene vertraute Frische, jene kühle Unterpolsterung, wie man das Ende März hätte erwarten dürfen, sondern verfügte über den leichten Stich erster Sommertage, über eine gewisse Verbissenheit sowie einen Druck, der zwar niemanden matt setzte, aber dennoch geeignet war, so manchem Blutkreislauf einen Spiegel vors Gesicht zu halten. Und so manche Wallung zu verursachen.

Zunächst einmal aber stieg Reisiger gleich wieder in den Untergrund hinab, wo ebenfalls eine Wärme vorherrschte, aber eine ganze andere, eine Art Küchenwärme oder Badezimmerwärme, jene feuchte Beengtheit, in der man meinte, die Pilze und die Kinder wachsen zu hören, unterbrochen von Stellen, an denen eine deutliche Kühle heraufzog.

Reisiger hatte es fast schon wieder vergessen. Wie wenig nämlich das Innere der Münchner U-Bahn-Züge jenes urbane Moment der Geschwindigkeit und Mobilität abbildete. Trotz allem Gerüttel meinte man sich in einem Kabinett oder biederen kleinen Wohnzimmer zu befinden. Einem schaukelnden, einem seismographischen Wohnzimmer eben, das mit Furnierimitat ausgekleidet durch die Tunnels gezogen wurde. Während die Fahrgäste wie zu groß geratener Nippes wirkten.

Leo Reisiger nahm sich nur wenig Zeit, um sein Hotelzimmer zu begutachten, seine kleine Reisetasche abzustellen, sich Hände und Gesicht zu waschen und seine Socken zu wechseln. Wenig später saß er wieder in der U-Bahn, die unwirsche Lautsprecherstimme des Fahrers vernehmend, welcher Station für Station den Leuten erklärte, wie er sich das Ein- und Aussteigen vorstelle, wobei er den Langsamen und Unentschlossenen riet, lieber auf den nächsten Zug zu warten. Reisiger war geradezu angetan von dieser Art von Unfreundlichkeit, die den Charme der Stadt besser beschrieb als eine Neue Pinakothek.

Zurück an der Oberfläche, präsentierte sich Reisiger eine in das Wochenende quasi einbiegende Stadt. In den Geschäftsstraßen drängten sich Menschen mit papierenen, steifen Einkaufstaschen, auf denen die Logos bekannter Marken prangten und an Dörrpflaumen erinnerten. Man hätte auch meinen können, die Münchner würden kleine, edle Fichtenholzschränkchen spazierentragen.

Als wollte Reisiger einem Dämon ins Gesicht springen, stürzte er sich in diesen Einkaufsfreitag, begab sich in die Geschäfte, erstand einen teuren Anzug, ein dickes Buch, massive Sonnenbrillen, eine Zigarre zum Preis eines Mittagessens, ein spätes Mittagessen zum Preis mehrerer dicker Bücher sowie – als Höhepunkt der Idiotie – einen Strauß Blumen, wobei er tatsächlich einfach »Blumen« bestellte und im übrigen der Verkäuferin die Entscheidung überließ. Er sah nicht einmal hin, welche Sorte sie einpackte. Doch an der Höhe des Preises konnte er erkennen, daß es sich bei diesem vollständig von Papier umhüllten Bukett um etwas völlig Abgedrehtes handeln mußte, mit Ziegenmilch gegossene Nelken, vegetarische Venusfallen, handbemalte Tulpen. So was in der Art.

Wozu aber Blumen? Er wußte es selbst nicht. Denn als Präsent für Frau Bobeck wäre dieser Erwerb verderblicher Ware ja viel zu früh gekommen. Und hätte zudem eine viel zu große Umständlichkeit dargestellt, wenn man bedachte, daß wohl auch in Linz Floristen ihrem Gewerbe nachgingen. Nein, dieser Blumenkauf war in einem Moment völliger Gedankenlosigkeit erfolgt. Überhaupt bemerkte Reisiger, wie nun die Wärme des Tages seinem grundlos gehetzten Körper zu schaffen machte.

In seinem Schädel brannte ein kleines Feuer, in seinen Füßen ein großes.

Das hinderliche Paket des Blumenstraußes in der Hand, Buch und Anzug in der anderen, sah er zu, dem städtischen Gewühl zu entkommen, aus der Anordnung von Einkaufsstraßen und historischen Gebäuden herauszufinden. Reisiger erreichte einen Marktplatz, in dessen Zentrum ein bestens besuchter Biergarten einen Anblick bot, der etwas von einer Revolution besaß, einer Revolution im Sitzen. Bei aller Lust auf ein Bier, Reisiger flüchtete in ruhigere Gassen, fand eher zufällig an das Ufer der Isar, überquerte eine Brücke und landete schließlich auf der breiten Rasenfläche, die sich entlang des an dieser Stelle vergleichbar schmalen Flusses zog. Auch hier tummelten sich eine Menge Menschen, doch ergaben sich bei einer solchen Weite des Raums vernünftige Abstände. Decken und Jacken waren ausgebreitet, da ja im Boden noch immer die alte Jahreszeit steckte wie harte Kerne im weichen Fleisch. Kinderwägen standen herum, Jogger traten Wege aus, Hunde jagten kreuz und quer, benahmen sich gazellenartig, geradezu selbstvergessen.

Verschwitzt und außer Atem ließ sich Reisiger am Rand zur Uferböschung nieder, entledigte sich seines Sakkos, zündete eine Zigarette an und sah hinunter auf das Wasser, dessen Wellen den Eindruck geschnitzter Bewegung machten. Im übrigen registrierte er einen Wind, der ungebremst und nahe am Wasser um einiges heftiger und kühler ausfiel als drinnen in der Stadt. Bald war Reisiger gezwungen, wieder in sein Jackett zu schlüpfen. Auch, um sich jetzt flach auf den Rücken zu legen, wobei er den Kopf auf das dicke Buch und den teuren Anzug bettete, seine Arme über der Brust kreuzte, einen Fuß in den anderen hakte und die Augen schloß. Intensiver als zuvor drangen nun die Rufe der Kinder an sein Ohr, das Gebell der Möchtegerngazellen, das Gelächter junger Menschen, deren Stimmen wie kleine Puppen im Wind hingen.

Er schlief nicht ein, döste bloß, beruhigte sich und seinen Körper. Er mochte zehn Minuten so dagelegen haben, als er jene Verdunkelung bemerkte, die man ja auch bei geschlossenen Augen feststellt, wenn selbige genau auf die Sonne gerichtet sind und sich ein Gegenstand zwischen das Licht und den eigenen, blinden Blick schiebt. Der ja so blind nicht ist, sondern in bestimmten Farben schwelgt. Da diese Einschattung, diese Verdüsterung eines roten Meeres anhielt und somit ein vorbeifliegender Ballon oder Vogel auszuschließen war, vermutete Reisiger, daß sich eine Person über ihn gebeugt hatte. Nun, derartiges geschieht und braucht nicht viel zu bedeuten. Möglicherweise wollte jemand die Uhrzeit wissen und versuchte, das Zifferblatt von Reisigers Patek Philippe abzulesen. Vielleicht aber blickte diese Person gar nicht auf Reisiger, sondern hinunter auf die Isar und war bloß ungebührlich nahe neben dem Liegenden zu stehen gekommen. Im schlimmsten Fall wollte jemand den Strauß Blumen stehlen, wogegen Reisiger nichts gehabt hätte. Im Gegenteil. Den Strauß nämlich wegwerfen konnte er angesichts der erlittenen Kosten nicht – noch nicht übers Herz bringen, sehr wohl aber, ihn sich rauben zu lassen. Und aus einer Laune heraus, empfahl er jetzt, ohne freilich seine Augen zu öffnen: »Nur zu.«

»Danke«, sagte die Stimme, die Stimme einer Frau. Und wenn Reisiger alle anderen Stimmen als blecherne, vom Wind bewegte Püppchen empfunden hatte, dann erschien ihm diese hier eher wie ein Flügelschlag, gleichzeitig kräftig und flüchtig. Einer von diesen Flügelschlägen, die Erdbeben auslösen.

Der dunkle Fleck schob sich aus dem roten Meer heraus. Reisiger spürte, wie die Trägerin der Stimme sich neben ihn setzte. Eine Kette feiner, undramatischer Geräusche folgte. Dann fragte die Frau: »Haben Sie auch Feuer?«

Reisiger öffnete die Augen, drehte den Kopf zur Seite, weg von der blendenden Sonne, hin zu der Person, die jetzt auf ihren Knien saß und Reisigers geöffnete Zigarettenpackung, die kurz zuvor noch zwischen seinem Kopf und dem Strauß Blumen gelegen hatte, in der Hand hielt. Es war eine junge Frau, aber kein Mädchen mehr. Mit Sicherheit über zwanzig und unter dreißig, überlegte Reisiger, der sich in Fragen des Alters mehr als einmal geirrt hatte, weshalb er seine Schätzungen nur noch großräumig anlegte. Die Frau hatte langes, hellbraunes Haar, das von einem leicht gebogenen Mittelscheitel aus in glatter Bahn ein 70er-Jahre-Gesicht einfaßte, woraus sich ein ähnlich portalartiger Spitzbogen ergab, wie die Messer der Hooligans ihn aufgewiesen hatten. Um eine Hooligan-Braut handelte es sich hier freilich nicht. Sie war jugendlich, aber nicht billig angezogen. Soviel verstand Reisiger von Mode. Auf ihrem engen, einen mittelgroßen Busen klar herausstellenden, beigefarbenen T-Shirt prangte in fetten, lackschwarzen, knapp gesetzten Lettern die Zahl »150 000 000«, was ja nichts anderes sein konnte als ein Zitat nach jenem berühmten Poem Wladimir Majakowskijs. Darauf wäre kein Produzent billiger Textilien gekommen, einen alten Russen zu zitieren.

Zu diesem T-Shirt trug die Frau eine Hose mit der Musterung eines Orientteppichs, himbeerrote Sportschuhe, einen Armreifen, der aus Elementen von Gold und Kunststoff zusammengefügt war, sowie eine Umhängetasche, auf der sich, diesmal beige auf schwarz, die Majakowskij-Zahl wiederholte. Die Frau hatte ein dezent geschminktes, hübsches Gesicht, wobei Lippen und Nase eine leichte Übergröße hatten. Dennoch handelte es sich in keiner Weise um eine aufdringliche oder dramatische Hübschheit, wie etwa im Falle Tom Pliskas. Es fehlte dieser Hübschheit der Eindruck des Scheußlichen, außer man störte sich an der Tätowierung in Form eines schlangenartigen Wesens, das, aus dem Rücken aufsteigend, den vorderen Hals von der linken Seite her überquerte und hinter dem rechten Ohr wieder verschwand. Mehr ein Wurm als eine Schlange.

Reisiger ging realistischerweise davon aus, daß es seine spezielle Zigarettenmarke gewesen war, welche die Frau animiert hatte, sich ausgerechnet an ihn zu wenden. Was auch sonst?

Erstaunlich war nun aber, daß die Frau unterließ, was Reisiger hundertprozentig erwartet hatte. Sie stand nicht auf, um sich zu entfernen, sondern nahm eine noch seßhaftere Position ein und streckte in der Folge ein Bein von sich, während sie das andere anwinkelte. Sie inhalierte tief, blies tonlos aus und sagte: »Ich heiße Kim.«

»Ach ja«, äußerte Reisiger ein wenig hilflos. Er konnte nicht ernsthaft glauben, daß sich diese Kim eine Plauderei zwischen ihnen beiden wünschte. Andererseits machte sie auch nicht den Eindruck, es nötig zu haben, etwa um Geld zu betteln. Oder vielleicht doch noch diesen Blumenstrauß mitgehen zu lassen.

»Sie haben doch sicher auch einen Namen«, meinte Kim.

»Was wollen Sie?« fragte Reisiger schroff.

»Mein Gott, mit Ihnen reden. Finden Sie das abartig?«

»Ich kann den Grund nicht erkennen.«

»Ein Grund findet sich oft im nachhinein«, orakelte Kim. »Aber wenn Sie unbedingt was hören wollen, könnte ich sagen, ich gewöhne mir gerade das Rauchen ab. Leider rauchen Sie meine Marke. Sieht man selten.«

»Eine unglückliche Begegnung«, stellte Reisiger fest.

»Nicht so schlimm«, meinte die junge Frau. »Wahrscheinlich geht es mir viel mehr darum, mit dem Rauchen anzufangen als damit aufzuhören. Immer wieder. Also, wie heißen Sie?«

»Leo. Leo Reisiger.«

»Kim Turinsky«, sagte die Frau und reichte Reisiger die Hand. Ihr Griff, obgleich fest, hatte etwas von einem Gegenstand, der einem entgleitet. Der sich in der eigenen Hand verflüssigt. Sie bemerkte: »Zu Besuch hier, nicht wahr?«

»Sieht man das?«

»Sie sehen nicht wie jemand aus, der normalerweise seine Zeit an Flußufern vertrödelt. In fremden Städten aber tut man ja meistens, was man sonst unterläßt. Mit Anzug und Krawatte und Blumenstrauß, die Augen geschlossen, im Gras liegen.«

»Ja«, sagte Reisiger, »ich bin auf der Durchreise.«

Merkwürdigerweise verzichtete er darauf, zu erklären, wo er lebte. Nicht, daß er sich dafür hätte genieren müssen.*

Wie um diesen Verzicht Reisigers auszugleichen, erklärte Kim Turinsky: »Ich stamme aus Ingolstadt.«

»Aus dem Fegefeuer also.«

---

* Er lebte in Stuttgart, wofür sich eigentümlicherweise eine Menge Menschen genieren. Es ist das dunkle Rätsel dieser Stadt: die übergroße Scham seiner Einwohner. Man könnte meinen, es handle sich hierbei um konvertierte Kannibalen, die ihre Abstammung verleugnen.

»Halb so wild«, meinte die Frau. »Mehr Idylle als sonstwas. Wobei es vielleicht die Idylle ist, die die Menschen ganz verrückt macht.«

»Was tun Sie in München?« wollte Reisiger wissen.

»Autobahnen entwerfen.«

»Wie bitte?«

»Ich arbeite für ein Ingenieurbüro, das sich auf die Errichtung von Schnellstraßen spezialisiert hat. In Deutschland und anderswo. Das ist spannender, als es klingt. Ein Haus bauen ist ein Klacks dagegen. Viel passiert ja nicht, wenn sie ein Gebäude wo hinstellen. Das bißchen Umgebung, das verschandelt oder zugebaut wird, fällt kaum ins Gewicht. Eine Autobahn aber, das bedeutet ja immer, sich mit der Natur anzulegen, und zwar im großen Stil.«

»Scheint Ihnen Spaß zu bereiten.«

»Vor allem die Brücken«, verriet Turinsky. »Die Brücken sind natürlich die elegantere Form, sich der Landschaft aufzudrängen, ihr den Raum streitig zu machen. Eleganter als die pure Straße und natürlich viel eleganter als Tunnels. Die pure Straße ist wie eine platte Leiche aus einem Zeichentrickfilm, das Tunnel wie ein ins Auge gestoßener Finger. Wenn es nach mir ginge, gäbe es bloß Brücken. Wir würden dann nicht allein ein Tal und einen Fluß überwinden, sondern eben gleich das ganze Land. Wahrhaftiger Hochbau. Teuer, aber schön.«

»Was tun Sie da genau, wenn Sie sich mit der Natur anlegen?«

»Ich beschäftige mich mit den geologischen Bedingungen. Ich sehe zu, daß uns das Land unter der Last unserer Ingenieurskunst nicht zusammenbricht«, erklärte Turinsky und bat um eine nächste Zigarette.

»Gratuliere«, sagte Reisiger.

»Wozu?«

»Sich das Rauchen wieder angewöhnt zu haben.«

»Ja. Sie haben recht. Es geht ganz gut«, sagte die Frau und ließ sich abermals Feuer geben, was aus der Ferne aussah, als werde sie von Reisiger gefüttert. Dann fragte sie: »Für wen sind die Blumen?«

»Also wissen Sie ... man sollte meinen, daß Sie das nichts angeht.«

»Ich hatte meine Neugierde noch nie im Griff«, äußerte Turinsky und lachte den Schlußteil von einem Lachen. »Was ich aber nicht weiter tragisch finde. So wenig wie es mich stört, eine Frage nochmals zu stellen. Ohnehin glaube ich, daß Sie der Typ sind, der jede Frage ein zweites Mal hören möchte.«

»Nicht nötig«, sagte Reisiger. »Die Blumen sind ein Versehen. Es wäre vernünftiger gewesen, sie erst morgen zu kaufen.«

»Die Ratlosigkeit des Schenkers«, kommentierte die junge Frau. Und erklärte: »Blumen und Bücher! Wer Blumen und Bücher verschenkt, kennt zumeist den Beschenkten nicht.«

»Da haben Sie jetzt aber wirklich recht.«

»Keine Dame Ihres Herzens also.«

»Mein Herz ist leer«, behauptete Reisiger.

Kim Turinsky produzierte einen verächtlichen Ton, als hielte sie die Existenz leerer Herzen für eine geschlechtsspezifische Koketterie, sah nach dem Strauß und fragte: »Was für Blumen eigentlich?«

»Da müssen Sie schon selbst nachsehen. Ich habe nicht die geringste Ahnung.«

»O weh! Sind Sie einer von denen, die in ein Geschäft gehen und dann nicht wissen, was sie wollen? Ich habe früher in einem Restaurant gearbeitet. Man soll nicht glauben, wieviel Leute herumlaufen, die zu faul sind, sich eine Bestellung auszudenken. Oder es für einen Clou halten, das Personal entscheiden zu lassen. Am Schluß besitzen sie die Frechheit, sich zu beschweren, das Falsche bekommen zu haben.«

»Keine Sorge«, sagte Reisiger und erklärte, daß er einzig und allein in Fragen der Blumenwahl meinungslos dastehe. Und auch alles akzeptiere, was die Floristen ihm vorsetzen würden. Dann machte er deutlich: »Blumen ängstigen mich. Ich kaufe sie, weil es sich gehört, so wie es sich gehört, hin und wieder Äpfel und Bananen zu kaufen. Wenn ich eine Banane öffne, einen Apfel halbiere, erwarte ich stets eine böse Überraschung, einen Wurm, eine Spinne, etwas Fauliges. Bei Blumen aber ist das noch viel schlimmer. Ich ängstige mich, in eine Blüte hineinzusehen. Es ist so eine Ahnung, eines Tages auf etwas zu stoßen … nicht bloß auf irgendein Insekt. Etwas weit Unangenehmeres. Etwas Fremdartiges und Diabolisches.«

»Ein Alien?«

»So ungefähr.«

»Sagen Sie«, fragte Kim Turinsky, »ist das Ihre Art, sich interessant machen zu wollen?«

»Nicht doch«, wehrte Reisiger eilig ab. Er war ihm ernsthaft peinlich, sich derart vergessen und die eigene Person in ein bedeutungsvolles, weil pathologisches Licht gestellt zu haben. Er wollte erklären, daß … aber Turinsky hörte schon nicht mehr zu.

»Jetzt sehen wir uns mal an, was man Ihnen da untergejubelt hat«, sagte sie, griff nach dem verhüllten Blumenstrauß, öffnete die an der Spitze mit Klebeband fixierte Verpackung und bog das Papier zur Seite. Keine Rosen, keine Tulpen, keine Orchideen, auch keins von diesen Gebinden aus tausend Schnürchen, sondern ein in hohem Maße komplexes Geflecht vieler orangefarbener und etwas weniger ultramarinblauer Blütenblätter, die in helle, spitze Enden mündeten und gruppenweise aus kanuförmigen, mattgrünen Hochblättern nach allen Seiten herauswuchsen. Das jeweilige Hochblatt stand flaggenartig von einem robusten Stengel ab.

Soweit die Leistung der Natur. Aber auch die Leistung der Floristin ließ sich sehen. Sie hatte das halbe Dutzend Exemplare derart geschickt angeordnet, zudem stabilisiert, daß die Blüten ineinandergriffen und ein Muster bildeten, das von oben betrachtet den Eindruck einer leichten, luftigen Dachkonstruktion machte. Obgleich diesem Muster eine wirkliche Symmetrie fehlte, erschien das Gewebe als ein explizit gegliederter und durchdachter Gegenstand, perfekt in dem Sinn, daß es anders nicht möglich gewesen wäre, die Unversehrtheit der Blüten zu erhalten und gleichzeitig einen Strauß von vernünftiger Größe und Kompaktheit zustande zu bringen. Jedenfalls war offenkundig, daß hier eine Meisterin am Werk gewesen war, weshalb nun also doch der beträchtliche Preis gerechtfertigt erschien. Derartiges geschieht.

»Strelitzien«, stellte Kim Turinsky fest. »Wirklich schön. Und ich kann auch nichts erkennen, was einen befremden müßte. Kein abgeschnittener Finger und keine fette Spinne. Nicht einmal eine mysteriöse Frucht.«

»Trotzdem würde ich mich freuen, wenn Sie den Strauß behielten.«

»Aber gerne«, sagte die Frau, schob die Hülle über dem Blütendach wieder zusammen und verknotete die Ecken des Papiers, sodaß sich ein lockerer Verschluß ergab.

Reisiger war froh, das Ding los zu sein. Bereits als Kind war er, über eine Wiese laufend, Blumen ausgewichen. In der Art wie man großen Hunden ausweicht oder beim Anblick von Schlägern die Straßenseite wechselt. Daß er dennoch immer wieder floristische Fachgeschäfte betrat, um zu den üblichen Anlässen sich Sträuße anfertigen zu lassen, konnte nur zweierlei bedeuten. Entweder versuchte er den Schrecken dadurch zu bannen, daß er den Blumen – wohlgemerkt den geschnittenen – mit gespielter Gelassenheit entgegentrat, wie man betäubten Tigern und zahnlosen Giftschlangen begegnet. Oder aber Reisiger war schlichtweg ein Masochist, dem in lustvoller Weise das Blut gefror, wenn er einen Blumenladen betrat.

»Es ist Zeit für mich«, log er und erhob sich.

»Sie wollen mich loswerden, was?« meinte Turinsky.

»Um ehrlich zu sein, ich will die Blumen loswerden.«

»Kein Problem«, erklärte Turinsky, nahm den Strauß, holte aus und warf ihn in einem hohen Bogen in die Isar. Das Gebinde klatschte auf und produzierte ein hartes Geräusch wie von Steinen.

Da nun Reisiger bei aller Blumenaversion auch ein wirtschaftlich denkender Mensch war und ihn der Anblick absaufender Strelitzien an den Batzen Geld erinnerte, den er bezahlt hatte, meinte er verärgert: »Das hat niemand von Ihnen verlangt.«

»Wäre aber dumm gewesen«, sagte Turinsky, die nun ebenfalls vom Boden aufstand, »hätten die Blumen zwischen uns gestanden.«

»Was soll das jetzt heißen?« fragte Reisiger. Er war nicht so naiv zu glauben, daß diese junge Frau ein spezielles Faible für ältere Männer besaß. Ihr Faible mußte ein ganz anderes sein. Eines, das sein Mißtrauen verdiente.

»Sie könnten mich zum Essen einladen«, schlug Kim Turinsky vor.

»Warum sollte ich das tun?«

»Ich habe Sie von Blumen befreit, die Ihnen angst machten. Und die wegzuwerfen, Sie scheinbar nicht imstande waren.«

»Ich habe von *ängstigen* gesprochen, nicht von Angst. Angst ist etwas ungleich Größeres.«

»Kein Grund, mir nicht dankbar zu sein.«

»Umgekehrt«, tönte Reisiger. »Ich bin es, der Ihnen gerade geholfen hat, wieder mit dem Rauchen anzufangen.«

»Was soll's?« meinte Turinsky. »Wir haben beide etwas füreinander getan. Ein Argument mehr, den Abend gemeinsam zu verbringen.«

»Eine Frage!« beugte sich Reisiger ein Stück vor, die Lautstärke seiner Stimme senkend. »Gibt es einen kommerziellen Grund für diese enorme Hartnäckigkeit, mit der Sie sich mir aufdrängen? Man kann ja über solche Sachen reden.«

»Sie meinen, ob ich eine Prostituierte bin?«

»Zum Beispiel.«

»Wirke ich so auf Sie?«

»Mein Gott, wer sieht heutzutage noch so aus, wie er aussehen sollte. Sind wir doch ehrlich, nicht nur jedes Fotomodell, auch jede dahergelaufene Schuhverkäuferin besitzt zwischenzeitlich die Attribute einer Gewerblichen.«

»Ich verkaufe keine Schuhe, ich baue Brücken«, erinnerte Kim Turinsky. »Und ich trage keine roten Lackstiefel, sondern rote Turnschuhe.«

»Das ist es ja. Ich stelle mir vor, daß eine Prostituierte, eine, die nicht unbedingt zurückgebliebene Kleinbürger bedient, sich als schicke, aber keineswegs nuttenhafte Brückenbauerin offeriert. Während echte Brückenbauerinnen dagegen in Latexmontur auftreten.«

»Das hat etwas für sich«, meinte Turinsky. »Aber in meinem Fall liegen Sie falsch. Ich bin ganz einfach hungrig. Ich meine, hungrig nach einem vernünftigen Essen.«

»Bei Ihrem Job sollten Sie sich das eigentlich leisten können.«

»Ich esse ungern alleine.«

»Ich bin überzeugt, Sie kennen genügend Männer.«

»Dummer Spruch«, urteilte Turinsky. Und drängte sodann: »Also, was ist? Wollen Sie mich wirklich verhungern lassen?«

»Wohin wollen wir gehen?« fragte Reisiger, überzeugt, einen Fehler zu begehen. Allerdings auch im Bewußtsein, wie sehr Fehler dazugehörten. Daß sie dazugehörten wie Regen und verstopfte Straßen und schlechte Laune und Schuppen.

»In die *Manufaktur Orlog*«, schlug Turinsky vor.

»Klingt irgendwie teuer. Ich bin nicht reich«, sagte Reisiger. Wobei er nicht um sein Geld fürchtete. Was er fürchtete, war ein Mißverständnis.

»Armani«, stellte Turinsky mit Blick auf jenen Anzug fest, der Reisiger als Kopfkissen gedient hatte.

»Majakowskij«, erwiderte Reisiger und zeigte auf die lange Zahl, die Turinskys Busen schmückte.

»Wir können uns die Rechnung auch teilen«, meinte die junge Frau.

»Schon gut. Ich lade Sie ein.« Ein typischer Reflex. Typisch für einen Fünfzigjährigen, der sich nicht überwinden konnte, Frauen im Alter seiner Tochter eine Bezahlung zu überlassen. Als müßten diese Mädchen noch von Taschengeld leben.

»Prima. Gehen wir«, bestimmte Turinsky, stellte sich neben Reisiger und faßte ihn am Arm. Sie hakte sich nicht richtig ein, sondern hielt sich an seinem Ellenbogen fest, den sie fürs nächste nicht mehr losließ. Eine Frisbeescheibe segelte über ihre Köpfe hinweg. Zwei Tauben stiegen abrupt in die Höhe. Der Fluß glänzte. Das Gras aber, über das sie dahinschritten, wirkte matt und staubig. Reisiger fühlte sich zugleich wohl und unwohl. Natürlich behagte ihm die jetzt große Nähe dieser jungen Brückenbauerin. Gleichzeitig ahnte er einen Schwindel. Er entließ einen klagenden Ton.

»Warum seufzen Sie?« fragte Turinsky.

»Ich seufze gerne«, meinte Reisiger. Mehr sagte er nicht.

Porzellan

Ein Restaurant wie die *Manufaktur Orlog* war Reisiger noch nie untergekommen. Es war ihm sofort höchst unsympathisch. Nicht nur, weil es sich offenkundig um eine dieser Anstalten handelte, in denen man bereits für das Einatmen abgestandener Luft zur Kassa gebeten wurde und jeder noch so kleine Handgriff des Personals als übermenschlich galt, sondern vor allem auf Grund der artifiziellen Verbindung eines hochgestochen modernen mit einem abgründig antiquarischen Stil. Es war somit dieser kunstgeschichtliche Impetus, der Reisiger augenblicklich das Gefühl gab, eine gastronomische Schreckenskammer betreten zu haben.

Das *Orlog*, im zweiten Stockwerk eines Bürokomplexes gelegen, wurde an sich von einer kühlen, sachlichen Architektur bestimmt, die völlig ohne Tageslicht auskam, wobei allerdings das Kunstlicht derart in Nischen, hinter Vorsprünge und in die Rückseiten hängender Wände eingelassen war, beziehungsweise durch das bläuliche Milchglas des Plafonds schimmerte, daß der ganze Raum in einer nebelartigen Helligkeit schwamm. Die mit Reispapier unterlegten gläsernen Tischplatten und dünnhäutigen Kellner besaßen dieselbe vage Transparenz wie im Falle von Objekten, die sich hinter einem Duschvorhang abzeichnen (darunter immerhin auch Mörder, wie man weiß).

Wesentlich kompakter fielen dagegen die schwarzen Lederstühle aus, die allerdings über eine Schmalheit verfügten, die es wirklich dicken Menschen unmöglich machte, darauf Platz zu nehmen. Folglich waren wirklich dicke Menschen hier nur an der Bar zu sehen, die, aus purem Beton bestehend, sich über eine Seite des Raumes zog und hinter der die Flaschen ohne Spiegelbilder auskamen, statt dessen einen leicht kolorierten Schatten gegen das Weiß der Wand warfen. Das Weiß der übrigen Wände wurde in großen Abständen von kleinen Öffnungen unterbrochen, briefmarkengroßen Schächten, deren Funktion im unklaren blieb. Wenn sie denn eine besaßen. Weder existierten Monitore noch Kunstobjekte, auch keine Musik, dafür aber eine Art Lokalhund, ein massiger, vierbeiniger Mischling aus Neufundländer und Schäferhund, der wie ein letzter Rest von Natur diese weite Halle durchschritt oder bewegungslos zwischen den Stühlen lag. Von jedermann geduldet.

Der wesentlichere Kontrapunkt in diesem nüchternen Ambiente ergab sich nun aber aus dem Umstand, daß die Speisen auf altem Porzellan serviert wurden, auf Tellern mit geschweiften, goldenen Rändern, deren Bemalung nicht nur die üblichen Schmetterlinge, Blumen, Vögel und Ranken aufwies, sondern auch Liebespaare, Pferde, Landszenen und Motive aus diversen langjährigen Kriegen. So wurde etwa das Mineralwasser – welches lobenswerterweise zu jedem Glas Wein serviert wurde – ausschließlich in farblosen, aus den 1810er Jahren stammenden Gläsern ausgeschenkt, auf deren Wandungen man Bilder von Soldatenbegräbnissen zu sehen bekam. Was natürlich selten bemerkt wurde, auch von Reisiger nicht. Die Weingläser allerdings kamen ohne militärischen Bezug aus, wurden in pokalförmigen, üppig dekorierten Gefäßen kredenzt.

Obgleich all dieses Glas und Porzellan aus kostspieligen Originalen bestand, handelte es sich zugleich um einen ziemlichen Kitsch, einen Kitsch, der inmitten dieser Gefrierschrankarchitektur besonders ins Gewicht fiel. Auch war das Essen, das auf den schmucken Tellern serviert wurde, nicht dazu angetan, vom Kitsch abzulenken. Reisigers bestellter Spargel etwa bildete ein kaum wahrnehmbares, blasses, dreistreifiges Muster vor dem farbenfrohen Hintergrund einer Watteau-Szene. Es war wohl der Watteau, der hier das Gefühl der Sättigung hervorrufen sollte. Jedenfalls kritisierte Reisiger, daß dieses Gemüse mehr nach Kochwasser als nach sonstwas schmeckte. Wie ein Kuß, der weniger die Person des Küssenden widerspiegelt als vielmehr dessen Zahnarzt.

Durchaus zufrieden schien hingegen Kim Turinsky, die eingedenk der kleinen Portionen eine ausgedehnte Menüfolge orderte, eine unverschämt teure Flasche Wein auswählte, ihren

Rehbraten passenderweise auf einer pittoresken Jagdszene gereicht bekam und eine ganze Stunde lang von einer Autobahnbrücke erzählte, die sie für einen japanischen Auftraggeber plante. Mitten in diese Brücken-Geschichte hinein, einen kobaltblauen Sockelbecher abstellend, fragte sie: »Nehmen Sie mich mit?«

»Ich verstehe nicht«, sprach Reisiger mit echter Furcht in der Stimme. Zumindest Befürchtung.

»Sie sagten, Sie würden morgen weiterfahren.«

»Na und?«

»Ich hätte Lust, mein Wochenende woanders als in München zu verbringen. Die Stadt verliert an Samstagen und Sonntagen bedeutend an Substanz. Sie schrumpft. Zieht sich zusammen. Wie bei Gefahr. Freitag geht noch, aber der Samstagabend ist deprimierend. Trotz Massen.«

»Ich fliege morgen vormittag nach Österreich«, erklärte Reisiger, als könnte diese Information abschreckender wirken als ein geschrumpftes München.

»Schön«, sagte Turinsky. »Wohin genau?«

»Ich werde in Linz abgeholt. Dann geht es nach Purbach. Purbach im Garstner Tal. Auf keiner Landkarte zu finden.«

»Klingt interessant.«

»Sie verlangen doch hoffentlich nicht, daß ich Ihnen ein Flugticket nach Linz spendiere.«

»Es geht nicht ums Spendieren«, erklärte Turinsky. »Es geht ums Wochenende. Es geht darum, rechtzeitig aus München herauszukommen. Sozusagen vor Verhängung der Quarantäne. Wir könnten den Nachtzug nehmen. Was halten Sie davon? Ich lade Sie auf einen Nachtzug nach Linz ein. Das ist besser als ein öder Flug am Vormittag, nicht wahr? Bedenken Sie, heute ist der letzte Tag vor Vollmond. Ein Beinahe-Vollmond ist fast noch schöner als ein richtiger Vollmond. Ein Beinahe-Vollmond ist wie eine betörende Braut, die nein sagt. Außerdem haben wir klaren Himmel. Wir könnten die ganze Nacht aus dem Fenster sehen, Zigaretten rauchen, Bier aus der Dose trinken und schwatzen.«

»Bier aus der Dose?« zeigte sich Reisiger erstaunt und betrachtete die sündteure Flasche Wein, die zwischen ihnen stand. Noch mehr freilich verwunderte ihn die Erwähnung des Mondes. Wie kam die Frau darauf, ihn ausgerechnet damit zu ködern? So absolut zielgenau.

»Warum nicht?« meinte Turinsky bezüglich der Dosen, nahm einen Schluck von ihrem Hundert-Euro-Wein und postulierte: »Alles zu seiner Zeit.«

»Ich bin zu Gast in diesem ominösen Purbach«, sagte Reisiger ausweichend. »Bei einem Mann, der glaubt, mich kennenlernen zu müssen.«

»Genieren Sie sich für mich?« fragte Kim Turinsky, Meisterin der Fragen.

»Darum geht es doch gar nicht«, beschwerte sich Reisiger.

»Worum dann?«

»Um offen zu sein: Ich frage mich, was Sie im Schilde führen. Das mit dem Essen hier geht in Ordnung. Aber es widerstrebt mir zu glauben, daß Sie keine nettere Begleitung für ein münchenfreies Wochenende finden.«

»Fishing for compliments?«

»Davon kann keine Rede sein. Ich möchte mich bloß auskennen. Ich neige derzeit dazu, in die eine oder andere kleine Falle zu tappen.« Dabei warf Reisiger einen vielsagenden Blick auf den Verband, der unter seinem Sakkoärmel hervorlugte.

»Sehe ich aus wie eine Falle?« fragte Kim Turinsky.

»Das kann man wohl sagen.«

»Ich könnte aber genauso gut Ihr Schutzengel sein. Schon mal daran gedacht?«

»Ich glaube an Schutzengel«, erklärte Reisiger. »Ich glaube aber nicht, daß man ihnen leibhaftig begegnet. Als wäre die Wirklichkeit Hollywood.«

»Das ist schade. Mir wäre lieber, Sie würden mich für einen Engel halten als für eine Falle. Aber das kommt noch. Und es kommt um so eher, wenn Sie mein Angebot annehmen. Eine Nachtfahrt nach Linz.«

»Überlegen Sie einmal«, forderte Reisiger. »Für mich wurde im besten Hotel dieser Stadt ein Zimmer reserviert. Reserviert und bezahlt. Ich kann mich also schlafen legen, morgens ein Bad nehmen und bekomme einen Kaffee serviert, der nicht nach gekochtem Altpapier schmeckt. Danach lasse ich mich im Taxi zum Flughafen bringen, um eine Landesgrenze auf die allerkomfortabelste Weise zu überwinden. Warum sollte ich darauf verzichten? Und noch was! Wann würde dieser Nachtzug Linz erreichen?«

»Ich denke, etwa vier Uhr in der Früh.«

»Gottbewahre!« stöhnte Reisiger.

»Vier Uhr ist eine wunderbare Zeit«, flötete Turinsky. »Die beste Zeit, um auf den Tag zu warten. Es ist dann wirklich Nacht, nicht einfach nur Abend oder dunkel. Die letzten gehen zu Bett, und die ersten haben noch einen Rest von Schlaf vor sich. Man ist dann also so gut wie allein auf der Welt. Denn wer schläft und träumt, fällt ja aus der Welt heraus. Wie man aus einem Fenster und damit aus einem Zimmer fällt. Oder rücklings von einer Brücke.«

»Und deshalb soll ich auf ein gutes, warmes, weiches Bett verzichten?«

»Hören Sie doch bitte auf mit Ihrem Bett. Man könnte glauben, Sie hätten ein Schlafproblem.«

Nun, der Schlaf war wirklich nicht die Domäne Reisigers. Was er übrigens in keiner Weise mit seiner somnabulen Konzentration in Zusammenhang brachte. Davon abgesehen drängte sich ihm der Gedanke auf, daß es in der Tat reizvoll wäre, den beinahe vollständigen Mond von einem dunklen Zugabteil aus zu betrachten. Auch gefiel ihm der Vergleich mit einer Braut, die sich verweigerte. Noch verweigerte.

Gleichzeitig irritierte ihn, daß Turinsky überhaupt davon gesprochen hatte. Selbstverständlich konnte sie keine Ahnung von seiner speziellen Mondsucht besitzen. So wenig wie Tom Pliska, als er den Namen Purbach erwähnt hatte. Aber merkwürdig war es schon, wie sehr das Mond-Argument ins Spiel gebracht wurde. Reisiger fühlte sich gefangen. Gefangen in seiner Leidenschaft. Aber ein Gefängnis steht, wo es steht.

Reisiger sagte: »Also gut.«

»Soll das heißen, wir nehmen den Zug nach Linz?«

»Verrückt, so was zu tun. Aber es braucht mir derzeit auf die eine oder andere zusätzliche Idiotie nicht anzukommen«, erklärte Reisiger und betrachtete ein wenig ungläubig die Winzigkeit eines violettfarbenen Sorbets, das soeben serviert worden war und in Gestalt eines Reaktorturms von der Mitte eines goldrandigen Glastellers aufragte.

Gegen zehn Uhr bezahlte Reisiger eine Rechnung, die ungeeignet war, die Geduld eines Portemonnaies zu strapazieren, weshalb er seine Kreditkarte vorlegte. Danach gingen er und Kim Turinsky hinüber zum Bahnhof, einem Gebäude von der Schönheit eines Rasenmähers, wo Turinsky zwei Karten zweiter Klasse erstand. Eine Reservierung schien nicht vonnöten. Man würde mit einiger Sicherheit einen ziemlich leeren Zug vorfinden.

Die nächsten zwei Stunden verbrachte das ungleiche Paar in einem Bistro, die meiste Zeit schweigend, den Blick auf einen Monitor gerichtet, der die Laufstege großer Modehäuser zeigte. Es war wie immer. Die Models blickten böse drein, sehr böse, als bestehe die Funktion der Mode darin, ein feindliches Leben zu durchlaufen, über Giftschlangen zu steigen, Kindergärtnerinnen zu ertragen und misanthropischen Luftgeistern auszuweichen. Reisiger tat sich schwer mit der Vorstellung, daß der Nobelpreisverweigerer Bobeck eines dieser Modehäuser zu Ruhm und Wohlstand geführt hatte. Weshalb eigentlich? Im Dienste höchstpersönlicher Verhaltensforschung? Um sich abzulenken? Um die Kollegenschaft zu ärgern? Oder einfach, um sich ein Standbein zu schaffen, das geeignet war, den Rachen einer geldfressenden Verwandtschaft zu stopfen? Den Rachen der Sempers.

Kurz nach Mitternacht verließen Reisiger und Turinsky das Lokal und bestiegen eine halbe Stunde später einen aus älteren Waggons zusammengestellten Zug, welcher tatsächlich nur spärlich besetzt war. Ein unangenehmer Geruch von Bierschweiß und verbranntem Staub lag in den Gängen. Der Boden war klebrig. Man ging darauf, als hätte man Saugnäpfe an den Sohlen. In dem Großraumwaggon, den Reisiger und Turinsky durchschritten, saßen finstere Gestalten, Typen vom Aussehen Fred Sempers. Viel Plattnasigkeit. Die beschuhten Füße auf den Sitzen. Klingonenherzen.

Reisiger begann zu bereuen. Wurde aber durch den Umstand versöhnt, daß man ein freies Raucherabteil fand, dessen

Sitze zwar eine beträchtliche Durchweichtheit aufwiesen, aber verstellbar waren, sodaß sich eine gemütliche Position einnehmen ließ.

Mit einem leichten Ruck, als sei ein Band durchschnitten worden, setzte sich der Zug in Bewegung.

Reisigers Sex

Obgleich Reisiger einen halben Nachmittag und einen ganzen Abend mit Kim Turinsky verbracht hatte, empfand er nun – eingeschlossen in die Abgeschiedenheit dieser Kabine – ein erneutes Gefühl der Verlegenheit. Was wohl schlichtweg mit dem Fehlen eines Tisches zusammenhing. Ein Tisch stellte eine probate Grenze zwischen zwei Menschen dar, eine Grenze, über die man scheinbar gefahrlos in das fremde Land schauen konnte. In einem solchen Zugabteil aber führte die Absenz eines Tisches zu einer Art experimentellen Situation. Als sperrte man irgendwelche Tiere in einen Käfig, um zu sehen, ob sie sich paaren oder zerfleischen würden.

Nun, man konnte natürlich auch in einem Buch oder einer Zeitung lesen. Das Lesen lag exakt in der Mitte zwischen Paarung und Tod durch Zerfleischung.

Reisiger, der am Fenster und mit dem Rücken zur Fahrtrichtung saß, griff nach einem Packen Zeitschriften, der auf dem Nebensitz zurückgelassen worden war. Wie üblich las er nicht wirklich darin, registrierte bloß die Titelseiten, stieß aber zu seiner Überraschung inmitten dieser Blätter auf ein kleines, nur zwanzig Seiten schmales Bändchen, das in einem grauen, faserigen, an den Rändern rostrot patinierten Einband steckte und den Titel *Über die Vergeßlichkeit und ihren heiligen Nutzen* trug. Es handelte sich um die zweite Auflage eines Aufsatzes, gehalten 1945 an der Wiener psychiatrisch-neurologischen Universitätsklinik, während das Buch selbst ein Jahr später in einem Berliner Verlag erschienen war. Diese wortgetreue Wiedergabe des Vortrags trug den Untertitel *Ein Plädoyer* und stammte aus der Feder eines gewissen Felix von Haug.

Die Überraschung, die Leo Reisiger in diesem Moment erlebte, war eine dreifache. Einmal dadurch, in einem solchen Stapel von Tageszeitungen überhaupt auf eine wissenschaftliche Abhandlung gestoßen zu sein. Zweitens aber verblüffte ihn noch viel mehr der Umstand einer derart weit zurückliegenden Drucklegung. Für Reisiger hatte es ganz grundsätzlich etwas Unwirkliches an sich, daß so kurz nach dem Krieg wissenschaftliche Vorträge gehalten und auch noch diesbezügliche Bücher herausgegeben worden waren. In seinem Bewußtsein war die Nachkriegszeit eine, die sich allein geeignet hatte, Häuser zu errichten, um die zerstörten zu ersetzen, und Kinder auf die Welt zu bringen, um den Mangel an Menschen auszugleichen, wie man in ein abgetretenes Fußballfeld neues Gras pflanzt. Daß er selbst in diese Zeit, zumindest ans Ende dieser Zeit geboren worden war, blieb ihm verborgen wie die Farbe eines Gegenstands im Dämmerlicht. Während er sich andererseits natürlich im klaren darüber war, daß in jeder Epoche, so schrecklich konnte sie gar nicht sein, Bücher herausgegeben wurden und daß der literarische und wissenschaftliche Ehrgeiz sich durch absolut nichts behindern ließ, es schlichtweg kein Einhalten gab, auch nicht im Angesicht einer Katastrophe. Dennoch wirkten die Publikationen der späten Vierzigerjahre mit ihren rauhen, bröckeligen Seiten auf ihn wie Fälschungen, die in Wirklichkeit sehr viel später entstanden waren, deren Vergilbtheit also eine künstliche darstellte.

Am erstaunlichsten an diesem Werk über den heiligen Nutzen der Vergeßlichkeit war allerdings der Inhalt selbst. Reisiger, der sofort begann, die Schrift zu studieren – wobei er absatzweise und querbeet las – stellte fest, daß der Arzt Felix von Haug die ungewöhnliche Ansicht vertrat, daß es im Kleinen wie im Großen, im Persönlichen wie im Allgemeinen weit sinnvoller sei, negative Erlebnisse zu vergessen als sie zu reflektieren. Wobei er deutlich zwischen dem Vergessen und dem Verdrängen unterschied und letzteres sogar für ein Nebenprodukt der Erinnerungskultur hielt. Einer Kultur, die er für eine Reihe von Neurosen und vegetativen Störungen verantwortlich machte. Die Vergeßlichkeit hingegen, so von Haug, könne den Menschen helfen, weder in ihrer Schuldverstrickung noch in ihrer Opferrolle zu verharren, sondern gewissermaßen immer wieder von neuem auf einem Nullniveau aufzubauen. Und somit etwas zu entwickeln, was bislang noch gar nicht existiert habe: nämlich eine Gegenwart. Keine Utopie, keine Vergangenheit, nur ein Jetzt, in dem jeder gleich unschuldig sei, weil gewissermaßen gerade erst geboren.

Eine solche Lösung, gestand von Haug, sei selbstverständlich alles andere als gerecht, aber die einzig produktive Konklusion. Es gelte, die Vergeßlichkeit zu trainieren wie einen Muskel, gerade angesichts der so kurz zurückliegenden Kriegsgreuel, deren geforderte Aufarbeitung nichts anderes hervorrufen werde als einen Wettlauf um die beste Ausrede. Ganz abgesehen davon, daß sich sehr viel später eine bequeme Stigmatisierung der Epoche einstellen würde, eine Musealisierung der Untaten. Aufarbeitung sei im ernsthaften Sinne eine Illusion, zudem ein Instrument, ein gefährliches dazu. Die Vergeßlichkeit aber, wenn sie mit der Selbstverständlichkeit einer natürlichen Gabe und abseits moralischer Einwände betrieben werde, führe zur Befreiung des Menschen, zu einer Reinigung der Seele. Der Mensch, der vergißt, habe es nicht mehr nötig, eine Abwehrhaltung einzunehmen und sich hinter diversen Störungen der Psyche zu verschanzen. Gleichzeitig könne eine Nation, die imstande sei, den Gedanken an das Geschehene zu begraben, sich genau jenes schlechte Gewissen ersparen, welches notwendigerweise zur Umschreibung oder Verfälschung der Geschichte und einem Rattenschwanz offizieller und individueller Lügen führe.

»Sachen gibt's«, murmelte Reisiger und sang kaum hörbar jenen berühmten Refrain *Glücklich ist, wer vergißt, was doch nicht zu ändern ist.*

Nachdem er also in dreifacher Weise überrascht worden war, stellte sich nun auch noch eine vierte Verblüffung ein. Denn entgegen der Vermutung, bei diesem Felix von Haug – der sich als »praktischer Arzt im eigentlichen Sinne des Wortes« bezeichnete – habe es sich um jemanden gehandelt, der recht bequem in den jeweiligen politischen Systemen verankert gewesen war, erwies es sich, daß von Haug viele Jahre in Konzentrationslagern verbracht hatte, nachdem er 1937 von seinen russischen Freunden an seine deutschen Feinde ausgeliefert worden war. Daß nun ausgerechnet ein solcher Mann eine psychologisch begründete Lanze für die Vergeßlichkeit brach und die Empfehlung ausgab, durch Erweckung und Training der

»natürlichen Ausscheidung von Erinnerung« das Unglück des Krieges zu vergessen, jegliches Unglück, verwirrte Reisiger. Auch konnte er sich nicht vorstellen, daß Felix von Haug allen Ernstes dafür plädierte, den Holocaust schlichtweg der Vergeßlichkeit anheim zu stellen, also das Gegenteil von dem zu fordern, was bis zum heutigen Tage einem jeden anständigen Menschen als selbstverständlich erscheint. Nun war es aber so, daß in von Haugs Text die nationalsozialistischen Verbrechen keine explizite Erwähnung fanden, sondern recht allgemein von den »vergangenen sieben Jahren« die Rede war, die zu vergessen von einer jeden Person, gleich welche Rolle sie eingenommen habe, eine besondere Anstrengung bedeute, vergleichbar der Entschlackung eines vergifteten Körpers.

War dieser Felix von Haug verrückt gewesen? Ein Zyniker? Ein neurologischer Wirrkopf, den man versehentlich oder mit provokanter Absicht in heiklen Zeiten an der Wiener Uni hatte referieren lassen? Oder war es tatsächlich möglich, daß in diesem kleinen, wohl längst vergessenen Büchlein etwas wie eine Wahrheit steckte?

Wie überhaupt sah eine Wahrheit aus? Klein oder groß, dick oder dünn, verfügte sie über eine Farbe, einen Klang, einen Geruch oder war sie fade und farblos wie ein Sonntagnachmittag in Bregenz? Vielleicht sogar steckte die Wahrheit tief im Körper einer Unwahrheit oder einer schamlosen Übertreibung oder verbarg sich in der Gestalt einer scheinbar bedeutungslosen Hautunreinheit. Wer konnte das schon wissen.

»Worüber schmunzeln Sie?« fragte Kim Turinsky, die auf dem mittleren der drei in Fahrtrichtung gelegenen Sitze saß, sich von ihren roten Turnschuhen befreit und die schwarz bestrumpften Füße hochgelagert hatte.

Reisiger hob den kleinen, grauen Band in die Höhe und erklärte in knappen Worten, worum es ging.

»Schwachsinn«, kommentierte Turinsky. »Wie sollte man die Dinge vergessen können, solange man nicht zumindest den eigenen Schlaf, die eigenen Träume kontrollieren kann? Die eigene Lust. Die eigene Boshaftigkeit. Den meisten Leuten macht es durchaus Spaß, sich daran zu erinnern, was für Schweine sie sind.«

»Aber es klingt doch verführerisch«, meinte Reisiger, »immer wieder bei Null anzufangen. Es geht ja nicht darum, wenn ich das richtig verstanden habe, gleich seinen ganzen Kopf zu leeren und jede gemachte Erfahrung zu tilgen. Getilgt wird der Schmerz, der an den Erfahrungen klebt.«

»Aber die Leute lieben diesen Schmerz.«

»Sie haben wohl noch nie einen echten verspürt.«

»Natürlich gibt es Grenzen«, gestand Turinsky, »körperlich wie geistig. Grenzen gibt es immer. Aber im Prinzip wollen die Leute, daß es weh tut. Das, was sie jemand antun, genauso wie das, was ihnen angetan wird.«

»Auch im Falle einer Folter?« fragte Reisiger.

»Das ist ein heikles Thema. Wie sollte man etwas Richtiges dazu sagen können? Nein, die Folter muß man ausklammern. Denn selbst wenn es im Falle einer bestimmten Person tatsächlich so wäre, kann ich mich doch nicht hinstellen und behaupten, das Opfer hätte seinen Schmerz genossen. Manche Dinge kann man einfach nicht sagen, selbst wenn sie wahr sind.«

»Ja«, meinte Reisiger nachdenklich. Diese Aussage, dachte er, könnte vielleicht auch für Felix von Haugs ungewöhnlichen Aufsatz gelten. Denn gerade dann, wenn der »praktische Arzt« mit seiner Theorie richtig lag, stellte es einen Frevel dar, sie aufgestellt und ausgesprochen zu haben. Wahrscheinlich bestand genau darin das Wesen der Wahrheit. Nämlich weder dick noch dünn oder was auch immer zu sein, sondern in gesagter Form frevelhaft anzumuten.

»Ich persönlich«, erklärte Reisiger, »kann auf jede Art von Schmerz verzichten.«

»Das glauben Sie ja selbst nicht.«

Reisiger schwieg. Er wußte, daß Kim Turinsky recht hatte.

Nach etwa einer halben Stunde Fahrt öffnete sich die Abteiltüre und der steife, wie ein Akkordeon gefaltete Vorhang wurde von einer stark beringten, von glänzenden, scharlachroten Fingernägeln abgeschlossenen Hand zur Seite geschoben. Den Fingernägeln folgte ein Gesicht, dessen polsterartig gebauschte Lippen über denselben feuchten Glanz und dasselbe tiefe Rot verfügten. Der Mund war leicht geöffnet, sodaß ein schwarzes

Oval sichtbar wurde, aus dem ein »Hallo!« drang, das nicht nur einen ziemlich dunklen Klang, sondern bei aller Kraft etwas von jenen Dingen besaß, die nach einer langen Reise einen derangierten Eindruck machen. Sagen wir, die Stimme erinnerte an einen Jeep, der nach Durchquerung größter Wüsten wieder in einem relativ stillen Gäßlein parkte.

Die Frau, die ungefähr im Alter Reisigers sein mochte, war eine auffällige Erscheinung, an der alles ins Breite und Schwere und Volle ging, ohne dabei wirklich monströs oder gar fett und unförmig auszusehen. Wenn Kim Turinsky in einem jugendlichen und schlanken Sinn sexy zu nennen war, so war diese Frau es eben in einem reifen und stattlichen. Sie trug ihr schwarzes Haar in auftoupierten Locken, wobei zwei gefestigte Strähnen in der Form von Angelhaken unter den Ohrläppchen hervorstanden und bis über die Wangen reichten. Das Gesicht besaß eine runde, glatte Form sowie den hellen, aber auch ein wenig blutig anmutenden Teint frisch geschälten Holzes. Eine kleine Ansammlung von Sommersprossen bedeckte den Nasenansatz. Die hellbraunen Augen steckten im teerigschwarzen Rahmen der Wimperntusche. Ein Schwarz, das neben den Haaren eine weitere Entsprechung in jenem weitmaschigen Netz fand, welches über große Teile des kurzrockigen, jedoch mit langen Ärmeln ausgestatteten Kleides ausgelegt war, das in Schlieren unterschiedlicher Orangetöne aufleuchtete. Netz und Kleid wurden entlang der üppigen Taille von einem gelbgrünen Lackgürtel, breit wie ein Reclambüchlein, zusammengehalten. Die silberne Schnalle formte sich aus kreisförmig angelegten Buchstaben, die das Wort TEXTOX ergaben. Die kräftigen Beine, denen aber das Ekelhafte einer hervorstechenden Muskulatur fehlte, waren von festen, schwarzen Strümpfen umhüllt, aus deren Gewebe silbrige Punkte aufblitzten, um mit einer jeden neuen Bewegung wieder zu verschwinden und an anderer Stelle aufzutauchen. Hätte man es auf den Punkt bringen wollen, hätte man sagen müssen: Diese Frau ist ein Aquarium, eine Cafébar und ein Planetarium.

Was nun aber bei der Betrachtung dieser Person – bei der Betrachtung durch Reisiger – wesentlicher und eindrucksvoller erschien als alles andere, das war der mächtige und in keiner

Weise vertuschte, auch gar nicht vertuschbare Busen. In dem engen Kleid, dem engen Netz und dem runden Ausschnitt lag er schwer und mitteilsam. Diesem Busen mangelte jene feststehende, kuppelig gleichmäßige Form, die an Soldatenhelme erinnerte und entweder auf ein jugendliches Gewebe oder einen operativen Eingriff zurückzuführen war. Vielmehr nahm er eine angelehnte Position ein, die seiner Schwere und Größe entsprach. Ein solcher Busen mußte auch ein wenig hängen, um überhaupt ernst genommen zu werden und nicht bloß als optische Skurrilität zu fungieren.

Reisiger hatte Mühe, seinen Blick im Zaum zu halten. Noch dazu, da sich die Frau ihm gegenüber ans Fenster gesetzt hatte. Er mußte in die Höhe rücken, damit ihrer beider Knie nicht aneinanderstießen. Die Frau dankte ihm mit einem Lächeln, wobei ihre Lippe gleich einer Rose aufging. Es gab auch Blumen, die Reisiger gefielen.

Obgleich nun die Auffälligkeit dieser Frau sich durchaus aus einer aktuellen Mode speiste, in welcher monumentale Gürtel und monumentale Frisuren nichts Ungewöhnliches darstellten und eine gewisse Vulgarität richtiggehend Pflicht war, konnte Reisiger die nachgerade pornographische Ausstrahlung nicht übersehen. Er fand diese Frau weniger originell als erregend, weniger up to date als pin up. Freilich war er keineswegs glücklich ob ihrer Anwesenheit. Schließlich saß er nicht hier, um verstohlene Blicke auf die rufzeichenartige Spalte eines tiefen Ausschnitts zu werfen, sondern um den Mond im Ausschnitt eines Zugfensters zu betrachten. Dieser Mond war nun mal der eigentliche Grund, die Nacht in einem solchen Abteil zu verbringen. Außerdem fand er es ungemütlich, mit eingezogenen Beinen und einer aufrechten Haltung dasitzen zu müssen.

Reisiger fragte, wobei er weder Kim Turinsky noch die Vollbusige ansah, sondern zwischen die beiden blinzelte, er fragte also, ob man etwas dagegen hätte, wenn er das Licht ausdrehen würde. Die Frauen schüttelten ihre Köpfe. Reisiger stand auf und drückte den Schalter oberhalb der Türe. Die Dunkelheit, die nun den Raum erfaßte, überraschte ob ihrer Intensität. Es war Reisiger unmöglich, in der Schwärze etwas auszumachen. Erst als er sich wieder auf seinem Platz niedergelassen hatte, vorsichtig wie ein Rückenleidender, konnte er vage die Frau am Fenster erkennen. Daß nur so wenig zu sehen war, mochte angesichts eines Beinahe-Vollmondes, den nicht das geringste Wölkchen verdeckte, erstaunen.

Allerdings fuhr der Zug durch eine tiefe Rinne, die von hohem, nahem Buschwerk begrenzt wurde und über der die Silhouette eines Waldes aufragte. Man befand sich somit im massiven Schattenwurf eines Mondes, den Reisiger, sein Gesicht gegen die Scheibe gedrückt, jetzt hoch oben am Nachthimmel erkannte. Und damit auch jenes lunare Purbach, welches ihn dazu verführte hatte, Bobecks Einladung anzunehmen. Durch die schmalen Schlitze seiner verengten Lider bemühte er sich jenen Punkt anzuvisieren, in dem sich die hundertachtzehn Kilometer der Purbachschen Wallebene versammelten. Das war natürlich unmöglich. Nichtsdestotrotz meinte Reisiger, diese bestimmte Region nahe des Nullmeridians – in der auch Krater wie Krusenstern, Werner und Dunati beheimatet waren – Formation für Formation zu erkennen.

Nun, es war wohl sein geistiges Auge, welches hier die Leistung vollbrachte. Jedenfalls empfand Reisiger endlich ein großes Glück, war froh um die sonderbaren Umstände, die ihn auf diesen Sitzplatz geführt hatten. Denn es ging ja nicht allein darum, den Mond zu betrachten, was er genauso gut vom Balkon seines Hotelzimmers aus hätte bewerkstelligen können. Nein, es war vielmehr dieses Gefühl, in einer Raumkapsel zu sitzen, das ihn begeisterte. Die Enge, der Bildausschnitt des Fensters, die motorischen Geräusche, die gleichmäßige Vibration einer raschen Bewegung, der Luftzug, der frostig durch ein Gitter strömte, ja, in gewisser Hinsicht sogar der Umstand, zusammen mit den beiden Frauen wenigstens der Zahl nach eine klassische Apollobesetzung zu bilden, das alles half Reisiger in ungewöhnlich real erlebtem Ausmaß, sich vorzustellen, den illuminierten Erdsatelliten anzusteuern, sich wenigstens in einer größeren Nähe zu ihm zu befinden, als dies üblicherweise – auf der Erde stehend, auf Balkonen und Dächern und Bergen – der Fall war.

Nur hin und wieder verlor er den Mond aus dem Blick, dann, wenn der Zug noch tiefer in eine Senke eintauchte, dicht an einer steilen Erhebung entlangfuhr oder sich in einer Kurve vom Erdbegleiter abwandte. Immer mehr fiel Reisiger in einen traumartigen, von imaginierten Funksignalen begleiteten Zustand, in eine dieser Können-Sie-mich-hören-Houston-Phantasien voll sentimentaler Stimmungen und gleichnishafter Gedanken. Wobei er das zeitweilige Verschwinden des Mondes mit dem Eintritt in jenen Abschnitt einer Umlaufbahn gleichsetzte, welche an der dunklen Seite des Trabanten vorbeiführte. Denn bei aller Begeisterung für die sichtbare, studierbare, bereiste Seite des Mondes, war ihm diese Rückseite besonders lieb, erregte seine Vorstellungskraft wie alles, das man nicht zu Gesicht bekam, auch wenn natürlich Bilder von ihr existierten. Aber eben Bilder, die nicht zu überprüfen waren. Wer konnte schon sagen, ob die Wahrheit dieser Rückseite tatsächlich der kolportierten entsprach. Nicht, daß sich Reisiger Männer im Mond vorstellte. Auch keine Pyramiden oder Monolithen, aber etwa einen Krater, der die Form eines Quadrats besaß und auf den Einschlag eines perfekt würfelförmigen Asteroiden verwies. Vielleicht ...

Es war eine Zunge, die Reisiger von der dunklen Seite des Mondes in die Realität des Zugabteils zurückholte. Nicht die eigene Zunge, versteht sich. Seine Lippen wurden auseinandergedrückt, dann auch noch seine Zahnreihen. Das fremde Fleisch schien sich inmitten seiner Mundhöhle geradezu aufzublähen. Reisiger war zwar nicht gerade am Ersticken, aber er hatte schon mal leichter geatmet.

Es war noch immer Nacht, der Zug noch immer in Bewegung. Der Mond stand noch immer am Firmament. Die fremde Zunge war aus Reisigers Mund herausgezogen worden und drängte sich nun ins eins seiner Ohren. Eine ganze Weile registrierte Reisiger nichts anderes. Als würde es das geben, autonome Zungen, die mir nichts, dir nichts schlafende Passagiere überfielen, um sie erotisch einzuwickeln. Doch mit zunehmender Nüchternheit wurde er sich des massigen Körpers bewußt, der sich über ihn gebeugt hielt. Sein Sitz, wie auch jener gegenüberliegende, waren so heruntergedrückt worden, daß sie an den Vorderkanten zusammenstießen und eine durchgehende Liegefläche ergaben, die gegen die Wände hin leicht schräg stand. Reisiger saß also nicht mehr, sondern lag so ziemlich ausgestreckt auf dem Rücken. Über sich den Leib, der zu der Zunge gehörte.

Obgleich Reisiger kaum etwas erkannte, war ihm rasch klar geworden, daß es die schwerbrüstige Fremde war, die da auf ihm hockte. Es war ein im wahrsten Sinne blinder Reflex, der ihn dazu veranlaßte, ihr an die Taille zu greifen, während sie sich wieder aufgerichtet hatte. Reisiger bekam sowohl den breiten Gürtel als auch das über dem Kleid liegende Netz zu fassen, während er gleichzeitig die Gewölbtheit dieser Stelle registrierte, nicht zuletzt auf Grund des in die Höhe geschobenen Rockes. Im schwachen Schein, der durch das Fenster drang, gewahrte er jetzt die roten Lippen im breiten Gesicht sowie die weiße Haut der entblößten, aus dem Dekolleté hängenden Brüste. Die Warzen standen gerade in den Raum, mitunter aufleuchtend wie eins der Zugsignale, an denen man vorbeifuhr. Für einen Moment war Reisiger nur noch der kleine Junge, der sich wünschte, von diesen Brüsten erschlagen zu werden. Nicht, daß er sie auch berührte. Immerhin war ein Teil seines Bewußtseins gerade damit beschäftigt, zu überlegen, ob er noch bei Vernunft war.

Die Situation, in der er sich befand, war nicht nur pornographisch zu nennen, sie war hyperpornographisch. Denn entgegen jener inszenatorischen Praxis, in welcher dem sexuellen Treiben ein kurzer oder sehr kurzer Dialog vorangestellt wird, ein winziges Geplänkel, eine miniaturhafte Handlung, eine Alltagssatire, war in Reisigers Fall absolut gar nichts geschehen, was sich geeignet hätte, das Geschehen ansatzweise zu begründen. Eine Frau war in diesen Zug eingestiegen und hatte ihm gegenüber Platz genommen. Nichts sonst. Und jetzt saß dieselbe Person gewichtig auf seinen Unterschenkeln, öffnete den Schlitz seiner Hose und führte mit einer spürbaren Geschicklichkeit ein halb erregtes, halb erschrockenes Glied ins Freie. Von jener Hand umklammert, erlag der halbe Schrecken, weitete sich der Muskel und erreichte seine volle Größe. Ohne ihre Sitzposition entscheidend zu verändern, bog die Frau ihren Kopf abwärts, und mit einer Gelenkigkeit, die Reisiger ihr niemals zugetraut hätte, führte sie sich das Stück in den Mund und tat, was zu tun war.

Reisiger mußte fürchten, sich augenblicklich zu entladen. Wobei er auf Grund langer Erfahrung gar nicht erst auf die Idee kam, an Dinge wie Ikonenmalerei oder doppelte Buchhaltung oder Staatsbegräbnisse zu denken. Wenn man einmal so weit war, gab es nichts auf dieser Welt, was einem nicht doch irgendwie in die Eier fuhr. Nein, Reisiger war gezwungen, nach dem Kopf der Frau zu greifen und sie sachte aus sich herauszudrücken.

»Kleine Pause nur, bitteschön«, erklärte er förmlich, ging aber nicht soweit, sich mit Namen vorzustellen. Statt dessen lugte er ängstlich zur Seite, dorthin, wo Kim Turinsky zuletzt gesessen hatte. Es war nicht mehr ganz so dunkel im Abteil. Reisiger stellte eindeutig das Fehlen der jungen Frau fest. Und konnte nur hoffen, daß sie zur rechten Zeit gegangen war. Jedenfalls waren die Vorhänge geschlossen.

Reisiger kam ein bißchen zur Ruhe, auch insofern, sich nun die Freiheit zu nehmen – obgleich ja noch so gut wie gar nichts enträtselt worden war –, endlich die Brüste der Frau zu berühren. Die Hände seitlich gestellt, zu Schalen geöffnet, hob er die Unterseiten leicht an. Er wog das Vorhandene. Und das war nun weit mehr, als bloß ein Übergewicht an Fett- und Bindegewebe. Reisiger erlebte die beträchtliche Fülle als ein markantes Stück Welt. Als wäre das eben möglich, die Welt zu fassen. Wenigstens einen Teil von ihr. (Auch wenn sich das natürlich nicht gehörte, diese Extraktion von Körperteilen in Gedanken. Zuerst die Zunge, jetzt der Busen.)

Wenn nun Reisiger dachte, daß es nie schöner gewesen war, so hatte dies einerseits mit der Pracht dieser Brüste zu tun, die bei allem Gewicht sein Gefühl noch verstärkten, sich in einer Raumkapsel, also an einem Ort der Schwerelosigkeit zu befinden. Andererseits profitierte Reisigers Sex ganz eindeutig davon, nicht zu wissen, wie er zu seinem Glück gekommen war. Die Unsicherheit ob dieser Frage wurde bei weitem überwogen von der seltenen Gelöstheit, mit der Reisiger diese heikelste und fragilste aller menschlichen Tätigkeiten praktizierte. Das darf man nämlich nicht vergessen: Sex ist nichts anderes, als eine Vase auf den Boden zu werfen. Sie zerbricht oder zerbricht nicht. Was davon besser ist, bleibt Geschmackssache.

Die Frau drückte nun ihr Hinterteil ein wenig in die Höhe, rückte die Knie weiter auseinander und griff sich mit einer Hand ans Geschlecht, wie man nach etwas greift, um es am Davonlaufen zu hindern. Kinder, die über die Straße rennen. Ungefähr so. Gleichzeitig faßte sie nach Reisigers Glied und drückte eine einzige Nagelspitze in den Ansatz des Hodensacks. Es war dieses Nebeneinander der Aktionen, das den Verdacht einer gewissen Professionalität aufkommen ließ. Wie Köche in Fernsehsendungen. Aber was hatte das schon zu bedeuten in einer säkularisierten Zeit, in der jeder Laie zum Fachmann für alles mögliche wurde?

Jedenfalls trieb die Frau ihre Nagelspitze tiefer ins Fleisch, als wüßte sie von Reisigers dreister Behauptung, auf absolut jede Art von Schmerz verzichten zu können. Reisiger blies Luft durch seine geschlossenen Zahnreihen und hob den Kopf an, sodaß er zwischen die Brüste geriet. Die Frau drückte ihn zurück, ohne jede Leidenschaft, bloß ein wenig Platz schaffend, um sich problemlos den wieder vollständig aufgerichteten Penis einzuführen. Sie tat dies mit einer langsamen und gleichmäßigen Bewegung, den eigenen Körper sehr gerade haltend, die beiden Geschlechtsorgane wie Geräteteile zusammenfügend.

Überhaupt muß gesagt werden, daß der heutige Mensch, der stets bemüht ist, sich von noch gar nicht existierenden Androiden und anderen Maschinenmenschen vor allem durch seine Geschlechtlichkeit zu unterscheiden, gerade das Maschinenhafte seiner Sexualität übersieht. Und zwar abseits pornographischer Vereinnahmung. Es nützt ja nichts, die Dominanz von Gefühlen und Leidenschaft zu behaupten und eine gewisse Kopflosigkeit als Indiz für ein unverwechselbares Liebesleben zu halten. Der Kuß, die erregenden Vorbereitungen, die Spielarten des Aktes, das alles sind zutiefst maschinelle und überaus einheitliche Vorgänge. In keinem Moment wie diesem gleicht der Mensch so sehr einer Apparatur, einem göttlichen Spielzeug, göttlich, aber eingeschränkt, eine künstliche Intelligenz von blecherner Körperhaftigkeit. Während hingegen alles, was davor und danach stattfindet, starke Züge des Individuellen trägt. Jeder Streit ums liebe Geld besitzt mehr Phantasie als die

Versöhnung hernach im Bett. Das ist vielleicht traurig, stimmt aber trotzdem.

Wenn nun zuvor gesagt wurde, Sex sei nichts anderes, als eine Vase auf den Boden zu werfen, die dann vielleicht zerbricht, vielleicht auch nicht, so ist eben die Art und Weise, mit der man die Vase wirft, in höchstem Maße eingeschränkt und vorgegeben. Irgendeine Freiheit im Vasenwerfen bleibt Illusion. Sex ist Programm, Ordnung, Reduktion, funktionslastiges Design, ist so schön oder so häßlich wie Fabriksanlagen, Kaffeemaschinen oder diese neuen Staubsauger, die selbständig durch Wohnungen gleiten.

Und genau das ist ja auch der Grund, daß sich ein paar größenwahnsinnige Leute nach krassen Perversionen sehnen. Die Perversion ist der Versuch, aus dem maschinellen Prozeß auszutreten und ausgerechnet im Sex zur puren, autonomen Persönlichkeit zu finden.

Nun, vielleicht ist es manchmal besser, ein wenig unfrei zu sein.

Wie frei oder unfrei Reisiger auch immer war, er genoß es hörbar, als die Frau nun so vollständig wie nur möglich ihr Geschlecht über das seine stülpte und sich für einen Moment eine Geschlossenheit ergab, die einem beendeten Puzzle ziemlich nahe kam. Sekundenlang verharrten die beiden in dieser perfekten Stellung. Sodann begann die Frau, sich gewissermaßen aus dem Glied herauszuschrauben, das Puzzle zu zerstören, um sodann in ein regelmäßiges Auf und Ab zu verfallen. Dabei faßte sie Reisiger seitlich am Brustkorb, um sich in der Balance zu halten. Reisiger selbst tat zunächst nicht viel mehr, als seine Arschbacken anzuspannen, den Unterleib nach oben zu drücken, sich mit einer Hand an der Entlüftung festzuhalten und mit der anderen den Hintern der Frau nur leicht zu berühren. Er hatte seine Erregung nun soweit im Griff, nicht fürchten zu müssen, wie kochende Milch überzugehen. Er war in das gemächliche, kilometerweise organisierte Tempo eines Langstreckenlaufes übergegangen.

Nach einiger Zeit wurde die Stellung gewechselt, nicht ohne eine gewisse Umständlichkeit, die sich aus der Enge der Verhältnisse ergab. Bald jedoch war die alte Maschinenordnung erneut hergestellt. Reisiger kniete hinter der Frau und drang in sie ein. Der Pathos der Geräusche, die die Frau dabei von sich gab, hielt sich in Grenzen. Es klang eher, als führe sie Selbstgespräche, in der Art, wie man sich angesichts eines Gemäldes überlegt, was der Künstler eigentlich sagen will. Und ob das überhaupt die richtige Frage ist.

Eine kompakte Hitze lag jetzt im Raum. Auch ein Dampf, der von der kühlen Luft, die aus der Klimaanlage drang, in einer schwingenden Bewegung gehalten wurde. Die Luft war ein Tischdeckenmuster aus Kälte und Wärme. Nicht wirklich angenehm.

Freilich war jetzt nur noch wichtig, den Höhepunkt zu erreichen, weil sich ab einem bestimmten Moment die Natur durchzusetzen versucht. Was jedoch gleichzeitig einen Rest von Verstand auf den Plan rief. Während Reisiger immer rascher ein- und ausdrang, dachte er an die Gefahren, die mit einem solchen ungeschützten Geschlechtsverkehr einhergingen. Denn schließlich benahm er sich wie der allerdümmste Bub, indem er mit einer Frau, von der er absolut nichts wußte, an die er bisher allein die Worte »Kleine Pause nur, bitteschön« gerichtet hatte und die ja nicht unbedingt den Eindruck vermittelte, die letzten Jahre in Keuschheit zugebracht zu haben, indem er also mit dieser Frau einen Sex hatte, den man eigentlich nur mit einer jungfräulichen Frau fürs Leben eingehen sollte.

Dieser Gedanke drückte sich quer in Reisigers Bewußtsein und führte zu einem vorübergehenden Abfall seiner Lust. Freilich überlegte er auch, daß es möglicherweise viel zu spät sei, um sich Sorgen zu machen. Zu spät in bezug auf die eigene Gesundheit. Außerdem spielte diese Gesundheit ohnehin keine Rolle mehr. Nicht, nachdem er Lottoschein und Quittung verbrannt hatte.

Nein, Gesundheit war nicht das Thema. Allerdings fragte sich Reisiger, wie alt diese Frau tatsächlich war. Wie gesagt, er war kein Meister im Schätzen eines Alters. Und wenn sie ihm wie fünfzig vorkam, konnte sie genausogut auch an die Vierzig sein. Vielleicht machte sie ja bloß auf fünfzig, vielleicht stand sie in Wirklichkeit noch diesseits ihres Klimakteriums und zelebrierte eine gewisse Verlebtheit, vielleicht …

Zu spät! Reisiger hätte sich geradezu geniert, zu beenden, worauf er sich gar nicht erst hätte einlassen dürfen. Er hätte sich nicht minder geniert, sein Glied im letzten Moment herauszuziehen und sich also nicht in, sondern auf der Frau zu entladen. Oder auch nur irgendwelche Einrichtungsteile dieser Zugkabine zu bekleckern. Das erschien ihm seit jeher als unanständig, ja abartig. Als bemale man das Sofa statt die Wand.

Reisiger verwarf also jeden Gedanken an mögliche unangenehme Folgen, führte sein Geschlecht wieder tiefer in das der Frau, bog sich ein wenig zurück, ein Hohlkreuz bildend, reckte das Kinn in die Höhe und schnappte nach Luft. Dabei sagte er irgendwelche Dinge, die er meinte sagen zu müssen, vonwegen wie gut das tue und wie großartig das alles sei et cetera. Es gab nun mal eine Höflichkeit, die vor nichts halt machte. Die Frau hingegen, die hin und wieder – wie von einem Dynamo betrieben – gelblich aufleuchtete, verzichtete auf vergleichbare Statements und blieb bei ihrem Selbstgespräch. Scheinbar war sie damit beschäftigt, einen Höhepunkt zu erreichen, den vorzuspielen sie niemals auf die Idee gekommen wäre. Sie gehörte wohl zu denen, die das eigene Glück dem fremden vorzogen.

Und wie das manchmal im Leben so spielt: Ausgerechnet diesen zwei Personen, die rein gar nichts voneinander wußten und nicht einmal wegen eines fashionabeln Codes auf sich aufmerksam geworden waren, diesen in Wildfremdheit verbundenen Menschen gelang es nun allen Ernstes, so ziemlich gleichzeitig auf einen Orgasmus zuzusteuern. Nicht zuletzt, weil keiner von beiden darin ein Ziel erkannte. Man kam gemeinsam, so wie man gemeinsam in Verkehrsunfälle verwickelt wird, also einer in den anderen hineinfährt, ohne auch nur grüß Gott gesagt zu haben, einer den anderen vielleicht sogar tötet.

Da der Höhepunkt der Frau sich verhältnismäßig lange dahinzog und wiederum in sich eine Entwicklungsgeschichte mit Anfang, Gipfel und Ende bildete, hatte Reisiger die Möglichkeit, seinen eigenen Koitus mehr zu setzen als zu erreichen, in etwa wie man eine Bombe auf ein ziemlich weites, ziemlich ebenes Feld fallen läßt. Und damit einiges an Krach und Rauch verursacht, ohne aber jemand zu treffen. Im Grunde lobenswert.

Während dies geschah, drehte Reisiger in lustvoll verkrampfter Weise seinen Kopf zur Seite und entließ einen dürren, langgezogenen Laut, der sich anhörte, als hätte eine sprechende Nähmaschine das Wort »g.r.a.n.d.i.o.s.« von sich gegeben. Dabei fiel sein Blick auf die Abteiltüre, die nicht ganz so geschlossen war, wie er gedacht hatte. Vielleicht war die Türe gerade erst verrutscht, vielleicht aber hatte die Lücke von Anfang an bestanden. Jedenfalls erkannte der in seinen Orgasmus eingeschnürte Leo Reisiger hinter der Scheibe das ihm zugewandte Gesicht Kim Turinskys. Die junge Frau hielt sich eine Zigarette in den Mund, inhalierte, blies aus und ließ ein mildes Lächeln folgen. Ein Lächeln ohne Spott. Ganz in der Art des Schutzengels, für den sie sich ausgab.

Reisiger allerdings war weniger erfreut als schockiert. Was freilich nichts daran änderte, daß er seinen Höhepunkt zur Gänze auslebte. Wobei er zuletzt seine Augen schloß, wie ein Kind, das von einer viel zu hohen Mauer springt.

»Genug«, sagte die Frau, hinter der Reisiger kniete, und schlüpfte aus ihm heraus. Sie packte ihre Brüste zurück, drückte ihren Rock an den Schenkeln abwärts, erhob sich und verließ ohne ein weiteres Wort das Abteil. Schneller konnte man gar nicht sein.

Reisiger überlegte, es vielleicht tatsächlich mit einer Gewerblichen zu tun gehabt zu haben. Wogegen freilich ein ungeschützter Verkehr sprach. Und vor allem natürlich die Frage, wer denn dann einen solchen käuflichen Akt bezahlt haben sollte. Ihm widerstrebte die Vorstellung, daß Kim Turinsky ihm eine Prostituierte spendiert hatte. Wofür denn? Doch wohl kaum vor lauter Dankbarkeit, nach Purbach mitgenommen zu werden. Ganz abgesehen davon, daß man Prostituierte nicht so einfach aus dem Ärmel schütteln konnte. Schon gar nicht in fahrenden Zügen. Über eine Erklärung nachdenkend, zog sich Reisiger an, schob die Sitze in ihre Ausgangsposition, schlüpfte in seine Schuhe und begann von neuem, den Mond zu betrachten, der jetzt etwas von der Innenseite einer halbierten Eierschale hatte. Wie frisch verspachtelt.

Erschöpft, nicht zuletzt auch von den vielen Fragen, die sich aufdrängten, nickte Reisiger ein und fiel in einen Schlaf, der von kleinen, blinden Momenten des Wachseins durchwachsen war. Einem Wachsein ohne Bilder und Töne. Auch ohne Erinnerung. Dazwischen ein Schlaf wie aus alten Badeschwämmen.

»Es ist Zeit.« Es war die Stimme Kim Turinskys. Sie hatte Reisiger an der Schulter gefaßt und ihn ein wenig geschüttelt.

»Schon gut«, sagte Reisiger. »Wo sind wir?«

»Wir müßten in ein paar Minuten Linz erreichen. Zumindest der Uhr nach.«

Reisiger erinnerte sich, was geschehen war. Erinnerte sich an den überirdischen Busen und an den gelungenen Sex. Erinnerte sich dieser Verwirklichung seiner Männerphantasie, die in erster Linie dem Umstand radikaler Anonymität gegolten hatte. Hyperpornographisch! Reisiger erinnerte sich, verlor aber kein Wort über die Sache. Sollte es je etwas zu sagen geben, wollte er den Anfang Frau Turinsky überlassen. Welche aber zunächst bloß meinte, und zwar mit einigem Recht: »Wird Zeit, daß wir an die frische Luft kommen.«

Die frische Luft von Linz.

Entgegen dem schlechten Ruf dieser Stadt bezüglich ihrer frischen oder eben nicht so frischen Luft, war zumindest jetzt um vier Uhr früh ein angenehm kühles, sauber riechendes Lüftlein zu verspüren. In dieses Lüftlein traten Turinsky und Reisiger hinaus, zündeten sich beide eine Zigarette an, blickten dem abfahrenden Zug nach, der langsam in der Allee aus Signallampen verschwand, und waren sodann die einzigen Personen auf dem Bahnsteig. Der Zeiger der großen, runden, hellen Uhr fiel von einer Sekunde zur nächsten, als schneide er Köpfe ab, die er wenig später, die Sechs passierend, seitenverkehrt wieder annähte. Darin bestand möglicherweise überhaupt das Wesen der Zeit: Köpfe abzuschlagen, um sie wieder anzunähen. Und zwar falsch herum anzunähen.

Eine dreiviertel Stunde taten die beiden nichts anderes, als auf einer der Bänke dieses Bahnhofs zu sitzen, der in seiner banalen und sachlichen Häßlichkeit völlig unaufdringlich wirkte, ja mittels des Unaufdringlichen eine seltene poetische Kraft entwickelte. Zumindest um diese Uhrzeit. Woran sich auch dadurch nichts änderte, daß nach und nach Leute auftauchten. Sie standen plötzlich da, als hätte ein detailverliebter Modelleisenbahnbauer sie hier abgestellt.

»Mir ist kalt«, richtete Turinsky nach dieser langen Pause erste Worte an Reisiger. Obgleich sie natürlich zwischenzeitlich einen Pullover übergezogen hatte, der das Farbmuster von Suppenwürze besaß und ihren Oberkörper förmlich schablonierte.

»Ich zwinge Sie nicht, hier zu sitzen«, erklärte Reisiger.

»Gut so, gehen wir.«

In der Nähe des Bahnhofs fand man ein kleines Café, das schon geöffnet hatte. Kein Café, ein Espresso. Bereits die Neonschrift über dem Eingang – *Betty's Stube* – sowie die Lichtergirlande, die ein einziges, mit verwesten Topfpflanzen zugestelltes Fenster schmückte, dieser ganze Eindruck des Billigen und Verruchten verunsicherte Reisiger. Er überlegte laut, ob man nicht nach einem anderen Lokal Ausschau halten sollte.

»Sind Sie ein Spießer?« fragte Turinsky, wie man fragt: Kauen Sie Fingernägel? Essen Sie Singvögel?

»Was hat das denn damit zu tun?« beschwerte sich Reisiger, preßte die Lippen zusammen und trat voran in das Lokal.

Der Inhalt bestätigte die Verpackung. In dem engen Schlauch, der tief in das Innere des Gebäudes führte, erstreckte sich eine hölzerne Theke, die umgeben war von Geschmacklosigkeiten, Souvenirs und Nippes, Bierdeckelästhetik, Fotografien von Fußballern und Schifahrern und wohl auch einigen Stammgästen als Fußballer und Schifahrer. Die beiden kleinen Plastiktische waren unbesetzt, am Tresen aber standen vier oder fünf Männer, die bei Reisigers Eintreten ihre Köpfe in der Art von Feldhasen gehoben hatten. Ihre Visagen erinnerten schon weit weniger an furchtsame Tiere. Sie sahen alle aus wie eine Mischung aus Charles Bukowski, Diego Maradona und Gertrude Stein. Nicht aber der magere Mann hinter der Bar, der an gar niemanden erinnerte und allein das Bild erfüllte, das man sich von Bettys Ehemann zu machen hatte. Anzunehmen, daß er hier nur bediente, wenn Betty noch schlief. Sehr wahrscheinlich auch, daß er im Gegensatz zu seiner Frau über ein Nichts an Autorität verfügte.

Reisiger und Turinsky nahmen an einem der weißen, runden Plastiktische Platz.

»Zwei Kaffee!« rief Turinsky dem Ehemann Bettys zu, nachdem dieser keine Anstalten gemacht hatte, eine Bestellung aufzunehmen.

»Was für Kaffee?« fragte dieser mit der jenseitigen Stimme schlechter Schläfer.

»Stark, mit einem Schuß Milch«, sagte Turinsky. Es klang, als beschreibe sie einen der Männer an der Bar.

»Woher bitte«, wandte sich Reisiger an Turinsky, »wollen Sie wissen, wie ich meinen Kaffee möchte?«

»Ich denke, es ist besser, den Kaffee *so* und nicht anders zu bestellen.«

»Na, wie Sie meinen«, gab Reisiger klein bei, sah sich ein wenig um und meinte: »Nette Einrichtung hier.« Und leiser hinzufügend: »Nette Leute.«

Einer von dieser netten Leute erklärte nun unüberhörbar: »Scheißpiefke. Die kommen überall hin, machen sich überall breit und spucken überall hin. Piefkevirus. Und das um fünf in der Früh.«

»Um fünf in der Früh«, entglitt es Reisiger, obgleich er nicht die geringste Lust auf eine Auseinandersetzung hatte, »könnte man eigentlich seine Schnauze halten.«

»Oh!« staunte der Mann, der augenblicklich von seinem Barhocker gerutscht war und den Körper eines leicht angefetteten Bodybuilders präsentierte. »Nicht nur ein Virus. Auch noch ein Held. Ein deutscher Held.«

»Lassen wir das«, schlug Reisiger vor, dem höchst unwohl geworden war. Vor allem wegen Kim Turinsky. Er dachte: Nicht schon wieder!

»Gar nichts lassen wir, du Ratte!« sagte der Österreicher, der jetzt erst zu realisieren schien, wie hübsch und schick und jung die Frau war, die hier saß. Was er auch sogleich kommentierte, indem er Reisiger als Opa qualifizierte, dem es nicht zustehe, »in taufrisches Fleisch einzubrechen«.

Die Formulierung überraschte, bewies ein wenig die Behauptung, daß in jedem Österreicher ein komischer kleiner Dichter stecke.

Turinsky verdrehte die Augen. Wobei sie weniger angewidert schien als angeödet. Sie sagte, an den Bodybuilder gewandt: »Komm, du großer, dicker Mann. Spar dir deine Phrasen und gib einfach Frieden. Das wäre vernünftig. Früh am Morgen sollte immer die Vernunft vorgehen. Für Unsinn hat man dann noch den ganzen Tag. Oder?«

Das sah der Mann aber ganz anders. Er trat an den Tisch heran und speiste Turinsky mit der Bemerkung ab, sie könne sich ihre Vernunft in den Hintern stecken und so weiter. Sodann schnellte er seinen Arm vor, um aus der nach oben gedrehten Faust einen Finger zu strecken und diesen Finger unter Reisigers Kinn zu drücken. Auf diese Weise wurde Reisiger gezwungen, sich zügig zu erheben. Er spürte die scharfe Nagelkante gleich jenem Messer, das ihm Fred Semper an die Wange gehalten hatte. Dennoch beließ er seine Arme steif nach unten gerichtet, während er gezwungen war, auf seinen Fußballen stehend das Gleichgewicht zu halten. Er hoffte darauf, daß sich sein Gegner einfach mit dem Umstand der eigenen Überlegenheit zufrieden geben würde. Um genau dies zu bekräftigen, verwies Reisiger auf den Verband an seiner Hand und sagte: »Ich bin verletzt.«

»Ich auch«, erwiderte prompt der Österreicher, der ja ordinär, aber nicht dumm war.

»Ich aber nicht«, komplettierte Turinsky das verbale Geplänkel, stand auf, klemmte ihren Mittelfinger in den des Angreifers – wie man dies beim sogenannten Fingerhakeln praktiziert – und zog ihn mit einem kräftigen Ruck von Reisigers Kinn fort.

»Irre!« sagte der Mann und betrachtete ungläubig seinen dicken Finger im vergleichsweise schmalen der Frau.

»Ich sagte Ihnen doch«, erinnerte Turinsky, »es wäre besser, auf die Vernunft zu horchen.«

Der Mann verzog sein Gesicht. Und zwar vor Schmerz. Denn während Turinsky gesprochen hatte, war sie unter seinem Arm durchgetaucht, noch immer seine Hand fixierend, sodaß nun also der Arm des Mannes gegen den eigenen Rücken verdreht wurde. Gleichzeitig hob Turinsky ihren rechten Fuß an und donnerte ihre Schuhspitze in den Unterschenkel des Gegners. Dieser ging mit einem Stöhnen in die Knie, wo er auch verblieb. Turinsky hielt ihn jetzt wie an einem Fleischerhaken fest, ließ dann aber endlich los und stieß ihn mit einem weiteren, diesmal gegen die Hüfte gerichteten Fußtritt nach vorn. Der Mann prallte gegen die Wand und fiel zu Boden. Dabei entließ er einen kurzen Schrei und einen langen Fluch. Sein Gesicht verblaßte. Der ganze Kerl verblaßte.

Die anderen drei oder vier Männer rutschten gleichzeitig von ihren Hockern. Aber es war bloß wie ein Zucken, ein folgenloser Affekt. Sie hatten nicht wirklich vor, einzugreifen und ihre ohnedies mürbe Gesundheit zu riskieren.

»Der Kaffee!« sagte Bettys Ehemann, wie einer dieser Schauspieler, die ganz wenig Text zu sprechen haben, das Wenige aber immer zu spät oder zu früh anbringen. Dabei stellte er zwei hohe, bis knapp unter den Rand mit einer nougatfarbenen Flüssigkeit gefüllte Tassen auf den Tisch.

»Sehr schön«, sagte Turinsky und nahm wieder Platz.

Der gefallene Österreicher, der sich jetzt vom Boden erhob, hätte ihr von hinten eins überziehen können. Aber offensichtlich ahnte er, daß eine Frau, die so zu kämpfen verstand, auch im Rücken Augen besaß. Und was sie sonst noch auf Lager hatte. Wie gesagt, er war kein dummer Mensch. Er wußte, wann es besser war, statt des Draufgängers den Amüsierten zu markieren. Also sagte er: »Danke für das Sparring, gnädige Frau« und setzte sich wieder an seinen angestammten Platz. Die restlichen Männer mit ihm, als wären sie die Daltons.

»Gottseibeiuns!« ließ sich Reisiger nach einem ersten Schluck Kaffee vernehmen, meinte aber nicht das Getränk, sondern Kim Turinskys Kampfstil. »Was sind Sie? So eine Art Emma Peel?«

»Sie werden es nicht glauben«, antwortete Turinsky, »ich kann sogar Auto fahren.«

»Was soll das jetzt wieder bedeuten?«

»Finden Sie es wirklich so erstaunlich, wenn eine Frau in der Lage ist, einen Alkoholiker außer Gefecht zu setzen?«

»Ich halte das nicht für die Regel«, erklärte Reisiger.

»Sollten Sie aber. Heutzutage ist schon jede Vierzehnjährige im Nahkampf ausgebildet. Die weibliche Scheu, jemand die Fresse zu polieren, hat sich deutlich verringert.«

»Sie sind aber keine vierzehn.«

»Richtig. Ich gehöre zur alten Generation. Darum auch diese gewisse Hemmung.«

»Was für eine Hemmung?« wunderte sich Reisiger.

»Ich könnte niemand mitten ins Gesicht schlagen. Zwischen die Beine, ja. Gegen die Beine, ja. Ins Gesicht aber, das widerstrebt mir. In ein Gesicht schlagen, käme mir vor, als wollte ich ein Buch verbrennen.«

»Meine Güte! Was für ein Vergleich?«

»Ist mir gerade so eingefallen«, erklärte Turinsky trocken und trank ihren Kaffee mit sichtbarem Genuß. »Kaffee können Sie machen, die Österreicher. Das alleine wäre ein Grund, in dieses Land zu ziehen. So wie es ein Grund ist, des Kaffees wegen Deutschland zu verlassen.«

»Sie übertreiben«, sagte Reisiger.

»Wer nicht?« meinte Turinsky und winkte Bettys Gatten zu sich, dem man eigentlich auch als *Herrn* Betty hätte bezeichnen können.

»Könnten Sie uns ein Frühstück machen?« fragte Kim Turinsky. Dabei lächelte sie geradezu verführerisch. Der Umstand, soeben einen großen, schweren Mann zu Fall gebracht zu haben, schien sich auf ihre Laune durchaus positiv auszuwirken.

Allerdings erklärte Herr Betty, auf die Zubereitung eines umfassenden Frühstücks nicht eingerichtet zu sein. Mehr als ein Schinkenkäsetoast stehe nicht auf dem Programm.

»Sie schaffen das schon«, sagte Turinsky. Und fügte hinzu: »Wir haben Zeit.«

Die Männer an der Theke seufzten. Herr Betty verschwand. Und zwar tatsächlich für einige Zeit, um hernach mit einem herrlichen Frühstück wieder aufzutauchen. Ein Frühstück, welches dampfte und glänzte wie der junge Morgen selbst. Die Männer an der Theke trauten ihren Augen nicht.

Liebe auf den ersten Blick

Später am Morgen fuhren Reisiger und Turinsky hinüber in die Altstadt, wo sie ein wenig herumspazierten und in einem teuren Kaffeehaus eine Melange konsumierten, die in keiner Weise an jenen Kaffee heranreichte, den der Gatte von Frau Betty gezaubert hatte. So gesehen blieben Herr Betty und seine frühen Stammgäste der Erinnerung Reisigers ewig erhalten. Ein guter Kaffee ist mitunter dem Gedenken eher würdig als eine schlechte Ehe oder was auch immer Reisiger gerne jener Vergeßlichkeit anheimgestellt hätte, die ein gewisser Felix von Haug einst postuliert hatte.

Wie am Tag zuvor die Stadt München lag auch Linz in eine derart klare und milde Luft eingehüllt, daß die meisten Passanten dazu übergingen, sich ihrer Mäntel und Jacken zu entledigen, sodaß ein geradezu südliches Flair entstand. Eilig trug man Tische und Sessel nach draußen, als gelte es eine letzte Chance zu nützen. Von der legendären, stilbildenden Grantigkeit städtischer Österreicher war nichts zu bemerken. Die Leute, die ihre vom Winter geweißte Haut bedenkenlos der Sonne aussetzten, sich selbst quasi zum Auslüften ins Freie stellten, gaben sich freundlich und zuvorkommend. Sie bewegten sich mit Leichtigkeit und huldigten ihrer Begeisterung für samstägliche Freiheiten. Und obgleich natürlich auch in Linz das Tragen von Hüten in eine kaum noch gegenwärtige Vergangenheit fiel, so erschien die Barhäuptigkeit an diesem Tag als eine bewußte und gewollte. Freie Köpfe für freie Bürger. Nur die Jugendlichen trugen fortgesetzt ihre Wollmützen und Kappen und ihre aus Sweaters herauswachsenden Hauben, die wie die Fangblasen fleischfressender Pflanzen anmuteten. Diese Jugend würde auch den Rest der warmen Jahreszeit unter Schichten von Textilien verborgen bleiben. Eingepuppt in Übergrößen.

Ungünstigerweise hatte Reisiger darauf vergessen, sich von Tom Pliska eine Telefonnummer geben zu lassen, unter der er ihn hätte erreichen können. Sodaß man also gezwungen war, sich von einem Taxi hinaus zum Flughafen chauffieren zu lassen, wo eine Menge verwirrter Urlauber herumstanden. Verwirrt und auch ein wenig verärgert. Nicht irgendwelcher Verspätungen, sondern des unglaublich warmen Wetters wegen. Sie kamen sich betrogen vor, da sie ihren Urlaub ja antraten, um der Kühle zu entkommen, welche üblicherweise so kurz nach Ende des Winters vorherrschte. Und nun waren sie also gezwungen, die Linzer Sonnenscheinidylle zu verlassen, um möglicherweise, Gerüchte machten bereits die Runde, in diverse Unwetter zu fliegen, die sich zynischerweise über dem südlichen Spanien und den benachbarten Ferieninseln zusammenbrauten. Weshalb im Unterschied zur märchenhaften Stimmung, wie sie in der Linzer Altstadt herrschte, auf dem Flughafengelände eine deutliche Tristesse zu spüren war.

Dazu paßte auch ein merkwürdiger Anblick, der sich Reisiger und Turinsky beim Eintreten in die Abflughalle offenbarte. Auf dem Boden kniete ein Mann. Er hatte seine Arme ein wenig von sich gestreckt und die Innenfläche der Hände nach oben gedreht, wobei die beiden kleinen Finger aneinanderstießen. Es war offensichtlich, daß er bettelte, auch wenn er eher wie ein Student aussah, ein junger Woody Allen mit hoher Stirn und dicker Brille. Eins seiner Augen jedoch war geschlossen, wie verklebt. Ganz abgesehen davon, daß Reisiger noch nie jemand auf einem Flughafen hatte betteln sehen, bestand das eigentlich Sonderbare darin, daß der junge Mann auf einem Hund kniete. Keinem dreibeinigen, aber eben doch auf einem Hund. Und das war ja nun so ziemlich das letzte, was man sich eigentlich erlauben durfte, als Bettler sowieso. Aber auch wenn Reisiger seine Augen rieb und sich schüttelte, als wollte er ein Traumbild loswerden, es änderte sich nichts daran, daß der Mann seine Knie in den Leib des ausgestreckt daliegenden, wolligen, halbgroßen Mischlings gestützt hatte. Das war natürlich eine Situation, die sich eignete, den Protest der Passanten hervorzurufen. Tatsächlich standen mehrere Menschen um den Knienden herum, griffen aber nicht ein. Auch nicht die beiden Securitybeamten, die höchstwahrscheinlich das Eintreffen der Polizei abwarteten. Man war sich unsicher. Und diese Unsicherheit resultierte wohl nicht zuletzt aus dem zufriedenen Gesichtsausdruck des Hundes, der ab und zu ein wohliges Grunzen von sich gab, als gebe es nichts Schöneres für ihn, als auf diese Weise »bekniet« zu werden.

»Sehen Sie, was ich sehe?« fragte Reisiger.

»Dem Tier scheint's zu gefallen«, meinte Turinsky gelassen. »Vielleicht so eine Art Zirkusnummer.«

»Ja, vielleicht.«

Damit ließ man es bewenden und begab sich hinüber zum Empfang. Gewissermaßen zum nächsten Hund. Denn von weitem erkannte Reisiger die hagere, schwarzweiße Gestalt jenes Dreibeiners, der den Namen Vier trug. Neben Vier, imposant, modisch, schlank, sich soeben eine Pille zwischen die Lippen schiebend, stand Tom Pliska. Beim Näherkommen bemerkte Reisiger, daß der langbeinige Pliska diesmal nicht bloß einen tadellos sitzenden Anzug von der Farbe einer Gewitterwolke trug, sondern auch ein ebenso tadelloses dunkelblaues Hemd, dessen Kragen in der Manier des Sammy Davis jr. tragflächenartig über das Revers geschlagen war. Auch präsentierte Tom Pliska nun ein rasiertes, glattes Gesicht. Seine Augen freilich verfügten über dieselbe Glasigkeit und stechende Schärfe, die Reisiger von Anfang an so zuwider gewesen war. Pliskas Huskyaugen.

Nur einen Moment schien Bobecks Sekretär überrascht, daß Reisiger nicht aus der Richtung kam, aus welcher er hätte kommen müssen, dann entließ er ein knappes Lächeln und sagte: »Schön, daß Sie da sind.«

»Nicht alleine«, erwiderte Reisiger und stellte Kim Turinsky als eine Bekannte aus München vor, wobei er sich kurz zu ihr hindrehte und meinte: »So kann man es doch sagen?«

»Ich wollte unbedingt mit«, erklärte Turinsky. »Auch auf die Gefahr hin, Umstände zu machen.«

Einen Moment wirkte Pliska verunsichert. Dann lächelte er erneut, weniger knapp als noch zuvor und versprach, alles zu tun, damit Frau Turinsky sich im Hause Siem Bobecks wohl fühlen werde.

»Was?« zeigte sich Turinsky erstaunt und erfreut. »*Der* Siem Bobeck. Der Mann von Claire Rubin.«

»Wußten Sie das nicht?«

»Leo hat bloß erzählt, er sei nach Purbach eingeladen worden. Von Siem Bobeck und Claire Rubin war nie die Rede. Nicht wahr, Leo?« Dabei sah sie Reisiger vorwurfsvoll an, halb spielerisch, wie einen alten Freund, der das Beste für sich behält.

Kim Turinsky verriet nun, daß sie für Claire Rubin schwärme. Aber wer tue das nicht? Obwohl das eigentlich nicht die Musik sei, für die sie sonst etwas übrig habe. Aber Claire sei einfach wunderbar, besitze genau die Ausstrahlung, die man sich als Frau wünsche. Punktgenau. Perfekt. Nichts Verschwommenes, keine Koketterien. Wenn süßlich, dann süßlich. Wenn streng, dann streng.

»Aber Sie wissen doch sicher«, sagte Pliska, »in welcher Weise Frau Rubin und Herr Reisiger verbunden sind?«

»Wie verbunden?« Kim Turinsky hob fragend die Hände.

Pliska runzelte die Stirn derart, daß ein Grätenmuster seine Haut verunzierte. Er sagte: »Jetzt bin aber ich es, der hier verwirrt ist. Wollen Sie mir weismachen, Sie wüßten nicht, daß Herr Reisiger es gewesen war, der versucht hat, Claire Rubin vor einer Horde rabiater Hooligans zu schützen? Woraus sich dann unglücklicherweise eine tödliche Notwehr ergeben hat.«

Turinsky blickte Reisiger mit großen Augen an, wandte sich dann wieder an Pliska und sagte: »Mein Gott, ich hatte ja keine Ahnung. Leo hat mir nichts davon erzählt. Natürlich weiß ich von der Geschichte. Aber in der Zeitung war ja bloß von einem Geschäftsmann die Rede. Kein Name.«

Nun, das war richtig. Die Presse hatte in dieser Hinsicht seltene Enthaltsamkeit geübt, entweder Reisiger als Zeugen oder als Opfer oder einmal als Leo R. tituliert.

Doch Pliska war noch nicht zufrieden. Er gab zu bedenken, daß Reisigers Konterfei mehrfach abgebildet gewesen sei.

»Nicht in der *Süddeutschen*«, sagte Turinsky. »Was denken Sie, daß ich mir jedes Käseblatt ansehe, das zwischen Klagenfurt und Lübeck erscheint? Und im Fernsehen war allein von Claire Rubin die Rede. Aber ich sehe schon, Sie halten mich für eine Lügnerin, die bloß wild darauf ist, den Bobecks ein Souvenir abzuluchsen. Für ein verrücktes Groupie. Oder eine Klatschreporterin.«

»Frau Turinsky baut Brücken. Autobahnbrücken«, fühlte sich Reisiger bemüßigt darzulegen.

Pliska war mit einem Mal weich wie eine von diesen Käsesorten, die über Tische wandern. Er beeilte sich zu erklären, daß er Frau Turinsky sicher nicht für ein Groupie oder eine Journalistin halte, er müsse bloß vorsichtig sein. Sein Job zwinge ihn dazu.

»Herr Pliska ist der Sekretär von Herrn Bobeck«, setzte Reisiger seine Rolle als Conférencier fort.

»Schön«, sagte Turinsky, Pliska die Hand reichend, »ich verstehe Sie ja. Wenn Sie wollen, schicken Sie mich nach München zurück. Einfach der Sicherheit halber.«

»Kommt gar nicht in Frage«, erwiderte Pliska.

Die beiden sahen sich jetzt an, als hätten sie soeben beschlossen, so ziemlich den Rest ihres Lebens die Hand des anderen nicht mehr loszulassen. Reisiger überlegte, nie zuvor eine solche Situation beobachtet zu haben, eine Situation, die man allgemein als »Liebe auf den ersten Blick« bezeichnet. Ein wenig fand er es rührend, ein wenig auch lächerlich. Und ein wenig stach ihm der Neid in die Brust. Er sagte: »Können wir?«

»Selbstverständlich«, erklärte Pliska, seinen Blick weiterhin auf die Frau gerichtet, deren Hand er nur zögerlich losließ.

Beim Hinaustreten aus der Halle äußerte Turinsky: »Einen süßen Hund haben Sie.«

»Danke«, sagte Pliska, wie man sagt: Sie auch.

Während Tom Pliska vorausging, bremste Turinsky ihren Schritt ein, zog Reisiger etwas zur Seite und fragte in leisem Ton: »Es stört Sie doch nicht, wenn ich *Leo* zu Ihnen sage?«

»Nein. Wo wir doch alte Bekannte sind.«

»Eben. Übrigens hättest du mir ruhig sagen können, was du für Claire Rubin getan hast«, wechselte Turinsky zwanglos die Anrede.

»Sie hat etwas für mich getan«, berichtigte Reisiger. »Zumindest tut sie so, als hätte sie diesen Mann nur erstochen, um mir das Leben zu retten.«

»Das klingt, als ob du ihr das nicht abnehmen würdest.«

»Nun, du selbst hast die gute Frau als punktgenau bezeichnet. Und punktgenau hat sie auch zugestochen. Sie hätte genauso punktgenau auf eine weniger verletzliche Stelle zielen können. Das gibt mir zu denken. Aber wir werden ja sehen, was wirklich von ihr zu halten ist.«

»Bist du hier, um den Detektiv zu spielen?« fragte Turinsky.

»Ich bin hier, um mein Leben zu zerstören«, erklärte Reisiger.

»Das ist ein Witz.«

»Natürlich«, sagte Reisiger und unterbrach das Gespräch mit einer tilgenden Geste.

Man war vor Pliskas Citroën zum Stehen gekommen, tatsächlich ein schönes Auto, wie man es selten noch sieht. Inmitten der anderen geparkten Karossen glich es mit seinem langen, tiefliegenden Körper, dem weißen Dach und der schwarzblauen Lackierung weit weniger einem Käfertier als einem Wal, genaugenommen einem Orca. Ein Auto wie eine intelligente Bestie. Man hätte allerdings auch sagen können, daß dieser Wagen eine lange Schnauze und einen kleinen Arsch besaß, weshalb eigentlich weniger von einer Göttin die Rede hätte sein müssen – wie die Franzosen das taten – als von einem Gott. Faktisch wäre zu sagen, daß dieses Modell über freiliegende Scheinwerfer verfügte, somit vor 1967 gebaut worden war. Danach waren die Hersteller zu Glasabdeckungen übergegangen, gläserne Särge fürs Licht.

»Ein Traum, nicht wahr?« schwärmte Pliska, wirkte jetzt zum zweiten Mal in kurzer Zeit wie frisch verliebt, öffnete vorne und hinten eine Türe und bat einzusteigen.

Eine Aufforderung, der als erster der Hund nachkam, welcher auch in dieser Situation bewies, mit seiner Prothese umgehen zu können.

Obgleich Reisiger wenig Lust hatte, neben einem Tier zu sitzen, bat er seine »liebe Kim«, auf dem Beifahrersitz Platz zu nehmen. Ihr die Tür zu schließen, überließ er Pliska, der noch schnell in seine goldene Schmuckdose griff und sich eine kleine Aufputschung genehmigte.

Wie Reisiger befürchtet hatte, entsprach Pliskas Fahrstil seinem exzessiven Drogenkonsum. Nicht, daß Bobecks Sekretär in jeder Kurve das Leben seiner Mitfahrer riskierte, auch fuhr er nicht schneller, als es im Falle eines nicht mehr ganz jungen Motors angebracht war. Jedoch schien er sich nur halb – oder weniger als halb – auf den Verkehr zu konzentrieren, hielt das schlauchartig aus dem Bord ragende Lenkrad wie eine kleine, silberne Dessertgabel und schwenkte seinen Kopf unentwegt in Turinskys Richtung, hin und wieder auch zu Reisiger oder Vier in den Fond. Dabei sprach er viel über den Wagen, legte motorische und historische Details dar, zählte sämtliche Besitzer auf, etwa jene Operndiva, die sich allein zum Singen in ihr Gefährt gesetzt hatte, und lobte die kühle Eleganz des Armaturenbretts. Obgleich er also kaum auf den Verkehr achtgab, kritisierte er ganz grundsätzlich die Fahrweise seiner Mitmenschen, was er in einen Zusammenhang mit deren Geschmacklosigkeit in puncto Autokauf brachte. So behauptete er, daß Menschen, die deutsche oder japanische Autos erstanden, sich im Verkehr wie Schweine verhielten. Und hinter ihren Windschutzscheiben auch wie Schweine aussahen. Dabei schien Pliska keine Sekunde auf die Idee zu kommen, daß Reisiger oder Turinsky eventuell ein deutsches oder japanisches Auto besaßen. Im Falle Turinsky konnte er sich das vielleicht auch beim besten Willen nicht vorstellen, nicht bei einer Frau, die Majakowskijs 150 000 000 auf der Brust trug.

Daneben flog die Landschaft vorbei, wie Landschaften das bei einiger Geschwindigkeit zu tun pflegen, wobei sie dann weniger verzerrt als gekämmt anmuten. Jedenfalls war festzustellen, daß die Landschaft, durch die der Citroën gesteuert wurde, zusehends an Schönheit gewann, um so mehr, als man sich den Bergen näherte.

Nicht, weil Berge schön sind. Berge sind maximal hoch und ziemlich trostlos. Aber jene Gegenden, die diesen Bergen vorgelagert sind oder wie Klistierspritzen zwischen sie hineinstechen, besitzen stets den Reiz einer letzten Raststation.

Für Reisiger kam natürlich noch die erregende Erwartung hinzu, die er mit einem Ort verband, der Purbach hieß. Einem Ort, den er – wenn auch grundlos, so doch in zunehmenden Maße – mit jenem gleichnamigen Flecken auf dem Mond in Verbindung brachte. Ihm gefiel ganz einfach die abstruse Vorstellung, daß dieses Purbach im Garstner Tal ohne das Purbach auf dem Mond gar nicht denkbar gewesen wäre. Was seine Berechtigung besaß, wenn man sich noch ein drittes Purbach dachte: das Purbach in Reisigers Kopf.

Frauen, die schmollen

Wie hat man sich Purbach vorzustellen? Idyllisch selbstverständlich. Idyllisch und entlegen, aber auch nicht wieder so entlegen, daß ein Fremder sich hätte fürchten müssen, Opfer traditioneller Rituale zu werden, ohne daß eine Behörde sich darum gekümmert hätte. Purbach lag also nicht am Arsch der Welt, sondern gewissermaßen in jener sanften Furche, die einen schönen Po mit einem schönen Rücken verbindet.

Durchbrochen von einer einzigen echten Verkehrsstraße, spaltete sich die Ortschaft in zwei gleich große Teile, wobei die Länge der Kurve so gut wie jeden Benutzer zu einem Gähnen verführte und eine Steifheit der Arme hervorrief. Die Gebäude in Purbach verteilten sich über mehrere kleine Hügel, die einer steil aufragenden – die Bergwelt einläutenden – Erhebung vorgelagert waren.

Ein jedes dieser Häuser besaß eine schmucke, aufwendige Fassade, die ganze Architektur befand sich im Zustand frischer oder relativ frischer Renovierung. Viel Holz, viel Holzschutzmittel, erste Blumenkästen. Man konnte sich vorstellen, wie später im Frühling die Fenster und Balkone von der Blütenpracht überborden und ein jedes in diesen Fenstern und auf diesen Balkonen aufscheinende Gesicht den Glanz umrahmter Heiligkeit annehmen würde.

Ein richtiger Hauptplatz existierte nicht. Aus Gründen, die etwas von der Unheimlichkeit rascher Wetterumschwünge besaß, hatte er sich einer Entstehung verweigert. Und das sicher nicht, weil es am Geld gefehlt hätte. Natürlich gab es eine katholische Kirche, einturmig, die wie ein weißer Grabstein von einem der Hügel aufragte und unter der sich terrassenförmig der Friedhof ausbreitete. Auf dem übrigens ein englischer Dichter begraben lag, der Ende des neunzehnten Jahrhunderts hier gestrandet war, endgültig gestrandet, von dem aber kaum noch jemand wußte, daß er ein Dichter gewesen war. Allein sein exotischer Name versetzte den einen oder anderen in Entzücken: John Malcolm Furness.

Das hauptplatzlose Rathaus befand sich ein wenig außerhalb, ein modernes Gebäude aus gläsernen Wänden und einem voluminösen Kuppeldach, von den Bewohnern verächtlich »das Gewächshaus« genannt. Zwei Wirtshäuser, gar nicht voluminös, lagen an der Straße wie Steine an einem Bach. Der Verkehr hielt sich in vernünftigen Grenzen. Wenn nicht hin und wieder ein charmanter Jugendlicher versucht hätte, mit seinem Wagen eine Katze abzuschießen, wäre man versucht gewesen, die Einheimischen für autoscheu zu halten. Was natürlich nicht der Fall war. Die mächtigen, gegen die Einfamilienhäuser gelehnten Garagen dokumentierten den Schutz, den man seinen Fahrzeugen gewährte. Aber hier lebten nun mal Leute, die, wenn sie zum Bäcker um die Ecke gingen oder hinauf zur Kirche, ihre Autos daheim stehen ließen. Große Autos, selten weniger als zwei pro Familie. Darunter viele deutsche Modelle. Man kann sich vorstellen, was der Dandy Tom Pliska davon hielt. Auf den Grundstücken, die großzügig die Häuser umspülten, sah man viele Kinder, die auf Rutschen und Schaukeln turnten oder sich in den noch feuchten Sand vertieften. In den Hauseingängen standen die Mütter und Väter dieser Kindern und blickten stolz nach draußen, als hätten sie nicht bloß diese Kinder gezeugt, sondern auch diese großartige Landschaft, ja diesen wunderbar warmen Tag.

Obzwar also ein Hauptplatz in Purbach fehlte, bestand dennoch ein Zentrum, allerdings kein öffentliches: Bobecks Anwesen. Selbiges lag höhenmäßig nur knapp unterhalb der Kirche und nahm einen gesamten, leicht gegen das Tal geneigten Hügel ein. Es kam ohne einen Zaun, ohne einen Hinweis auf den rein privaten Charakter dieses Grundstücks aus. Allerdings wurde die Auffahrt von zwei überlebensgroßen, steinernen Barockfiguren flankiert, Kriegern oder Göttern, woraus sich alles andere als ein egalitärer Eindruck ergab. Ein breiter, betonierter Weg führte hinauf zum Hauptgebäude, einem zweistöckigen, schönbrunnergelben Komplex, den sich ein Habsburger Ende des achtzehnten Jahrhunderts hatte errichten lassen. Der Habsburger – Fürst, Diplomat, begeisterter Dilettant in der Astronomie, Freund Mozarts, Mesmers und des deutsch-englischen Uranusentdeckers Sir William Herschl, allerdings auch Freund einiger zwielichtiger, namenloser Gestalten – hatte sich diese Art Feriendomizil zugelegt, um gleichermaßen den Freuden der Lust wie den Freuden der Sternbeobachtung zu huldigen.

Nicht wenige der heute lebenden Purbacher meinten, daß in ihren Genen ein wenig vom Geist dieses adeligen Hedonisten mitschwang. Welcher übrigens als Diplomat schrecklich versagte, zwanghaft zur Offenheit neigte, in einigen Ländern zur unerwünschten Person erklärt wurde und schlußendlich in das gezückte Messer eines befreundeten Zuhälters lief.

In Purbach aber wurde sein Name hochgehalten, seine Büste schmückte die Halle des »Gewächshauses«, ein Wanderweg war nach ihm benannt worden, auch eine Schwimmhalle, und sein erdolchter Leib war nach einigem Hin und Her in die Purbachsche Dorfkirche gelangt, um unter der statuarischen Darstellung der eigenen Person die ewige Ruhe zu finden. Selbiger Sarkophag stellte eine bemerkenswerte Leistung der Bildhauerkunst seiner Zeit dar, zeigte einen aufrecht dastehenden, lächelnden, das Kinn nach vorn gereckten Mann, der sich dem Tod zwar nicht widersetzt, doch recht selbstbewußt und sozusagen mit beiden Beinen in diesem Tod steht. Keineswegs gotteslästerlich, eher wie jemand, der sich mit Gott auf du und du befindet. Ein Meisterwerk auch in der feinen Ausarbeitung. Aber so wie Purbach in Abwandlung der Kästnerschen Definition ein Ort zu sein schien, der immer nur auf Landkarten zu finden war, die man *nicht* zur Hand hatte, wurde dieser kunsthistorisch durchaus relevante Sarkophag immer nur in Publikationen behandelt, in denen man gerade *nicht* nachblätterte.

Wie gesagt, die Purbacher hielten zu ihrem Habsburger, weshalb sie wenig erfreut gewesen waren, als vor acht Jahren ein Deutscher dahergekommen war, eben jener Siem Bobeck, um das halbverfallene Anwesen zu übernehmen. Doch Bobeck hatte es bald geschafft, die Leute von sich zu überzeugen. Nicht bloß, weil er so vernünftig gewesen war, für die Renovierung ausschließlich Betriebe aus dem Ort und der Umgebung zu engagieren, sondern sich auch als großzügiger Gönner bei der

Restaurierung der Kirche erwiesen hatte. Zudem galt er bald – gerade wegen der Distanz, die er zu den Einheimischen hielt – als beliebt und umgänglich. Denn genau diese gewisse Distanzlosigkeit war es ja, was die Purbacher, wie die meisten anderen Österreicher auch, an den Deutschen nicht ausstehen konnten: ihr Hang, eben nicht nur irgendwelche Ferienhäuser und Villen und Seegrundstücke zu erwerben, sondern sich auch gleich die ganze Kultur aneignen zu wollen. Dieser Verbrüderungswahn der Deutschen, dieses bizarre Interesse an der Folklore, diese schon hysterisch zu nennende Österreichbegeisterung, so wie man sich für Stofftiere und altes Porzellan und aufgespießte Schmetterlinge begeistert, das alles stieß die Österreicher zutiefst ab. Auch wenn sie vielerorts taten, als wäre das Gegenteil der Fall. Nicht so in Purbach, wo sich der Tourismus in Grenzen hielt und man stolz war, von Dingen zu leben, die man als ehrliche Arbeit empfand.

Daß Bobeck seinen Reichtum der Modeindustrie verdankte, war den Purbachern unbekannt. Sie hielten ihn für jemanden, der eben immer schon reich gewesen war. Auch seine Rolle als Molekularbiologe war kein Thema. Allein der Umstand praktizierter Verhaltensforschung verunsicherte ein wenig. Man befürchtete, möglicherweise ein Objekt wissenschaftlicher Betrachtung abzugeben. Mit Verhaltensforschung wurde natürlich jener große Österreicher Konrad Lorenz assoziiert, von dem man meinte, er hätte mittels des Studiums von Graugänsen die Welt zu erklären versucht. Den Purbachern wäre es natürlich alles andere als recht gewesen, irgendwann entdecken zu müssen, für Siem Bobeck so eine Art Graugans darzustellen. Umso mehr schätzten sie sein reserviertes Verhalten, schätzten die Tatsache, daß er öffentliche Veranstaltungen mied, auf Ehrenbezeugungen verzichtete, die Stammtische – die ja wohl das Reagenzglas bei der Erforschung humanoider Graugänse hergeben – unbehelligt ließ, auch nicht etwa eine Jagd betrieb und allein dadurch präsent war, daß er die sonntägliche Messe aufsuchte. Was ja das mindeste war, das man einem Mann zugestehen mußte, der die Hälfte der Kirchenerneuerung bezahlt hatte. Daß Bobeck gar nicht an Gott glaubte, auf diese Idee wäre freilich niemand gekommen.

Pliska parkte den Wagen direkt vor der kurzen Treppe, die hinauf auf eine freie, viereckige Terrasse führte. Darauf befand sich ein langgestreckter, von weißem Leinen umspannter Tisch, um den herum ein gutes Dutzend Leute saßen. Und zwar nicht in der prallen Sonne, die zielgenau die Vorderfront des Gebäudes erfaßte, sondern unter einem weiteren weißen Laken, das auf Bambusstangen montiert, die Gesellschaft in einen milden Schatten tauchte.

»Ich dachte«, sagte Reisiger noch im Wagen, »Siem Bobeck sei ein scheuer Mensch.«

»Von Scheue war nicht die Rede«, entgegnete Pliska. »Er hat sich zurückgezogen. Das ist etwas anderes. Er ist hier draußen ständig von Menschen umgeben. Freunden, wenn man so will. Darunter nicht wenige Schmarotzer. Was soll's. Die Schmarotzerei ist ein durchaus interessantes Feld der Forschung.«

»Es stört diese Leute wohl nicht«, sagte Reisiger, »der Forschung zu dienen.«

»Sie lieben es«, meinte Pliska, verzog sein Gesicht wie im Angesicht eines deutschen Autos und öffnete seine Türe.

Zu dritt schritt man nach oben. Vier, der Dreibeinige, blieb hingegen neben einem der weißumrandeten Reifen des Citroëns stehen. Es sah aus, als posiere er mit seinem Holzbein für eins von diesen Luxusfotos, die nie ohne Brüche auskommen. Auf denen immer etwas Grausliches den Luxus konterkariert.

Der Mann, der sich beim Erscheinen der Neuankömmlinge erhoben hatte und ihnen entgegenkam, entsprach rein äußerlich viel eher dem Bild eines Modezaren als dem eines Wissenschaftlers, zumindest wenn man sich Wissenschaftler als Leute vorstellt, die vor lauter Nachdenklichkeit ihre Hemden verkehrt herum anziehen. Siem Bobeck mochte ein wenig älter als Reisiger sein, und an seinem semmelgelben Hemd, in dessen Manschetten silberne Knöpfe steckten, war nun wahrlich nichts auszusetzen. Bobeck wirkte kein bißchen fett, auch kein bißchen angespannt, besaß eine gesunde Gesichtsfarbe und verfügte über ein volles, gescheiteltes Haupthaar und einen kurz geschnittenen Vollbart von derselben Gewitterfarbe, wie Pliskas Anzug sie aufwies. Er streckte beide Arme aus und faßte die Hand Reisigers, was bei aller Herzlichkeit so aussah, als wollte er eine robuste Wand zwischen sich und seinem Gegenüber aufziehen.

»Es freut mich wirklich sehr«, sagte Bobeck, »Sie kennenzulernen. Ich hoffe, Sie hatten eine angenehme Reise.«

Was hätte Reisiger jetzt sagen sollen? Daß er ein Luxushotel und einen Flug erster Klasse dafür hatte sausen lassen, um zu unchristlicher Zeit auf dem Linzer Hauptbahnhof zu sitzen und wenig später Bekanntschaft mit Bettys Stammgästen zu machen? Nun, das konnte er sich sparen. Weshalb er jetzt erklärte, es genossen zu haben, nach Ewigkeiten wieder einmal in einem schönen, alten Citroën gesessen zu sein. Sodann stellte er Kim Turinsky vor, sprach diesmal aber nicht von einer »Bekannten aus München«, sondern von einer »lieben Freundin«, die er sich erlaubt habe, mitzunehmen.

»Da haben Sie gut daran getan«, sagte Bobeck und reichte Turinsky die Hand. Dabei sah er sie an, wie man eine Zeichnung betrachtet, von der man nicht sicher ist, ob man sie an die Wand hängen oder in den Keller sperren soll.

»Kommen Sie, bitte«, sagte Bobeck mit einer einladenden Geste und ersuchte nun die Tischgesellschaft für einen Moment um Ruhe. Die Gespräche erloschen augenblicklich. Die, die mit dem Rücken zu Bobeck saßen, wandten sich um. Man sah den Visagen an, daß Bobeck nicht erst große Weisheiten von sich geben mußte, um Aufmerksamkeit zu erlangen. Er war hier der Meister.

»Das sind Herr Reisiger und Frau Turinsky«, sprach er, »sie sind Gäste meines Hauses. Keine Halunken wie ihr (leises Gelächter), die meine Weinvorräte aufbrauchen und mein Mobiliar abnutzen. Seid also nett zu ihnen. Es soll nachher nicht heißen, ich würde mich mit lauter garstigen Menschen umgeben.«

Er ließ seine Einleitung kurz wirken, wie man Creme einziehen läßt, sodann erklärte er: »Herr Reisiger ist jener couragierte Mann, der Claire in dieser leidigen Geschichte zur Seite gestanden ist, während ein Haufen anderer Bürger gar nichts unternahm, sich zwei Kellner aus dem Staub machten und unsere großartige Polizei es vorgezogen hat, sich unendlich viel Zeit zu lassen. Herr Reisiger hat eben nicht das getan, was die meisten tun – sich einfach nur heraushalten und dann meinen, im Nichtstun und Wegsehen bestehe eine Tugend. Man könnte natürlich sagen, daß die Sache ein bitteres Ende genommen hat. Aber ich will ganz offen sein: Das Ende ist nicht bitter. Bitter wäre es nur, wenn Claire oder Herrn Reisiger etwas zugestoßen wäre. Ich meine, wenn sie jetzt dort liegen würden, wo Fred liegt. Und daß er dort liegt, wo er liegt ... nun, das braucht beim besten Willen niemand leid zu tun. Bedauerlich ist nur, daß Claire damit leben muß. Aber sie wird damit zurechtkommen, weil es ganz einfach keinen Grund gibt, nicht damit zurechtzukommen.«

Eigentlich ein Moment, dachte Reisiger, der geeignet gewesen wäre, die Theorien Felix von Haugs ins Spiel zu bringen. Aber selbstverständlich hielt er seinen Mund, sah in die Runde und überlegte sich, bei welcher von den Damen es sich um Claire Rubin handeln könnte. Allein die Notwendigkeit einer solchen Überlegung war haarsträubend. Wenn man nämlich Claire Rubins Berühmtheit bedachte. Und erst recht angesichts der Tatsache, daß Reisiger dieser Frau ja bereits begegnet war, sich aber einfach nicht mehr daran erinnern konnte, wie sie denn eigentlich ausgesehen hatte. Ihm war bloß noch ein vages Bild präsent, das Bild einer blonden, adretten Erscheinung. Doch sehr viel mehr hatte er auch am Tag des Vorfalls nicht wahrgenommen.

Am meisten erstaunte aber, daß Reisiger das Konterfei dieser berühmten Sängerin nicht im Zuge seiner beruflichen Tätigkeit zur Selbstverständlichkeit geworden war. Immerhin war er seit langem in der Hi-Fi-Branche tätig und hatte geradezu notgedrungen mit Musik zu tun. Es stellte eine beispiellose Ignoranz dar, daß Reisiger von Claire Rubin gerade mal den Namen gekannt, vielleicht auch ungewollt und unbewußt einen ihrer Hits gehört hatte, aber nicht wußte, wie sie aussah. Es muß also gesagt werden: Leo Reisiger hatte von Musik so gut wie keine Ahnung. Schlimmer noch: Sie interessierte ihn nicht im geringsten. Der Erfolg, den er in seinem Beruf errungen hatte, basierte allein auf Umständen, die ohne einen Bezug zur eigentlichen Materie auskamen. Ja, dieser Erfolg war quasi das Resultat völliger Unabhängigkeit vom

Eigentlichen. Das klingt unglaublich. Ist es auch. Aber wahr ist es dennoch.

Nun, Reisiger konnte nicht sagen, wen er hier für Claire Rubin halten sollte. Diese Damen wirkten bei aller Noblesse – viele blond und adrett – auch ziemlich desolat, als hätten sie sich vom Leben allzu große Scheiben abgeschnitten. Auch besaß niemand etwas von jener Einmaligkeit, von der Kim Turinsky geschwärmt hatte. Natürlich, Claire Rubin war dieser Geschichte wegen in zahllosen Zeitungen abgebildet gewesen, in einigen sogar Seite an Seite mit Reisiger. Aber Reisiger hatte ja in keine dieser Zeitschriften hineingesehen. Nicht einmal in jene, die ihm seine Sekretärin vorgelegt hatte. Er fragte sich jetzt selbst, ob er nicht – von seinen zwei großen Leidenschaften abgesehen – als der desinteressierteste Mensch auf Erden wandelte. Einen Moment vermittelte ihm dieser Gedanke ein Gefühl ungeheurer Bedeutung.

»So«, schloß Bobeck seine kleine Rede, »das wäre also gesagt. Ich möchte, daß Herr Reisiger und seine Begleiterin sich bei uns wohl fühlen. Das ist das mindeste.«

Die Tischgesellschaft nickte im Einklang. Daß jemand es aber auch ernst meinte, konnte sich Reisiger nicht vorstellen. Er mußte diesen Leuten als Idiot erscheinen. Niemand von ihnen hätte sich dazu hinreißen lassen, sich mit einem Typen, wie Fred Semper es gewesen war, auf ein Spiel mit Dolchen einzulassen.

Zwei weitere Stühle wurden herangeschoben, und Bobeck lud Reisiger und Turinsky ein, neben ihm Platz zu nehmen. Tom Pliska verschwand im Gebäude.

»Sie mögen doch Fisch?« fragte Bobeck seine beiden Gäste, nahm ihre bejahenden Gesten aber nicht wirklich zur Kenntnis, sondern gab einer Bediensteten, die am Rand und in der Sonne stand, ein Zeichen. Eine weitere Angestellte legte zwei Gedecke auf, schenkte Wein und Wasser in die jeweiligen Gläser. Der Rest der Gesellschaft kümmerte sich nicht weiter um Reisiger und Turinsky.

»Sie verzeihen«, sagte Bobeck, »daß meine Frau Sie erst später begrüßen wird. Claire hat noch zu arbeiten. Kennen Sie Ihre Romane?«

»Natürlich«, erklärte Turinsky.

Reisiger aber mußte gestehen, daß ihm Frau Rubins Prosa unbekannt sei. Freilich sei ihm die meiste Prosa unbekannt. Er wäre kein großer Leser.

»Vernünftige Einstellung«, meinte Bobeck, um sich sogleich bei Turinsky zu entschuldigen. Nichts gegen Romane, aber er persönlich könne mit erfundenen Geschichten kaum etwas anfangen. Am wenigsten mit denen seiner Frau. Diese ganzen Figuren würden ihm vollkommen unrealistisch erscheinen. Vielleicht, weil sie soviel reden und sowenig handeln. Davon abgesehen, was sie alles denken, während sie da reden.

»Das soll unrealistisch sein?« wunderte sich Turinsky.

»Natürlich. Der wirkliche Mensch nimmt die Dinge in die Hand. Kommt ein Fisch auf den Tisch – wie jetzt eben –, beginnt der wirkliche Mensch ja nicht, sich über das Leben der Fische Gedanken zu machen oder gar über das spezielle Leben des Fisches auf seinem Teller, sondern maximal darüber, ob der Fisch auch frisch ist und daß sich hoffentlich nicht zu viele Gräten in ihm befinden.

In den Romanen meiner Frau aber fühlen sich die meisten Personen bemüßigt, wird ihnen etwa eine Forelle serviert, über Forellen nachzudenken und wie schrecklich es ist, sie aus dem Wasser zu ziehen, um sie gleich Puppen auf Tellern zu drapieren. Und dann fangen diese Leute natürlich an, darüber auch noch zu reden, halten andere vom Essen ab. Alle werden dabei traurig, alle haben ein schlechtes Gewissen, einige wehren sich, kommen freilich auch nicht zum Essen, erscheinen zudem unsympathisch. Versteht sich, daß der Fisch kalt wird. Was meine Frau allerdings unerwähnt läßt. Wie sie auch die Traurigkeit des Kochs ignoriert, der dann vor einem Haufen unangetasteter oder bloß halb verzehrter Fischkörper steht.

Das soll aber in unserem Fall nicht so sein. Mein Koch ist ein Mensch, der leicht beleidigt ist wie alle Handwerker. Aber ein guter Koch, den man bei Laune halten sollte. Ich wünsche also einen guten Appetit.«

Nun, der Fisch war tatsächlich äußerst schmackhaft. Geredet wurde dennoch. Turinsky verteidigte Claire Rubins

Bücher, kam dann aber irgendwie auf ihre Autobahnbrücken zu sprechen. Ein Umstand, der Bobeck gefiel. Er gestand, befürchtet zu haben, Turinsky sei in einer schöngeistigen Tätigkeit zu Hause.

»Machen Ihnen solche Frauen Angst?« fragte Turinsky.

»Jeder Mensch, der mit Schöngeistigem zu tun hat.«

»Sie fürchten also Ihre Frau?«

»Ich fürchte den Moment, da sie mir wieder ein Manuskript auf den Tisch legt und meine Meinung dazu einfordert. Warum sie das tut, weiß ich nicht so recht. Sie ist umgeben von Lektoren und Verlegern und Kritikern, die alle rührend um sie bemüht sind. Das sollte doch wohl reichen.«

»Vielleicht verlangt es sie nach einer ehrlichen Meinung.«

»Von mir kriegt sie nur mein Vorurteil zu hören, meine Aversion gegen erfundene Geschichten über erfundene Menschen, die alle auf einer norwegischen Insel hocken und immer dünner und schwächlicher werden, weil sie nichts Ordentliches essen.«

»Wofür halten Sie eigentlich die Mode?« fragte Turinsky und ergänzte: »Schöngeistig oder nicht?«

»Ach ja, Sie wissen natürlich von meinem ehemaligen Brotberuf. Aber ich glaube nicht wirklich, daß die Mode den schönen Geist in sich trägt. Auch wenn kreative Köpfe dahinter stecken. Aber was tun die schon? Schnipseln an einem Hemd vom letzten Jahr herum, tippen blind auf Farbskalen, geben vor, eine Brillanz zu entwickeln, indem sie abschneiden, was sie gerade erst dazugenäht haben.

Ich vereinfache, selbstverständlich. Aber ich weiß auch, wovon ich spreche. Ich hatte mit einer Menge von Modeschöpfern zu tun, auch den ganz großen. Ich schwöre Ihnen, kein einziges Genie war darunter. Diese Leute machen sich mit nicht geringer Mühe einen Namen, um dann selbstherrlich bestimmen zu dürfen, ob ein quadratischer Hemdknopf einem runden vorzuziehen ist. Wobei so gut wie nie eine logische oder auch nur ästhetische Notwendigkeit existiert, gleich, was behauptet wird. Die Frage des Knopfes ist eine pure Machtfrage. Nicht, daß ich das schlecht finde. Manche Dinge im Leben lassen sich nicht anders entscheiden.«

Turinsky nickte und sagte: »Ungefähr so, wie Ihre Frau entscheidet, ob eine von ihren Romanfiguren lila Socken trägt oder nicht.«

»Nicht ganz«, erwiderte Bobeck. »Auch wenn die Romanfigur erfunden ist, auch wenn sie ununterbrochen redet anstatt zu handeln, sollte sie dennoch soweit glaubwürdig sein, daß zumindest die lila Socken zum Rest der Person passen. Es gibt Figuren, da ist es ganz unmöglich, daß sie lila Socken tragen. Und wenn, dann muß dies begründet werden. Ein Modeschöpfer muß aber nichts erklären, gar nichts. Wenn er über die Macht verfügt, kann er wüste Dinge tun. Er kann die derbste Geschmacklosigkeit begehen.«

»Sie haben Ihren Modeschöpfern freie Hand gelassen?« wunderte sich Turinsky, die von ihren Autobahnbrücken her das Leid der Einschränkung nur zu gut kannte.

»Wenn Sie einen Namen hatten, selbstverständlich. Wie sonst soll es funktionieren? Modeschöpfer sind Leute, welche tatsächlich die Zukunft bestimmen. Dank ihres Namens können sie festlegen, ob wir, die Konsumenten, eine bestimmte Farbe nächstes Jahr ganz großartig oder ganz fürchterlich finden. Über die Zukunft kann man nicht streiten. Sie geschieht.«

»Kein freier Wille?«

»Sicher nicht in Fragen der Mode«, erklärte Bobeck.

»Und sonst?« fragte Turinsky und biß ohne jeden Skrupel in das Fischfleisch von hellstem Rosa.

»Sie wollen also wissen, ob *ich* als Wissenschaftler an einen Menschen glaube, der sich wahrhaftig entscheiden kann, an einer Wegkreuzung nach links oder nach rechts zu gehen oder einfach stehenzubleiben, um sich beispielsweise zu erschießen. Nein, eine solche Freiheit halte ich für ausgeschlossen. Was nicht heißen soll, ich würde an einen göttlichen Plan glauben, der uns vorschreibt, wieviel Gläser Wein wir heute leeren werden. Vielmehr ist die Menge der Gläser eins von den zahllosen, andauernden Ergebnissen, die alle auf eine einzige Entwicklung zurückgehen. Ergebnisse, die zwar keinen Plan erfüllen, aber ein bewegtes Bild schaffen.

Als dieses Universum vor 13,7 Milliarden Jahren als überdurchschnittliches Minidrama entstand, war auch die Anzahl der Gläser bestimmt, die wir heute an diesem Tisch zu uns nehmen werden. Dem ist nicht zu entkommen. Die Unwichtigkeit unserer kleinen Gesellschaft spielt dabei sinnigerweise keine Rolle. Wer sich von uns bemüht, heute ein bißchen mehr oder ein bißchen weniger zu trinken, trägt eben bloß dazu bei, daß alles kommt, wie es kommen muß.

Dennoch, denke ich, gibt es eine Freiheit. Sie liegt in der Betrachtung. Ich gestehe, das ist jetzt ein heikler Punkt. Ich bin nämlich im Laufe der Jahre zur Überzeugung gelangt, daß nicht nur alles, was wir tun, alles was geschieht, von Beginn an festgelegt war, sondern folgerichtig auch alles, was gesprochen wird. Selbst der kleinste Rülpser noch. Somit liegt die Nische, über die wir verfügen, allein im gedachten, niemals im gesprochenen Wort. Öffnen wir den Mund, erfüllen wir das Notwendige. Unser Denken aber, dann wenn es auf einer freien Entscheidung beruht, muß ohne Folgen bleiben. Das Denken *kann* eine jenseitige Qualität besitzen. *Kann* außerhalb der Ordnung dieser Welt stehen. Selten genug, aber doch hin und wieder. Manchmal denken wir etwas, das *so* nicht im Programm steht.«

»Dann ist aber der Modeschöpfer auch nur ein Gehilfe jener natürlichen Fügung«, meinte Turinsky, die dieses ganze Gespräch für einen Witz hielt.

»Selbstverständlich«, sagte Bobeck. Und an Reisiger gewandt: »Wie schmeckt Ihnen der Fisch?«

»Ausgezeichnet. Aber in einer Nische meines Denkens ... nun, das kann ich jetzt nicht sagen, sonst wäre alle Freiheit dahin.«

»Ich sehe, wir haben uns verstanden«, lachte Bobeck, der das Gespräch wohl auch für einen Witz hielt. Jetzt aber wissen wollte, womit Reisiger sich so seine Zeit vertreibe.

Reisiger machte ein verdutztes Gesicht und erklärte: »Ich könnte mir vorstellen, daß Ihr Sekretär Sie genauestens über mich unterrichtet hat.«

»Pliska ist ein Schwätzer, der bei allem und jedem den ersten Teil ausläßt und den zweiten erdichtet. Er war ursprünglich der Sekretär meiner Frau. Ich wollte aber nicht, daß Claire die ganze Zeit mit einem solchen Schönling zusammenhängt.

Doch rauswerfen konnte ich ihn nicht. Das hätte kleinlich ausgesehen. Also habe ich ihn meiner Frau abgeworben. Was nichts daran ändert, daß ich mich über die wesentlichen Dinge lieber selbst informiere. Also, lieber Herr Reisiger, erzählen Sie doch bitte.«

Widerwillig erwähnte Reisiger seinen Beruf, senkte dabei seine Stimme, als gelte es, vor diesen fremden Leuten eine Lächerlichkeit zu verbergen. Da war ihm noch lieber, von seiner eigenen Frau zu erzählen, ja, er erwähnte nun mit gespieltem Stolz ihre Leistungen als Cineastin und Langstreckenschwimmerin. Die anderen Gäste wurden hellhörig, man unterbrach die Gespräche, blickte hinüber zu Reisiger. Begeisterung kam auf. Frau Reisigers Name war hier durchaus bekannt, ihre Kommentare, ihre Kritiken.

Ein Herr mit knorpeligem Gesicht, der sich als Filmproduzent auswies, nannte sich sogar einen »persönlichen Freund«, zeigte sich gleichwohl überrascht von der Existenz eines Ehemanns.

Das war Reisiger nun erst recht peinlich. Freilich stieg er bedeutend in der Achtung dieser Leute, denen er als Verrückter erschienen sein mochte, welcher gemeint hatte, die Gunst der Stunde nützen zu müssen, einer berühmten Sängerin das Leben zu retten, um sich dann von ihr retten zu lassen. Aber man war nun mal in diesen Kreisen modern genug, einem recht unbedeutenden Mann – »Wie ist das, Sie verkaufen Plattenspieler?« – die Bedeutung seiner Frau positiv anzurechnen.

Reisiger selbst wäre nie auf die Idee gekommen, daß die Erwähnung seiner Gattin einen derartigen Umschwung hätte nach sich ziehen können. Nur Bobeck schien wenig glücklich mit der Entwicklung, duldete aber für einige Zeit das Interesse an einer Frau, die einst Orson Welles an die Spitze ihrer Liste der am meisten überschätzten Regisseure aller Zeiten gesetzt hatte.

Irgendwann beugte sich eine von den Hausangestellten zu Bobeck und flüsterte ihm etwas ins Ohr. Oder sprach auch nur leise. Jedenfalls war kein Wort zu verstehen. Dabei wirkte die Angestellte in keiner Weise wie ein Domestik oder auch nur wie eine von diesen geschleckten, jungfräulich-verdorbenen

Mädchen, wie Cateringfirmen sie in die Häuser ihrer Kunden zu entsenden pflegen. Vielmehr schien die junge Frau, wie auch die anderen, die hier bedienten oder bloß herumstanden, zur Familie zu gehören. Ein bißchen wie Jugendliche, die gezwungen sind, ihren Eltern und deren Freunden das Essen aufzutragen. Und dabei natürlich einen schlechtgelaunten Eindruck machen. Ja, diese Frauen praktizierten ein andauerndes Schmollen. Ein durchaus attraktives Schmollen. Nachlässig aber waren sie nicht. War ein Glas leer, so wurde es anstandslos nachgefüllt.

Bobeck faßte Reisiger sacht am Arm und erklärte, daß seine Frau sich freuen würde, wenn er und seine Begleiterin in den Salon kommen würden, um gemeinsam den Kaffee einzunehmen.

»Sehr gerne«, sagte Reisiger, der froh war, endlich dem Gespräch über jene grandiose Cineastin, die da seine Gattin war, entfliehen zu können.

Die drei Personen erhoben sich. Bobeck hielt es nicht für angebracht, den Rest der Tischrunde zu informieren. Durch den hohen, offenen, bogenförmigen Haupteingang trat man nach drinnen, durchquerte eine weite marmorne Kuppelhalle, passierte zwei kabinettartige Räume und erreichte schließlich jenen Salon, in dessen historischem, von einem Fresko überdachten Gemäuer moderne, schwere Ledermöbel, ein zentraler Billardtisch, ein kleiner, fürchterlich bunter Chagall und ein großer, fürchterlich meditativer Rothko versammelt waren.

Immerhin kein Rubens, dachte Reisiger, wenngleich das Fresko über eine gewisse Rubenssche Üppigkeit verfügte. Aber ein Fresko war leicht zu ignorieren, man brauchte einfach nur seinen Kopf gerade zu halten.

Kaum zu ignorieren war freilich die Frau, die in repräsentativer Weise auf einem blockförmigen, beigen Lederfauteuil saß und sich von einem der schmollenden Mädchen gerade eine Tasse reichen ließ, die sie aber sogleich auf der breiten Armlehne abstellte, sich erhob und mit einer festen Stimme erklärte, daß es ihr eine Freude sei.

Man reichte sich die Hand. Reisiger stellte Turinsky vor und zeigte sich begeistert ob des Ambientes. Was allerdings eine

Lüge war. Er fand diese Umgebung beklemmend. Und Chagall war nach Rubens ohnehin das schlimmste, was es für ihn in der Kunst gab.

Frau Rubin jedoch sah er mit völlig neuen Augen. Damals, in ihrem Skianorak, war sie ihm recht durchschnittlich vorgekommen, jetzt aber registrierte er ihre imposante, alles andere als durchschnittliche Erscheinung. Auch hatte er sie – trotz wattierten Anoraks – sehr viel schlanker in Erinnerung. Tatsächlich aber war sie kräftig gebaut, ohne dabei an Eleganz einzubüßen.

Sie war der Typ, der einen großen Busen, eine merkbare Hüfte, ein klein wenig Speck unter dem Kinn, ein volles Gesicht und breite Schultern besaß, aber so gut wie nichts, was man als Bauch oder gar als Ranzen hätte bezeichnen können. Dazu verfügte sie über lange Beine, die es mit denen Tom Pliskas aufnehmen konnten. Ihre Gestalt entsprach gewissermaßen der des Citroëns, welcher draußen vor dem Haus stand, von einem Hund namens Vier bewacht.

Sie trug einen graugrünen, engen Hosenanzug, kam ohne Bluse oder Shirt aus, ohne jeden Schmuck, und hatte ihr gelbblondes Haar in der Art der Marilyn Monroe gestaltet, flockig, von einer Art intelligentem Wind angefertigt. Von ihrer Wirkung her hätte man sie aber mit ... nein, sie war natürlich berühmt genug, einfach mit sich selbst verglichen zu werden. Sie war *die* Rubin. Eher war es so, daß, wenn irgendwelche Mittvierzigerinnen einen gleichzeitig robusten und aparten Eindruck vermittelten und eben nicht verhungert und dünnlippig und depressiv aussahen, man sagen konnte, sie würden ein wenig an *die* Rubin erinnern.

Übrigens war es jetzt das erste Mal, daß Reisiger die Ähnlichkeit der Namen Rubin und Rubens auffiel. Ausnahmsweise war er aber so vernünftig, seiner Gastgeberin daraus keinen Vorwurf machen zu wollen. Natürlich bemerkte er auch sofort die Naht, die sich über Rubins rechte Braue zog und an jenen frostigen, unerfreulichen Tag gemahnte. Aber die Naht stand ihr ausgezeichnet, hatte etwas von einem Schönheitsfleck.

»Nehmen Sie doch bitte Platz«, sagte Claire Rubin und wies auf die Gruppe von Ledersesseln, die um einen Kamin standen, der dieselbe obeliskartige Monumentalität besaß wie jener aus Reisigers Hotelsuite. Allerdings brannte in diesem hier ein Feuer, ein bescheidenes Feuer, dessen Funktion wohl weniger in der Zufuhr von Wärme bestand als im hübschen Klang sich auflösender Scheite.

Man setzte sich also und wartete ab, bis ein jeder seine Tasse in der Hand hielt und das Personal verschwunden war. Siem Bobeck wirkte in Gegenwart seiner Frau lange nicht so herrschaftlich und dominant wie noch kurz zuvor. Er machte einen nachdenklichen Eindruck, rührte bedächtig in seinem Kaffee, wie um eine kleine Überraschung nach oben treiben zu lassen. Eine Überraschung gab es dann auch.

Claire Rubin saß nun da, als halte sie eine Audienz ab. Eine Päpstin unserer Tage. Sie hatte die langen Beine übereinandergeschlagen, stellte ihre Tasse ab und zündete sich sodann eine Zigarette an. Sie sagte: »Es ist herrlich, nicht mehr singen zu müssen. Wenn es mir Spaß macht, kann ich rauchen, bis ich klinge wie ein Schankwirt. Früher war das unmöglich. Ich hatte meine Stimme versichert. Eine von den wahnsinnigen Ideen meines Agenten. Wahrscheinlich hat er vorgehabt, mir eines Tages die Kehle durchzuschneiden und dann auch noch einen Haufen Geld damit zu verdienen. Im Vertrag war ein Passus, der mir den Genuß von Nikotin untersagte. Hätte ich meine Stimme verloren, dann hätten diese Erbsenzähler von der Versicherung natürlich sofort versucht, mir das Rauchen nachzuweisen. Verrückt, wenn man das im nachhinein betrachtet.«

»Ein schlechter Agent«, kommentierte Reisiger.

»Mein Gott, wie recht Sie haben. Seither hasse ich Agenten und Versicherungen. Ich würde Versicherungsmakler zum Frühstück verspeisen, wenn das erlaubt wäre. Na gut, Hauptsache, ich bin meinen alten Beruf los.«

»Was vielen Leuten sehr leid tut«, säuselte Turinsky.

»Nett, daß Sie das sagen. Aber glauben Sie mir, diese Singerei ist das dümmste, was ein Mensch tun kann. Vor allem vor Publikum. Vor allem, weil man sich irgendwie bewegen muß. Ich hatte Blasen an den Füßen von diesem Gezappel. Unmöglich. Wie ist das mit Ihnen, Frau Turinsky, lieben Sie Ihren Beruf?«

»Er macht Spaß.«

»Spaß? Macht es wirklich Spaß, den Leuten hinterherzuschnüffeln?«

»Wie bitte?« Turinsky richtete sich unwillkürlich auf, blickte entgeistert in die Runde. Sodann bemerkte sie, ein wenig kleinlaut allerdings, im Brückenbau beschäftigt zu sein. Und das habe ja wohl mit irgendeiner Schnüffelei nichts zu tun.

»Ja, ja«, lächelte Claire Rubin. Sie lächelte, als zerquetsche sie einen Versicherungsangestellten zwischen ihren Zähnen. »Tom hat mir bereits berichtet, Sie würden sich als Brückenbauerin ausgeben. Eigentlich originell. Aber ich habe nun wirklich keine Lust, Ihnen dieses Theater abzunehmen. Sagen Sie mir, für wen Sie arbeiten. Und dann seien Sie so gut und verlassen mein Haus.«

»Ich weiß wirklich nicht«, sagte Turinsky, »wie Sie auf diese absurde Idee kommen. Das ist sehr enttäuschend, zu sehen, wie eine ehemals große Künstlerin sich nicht nur aufs Land, sondern auch in die Paranoia zurückgezogen hat.«

»Also bitte!« fuhr Reisiger dazwischen. »Ich verstehe nicht, was das bedeuten soll.«

»Das bedeutet«, erklärte Rubin, »daß Sie, verehrter Herr Reisiger, als eine Art Trojanisches Pferd fungiert haben. Oder sollen wir denn wirklich glauben, Frau Turinsky sei eine alte Freundin von Ihnen?«

»Nun …« Reisiger zögerte. Er hatte sich in eine unmögliche Situation gebracht. Nie und nimmer hätte er einen solchen Schwindel auf sich nehmen dürfen. Auch wenn ihm dieser Schwindel harmlos erschienen war, eine Spielerei. Aber damit mußte nun Schluß sein. Er sagte: »Die Wahrheit ist, daß ich Frau Turinsky gerade erst in München kennengelernt habe. Ein purer Zufall.«

»Wie zufällig denn?« fragte Rubin und vollzog ein spöttisches Gesicht. Die Narbe an ihrer Braue schien sich ein wenig zu weiten, als entwickle sich dort oben ein kleines Megaphon, das alles Gesagte verstärkte.

Leo Reisiger, nervös wie noch selten zuvor, weit nervöser als in dem Moment, als er sich mit Fred Semper und seinen Schlägern angelegt hatte, griff nach seiner Zigarettenpackung. Und erinnerte sich nun deutlich, wie sehr Kim Turinsky auf seiner Bekanntschaft bestanden hatte. Er drehte sich zu ihr, betrachtete sie scharf und sagte, wieder zur Distanz des Sies wechselnd: »Reden Sie! Sagen Sie, was los ist! Sie sind mir auf die Pelle gerückt, als wäre ich der letzte Mann auf dieser Welt. Nicht, daß ich das persönlich genommen habe. Ich dachte, es stimmt, wenn Sie sagen, Sie hätten einfach Lust, aus München herauszukommen.«

»Was auch genau der Fall war«, meinte Turinsky in einem Ton, der wohl beleidigt klingen sollte. »Wissen Sie denn nicht mehr? Es waren Ihre Zigaretten, warum ich Sie ansprach. Hätten Sie was anderes geraucht, ich schwöre Ihnen, ich wäre nicht stehen geblieben.«

»Was Sie nicht sagen, Frau *Rösner*«, brachte Claire Rubin diesen neuen Namen aufs Tablett. »Wie sind Sie bloß auf den Namen Turinsky gekommen? Wenngleich natürlich Turinsky um einiges aufregender klingt als Rösner. Wenn Leute sich pompöse Künstlernamen zulegen, dann zeigt das meistens, wie klein sie sich bisher gefühlt haben müssen. Wenn sich jemand Madonna nennt, mein Gott, was muß der Mensch vorher alles durchgemacht haben. Von Prince ganz zu Schweigen. Das hört sich an, als würden Zwerghasen sich für Großkatzen ausgeben.«

Turinsky war erstarrt. Aufrechter und steifer konnte man nicht mehr in einem Sessel sitzen. Einen Moment zögerte sie, schien nach Worten zu suchen. Die Worte fanden sich aber nicht. Sie stand auf. Man sah ihr an, daß sie jetzt nichts lieber getan hätte, als aus dem Raum zu laufen.

»Sie sind noch nicht lange im Geschäft, nicht wahr?« meinte Rubin mit Genuß.

Turinsky ignorierte die Bemerkung, fragte bloß, woher Rubin ihren Namen kenne.

»Sie sollten besser auf Ihre Handtasche aufpassen«, empfahl die Hausherrin. »Es mag ja ein Klischee sein. Aber eine Frau, die nicht bemerkt, wenn ihr die Handtasche abhanden kommt, scheint so ziemlich im unreinen mit sich zu sein. Man verliert ja auch nicht sein Herz, ohne daß es einem auffallen würde.«

Turinsky sah an sich hinab. Ordnungsgemäß lehnte jene 150-Millionen-Tasche an ihrer Hüfte.

»Was denken Sie«, lächelte Rubin, »daß ich Ihnen die Tasche unter der Achsel wegstehle? Als mir Tom von Ihnen berichtet hat, war mir klar, daß da etwas nicht stimmt. Daß Sie nie und nimmer die gute, alte Bekannte von unserem Herrn Reisiger sein können. Nicht, weil ich Herrn Reisiger keine jugendlichen Bekanntschaften zutraue. Herr Reisiger hat sich in der extremsten Weise mit Fred und seinen Freunden angelegt. Man muß ihm also alles mögliche zutrauen. Leider auch, daß er sich von einer heuchlerischen, kleinen Tussi einwickeln läßt.«

»Ich brauche mir das nicht anzuhören«, erklärte Turinsky. Aber ihr Trotz stand auf schwachen Beinen.

»Wir sind gleich fertig«, bestimmte Rubin. »Nachdem mir das alles nicht koscher erschien, vor allem Ihre Behauptung, keine Ahnung davon gehabt zu haben, welche Rolle Herr Reisiger in der Sache mit Fred gespielt hat, habe ich Susanne – sie hat uns eben den Kaffee serviert – darum gebeten, mir Ihre Tasche zu bringen. Susanne ist ein liebes Mädchen und nicht ganz ungeschickt. Sie hat beim Servieren die Tasche an sich genommen, hierher gebracht und wenig später wieder zurückgestellt. Ich war schon gründlich erstaunt, als ich darin eine Pistole entdecken mußte. Allerdings auch einen Waffenschein. Das geht soweit also in Ordnung. Bloß daß dieses Papier eben nicht auf Kim Turinsky, sondern auf Eva Rösner ausgestellt ist. Und daß diese Eva Rösner für ein Detektivbüro arbeitet. Nun, es gibt Berufe, die mir noch schlimmer erscheinen als Versicherungsmakler und Künstleragenten.«

»Sie werden damit leben müssen, mich nicht zum Frühstück verspeisen zu können.«

»Das ist richtig. Ich halte mich an die Regeln. Anders als Sie. Ihr kleiner, häßlicher Beruf sowie der Umstand, eine dumme Waffe in der Handtasche herumzuführen, legitimiert Sie noch lange nicht, sich in mein Haus zu schwindeln.«

»Da hat meine Frau ja wohl recht«, ließ sich nun endlich Siem Bobeck vernehmen, wobei er einen ungemein milden, väterlichen Tonfall zum Einsatz brachte. »Es wäre jedenfalls ein

Akt der Wiedergutmachung, wenn Sie uns sagen würden, Frau Rösner, für wen Sie arbeiten und was Sie eigentlich wollen.«

»Meinen Sie das im Ernst?«

»Aber selbstverständlich. Sagen Sie mir, was Sie wissen möchten, und ich werde mich bemühen, eine zufriedenstellende Auskunft zu geben. Dazu bedarf es keiner Revolverkünste. Was glauben Sie denn – oder was glauben Ihre Auftraggeber –, was ich oder meine Frau zu verheimlichen haben?«

»Eine ganze Menge«, behauptete Rösner. »Aber ich bin in keiner Weise befugt, irgendwelche Namen oder Hintergründe auszuplaudern. Das wäre abwegig. Diesen ganzen Aufwand zu treiben, um mich dann auf einen Vergleich einzulassen.«

Bobeck zuckte mit den Achseln und meinte: »Sie schätzen die Verhältnisse nicht richtig ein.«

Leo Reisiger hatte sich ebenfalls erhoben, trat nahe an Eva Rösner heran und sagte: »Wie konnten Sie mir das antun? Perfider geht es ja gar nicht mehr. Ich stehe jetzt wie der größte Trottel da.«

»Damit müssen Sie leben«, erklärte Rösner herzlos. »Ohnehin würde ich Ihnen raten, Ihr Wochenende woanders zu verbringen. An einem Ort, der sicherer ist.«

»Das können Sie ruhig mir überlassen.«

»Ich denke, es reicht«, setzte Claire Rubin einen Punkt. »Frau Rösner scheint nicht gewillt zu sein, das bißchen Größe aufzubringen, sich für ihre Unverfrorenheit zu entschuldigen. Sie benimmt sich, wie sie aussieht. Ein Kind, das nicht erwachsen wird. Was ist, Frau Rösner? Soll ich Sie rauswerfen lassen?«

»Kein Bedarf«, sagte Rösner, hielt sich mit einer Hand an der Schlaufe ihrer Tasche und trat mit einem Schritt, dessen Festigkeit großen Aufwand verriet, aus dem Salon hinaus.

Einen kurzen Moment herrschte eine Stille, die dem Kaminfeuer die Möglichkeit gab, sich wie ein freundlich klingendes Barockkonzert im Raum auszubreiten. Zwischen die Töne schob sich sodann die nicht minder freundlich klingende Stimme Claire Rubins: »Ach bitte, Herr Reisiger, setzen Sie sich doch wieder.«

»Ich weiß nicht«, zögerte Reisiger, »das ist wohl kaum die Situation, in der ich Ihre Gastfreundschaft weiter beanspruchen sollte.«

»Reden Sie keinen Unsinn«, sagte Rubin. »Sie haben nichts getan, was unverzeihlich wäre.«

»Ich hätte diese Frau niemals mitnehmen dürfen.«

»Ach was. Hören Sie auf, zu bereuen. Das verdirbt uns noch den ganzen Nachmittag. Diese Freude sollten wir dem kleinen Luder nicht machen. Wahrscheinlich arbeitet sie für die Dreckskerle von der Presse.«

»Das kommt schon mal vor«, erklärte Siem Bobeck, »daß irgendwelche Schreiberlinge versuchen, sich in unser Haus zu schmuggeln. Die stellen sich weiß Gott was vor, welche Dinge wir hier treiben. Auch ist diese Rösner ja nicht der erste Detektiv, den man versucht hat, uns unterzujubeln. Nur, daß diese Leute in der Regel auch so aussehen, wie man sich das vorstellt. Kleine, dicke Männer in speckigen Anzügen. Na, mal was Neues.«

»Die kleinen, dicken Männer«, gab Rubin zu bedenken, »verhalten sich dafür eine Spur professioneller als diese dumme Pute. Gut, lassen wir das Thema. Ich wäre froh, Herr Reisiger, wenn Sie jetzt wieder Platz nehmen würden. Ich finde es unbehaglich, wenn jemand steht, während ich sitze.«

»Entschuldigung!« sagte Reisiger, entspannte sich und ließ sich in seinem Fauteuil nieder.

Die Entspannung war nun eine allgemeine. Eine Heiterkeit und Leichtigkeit kam auf, als habe sich mit Rösners Abgang gewissermaßen der Klotz am Bein eines jeden hier in Luft aufgelöst. Bobeck trat an eine Anrichte und fertigte Drinks an. Man unterhielt sich ganz allgemein über die Schönheit der hiesigen Landschaft und kam dann auf jenen Habsburger zu sprechen, der dieses Gebäude hatte errichten lassen. Dessen Bekanntschaft mit Mozart und Mesmer interessierte Reisiger weniger. Mozarts Musik war ihm wie jede Musik zu vage, und was er sich unter der Mesmerschen Lehre vom animalischen Magnetismus vorzustellen hatte, blieb ihm ein Rätsel. Umso mehr begeisterte ihn, von der Freundschaft des Habsburgers mit dem Astronomen Sir William Herschel zu erfahren. Herschel hatte im Auftrag des Habsburgers einen seiner berühmten Reflektoren angefertigt, wobei der Transport ins ferne Purbach einen enormen Aufwand bedeutet haben mußte. Aber Kostspieligkeiten waren nun mal das Salz in der Suppe der meisten Habsburger.

Unumwunden gestand Reisiger seine Begeisterung für die Betrachtung des Sternenhimmels, insbesondere des Mondes. Was er selten tat. Zumeist hielt er seine große Leidenschaft vor anderen Menschen verborgen. Mit keinem Wort freilich erwähnte er das Lottospiel oder gar seine unglückliche Verbindung zur Malerei des Peter Paul Rubens.

»Wenn Ihnen die Astronomie so am Herzen liegt«, sagte Bobeck, »werden Sie die größte Freude mit unserer kleinen Sternwarte haben. Hinten am Haus liegt ein Wäldchen, in das sie gebaut wurde. Ende des neunzehnten Jahrhunderts, vom damaligen Besitzer, einem gewissen Furness. Einem vergessenen englischen Dichter. Vergessener kann man gar nicht sein. Seine Elegien sind verweht. Seine Sternwarte aber steht. Ich habe sie renovieren und mit einem halbwegs vernünftigen Teleskop ausstatten lassen. Was ein wenig so ist, als ob man in einen historischen Tierkäfig ein heutiges Tier sperrt. Kein großes Tier freilich, ein Fernrohr für den Hausgebrauch.«

»Das ist eine Untertreibung«, mischte sich Claire Rubin ein, »wenn man weiß, was dieses Rohr gekostet hat.«

»Na, sagen wir«, schwächte Bobeck ab, »ein Teleskop für den erweiterten Hausgebrauch. Im wahrsten Sinne. Wobei ich es selten benutze. Der Mikrokosmos steht mir naturgemäß näher. Aber wenn Sie wollen, könnten wir heute nacht einen Blick in den Himmel wagen.«

»Auf den Mond«, sagte Reisiger mit Begeisterung.

»Eine Reise von vernünftigem Ausmaß«, bestätigte Bobeck.

»Ohne Mond wäre ich nicht hier«, gestand Reisiger und legte nun dar, daß es der Name »Purbach« gewesen war, der ihn veranlaßt hatte, die Einladung anzunehmen. Er sprach nun von jener lunaren Wallebene gleichen Namens.

»Wie rührend«, sagte Claire Rubin ohne offenkundigen Hohn, »sich von so etwas leiten zu lassen.« Nicht, daß sie ein großes Interesse an Wallebenen besaß.

Bobeck hingegen zeigte sich informiert, wußte um jenen Georg von Peuerbach, der seinen Namen der im Bezirk Grieskirchen gelegenen Ortschaft Peuerbach verdankte. Um sogleich einzuwenden: »Mit unserem Purbach hier hat das leider nichts zu tun. Da muß ich Sie enttäuschen.«

»Nun«, sagte Reisiger, »ich hatte nicht erwartet, daß sich ein direkter Bezug zu meiner geliebten Mondlandschaft herstellen ließe. Aber vielleicht läßt sich einer ja konstruieren.«

»Das wäre dann eine Sache«, meinte Bobeck, »bei der Ihnen meine Frau behilflich sein müßte. Beim Konstruieren.«

Man kam nun also doch auf Claire Rubins norwegische Welten zu sprechen. Auf Sinn oder Unsinn erfundener Figuren. Sprach aber mit Amüsement darüber. Reisiger gestand nun auch in Gegenwart der Autorin, noch nie eines ihrer Bücher gelesen zu haben und – noch schlimmer – auch ihre berühmten Schlager und Chansons nicht wirklich zu kennen. Wie zum Ausgleich drang wenigstens das Wort »Chanson« gleich Goldstaub über seine Lippen.

Frau Rubin schien richtiggehend erfreut ob einer solchen Bildungslücke. Sie meinte, daß ein Mann, der für den Mond schwärme, wahrscheinlich alles habe, was er brauche. Gerne hätte Reisiger ihr zugestimmt, lächelte aber wie über einen Scherz.

Nach einem zweiten Whisky entließ man Reisiger in seine Nachmittagsruhe. Man wollte ihm die Möglichkeit geben, sich ein wenig auszuruhen, vielleicht auch einen Spaziergang zu unternehmen, was auch immer, um dann für den Abend und die Nacht die nötige Kondition zu besitzen. Weitere Gäste wurden erwartet. Im zentralen Kuppelsaal war ein Fest geplant.

»Gibt es einen Anlaß?« fragte Reisiger abschließend.

»Ein neues Buch meiner Frau«, stöhnte Bobeck. »Es heißt *Der Umfang der Hölle*. Na ja.«

»Es kommen nur die nettesten Leute«, erklärte Rubin. »Sie werden sich amüsieren.«

»Sicherlich, Frau Rubin«, sagte Reisiger. Wie man sagt: Zu Befehl, gnädige Frau.

Beim Hinausgehen aber wunderte sich Reisiger. Nicht wegen des Festes. Sondern darüber, daß man – vom Rösnerschen Zwischenfall abgesehen – mit keinem Wort über den toten Fred Semper gesprochen hatte. Daß weder Bobeck noch Rubin hatten wissen wollen, warum er, Reisiger, sich an besagtem frostigen Tag derart ins Zeug gelegt hatte. Aber das würde wohl noch kommen. Er war überzeugt, daß diese Leute etwas von ihm wollten. Eine Erklärung. Ein Versprechen. Irgend etwas. Und daß er nicht nur hier war, um Fisch und Kaffee und Whisky zu konsumieren und sich den Mond ansehen zu dürfen.

Tragödie des Glücks

Es war jene geschickte Susanne, die Reisiger auf sein Zimmer brachte. Die Stufen einer herrschaftlich breiten Treppe voraussteigend, büßte sie zusehends ihr Schmollen ein und klärte Reisiger mit einem vielsagenden Lächeln darüber auf, daß er zu den wenigen gehöre, die hier im Gebäude untergebracht seien. Die wenigsten Räume würden sich als Gästezimmer eignen. Zu viele wertvolle Kunst stehe herum. Schon manches sei zu Bruch gegangen nach einer ausgelassenen Feier, auch bestehe schlichtweg ein Mangel an Betten. Die meisten Gäste würden in den beiden nahe gelegenen Wirtshäusern oder in einer der kleinen Pensionen untergebracht werden. Logistisch keine Kleinigkeit.

»Und Sie selbst«, fragte Reisiger, »wohnen Sie auch im Haus?«

»Ja. Das gesamte Personal. Wir verstehen es, auf die Dinge acht zu geben.«

»So wie Sie es verstehen, Handtaschen zu entwenden.«

»Ich frage nicht nach dem Sinn einer Anweisung. Frau Rubin hatte wohl ihren guten Grund.«

»Das ist richtig«, räumte Reisiger ein.

Susanne wiederum räumte ein: »Handtaschenraub ist nicht meine Spezialität. Wenn es das ist, was Sie interessiert.« Dann fügte sie an: »Ihre kleine Freundin scheint Ihnen abhanden gekommen zu sein.«

»Sie war nicht meine kleine Freundin«, sagte Reisiger und dachte nun laut darüber nach, auf welche Weise die vor die Tür gesetzte Eva Rösner überhaupt zurück nach München gelangen könne.

»Tom hat sie zum nächsten Bahnhof gebracht«, teilte Susanne mit.

»Auf den Service wird wirklich geachtet.«

»Auch ungebetene Gäste sind Gäste, um die man sich kümmern muß.«

»Noble Einstellung«, stellte Reisiger fest und trat hinter der Hausangestellten in einen rechteckigen, schmalen, aber hohen Raum, dessen Wände in Pompejanischrot gehalten waren und eine ganze Menge des Lichts schluckten, welches durch die einzige Öffnung, eine Balkontüre, drang. Dahinter ergab sich der Blick auf die Rückseite der Anlage, einen kleinen, französischen Park mit viel beschnittener Natur und einem zentralen Brunnen, der noch ohne Wasser war oder es auch bleiben würde. Hinter dem Park begann jenes von Bobeck erwähnte Waldstück aus halbhohen Tannen, über denen Reisiger, der auf den Balkon getreten war, die im Sonnenlicht gleißende Kuppel der Sternwarte erkannte.

Auch wenn gesagt worden war, daß Reisiger den Mond am liebsten ohne irgendwelche Hilfestellungen betrachtete, versetzte ihn der Anblick eines Observatoriums sowie die Aussicht, die kommende Nacht dort oben zu verbringen, in die allerbeste Stimmung. Ihm war, als warte auf ihn eine Entdeckung. Was für eine Entdeckung auch immer. Allerdings war er sich im klaren darüber, daß ausgerechnet jener Purbachsche Krater sich in einer Zone befand, die bei Vollmond kaum wahrzunehmen war. Was ihm aber nur folgerichtig erschien, wenn er daran dachte, den Ort Purbach, in dem er sich gerade befand, auf keiner einzigen Landkarte aufgestöbert zu haben. Manchmal lagen die Dinge in einem kräftigen und senkrecht auftreffenden Licht, welches sie unsichtbar machte.

Reisiger ging zurück in sein Zimmer, wo noch immer Susanne stand und nun auf einen Nebenraum verwies, in dem das Bad untergebracht war. Sodann wechselte sie mit zwei Schritten die Zimmerseite und vollzog eine Handbewegung, mit der üblicherweise Erziehungsberechtigte Fernsehverbote bekräftigen. Die Handbewegung galt einem Eichenholzschrank, von dem Susanne erklärte, daß sich darin eine Minibar befände.

Reisiger fragte nicht, welche Regeln für die Minibar gelten würden. Er fragte auch nicht, ob man nicht etwa das einzige Bild an der Wand weghängen könne, ein mit einem breiten Goldrahmen ausgestattetes Stilleben, auf dem sich neben allerlei Blumen und Früchten auch ein toter Hase, ein totes Rebhuhn, eine lebendige Eidechse und ein mit vier getupften Eiern gefülltes Vogelnest befanden. Von Insekten, Raupen, Schmetterlingen und unzähligen Tautropfen einmal abgesehen. Ein Dschungel aus Lebendigem und Totem. Reisiger meinte, aus dem Bild dringe ein Gestank. Der Gestank verschlungenen Gedeihens und Vergehens. Doch damit würde er sich wohl abfinden müssen. Er war nicht hier, um die Einrichtungsideen seiner Gastgeber zu bemängeln. So wenig wie den Umstand, daß inmitten dieses historischen Umfelds eine hochmoderne Hi-Fi-Anlage samt stehlampenartiger Lautsprecherboxen ihn daran erinnerte, in welchem Beruf er zu Hause war. Während hingegen in seinem eigenen Zuhause Geräte herumstanden, die sich kaum zu etwas anderem eigneten, als darauf Aschenbecher und Weingläser abzustellen.

»Kann ich noch etwas für Sie tun?« fragte Susanne und hatte ihre Lippen wieder in der gewohnten Weise verzogen.

»Sehr freundlich, aber ich habe alles, was ich brauche.«

Susanne ging. Reisiger nahm seine Reisetasche und stellte sie auf dem kleinen, gegen die Wand gerückten Schreibtisch ab. Er nahm ein Hemd, eine Krawatte und frische Socken heraus, die er alle über der Sessellehne eines gut zweihundert Jahre alten Sitzmöbels plazierte. Sodann ließ er sich auf der Kante eines Bettes nieder, das gewissermaßen – der Modernität wegen, über die es verfügte – einen Dialog mit den Hi-Fi-Geräten einging. Verbündete im Feindesland.

Reisiger machte es sich bequem. Er schlief ein, wie man das mitunter tut. Ohne Gebet. Ohne Pillen. Ohne umgedrehten Schlüssel in der Türe. Auch ohne einen Gedanken an Eva Rösner zu verschwenden.

Nach gut eineinhalb Stunden erwachte er mit jener Erschlagenheit, die ein langer Nachmittagsschlaf so gut wie immer nach sich zieht. Er wankte hinüber ins Bad, einen engen, fensterlosen Raum, der aussah wie eine Aufzugkabine mit Dusche und Klo. Reisiger hatte einen Geschmack im Mund, als stecke noch ein ganzer Fisch darin. Ausgiebig putzte er sich die Zähne, ließ kaltes Wasser – Winterwasser – über sein Gesicht laufen und nahm eine Rasur vor. Dann verließ er sein Zimmer und trat nach unten. Kein Mensch war zu sehen, auch kein schmollender.

Er ging raus. Auch hier keine Menschenseele. Es war, als hätte ein stiller, kleiner Krieg allem ein Ende gemacht. Nur der kleine, dreibeinige Hund saß noch immer neben dem Citroën, der jetzt im gefleckten Schatten einer einzelnen Eibe stand. Vier erhob sich von seinem Hinterteil und humpelte auf Reisiger zu. Der Hund schien jetzt ein wenig gebrechlicher als noch am Vormittag. Vier und sein Holzbein mußten erst in Gang kommen. Jedenfalls tat der Hund nun etwas, was niemand von ihm verlangte. Er begleitete Reisiger hinter das Haus, hinüber in jenen kleinen Park, der so klein nicht war. Zudem überaus gepflegt, wenngleich er noch ein wenig trostlos dalag, die Blumenbeete allein aus der umgegrabenen Erde bestanden und das Brunnenbassin – wie Reisiger jetzt erst feststellte – mit verschraubten Holzlatten abgedeckt war. Aus der Mitte ragten drei lebensgroße, halbnackte Steinfiguren, die ineinander verhakt und verheddert waren und die ganz eindeutig den Eindruck machten, über viel zu wenig Platz auf dem felsenartigen Podest zu verfügen. Der Titel dieses Brunnen hätte lauten können: Zwei zuviel.

Lange Reihen kegelförmiger Bäumchen, hoch wie Basketballspieler, flankierten die seitlichen Wege. Auf einem davon ging Reisiger hinüber in das Wäldchen, in dem die Sternwarte gelegen war. Hin und wieder sah er neben sich und blickte auf Vier hinunter, welcher unbeeindruckt davon blieb, daß Reisiger mit einem Zischlaut versuchte, ihn wegzuscheuchen. Nicht, weil Reisiger Hunde fürchtete oder sich etwa vor der Invalidität Viers geekelt hätte. Aber es handelte sich nun mal nicht um *seinen* Hund. Auch nicht um einen jener südländischen Straßenköter, die mit einem jeden mitgingen. Nein, die Anhänglichkeit Viers blieb so mysteriös wie unbegründet. Und wenn sie begründet werden konnte, dann doch wohl damit, daß Vier meinte, Reisiger kontrollieren zu müssen. Wie es in Warenhäusern geschah, wenn die Verkäufer gleich Pilotfischen hinter den Kunden hertrieben.

Noch einmal, am Übergang vom Park zum Wald, bemühte sich Reisiger, den Hund abzuschütteln. »Verzieh dich, du Mißgeburt«, versuchte er es unsinnigerweise mit einer Gemeinheit. Noch dazu einer unpassenden, da Vier ja nicht als Dreibeiner das Licht der Welt erblickt hatte, sondern ihm dieses Bein operativ entfernt worden war, nachdem er im Zuge eines Lawineneinsatzes lokale Erfrierungen davongetragen hatte. Was Reisiger natürlich nicht wissen konnte. Hätte er es gewußt, hätte Reisiger auch begriffen, daß Vier hier und jetzt nichts anderes tat, als eine gewisse Fürsorge zu praktizieren. Denn als ehemaliger Lawinenhund hatte er nicht zuletzt ein feines Gespür für potentielle Opfer entwickelt. Gleich unter welche Art von Lawinen sie zu geraten drohten. Vier sah einen bestimmten Menschen und wußte: gefährdet.

Es half also nichts, Vier eine Mißgeburt zu nennen. Er beharrte darauf, seine Begleitung fortzusetzen. Reisiger gab auf. Gemeinsam trat man unter das Dach, das sich aus den Ästen der Tannenbäume ergab. Nur ein schmaler blauer Streifen blieb vom Himmel. Das Licht tröpfelte herein wie bei einem feinen Regen. Inmitten der Stille wirkte ein jedes Geräusch naturgemäß ungleich heftiger: Reisigers schleifender Schritt. Oder der Klang von Holz auf Holz, wenn Vier seine Prothese auf einer Wurzel aufsetzte. Dazu das Gezwitscher der Vögel, scheinbar die pure Erregung.

Nach etwa zwanzig Metern öffnete sich der Wald zumindest so weit, daß sich Platz für den Turm der Sternwarte ergab. Ein äußerst schmaler, ordentlich gemähter Wiesenstreifen führte um das Objekt, welches von den umstehenden Bäumen geradezu bedrängt wurde. Eine Betrachtung war nur aus unmittelbarer Nähe möglich. Als berühre man ein Bild mit der Nase. Was nicht zuletzt darum schade war, da es sich um ein ausnehmend originelles Gebäude handelte, welches über eine glatte, helle Fassade verfügte, ovale, an den Oberseiten kappenartig hervorstehende Luken und einen Eingang, der wie ein ausgefahrener Ellenbogen spitz aus der Turmform stieß. Der Grundriß schien ein wenig ungleichmäßig, oval wie die Fenster, jedoch etwas verzogen, gleich einem Gegenstand, der sich um ein Hindernis schmiegt. Woraus sich der Eindruck einer sachten Bewegung ergab.

Für einen massiven, alles andere als schlanken Turm vermittelte er eine ungewöhnliche Leichtigkeit. So wie eben mitunter auch schwere Menschen etwas Schwebendes besitzen. Von der silbernen Kuppel freilich, die in ungefähr zwanzig Metern Höhe lag, war wenig zu sehen, zu ungünstig der Winkel des zwischen Wald und Turm eingeengten Betrachters. Was nichts daran änderte, daß Reisiger sogleich die Ähnlichkeit zu jenem berühmten Einstein-Turm in Potsdam feststellte, der indes sehr viel später, in den frühen Zwanzigern errichtet worden war. Während ja die Erbauung des Purbacher Turms in die zweite Hälfte des neunzehnten Jahrhunderts fiel, geplant und errichtet von jenem vergessenen englischen Dichter namens Furness. Freilich konnte Reisiger nicht sicher sein, inwieweit der Bau nachträglich aufpoliert worden war. Vielleicht eben in jenen Zwanzigerjahren. Jedenfalls befand sich der Turm – wie beinahe alles in Purbach – in einem ausgezeichneten Zustand. Die Renovierung der Fassade konnte kaum länger als ein, zwei Jahre zurückliegen.

Als Reisiger jetzt dastand, geradezu andächtig, neben sich Vier, dessen spitze Ohren mit einem Mal noch spitzer wurden, trat unvermutet ein Mensch aus dem Turm heraus. Reisiger erschrak. Zunächst einmal, weil er niemanden erwartet hatte. Dann aber, weil er glaubte, diese Person schon einmal gesehen zu haben. Ja, er meinte in ihr jene zweite Frau zu erkennen, die zusammen mit Claire Rubin gewesen war, als die beiden von Fred Semper und seinen Genossen angegriffen worden waren.

Reisiger hatte wenig Zeit, sich zu überzeugen. Die Frau, kleiner als Rubin, schlanker, man könnte auch sagen schwächlicher, rothaarig, mit einem dünnen Pullover bekleidet, der die Farbe von Cornflakes besaß, schien nicht minder irritiert zu sein, wandte Reisiger nur kurz ihr Gesicht zu, ein quasi kleingedrucktes Gesicht, sehr ordentlich, aber ohne jede Auffälligkeit, und verschwand dann rasch hinter dem Bug des vorspringenden Gebäudeteils.

»Entschuldigen Sie!« rief Reisiger in kraftlosem Ton, wartete einen Moment, wartete noch einen zweiten, unsicher, was zu tun sei. Es kam sich wie jemand vor, der unerlaubterweise im Garten fremder Leute stand und eine fremde Idylle zerstörte. Endlich setzte er sich in Bewegung und folgte der Spur der Frau. Als er aber die andere Seite erreichte, war niemand mehr zu sehen. Dafür erblickte er einen schmalen Pfad, welcher den nun merklich abwärts führenden Wald teilte. Reisiger blieb jedoch, wo er war. Es ärgerte ihn, die Frau verschreckt zu haben. Auch wenn er sich keinen Vorwurf zu machen brauchte. Mit einem Seufzer blickte er hinunter zu Vier. Der Hund schien mitzuseufzen. Reisiger begann, ihn zu mögen.

Nachdem Reisiger noch eine Weile die Architektur des Turms studiert hatte, es aber vorzog, nicht in das Innere zu treten, ging er zurück zum Schloß. Im Park standen nun Leute herum, festlich gekleidet, die schmollenden Mädchen servierten Sekt. Wahrscheinlich keinen Sekt, sondern Champagner. Ein Unterschied, der Reisiger noch nie eingängig gewesen war. Er bekam von beidem Kopfschmerzen. In der Ferne erkannte er die hohe Gestalt Tom Pliskas, weshalb er überzeugt war, Vier würde sich nun zu seinem Herrchen begeben. Wenn es denn sein Herrchen war. Oder auch nur der Sekretär seines Herrchens. Das war ja noch gar nicht geklärt. Doch Vier blieb an der Seite Reisigers, was diesem ein zärtliches Gefühl abrang. Mit Menschen und Hunden war das so eine Sache. Sie verhielten sich wie Erde und Mond zueinander. Wobei der Hund natürlich den Part des Trabanten innehatte, kleiner gewachsen, die Rolle des Begleiters übernehmend, allerdings immer nur die eine Seite seines Wesens präsentierend. Auf der Rückseite vermuteten die meisten die Bestie, welche eben hin und wieder zum Ausbruch kam, so wie auch der Mond im Zuge einer Pendelbewegung kleine Teile seiner erdabgewandten Hälfte offenbarte. Im Falle von Kampfhunden allerdings war es so, daß diese fast ausschließlich aus ihren Pendelbewegungen zu bestehen schienen.

Reisiger wich auf einen der seitlichen Wege aus, um der Gesellschaft zu entgehen. Er wollte sich noch umziehen, bevor er sich auf diese Leute einließ. Genaugenommen wollte er sich die Verpflichtung ersparen, ein Glas Champagner zu trinken. Über Umwege also erreichte er die Vorderseite des Gebäudes und gelangte unbehelligt in sein Zimmer, von dem aus er einen Blick nach unten warf, ohne aber auf den Balkon zu treten. Dabei meinte er, Tom Pliska sehe zu ihm herauf. Mit einem Gefühl leichter Panik schritt er zurück. Um nun festzustellen, daß Vier es sich unterdessen auf dem Bett bequem gemacht hatte. Nicht, daß Reisiger es leiden konnte, wenn Tiere, gleich welche, die Betten der Menschen okkupierten. Aber er ließ es geschehen. Und zwar mit der dummen Ausrede, es sei ja nicht wirklich *sein* Bett, auf dem Vier da liege.

Reisiger sah auf die Uhr. Ihm blieb genügend Zeit. Siem Bobeck hatte ihn gebeten, sich spätestens um halb neun in den großen Kuppelsaal zu begeben, wo die eigentliche Festivität stattfinden würde. Dem Hund das Bett überlassend, setzte sich Reisiger in den zweihundert Jahre alten Sessel, plazierte seine Beine auf der Tischkante und rauchte eine Zigarette an, deren Asche er in einen Kristallbehälter klopfte, ohne echten Glauben, es handle sich tatsächlich um einen Aschenbecher. Sodann schlug er jenes schmale Heftchen auf, welches er im Nachtzug nach Linz entdeckt hatte und das an sich zu nehmen ihm wie ein höherer Befehl erschienen war. Gemeint ist Felix von Haugs therapeutische Schrift *Über die Vergeßlichkeit und ihren heiligen Nutzen*. Auch wenn Reisiger nicht wirklich an die Brauchbarkeit der darin aufgestellten Thesen glaubte, erschien ihm der Ansatz dennoch verführerisch. Das galt vor allem hinsichtlich des Umstands, einen Lottoschein samt maßgeblicher Quittung in Rauch aufgelöst zu haben. Die damit einhergehende Erinnerung hätte Reisiger nur allzu gerne im Mülleimer seines Bewußtseins entsorgt. Aber solche Mülleimer bestanden leider Gottes aus einer Unzahl von Löchern, sie bestanden aus mehr Löchern als sonstwas.

Während Reisiger einen Satz las, der da lautete »Wir hängen an unseren Niederlagen, nicht weil wir sie wirklich nötig haben, nicht weil sie uns etwa menschlicher machen, sondern bloß, weil wir irrtümlicherweise meinen, sie würden uns ein Profil verleihen«, währenddessen also entsann er sich des Tages, da er mit einem bis dahin nie erlebten glückseligen Schaudern die Ziehung der Lottozahlen verfolgt hatte, um Ziffer für Ziffer die Übereinstimmung mit dem von ihm abgegebenen Tip festzustellen. Welch großartiger Augenblick, welch übermenschliches Empfinden, da man spürbar eins wurde mit seinem Schicksal. Natürlich war man immer eins mit seinem Schicksal, aber eben so, als läge man mit einer völlig fremden Person im Bett. Woche für Woche registrieren zu müssen, daß man ja bloß eine oder zwei oder, wenn's hoch kam, drei bis vier der Lottozahlen erraten hatte, daß man im besten Fall Gewinne ausbezahlt bekam, die beleidigender waren als das pure Versagen, das alles war wenig dazu angetan, sich sein Schicksal als einen guten Freund, eine wahre Liebe oder einen mondartigen Begleiter vorzustellen.

Und nun war es also doch geschehen. Die Zahlen auf dem Fernsehbildschirm und die Zahlen auf Reisigers Schein glänzten in Eintracht. Selbst die sogenannte Superzahl stimmte. Allerdings war das Ziel noch nicht wirklich erreicht. Eine Angst, drängender denn je, erfüllte Reisiger. Was war, wenn eine ganze Horde von Spielern ebenfalls besagte Zahlen erraten hatte?

Es ging dabei nicht allein ums Geld, es ging um die Leidenschaft als solche. Wer wollte etwa die Frau seines Lebens mit anderen teilen? Was wäre das für ein Glück gewesen? Ein schreckliches, eines, das erniedrigte, das einem Tränen der Wut und Bitterkeit in die Augen trieb. Ein Glück als Unglück. Die Angst lähmte Reisiger. Es muß gesagt werden: Sein Verstand drohte zu kippen. Anstatt am nächsten Tag sofort zum Hörer zu greifen und sich der zuständigen Stelle als Gewinner vorzustellen, wartete er ab, tat auch nichts, um so rasch als möglich etwas über die Ausschüttung der Gewinne in Erfahrung zu bringen, und erhielt erst nach und nach Kenntnis davon, daß er ganz offensichtlich der einzige war, der diesen gewaltigen Pot geknackt hatte. Anstatt sich jetzt aber endlich aus seiner Paralyse zu befreien, verstrickte er sich immer mehr in das Unglück seines Glücks.

Wenn zuvor gesagt worden war, daß man eine geliebte Frau kaum mit jemand anderem teilen möchte, so kann es umgekehrt geschehen, daß die Eroberung eines überirdisch schönen und überirdisch gütigen Wesens sich eigentlich nur noch als ein hundsgemeiner Trick erklären läßt. Ein Trick, hinter dem jemand stehen muß, den ein Christ, der es auch ernst meint, zwangsläufig als den Teufel höchstpersönlich identifizieren muß. Und Reisiger glaubte ja an den Teufel.

Natürlich sagte man das heutzutage nicht mehr *so*, und Reisiger hätte sich auch gescheut, in einer noch so gottesfürchtigen Gesellschaft es auf diese Weise auszudrücken. Wie schon erwähnt, war er weit davon entfernt, sich den Teufel als mephistophelischen Verführer und Vertragspartner zu denken, welcher beispielsweise in Gestalt eines Tom Pliska oder Siem Bobeck auftrat, um sich eine Seele unter den Nagel zu reißen. Das wäre natürlich platt gewesen, man könnte auch sagen literarisch. Von einem gewieften Erzengel durfte man erwarten, daß er nicht wie Robert de Niro oder Gustav Gründgens durch die Gegend lief und die Intelligenz der Leute beleidigte, indem er Deals anbot, von denen man ja annehmen konnte, daß sie über einen beträchtlichen Haken verfügten. Nein, die Perfidie des Teufels (wie natürlich auch die seines göttlichen Widerparts) bestand darin, sich eben *nicht* zu zeigen, so wie sich ein Tennisspieler auf der gegenüberliegenden Grundlinie zeigt, um dann ein As nach dem anderen zu schlagen. Reisiger nahm den Teufel ernst. Und auch wenn er bis zu diesem Moment sich nicht hatte vorstellen können, so ganz persönlich in dessen Einflußbereich zu geraten, so erschien ihm nun die Anwartschaft eines geradezu unglaublichen Vermögens als ein untrügliches Zeichen für eine luziferische Intervention. Die ja dann wohl einen Sinn haben mußte, der logischerweise nichts Gutes verheißen konnte.

Reisiger überlegte nun, daß, wenn der Teufel versuchte, ihm ein Bein zu stellen, die einzige Möglichkeit einer Rettung darin bestehen würde, dem Bein auszuweichen. Die Falle quasi abzulehnen, anstatt sehenden Auges und mit falschem Gottvertrauen in selbige hineinzutappen. Denn der Teufel spielt nicht. Und schon gar nicht läßt er sich von guten Taten beeindrucken. Was wäre das auch für ein Teufel? Reisiger war sich somit bewußt, daß es gar nichts bringen würde, den Gewinn anzunehmen und dann lächerlicherweise einen kleinen oder auch noch so großen Anteil einer gemeinnützigen Sache zu überlassen. Genausowenig, wie es einen Teufel hätte milde stimmen können, wenn Reisiger einen Betrag für kriminelle Zwecke gestiftet hätte, um die Niedertracht in der Welt zu fördern. Eine Todesschwadron sponsern, die CIA, die Mafia, das Opus Dei, genforschende Schafzüchter, antisemitische Parteien, Chiquita, was sich so ein linksliberaler Katholik eben unter dem

Bösen vorstellte. Gut und Böse waren aber ethische Begriffe, erfunden von Menschen für Menschen. Den Teufel jedoch dachte sich Reisiger frei von solcher Ethik. Unbeeindruckt von den Kategorien sterblicher Wesen. Diese Kategorien bloß benutzend, um seinen Krieg gegen Gott zu führen, aber natürlich keineswegs – in einem moralischen oder unmoralischen Sinn – von ihnen abhängig.

Der Zweck dieses Krieges, den Gott und der Teufel führten, blieb Reisiger freilich verborgen, wenn nicht ohnehin die Frage nach einem Zweck ebenfalls in den Bereich menschlicher Ethik fiel. Jedenfalls glaubte Reisiger verstanden zu haben, daß er zwischen die Fronten geraten war. Und daß er nur entkommen konnte, indem er diesem famosen Lottogewinn entsagte. Ohne Wenn und Aber. Weshalb er nach vielen Tagen, in denen er Lottoschein und Quittung wie eine bewußtlose Geliebte in Händen gehalten hatte, so konsequent gewesen war, im Zimmer eines muffigen Grandhotels Luzifers geschickter Anbiederung ein Ende zu setzen. Um sich was auch immer zu ersparen.

Reisigers tolldreistes Verhalten gegenüber Fred Sempers Clique bedeutete somit nicht nur eine Kompensation des soeben erlittenen Verlustes unzähliger Lottomillionen, sondern resultierte noch mehr aus dem Gefühl, just dem Teufel entgangen zu sein und damit den Abgründen, die dieser für ihn bereitgehalten hatte. Was selbstverständlich nicht hieß, Reisiger hätte sich von da an für unverwundbar gehalten. Denn einer teuflischen Falle ausgewichen zu sein, änderte ja nichts an den üblichen schicksalhaften Stolperdrähten, die so ganz ohne den Einfluß außerweltlicher Sphären bestanden. Immerhin aber hatte Reisiger gemeint, daß wer einer großen Falle entkommen war, sich mit Lust und Zuversicht in eine kleine stürzen durfte. Und wenn schon von Unverwundbarkeit nicht die Rede sein konnte, so hatte der für Reisiger glimpfliche Ausgang seiner Auseinandersetzung mit einer entfesselten Jugend ihm das Gefühl gegeben, es existiere noch so etwas wie Gerechtigkeit. Obgleich es die nicht gibt. Und abgesehen davon, daß diese Geschichte noch nicht zu Ende war.

Das alles änderte natürlich wenig daran, daß es Reisiger einen großen Schmerz bereitete, an jenen verschmähten Lottogewinn denken zu müssen. Des Geldes wegen, wie auch darum, sich um den Höhepunkt einer Spielerkarriere gebracht zu haben. So gesehen wäre es ihm recht gewesen, den Forderungen Felix von Haugs zu genügen und keinen Tag länger sich das Bild der im kleinen Flammenmeer dahinschwindenden Lottozahlen vergegenwärtigen zu müssen. Was unmöglich gelingen konnte. Da nützte es auch nichts, daß Reisiger seither keinen einzigen Lottoschein ausgefüllt hatte. Was so nicht weitergehen konnte. Er mußte wieder zu spielen beginnen. Auch wenn eine Wiederholung des Ereignisses ihn dann wohl endgültig um den Verstand gebracht hätte.

»Mein Gott, Haugchen«, murmelte Reisiger vor sich hin, »wie soll das denn funktionieren?«

»Übung« hätte Felix von Haug gesagt und erklärt, daß man selbst noch tiefgreifende, traumatische Ereignisse ablegen könne wie irgendwo stehengelassene Hüte oder Regenschirme. Daß man sie vergessen könne, wie man mathematische Formeln vergaß, Schulgedichte oder die Geburtstage ungeliebter Verwandter.

Reisiger legte den Band zur Seite und döste noch eine ganze Weile vor sich hin, wobei er die Stimmen aus dem Park als ein auf- und abebbendes, schließlich sich verflüchtigendes Gezwitscher wahrnahm. Weniger erregt als das der Vögel. Aber auch nicht ganz so melodisch.

Um sieben stand er auf, duschte ausgiebig und putzte sich ein weiteres Mal die Zähne. Er gehörte zu den Rauchern, die stets um ihren guten Atem besorgt waren. Nicht ganz zu unrecht.

Nachdem er in ein frisches, weißes Hemd geschlüpft war und sich eine von diesen dunklen Krawatten umgelegt hatte, die kaum mehr ausdrücken als das Bedürfnis, nur ja nichts falsch zu machen, kehrte er in seinen Armanianzug zurück, in seine schwarzen Schuhe, überprüfte das Vorhandensein seines wunderbaren Kugelschreibers und vollzog einen kurzen, feuchten Pfiff. Der Pfiff galt Vier, der die ganze Zeit über mit geschlossenen Augen dagelegen hatte. Er wußte um die Bedeutung solcher Pfiffe. Ob er sie auch für ein geeignetes Kommunikationsmittel hielt, bleibt dahingestellt. Nicht alles Einfache ist auch schön oder wohlklingend. Jedenfalls hatte er verstanden, erhob sich und streckte sich in Katzenmanier, sodaß nun alle vier Beine wie gerade, steife Hölzer anmuteten. Sodann rutschte er über die Bettkante, wobei er sich mit dem gesunden Hinterlauf voran hinunterließ und mittels dieser bestimmten Bewegung an ein einjähriges Kind erinnerte: vorsichtig und gelenkig.

Der Umfang der Hölle

Als Reisiger den hell erleuchteten Kuppelsaal betrat, dessen Deckenfresko übrigens eine Apotheose der Sternenguckerei darstellte, war das Fest bereits in vollem Gange. Auffallend dabei war der Umstand, daß die Uniformität, mit der üblicherweise die männlichen Wesen solche Veranstaltungen schmückten oder eben nicht schmückten, diesmal von den Frauen erfüllt wurde. Dadurch nämlich, daß sie ausnahmslos, erst recht die schmollenden Serviererinnen, in Schwarz gekleidet waren.

Einen kurzen Moment realisierte Reisiger diesen Wechsel nicht und glaubte sich mit seinem graubraunen Anzug deplaziert. Was schon eine Kunst gewesen wäre. Dann aber wurde ihm klar, daß die Männer – wenngleich nicht unbedingt farbenfroh – so doch mit einiger Freiheit in Fragen der Bekleidung hier auftraten. Nachgerade farbenfroh allerdings präsentierte sich Tom Pliska, der unter seinem blau und weiß gestreiften Sommeranzug ein poppig leuchtendes Hemd in der Art einer Kinderzimmertapete trug. Auch gab es ein paar Männer mit Seidenschals und bunten Brillen. Hin und wieder blitzte ein helles Jackett auf. Freilich dominierten Smokings, die sich folgerichtig ins durchgehende Schwarz der Damenbekleidung einfügten.

Es versteht sich, daß die Damen weder in Schuluniformen herumliefen noch den Eindruck einer Armee von Witwen machten, vielmehr bot sich ein Querschnitt aktueller Mode, vom kleinen Schwarzen über das große Schwarze, von Bustierkleidern bis zu hin zu strengen Hosenanzügen. Die Hausherrin, schwarz wie alle anderen, trug etwas, das zwar von den Füßen bis zum Hals ihren gesamten Körper verdeckte, aber in erster Linie durchsichtig zu nennen war. Solcherart hätte sie in eine strenge Kammer gepaßt, allerdings in die vornehmste aller strengen Kammern. Sie war umgeben von einer Runde von Herren, die aufgeregt und lustvoll durcheinandersprachen. Sie selbst schwieg, lächelte, hörte aufmerksam zu, wie man Kindern aufmerksam zuhört, um deren Entwicklung nicht zu gefährden.

Reisiger mischte sich ins Publikum, wich einem Sektglas aus, einem zweiten, um sodann Halt bei einem Glas Port zu finden, das ihm Susanne reichte.

»Ich soll Sie zu Herrn Bobeck führen«, sagte Susanne.

»Gerne«, meinte Reisiger mit Unbehagen, nahm einen vollen Schluck und folgte seiner Führerin durch das Gedränge.

»Ach, da sind Sie ja«, empfing Bobeck seinen speziellen Gast und stellte ihn einer kleinen Runde vor: »Das ist unser Herr Reisiger.«

Der solcherart Vorgestellte fühlte sich wie ein obskures Schauobjekt, wie ein Mann ohne Unterleib oder so. Er verbeugte sich leicht. Die Leute machten wohlwollende Gesichter. Keiner von ihnen gehörte zu der Gruppe, mit der Reisiger mittags bekannt geworden war. Dennoch schien man zu wissen, wer er war.

»Respekt«, sagte ein kleiner, dicker, rotgesichtiger Mann, der aber nichts von einem Detektiv an sich hatte. »Beeindruckendes Verhalten, wenn man daran denkt, mit was für Gestalten Sie sich da angelegt haben. Aber Sie sind ja auch ein kräftiger Mann. Karate? Boxen?«

»Ein wenig Boxen«, gestand Reisiger, wie man Krampfadern gesteht.

»Eine Sportart, die wieder in Mode gekommen ist«, stellte der Rotgesichtige fest.

»Nackte Männer, die fürchterlich schwitzen«, urteilte die Dame an seiner Seite, so eine Art in die Jahre gekommenes Modell.

»Ich dachte«, meinte Bobeck, »Frauen mögen das.«

»Männer denken das«, antwortete die Frau, »immer dann, wenn sie schwitzen.«

»Na ja. Das ist nicht unser Thema«, erledigte Bobeck diese Abschweifung und machte Reisiger nun mit den umstehenden Personen bekannt, darunter auch einem jungen Pfarrer, der Purbach und die umliegenden Ortschaften betreute und den schönen Namen Marzell trug. Er sah wie einer von diesen

Geistlichen aus, die die Phantasie weiblicher wie männlicher Gemeindemitglieder im höchsten Maße anregen. Kein Beau, das nicht, aber ein gepflegter, ein intellektuell elitär und traurig anmutender Mensch: ein Theologe, kein Seelsorger. Schwer vorstellbar, daß ihn die religiösen Empfindungen der Purbacher groß kümmerten. Er hielt einen Aschenbecher in der Hand und rauchte eine nach der anderen. Er tat dies mit der Eleganz seiner ganzen nachdenklichen Erscheinung. In seiner Kettenraucherei schien nicht der geringste Makel zu stecken. Als handle es sich vielmehr um ein notwendiges Beiwerk seiner radikalen Ernsthaftigkeit. Reisiger fand ihn sofort sympathisch. Daß umgekehrt Pfarrer Marzell jemanden sympathisch finden konnte, war eigentlich schwer vorstellbar.

»Wir sprachen gerade über das Fegefeuer«, erklärte Bobeck an Reisiger gewandt. »Wegen des Buchtitels meiner Frau. Sie wissen schon: *Der Umfang der Hölle*. Was natürlich im übertragenen Sinn gemeint ist. Es geht da um die Hölle in den Köpfen labiler Norweger. Aber der Titel hat unseren Herrn Pfarrer dazu animiert, die Frage nach der Größe der Hölle ernst zu nehmen. Wenn man denn an die Hölle glaubt und sie sich als einen konkreten Ort vorstellt. Mir erscheint das – bei allem Respekt – ziemlich abwegig.«

»Konsequent«, erwiderte Marzell. »Es geht immer um die Konsequenz. Für den Gläubigen wie den Nichtgläubigen. Ich schätze es immens, wenn jemand sich brav an die Naturwissenschaften hält. Aber dann bitte auch richtig. Dann soll allein das Sicht- und Erfahrbare zählen. Und kein Wort über eine Hölle, die man sich irgendwie anders vorzustellen hat.«

»Sie meinen«, folgerte Bobeck, »daß ein Mensch, der sich für aufgeklärt hält, nicht gleichzeitig an Gott, an Erlösung und Verdammnis glauben kann.«

»Er kann – wie *Sie* das tun – in die Kirche gehen. Der Ordnung halber. Des Spaßes wegen. Um die Kühle im Sommer zu genießen. Ein Altarbild zu betrachten. Das Flackern der Kerzen. Die Ruhe. Die Leere. Wie er möchte. Aber er darf nicht versuchen, seine Wissenschaftsgläubigkeit und seine Gottgläubigkeit unter einen Hut bringen zu wollen. Morgens glaubt er an die Hölle und am Abend an die Physik der Teilchen. Sodaß er bald beginnt, sich die Hölle als ein bloßes Bild zu erklären, eine Metapher, deren wirkliche Ausprägung schlußendlich mit Quantenmechanik und Relativitätstheorie in Einklang zu bringen sein wird. Die Menschen stellen sich eine naturwissenschaftlich korrekte Hölle vor. Das ist Humbug. Die Leute sind einfach nur zu faul und zu ängstlich, die Resultate objektiver Erkenntnis zu respektieren: ein Universum, dessen absolut einziges Ziel darin besteht, kalt zu werden.«

»Das ist aber sicher nicht das«, grinste der Rotgesichtige, »was Sie denken, Herr Pfarrer, oder?«

»Natürlich nicht. Ich halte die objektive Erkenntnis für einen Trugschluß. Aber ich achte Menschen, dir ihr konsequent folgen. Und die nicht mit den Zähnen zu klappern beginnen, wenn sie das Nichts erkennen, aus dem sie kamen und in das sie wieder gehen. Während all die Zähneklapperer in die Religion flüchten, um sich anderntags wieder über Leute lustig zu machen, welche die Hölle für alles andere als eine bloße Illustration halten.«

»Das klingt ausgesprochen konservativ«, sagte die Frau, die sich so wenig für schwitzende Boxer begeistern konnte.

»Ganz im Gegenteil.« Es war Reisiger, der das gesagt hatte. Man betrachtete ihn mit Verwunderung, als sei es vermessen, wenn ein »Mann ohne Unterleib« sich in eine solche Diskussion mischte. Aber es war nun mal so, daß Reisiger kein Depp war, und zwar trotz seines Desinteresses an der Welt jenseits seiner Leidenschaften. Er erklärte, es sei ein Unding heutiger, liberaler Systeme, einen Mischmasch sich widersprechender Werteordnungen vorzunehmen. Nicht, weil diese Verquickung unmoralisch sei, sondern vielmehr unmöglich. So wie Pfarrer Marzell modernerweise dargelegt habe. Die meisten Menschen würden sich die eigenartige Freiheit zugestehen, Gott zu töten, um ihn gleich darauf wieder zum Leben zu erwecken. Je nach Bedarf.

»Das kann man doch tun«, meinte einer von den Herren mit Seidenschal. »Man nennt das wohl Dialektik. Soweit ich weiß, eine vernünftige, gefragte Technik.«

»Gefragt schon«, wandte Bobeck jetzt wieder ein, »gefragt wie Schokolade, von der man nicht dick wird. Gibt es aber nicht, zumindest nicht wirklich. Ich muß da ebenfalls unserem Herrn Pfarrer recht geben, auch wenn ich bekanntermaßen auf der anderen Seite stehe. Dort, wo mit Sicherheit keine Hölle auf uns wartet, nicht klein, nicht groß, auch nicht im übertragenen Sinn wie im Buch meiner lieben Frau. Sondern eben nur das, was Jacques Monod die gleichgültige Leere des Universums nennt. Auf das *gleichgültig* kommt es an. Ein gehässiges Universum, das wäre tröstlich, ein gleichgültiges aber zerreißt einem das Herz. Darum flüchten die Menschen ja nicht nur zu Gott, sondern sich auch in die Vorstellung von einer Hölle. Immer noch besser als ein gleichgültiges Universum.«

»Sie sind doch ein eifriger Kirchgänger, heißt es«, sagte der Rotgesichtige.

»Ein-, zweimal die Woche, das gönne ich mir«, gestand Bobeck. »Wie Pfarrer Marzell schon sagte, es gibt mehr als einen guten Grund dafür. Wenige Orte besitzen einen solchen Charme. Für mich jedenfalls mehr Charme als die Dialektik. Allerdings wäre es kindisch, wenn ich aus meiner großen Treue zur Kirche und zu Gebäuden der Kirche meinen würde, gläubig werden zu müssen.«

»Ich bin der letzte«, sagte Pfarrer Marzell, »der das verlangen würde. Nichts ist schlimmer als ein halber Christ.«

»Die Welt ist voll davon«, bemerkte der Rotgesichtige fröhlich. Und: »Dieser Saal ist voll davon.«

»Meine Kirche ist voll davon«, blieb Marzell ungerührt.

»Wie ist das jetzt mit der Hölle?« Es war die Frau neben dem Rotgesichtigen, die einen Hang für das Wesentliche bewies. Sie fragte: »Wie groß denn? Wo und wie?«

»Darüber gibt es verschiedene Meinungen«, erklärte Marzell, sich eine neue Zigarette an seiner Kippe anzündend. »Mir persönlich behagt die Berechnung des Jesuiten Leys Lessius. Er gibt die Hölle mit einem Durchmesser von bloß einer deutschen Meile an, legt dann aber dar, daß sich mittels der kubischen Potenz ein Bereich denken läßt, der achthundert Milliarden Leibern verdammter Seelen Platz bietet. Wobei er die Großzügigkeit besitzt, einem jeden dort einen Raum von sechs Quadratfuß zuzuweisen. Wie sagt Robert Burton so treffend: Das ist mehr als ausreichend.«

»Und wo soll die bitte liegen, diese deutsche Meile?« beharrte die Dame.

»Im Mittelpunkt der Erde«, erläuterte Marzell. Er schien nicht im geringsten an einer solchen Stationierung zu zweifeln. »Das bietet sich doch an, nicht wahr? Zwar mag die Größe des Weltalls dazu verführen, einen weit entfernten Ort anzunehmen, auch zu Zeiten Lessius'. Aber warum sollte Gott das tun? Würden Sie eine Garage, ein Schwimmbecken, ein Gemüsebeet, einen Keller denn Kilometer von Ihrem Haus und Grundstück errichten lassen? Nur, weil der Raum dafür existiert. Würden Sie Ihre Toten in Neuseeland begraben, wenn Sie dazu in nächster Umgebung die Möglichkeit haben? Natürlich nicht. Warum also sollte die Hölle am Rande des Universums liegen oder gar außerhalb von diesem? Es ist viel weniger der Unwissenheit unserer Vorfahren zu verdanken, daß sie das Fegefeuer im Inneren des Planeten lokalisiert haben, als ein Zeichen ihrer Vernunft. Ich denke, diese Gelehrten lagen gar nicht so falsch mit ihrem geozentrischen Weltsystem.

Nehmen Sie die Quantenmechanik, nehmen Sie die Vorstellung von einer Welt, in der nichts real ist, sofern es nicht beobachtet wird. Und wenn wir uns nun dazu durchringen, höchst alleine in diesem Universum zu sein – und nur Narren glauben etwas anderes –, dann sind wir auch die einzigen Beobachter. Alles geht von unserem Blick aus. Wir sitzen auf der Erde und indem wir ins All schauen, wird es überhaupt erst wirklich. Wenn das kein Mittelpunkt ist! Zwangsläufig muß das Purgatorium die Mitte der Mitte bilden.«

»Aber diese Mitte der Mitte«, wandte Bobeck ein, »ist kaum real zu nennen, da wir den Erdkern gar nicht sehen können, sondern ihn bloß als gegeben annehmen.«

»Ich habe nie behauptet, die Hölle sei real in einem weltlichen Sinn. Sie existiert, das ist etwas anderes. Könnten wir sie beobachten, wär's wohl keine Hölle.«

»Und trotzdem meinen Sie«, staunte der Rotgesichtige, »einen Durchmesser angeben zu können?«

»Ich sprach von der Berechnung eines Gelehrten, die mir plausibel erscheint.«

Erneut mischte sich Reisiger ein: »Francisco Ribera aber bemißt diesen Raum, glaube ich, mit zweihundert italienischen Meilen.«

Reisigers Äußerung führte zu einer weiteren Verwunderung in der kleinen Runde. Nicht zuletzt, weil bereits durchgedrungen war, daß er irgend etwas mit Plattenspielern und Lautsprecherboxen zu tun hatte. Was ihn in den Augen dieser Leute nicht zwangsläufig zu einem Trottel machte, aber doch zu jemand, der theologischen Fragen fern stand. Und jetzt kam er mit seinen zweihundert italienischen Meilen daher.

»Sie haben recht«, sagte Marzell und betrachtete Reisiger von der Seite her, als suche er in dessen Hinterkopf nach Drähten oder Fäden. Dann sagte er: »Ribera vertrat eine sehr generöse Auffassung. Ich nenne das Übertreibung. Südländische Übertreibung. Wenn in unseren Breiten etwas maßlos wirkt, spürt man sofort den südländischen Einfluß. Spürt sofort das Spanische oder Italienische. Diesen Hang, zwei oder drei Engel zu malen, wo einer vollkommen reichen würde.«

»Ein wenig Pathos kann nicht schaden«, gab der Rotgesichtige zu bedenken und gab auch zu bedenken, daß etwa der italienische Fußball puristischer sei als jeder andere.

»Der italienische Fußball«, erklärte Marzell streng, »stellt den kümmerlichen Rest von Verstand dar, über den ein jedes Volk in Ansätzen verfügt.«

»Darf man als Priester so reden?« fragte die Frau neben dem kleinen, dicken Mann.

»Wo liegt das Problem?« meinte Marzell. »Habe ich behauptet, Spanier und Italiener kämen automatisch in die Hölle?«

Siem Bobeck schien die Entwicklung des Gespräches zu mißfallen. Er unterbrach gebieterisch das Südländer-Thema und referierte nun in einer Weise über Aminosäuren, Nukleotide und Makromoleküle, über Ursuppen und Urzellen, die wirklich niemand hier verstand, um zuletzt zu erklären, daß er sich eine Hölle – an die er natürlich nicht glaube –, wenn schon, dann als einen unglaublich kleinen Feuerball vorstelle, dessen infernalische Größe schlichtweg in seiner extremen Winzigkeit und Enge bestehe. Er sagte: »Denken Sie sich eine japanische U-Bahn während der Rush-hour, und Sie wissen, was ich meine.«

Bevor jemand dazukam, etwas zu erwidern oder auch nur beizustimmen, wurde alle Aufmerksamkeit im Saal auf die unüberhörbar laute Stimme eines Mannes gelenkt, der auf einen Schemel gestiegen war und das verehrte Publikum einen Moment um Ruhe bat. Dieser beleibte, bärtige, braungebräunte Mensch, der in seinem Smoking steckte wie ein Badender in einem viel zu engen Holzbottich, hielt nun eine Lobrede auf die Gastgeberin und erklärte, welches Glück es für ihn als Verleger darstelle, daß sich *die* Rubin von der Schlagerkunst abgewandt und für die Literatur entschieden habe.

»Was für ein Geschwafel«, ließ sich Bobeck vernehmen, wobei er so leise sprach, daß nur Reisiger und vielleicht noch Pfarrer Marzell ihn verstehen konnten. Ein wenig stand seine ablehnende Haltung im Widerspruch zur allgemeinen Behauptung, daß er es gewesen sei, welcher Claire Rubin dazu veranlaßt hatte, sich vom Musikgeschäft zurückzuziehen. Nichtsdestotrotz schien Bobeck die fiktive Welt norwegischer Grübler für einen schlechten Ersatz zu halten. Oder es nervte ihn auch nur, wenn irgendein Elefant von Büchermacher sich die Freiheit nahm, sein beträchtliches Gewicht auf einen zierlichen, nicht ganz wertlosen Empire-Schemel zu stellen, um möglicherweise dieser kleinen Antiquität Schaden zuzufügen.

»Wir lieben deine Bücher«, sprach der Verleger und beugte sich gefährlich in Richtung Claire Rubin. »Wir lieben dich und deine Bücher. Wir lieben deine unglücklichen Norweger mit ihrer brillanten Schwermut. Wir lieben deinen wunderbaren Gatten ...«

»Der Kerl hat schon wieder zuviel getrunken«, kommentierte der wunderbare Gatte.

»Wir lieben dieses Haus, die Gastfreundschaft, die Anmut der Landschaft, den Geruch von Pilzen und Tannennadeln, den ein jedes Zimmer durchweht, die harten Betten in den Pensionen, die gewitzten Österreicher, den Geist eines alten Habsburgers, der über unseren Häuptern schwebt, wir lieben es, ein paar Tage weg zu sein von Frankfurt und München und Berlin, fern dieser unfreundlichen Städte, die uns mürbe machen, uns das Geld aus der Tasche ziehen, uns in jeder Hinsicht aussaugen und so manchen Schlaf rauben. Hingegen habe ich nie besser geschlafen als in Purbach. Man könnte meinen, der liebe Gott persönlich hätte dieses idyllische Plätzchen für uns reserviert.«

Pfarrer Marzell verdrehte die Augen. Bobeck tat es ihm gleich.

»Bevor nun also«, fuhr der Verleger fort, »das wunderbare neue Buch unserer lieben Claire das Licht der literarischen Welt erblickt, bevor wir es mit allem angemessenen Aufwand in das Rennen um die ersten Plätze auf den Bestsellerlisten schicken – und ich bin mir sicher, daß nur ein erster Rang in Frage kommt, etwas anderes *darf* gar nicht in Frage kommen, kommt auch nicht in Frage – und bevor noch einer von den gefräßigen Feuilletonisten es auf seinen Schreibtisch gepfeffert kriegt, habe ich heute die Freude, das Plakat zu präsentieren, mit dem wir dieses Buch *Der Umfang der Hölle* bewerben wollen. Denn es ist so: Claire hat Werbung nicht nötig, sie hat sie sich verdient. Die beste Werbung.«

Der Mann blieb auf dem Schemel, vollzog jedoch eine ballettartige Drehung und gab ein Zeichen, woraufhin im rückwärtigen Teil des Saals, aus einiger Höhe, sich eine frei hängende Rolle zu einem Tableau von der Größe eines der üblichen, auf Straßen affichierten Werbeplakate öffnete. Darauf war, gegen die linke Seite gerückt, Claire Rubin in Überlebensgröße abgebildet. Sie trug etwas sehr Rotes, das vor dem schwarzen Hintergrund die Wirkung einer Verkehrsampel besaß.

Mit Bleistiftabsätzen, die man zur Not als Injektionsnadeln hätte verwenden können, stand sie auf einem Stapel von Büchern, einem Dutzend etwa, deren blendendweiße Rücken dem Betrachter zugewandt waren und allesamt den besagten Titel trugen. Ein Titel, der wuchtig und in einer Art Flammenschrift die rechte Bildhälfte schmückte. Auch wenn dieser Bücherstapel sich natürlich kaum eignete, um mit fragilem Schuhwerk darauf zu balancieren, machte Rubin den Eindruck großer Sicherheit, als sei das ein Hobby von ihr: auf Büchern herumstehen.

Es sah aus, als throne eine Göttin auf der von ihr geschaffenen Welt. Und genau dies war ja wohl die Intention des Verlages, hier nichts weniger als eine Göttin vorzuzeigen, die ein wenig lächelte, den Kopf gerade, während der Körper leicht schräg gestellt war (damit die Absätze zu sehen waren), die Schultern erhöht, die Arme leicht angewinkelt und die Handflächen nach oben gekehrt, wie jemand, der etwas in Empfang nimmt. Ein Spötter hätte meinen können, das Geld zukünftiger Leser. Romantischer aber war es, zu denken, daß Claire Rubin gar nichts annahm, sondern vielmehr soeben etwas aus ihren Händen entlassen hatte: Singvögel, Goldfische, vielleicht auch pure Energie, um die Buchstaben des Titels in Brand zu setzen. Die Gebärde jedenfalls blieb unklar, sollte sie wahrscheinlich auch.

Die Gäste applaudierten. Es war ein begeistertes Geklatsche, wobei die anwesenden Damen nicht ganz die unbändige Verzückung der Männer erreichten. Man sah einigen dieser Frauen an, daß sie ihren Beifall unter Schmerzen zollten. Und daß ihnen nichts lieber gewesen wäre, als wenn die wirkliche Claire Rubin, die ohne jede Demutsgeste unter ihrem Abbild stand und den Applaus mit einem halben Lächeln entgegennahm, wenn diese Frau also ganz einfach explodiert wäre. Nachdem sie schon das unverschämte Glück gehabt hatte, so völlig unlädiert aus der Auseinandersetzung mit ihrem Neffen Fred Semper hervorzugehen. Ja, bestand nicht eine unglaubliche Arroganz darin, daß diese Frau, keine Woche, nachdem sie ein Familienmitglied erstochen hatte, sich hier feiern ließ? Daß sie nicht mit der geringsten Geste oder Bemerkung kundtat, wie schrecklich es sei, – wenn auch aus berechtigter Notwehr – einen Menschen getötet zu haben?

Es gab hier natürlich auch Damen, eher die jüngeren, deren Gesichter eine unumwundene Begeisterung verrieten und die das Erstechen von Familienmitgliedern für ein geringes Problem hielten. Wenn schon die Polizei nichts daran fand, so wenig wie die Presse, warum sollten sie es dann tun? Diese jüngeren Frauen sahen in Claire Rubin ein Vorbild, so wie ja auch Eva Rösner alias Kim Turinsky in ihr ein Vorbild gesehen hatte. Trotz allem. Claire Rubin verkörperte den Typus der Unerschütterlichkeit. Selbst dieser Applaus ließ sie nicht wanken, veranlaßte sie in keiner Weise, sich lächerlich zu machen, indem sie etwa eine Bescheidenheit vorspiegelte, wie dies ja gerade von den völlig unbescheidenen Menschen immer wieder praktiziert wird. Sie unternahm es bloß, mit einer knappen Geste der Ovation Einhalt zu gebieten und in die nun eintretende Stille hinein ihren Verleger aufzufordern, endlich von dem wertvollen Schemel herunterzusteigen.

»Schade«, sagte der Mann, grinste, breitete seine Arme aus und ließ sich herabhelfen. Nicht, daß der Boden gebebt hätte. Das nicht. Eher war es so, als würde tief in der Erde ein feiner Riß sich bilden. Ein Riß durch die Hölle, die natürlich voll von Rissen ist und der somit ein noch so schwerer Verleger nicht wirklich etwas anhaben kann.

Claire Rubin erhob nun ihre Stimme, ohne wirklich laut zu werden, und erklärte, wieviel Mühe ihr die Arbeit an diesem Buch bereitet habe. Es sei eine Plage, wenn auch eine nicht ganz lustlose, sich zu steigern, ein besseres Buch zu schreiben, als es die vorhergehenden gewesen seien. Denn allein darin bestünde die sinnvolle Arbeit eines Schriftstellers, die Qualität zu erhöhen, die Genauigkeit zu forcieren, die Tiefgründigkeit und den Witz, ganz im Gegensatz zum Schriftsteller selbst, der im Einklang mit allen anderen erwachsenen Menschen älter und häßlicher und blöder werde, dessen schriftstellerische Produktion sich also im Idealfall konträr zum eigenen Niedergang entwickle.

Auch sei es keineswegs so, wie immer wieder behauptet werde, daß Bücher für den Autor wie seine Kinder seien. Denn die leiblichen Kinder liebe man natürlich alle mit der gleichen Intensität, wenn auch auf unterschiedliche Weise. Bei Büchern wäre das aber vollkommen anders. Es zähle immer nur dieses eine, an dem man gerade arbeite oder welches man soeben fertiggestellt habe. Wobei man ein solches Buch eben nur dann wirklich lieben könne, wenn es sich zu einem hübscheren und intelligenteren Kind entwickeln würde als seine Geschwister. Sei das nicht der Fall, müsse man mit dem Schreiben aufhören und könne sich getrost auf seinen Lorbeeren ausruhen. Manche Autoren wären damit gut beraten (zustimmendes Gemurmel). Auch sie selbst habe während einiger Phasen ihrer Arbeit überlegt, ob es denn nicht besser wäre, die Schreiberei, wie schon zuvor die Musik, an den Nagel zu hängen (entrüstetes Gemurmel). Diese ihre Unsicherheit habe sie aber zu noch größeren Anstrengungen verleitet, und heute dürfe sie also sagen, daß *Der Umfang der Hölle* das mit Abstand lieblichste, aufgeweckteste und zukunftsversprechendste Kind darstelle, das sie jemals in die Welt gesetzt habe.

»So«, sagte Rubin abschließend, »genug von der Liebe gesprochen. Wird Zeit, daß ihr euch amüsiert. Seid also bitte höfliche Gäste und habt Spaß.«

Erneut brandete Applaus auf, welchen die Rubin einfach dadurch zum Verstummen brachte, indem sie ein Glas hob und durch einen Wink zu verstehen gab, daß es die anderen ihr gleichtun sollten. Es wurde also allgemein nach Gläsern gegriffen, die man in die Höhe hielt und gegen jenen Mittelpunkt richtete, den Claire Rubin bildete. Was den Reiz einer Abstimmung besaß, die ohne Gegenkandidat auskam.

Nachdem jeder seinen Schluck getan hatte, wurde ein paar Sekunden lang rein gar nichts gesprochen. Bloß eine Art wohlwollendes Gegrunze drang aus den Mündern, wobei sich das Wohlwollende natürlich auf die Rede Claire Rubins bezog, die übrigens mit keinem einzigen Wort ihrem Verleger oder ihrer Lektorin oder ihrem Agenten gedankt hatte, auch nicht irgendwelchen Freunden und Bibliotheken und Kollegen, wie das ja viele Autoren tun, sodaß man sich fragen muß, was das eigentlich für Bücher sind, welche derart viel Unterstützung benötigen, was das für Autoren sind, die die halbe Welt für ihre Arbeit einspannen. Diese ewige Bedankerei in Vorworten und Nachworten und anläßlich von Preisverleihungen war grotesk. Nichts für Claire Rubin. Das hätte schlecht zu ihr gepaßt, wegen irgendwelcher Selbstverständlichkeiten einen Knicks zu machen. Dafür, daß ein Verleger sich ins Zeug legte, sein bestes Rennpferd als erstes durchs Ziel zu bringen. Oder dafür, daß die Lektorin irgendeinen lächerlichen kleinen Irrtum bemerkt hatte. Oder dafür, daß ihre Freundinnen ihr mit vollkommen unnötigen Ratschlägen und Einfällen in den Ohren lagen. Nein, wenn jemand Dank verdiente, war sie selbst es, dafür, daß sie all diese Leute aushielt. Und die Leute wußten das auch.

So wie Siem Bobeck wußte, daß die Zeit gekommen war, sich zu seiner Frau zu gesellen, um mit ihr zusammen vor dem Plakat zu posieren. Ein einziger Fotograf trat auf, wohl so eine Art Haus- und Hofporträtist, und schoß eine kleine Serie, wobei Siem Bobeck auch noch im Zustand steifer Reserviertheit durchaus attraktiv wirkte, endlich einmal etwas von einem Molekularbiologen an sich hatte. Einem scheuen Genie an der Seite einer ganz umwerfenden Frau. Daß diese Frau nun keineswegs jung war und auch nicht die geringste Schwierigkeit gehabt hätte, für ihre Garderobe und ihren Sportwagen, für die eine oder andere kostspielige Leidenschaft selbst aufzukommen, verlieh dem Paar eine hochgradige Aktualität.

Die Gesprächsrunden, die vor der kleinen Ansprache Claire Rubins bestanden hatten, fanden nicht mehr zusammen. Neue bildeten sich. Und in keine davon geriet Reisiger, dem es am liebsten gewesen wäre, sich weiter mit Pfarrer Marzell zu unterhalten.

Der alleingelassene Reisiger wußte nicht so recht, was er tun sollte, zog ein weiteres Glas Rotwein von einem angebotenen Tablett und sah zu, an den Rand der Veranstaltung zu gelangen. Er bezog seinen Platz an einem Durchgang, der den Saal mit einem Nebenraum verband, in dem das Büfett angerichtet war, wobei die handlichen Leckerbissen vom Servierpersonal auf geschliffene Glasplatten aufgelegt und im Hauptraum serviert wurden, sodaß ein permanentes Hin und Her entstand. Reisiger mußte sich gegen eine Säule drücken, um nicht im Weg zu stehen. Er bemerkte jetzt die kompakte Gestalt Susannes, die nun nicht mehr bediente, sondern mit sparsamen Gesten die an- und abrückenden Kolleginnen dirigierte. Es war offenkundig, daß sie hier die Chefin war, daß sie also nicht bloß auserwählt war, sich fremde Handtaschen einzuverleiben.

Als sich ihr Blick mit dem Reisigers traf, winkte sie ihm zu. Er war sich nicht sicher, was sie meinte. Ob sie ihn vielleicht bloß aufforderte, zurück in den Saal zu kehren, wo er als Gast hingehörte. Statt dessen ging er auf Susanne zu, den schmollenden Glasplattenträgerinnen ausweichend. Es war wie in einem dieser Hotelfilme, wo sich zwischen Küche und Speisesaal eine Verengung bildet, eine Klamm, in der das Ausweichen zum eigentlichen Thema des Lebens gerät.

Bei Susanne angekommen, entschuldigte sich Reisiger.

»Wofür?« fragte sie.

»Ich habe hier nichts zu suchen, denke ich. Das ist ja gewissermaßen die Küche.«

»Stellen Sie sich nicht an. Geben Sie mir lieber eine Zigarette.«

»Nicht schon wieder«, stöhnte Reisiger, sich an München erinnernd.

»Sie rauchen doch?«

»Das ist es nicht.«

»Sondern?«

»Nicht wichtig«, sagte Reisiger und öffnete seine Schachtel, der er einen leichten Ruck gab, sodaß zwei, drei Zigaretten aus ihrer Staffelung ausbrachen.

Susanne nahm sich eine. Gleichzeitig wies sie eine Kollegin an, sie zu vertreten, und sagte an Reisiger gewandt: »Kommen Sie mit. Hier kann ich nicht rauchen.«

»Natürlich nicht«, nickte Reisiger und folgte der Frau durch einen hohen, schmalen Gang in eine Folge von Kammern, in deren hinterster Susanne auf der Kante eines stuhllosen Tisches Platz nahm und sich Feuer geben ließ. Von der Decke hingen schwarze Stücke geräucherten Fleisches.

»Die ißt niemand mehr«, erklärte Susanne. »Reine Dekoration.«

Reisiger zeigte sich verwundert darüber, daß Susanne ausgerechnet während des größten Betriebes eine Pause nehme.

»Ich bin die erste, die auf der Matte steht, und die letzte, die ins Bett fällt. Ich muß Handtaschen entwenden, Launen aushalten, Katastrophen abwenden ...«

»Was für Katastrophen?«

»Wenn Gäste sich danebenbenehmen. Wenn die Bobecks sich danebenbenehmen. Was auch schon mal vorkommen kann. Und so weiter. Ich darf mir also Pausen gönnen, wie es mir beliebt. Ich bin die einzige hier, die so ziemlich davor gefeit ist, zum Teufel gejagt zu werden.«

»Klingt nicht, als würden Sie Ihren Job lieben.«

»Die Bezahlung stimmt«, sagte Susanne. »Mehr darf man wohl nicht verlangen. Ich glaube nicht an Erfüllung im Beruf. Ich bin alt genug, um mir das abgeschminkt zu haben. Ich glaube an mein Bankkonto, solange es wächst und mir eine Zukunft als Privatier vorgaukelt. Als Privatgelehrte in Sachen Müßiggang. Früher war das freilich anders. Ich habe einige Jahre als Kinderkrankenschwester gearbeitet. Vornehmlich mit Frühgeborenen. Man kann da schon sein Herz verlieren. Aber was tut man dann, ausgelaugt, wie man ist, und hat nicht einmal mehr ein Herz.«

»Finden Sie das schrecklich?«

»Wieso schrecklich?«

»Sie sehen aus, als hätten Sie Kinder. Als stünden Sie auf der anderen Seite.«

»Zwei Stück. Aber die sind bereits erwachsen«, sagte Reisiger.

»Was machen Ihre Kinder?«

»Die Tochter lebt in Toronto ... nein, in Vancouver, ich bringe diese Städte immer durcheinander. Sie brauchen nicht zu glauben, meine Tochter sei mir gleichgültig, nur, weil ich ein paar kanadische Dörfer nicht auseinanderhalten kann. Susanna war früher in Toronto, jetzt ist sie in Vancouver. So! Sie arbeitet als Stylistin. Ich weiß nicht wirklich, was ich mir darunter vorstellen muß. Es klingt immer, als bestünde ihr Job darin, aus Menschen erst richtige Menschen zu machen, wie in diesen Frauenmagazinen, wo man Waschweiber in Fotomodelle verwandelt.«

»Sind Waschweiber keine Menschen?«

»Ich weiß nicht«, sagte Reisiger. »Wenn Sie's denn sind, wieso müssen Sie sich dann verwandeln?«

Susanne seufzte. Sie schien ihre Frage zu bereuen. Weshalb sie wieder nach Reisigers Tochter fragte.

»Ich weiß wenig von ihr«, gestand Reisiger. »Sie lebt mit einem Mann zusammen, den sie ernsthaft ihren Verlobten nennt. Unglaublich. Zu meiner Zeit dachte man, die letzten Verlobten seien nach dem zweiten Weltkrieg ausgestorben.«

»Es ist ein schöner Begriff«, bestätigte Susanne den Paradigmenwechsel. »Man verspricht sich einander. Sehr poetisch. Ganz abgesehen davon, daß es besser ist, ein Versprechen zu brechen, als einen Vertrag aufzulösen. Ich würde mich auch verloben, bevor ich das nächste Mal heirate.«

»Sie sind geschieden?«

»Kein Thema. Erzählen Sie weiter. Was macht Ihr Sohn?«

»Der lebt ebenfalls im Ausland. Man könnte glauben, meine Kinder mußten flüchten. Aber dahinter steckt bloß das unstete Element ihrer Mutter.«

»Die Filmkritikerin, ich hörte bereits. Beziehungsweise Schwimmerin.«

»Ja, sie lebt im Kino und im Wasser.«

»Und Ihr Sohn?«

»Lebt in Australien. Als Jockey.«

»Das ist nicht Ihr Ernst?«

»Wie? Weil er reitet?«

»Nun ja«, meinte Susanne, »irgendwer muß natürlich auch auf diesen Pferden sitzen. Aber Jockey ... das ist einer von den Berufen, bei denen man sich nicht vorstellen kann, daß jemand sie auch wirklich ausübt.«

Reisigers Gesichtszüge wechselten augenblicklich die Statur. Hin zur Kampfhaltung. Mit der Stimme einer kleinen Faust erklärte er, daß er am Beruf seines Sohnes absolut nichts Ehrenrühriges oder gar Komisches entdecken könne. Vielmehr sei es eine seltene Kunst, sich auf diesen übernervösen Tieren zu halten. »Nicht, daß ich Pferde liebe«, betonte Reisiger, »sie sind mir unheimlich, viel zu groß. Als hätte man Haushunde mit bockigen Elefanten gekreuzt. Aber was soll ich machen, Robert hat von klein auf Pferde gemocht. Nicht in dieser mädchenhaft überreizten Weise. Darum ist er ja auch nicht etwa Springreiter geworden. Oder gar Dressurreiter. Keiner von diesen Affen.«

»Na gut, aber Jagdrennen sind auch nicht gerade Meisterwerke artgerechter Haltung. Freilich weniger mädchenhaft.«

»Über Tierschutz reden wir hier nicht«, erklärte Reisiger trotzig. »Ich sagte ja schon, ich hatte nie viel über für das Bedürfnis, sich auf dem Rücken viel zu hoher Tiere niederzulassen. Über ein Pony ging meine Vorstellungskraft nicht hinaus. Aber ich hatte Verständnis für Robert. Für seine Begabung. Das ist ja wohl der Sinn der Elternschaft, irgendeine Begabung ... ja, weniger sie zu erkennen, als sie zu akzeptieren. Erkannt wird sie von anderen, von Experten, wenn man nicht zufälligerweise selber einer ist, was sich selten als Vorteil erweist. Jedenfalls war bald klar gewesen, das Kind hat großes Talent.«

»Hätten Sie auch ein weniger großes Talent gefördert?« fragte Susanne und nahm sich mit einer glatten Bewegung eine weitere Zigarette aus Reisigers Schachtel, die er ihr wie eine Packung Rattengift hingehalten hatte.

Reisiger sagte: »Sie hassen Eltern.«

»Na ja, ich bezweifle die Gutmütigkeit ihrer Intentionen.«

»Was hat man denn für eine Möglichkeit?« erwiderte Reisiger. »Irgendwas muß das Kind ja werden. Dann schon besser etwas, worin es Talent besitzt.«

»Ihr Sohn ist klein, nicht wahr? Klein von Wuchs, meine ich.«

»Was soll das jetzt heißen?« fragte Reisiger und reckte sein Kinn, wie um ein vorbeifliegendes Insekt aufzuspießen.

Susanne erklärte ruhig, daß es sich bei einem Jockey ja doch wohl um einen recht kleinen Menschen handeln müsse. Sie könne sich einen Jockey nur klein vorstellen, wie ein Basketballspieler wiederum nur großgewachsen denkbar sei.

»Ja, er ist klein. Na und?«

»Sie selbst sind ziemlich groß. Und ihre Frau?«

Statt auf die Frage zu antworten, sagte Reisiger: »Robert kam sehr früh zur Welt. Was natürlich nicht heißen muß, daß jemand klein bleibt. Aber er blieb nun mal klein. Klein und zierlich. Wenn Sie aber denken, man müsse nur ein Zwerg sein, um ein guter Jockey zu werden, täuschen Sie sich.«

»Ist er denn ein guter Jockey?«

»Nun ...« Reisiger zögerte. »Ich weiß eigentlich nicht wirklich, ob er Erfolg hat. Oder bloß den Statisten abgibt. Ich käme nicht auf die Idee, die australischen Rennergebnisse zu studieren. Und er käme nicht auf die Idee, mir davon zu berichten.«

»Das muß nicht heißen, daß man sich nicht mag.«

Reisiger bemerkte einen Tonfall des Mitleids. Das konnte er schon gar nicht ausstehen. Er sagte: »Lassen Sie das.«

»Ich bin hier nur angestellt«, äußerte Susanne, »wenn ein Gast der Bobecks mich auffordert aufzuhören, höre ich auf.«

Sie rückte von der Tischkante, warf die Zigarette auf den steinernen Boden und trat sie mit ihren festen, aber elegant zugespitzten Schuhen aus. Dann schritt sie an Reisiger vorbei aus dem Raum. Er blickte ihr betrübt nach. Er mochte es nicht, wenn sich Leute auf diese Weise von ihm verabschiedeten. Oder eben nicht verabschiedeten. Er konnte diese Frau gut leiden. Nach einer viertel Stunde kehrte er zu der feiernden Gesellschaft zurück.

Sofort, nachdem Reisiger den Prunksaal betreten hatte, hielt er Ausschau nach Marzell und fand ihn schließlich im Gespräch mit dem Rotgesichtigen, dem der Schweiß auf der Stirne stand. Hin und wieder zog der Mann ein weißes Stofftuch aus der Brusttasche und tupfte sich mit der Geste eines Malers, der Farbe verreibt, über das Gesicht. Pfarrer Marzell hingegen wirkte trocken wie ein Stück kaltes Metall. Er hatte die Hände verschränkt, fuhr nur ab und zu einzelne Finger aus, als setze er Beistriche und Klammern in das Gesagte hinein.

Als er Reisiger gewahrte, bedeutete er ihm, willkommen zu sein. Bei aller Freundlichkeit wirkte Marzell überheblich, sicher nicht wie der kleine Landpfarrer, der er de facto war. Eher wie der Berater eines Kardinals. Übrigens sollte er sehr viele Jahre später genau das werden, nicht Berater, sondern Kardinal. Ein höchst umstrittener, der jüngste aller Zeiten, aber wahrscheinlich auch der unbeliebteste. Ein kettenrauchender Kardinal. Er würde sich radikaler als alle anderen gegen jegliche Verbrüderung der christlichen Kirchen wenden und eher irgendeinen dahergelaufenen Islamistenführer empfangen als einen noch so hochrangigen Protestanten.

Die aufgeklärten Christen würden ihn hassen, die Konservativen unsicher mit dem Kopf wackeln, auch wegen der Kettenraucherei, die Medien sich begeistert echauffieren, nur die Purbacher würden bedingungslos hinter *ihrem* Kardinal stehen, wie sie ja auch hinter *ihrem* Habsburger standen.

Marzell, noch unwissend ob seiner großen Karriere, diese bloß wie einen rohen Brocken Gold in seinem Herzen tragend, wandte sich an Reisiger und legte dar: »Herr Fiedler hier, nicht bloß ein guter Christ, wie er versichert, sondern auch ein guter Katholik, erklärte mir gerade, daß er die Darstellung unseres Herrn wie auch die Darstellung unseres Herrn in Jesu Christi in Kunstwerken, ja, eigentlich jede religiöse Darstellung für überflüssig halte. Ganz gleich, ob diese Darstellung nun konkret oder abstrakt sei.

Für ihn sei das eine dumme Angewohnheit, die man sich sparen könne. Weshalb er sich weigere, einen vernünftigen Betrag für die Renovierung unseres Purbacher Altarbildes zu spenden, einer Arbeit aus dem siebzehnten Jahrhundert, nicht ohne Reiz, neben der Orgel das letzte Objekt dieser Kirche, das es aufwendig zu restaurieren gilt.

Es versteht sich, daß Herr Bobeck bereits einen Betrag zur Verfügung gestellt hat, einen vernünftigen eben. Denn ich wehre mich ganz einfach, um Groschen zu betteln. Nun, im Groschenbereich würde sich auch Herr Fiedler sicher nicht bewegen wollen. Er weigert sich bloß, für etwas zu spenden, daß er für verzichtbar hält.«

»Nichts gegen die Kunst«, kommentierte der Rotgesichtige vergnügt. »Das halbe Glück der Menschen steckt in ihr. Aber in Fragen der Religion funktioniert sie leider wie ein Brett, das uns die Sicht verstellt.«

»Das ist ein Standpunkt«, meinte Marzell, »dem ich vollkommen widerspreche. Nicht nur, weil ich die Verantwortung für ein Altarbild trage, dem die Jahre und die Feuchtigkeit zusetzen und das ich nicht ganz einfach zusammenrollen und in eine Ecke stellen kann. Sondern weil die Funktion solcher Bilder ganz entscheidend darin besteht, Gott zu fürchten, seine Gnade und Güte nicht als einen Persilschein mißzuverstehen. Was die Leute leider immer wieder tun. Sie meinen, daß der Allmächtige ungleich milder waltet, ungleich mehr Verständnis für jedes fehlerhafte Verhalten aufbringt als etwa unsere Kirche, als unsere Bischöfe, unsere Kardinäle und unser Papst. Das ist eine neuzeitliche Auffassung, diese obszöne Verwandlung Gottes in einen – ich darf das so sagen – in einen Softie, in eine völlig unpersönliche, diffuse Lichtgestalt, die alles und jeden versteht. Was natürlich Unsinn ist. Unsere ganze Existenz, die gesamte Schöpfung würde jegliche Bedeutung, jeglichen Wert verlieren, wäre es einerlei, was wir tun oder lassen. Ein Atheist darf das so sehen, er hat die Natur auf seiner Seite.«

Fiedler hielt dagegen, daß die Natur ja wohl auch ein Teil der Schöpfung sei.

»Die Natur ist eine Illusion«, postulierte Marzell. »Ein bloßer Hintergrund, wenn Sie so wollen. Großartig gestaltet, keine Frage, aber sicher nicht von fundamentaler Bedeutung. Ein Bühnenbild kann nicht das Stück ersetzen. Kostüme nicht die Figuren. Anders als mein verehrter Freund Bobeck, halte ich die Natur für auswechselbar. Wenn es Gott gefallen hätte, hätte er genausogut dumme Schimpansen und hochintelligente Meerschweinchen schaffen können. Ich bin mir sicher, der Mensch hätte in diesem Fall eine eingängige Beweislage geschaffen, die seine Abstammung vom Meerschweinchen begründet. Die Natur, die wir sehen, ist zwar logisch, aber beliebig. Und der pure Kosmos – da hat Herr Monod schon recht – ist natürlich tatsächlich gleichgültig. Gleichgültig, wie Bühnendekorationen gleichgültig sind. Der Mensch lebt vor dem Hintergrund dieser Gleichgültigkeit. Was nichts daran ändert, daß er praktisch in jeder Sekunde um eine richtige Entscheidung ringen muß. Die Aufgabe der Kirche ist es, ihm Entscheidungshilfen zu geben. Und die Aufgabe der Kunst in diesem Zusammenhang ist es, den Menschen daran zu erinnern, daß es keineswegs eine Lappalie darstellt, wofür er sich entscheidet.«

»Was meinen Sie konkret?« fragte Reisiger. »Für oder gegen die Unzucht etwa?«

»Die Bibel gibt die Richtung vor. Aber wie heißt es doch so schön: Ein Bild sagt mehr als tausend Worte. Was ist – wir hatten das heute ja schon – die Hölle denn wert, wenn wir kein Bild von ihr haben. Die pure Sprache ist wertlos. Wenn ich sage ›Tulpe‹, und mein Gesprächspartner hat noch nie eine Tulpe gesehen, und ich mich dann auch noch weigere, ihm eine zu zeigen oder wenigstens versuche, ihm eine zu beschreiben, sondern bloß von den chemischen Verbindungen spreche, die das Leben einer Tulpe ermöglichen, wird sich dieser Mensch wohl kaum etwas darunter vorstellen können. Keinesfalls wird er die Schönheit dieser Blume begreifen. Darum Bilder.«

»Oder die Häßlichkeit einer solchen Blume«, wandte der Blumenhasser Reisiger ein.

Marzell nickte und sagte: »Haben Sie ein Bild vor sich, haben Sie auch die Freiheit, sich zu entscheiden, ob Sie die Dinge als schön oder häßlich empfinden. Trocken gesprochen: Ob Sie in die Hölle kommen wollen oder nicht. Wozu natürlich nicht nur die Bilder vonnöten sind, sondern daß man sie auch ernst nimmt. Daran krankt unsere Zeit. Wir haben aufgehört, Bilder ernst zu nehmen. Bilder von der Hölle. Bilder von Gott. Bilder vom Teufel.«

»Ein Bild aus irgendeinem heutigen Krieg«, meinte Fiedler, »ist doch eigentlich bestens geeignet, die Hölle zu zeichnen.«

»Es ist aber nicht *die* Hölle«, entgegnete Marzell, »und es ist auch nicht *der* Teufel, der sich dahinter verbirgt. Diese Kriegsbilder sind schrecklich, aber auch banal. Verstümmelte Körper, zerfetzte Leiber, zerlumpte Kinder am Straßenrand, Soldaten auf Lastwägen, Exekutionen, Massengräber, Journalisten in internationalen Hotels, Diplomaten und Unterhändler, die durch die Gegend marschieren wie bei einer Betriebsbesichtigung. Das soll die Hölle sein? So ohne jede Phantasie. Einfach nur unmenschlich und ekelhaft. Bilder vom Krieg sind kein Ersatz für Bilder von der Hölle. Das ist ein typischer Irrtum unserer Zeit. Die Hölle ist eben nicht bloß nur schrecklich, sondern auch großartig. Das versteht sich doch eigentlich. Die Hölle auf Erden ist dagegen einfach nur trostlos, billig, fade.«

»Das ist ganz schön kühn«, meinte Fiedler, »was Sie da sagen, Herr Pfarrer. Bilder aus dem Krieg als fade zu bezeichnen.«

»Aber das sind sie nun mal. Ganz im Gegensatz zu einer malerischen Konkretisierung des Fegefeuers oder eines Höllensturzes.«

Marzell erneuerte die Zigarette in seinem Mund und wandte sich an Claire Rubins Retter: »Was meinen Sie, Herr Reisiger?

Sie scheinen mir viel eher bereit, die Notwendigkeit eines Altarbildes anzuerkennen.«

Reisiger war sich jetzt nicht sicher, ob Marzell einfach nur eine Bestätigung seiner Anschauung forderte oder ob er vielmehr um eine Spende warb, eine vernünftige Spende, um einem Gemälde aus dem siebzehnten Jahrhundert zu neuer Pracht zu verhelfen. Zudem fürchtete Reisiger, daß man vielleicht auf Rubens zu sprechen kommen würde, der ja einiges für die Verbildlichung des Himmels und der Hölle geleistet hatte. Er wollte jetzt nichts Falsches sagen, nichts, was auf Rubens hätte zuführen können. Und nichts, was ihn verpflichtete, eine Spende zu leisten. Er haßte Spenden. Nicht aus Gier, sondern aus Prinzip. Unsicher verzog er das Gesicht und öffnete den Mund, ohne noch zu wissen, was er antworten würde. Doch ohnehin konnte er sich eine Antwort sparen, da im selben Moment ein beträchtliches Geschrei die ganze Gesellschaft aus der Besinnlichkeit einzelner Gespräche herausriß.

Dort, wo der Saal durch ein Trio hoher, gläserner Flügeltüren ins Freie führte, versuchte eine Gruppe von vier, fünf Leuten einzutreten und wurde dabei von zwei Männern aus dem Bobeckschen Personal gehindert. Der Wirbel, die Eruption der Stimmen, die Wörter, die wie Glas am Boden zerbrachen, das alles führte dazu, daß das Publikum die Form eines Ω um den Eingangsbereich bildete, während nun Siem Bobeck aus dem Inneren dieses Omegas heraus sich auf seine beiden Angestellten und die Gruppe unerwünschter Personen zubewegte.

Auch für Reisiger war sofort klar, wer hier diesen netten Abend mittels seiner Anwesenheit torpedierte. Die Ähnlichkeit der beiden Frauen – einer jungen und einer älteren – mit Fred Semper war unübersehbar. Es konnte sich nur um die Mutter und die Schwester des Verstorbenen handeln. Was ja wiederum bedeutete, daß hier also die Schwester des Gastgebers aufgetreten war und mit einer Stimme, die sich wie ein großer Teller Spaghetti anhörte, nach ihrem Bruder verlangte. Was man sich nur schwer vorstellen konnte, daß diese beiden Personen dank eines Elternteils Geschwister waren. Rein äußerlich hatten sie gar nichts gemein.

Die Frau trug ein teures Abendkleid, auch dieses in Schwarz gehalten. Was aber sicher nicht dazu diente, Claire Rubins Kleidervorschriften zu erfüllen. Zudem wirkte das Gewand völlig fremd an ihrem Körper. Weniger darum, weil die Frau ausgesprochen fett war und vor Erregung und Ärger glühte und schwitzte. Weniger darum, weil sie ein derbes, aufgequollenes Gesicht besaß. Wer war nicht alles derb und aufgequollen und fett und paßte dennoch ausgezeichnet in kostspielige Roben? Nein, der eigentliche Widerspruch ergab sich aus ihren Bewegungen, die förmlich durch das Kleid hindurchdrangen, wie außerhalb stattfindend. Die wuchtigen Schritte, selbst dann noch, wenn sie stand, somit also im Stehen schritt. Ähnlich wie Leute, die niemals den Mund halten, gleich wie beharrlich sie schweigen.

Auch besaß sie eine spezielle Art, mit der Hüfte auszuschlagen und mit ihren nackten, fleischigen Armen zu schlenkern. Ihre überdeutliche, nervöse Brustatmung gab dem Betrachter das Gefühl, ihr Busen könnte demnächst platzen. Das alles hätte ganz ausgezeichnet etwa zu einer Ausstattung gepaßt, wie jene namenlose Frau im Zug nach Linz sie vorgeführt hatte. Oder auch zu einer Cowboy-Lady. Oder zu hohen Stiefeln. Selbst noch zu einem Minirock, wenn man einfach mutig genug war und die Bemerkungen von Rentnern und Halbwüchsigen ertrug. Dieses bodenlange, ärmellose, mal anliegende, mal flatterige, von der Hüfte abwärts sich kegelförmig ausbreitende Abendkleid aber, das zu allem Unglück am Saum über eine goldene Leiste verfügte, verkam an dieser Frau schlichtweg zum Monster. War wohl auch ein Monster, wäre dem Betrachter aber nicht als solches erschienen, hätte beispielsweise Claire Rubin es getragen.

Frau Semper keifte. Ihr Keifen war nicht anders denn als virtuos zu bezeichnen. Weniger, was sie sagte, als wie sie es sagte, trommelnd, schießend, beißend. Keifende Spaghetti.

Sie schien ein wenig älter als ihr Bruder und verkörperte sowohl das Urbild einer Matrone als auch das eines Proleten. Was denn auch hieß, daß ihre Erscheinung nicht eigentlich vulgär ausfiel – bei achtzig Prozent der Damen hier war das weit eher der Fall –, sondern schlichtweg primitiv. Primitiv in dem

Sinn, daß sie absolut keine Regeln befolgte, nicht die der Höflichkeit oder Diplomatie, nicht die des guten Geschmacks, und auf eine komplizierte, seltene Weise nicht einmal die des schlechten Geschmacks, der ja immer noch einen Geschmack und damit eine Haltung darstellt. Denn obgleich sie natürlich dieses explizit scheußliche Kleid trug, dazu eine undefinierbare Frisur aus dunklen, aufgesteckten, an einigen Stellen dünn geflochtenen Haaren, eine Halskette mit einem wuchtigen goldenen Herzen, und obgleich es auch sein mochte, daß bei ihr zu Hause der fürchterlichste Nippes herumstand, glaubte zumindest Reisiger festzustellen, daß diese Frau in derartigen Dingen nicht wirklich lebte, sondern einzig und allein aus ihrer Keiferei heraus existierte. Und daß sie dieses scheußliche Abendkleid nur trug, weil es teuer war und eine ihrer Obsessionen nun mal darin bestand, Geld auszugeben. Wie das echte Proleten eben tun, indem sie Geld allein des Geldausgebens wegen verschleudern und sich somit in der fortschrittlichsten Weise aus einer Diskussion um Geschmäcker heraushalten. Diese Leute konnten als Punks oder Ladys auftreten, Haute Couture erstehen oder Billigware, schlank sein wie Cindy, fett wie Roseanne oder verkifft wie Kate, es ging ihnen so gut wie immer um das Erstehen einer Ware, um die Lust, ein Bankkonto zu leeren, Schulden zu machen, Bestellscheine auszufüllen, mit dem Finger auf Dinge zu zeigen und ihren Erwerb zu fordern, Verkäuferinnen und Verkäufern Beine zu machen, Stunden und Tage in Kaufhäusern und, noch lieber, in Einkaufszentren zuzubringen. Sie waren somit viel eher gute Konsumenten als jene Leute, die sich einbildeten, über einen eigenen Geschmack zu verfügen und also ewig auf der Suche waren nach einem bestimmten Stück, einem bestimmten Gegenstand, solcherart Unordnung schufen, Nerven strapazierten und Fußböden abtraten. Dabei blieben sie genaugenommen unproduktiv, da sich die Produktivität eines Konsumenten natürlich aus seinen Investitionen ergibt, und zwar aus einer raschen Folge derselbigen. Die Proleten, ob nun arme oder reiche, waren mit Sicherheit die besseren Konsumenten. Und die moderneren Menschen.

Das war natürlich nicht unbedingt die Meinung von Siem Bobecks Gästen, die mit ängstlicher Verachtung oder amüsiertem, geradezu ethnologischem Interesse die kleine Gruppe der Familie Semper betrachteten. Neben der Mutter die Tochter, eine hochaufgeschossene, knochige Brünette, die wie eine extreme Verdünnung der Mutter, wie ein magersüchtiges Beiboot auftrat, allerdings ein knielanges, an dünnen Trägern hängendes Kleid trug, das ganz hervorragend zu ihrer ausgezehrten Gestalt und dem hellen, feinen, im eigenen blassen Teint verschollenen Gesicht paßte. Die Tochter hatte etwas von Avantgarde an sich. Sie schien im Zustand permanenter Auflösung begriffen.

Dahinter der Vater mit zwei Burschen, seinen Söhnen, wie unschwer zu erkennen war. Ein wenig jünger, als Fred es gewesen war. Der Vater, Harald Semper, war ein Mann ohne Hals, nicht etwa, weil ein Doppelkinn den Hals weggeschwemmt hätte, sondern der Kopf ansatzlos auf dem breiten Brustkorb aufsaß. Selbst seine Freunde nannten ihn den »Mann ohne Hals«, was ihn nicht störte, weil er das besser fand, als ein Mann ohne Kopf dazustehen. Er besaß in keiner Weise die cholerische Ader seiner Frau. Er war eher so eine Art Exekutor. Wenn seine Frau zu sprechen aufgehört hatte, pflegte er zu handeln. Wobei er aber nie gewagt hätte, sie zu unterbrechen. Seine beiden Söhne waren so kräftig gebaut wie er selbst, aber beide um einen Kopf größer, beziehungsweise um einen Kopf und einen Hals. Bezüglich Hals waren sie nach der Mutter geraten. Ansonsten sahen sie aus, wie eben Siebenzehn-, Achtzehnjährige auszusehen pflegen: unfertig.

Bobecks Angestellte standen zu beiden Seiten dieses Familienverbandes und achteten darauf, daß eine gewisse Grenze des Eingangsbereiches nicht überschritten wurde. Hinter dieser unsichtbaren Grenze, auf ihren Beinen trappelnd, reckte Gerda Semper ihr breites, volles Kinn dem Bruder entgegen und schimpfte ihn einen verschissenen Mistkerl und was sie ihn sonst noch nannte.

Nein, das ist ungenau. Gerda Semper sprach in Wirklichkeit von einem »verschissenen, depilierten Mistkerl«, wobei sich das »depiliert«, also enthaart, wohl auf das Gerücht bezog, Bobeck würde sich seine Brust- und Beinhaare rasieren.

Gerda Semper liebte Fremdwörter. Es ist nämlich ein ziemlicher Irrtum, daß sich echte Proleten dadurch auszeichnen, keine Fremdwörter zu beherrschen oder sie immer nur falsch auszusprechen. Das ist der Irrtum von Leuten, die sich keine fünf Meter an Proleten herantrauen und von ihnen ein ungefähr so exaktes Bild haben wie von der erdabgewandten Seite des Mondes. Was andererseits nicht heißen soll, Proleten seien allesamt gebildet. Aber nicht wenige schätzen die waffenartige Bedeutung von Fremdwörtern, schätzen ihre verletzende Wirkung, diese gewisse stachelige Konstruktion. Und man kann ja wohl sagen, daß ein medizinischer Begriff wie »depiliert« ziemlich heftig und bösartig klingt, jedenfalls sehr viel mehr nach einem Bolzenschußgerät als das gebräuchliche »enthaart«.

Der depilierte Mistkerl überschritt nun diese Fünf-Meter-Distanz, trat nahe an seine Schwester heran und fragte in kontrolliert ruhigem Ton, was sie wolle.

»Was ich will? Ich will deiner Frau an die Gurgel springen. Wo ist sie? Wo versteckt sich diese Hexe?«

»Bis du blind?« fragte Claire Rubin und war nun ebenfalls in das leere Innere des Omegas getreten, wo sie in einiger Entfernung zu den Sempers stehenblieb, ihre Arme verschränkte und eine leicht schräge Haltung einnahm, als würde sie sich gegen eine unsichtbare Wand lehnen. Dann sagte sie: »Hör zu, Gerdaschätzchen, wenn ihr Geld braucht – und was sonst könntet ihr brauchen, du und deine wunderbare Familie? –, dann kommt doch bitte am Montag wieder. Wir haben gerade Gäste, wie du vielleicht feststellen kannst. Es ist einfach nicht üblich, Schecks an die Verwandten auszustellen, wenn einem hundertfünfzig Leute dabei zusehen.«

»Du hast meinen Sohn umgebracht!« schrie Gerda Semper. »Hast ihn seelenruhig abgestochen. Aber niemand will das wahrhaben, keiner von diesen Presseschweinen und Polizeischweinen und diesem sogenannten Staatsanwalt, der ganz verträumt ›Ein Herz aus Schnee‹ summt und dann verkündet, ach Leutchen, keine Lust zu haben, einer Heiligen wie Claire Rubin das Leben schwerzumachen. Wo doch lupenreine Notwehr vorliege. Notwehr! Das ich nicht lache. Du hast Fred getötet. So sieht's aus. Messer rein und aus. Obwohl du ihn am Leben hättest lassen können. Das hättest du.«

»Gerda, bitte«, meinte Bobeck, »das ist einfach nicht der richtige Platz, so wenig wie der richtige Zeitpunkt.«

»Ach was!?« trompetete Gerda. »Nicht der richtige Zeitpunkt. Soll ich warten, bis kein Mensch sich mehr daran erinnert, daß es überhaupt einmal einen Fred gegeben hat?«

»Wie lieb!« höhnte die Rubin. »Spielst hier die trauernde Mutter. Dabei hättest du dem süßen Fredilein nicht mal deine Wohnungsschlüssel anvertraut. Ich weiß doch, wie du zittern mußtest, wenn dieses Herzchen auch nur nach dem Buttermesser gegriffen hat. Also sei bitte so gut und laß den Schmus. Wenn's unbedingt sein muß, holt euch ein paar Brötchen und was zum Trinken. Und bitte, Gerda, kein Theater mehr wegen deinem Sohn. So viele falsche Tränen hat der Bursche nicht verdient.«

»Die Brötchen kannst du dir hinschieben, wo deine Hämorrhoiden Purzelbäume schlagen.«

»Ach, Gerdaschätzchen«, lächelte Rubin mit spitzen Zähnen, »glaubst du wirklich, es schmückt dich, ordinär zu sein? Das tut es nicht. So wenig wie dieses Kleid, das du da trägst. Ordinär sein und scheußliche Fetzen tragen ist kein Verdienst.«

»Was ist denn ein Verdienst?« fragte Gerda Semper. »Die Kinder anderer Leute töten?«

»So kommen wir nicht weiter«, stellte Siem Bobeck fest. »Ich sagte schon, das ist nicht der richtige Zeitpunkt. Wir müssen diese Diskussion verschieben. Und es täte mir wirklich leid, wenn ich darum die Polizei rufen müßte.«

»Die Polizei ist schon da«, erklärte Gerda. »*Wir* sind die Polizei. Wir werden das hier und jetzt aufklären, warum der Fred hat sterben müssen. Ich bin schon lange keine Bobeck mehr, sondern eine Semper. Und wir Sempers haben beschlossen, Claire den Prozeß zu machen. Wenn der gute Staat meint, die Hände in den Schoß legen zu müssen, werden wir das erledigen.«

Die Erwähnung eines tatenlosen Staates stellte offensichtlich ein Signal dar, denn nicht nur, daß Harald Semper und seine Söhne nun Pistolen unter ihren Jacken hervorholten, um sie für jeden sichtbar in die Höhe zu halten, traten aus den verschiedenen Zugängen, die zum Saal führten, weitere Personen auf, ebenfalls bewaffnet, Pumpguns gleich kurzen Angelruten vor sich herhaltend. Zwei von ihnen kamen aus dem Büfett-Raum und trieben die Servierkräfte in den Saal. Es waren insgesamt sechs Leute, von denen Reisiger vier zu erkennen meinte. Es schienen dieselben zu sein, die zu Fred Sempers Gang gehört hatten, nur, daß sie jetzt nicht in ihren unförmigen Lederjacken steckten, sondern schwarze Anzüge trugen. Ihr Auftritt war übrigens in keiner Weise martialisch zu nennen, sie schrieen nicht herum, drohten nicht mit dem Erschießen, sondern verhielten sich sehr geschäftsmäßig, ohne gleich an Mafia-Typen zu erinnern. Selbst ihre Breitbeinigkeit hielt sich in Grenzen. Sie wirkten schlichtweg sicher, ja geborgen in der eigenen Situation, die ja auch sehr viel eher zur Geborgenheit Anlaß gab, als dies für die Gäste der Fall war, welche enger zusammenrückten, jeder naturgemäß bemüht, hinter einem anderen zu stehen zu kommen. Daraus ergab sich eine beträchtliche Unruhe und eine Bewegung wie bei einem hektischem Gesellschaftsspiel.

Es war Harald Semper, der mit kräftiger Stimme eine Anordnung traf: »Beruhigt euch! Aber schnell!«

Die Leute erstarrten. Und wer Pech hatte, erstarrte eben in ungünstiger Position.

»Seid ihr verrückt geworden?« fragte Siem Bobeck seine Verwandtschaft. Und fragte auch, ob sie denn vorhätten, hier ein Blutbad anzurichten. Ein Blutbad, das sie bis ans Ende ihrer Tage ins Gefängnis bringen würde.

Gerda Semper erklärte, daß es so schlimm wohl nicht werden würde. Man habe diesen dramatischen Weg gewählt, weil ... tja, Fred hätte sich sicher einen solchen gewünscht. Und verdiene ihn ja auch. Er sei nicht der Kretin gewesen, als den alle ihn darstellen würden. Ein schwieriger Mensch, das schon, aber kein Widerling, kein Verbrecher.

»Es ist aber wohl ein Verbrechen«, stellte Bobeck fest, »in ein Fest zu platzen und Geiseln zu nehmen.«

»Das ist richtig, Siem. Dann sind wir jetzt also Verbrecher. Das ist traurig, aber nicht mehr zu ändern. Und damit es sich auch lohnt, müssen wir die Sache zu Ende bringen. Ein Verbrechen, das man auf halber Strecke abbricht, das wäre dann ein wahrlich trostloses Verbrechen. Und die Verbrecher komische Figuren. Wir Sempers wollen aber keine komischen Figuren sein. Auch wenn du und deine Frau uns dafür haltet.«

»Wir halten euch für Schmarotzer«, sprach Claire Rubin. Ihre ganze Haltung verriet, daß ihr ein paar Pistolen und Pumpguns nicht das Nervenkostüm zerreißen konnten.

»Das wird sich noch herausstellen, wer hier die Schmarotzer sind«, sagte Gerda Semper. Das Keifende ihrer Stimme funktionierte jetzt nur noch als ein Untergrund. Beinahe konnte man meinen, sie verwandle sich, mutiere. Sie wirkte jetzt beherrschter als noch kurz zuvor, ihre Bewegungen fielen weniger hektisch aus und ihren Worten fehlte der bellende Ton. Wenn auch nicht die Beißkraft. Sie verkündete, daß es zunächst einmal nötig sei, der ganzen Angelegenheit mehr Ordnung zu verleihen. Wenn hier also hundertfünfzig Leute herumstehen würden, bedeute das auch, daß sich hundertfünfzig Handys in hundertfünfzig Jacken- und Handtaschen befänden. Und natürlich sei die Versuchung groß, sie auch zu benutzen.

Jeder der solcherart Angesprochenen erwartete nun, sein Handy, seinen kleinen Draht zur Welt herausziehen und auf den Boden legen zu müssen. Aber das Gegenteil war der Fall. Gerda Semper forderte die Gäste auf, ab sofort zu telefonieren. Und zwar pausenlos. Ausnahmslos.

»Ruft an«, sagte sie, »wen ihr anrufen wollt. Die Polizei hier oder in Deutschland, eure Freunde, eure Kinder, die Presse. Aber telefoniert. Wir wollen nicht sehen, daß einer von euch damit aufhört. Erzählt, was gerade geschehen ist. Wenn niemand mehr mit euch reden möchte, ruft die Zeitansage an, den Wetterdienst, die telefonische Seelsorge. Aber redet. Ich will hier niemand haben, der schweigt. Solange ihr in euer Telefon hineinquatscht, wird euch nichts geschehen. Ich hoffe, daß das einem jeden klar ist. Wer sein Geld sparen möchte oder – wenn's das gibt – kein Handy hat, soll wenigstens so tun, als würde er telefonieren. Das ist kein Witz. Es wäre dumm, würde es einer dafür halten. Ihr sollt beschäftigt sein. – So, Siem, du und deine Frau, ihr kommt mit uns. Wir wollen uns unterhalten, während hundertfünfzig Leute tun, was sie am besten können.«

»Was du selbst am besten kannst«, erinnerte Claire Rubin. »Ich weiß das. Schließlich zahlt Siem jeden Monat deine Telefonrechnung.«

»Ja. Es ist schöner, mit jemandem zu sprechen, ohne ihn anschauen zu müssen. Das wäre mir in deinem Fall, Claire, auch lieber. Aber wir müssen das schon persönlich ausfechten, Madame Norge.«

»Wie stellst du dir das vor? An den Haaren reißen, Augen auskratzen?«

»Laß uns einfach mal den Raum wechseln«, bestimmte Gerda Semper und wies mit dem Kopf in Richtung des Trakts, in dem der Salon lag.

Die gesamte Familie Semper und die beiden Bobecks setzten sich in Bewegung. Zurück blieben die Gäste und das Personal, die längst die Form eines Omegas eingebüßt und sich in der Mitte zu einem kreisrunden Haufen zentriert hatten, der von den sechs jungen Männern umstellt wurde, welche ihre Waffen wie paradierende Soldaten an die eigene Schulter gelehnt hielten. Es sah nicht so aus, als würden sie ernsthaft vorhaben, davon Gebrauch zu machen.

Es ergab sich nun aus der großen Menge gleichzeitiger Handygespräche, die natürlich zuallererst mit der österreichischen und der deutschen Polizei und ähnlichen Behörden geführt wurden, das Problem der Glaubwürdigkeit. Einfach darum, da die antelefonierten Beamten das beträchtliche Stimmengewirr im Hintergrund vernahmen und nachfragten, was dies zu bedeuten habe. Und dann eben eine Erklärung serviert bekamen, die ihnen als schlechter Scherz erscheinen mußte. Ja, es geschah – und dies darf niemandem zum Vorwurf gemacht werden –, daß eine ganze Weile lang keines dieser Telefonate zu der Konsequenz führte, irgendwelche Überfallkommandos in Bewegung zu setzen. Selbst Pfarrer Marzell, der mit der nächstgelegenen Gendarmerie in Kontakt trat, wurde nicht für ernst genommen. Und zwar dahingehend nicht, daß der Gendarm vermutete, jemand würde mit verstellter Stimme bloß vorgeben, Pfarrer Marzell zu sein und rufe aus einem der an

Samstagen üblicherweise gut besuchten Wirtshäuser oder Diskotheken an. Selbstverständlich verfügte der Beamte über ein Display, der die Handynummer des Geistlichen anzeigte. Aber diese Nummer war für ihn eine beliebige. Weshalb er sich damit begnügte, in einem pädagogenhaften Ton zu erklären, für solche Scherze nicht aufgelegt zu sein und große Lust zu haben (was eine Lüge war), die wirkliche Identität des Anrufers feststellen zu lassen.

»Tun Sie das doch! Genau das, in Gottesnamen!« forderte Marzell und legte auf. Er war der erste, der den Akt tatsächlicher Telefonbemühungen beendete und sich sodann nur noch das Gehäuse ans Ohr hielt, um in eine unbequeme Nachdenklichkeit zu verfallen. Die Situation störte ihn ganz entschieden. Nicht, weil er um sein eigenes Leben fürchtete. Er fürchtete um das Leben Siem Bobecks, er fürchtete um weitere großzügige Spenden, die ein toter Bobeck nicht würde vornehmen können. Beinahe hätte Marzell ausgerufen: Nehmt doch Fiedler!

Mit viel größerer Berechtigung hätte er natürlich sagen können: Nehmt doch Reisiger! Und so sah es wohl auch Reisiger selbst, welcher bemüht war, sein Gesicht vor den Blicken der Hooligans zu verbergen, indem er seinen Kopf hinter jenem Marzells positioniert hatte und dabei zu Boden blickte. Denn schließlich war er, Reisiger, es gewesen, der den Tod Fred Sempers erst verursacht hatte. Zumindest war dies der Anschein. Zumindest konnte man es so sehen.

Ungünstig nur, daß Reisiger zu den wenigen gehörte, die hier über kein Handy verfügten. Er war seit jeher ein Feind dieser Gerätschaften gewesen. Er fand, es sah lächerlich aus. Die Form der Handys erinnerte ihn an die schachtelförmigen Taschenlampen seiner Jugend, sodaß ihm vorkam, all diese Handybenutzer würden sich sinnloserweise in ihre Gehörgänge hineinleuchten.

Seine Entscheidung gegen ein Handy war somit eine ästhetische gewesen und verwies auf einen gewissen Snobismus Reisigers, der sicher kein großer Snob war, aber wenigstens ein kleiner, eher unauffälliger. Doch in diesem Moment des Massentelefonierens stellte seine Abstinenz durchaus eine Auffälligkeit dar, wenngleich bei hundertfünfzig Personen so manches Detail unterging. Um dieses Untergehen noch zu verstärken, hielt sich Reisiger seine flache Hand ans Ohr und bewegte hin und wieder mal seine Lippen. Das war ohnehin das einzige, was man hier tun konnte und tun durfte.

»Hey!«

Reisiger wußte sofort, daß er Pech gehabt hatte. Schließlich stand er viel zu nahe am Rand der Menschenmenge, in dessen Inneres vorzudringen nicht mehr möglich gewesen war. Auch hatte sich Marzell unvermutet zur Seite gedreht, sodaß Reisiger aus dessen Schatten gefallen war. Einer von den Hooligans hatte Reisiger erkannt. Jener sogenannte Dorftrottel, der jetzt mit raschen Schritten näherkam, seine Waffe von der Schulter nahm, gerade nach vorn richtete und mit der freien Hand auf Reisiger zeigte: »Das ist doch der Freak, der auf Fred los ist.«

»Also Moment«, wehrte sich Reisiger, »wer ist da auf wen losgegangen? Wer hat mit Messern gespielt?«

»Schnauze, du Schwein. Komm her da. Oder muß ich dich rausschießen.«

»Gehen Sie schon!« rief jemand, der verirrte Kugeln fürchtete.

Pfarrer Marzell hingegen, schon ein wenig kardinalsmäßig, vollzog mit der Hand eine dämpfende Geste, die bedeutete: Gute Leutchen, reißt euch doch bitte zusammen. Dann wandte er sich an den Hooligan und fragte: »Stört es Sie, wenn ich Herrn Reisiger begleite?«

»Wie meinen Sie das?« fragte der Junge.

»Sie brauchen nicht glauben, ich werfe mich vor ihn, wenn Sie auf ihn schießen. Aber das haben Sie ja ohnehin nicht vor, oder?«

Der Dorftrottel erklärte, Reisiger zu den Sempers bringen zu wollen. Die würden schon wissen, wie mit ihm zu verfahren sei.

»Vernünftiger Entschluß«, sagte der Pfarrer. »Und da würde ich eben gerne dabeisein. Ich gestehe, ich langweile mich hier. Ich war noch nie ein großer Telefonierer.«

Ein Pfarrer war ein Pfarrer. Eine Autoritätsperson, dessen Autorität in einem jeden Herzen oder Hirn feststeckte. Auch in dem eines Hooligans. Der Dorftrottel wagte es nicht, die

Bitte abzulehnen. Um so mehr, als es keine Bitte gewesen war. Er nickte. Reisiger und Marzell traten aus dem Kreis heraus und ließen sich aus dem Saal eskortieren. Die Blicke, die ihnen folgten, waren ohne Würde, aber voll Erleichterung.

Als die drei Männer den Salon betraten, in dem nachmittags die wahre Identität Kim Turinskys entlarvt worden war, bot sich das Bild einer simplen familiären Zusammenkunft. Jedenfalls wurden keine Augen ausgekratzt. Man saß in Polstermöbeln, Claire Rubin mit Zigarette, Siem Bobeck mit einem Glas Sherry in der Hand, trotz der Situation weit weniger verkrampft wirkend als Harald Semper und seine Kinder. Nun gut, schließlich waren Sempers hier nicht zu Hause. Auch hatte man die Pistolen wieder eingesteckt. Nur Gerda Semper stand, gegen einen Tisch gelehnt, sah jetzt zu den Hereinkommenden und fragte, was das solle.

»Das ist der Kerl, der sich hat aufspielen müssen.«

Gerda riß die Augen auf und fragte: »Reisiger?«

»Herr Reisiger ist unser Gast«, erklärte Bobeck, »er hat sich tapfer und couragiert verhalten. Nur normal, daß ich ihn kennenlernen wollte. Kein Grund aber, ihn weiter in die Sache hineinzuziehen.«

Reisiger beeilte sich zum zigten Mal klarzulegen, daß es ein purer Zufall gewesen war, daß er an diesem Tag und zu dieser Zeit durch die Fußgängerzone jenes berühmten Wintersportortes marschiert war. Er sei nicht einmal in der Lage gewesen, Claire Rubin als den Star zu erkennen, der sie für jedermann zu sein scheine. Außerdem wäre seine Courage einer bloßen Laune zu verdanken gewesen. Das würde mit Sicherheit nicht wieder vorkommen.

»Das glaube ich auch«, sagte Gerda Semper. Und: »Gut, daß Sie da sind. Ohne Sie wär's ja nur die halbe Sache. Aber was soll der Pfarrer?«

Marzell ließ sich mit einem Ausdruck leiser Erschöpfung auf einem entfernten Stuhl nieder und sagte, er sei hier nicht als Priester, sondern als Zeuge. Ganz gleich, was nun geschehen oder gesprochen werde, es müsse auch jemand geben, der dies später glaubwürdig schildern könne. Und wer wollte glaubwürdiger sein als ein Pfarrer von Purbach.

Überraschenderweise zeigte sich Gerda Semper einverstanden. Jemand Unabhängiger könne nicht schaden. Und ergänzte: »Aber ich will nicht, daß Sie reinreden.«

Marzell zeigte auf seine geschlossenen Lippen.

»Und du kannst gehen«, wies die Frau den Dorftrottel an, der rasch zurückkehrte zu den Gärtnern und den schmollenden Serviererinnen und der fortgesetzt telefonierenden Gesellschaft, deren verzweifelte Bemühungen angesichts einer mißtrauischen oder auch nur belustigten Außenwelt nach und nach zur eigentlichen Tragödie anwuchs. Diese beengten, ängstlichen Menschen kamen sich vor wie Schiffsbrüchige, die in nagelneuen, todsicheren Rettungsbooten saßen, nur daß niemand sie zu vermissen schien. Natürlich hatten die meisten bald kapiert, daß es am vernünftigsten gewesen wäre, wenn nur einer oder wenige von ihnen gesprochen hätten, aber das hätte bedeutet, den Anweisungen Gerda Sempers zuwiderzuhandeln.

Und das wollte nun mal, die Pumpguns vor Augen, niemand riskieren.

»Sie haben noch nichts versäumt«, erklärte Gerda Semper und wies Leo Reisiger mit einer dirigierenden Geste an, sich zu setzen. »Siem und die gute Claire meinen scheinbar, sie könnten bei mir mit Sturheit weiterkommen. Sie könnten das alles ganz einfach aussitzen. Aber hier wird nichts ausgesessen. Hier wird die Wahrheit ans Tageslicht geholt. Mit aller Kraft. Und egal, was das kostet.«

»Übernimm dich nicht«, riet Claire Rubin. Sie lächelte. Aber es war ein Lächeln, in dem ein kleiner rostiger Nagel steckte. Und solche Nägel sind bekanntermaßen geeignet, Blutvergiftungen, zumindest Entzündungen hervorzurufen.

Auch Gerda Semper lächelte. Jedoch rostfrei. Dann fragte sie, als säße man zu Gericht – und das tat man ja wohl auch –, was Reisiger denn eigentlich durch den Kopf gegangen sei, als ihm mitgeteilt worden war, daß es sich bei dem Getöteten um den Neffen Claire Rubins gehandelt habe.

Reisiger richtete sich ein wenig auf. Immerhin hob er nicht die Hand, um zu schwören. Er sagte: »Ich weiß nicht. Natürlich fand ich es merkwürdig. Aber man sagte mir, es sei ein Zufall gewesen. Und warum auch nicht? Diese Jungs ... diese Fußballfans waren auf dem Weg zu einem Auslandsspiel, nicht wahr?«

»Das mit dem Spiel ist richtig«, bestätigte Gerda Semper. »Sie waren mit dem Wagen unterwegs, die Buben. Aber wenn Sie sich die Karte ansehen, dann sehen Sie, daß der Fred einen Umweg gefahren ist. Einen Umweg, nur um in aller Herrgottsfrühe durch die Straße von so einem Nobelort zu spazieren. Er hat Nobelorte gehaßt wie die Pest. Wozu also der Umweg?«

»Er ist einen Porsche gefahren, dein kleiner verhaltensgestörter Liebling«, warf Claire Rubin ein.

»Na und?«

»Fred war doch ständig auf Krawall aus«, fuhr Bobeck dazwischen, »Schlägereien mit anderen Fans, Schlägereien mit Typen, deren Visagen ihm nicht gefallen haben. Oder die einfach nur im Weg standen. Warum also nicht in einen Nobelort fahren und Stunk mit Leuten anfangen, die man wie die Pest haßt? Und da trifft er auf Claire und Mona und denkt sich, daß es an der Zeit ist, der Frau von seinem Onkel eine zu verpassen. Das hatte er sich wohl schon lange vorgenommen. Eine fixe Idee, psychologisch alles andere als unverständlich. Dumm nur, daß ein gewisser Herr Reisiger des Weges kommt, sich einmischt, den *Buben* die Zähne zeigt. Und anstatt daß die Buben endlich zur Vernunft kommen, tun sie alles, damit die Sache eskaliert. So ist das gelaufen, nicht anders.«

»Mona! Richtig!« erinnerte sich Gerda Semper. »Was ist mit deiner Busenfreundin, Claire? Wo ist diese Mona?«

Claire Rubin fuhr sich durchs Haar wie in einem dieser Werbespots, in denen Damenfinger in der Art von Haifischflossen eine Oberfläche spalten, und erklärte: »Pech gehabt, Gerdaschätzchen. Mona wirst du nicht deinem lächerlichen Tribunal aussetzen können. Die ist gestern nach Portugal geflogen.«

»Das glaube ich nicht.«

Nicht Gerda hatte gesprochen. Auch kein anderer Semper. Sondern Leo Reisiger. Der Einwand war ihm herausgerutscht.

Denn es entsprach keineswegs seiner Intention, weitere Unruhe zu schaffen. An Unruhe mangelte es wirklich nicht. Aber gesagt war gesagt. Ein jeder blickte ihn an, wartete. Er schwieg, doch sein Schweigen war ein Loch, das nach einer Einlochung schrie. Nach einem Ball also.

»Los! Reden Sie!« forderte Gerda Semper. »Was meinen Sie damit, daß Sie das nicht glauben.«

Was sollte er tun? Er mußte antworten. »Ich habe sie heute gesehen, diese Frau, diese Mona.«

»Unmöglich«, erklärte die Rubin.

»Natürlich kann ich mich täuschen. Mein Personengedächtnis ist nicht gerade das beste.«

Niemand konnte ahnen, daß das noch untertrieben war. Dennoch beharrte Reisiger jetzt auf seinem Eindruck, er sei bei einem Spaziergang durch den Wald, am Eingang zur Sternwarte, einer Frau begegnet, die ihn an jene Freundin Claire Rubins erinnert habe.

»Ich habe sie nur kurz gesehen«, gestand Reisiger. »Sie schien wenig Lust zu haben, sich mit mir zu unterhalten.«

»So ein Blödsinn«, erregte sich Claire Rubin. »Mona ist in Portugal. Was soll das, Herr Reisiger? Wollen Sie sich wichtig machen? So wie Sie sich schon einmal wichtig gemacht haben?«

Es reichte Reisiger. War er denn das Rotztuch für diese Leute? Er fuhr die Rubin an, *sie* sei es doch gewesen, die sich in der dramatischsten Weise in den Vordergrund gespielt habe. Niemand hätte von ihr verlangt, daß sie gleich einen Menschen töte. Die Sache stinke.

»Nächstes Mal«, drohte die Rubin, »werde ich bequem zusehen, wenn einer von diesen freundlichen jungen Männern Sie aufschlitzt.«

»Danke«, sagte Reisiger, wandte sich nun an Bobeck und fragte ihn, ob auch er der Überzeugung sei, diese Mona halte sich in Portugal auf.

»Warum sollte ich etwas anderes annehmen?«

»Die Frau, die ich sah, kam gerade aus der Sternwarte. Die Sternwarte ist ja wohl Ihr Revier.«

»Wie Sie bemerkt haben müssen, Herr Reisiger, kommen wir hier ohne Zäune und Verbotsschilder aus. Jeder kann in dieses Wäldchen gelangen. Jeder Wanderer. Jeder Verirrte. Und jeder verirrte Wanderer.«

»Soll ich Ihnen glauben, daß Sie Ihre Sternwarte nicht abschließen?«

»Das habe ich damit nicht gesagt. Natürlich wird sie versperrt. Und war dies auch den ganzen heutigen Tag. Darauf achten die Gärtner. Ich würde also sagen, Herr Reisiger, Sie haben phantasiert. Das kommt vor. Es ist diese viel zu frühe Hitze, die manchem Hirn zu schaffen macht.«

Reisiger erklärte, daß keine Hitze seinem Hirn etwas anhaben könne. Vielmehr scheine es, daß er, Bobeck, lüge.

»Ich würde Sie jetzt gerne hinauswerfen lassen«, erklärte Bobeck in fortgesetzt ruhigem Ton, »aber ich fürchte, daß wird meine liebe Schwester nicht zulassen.«

»Richtig«, sagte die Schwester, »Herr Reisiger bleibt. Er wird mir immer sympathischer.«

Das war nicht gerade das, was Reisiger hören wollte. Er mußte damit rechnen, erneut in die Presse zu geraten, diesmal von Claire Rubin angeklagt, sich der völlig verrückten Chefin von Geiselnehmern angebiedert zu haben.

Nichtsdestotrotz behielt Reisiger den einmal gewählten Weg bei und überlegte laut, ob es nicht das beste sei, diese ganze Veranstaltung – womit natürlich *nicht* auch die hundertfünfzig Telefonierer gemeint seien – in das Gebäude der Sternwarte zu verlegen.

»Was soll das bringen?« fragte Bobeck.

»Sie hatten doch ohnehin vor, mir heute nacht diesen Turm zu zeigen. Daran sollten wir festhalten. Und die Möglichkeit nutzen, nachzusehen. Nach Mona, nach einem Hinweis. Sie können mir erzählen, was Sie wollen, aber die Frau, die ich sah, kam aus dem Turm. Verwirrt, aber nicht verirrt.«

»Das wäre absurd«, meinte Claire Rubin, »zu allem Überfluß auch noch durch den Wald zu stapfen, um dieses lächerliche Theater zwischen Fernrohren fortzusetzen. Wieviel Groteske muß ich denn ertragen?«

Gerda Semper aber fand Reisigers Idee durchaus ansprechend. Und sie war es nun mal, die hier das Sagen hatte. Und die nun auch bestimmte, daß man augenblicklich zur Sternwarte aufbreche. Jetzt, wo dies noch möglich sei, jetzt, wo noch keine Einsatzkommandos den Weg verstellten.

»Vielleicht tun sie das ja längst«, meinte Claire Rubin.

Gerda schüttelte den Kopf, stieß sich vom Tisch ab und sagte: »So was dauert.«

Man begab sich zurück in den Prunksaal. Gerda voran, an ihrer Seite, von ihr selbst dazu aufgefordert, Pfarrer Marzell, der sein Versprechen hielt und eisern schwieg. In diesem Schweigen thronend, wirkte er wissend und abgehoben, jedenfalls näher bei Gott als bei den Menschen, deren Seelen zu pflegen ihn seine Kirche leichthin beauftragt hatte.

Als nun die meisten der hundertfünfzig Gäste der massiven Gestalt Gerda Sempers ansichtig wurden, hoben sie ihre Stimmen an, drückten ihre Handys stärker gegen Ohren und Backen und bemühten sich ganz allgemein um ein Bild intensiver, engagierter Telefoniererei.

Gerda Semper nickte der telefonierenden Menschenmasse zu, als handle es sich um ihre Untergebenen, mit deren Arbeit sie einigermaßen zufrieden war. Dann trat sie an einen der jugendlichen Waffenträger und gab ihm Anweisungen. Gleichzeitig sah sie hinauf zu jenem Werbeplakat, das ja noch immer von der Kuppel hing, und meinte: »Scheußlich. Aber schön scheußlich, das muß man zugeben.«

Finster war's, der Mond schien helle …

Gerda kehrte zurück zu der kleinen Gruppe, die aus den Sempers und den Bobecks, aus Marzell und Reisiger bestand und die sich nun ins Freie bewegte, hinaus auf die vorgelagerte Terrasse, wo das Saallicht wie ein mächtiger Bauch nach außen hing. Man stieg die Treppen hinab, aus dem Kunstlicht ins Mondlicht, dessen Verursacher jetzt hoch oben stand. Die beiden Semperburschen öffneten die Heckklappe eines Kombis und holten Taschenlampen hervor, die man aber zunächst einmal außer Betrieb ließ, so hell war es, so klar lagen die Dinge einem vor Augen. In der Ferne erkannte Reisiger den alten Citroën, der im Mondlicht wie einer dieser Filmstars anmutete, wenn sie nach Cannes kommen und die Hände heben, als würden sie auf eine Verfassung schwören.

Die Ansicht dieses Autos erinnerte daran, daß jemand fehlte, beziehungsweise fehlten zwei: Tom Pliska und der Dreibeiner Vier. Soweit Reisiger gesehen hatte, war Bobecks Sekretär zum Zeitpunkt der Geiselnahme nicht mehr unter den Gästen gewesen. Und auch der Hund des Hauses hatte sich im Laufe des Abends zurückgezogen. Was auch immer das bedeutete. Vielleicht waren Pliska und Vier schlichtweg schlafen gegangen. Jedenfalls unterließ es Reisiger, nach dem Sekretär und dem Hund zu fragen. Es war nicht nötig, eine weitere Beunruhigung auszulösen.

»Es ist dein Grundstück, Siem«, sagte Bobecks Schwester, »kannst ruhig vorausgehen.«

»Wie?« tat Bobeck staunend. »Fürchtest du dich vor Fallen?«

»Na, sagen wir, ich tät dir jede Art von Falle zutrauen. Also komm, geh schon!«

Bobeck ging und man folgte ihm. Es war der gleiche Weg, den Reisiger nachmittags genommen hatte, um das Haus herum und durch den französischen Garten, der natürlich im lunaren Bühnenlicht eine immense Wirkung besaß, die Wirkung frischer, noch glänzender Tusche auf reinweißem Papier. Es schien weniger, als verursachten die Objekte Schatten, sondern als sei es umgekehrt, als würden aus den scharf umrissenen, ölig-schwarzen Schablonen die Objekte wie Stehaufmännchen herausschießen, freilich lange nicht so materiell und kompakt anmutend wie die sie entlassenden Schatten. Die ganze Welt war nun ein unsicheres, nachlässig zusammengezimmertes Stehaufmännchen, das aus seinem eigenen Schatten ragte. Unsicher, aber bockig. Zusammengezimmert, aber willensstark.

Als man nun jedoch in den Wald trat, ergab sich der dicht stehenden Bäume wegen eine beträchtliche Dunkelheit. Bobecks Jungen schalteten ihre Taschenlampen ein und brannten zwei gelbliche Lichtkegel in das Schwarz. Unwillkürlich rückte man näher aneinander, für einen Moment auf das Tier zurückgeworfen, das man war, nachtscheu. Tiere in Schuhen. Schuhe, die sich leider schlecht eigneten auf dem holprigen, von Wurzeln durchzogenen Waldweg. Einmal abgesehen von den Geräuschen, deren harmloser Ursprung in dieser wolf- und bärenlosen Gegend nichts an der kindlichen Beklemmung änderte, die auch Menschen empfanden, die Pistolen unter ihren Jacken trugen und soeben die Geiselnahme von hundertfünfzig Ehrengästen bewerkstelligt hatten. Jedenfalls ergab sich eine stumme Erleichterung sämtlicher Personen, als man der weißen Gestalt der Sternwarte ansichtig wurde, die nicht nur im Mondlicht stand, sondern auch im Licht, das aus dem Turminneren durch die ovalen, orange gefärbten Fensterluken strömte.

»Scheint jemand zu Hause zu sein«, bemerkte Gerda Semper.

Bobeck erklärte, er hätte Anweisung gegeben, das Licht anzudrehen, da ja für heute nacht ein Besuch geplant gewesen sei.

»Welcher nun auch stattfindet«, sagte Gerda Semper und trat als erste in den von zwei Fassadenleuchten beschienenen Eingangsbereich. Die Türe war unversperrt. Sie glitt zur Seite wie jemand, dem die Luft ausgeht. Die Semperbuben zogen ihre Waffen, ohne Hektik, bloß ein Minimum an Vorsicht einhaltend. Erneut wies Gerda ihren Halbbruder an, vorzugehen. Die anderen folgten paarweise. Es war wie bei einem Schulausflug.

Nachdem man einen kahlen, geschwungenen Korridor passiert hatte, kam die Gruppe in einen Raum, dessen Boden und Decke sowie drei Wände mit dem gleichen, rötlichbraunen Holz getäfelt waren, während die vierte Wand sich aus mächtigen, hellen Steinquadern zusammensetzte. In den Plafond waren drei Reihen kleiner Spots eingelassen. Ein leerer, sesselloser Tisch von demselben Holz wuchs altarartig aus dem Fußboden heraus.

»Mein Büro«, sagte Bobeck.

»Sieht unbenutzt aus«, meinte die Schwester.

»Mein unbenutztes Büro«, korrigierte Bobeck.

Durch einen seitlichen Spalt in der Steinwand, unauffällig wie der Durchgang zu einer Sakristei, begab man sich – einer nach dem anderen, so schmal war die Öffnung – in den eigentlichen Turmkörper, eine weiß getünchte Röhre, in deren ungefährer Mitte eine Säule nach oben führte, während die erstaunlich breite, eigentlich unnötig breite Treppe sich am Mauerwerk entlang nach oben drehte. Wobei dieser Aufgang ohne Geländer auskam, was so eigenwillig und unsinnig schien wie die monumentale Länge der Stufen. Weniger monumental und dafür abgesichert wäre besser gewesen. Aber da nun mal der englische Dichter John Malcolm Furness diesen Turm entworfen hatte, konnte man die Treppe als Ausdruck von dessen Persönlichkeit interpretieren: dramatisch und gefährdet.

Gerda Semper freilich meinte, daß Siem ein wenig von seinem vielen Geld dafür investieren könnte, diese »halbe« Treppe fertigstellen zu lassen.

»Das ist keine halbe Treppe, meine Liebe. Aber das kann ich dir nur schwerlich begreifbar machen. Gib einfach acht beim Hinaufsteigen.«

Gerda gab acht. Alle gaben acht und mühten sich die etwa fünfzehn Meter hinauf zum Kuppelraum, in den man durch einen hülsenförmigen, klaustrophob niedrigen Vorraum gelangte, sodaß sich eine große Erleichterung daraus ergab, in weiterer Folge in die hohe Beobachtungsstation einzutreten. Eine Erleichterung, die freilich sogleich der Überraschung wich, angesichts dessen, was man da sah. Auf dem Boden lag, sehr adrett und akkurat, wie eine umgefallene Modepuppe, Tom Pliska. Er wirkte weniger tot als eingefroren. Aber auch Eingefrorene sind in der Regel tot. Und tot war Pliska auf jeden Fall. Neben seinem Kopf hatte sich eine Blutlache gebildet, die von einem Loch seitlich in der Stirn gespeist worden war. Über dem Toten, auf einem Sessel sitzend, mit beiden Händen eine Pistole haltend, als müsse man sie vor dem Auseinanderbrechen bewahren, die Pistole, sah man eine Frau, die jetzt ihren Kopf hob und in Richtung auf die Eingetretenen blickte. Jedoch ohne Zeichen echter Regung.

»Mona!« rief Claire Rubin, endlich einmal fassungslos. Wobei sie immerhin einen gewissen Hang für unkonventionelle Rangordnungen beibehielt, nicht also nach dem Erschossenen fragte, sondern danach, warum Mona es entgegen ihrer Ankündigung unterlassen habe, nach Portugal zu fliegen.

»Das hätte wenig gebracht«, antwortete Mona. »Portugal hätte mir nichts genützt. Es gibt keine Sicherheit, nirgends. Da ist es schon besser, sich den Dingen zu stellen.«

»Meine Güte, was für Dinge denn?«

»Dein Mann. Seine gottverdammten Experimente. Frag ihn doch mal.«

»Moment noch«, unterbrach Gerda Semper und bewies nun ihre Gründlichkeit und Vorsicht, indem sie erstens – mit einer Unumwundenheit, mit der man Unkraut jätet – Mona die Pistole aus der Hand nahm und zweitens sich hinunter zu Tom Pliska beugte, seinen Puls befühlte, das Einschußloch betrachtete und dann erklärte, Bobecks Sekretär habe es nicht mehr eilig. Man könne also getrost weiterreden. Sie sei sehr gespannt, von was für Experimenten hier die Rede sei. Denn sie kenne ja den Hang ihres Bruders, alles und jeden in eine Versuchsordnung einzuspannen. Ein bestimmtes Verhalten zu erforschen, indem man es eigentlich erst begründet. Zuerst eine Welt, dann eine Wirklichkeit.

»Das kann man wohl sagen«, äußerte Mona mit einem kleinen, bitteren Auflachen. Wie man beim Zähneziehen lacht.

»Kein Wort, Mona«, befahl Siem Bobeck mit einer Stimme, die jetzt sehr viel härter war als seine gewohnte. Auch Bobeck besaß Nerven.

»Was willst du tun, wenn ich rede?« fragte Mona, so schnippisch wie müde.

»Das Licht ausdrehen«, sagte Bobeck.

Es lag schon eine perfide Größe darin, daß Bobeck auch noch ankündigte, was er zu tun gedachte. Doch so verständlich diese Ankündigung auch ausgefallen war, konnte sich niemand etwas darunter vorstellen. Denn Bobeck stand ja mitten im Raum, nicht unweit seines wirklich elegant und kompakt und übrigens ziemlich russisch anmutenden Teleskops (und es war auch russisch). Er hielt sich somit fernab jeglicher Lichtschalter auf. Was also konnte er meinen?

Bevor nun Harald Semper oder einer seiner Söhne sich so richtig in Bewegung setzen konnte, um Bobeck sicherheitshalber die Hand auf die Schulter zu legen, oder was auch immer zu unternehmen, vorher also sprach Bobeck in gewohnt ruhigem Ton den Satz: »Es ist ein Licht, das in meinem Mund erlöscht.«

Das waren nun keineswegs seine eigenen Worte, wie hier alle dachten, außer natürlich seiner Frau, die schließlich seine Vorlieben kannte, wenn auch nicht alle. Nein, diese Zeilen stammten aus einem Gedicht Georg Trakls, des einzigen Dichters, den Bobeck gelten ließ, gerade wegen dessen Unverständlichkeit. Um etwas zu verstehen, meinte Bobeck, brauche es keine Dichtkunst. Freilich besaß jenes *Es ist ein Licht, das in meinem Mund erlöscht* in diesem Moment eine überaus verstehbare Bedeutung, denn augenblicklich gingen sämtliche Spots aus. Und da man sich ja in einer geschlossenen, fensterlosen Kuppel aufhielt, nützte das ganze Mondlicht nichts. Man steckte in vollkommener Dunkelheit.

Sofort brach ein Geschrei los, und eine hektische Bewegung entstand. Immerhin ließen sich jene, die eine Waffe besaßen, nicht dazu hinreißen, sie auch zu benutzen, sondern zielten bloß in die Schwärze hinein. So groß der Raum war, war er viel zu klein für zehn Personen, von denen eine saß, eine lag und die restlichen – mit einer Ausnahme – blind durch den Raum ruderten, aneinanderstießen oder gegen Gegenstände prallten, auch darum, weil die Semperjungs ihre Taschenlampen im Eingangsbereich hatten liegenlassen.

Es galt, Bobecks habhaft zu werden. Aber Bobeck war nun mal der, der diesen Raum wirklich kannte und sich auch ohne Licht in ihm zu bewegen verstand. Und als jetzt das Scheppern einer Metalltüre den Lärm aufgeregter Stimmen und unproduktiver Flüche durchbrach sowie in der Folge das unverkennbare Geräusch einer Verriegelung zu hören war, mußte allen klar sein, daß Siem Bobeck mit sicherem Schritt zu jener Türe gelangt war, die den Kuppelraum mit der abwärts führenden Treppe verband. Und daß er soeben diese Türe von außen versperrt hatte. Eine Erkenntnis, die immerhin dazu führte, daß fürs erste ein jeder seinen Mund hielt, die Arme herunternahm und stehen blieb, wo er sich gerade befand.

Es war als erste Gerda Semper, die wieder zu ihrer Stimme zurückfand und diese an ihre Schwägerin richtete: »Was ist los, Claire? Mach doch endlich das verdammte Licht an.«

»Fick dich selbst«, meinte Claire Rubin entgegen ihrer Anschauung, daß ordinär zu sein nicht schmücke. Um dann wenigstens zu gestehen, keine Ahnung zu haben, wie das zu bewerkstelligen sei. Die Sternwarte wäre allein ein Faible ihres Mannes. Und offensichtlich mit einem akustischen Lichtschalter ausgestattet, dessen Programmierung sie nicht kenne. Möglicherweise reagiere die Lichtversorgung allein auf Siems Stimme, wenn dieser eine bestimmte Wortfolge benutze. Vielleicht aber genüge die richtige Wortfolge, egal von wem sie gesprochen werde. Jedenfalls könne sie mit einiger Sicherheit sagen, daß Siem beim Ausschalten ein Zitat aus einem Gedicht Trakls verwendet habe.

»Welches Gedicht?« fragte Reisiger, als sei er eben erwacht.

»Keine Ahnung. Ich sagte, es ist eine Vermutung. Siem liebt Trakl. Gott weiß warum. Er haßt die Literatur, aber er liebt Trakl. Und daß ein Licht in einem Mund erlöscht, klingt, finde ich, ziemlich traklisch.«

»Ziemlich«, bestätigte Reisiger und spekulierte, daß dann wohl auch zum Lichtandrehen Trakl herhalten müsse. »Unglaublich! Wie in einem dummen Märchen.«

»High-Tech«, sagte die Sempersche Tochter.

»Red, wenn du gefragt wirst«, bestimmte ihre Mutter.

So standen sie nun alle da, eingehüllt in die Dunkelheit wie in einen Stein, ahnungslos in bezug auf Trakl und irgendwelche Passagen, das Aufflackern eines Lichts betreffend, und wußten nicht weiter.

Nachdem dieses Schweigen und Nichtstun begann, an den Nerven der Eingeschlossenen zu zerren, versuchte einer nach dem anderen mit irgendwelchen Worten, Geräuschen, dem Klatschen der Hände, dem Aufstampfen der Füße, mit Flüchen und Gebeten, mal im strengen, mal im weinerlichen Ton das Licht dazu zu bringen, anzugehen. Allein es nützte nichts. Das Licht verhielt sich unnachgiebig. Der einzige übrigens, der auf eine diesbezügliche Bemühung verzichtete, war Pfarrer Marzell. Er war sich wohl zu gut für die Auseinandersetzung mit einer bockigen Elektrik. Es war also jemand anders (einer der Sempersöhne), der jenen populären biblischen Befehl, daß es Licht werde, aussprach. Was die ruhenden Leuchtkörper ebenso unbeeindruckt ließ wie etwa Reisigers lateinischer Ausruf »Lūcetius!«, ein Beiname Jupiters, oder Claire Rubins Selbstzitat, indem sie eines ihrer Chansons ansang: *Der Mann, der zwischen Kerzen stand* (sie hatte gar nichts begriffen, wenn sie allen Ernstes meinte, ihr Mann liebe sie so sehr, eins ihrer Lieder zum Lichtandrehen zu verwenden).

»Hören wir mit dem Unsinn auf«, schlug schließlich Gerda Semper vor und schlug auch vor, die Situation auf vernünftige Weise zu bereden. Als erstes würde sie interessieren, von welchem Experiment Mona gesprochen habe. Offensichtlich kein ganz legales, wenn man die beträchtliche Reaktion ihres Bruders bedenke.

»Also, du hast es nötig«, ärgerte sich Claire Rubin und erwähnte das Faktum hundertfünfzig bedrohter Ehrengäste.

»Das ist etwas anderes, das ist Notwehr. Also, Mona, reden Sie.«

Und Mona redete. Mona Herzig. Herzig war ein Name, der nicht wirklich zu ihr paßte, zu ihrer gleichzeitig verschreckten, distanzierten, aber auch unterkühlten, sachlichen Art. Ihr fehlte völlig das Glamouröse der Rubin. Ihre Vornehmheit war eine andere, weniger auffällige. Architektonisch gesprochen, besaß sie etwas von diesen Gebäuden, die ohne jeden Firlefanz auskommen, durchdacht sind, aber im Zuge ihrer ganzen Durchdachtheit ziemlich leblos anmuten. Gelungen, aber fade. Mona Herzig, zehn Jahre jünger als Claire Rubin, war schon Assistentin Bobecks gewesen, als dieser noch einen Lehrstuhl besessen hatte, wie man ein schönes, großes Auto besitzt, mit dem es sich aber nicht wirklich gut fahren läßt. Der Lehrstuhl war ihm trotz aller Größe eng erschienen, unhandlich und langsam. Er hatte dann, bereits im Besitz seiner Modemillionen, ein privates Institut gegründet, und zwar in Konstanz, mit Blick auf den großen See, in dem die Insel Mainau wie ein vom Himmel geklatschter Kuhfladen liegt.

Die Stadtväter waren ziemlich unglücklich damit gewesen, daß Bobeck seine Einrichtung simplerweise – scheinbar auch ironisch – *Institut für Gewalt* benannt hatte, also nicht etwa unmißverständliche Definitionen wie Aggressionsforschung, Humanbiologie oder Gewaltprävention wählte, sondern ganz einfach den Begriff »Gewalt« in den Raum stellte, gewissermaßen in den idyllischen Bodenseeraum hinein, die schöne Insel Mainau konterkarierend. *Institut für Gewalt*, das klang natürlich ein wenig wie *Brot für die Welt* oder *Sieben Fäuste für ein Halleluja*, als wollte man in diesem Institut die Gewalt nicht einfach nur erforschen, sondern sie auch fördern, ihr eine neue, positivere Bedeutung verleihen. Und tatsächlich sprach Siem Bobeck ja auch von der »notwendigen Kultivierung der Gewalt«, im Gegensatz zu ihrer völlig sinnlosen, wenn nicht gefährlichen Dämonisierung sowie ihrer Einordnung in das, was Bobeck »ethische Plakate« nannte. Jedenfalls waren das Institut und die dort betriebene Forschung mit ihrem Leiter nicht selten Ausgangspunkt heftiger Kontroversen. So wurde etwa von den *Beaubecks* – wie sämtliche Mitarbeiter des Instituts, männliche wie weibliche, sich selbst bezeichneten – jene populäre These, Autoaggressionen wären umgeleitete, ursprünglich gegen die Umwelt gerichtete Aggressionen, vollständig abgelehnt. Ja, man ersetzte diese Sichtweise durch die umgekehrte Annahme, daß alle Gewalttätigkeit einen autoaggressiven Hintergrund besitze und etwa der Fremdenhaß eine praktikable Kanalisierung eines angeborenen Ekels gegen die eigene Person darstelle. Das war überhaupt ein zentraler Begriff dieser Forschung, der des Ekels als ein fundamentaler, genetisch bedingter Reflex.

Die Beaubecks hielten dieses Sichgrausen vor der eigenen Körperlichkeit, dem ständigen Gefühl, auch im angezogenen Zustand nackt dazustehen, ein haarloses Ungeheuer zu sein, für einen nicht unwichtigen Aspekt zur Klärung der Hintergründe von Gewalt.

Das klingt nun ziemlich gewagt, mehr literarisch als empirisch. Und radikale Empiriker waren die Beaubecks nun tatsächlich nicht, eher ein genialischer Haufen postmoderner Theoretiker. Freilich kamen auch sie nicht ohne großangelegte Untersuchungen aus, ohne Neurochemie und Hirnforschung, sie testeten und verglichen und krochen schnüffelnd hinter den Erscheinungen der Gewalt her. Wobei sie so weit gingen, sich wie Undercoveragenten überall dort einzuschleusen, wo die Gewalt deutlicher als anderswo den Alltag bestimmte, zumindest deutlicher als in Konstanz, diesem bizarr lieblichen Ort, der etwas von einer aufgeklappten, papierenen Spielzeugstadt hatte und an dem die Gewalt so ziemlich auf die eigenen vier Wände beschränkt blieb, die vier Wände der Wohnungen und Köpfe.

Apropos Wohnungen und Köpfe. Die Beaubecks gehörten zu jenen Aggressionsforschern, die den Einfluß moderner Medien auf das Gewaltpotential für weitgehend unbedeutend hielten, allein dazu geeignet, gewisse Handlungsmuster zu kopieren, aber sicherlich nicht, sie zu begründen. Man war in vielen Testreihen zur Überzeugung gelangt: Schlechte Filme verursachen keine schlechten Menschen. Das war ein Trost wie selten einer.

Mona Herzig hatte Bobecks Wechsel vom Lehrstuhl zum Gewalt-Institut begleitet und sich in Konstanz niedergelassen. Sie war zur stellvertretenden Leiterin ernannt worden und führte das Institut während Bobecks häufiger Abwesenheit. Man darf ja nicht vergessen, Bobeck hatte in der ersten Zeit noch ein Modeimperium zu organisieren und war auch häufig in der Öffentlichkeit aufgetreten: telegen, brillant, überraschend. Er stritt sich ebenso gerne mit linken wie mit rechten Denkern, nannte Eibl-Eibelsfeldt einen Banalisierer der Ethologie und behauptete, jemand wie Günther Grass gehöre entweder in ein Regierungsamt gewählt oder mit Redeverbot belegt.

Bobecks Forschungsmethoden blieben allerdings im dunklen. Seine öffentliche Auftritte, seine provokanten Thesen, seine Bücher und Aufsätze, die ganze Ironie, die sich aus seinem Steinreichtum als Modehausbesitzer ergab, zuletzt seine Heirat mit einem ehemaligen Schlagerstar und Liebling der Gesellschaftspresse, das alles täuschte darüber hinweg, wie wenig man über seine eigentliche Arbeit wußte und daß Bobeck und seine Beaubecks sehr darauf achteten, sich nicht in die Karten und schon gar nicht ihre Institutsräume blicken zu lassen.

Das Sicherheitssystem des Gebäudes war aufwendig und entsprach dem letzten Stand der Technik. Man hätte meinen können, in dem auf der Straßenseite abweisend kahlen, zum See hin sprungbrettartig auskragenden Bau sei radioaktives Material gelagert oder Gold oder die Gebeine sämtlicher großer Diktatoren des zwanzigsten Jahrhunderts. Andererseits besaßen heutzutage bereits Boutiquen und Nobelrestaurants den Charme von Hochsicherheitstrakten, sodaß im Falle einer Forschungsstätte dies um einiges plausibler erschien.

Freilich funktionierte diese extreme Abschottung auch nur, da das *Institut für Gewalt* nicht die geringste Förderung bezog, sondern allein aus dem Portemonnaie seines Chefs finanziert wurde. Die Konstanzer Stadtväter wiederum, die zwar den

Namen des Instituts beklagten, aber die Anwesenheit eines berühmten Forschers doch zu schätzen wußten, wären niemals auf die Idee gekommen, sich um die Aktivitäten Bobecks zu kümmern. Es genügte ihnen, den berühmten Mann hin und wieder auf einem Empfang begrüßen zu dürfen. Er war ihnen unheimlich, viel zu klug, viel zu international, jemand, mit dem man nicht warm wurde, der keinen Dialekt sprach und dann auch noch die Perversion betrieb, als Atheist, der er bekanntermaßen war, die Renovierung katholischer Kirchen großzügig zu fördern. Ganz abgesehen von seiner Arroganz, sich selbst aus jeder Nobelpreisdiskussion herauszunehmen, so wie man sagt: Ich will nicht in den Himmel.

Auch widersetzten sich Bobeck und sein Team jener Ethologie, die eine vergleichende Verhaltenspsychologie betrieb. Es interessierte die Beaubecks wenig, das rabiate Gebaren männlicher Buntbarsche unter die Lupe zu nehmen. Sie hielten die Gegenüberstellung von Mensch und Tier für abgeschlossen und auch wenig hilfreich, um ein humanes Aggressionsverhalten zu verstehen. Was also bedeutete, daß man nicht irgendwelche Singvögel, Mäuse und Primaten konditionierte, sondern die verschiedenen Experimente ausschließlich am Menschen vornahm. Am bezahlten Menschen, versteht sich. Bei den Probanden handelte es sich zumeist um Personen, die in hauptberuflicher Weise ihren Körper und ihren Geist der Wissenschaft zur Verfügung stellten. Solche Leute gab es immer mehr. Leute, die es zuließen, daß man ihnen ihre Hirnhälften mittels chirurgischem Schnitt trennte, sie durchleuchtete, sie anzapfte, ihnen fürchterliche Bilder vor die Nase hielt, ihnen Streß bereitete, in ihren Träumen herumwühlte wie in einer fremden Damenhandtasche, sie bestrafte und belohnte und in jedem Fall ihre Würde antastete. Aber es handelte sich natürlich um Leute, denen in ihrem früheren Beruf und erst recht durch den Verlust desselbigen ohnehin die meiste Würde verlustig gegangen war, sodaß jetzt nur noch ein kümmerlicher Rest zur Ankratzung bereitstand. Darunter waren nicht wenige ehemalige Soldaten, viele Kroaten und Serben, die nun einiges dazu beitrugen, Gründe für den Verlust der Tötungshemmung zu untersuchen. Man hatte es dabei selten mit Monstern zu tun, da man schließlich auch keine Monsterforschung betrieb, sondern eine ganz durchschnittliche Gewalt studierte.

Die praktische Frage solcher Forschung, solcher Versuche am Menschen, ist natürlich die nach der Grenze. Von der Grenze einmal abgesehen, die der Gesetzgeber vorschreibt und die genaugenommen eher für die öffentliche Debatte als für die nichtöffentliche Praxis von Bedeutung ist. Wollte man sich immer an die Gesetze halten, käme man nicht weiter. Das weiß ein jeder. Und auch der bravste Kleinbürger noch versucht ein Gesetz, hat es für ihn reale Bedeutung, auf seine Lücken hin abzuklopfen. Das Gesetz schafft die Bedingungen, nach denen es zu umgehen ist. Die Art des Wetters bestimmt die Ausrüstung des Wanderers. Oder ob er lieber zu Hause bleibt.

Forschung freilich kann sich nicht erlauben, zu Hause zu bleiben, nur weil es ein wenig stürmt und schneit. Wenn es also im *Institut für Gewalt* um die Grenzen ging, die zu überschreiten oder eben nicht zu überschreiten waren, stellte man sich diese Frage nur bedingt im Rahmen der Gesetze. In erster Linie wurde die eigene Moral befragt. Vor allem aber der wahrscheinliche Nutzen berechnet. Man wollte schließlich weiterkommen und nicht die Leute verheizen, die man bezahlte.

Es war ein schöner, warmer Juli, die Insel Mainau ertrank im eigenen Blumenmeer, als Fred Semper im Büro seines Onkels auftauchte. Man hatte ihn zunächst, da er ohne jede Anmeldung gekommen war, nicht einlassen wollen. Erst ein Rückruf beim Chef führte dazu, daß sich die Türen öffneten, Türen aus gefärbtem Glas, die geräuschlos zur Seite glitten.

Mona kannte die Sempers nur vom Namen her, wußte um deren ständige Geldsorgen, die Siem Bobeck in einer Weise bereinigte, als handle es sich um eine nebensächliche Peinlichkeit. Er schien sich zu seiner Halbschwester durch nichts anderes verbunden zu fühlen als durch diese monetären Gesten. Die Geschwister waren ohne ihren gemeinsamen Vater und getrennt voneinander aufgewachsen. Beide hatten viele Jahre in Heimen zugebracht. Beider Mütter blieben im Nebel.

Bobeck war seiner Schwester erst wieder in seinen Dreißigern begegnet, als er bereits eine gewisse Bedeutung besessen hatte, während Gerda mit vier, in rascher Folge auf die Welt gebrachten Kindern dastand sowie einem Ehemann, dem sie ihren neuen Namen verdankte. Sowie einer Menge Sorgen, die aus mehreren gescheiterten Versuchen zur Selbständigkeit resultierten.

Bereits dieses erste Zusammentreffen hatte allein finanziellen Überlegungen gegolten, wobei damals noch von einem »zinsfreien Kredit« die Rede gewesen war. Das erste und letzte Mal. Später hatten die Sempers es vorgezogen, die Zuwendungen als »familiäre Umverteilung« anzusehen. Nicht, daß ein guter Grund oder auch nur ein »weiches« Gefühl für Bobecks Großzügigkeit bestand. Seine Schwester hatte ihn also keineswegs in der Hand, wie viele glaubten. Wenn etwas Bobeck für Gerda einnahm, dann die Unverfrorenheit, mit der sie ihre Ansinnen vortrug und forderte, was ihr eigentlich nicht zustand, den Umstand eines gemeinsamen Vaters wie ein kaltes Glas Wasser benutzend, aus dem zwei Leute trinken müssen, da eben nur dieses eine Glas existiert. Daraus hatte sich bald etwas entwickelt, was Claire Rubin nicht zu Unrecht als Schmarotzertum empfand, wobei allerdings auch eine gewisse Vernunft vorlag, indem sämtliche Sempers aufgehört hatten, sich weiter um irgendwelche ominösen Existenzgründungen zu bemühen, sondern nur noch ein Leben als Konsumenten führten, schnelle Autos fuhren, aufwendige Urlaubsreisen unternahmen, in erster Linie aber Schulden machten, als bestehe darin die eigentliche Leistung ihres Daseins.

Nie aber benutzten sie den guten Namen Siem Bobecks. Eine eigentümliche Art von Fairneß begleitete ihre Handlungen. Denn wer, bitteschön, besitzt schon die Größe, auf einen guten Namen zu verzichten, um etwas zu erreichen?

Da trat nun also der älteste Sproß der Sempers in Bobecks Büro, nahm auf dem Mies-van-der-Rohe-Stuhl Platz, als befinde er sich in Willis Kneipe, und erklärte, sich als Proband zur Verfügung stellen zu wollen, als *der* Proband. (Wie seine Mutter pflegte er einen selbstverständlichen Umgang mit Fremdwörtern und hätte sich also niemals als »Versuchsperson« angeboten, dann schon eher als »Dummy«, aber »Proband« war nun mal die korrekte Bezeichnung.)

»Was soll das, Fred?« fragte Bobeck. »Ist dir langweilig? Ich kann mir nicht vorstellen, daß Konstanz der Ort deiner Träume ist.«

»Ich bin neugierig geworden«, erklärte Fred Semper. »Du tust doch die ganze Zeit mit Aggression und Gewalt herum. Und da hast du einen Neffen, der ist so voll von Wut wie 'ne gestopfte Weihnachtsgans. Woher kommt's? Das will man doch wissen. Muß doch nicht sein, daß man wie eine Maschine durch die Gegend rennt, so ein kleiner Terminator, dem sein okulares Display anzeigt: Hau drauf!«

»Willst du ein guter Mensch werden?«

»Ich hab gesagt, ich will nicht wie 'ne Maschine sein. Und wenn schon 'ne Maschine, dann 'ne intelligente, die den ganzen Unfug begreift. Den Unfug von so 'm Schöpfer, der da seine Maschinchen baut.«

»Du weißt doch, Fred, was ich von der Idee eines Schöpfers halte.«

»Egal. Ich will, daß ihr mich auseinandernehmt.«

»Ich würde dir eine Therapie empfehlen.«

»Begreifst du nicht? Mir geht's nicht darum, gesund zu werden. Wenn ich gesund werden will, werd ich Bierdeckelfabrikant und fahr zweimal im Jahr nach Sylt. Ich will Ordnung. Ordnung heißt, daß man sich auskennt. Und damit mein ich eben nicht, zu begreifen, daß Mama mich nicht genug geliebt hat und Papa ein Versager ist. Wenn das ein Grund für Gewalt wär, würden jeden Tag die Städte und Dörfer brennen. Das weißt du doch selbst. Die Seele is'n kleines Kind, das nicht erwachsen wird, hinkt immer hinterher. Aber die Gewalt, das ist dieser Display, der – ratatatata – die Daten von deinem Gegner rübersendet und dir zeigt, wo du hinschlagen mußt.«

»Ich würde dir gerne helfen«, sagte Bobeck, »aber das ist nicht der richtige Ort dafür.«

»Du hilfst mir, indem du es mir überläßt, welchen Ort ich für den richtigen halte.«

»Da hast du sicherlich recht. Aber wir machen hier keine Experimente, um unseren Probanden zu einem höheren Bewußtsein oder zu einer Erkenntnis zu verhelfen. Die Erkenntnis ist unser eigener Profit. Der Profit der Probanden besteht in einer Geldüberweisung.«

»Wär doch mal was Neues, wenn du einen Semper für *seine Arbeit* bezahlst. Ob ich sonst noch 'n Nutzen davontrag, kann ich schon selbst entscheiden.«

»Trotzdem, du versprichst dir etwas Falsches von der Sache.«

»Was muß ich jetzt tun?« fragte Fred Semper. »'nen Anfall kriegen?«

»Einfach nach Hause gehen. Und glaub bitte nicht, daß du mir drohen könntest. Ich muß jeden Tag mit ganz anderen Kalibern fertig werden. Wenn du Unfrieden stiften möchtest, geh nach draußen und leg dich mit ein paar braven Bürgern an.«

»Ein ernst gemeinter Ratschlag?«

»Die braven Bürger halten das schon aus«, sagte Bobeck. »Die sind oft robuster, als man glaubt.«

»Ach was. Die weichen mir aus, deine braven Bürger. So wie du mir ausweichst.«

»Richtig«, sagte Bobeck und beendete damit das Gespräch, indem er durch eine beredte Geste auf eine bestimmte Taste seines Telefons wies, die ihn wohl mit dem kleinen, aber effizienten Sicherheitsdienst verbinden würde, über den man hier verfügte.

Fred Semper verstand. Er war ein Schläger, ein ideologiefreier Provokateur, doch anders als viele seiner Kumpels akzeptierte er Grenzen, wenn sie denn nicht zu überwinden waren. Auch war er trotz großartigen Gehabens kein Hasardeur, der sich mit einem Mann hätte anlegen wollen, der die Sempers, alle Sempers finanzierte. Wenn Onkel Siem darüber hinaus nicht helfen wollte, dann wollte er eben nicht.

»Schönen Tag noch«, sagte Fred, erhob sich in der Manier eines Artisten und verließ den fensterlosen, gekühlten Raum durch eine goldfischfarbene Türe.

Augenblicklich setzte Bobeck das Gespräch fort, das er vor dem Eintreten seines Neffen geführt hatte. Eine Stunde lang kein Wort über Fred. Statt dessen geschäftsmäßige Sachlichkeit. Dann, unvermutet wie Schneefall in Istanbul, fragte

Bobeck seine Assistentin: »Was hältst du davon, das *Regina* zu testen?«

Es war so gewesen, als hätte er vorgeschlagen, eine Bombe zu zünden. Ein große Bombe, deren Wirkung völlig unberechenbar war.

Regina, Regina! Der Name – der geheime Name – bezeichnete eine jüngst entwickelte Substanz, eine Stimulantie, nicht unähnlich jenen Amphetaminen, die Tom Pliska so gerne schluckte. Ähnlich in bezug auf die chemische Herkunft, bestimmte vegetative Reaktionen wie die Änderung der Körpertemperatur in Abhängigkeit von der Umgebungstemperatur, Erhöhung des Blutdrucks und der Pulsfrequenz, die aufputschende, das Schlafbedürfnis hinausschiebende Wirkung, daraus resultierend diverse Zusammenbrüche und so weiter und so fort.

Aber *Regina* hatte noch ganz andere Dinge auf Lager. *Regina* war ein kleiner Teufel, allerdings nicht entwickelt in einem dieser sagenumwogenen Geheimlabors großer Konzerne und kaltblütiger Staaten, sondern in der privaten Werkstatt eines finnischen Chemikers.

Aber was machen die Finnen nicht alles? Lange unterschätzt, tauchen sie aus der Dunkelheit ihres Landes immer wieder auf und zeigen der Welt, wo's langgeht. Ein Außerirdischer würde sich mit Sicherheit viel eher für die finnischen Umtriebe interessieren, als für die verzweifelten Anstrengungen untergehender oder untergegangener Supermächte. Es war, als würde ein gequälter Gott mit seinem Finger auf Finnland zeigen und sagen: Jetzt macht ihr mal!

Nun, besagter Chemiker hatte sich diesbezüglich einige Mühe gegeben, war schlußendlich aber doch mehr als erschrokken gewesen. Dabei hatte er im Grunde sein Ziel erreicht. Aber erreichte Ziele sehen immer ein wenig anders aus, als man sich das aus der Distanz vorstellt. Der Gipfel erweist sich als eng und kalt, und mitunter ist die Sicht elendiglich. *Regina* (so benannt nach der Frau des Finnen, was liebevoll gemeint sein kann, eher aber nicht) führte im Selbstversuch, den der Chemiker unternahm, zunächst einmal zu der erwarteten, mit euphorischen Gefühlen einhergehenden Aggressionssteigerung. Weniger blindwütig als lustvoll überlegt. Wobei sich die Überlegung darauf bezog, wer es denn eigentlich am ehesten verdiene, diese Aggression abzubekommen: der widerliche Tischnachbar, der ungnädige Hausarzt, der präpotente Vorgesetzte? Nun, das überlegen sich natürlich die meisten, bloß daß *Regina* zu einer beträchtlichen Enthemmung führte, bei gleichzeitigem, glasklarem Bewußtsein bezüglich der Folgen. Aber das Ausleben der Aggression war praktisch über jeden Zweifel erhaben. Dominant und selbstherrlich. Eine Aggression, die körperlich wie verbal ausfiel und dem Chemiker einige Schwierigkeiten bescherte. Aber wie gesagt, damit hatte er gerechnet. *Regina* sollte ja auch bloß die Vorstufe einer Entwicklung darstellen.

Womit er nun nicht gerechnet hatte, war der Umstand, daß bei einem zweiten Versuch etwas wie eine Psychose eintrat, wie man dies eigentlich erst nach einem chronischen Gebrauch hätte erwarten können. Und einen solchen hatte der vernunftbegabte Finne keineswegs im Sinn gehabt. Diese Psychose, wenn es denn überhaupt eine war, bestand nun darin, daß der Finne im Moment seiner Aggressionsausübung gewissermaßen in den Körper der von ihm attackierten Person schlüpfte, derart, daß er deren Angst, deren Betroffenheit, deren Schmerz oder nicht zuletzt deren Verachtung eins zu eins erlebte, schlimmer noch, daß er sich selbst sah, wie man eben in einen Spiegel sieht und einen Kontrahenten erkennt.

Der Chemiker stand in dieser Situation also wirklich in den Schuhen seines Gegenübers und betrachtete die Welt von diesen Schuhen aus. Das alles noch immer im vollen Bewußtsein dessen, was geschah. Folglich einem Dilemma ausgeliefert, welches durchaus vergleichbar war dem des Schachspielers, der gegen sich selbst spielt. Er war gleichzeitig Zuschlagender und Geschlagener, Rückschläger und Empfänger des Rückschlags, völlig eingebunden, ja eingeschlossen in ein Hin und Her, allerdings mehr auf der Seite seines Gegenübers als auf der eigenen stehend.

Was aber vor allem wog, das war der Ekel, der ganz automatisch entsteht, wenn man sich in einem fremden Leib aufhält. Man stelle sich vor, in ein Stück warmes, fettiges Rindfleisch eingewickelt zu sein. So in etwa fühlte es sich an, als der

Finne in den Körper einer ihm unbekannten Frau hinüberglitt. Und zwar genau in dem Moment, als er ihr eine Ohrfeige verpaßte, weil sie sich unverschämterweise in der U-Bahn neben ihn gesetzt und ihn mit ihrer schweißigen Fülle bedrängt hatte. In eben diese Fülle gesperrt, spürte er jetzt das fremde Fleisch, spürte die Wut der Frau, ihre Überraschung, ihre Dumpfheit, und dabei war ihm dies alles näher als sein eigenes Fleisch, seine eigene Wut und etwas, das er nun – durch die fremden Augen gesehen – als seine eigene Dumpfheit empfinden mußte. Es war fürchterlich, nur schwer zu beschreiben, übertraf die Wirkung einer halluzinogenen Droge und war in jedem Fall dazu angetan, die Einnahme von *Regina* sofort abzusetzen. Froh darum, daß die Prügelei mit jener Sitznachbarin ohne juridische Folgen geblieben war.

Das Ganze hatte etwas von *A Clockwork Orange* an sich, war freilich um einiges intimer, bestand ganz ohne Beethoven und bösen Staat, bloß aus ein wenig Chemie, die in einem idyllischen Gartenhäuschen zusammengebraut worden war. Wozu eigentlich? Nun, der Finne war ein echter Freund von Stimulantien. Ihm war vorgeschwebt, eine ganze Reihe neuer Substanzen zu entwickeln, um verschiedene intensive, leistungssteigernde Zustände zu erreichen. Auch er, der Finne, hielt Aggression für nichts anderes als einen Trieb, ein feststehendes Potential, das sich mittels biochemischer Manipulationen in so freundliche und feine Dinge wie Kreativität, Bildungssucht und sozialen Ehrgeiz würde verwandeln lassen, wie das ja bei einigen Menschen von sich aus der Fall war. (Man spürt es praktisch in einem jeden Kunstwerk und in einer jeden guten Tat: sublimierte Aggression.)

So aber hatte es sich der Finne nicht vorgestellt. Ihm war angst und bang geworden, auch angesichts der vielfältigen Möglichkeiten, die eine Weiterentwicklung und Nutzbarmachung von *Regina* hätte nach sich ziehen können. Denn die Frage war: Was würde geschehen, wenn man die Dosis steigerte und eine langfristige Anwendung vornahm? Würde man aus dem fremden Fleisch und fremden Leib überhaupt wieder herausfinden? Würden Aggression und Gegenaggression ins Räderwerk eines Perpetuum mobile geraten?

Was auch immer geschehen mochte, der Entdecker *Reginas* wollte es nicht wissen und wollte ebenso wenig, daß seine Substanz in die Hände einer interessierten Industrie geriet. Gleichzeitig war er zuviel Forscher, auch viel zu eitel angesichts einer trotz allem erstaunlichen Innovation, als daß er das Zeug ganz einfach im Klo hinuntergespült hätte. Worauf leider in der Wissenschaft immer wieder verzichtet wird.

Der Finne war also an seinen alten Freund Siem Bobeck herangetreten, hatte ihn ins Vertrauen gesetzt und ihm ohne jegliche Vorgaben den gesamten Vorrat an *Regina* überantwortet. Für den oralen wie den intravenösen Gebrauch. Zusammen mit sämtlichen Aufzeichnungen, die zum Entstehen des Präparats geführt hatten. Eine chemische Analyse war also nicht mehr vonnöten. Mit diesen Unterlagen hätte man sofort beginnen können, in die Massenproduktion einzusteigen.

»Nettes Erbe«, hatte sich Bobeck gedacht und die Packung in seinem Tresor verstaut, ratlos, was damit zu tun sei. Denn selbst für einen Tierversuch, der nicht anders als großangelegt sinnvoll gewesen wäre, hätte er zu viele Leute ins Vertrauen ziehen müssen. Und das wollte er nicht. Ganz abgesehen davon, daß Tierversuche im *Institut für Gewalt* nicht stattfanden und hätten ausgelagert werden müssen. Bobeck besprach sich allein mit Mona Herzig, wie er das eigentlich immer tat. Nicht so sehr, weil er auch ein intimes Verhältnis zu ihr pflegte (das hätte ihn eigentlich abhalten müssen), sondern weil er mitunter einfach keine Lust hatte, eine Entscheidung zu treffen. So war es dann auch Mona, die sagte: »Warten wir einfach ab.«

Nun aber war es Bobeck, der fand, es sei an der Zeit, sich dieses *Regina* einmal näher anzusehen.

»Wie meinst du das?« fragte Mona.

»Wir könnten es testen. An Fred. An niemand sonst. Wenn er unbedingt darauf besteht, mit sich selbst konfrontiert zu werden, ist das ja möglicherweise der perfekte Weg. Er ist ein Draufgänger, es wird ihm einerlei sein, was er da zu schlucken bekommt. Hauptsache, es passiert etwas. Ich denke, wir müssen ihn nicht einmal täuschen. Er wird die Wahrheit mit Genuß und großen Erwartungen akzeptieren.«

Das war nun ein völlig unwissenschaftlicher Zugang, riskant, illegal, abseits des Gewohnten, haarsträubend, zudem untypisch für Bobeck. Aber Mona hatte schon bemerkt, daß Bobeck seit einiger Zeit von sich selbst abrückte. Nicht in ein fremdes Fleisch hinein, aber doch in eine andere Sphäre seines Wesens. Jetzt einmal abgesehen davon, daß er Claire Rubin geheiratet hatte und in dieses dubiose Purbach gezogen war, fern von Konstanz, fern von der ganzen Welt. Die Veränderung Bobecks war eine grundsätzliche, man könnte sagen, hin zum Künstlerischen, wo nichts mehr einen Wert besitzt, weil alles gleich wertvoll ist, solange man es nur künstlerisch zu verpacken weiß. Bobeck, dessen frühere Handlungen – trotz aller zur Schau getragen Ironie – stets einem echten Ziel verpflichtet waren, ließ sich nun immer mehr von seiner Lust treiben. Er schien auf eine dezente Weise verspielt, wie man das eigentlich erst in einem viel höheren Alter erwarten durfte. Weshalb alte Menschen ja auch rechtzeitig aus dem Berufsverkehr gezogen oder auf harmlosen Ehrenämtern abgestellt werden.

»Das kann man nicht machen«, erklärte Mona vorsichtig. »Schon gar nicht mit jemand aus der eigenen Familie.«

Dies war nun offensichtlich nicht die Bemerkung gewesen, die Bobeck hatte hören wollen. Er wurde ärgerlich, behauptete, daß man gerade *so* etwas nur mit einem Familienmitglied versuchen dürfe. Anstatt sich wildfremder Menschen zu bedienen, zu denen man ein Verhältnis wie zu Mäusen und Ratten pflege. Nein, Fred sei der richtige. Und natürlich würde man sämtliche Vorsichtsmaßnahmen zur Anwendung bringen, medizinisch wie sicherheitstechnisch. Wozu auch zähle, niemanden in die genauen Hintergründe einzuweihen. Das werde man auch Fred klarmachen müssen.

»Du glaubst doch nicht wirklich«, meinte Mona, »dich auf dieses wilde Bürschchen verlassen zu können.«

»Natürlich tue ich das«, antwortete Bobeck. »Ich kenne dieses Bürschchen. Er ist ein echter Semper. Man kann ihn kaufen.«

»Wenn wir ihm das *Regina* injiziert haben, wird er vielleicht nicht mehr der sein, den du zu kennen glaubst.«

»Na hoffentlich«, sagte Bobeck und grinste. Meinte dann

aber, es hätte etwas von einer besonders hübschen geometrischen Figur, ausgerechnet einem gewaltkranken Menschen wie Fred eine aggressionssteigernde Substanz zu verabreichen. Famos!

Mona Herzig hätte sich gerne gewehrt. Weder stand ihr der Kopf nach Risiko noch nach Schwierigkeiten, die das ganze Institut gefährden konnten. Denn ganz sicher war es auch *ihr* Institut. Es war schon störend genug, daß die Presse wegen Bobecks Heirat mit einem schriftstellernden Schlagerstar sich mit einem Mal für Verhaltensforschung interessierte und lästige Anfragen an das Institut stellte, die man mit Sorgfalt – Wörter wiegend wie Backpulver – zu beantworten pflegte.

Doch sie schwieg. Sie begriff, daß Bobeck mit Argumenten nicht beizukommen war, daß er für jedes »aber« ein »doch« bereithielt. Und daß er nach Jahren einer im Grunde sauberen, aber letzten Endes ereignislosen, sich im Kreis drehenden Forschung etwas Außerordentliches wagen wollte. Etwas, das seiner »Kultivierung der Gewalt« in einer pharmazeutisch-wunderlichen Weise entgegenkam. Ohne daß er hätte sagen können, was da genau ablief. Aber eben das wollte er ja herausfinden. Nur war der Weg dorthin indiskutabel. In jeder Hinsicht. Weshalb auch nicht weiter diskutiert wurde. Bobeck entschied, die Sache anzugehen. Und es stand außer Frage, daß Mona ihm assistieren würde, wie sie das seit beinahe zwei Jahrzehnten tat.

Wenige Tage später saß Fred Semper an derselben Stelle und lächelte, als habe er soeben James Dean die Hand geschüttelt. Genaugenommen hatte er ein paar Stunden zuvor seinen Wagen zu Schrott gefahren und war solcherart tatsächlich in eine zarte, sentimentale Berührung mit dem amerikanischen Filmidol geraten. Das wilde Autofahren erschien Fred Semper als die schönste und eleganteste Form eines gewalttätigen Lebens. Jedenfalls war er mit geringen Blessuren einem vollkommen demolierten Audi entstiegen, ohnehin nicht die Marke, für die er sich erwärmen konnte, eine Notlösung, die sich nun von selbst gelöst hatte.

»Du siehst mich in freudiger Erwartung«, meinte Fred, »ich habe soeben mein – ich weiß nicht so recht –, mein drittes oder viertes Leben eröffnet. Wie ist das mit diesen Katzenviechern? Na, egal. Ich bin bereit.«

Siem Bobeck beschrieb nun, ohne irgend etwas auszulassen, in welcher Weise das Präparat jenes finnischen Chemikers funktionierte. Soweit man das eben sagen könne. Darum ja der Versuch, um die genauen Konsequenzen und Abläufe festzustellen. Um zu sehen, was genau da eigentlich passiert. Und weshalb es passiert.

»Klingt schauerlich«, spöttelte Semper mit der suizidalen Fröhlichkeit seines Alters.

Mona warf ein, Fred solle aufhören, hier den Kasper zu spielen, und sich vor Augen halten, daß er möglicherweise einen kleinen Höllentrip durchmachen werde, wenn er in dieses Experiment einsteige. Wogegen sie einiges einzuwenden habe. *Regina*, allein der Name sei schauerlich.

»Warum sitzt die eigentlich hier?« fragte Fred seinen Onkel.

»Frau Herzig ist unser guter Geist. Es bedarf guter Geister, wenn man sich mit dem Teufel einläßt, nicht wahr?«

»Von mir aus. Ich bin auf jeden Fall bereit. Ich werde der beste Proband sein, den ihr je in eurem noblen Käfig hattet.«

Bobeck nickte und sagte: »Zu einem guten Probanden gehört natürlich auch die Diskretion.«

»Zu einem guten Probanden«, erwiderte Fred, »gehört eine gute Bezahlung. Nicht der übliche Hungerlohn.«

»Ich habe noch nie jemand schlecht bezahlt«, betonte Bobeck ernst, geradezu beleidigt. Und das war ja nun auch die Wahrheit. In Fragen der Lohnpolitik war *er* der gute Geist. Er fragte: »Was stellst du dir vor, Fred?«

»Ich hatte grad diesen Unfall mit diesem beschissenen Wagen. Ich will nie wieder 'nen Audi fahren. Lieber sterben. Der war von Mutti, die mir so gerne ihre gebrauchten Kübel andreht. So sind Mütter halt. Ich bin von ihrem Geld abhängig. Einem Geld, das ja dein Geld ist, Onkel Siem. Dann schon lieber direkt, find ich. Und genau an dem Punkt sind wir jetzt angelangt. Ich stell mir vor, daß ein Porsche der richtige Wagen für mich wäre. Kein gebrauchter, an dem irgendwelche Affen ihre Finger hatten, Stuttgarter Spießer, die sich 'nen Sportwagen kaufen, um ihre Liebste zum Minigolf auszuführen. Nein, ich möcht einen nagelneuen, rot, rot wie ’n Sonnenbrand auf ’nem geilen Schulterblatt, damit’s auch wirklich ein Signal ergibt. Über das Modell können wir diskutieren. Ich will dich nicht ausbeuten.«

»Entscheide das selbst«, sagte Bobeck. »Es wäre lächerlich, wenn wegen dem bißchen Geld rauf oder runter eine ungute Stimmung entstünde. Mir geht es um die Bindung. Ich will, daß du kriegst, was du dir wünschst, wenn ich krieg, was ich mir wünsche. Was ich mir aber sicher nicht wünsche, ist, daß du nach einem Monat, weil du deinen Porsche zu Schrott gefahren hast, einen neuen verlangst. Und meinst, mich erpressen zu können. Ich weiß nicht, ob dir das klar ist, daß man mich nicht erpressen kann. Obwohl doch jeder einen jeden erpreßt. Aber bei mir spielt es das nicht. Darum bezahle ich meine Leute auch ordentlich. Ich bin mir nicht sicher, ob du den Zusammenhang begreifst.«

»Bringt wohl nichts, wenn ich dir unterschreib, daß ich dich sehr gut begreife.«

»Du hast recht, das bringt nichts. Wir werden es darauf ankommen lassen müssen. Aber ich glaube, du hast mich verstanden.«

Mona Herzig hob flehend ihren Blick. Was sollte sie auch tun?

Zwei Wochen später hatte Fred Semper seinen Porsche, den stärksten, den es gab, wenngleich auch das Rot nicht ganz der gleichzeitig glühenden wie samtigen Qualität sonnenverbrannter Haut entsprach, eher ins Orange driftete und somit an die Sonne selbst erinnerte, wenn sie dabei war, in die Berge oder ins Meer zu stürzen. Jedenfalls war Fred hochzufrieden und benutzte das Auto in einer ungewohnt sachten, ja liebevollen Weise. Und zwar kaum darum, weil dies der vorgeschriebenen Initiation einer fabriksneuen Maschine entsprach. Vielmehr war es ein Heranpirschen an den Wagen, wie man sich einem gefährlichen Wesen nähert und es einzulullen versucht. Fred schonte den Porsche, war allerdings fest entschlossen, ihn später um so wilder anzutreiben, dieses Gefährt an seine Grenzen zu führen. Den Wagen zu unterwerfen.

Zunächst aber ging es um seine eigenen Grenzen. Beziehungsweise um die Überwindung derselben. Fred chauffierte seinen Porsche ohne Eile nach Konstanz, wurde in einem der institutseigenen Unterkünfte einquartiert (Blick auf den See, Blick auf den Kuhfladen) und erfuhr als erstes den routinemäßigen Check seines körperlichen wie geistigen Zustands. Physisch gesehen befand er sich in bester Verfassung, wenn man die gebrochene, deformierte Nase einmal ausnahm. Weit mehr Deformationen wies natürlich seine Psyche auf, die zudem nicht ganz so einfach zu untersuchen war wie die Bruchstelle einer Nase.

Ach, wäre die menschliche Psyche nur eine Nase gewesen, die man richten konnte, verlängern, verkürzen, begradigen, pudern, schneuzen. Wobei nun allerdings erwähnt werden muß, daß Fred Semper nicht die geringste Bemühung unternommen hatte, seiner verunstalteten Nase eine Korrektur angedeihen zu lassen. Er weigerte sich. Er liebte sie, diese Nase, wie man Trophäen liebt. Und das, obgleich es sich ja um eine erlittene Verletzung handelte, um das Dokument einer Niederlage. Er liebte die Verletzung. Ja, möglicherweise liebte er sogar die Niederlage.

Was er sonst noch liebte, war schwer zu sagen. Sicher nicht den Fußball. Freds Existenz als Hooligan entsprach durchaus der bürgerlichen Veranlagung, eine bestimmte Identität vorzuweisen, eine schlagwortartige Funktion zu erfüllen: Ich bin Bäcker und backe Brot. Ich bin Programmierer und schreibe Programme. Ich bin Hooligan und schlage Leute. Das war es auch schon. Den Fußball selbst empfand er als eine recht primitive Form von Sport.

Nachdem man also den Menschen und die Person Fred Semper eingehend durchleuchtet und analysiert und seinen Status quo ermittelt hatte, begann man damit, ihm eine erste Dosis *Regina* zu verabreichen. Herzig und Bobeck taten dies durchaus in Anwesenheit ihrer Kollegen, welche nötig waren, um sämtliche Geräte zu bedienen, die die Semperschen Körperreaktionen aufzeichneten. Bloß, daß eben keiner von den Beaubecks wußte, worum es hier eigentlich ging. Und ebenso wenig danach fragte. Denn selbstverständlich wurden auch diese Leute ausgezeichnet bezahlt. Wie Semper seine Nase liebte, liebten die Beaubecks Konstanz, liebten ihren Job und die ausgezeichneten Arbeitsbedingungen. Vor allem aber ihre elitäre und exklusive Stellung innerhalb des von einer Bürokratie schwer gezeichneten Wissenschaftsbetriebes.

Zunächst einmal geschah nichts, was sonderlich aufgefallen wäre. Freisetzung von Noradrenalin und Adrenalin, Dopamin im Hirn, hoher Puls, hoher Blutdruck, alles beschleunigt, feuchte Hände, feuchte Stirn, kalte Füße, dazu Humor wie nach zwei, drei Bier, aggressive Gesten bloß in gewohnt ornamentaler Form. Erst als man Tag für Tag die Dosis steigerte, änderte sich die Sache. Der Humor fiel ab wie ein Kalenderblatt in einem Comic.

Semper, der teils im Kontrollraum an die Geräte angeschlossen lag, teils im Institutsgelände »frei« herumlief, zeigte sich ungehalten, beleidigend und anmaßend. Ein wenig simulierte er. Aber das gehörte dazu. Wobei er in dieser Phase die Leute ausschließlich verbal attackierte, hochkomplizierte Kombinationen bekannter und erfundener Flüche entwarf und dabei durchaus zielsicher die Merkmale seiner Umwelt kommentierte. Wenn er jemand, den er gerade erst ein paar Sekunden betrachtet hatte, als achtäugigen, gynäkologisch versauten, ekzematischen Fix-und-Foxi-Legastheniker bezeichnete, konnte er später – nach Abklingen *Reginas* – zumindest darauf verweisen, daß dieser Kerl, der ihm da blöde im Weg gestanden war, erstens unter einer chronischen Hautentzündung gelitten hätte und zweitens über zwei Augen und sechs helle Hemdknöpfe verfügt habe: darum achtäugig. Die Legasthenie wiederum sei dem Kerl wie Rotz aus der Nase getropft. (Das mit der Legasthenie stimmte nicht; *Regina* führte zwar zu einem präzisen Blick, aber sicher nicht zur Hellsichtigkeit. Und was Fix und Foxi damit zu tun hatten, blieb völlig unklar. Wahrscheinlich pure Poesie.)

Bei alldem trug Fred stets einen Fotoapparat mit sich. Gemäß einer Anweisung Bobecks. Der Proband sollte fotografieren, was er wollte und soviel oder sowenig, wie er wollte. Diese Bobecksche Methode wurde seit langem im Institut angewendet. Die so entstandenen Fotos – oder auch die eher selten einsetzende Fotografierverweigerung – waren für Bobeck und seine Mitarbeiter ein nicht unwesentlicher Bestandteil ihrer Analyse. Umso gewalttätiger die Menschen wurden, umso mehr fotografierten sie, eher Dinge als Menschen, eher Blumen als Tiere.

Fred hingegen fotografierte ausschließlich Menschen, immer von der Seite oder von schräg hinten und immer ein wenig von oben herab, in bezug auf die Position, sodaß er mitunter gezwungen war, sich zu strecken und auf den Zehenspitzen zu stehen. Nachdem er aber begonnen hatte, einige Leute auch körperlich zu gefährden, schien sein Ehrgeiz darin zu bestehen, die Angegriffenen – genau im Moment der Attacke – frontal abzubilden, wobei er auch in dieser Hinsicht sich durch Gewandtheit und einen präzisen Blick auszeichnete.

Es versteht sich, daß Semper weder mit einem Messer noch einem Baseballschläger durch die Gegend lief und daß ihm während dieser Schübe – scheinbar zufällig – einzig und allein versierte Mitarbeiter entgegenkamen, die Tätlichkeiten abzuwehren wußten, um so mehr, als Sempers Geschick beim Fotografieren wie in der verbalen Flegelei ungleich höher war als das seiner Kampfkunst. Alles blieb unter Kontrolle, jegliche Freiheit des Probanden war eine künstliche, gestellte.

In Phasen, da man Semper einem kurzfristigen Entzug aussetzte, neigte er zu einer für ihn untypischen Schwermut. Eine Schwermut von der Art Traklscher Gedichte. Was Bobeck freute. Was ihn weniger freute, war die Tatsache, daß bei aller augenscheinlicher Veränderung in Sempers Verhalten – die entscheidend von seiner ursprünglichen Aggressionsform abwich, weniger spontan war, ausgewählter, umständlicher –, daß also bei alldem sich körperlich wenig Aufregendes ereignete. Zumindest nichts, was man nicht hätte voraussagen können. Nun, Bobeck und Herzig warteten natürlich auf jenen bestimmten Moment, den der finnische Chemiker erlebt zu haben behauptete: Spaltung in ein Ich und Du, bei gleichzeitiger Personalunion.

Es war dann auch Bobeck, der dieses Ereignis höchstpersönlich erleben und erleiden durfte. Er war in den Kontrollraum getreten, in welchem man gerade ein EEG an dem zur Ruhe gekommenen Probanden vornahm. Wobei der Proband die strikte Anweisung hatte, seinen Onkel in Anwesenheit von Mitarbeitern niemals als Onkel zu bezeichnen. Und daran hielt sich Fred Semper, der hier einfach nur Fred war.

Als nun das EEG beendet war, trat Fred an Bobeck heran und fragte ihn: »Sagen Sie, Professorchen, was treibt Sie eigentlich an?«

»Mein Kopf treibt mich an.«

»Nicht vielleicht doch die Eier?«

»Sicher nicht.«

»Dann stört's ja wohl auch nicht«, meinte Semper, hob blitzschnell seine Kamera nach oben, richtete seinen Blick durch den Sucher und, während er abdrückte, holte er mit dem Fuß aus und trat Bobeck in den Unterleib.

Es ging alles viel zu rasch, als daß Bobeck hätte ausweichen oder daß einer der Mitarbeiter rechtzeitig hätte einschreiten können. Wie gesagt, man war überzeugt gewesen, Fred befände sich bereits in der von enormer Müdigkeit und lyrischer Schwermut getragenen Spätphase, *after the run*. Ein Irrtum. Aber das war es auch gar nicht, worauf es ankam. So schrecklich hart war der Tritt nicht gewesen, daß Bobeck eine ernsthafte Verletzung davongetragen hätte. Der Schmerz war freilich dagewesen. Und genau diesen Schmerz hatte auch Fred erlebt. In der Weise, wie der finnische Chemiker es beschrieben hatte.

Fred selbst erzählte später – nach einem vierundzwanzigstündigen Schlaf –, daß er im Moment des Zutretens deutlich gespürt hatte, wie ein teilweiser Wechsel erfolgt war. Ein Wechsel vom Treter zum Getretenen, ohne die Position des ersteren gänzlich aufzugeben. Versteht sich. Er hätte ja sonst auch kaum zutreten können. Gleichzeitig aber hatte er den Schmerz registriert. Den eigenen Schmerz am fremden Leib. Was gelinde gesagt, meinte Fred, ein perverses Gefühl ergebe. Als trage man die Unterwäsche von jemand anderem. Und zwar eine ziemlich verdreckte Unterwäsche. »Nicht jeder findet sowas geil.«

»Konntest du etwas von meinen Gedanken aufschnappen«, fragte Bobeck, den Grad der Imagination messend.

»Mein Gott, Onkel, das hätte noch gefehlt. Mir hat's gereicht, daß ich da in deinem Unterleib hab stecken müssen. Schon grauslich.«

Es gefiel Bobeck ganz und gar nicht, wie hier über seinen Unterleib gesprochen wurde. Umso mehr, als ein Rest von Schmerz ihn quälte. Positiv hingegen stimmte ihn der Umstand, daß dem Vorfall unmittelbar ein EEG vorausgegangen war. Welches dann aber kein Ergebnis barg, das wirklich weitergeholfen hätte. Was dann weiterhalf – wenn man so will –, war der Film, genauer gesagt das eine Foto, welches Semper im Augenblick seines Unterleibtritts geschossen hatte. Zu Monas und Bobecks ungläubigem Staunen zeigte diese Abbildung nämlich nicht das schmerzverzerrte Gesicht Siem Bobecks, sondern das schmerzverzerrte Gesicht Fred Sempers.

Da nun der Kontrollraum, indem dies alles passiert war, unter ständiger Videobeobachtung stand, konnte man feststellen, daß Fred die Kamera nicht etwa von sich weggehalten und das Objektiv auf die eigene Person gerichtet hatte. Was ja alles erklärt hätte. Aber das war nun mal nicht der Fall gewesen. Nein, Fred hatte die Kamera in schönster Ordnung auf Bobeck gezielt, weshalb auch dessen Konterfei auf dem Foto hätte aufscheinen müssen. Unbedingt. Tat es aber nicht.

Noch spät in der Nacht saßen Mona Herzig und Siem Bobeck vor der Fotografie, immer wieder auch die Videoaufnahme betrachtend, die bestätigte, was sie nicht hätte bestätigen dürfen.

»Ich mag keine Wunder«, sagte Mona.

»Es gibt ja auch keine«, erklärte Bobeck, »nur eine Unkenntnis, vor deren Hintergrund Bäume reden und Gemüsesuppen denken. Was ich sagen will: Entweder trickst Fred, und wir sind zu dumm, das zu bemerken, oder wir haben es mit einem Phänomen zu tun, welches darin besteht, daß der Fotoapparat den Wechsel des Auges, also den Wechsel des Betrachters mitvollzogen hat. Was auch heißen könnte, das Auge fotografiert, nicht der Apparat, der dann also nur die technischen Voraussetzungen schafft.«

»Himmel, gütiger! Das ist ja Metaphysik«, stöhnte Mona, wie man stöhnt: Igitt! Das ist ja eine Spinne.

»Mit Metaphysik muß das nichts zu tun haben«, meinte Siem Bobeck. »Ich rede nicht von einem denkenden Fotoapparat, sondern von einem abhängigen Artefakt. Vielleicht haben wir bisher ganz einfach übersehen, welche tatsächliche Bedeutung das menschliche Auge für die Fotografie besitzt. Wie sehr der Apparat den Blick des Betrachters nötig hat. Eben genau darum, weil Fotoapparate keine selbständigen Wesen sind, die nach eigener Lust und Laune Bilder produzieren. Vielmehr bilden sie ab, was wir sehen.«

»Ich kann auch blind fotografieren. Diese ganzen Lomoleute tun das. Warhol hat es getan. Millionen von Touristen. Auch ein paar wirklich Blinde.«

»Sie betrachten aber immer, was sie fotografieren, auch wenn sie dabei nicht in den Sucher schauen«, entgegnete Bobeck. »Sie sehen an, was sie abgebildet haben möchten. Auch der Blinde noch. Er denkt das Bild. Und denkt das Bild über sein blindes Auge in die Kamera hinein. Selbst wenn wir den Fotoapparat auf ein Objekt in unserem Rücken richten, also über die Schulter fotografieren, wissen wir in der Regel, was da in unserem Rücken steht. Und wenn's bloß eine Ahnung ist, dann entstehen eben verwackelte und verwaschene Bilder.«

»Wie ich schon sagte«, beharrte Mona Herzig, »Metaphysik.«

»Nehmen wir Fotos, die völlig schwarz sind«, beharrte auch Siem Bobeck. »Vielleicht sind schwarze Fotos ein Indiz dafür, daß im Moment des Abdrückens eben nicht nur ein Auge, sondern beide Augen geschlossen waren. Und auch nichts Relevantes gedacht wurde. Das Schwarz wäre dann kein Entwicklungsfehler mehr, sondern würde viel eher die Absenz des Auges und eines Gedankens anzeigen. So wie ja auch dieses Foto, das hier vor uns liegt, nichts anderes beweist, als daß mein Neffe dank *Regina* für einen Moment – wenn auch nur in seiner Einbildung – in einem fremden Körper gewesen ist. Zumindest mit seinem Auge und zumindest mit seinem Unterleib.«

Mona Herzig lehnte sich erschöpft zurück und meinte: »Die Sache entwickelt sich schlecht.«

»Sie entwickelt sich hervorragend«, entgegnete Bobeck.

Man ging schlafen.

Mona hatte recht. Die Sache entwickelte sich schlecht. Man hätte den ganzen Versuch sofort abbrechen und das Faktum eines mysteriösen Fotos irgendwelchen völlig unmysteriösen, aber eben nicht nachvollziehbaren Umständen zuordnen müssen. Unerklärliches geschieht nun mal hin und wieder. Und Mona Herzig lag natürlich auch damit vollkommen richtig, den Begriff der Metaphysik bemüht zu haben. Selbiger dient vernünftigerweise dazu, das Ungewöhnliche oder Uneindeutige in ein nettes kleines Kabinett zu schubsen und die Türe abzuschließen. Es genügt durchaus, gewisse Dinge durch eine geschlossene Türe zu betrachten.

Doch Bobeck wollte um keinen Preis aufhören. Und Fred Semper wollte es ebensowenig. Zunächst einmal aus dem simplen Grund eines sich einstellenden Suchtverhaltens. Die Schwermut ging ihm kräftig auf die Nerven. Er fand das Traklsche Lebensgefühl alles andere als erregend. Diese Abschnitte der Gewaltlosigkeit in Wort und Tat ängstigten ihn. Auch war es so, daß Fred Semper bei allem Ekel, den er im Moment des partiellen Hinüberspringens in einen fremden Körper und in eine fremde Unterwäsche empfunden hatte, in höchstem Maße neugierig geworden war. Wie schon erwähnt: Er liebte es ja nicht nur, zu verletzen, sondern auch verletzt zu werden. Und *Regina* bot ihm nun ganz eindeutig die Möglichkeit, diese beiden Lieben in haargenau ein und demselben Augenblick zu vereinen.

Das Ekelgefühl, das gleich einer störenden Nebenwirkung dabei entstanden war, lastete Semper dem Umstand an, im Körper eines auf die Sechzig zugehenden Mannes, im Körper des eigenen Onkels gesteckt zu haben. Fred hatte nun mal wenig übrig für die Physis älterer Männer. Umgekehrt schien es ihm durchaus verführerisch, sich eine solche Situation in Verbindung mit Mona Herzig vorzustellen. Die Frau gefiel ihm ganz außerordentlich. Allerdings hatte er nicht das geringste Bedürfnis, ihr weh zu tun. Sie gehörte nicht zu den Leuten, die ihn zur Aversion animierten, wie es bei einem großen Teil derer der Fall war, die ihm da in den Gängen und Räumen des *Instituts für Gewalt* entgegenkamen. Übrigens war er intelligent genug, zu erkennen, daß man nur ausgesuchte Personen in seine Nähe ließ.

Das Problem bestand nun also darin, daß es ihn drängte, in Mona zu fahren, wie Dämonen das wohl zu tun pflegen. Gleichzeitig aber widerstrebte es ihm, ihr einen Schmerz zuzufügen. Das machte ihn traurig und steigerte seine Schwermut. Zu allem Überfluß begann er, Mona Herzig gegenüber freundlich und charmant zu sein, als könnte sich solcherart ein neuer Weg auftun. Es war die pure Verzweiflung. Gesteigert dadurch, daß Mona ungeniert ihre Verachtung für den Probanden zum Ausdruck brachte. Wobei Fred nicht begriff, daß diese Verachtung dem Experiment als Ganzem galt. Ebenso wenig kannte er die Geschichte mit dem Foto. Nur fiel ihm auf, daß Siem Bobeck hartnäckiger als bisher auf dem Tragen einer Kamera bestand.

Man wartete zwei Tage, in denen Fred in eine von Maschinen bewachte Depression glitt und dabei so ziemlich an jenen Traklschen Faun erinnerte, der »mit toten Augen schaut / Nach Schatten, die ins Dunkel gleiten«. Am Nachmittag des zweiten Tages aber wurde eine nächste Dosis *Regina* verabreicht. Und auch diesmal geschah es, daß erst mit dem Abklingen der stimulierenden Wirkung, in die anbrechende Müdigkeit hinein, sich ein überraschender Aggressionsschub ergab, Fred von seinem Stuhl sprang und mit dem Finger auf einen der Assistenten zeigte, einen schmalgesichtigen Endzwanziger, und ihn fragte: »Wo haben Sie Ihre Brille gekauft?«

Der Mann trug keine Brille. Er sagte, er verstehe die Frage nicht.

Fred erklärte, er würde im Gesicht des anderen deutlich eine schwarze Hornbrille erkennen. Dann hob er langsam seine Hände an, Daumen und Zeigefinger in einer Weise ausgestreckt, wie es Optiker taten, die sich anschickten, eine Brille vom Kopf des Kunden zu nehmen. Und tatsächlich griff Fred seinem in höchstem Maße angespannten Gegenüber an die Schläfen, zog dann aber seine Hände zurück und sagte: »Sie haben recht, ich muß mich geirrt haben. Keine Brille. Kein Grund also für eine sentimentale Regung. Wie schön.«

Und während er dies sagte, faßte er nach seinem vom Hals baumelnden Fotoapparat. Doch anders als bisher, versuchte er nun nicht, im Zuge seines Angriffs durch den Sucher zu sehen, um im Moment eines Fausthiebs ein Bild zu schießen, nein, er zog seinen Kopf aus der Trageschlinge und schlug mit der Kamera selbst zu. Und traf mit seinem Objektiv auch tatsächlich die Backe von Bobecks Mitarbeiter, welcher gedacht hatte, eine Attacke von Sempers freier Hand oder mittels der Beine abwehren zu müssen. Eine Abwehr, die er sich problemlos vorgestellt hatte. Immerhin verfügte er über ausgezeichnete Nahkampfkenntnisse und besaß einen durchtrainierten Körper. Aber das Durchtrainierte blieb auf der Strecke, verlor sich in der Überraschung. Einfach darum, da es den Regeln widersprach, den Fotoapparat sowohl als Waffe wie auch in seiner eigentlichen Funktion einzusetzen.

Nun, von solchen Regeln war nie die Rede gewesen. Und seinen Auftrag, ein Foto zu knipsen, hatte Semper ja trotz allem erfüllt. Mitten im Schlag begriffen, hatte er abgedrückt. Und auch diesmal war ihm der fremde Schmerz deutlich ins eigene Bewußtsein gedrungen, der stempelartige Aufprall des Objektivs, das Splittern zweier Backenzähne, Blut im Mund, dann auch der Verlust des Gleichgewichts, das Aufschlagen des Körpers auf dem glatten, harten Boden, zuletzt der Eintritt einer Ohnmacht. Kurz zuvor die Wut, die durch den Kopf des Assistenten marschiert war wie ein gebeugter, alter Mann, der den Verfall der Zeit beklagt. Die Wut darüber, nicht besser aufgepaßt zu haben.

Mit der Ohnmacht des Mannes war Semper wieder zur Gänze in seinen angestammten Leib zurückgekehrt, beinahe fröhlich, daß alles so gut geklappt hatte. Fröhlich ob seiner Leistung als Proband. Obgleich auch diesmal ein gewisser Ekel – freilich schwächer als im Falle seines Onkels – sich seiner bemächtigt hatte.

»Das muß noch besser werden«, fand er. Weshalb er jetzt große Lust gehabt hätte, es gleich noch einmal zu versuchen und trotz eines prinzipiellen Widerwillens auch Mona Herzig irgendeine absurde Frage zu stellen, um ihr postwendend eine zu knallen. Oder was auch immer. Doch seine Müdigkeit war jetzt wie ein Berg von Papierschnipseln, in dem er versank. Auch war er von einem weiteren Mitarbeiter gepackt und in einen Stuhl katapultiert worden. Bevor man noch irgendwelche Fixierungen vornehmen konnte, war er eingeschlafen.

Der Vorfall schuf böses Blut. Zwar war der Mitarbeiter rasch wieder aus seiner Ohnmacht erwacht, aber eine Gehirnerschütterung sowie die Einbuße zweier Zähne gehörten keineswegs zum Alltag des Instituts. Die Beaubecks wollten nun doch wissen, was hier eigentlich ablief, was genau dem Probanden injiziert wurde.

Siem Bobeck verbat sich solche Anfragen. Allerdings erkannte er trotz aller Besessenheit die Gefahr, die sich aus der Unruhe ergab, welche seine Leute erfaßt hatte. Er brauchte keine Unruhe. Schon gar keine Neugierde. Umso mehr, als auch diesmal das von ihm selbst entwickelte Foto nicht den Angegriffenen oder auch nur seine Wange abbildete, sondern das erregte Antlitz Fred Sempers.

Endlich stoppte Bobeck den Versuch und setzte Fred auf Entzug, wobei geringe Dosen anderer Stimulantien verabreicht wurden, um die Frustration in Grenzen zu halten. Später sollten auch diese abgesetzt und mittels Neuroleptika die Vergiftung des Semperschen Organismus behoben werden. Doch dazu kam es nicht. Es geschah das, was zu einem jeden Sicherheitssystem dazugehört wie das schlechte Gewissen zum guten Menschen. Irgend jemand machte einen Fehler, irgend jemand paßte nicht auf. Jedenfalls war Fred Semper einige Tage später verschwunden. Und mit ihm das *Regina*, das von Siem Bobeck höchstpersönlich verwahrt worden war. Allerdings nicht mehr im Tresor, sondern in einem Stahlschrank, den Semper in der simpelsten Weise aufgebrochen hatte. So ist das immer mit der Sicherheit. Sie tendiert zur Trägheit.

Für die Beaubecks war dies natürlich kein Unglück. Das kam immer wieder mal vor, daß sich Probanden ihrer Verpflichtung entzogen. Das Institut war schließlich kein Gefängnis, in dem man die Leute gegen ihren Willen festhalten konnte. Solche Vertragsbrüche wurden gewissermaßen unter »Schwund« verbucht. Für Siem und Mona sah die Sache freilich anders aus. Fatal. Sowie von gegenseitigen Vorwürfen und Verdächtigungen erfüllt. Dabei war es nicht so, daß Fred etwa untergetaucht wäre. Er war in das Haus seiner Eltern und in die Gemeinschaft seiner Hooligan-Freunde zurückgekehrt. Aber was hätte Siem Bobeck tun sollen? Seinen Neffen verhaften lassen? Ihm drohen? Womit drohen? Fred war auch ohne *Regina* nicht der Typ, der sich einschüchtern ließ. Und einen Detektiv oder ähnlich gearteten Professionalisten zu beauftragen, scheute sich Bobeck. Der einzige, dem er meinte vertrauen zu können, war sein Sekretär Tom Pliska. Ein Vertrauen, das bereits Züge von Verzweiflung aufwies. Jedenfalls wurde Pliska, ohne die genauen Details zu erfahren, damit betraut, das *Regina* wiederzubeschaffen.

Bevor nun Tom Pliska auch nur beginnen konnte, etwas zu unternehmen, ereignete sich jener vielbeachtete Vorfall in der vereisten Fußgängerzone eines für solche Vorfälle völlig untypischen Nobelortes. Sehr wahrscheinlich war es dabei nicht um Claire Rubin gegangen, sondern um Mona Herzig, die zu »besitzen« für Fred zu einer zwanghaften Vorstellung geworden war. Ihr in einer dunklen Gasse aufzulauern, wäre ihm in jeder Hinsicht zuwider gewesen. Als Hooligan, als der er sich verstand, kam nur ein öffentlicher Auftritt in Frage.

Ein fingierter Anruf im *Institut für Gewalt* hatte ihn in Erfahrung bringen lassen, daß Mona zusammen mit Claire verreist war. Und auch wohin. Und da war Fred die Idee gekommen. Die Idee einer Inszenierung, einer theatralischen Aktion, im Rahmen derer er Mona attackieren und für einen Moment in ihren Körper würde schlüpfen können.

Daß schlußendlich alles darauf hinauslaufen würde, dieser obskure Feldzug habe seiner verhaßten Tante gegolten, störte ihn nicht, war ihm vielmehr recht. Es würde plausibel erscheinen. Denn in einem Punkt blieb Fred seiner Versprechung treu: Niemand sollte erfahren, was es mit dem *Regina* auf sich hatte. *Er* war der Proband, niemand anders. Das Gefühl der Exklusivität wollte er auf jeden Fall erhalten wissen.

Und dann war eben alles anders gekommen, indem ein unbeteiligter Bürger namens Leo Reisiger sich in völlig unangemessener Weise eingemischt hatte. Weniger couragiert als schlichtweg verrückt. Ein Verhalten an den Tag legend, mit dem Fred und seine Freunde nicht hatten rechnen können. Sie waren es nicht gewohnt, daß sich irgendwelche Passanten tollkühn engagierten. Sie waren es gewohnt, daß man ihnen auswich. Reisigers Erscheinen aber hatte ihre Aktion zunichte gemacht. Gerade so, als hätte nicht Fred Semper, sondern eben Reisiger das *Regina* geschluckt.

Für Siem Bobeck war mit einem Schlag, genauer gesagt mit einem Stich, das »Problem Fred« erledigt gewesen, aber eine Menge anderer Probleme hatte sich dadurch verschärft. Einerseits konnte man Fred nun nicht mehr befragen, wo er das *Regina* deponiert hatte, und andererseits drohte die Gefahr, daß Mona sich endgültig vom Gelübde der Geheimhaltung verabschieden würde. Sie war in Bobecks Augen eine Zicke, die mit dem Alter begann, die Nerven zu verlieren.

Zwar hatte sich Mona der Polizei gegenüber unwissend und ratlos gegeben, aber wirklich schwer war das nicht gewesen. Die Beamten hatten die Befragung Monas in der rücksichtsvollsten Weise durchgeführt. Aber das Gefühl, den Tod Fred Sempers mitverschuldet zu haben, würde Mona keine Ruhe lassen. Das wußte Bobeck und erklärte ihr in unmißverständlicher Weise, daß es besser für sie wäre, sich zunächst einmal einen Urlaub zu gönnen. Ab nach Portugal. Er hoffte, daß sich Mona dort beruhigen würde. Genaugenommen hoffte er, daß sie zu weit ins Meer hinausschwimmen würde.

Tom Pliska hatte Mona zum Flughafen gebracht. Kein einziges Wort war verschwendet worden. Mona war in den Shuttle-Bus gestiegen, der sie zu ihrem Flieger bringen sollte. Und mit demselben Bus war sie auch wieder zurückgekehrt. Da hatte sich Pliska bereits auf dem Weg zu seinem Citroën befunden. Nicht, daß Mona eine Idee gehabt hätte, was zu tun sei. Es war ihr einfach nur klar geworden, daß Portugal keine Lösung sein würde. Nicht für sie. Sie mochte das Meer nicht. Sie mochte es nicht, so weit hinauszuschwimmen, bis sie unterging.

Mona Herzig reiste nach Purbach, wo es weit und breit kein Meer gibt, nur einen See, dunkelgrün wie eine Weinflasche, kalt und tief, aber von übersichtlicher Länge und Breite. Allerdings scheute sich Mona, ganz einfach vor ihren Chef und Liebhaber sowie vor ihre Freundin Claire zu treten (eine Freundschaft, so stabil wie eins dieser bemalten Ostereier), um der ganzen Lügnerei ein Ende zu setzen. Sie scheute sich, auch weil sie aus der Ferne die kleine Gesellschaft sah, die auf der sonnenbeschienenen Terrasse beim Mittagessen saß. Das waren nicht die Leute, die das alles etwas anging. Und da Mona Herzig recht gut mit den Purbacher Verhältnissen vertraut war und nicht wenige Stunden im Turm der Sternwarte zugebracht hatte, begab sie sich dorthin, zog den Schlüssel aus dem ihr bekannten Versteck und trat in das Gebäude. Das sie einige Zeit später, um Luft zu schöpfen, wieder verließ.

Dabei war sie auf Reisiger gestoßen, zutiefst geschockt von dessen Anwesenheit. Einen Moment fürchtete sie, Reisiger gehöre zu Bobecks Leuten, nicht zu denen des Instituts, natürlich nicht, sondern wie Pliska als Mitglied einer privaten Interventionstruppe fungierend. Doch sie verwarf den Gedanken, überlegte, daß, wenn Bobeck sich noch immer auf der Suche nach dem *Regina* befand, es sich anbot, jenen Leo Reisiger einzuladen, um im Rahmen einer unschuldigen Festivität nachzufühlen, ob dieser merkwürdige Mensch vielleicht mehr wußte, als er vorgab. Und ob sein dramatischer Auftritt an jenem eisigen Tag denn wirklich ein Zufall gewesen war. (Tatsächlich war es so, daß Bobeck den Verdacht hegte, Reisiger könnte mit Fred unter einer Decke gesteckt haben. Nur, daß diese Decke in Brand geraten war.)

In jedem Fall hätte Reisigers Auftauchen Mona dazu veranlassen müssen, die Furnessche Sternwarte nicht wieder aufzusuchen. Aber nachdem sie einige Zeit in der Tiefe des kleinen Waldes gleich einer dieser weggeworfenen geknickten, bläulichen Plastikflaschen gehockt war, war sie zurück zum Turm gegangen, müde und hilflos, und war zum beleuchteten Kuppelraum hinaufgestiegen, um zu warten, was nun kommen würde.

Es war Pliska, der kam, spät, aber doch. Er machte keine großen Umstände, zog eine Waffe und meinte, daß es vernünftiger gewesen wäre, nach Portugal zu gehen.

Mona antwortete, was sie dann später auch Claire gegenüber äußern würde, daß ihr Portugal nichts genützt hätte.

»Es ist ein schönes Land, um zu vergessen«, sagte Pliska. Und: »Aber was soll man machen? Es hat auch etwas für sich, sein Unglück selbst zu bestimmen.«

Dabei hob er die Waffe weiter an und bat Mona, mit ihm zu kommen. Das sei hier nicht der richtige Ort.

»Wie Sie schon sagten«, entgegnete Mona, »ich darf mein Unglück selbst bestimmen.«

Dabei sprang sie – obgleich sie gerade noch einen eingefrorenen Eindruck gemacht hatte – unvermutet auf und stürzte Pliska entgegen. Sie hatte nicht wirklich vorgehabt, ihn zu überwältigen. Ihre ganze Aktivität beruhte auf der Furcht, eine langwierige Geschichte über sich ergehen lassen zu müssen, indem Tom Pliska sie irgendwohin brachte, um sie dann vielleicht zu zwingen, einen Eimer Schlaftabletten zu schlucken. Oder was auch immer. Sicherlich gehörte nicht dazu, nochmals zum Flughafen chauffiert zu werden. Auch für Tom Pliska war Portugal nun keine Lösung mehr.

Wenn schon sterben, dachte Mona Herzig, dann hier und jetzt. Und rasch bitte. Aber sie starb nicht. Die unkoordinierte Vehemenz, mit der sie Pliska entgegenflog – sich ihm praktisch in die Arme warf –, führte zu einer im ganzen grotesken, im Detail aber vollkommen logischen Umkehrung der Verhältnisse. Jedenfalls zeigte der Pistolenlauf in die falsche Richtung, als das Projektil ihn verließ. Die Kugel trat in Pliskas Schläfe. Er starb augenblicklich an seinem eigenen *friendly fire*.

Eine ganze Weile lag Mona neben dem Toten, unfähig, einen Gedanken zu fassen, in dessen Strömung sie dann auch zu einer Handlung fähig gewesen wäre. Als sie aber die Stimmen von der Treppe her vernahm, war das ein Signal, auf das sie reagierte. Vielleicht auch nur, weil es ihr peinlich gewesen wäre, so daliegend ebenfalls für tot gehalten zu werden. Das wollte sie keinesfalls. Und so saß sie also im Sessel, die Waffe fest umklammert, als die kleine Gruppe von Menschen hereinkam und sie entgeistert ansah.

Flugstunde

All diese Leute standen nun in der makellosen Schwärze wie in einer kompletten Bildstörung. Eine Gewöhnung der Augen an die Dunkelheit ergab sich nicht. Durch keine der Ritzen sickerte jenes Quentchen Licht, welches nötig gewesen wäre, eine minimale Sicht zu gewährleisten. Wenn einer der Anwesenden etwas sah, dann mußte es noch am ehesten der tote Tom Pliska sein, was auch immer ihm gerade widerfuhr.

Daß aber auch die Lebenden noch einiges durchmachen würden, lag so ziemlich auf der Hand. Denn eines war ihnen allen rasch klar geworden, daß sie nämlich für Siem Bobeck eine Belastung darstellten, besser gesagt eine Bedrohung, in erster Linie als Gruppe, aber in Abstufungen auch als einzelne. Wobei natürlich Mona Herzig an der Spitze stand und Pfarrer Marzell als schlichter Zeuge den Abschluß bildete.

Ohne ein wirkliches Verbrechen begangen zu haben, hatte Siem Bobeck eine Dynamik in Gang gesetzt, eine fatale Folge von Ereignissen, die imstande war, seinen guten Ruf mit einem Schlag in das Gegenteil zu verkehren. Nun könnte man natürlich meinen, es gebe Schlimmeres, als einen guten Ruf zu verlieren. Aber das meinen nur Leute, die einen solchen nicht besitzen. Die, welche das aber durchaus tun, sind zu allem und jedem bereit, sich die Hochachtung der Welt zu erhalten. Auch Nobelpreis-Verweigerer. Denn es ist ja wohl ein Unterschied, einen Preis abzulehnen, als diesen Preis nie und nimmer angeboten zu bekommen.

Siem Bobeck mußte handeln, und zwar in radikalster Weise, wollte er dem Verlust seiner Ehre zuvorkommen. Er mußte etwas völlig Verwegenes versuchen. Verwegener noch als der Versuch der Familie Semper, mittels einer großangelegten Geiselnahme die Wahrheit über den Tod ihres Jungen ans Tageslicht zu pressen. Was nun wirklich eine verrückte Idee gewesen war. Aber es muß gesagt werden, daß die Sempers vor dem

Ruin standen. Daß ihre Schulden derart angewachsen waren, daß Siem Bobeck sich wohl veranlaßt gesehen hätte, seine helfende Hand für alle Zeiten zurückzuziehen. In dieser Geschichte hatte jeder auf seine Art eine Grenze erreicht und sein Heil darin gesehen, die Grenze zu überschreiten. Wie jemand, der seine Betrunkenheit mit Alkohol bekämpft.

Jedenfalls ahnten die Menschen, die in der Sternwarte eines vergessenen englischen Dichters eingeschlossen waren, daß Siem Bobeck keineswegs vorhatte etwa zu flüchten und sich bloß einen kleinen Vorsprung zu verschaffen. Und in diese Ahnung hinein fügte sich nun deutlich der Geruch aufsteigender Flammen. Kein Zweifel, Siem Bobeck hatte das Gebäude in Brand gesetzt. Und es war unschwer vorzustellen, wie er eine solche Katastrophe – die er dann als einziger überlebt haben würde – den Sempers anlasten könnte. Wie er vortäuschen würde, dem Feuer knapp entkommen zu sein, welches von seiner Verwandtschaft in selbstmörderischer Absicht gelegt worden war. Denn eine solche selbstmörderische Absicht würde ja angesichts einer so ungewöhnlichen Maßnahme, wie es die Geiselnahme von hundertfünfzig Ehrengästen darstellte, durchaus plausibel erscheinen.

Die Aussagen von ein paar jugendlichen Gewalttätern, die Sempers hätten mitnichten vorgehabt, sich das Leben zu nehmen und dabei Siem Bobeck und seine Gattin und ein paar andere mitzureißen, würden da kaum ins Gewicht fallen. Nein, für Bobeck stieg mit den Flammen die Wahrscheinlichkeit, sich schlußendlich aus dem ganzen Schlamassel zu befreien und sodann – bedauert von einer interessierten Öffentlichkeit – weiter am eigenen Mythos basteln zu können. Welcher dann nach seiner einträglichen Modehausallüre und seiner Traumhochzeit um eine weitere außerwissenschaftliche Beifügung bereichert sein würde, die einer bizarren Kriminalgeschichte. Man konnte sich vorstellen, daß Bobeck dann nicht nur ein Star unter den Ethologen und Molekularbiologen wäre, sondern auch ein Star unter den Witwern.

Das begriffen die Eingeschlossenen. Oder begriffen auch nur, daß sie sterben würden, wenn ihnen nicht rasch ein zwingender Einfall kam. Erstaunlicherweise brach jedoch keine

Panik aus, so als erwarte man insgeheim ein Wunder. Als sei die Anwesenheit Pfarrer Marzells der Garant für ein solches Wunder.

Doch unglücklicherweise blieb es aus, das Wunder. Und darum meinte Claire Rubin: »Wir sollten jetzt schnell etwas tun.«

»Was tun, wenn nichts sehen, du Genie?« fluchte Gerda Semper.

Immerhin war nun ein Lärm zu vernehmen, der verriet, daß die beiden Semperburschen die Metalltüre gefunden hatten und sich gegen selbige warfen. Was sich aber nicht so anhörte, als handle es sich um eine von diesen Pforten, die nach kurzer Zeit wie Toastscheiben aus ihrer Verankerung sprangen.

»Mein Gott, natürlich!« entfuhr es Reisiger.

Wie hatte er darauf vergessen können? Und das, nachdem er so viele Jahre seines Lebens damit rechnete, daß eines Tages ein Schreibgerät ihn würde retten können. Noch dazu, wo er doch seit zwei Jahren das Nonplusultra aller Kugelschreiber in seiner Tasche trug. Nicht anders als einen Herzschrittmacher.

Freilich hatte Reisiger gemeint, daß es die »Schreibkraft« dieses Kugelschreibers wäre, die zu seiner Rettung führen würde. Doch was nützte eine solche »Schreibkraft« hier und jetzt, inmitten absoluter Schwärze und in Erwartung eines Feuers? Was nützte die an einer kleinen, rollenden Kugel abgleitende Schreibflüssigkeit? Letztendlich wäre es nicht einmal sinnvoll gewesen, die Schuld Siem Bobecks auf einem Zettel festzuhalten, einem Zettel, der ja dann doch verbrennen würde. Und auch sonst bot sich nichts an, was schreibend zu erreichen war. Und darum hatte Reisiger die ganze Zeit über nicht an seinen Kugelschreiber gedacht und auch völlig vergessen, daß dieses Schreibgerät neben einigen anderen Extras über eine in das Kopfstück eingebaute Taschenlampe verfügte. Eine Taschenlampe, deren Kleinheit zum Trotz ein beträchtlicher Lichtkegel entstehen konnte. *Strahlkraft statt Schreibkraft*, das mußte das Motto sein.

Schrecklich spät also zog Reisiger seinen famosen Kugelschreiber aus der Innentasche des Jacketts und setzte mit dem

Druck seiner Fingerkuppe das lichtspendende Lämpchen in Betrieb. Der Schein spaltete das Dunkel in ein oben und unten.

Mag dramatisch klingen, aber für die Leute im Raum war's wie die Geburt von Licht. Ein katholisches Licht gewissermaßen, welches man meinte nicht Reisiger, sondern Marzell verdanken zu müssen. Mit dem Licht allein war es freilich noch nicht getan.

Im Schein der Lampe wurde eine weitere Türe entdeckt, die sich jedoch als nicht minder verschlossen und hartnäckig erwies. Gut möglich, daß hier auch die Türen mit einem Traklzitat zu öffnen waren. Aber Trakl war nun mal nicht die Stärke der Anwesenden. Weshalb man versuchte, einige Gegenstände als Rammbock zu benutzen. Umsonst. Mehr als ein paar Beulen im Metall kamen nicht zustande. Auch drang nun Rauch durch all die Ritzen, die zuvor kein Fünkchen Licht freigegeben hatten. Es war ungerecht. Überhaupt erfaßte einen jeden ein Gefühl großer Ungerechtigkeit. Auch Pfarrer Marzell, der es als geradezu geschmacklos empfand, einen Feuertod sterben zu sollen. Als habe ihn das Urteil einer ungreifbaren Inquisition ereilt. Als werde der Richter gerichtet.

Endlich fiel Reisigers kugelschreiberbedingter Lichtkegel auf jenes in der Mitte aufragende Teleskop von der Gestalt einer futuristisch-eleganten Kanone. Das Rohr erinnerte an jene 0,7-m-Teleskope, wie man sie in den fünfziger Jahren im russischen Observatorium Pulkowo erbaut hatte. Damit im Einklang war auf dem weißen Körper der Außenverkleidung zu lesen: *Eye of Leningrad*.

»Was haben Sie vor?« fragte Claire Rubin. »Sich Ihren blöden Mond ansehen?«

»Genau das«, sagte Reisiger und öffnete – ohne Gewalt, ohne Trakl und ohne Mühe – einen in Nachbarschaft des Okulars angefügten, runden, ein wenig wie ein Ohr abstehenden Kasten. Darin befand sich eine Schalttafel, die über eine Menge von Armaturen sowie eine Zifferntastatur und ein strohhalmartig geknicktes Mikro verfügte.

Reisiger war überzeugt, das sich von diesem Kasten aus nicht nur das Teleskop steuern ließ, sondern auch das vertikal bewegliche Spaltsegment, das ja in dieser Kuppel stecken mußte wie ein einzelner herausnehmbarer Zahnersatz in einem ansonst natürlichen Gebiß. Freilich suggerierte das Mikro, daß selbst noch im Falle der Teleskop- und Kuppelbedienung eine sprachliche Komponente zum Tragen käme. Schon wieder Trakl?

Erschwerend kam hinzu, daß Reisiger nicht wirklich mit dem Betrieb solcher Anlagen vertraut war. Weshalb er einfach jeden Schalter umlegte. Aber es geschah nichts. Auch das Teleskop rührte sich nicht. Kein Lämpchen leuchtete. Kein Regler sprang an.

Reisiger hatte Tränen in den Augen, vom Rauch und von der Wut. Er hätte jetzt gerne über eine Dosis *Regina* verfügt, um der Wut auch die nötige Brutalität zu verleihen und wie ein robuster Homunculus durch die Kuppelwand zu brechen. Aber es mußte auch ohne *Regina* gehen. Nicht aber ohne einen Fotoapparat. Ein solcher war an das Okular angefügt. Reisiger riß das Gerät aus der Verankerung, und nicht anders als Fred, als dieser seine Kamera ins Gesicht eines der Beaubecks geschlagen hatte, donnerte Reisiger nun den Fotoapparat in den Schaltkasten hinein. Und zwar mit einer Wucht, die ihn selbst überraschte. Leider aber auch dazu führte, daß mehrere Fingerknochen brachen und ein Metallteil nun auch seinen rechten Daumenmuskel aufschnitt. In seinen Schrei hinein vermengte sich das Motorengeräusch der sich öffnenden Kuppel. So ist das mit der Gewalt. Manche Maschinen verstehen keine andere Sprache.

Das Licht des Mondes strömte wie übergehender Schaum in das Innere und bildete einen hellen Teppich, auf den sich alle sofort begaben. Freilich führte dieser Teppich nicht direkt ins Freie, jetzt einmal abgesehen davon, daß man sich in einer Höhe von etwa zwanzig Metern befand. Der Spalt der Kuppel endete hoch über den Köpfen der Flüchtenden, die ja jetzt nicht nur im Licht standen, sondern auch auf einem bereits glühenden Boden, gegen den von unten her die Flammen schlugen. Das Feuer verdankte seine Heftigkeit dem Umstand eines Holzgerüstes, das den Boden unter dem Teleskop zusätzlich stützte.

Es waren jetzt erneut die Semperburschen, die sich initiativ zeigten, einen Tisch heranschoben, einen Sessel daraufstellten und einem nach dem anderen halfen, nach draußen zu gelangen, um auf einer Leiter, die nun wahrlich den Namen Feuerleiter verdiente, zur balkonartigen Umfassung der Turmhaube hinunterzusteigen. Unglückseligerweise war es das auch schon. Weiter führten die Sprossen nicht, die wohl nur der Wartung des Spaltsegments dienten. Immerhin umschloß das Geländer die gesamte Kuppel, sodaß man auch jene Stelle erreichte, an welcher der Turm besonders dicht an den Wald anschloß. Allerdings lagen die Kronen der Bäume einige Meter tiefer. Nicht, daß es eine Alternative gab. Es wäre sinnlos gewesen, zu warten. Man mußte springen. In die Bäume hinein, hoffend, daß die Äste einen tragen, zumindest den Sturz in entscheidender Weise vermindern würden.

Keine Zeit für Diskussionen also. Aber genau eine solche ergab sich nun zwischen Claire Rubin und Mona Herzig, als die beiden im selben Moment auf das breite Mauerwerk der Brüstung stiegen. Sie hatten sich etwas zu sagen, die Ehefrau und die Liebhaberin, und vielleicht auch Angst, daß, wenn sie unten ankamen, es nichts mehr zu sagen geben würde. Jedenfalls gerieten sie in Streit, gerieten auch körperlich aneinander, eine die andere zerrend. Und stürzten ab. Gewissermaßen umschlungen, in ungewollter Vereinigung. Viel zu knapp am Turm, als daß die dünnen Astenden ihren Fall hätten bremsen können.

Sie schlugen auf. Vorbei.

Da war nun niemand, der es ihnen gleichtun wollte. In Pärchen oder einzeln kletterte man auf die Brüstung, ging in die Knie, stieß sich ab und flog hinaus in die Nacht. Niemand schrie. Allein das Krachen der Äste zog eine akustische Spur. Als letztes folgten Marzell und Reisiger, die äußerste Zone wählend, um nicht auf einem der zuvor Gesprungenen zu landen.

In diesem Moment wurde dem Pfarrer klar, daß er nicht nur überleben, sondern auch, daß er Kardinal werden würde. Es war eine Ahnung, klar wie der Blick durch ein perfekt eingestelltes Mikroskop. Er sah die Zukunft aus nächster Nähe. Und hechtete mit einem Lächeln ins Leere.

Reisiger wiederum bedauerte, den Mond hinter sich zu haben, also mit der eigenen Front nun selbst eine vom Licht abgewandte Hälfte zu bilden. Aber mit dem Rücken voran zu springen erschien ihm dann doch übertrieben. Die Sache war schwierig genug. Trotz der beträchtlichen Schmerzen in seiner von Brüchen durchzogenen Hand bog er die Arme weit zurück, schleuderte sie nach vorn und sprang hinaus. Und derart im Sturz begriffen, die Luft wie ein viel zu weiches Bett wahrnehmend, ein Loch von einem Bett, drehte er nun doch seinen Körper, erkannte den Mond, so groß und deutlich wie damals, als er, in einem Hotelzimmer stehend, seinen Lottoschein verbrannt hatte. Dort oben lag Purbach, unerreichbar wie alle Paradiese.

Endlich schloß sich das Loch in seinem Bett, und Reisiger brach durch das Geäst wie durch eine Serie dünner Lattenroste. Kein Film lief durch seinen Kopf. Nur ein einziges Foto, das einen Strauß Blumen zeigte. Ärger erfüllte ihn. Aber auch der Ärger verließ ihn. Erneut wurde es tiefste, finsterste Nacht.

Pause. Kurze Pause.

Ist der Tod eine Zunge? Das wohl kaum. Es war aber eindeutig eine Zunge, die Reisiger auf seinem Gesicht spürte. Es war das einzige, was er wirklich registrierte, sodaß ihm diese Zunge riesengroß erschien, ein feuchter Schwamm auf seinen Lidern. Er zweifelte nicht, am Leben zu sein. Die Zunge entfernte sich, glitt ab wie Wasser von einem Stein. Reisiger öffnete die Augen und erblickte … nun, es war jener Hund, der den Namen Vier trug und ehemals in Lawinen gestöbert hatte. Das Mondlicht auf dem Antlitz des Tieres fiel durch jene Schneise, die Reisiger mit seinem Sturz geschlagen hatte.

»Guter Hund«, sagte Reisiger.

Das sagte man nun mal in einer solchen Situation. Außerdem war Reisiger froh, neben dem Hecheln des Hundes auch die eigene Stimme zu vernehmen. Immerhin, wenn er schon den eigenen Körper nicht zu fühlen imstande war. Was auch immer er in Zukunft sein würde, zumindest weder taub noch stumm.

»Komm, hol Hilfe«, sprach Reisiger den Hund an.

Aber Vier rührte sich nicht vom Fleck, ging statt dessen zu

Boden, die Vorderbeine so postiert, daß seine Pfoten Reisigers Schulter berührten. Es sah eigentlich aus, als bewache er einen Toten. Aber das war ein Gedanke, den sich Reisiger verbat. Auch war es ja nicht so, daß Reisiger – wie das immer wieder beschrieben wird – sich selbst betrachtete oder gar über dem eigenen Leib schwebte. Nichts Ungewöhnliches geschah. Er lag da, bewegungslos, wie nach einem solchen Sturz nicht weiter verwunderlich.

Und während er so dalag, vernahm Reisiger Rufe, die von oben her kamen, aus den Bäumen. Scheinbar war es einigen gelungen, im Geflecht der Äste hängenzubleiben. Aber da war noch etwas anderes, eine Folge von Geräuschen, die eine durch das Holz schreitende Person verursachte.

»Scheiße, Bobeck, Sie ...!«

Es war aber nicht Bobeck. Es war Pfarrer Marzell. Er schien vollkommen unverletzt, woraus sich eine sogenannte schiefe Optik ergab. Nämlich die, Gott würde seine eigenen Leute begünstigen.

Der Geistliche stand aufrecht vor Reisiger. Nicht einmal seine Brille schien verrutscht. Der feine Riß, der durch das eine Glas führte, war natürlich auf die Entfernung nicht auszumachen. Vier knurrte, als erkenne er irgendeine Diabolie.

»Ist gut«, beruhigte Reisiger den Hund.

»Wie geht es Ihnen?« fragte Marzell.

»Ich kann mich nicht rühren«, sagte Reisiger und zeigte auf seine Beine.

»Also, Ihre Hände können Sie jedenfalls bewegen«, sagte Marzell. Nicht, daß er es vorwurfsvoll meinte. Aber so richtig nett hatte es auch nicht geklungen.

»Was denken Sie«, beschwerte sich Reisiger, »daß ich simuliere?«

»Lassen Sie mich sehen«, sagte Marzell und beugte sich zu dem Liegenden. Vier stand auf, entfernte sich aber keinen Schritt von seinem »Lawinenopfer«. Er schien durchaus zwischen der Kompetenz eines Klerikers und der eines Notarztes unterscheiden zu können. Intuitiv, wahrscheinlich.

Tatsächlich unternahm Marzell nicht viel mehr, als Reisiger aufhelfen zu wollen.

»Lassen Sie das!« fuhr Reisiger ihn an. »Es geht nicht. Ich bin wie angenagelt.«

»Wie Sie wollen«, sagte Marzell. Und: »Es wird am besten sein, ich hole Hilfe.«

»Finde ich auch.«

»Ich kann Sie also hier liegenlassen.«

»Der Hund paßt auf mich auf«, versicherte Reisiger. Der Gedanke war ihm lieb. Dann aber meinte er, es wäre vielleicht nötig, vorher nach den anderen zu sehen.

»Gut«, sagte Marzell, ein wenig unglücklich. Erste Hilfe war so wenig seine Sache wie Seelsorge. Er war ein wunderbarer Theologe. Aber nicht der Mann tröstender Worte. Er verschwand im Wald wie hinter einem Vorhang.

Eine Stunde später lag dieser Vorhang nicht nur im Feuerschein der noch immer brennenden Sternwarte, sondern auch im Scheinwerferlicht von Polizei und Rettung. Alle drei Semperkinder wurden aus der Höhe der Bäume gerettet, die Schwerverletzten Leo Reisiger und Harald Semper geborgen und ins nächstgelegene Krankenhaus transportiert sowie die beiden toten Frauen in Särgen abgelegt. Fehlte Gerda Semper. Sie war spurlos verschwunden. Abgesehen von der Spur, die ihr Sturz hinterlassen hatte. Offensichtlich war auch sie, ihrem Gewicht zum Trotz, in einem der Bäume hängengeblieben. Zudem mußte ihr gelungen sein, was nicht einmal ihre Kinder geschafft hatten. Sie war auf den Waldboden gelangt und sodann imstande gewesen, das Gelände zu verlassen. Es versteht sich, daß man ein lebhaftes Interesse an ihrer Festnahme besaß. Sie war immerhin die Rädelsführerin dieser Geiselnahme, welche übrigens beim Eintreffen der Polizei von den Hooligans in der friedlichsten Weise beendet worden war. Sodaß endlich die ganze sinnlose Telefoniererei ein Ende gehabt hatte.

Augenblicklich war eine Fahndung nach Gerda Semper eingeleitet worden. Wie dann auch, in Folge erster Zeugenaussagen, nach ihrem Bruder, Siem Bobeck. Straßensperren wurden errichtet, Bahnstationen und Flughäfen kontrolliert, Staatsanwälte aus dem Bett geholt, Kollegen aus Deutschland mit seltener Rasanz einbezogen. Umsonst. Siem und Gerda waren wie vom Erdboden verschluckt, sodaß der Verdacht aufkam, sie würden sich – getrennt voneinander, was sich versteht – genau in diesem Erdboden aufhalten. Ein guter Grund, Purbach auf den Kopf zu stellen. Nicht nur sämtliche Keller sowie ein aufgelassener Bergwerksstollen wurden überprüft, sondern auch unterirdische Gänge entdeckt, die das Schloß mit anderen Gebäuden, ja sogar mit der Purbachschen Kirche verbanden. Aber kein Anzeichen der beiden Gesuchten. Kein Tropfen Blut, kein Fußabdruck, nichts.

Es war ein Glück, ein Glück für die österreichische Polizei, daß sie so überaus rasch und unbürokratisch ihre deutschen Amtskollegen zur Mitarbeit eingeladen hatte. So ließ sich der Verdacht schmälern, pure Schlamperei und Idiotie habe zum Nichtauffinden von Spuren geführt. Von den Flüchtenden selbst einmal abgesehen. Nicht zu verhindern waren freilich die hämischen bis beleidigenden Kommentare der Presse, die sich die Behörden beider Länder gefallen lassen mußten, weil sie die Hilferufe hundertfünfzig gefangener Ehrengäste nicht ernst genommen hatten. Da konnten sie soviel begründen, wie sie wollten. Der Wirbel war beträchtlich. Die Stimmung schlecht. In gewisser Weise stand die ganze Kultur mobilen Telefonierens für einen Moment auf der Kippe. In ganz Europa wurde überlegt, wie sinnvoll diese Handys eigentlich waren, wenn im Ernstfall derart wenig dabei herauskam. Natürlich telefonierten die Leute selten mit der Polizei, führten in erster Linie Privatgespräche, aber auch solche waren ja im Fall der *Hundertfünfzig*, wie man sie dann nur noch nannte, folgenlos geblieben. Den erlösenden Anruf hatte erst Pfarrer Marzell getätigt, und zwar von seinem Büro aus, per Festnetz.

Das ist übrigens kein Witz. Wenige Tage lang erlebten die Telefongesellschaften – die ja gar nicht Schuld hatten – ungeheure Einbrüche. Viele Menschen verweigerten die Benutzung ihrer Handys. Das war ein Augenblick gewesen, da Großes, und zwar wirklich Großes hätte geschehen können.

Es sollte nicht sein. Vielleicht auch, weil Pfarrer Marzell noch nicht Kardinal war, noch nicht den Einfluß besaß, der nötig gewesen wäre, das in der Luft liegende Potential zu kanalisieren. Auf eine neue Ordnung einzustimmen. So blieb also bloßer Unmut, der bald verebbte.

Hartnäckiger war die Suche nach Gerda Semper und Siem Bobeck, welche auf die gesamte Welt ausgedehnt wurde. Nicht, weil es nicht schlimmere Verbrecher gab. Aber die Niederlage, welche die österreichischen und deutschen Beamten erlitten hatten, stachelte ihren Ehrgeiz an. Vergebens. Der Ehrgeiz fruchtete nicht. Das Geschwisterpaar blieb verschollen. Und auch wenn Siem Bobeck natürlich als Wissenschaftler seine Reputation einbüßte und kein Nobelpreiskomitee je wieder auf die Idee kam, seinen Namen auch nur zu denken, so war es um seinen Mythos bestens bestellt. Die Sache mit dem *Regina* sprach sich herum. Und vor allem unter den jüngeren Leuten galt Bobeck als Pionier einer Droge, deren Produktion man sehnlichst erwartete. Die Vorstellung einer »kultivierten, reflexiven Gewalt« betörte. Von dem finnischen Urheber aber – so sehr alles Finnische auch in Mode war – wurde nicht gesprochen. Bobeck, dieser Dämon, gab einfach mehr her.

Zum zweiten Mal in kurzer Zeit lag Leo Reisiger im Krankenhaus. Das journalistische Interesse an seiner Person war nun ungleich größer, er galt sozusagen als Veteran in dieser Geschichte. Selbst seine Frau erschien in der Klinik, dann auch noch seine Kinder, als zwinge Leo Reisigers hartnäckiges Einfangen von Verletzungen seine Familie dazu, sich um ihn zu scharen.

Die Sache mit den Verletzungen erwies sich diesmal aber auch wirklich als einschneidend. Die gebrochenen Finger waren leider nicht das Problem. Das Problem war, daß Reisiger mit einiger Sicherheit den Rest seines Lebens in einem Rollstuhl verbringen würde. Nur ungenügend vom Immergrün der Tannen gebremst, war er mit dem Rücken auf dem Waldboden aufgeprallt. Unglücklich aufgeprallt, wenn man nicht umgekehrt das bloße Überleben als großes Glück begriff. Genau das aber tat Reisiger. Er war milde gegen sein Schicksal. Immerhin konnte er – da hatte Marzell schon recht gehabt – seine Arme bewegen. Und nach erfolgter Heilung würde dies auch für sämtliche Finger gelten. Sein Hals ließ sich drehen, sein Oberkörper vorbeugen, und er war so ziemlich bei Verstand geblieben. Ein Punkt allerdings verwirrte ihn zutiefst. Und zwar die Ankündigung seiner Frau, sich in Zukunft um ihn kümmern zu wollen.

Er lehnte ab. Das sei eine schlechte Idee, unnötig, unpassend, sentimental. Er sei gut versichert und die Rollstuhlindustrie auf der Höhe ihrer Zeit.

»Du brauchst jemand, der dich beschützt«, entgegnete seine Frau.

»Du hast doch gar keine Zeit für solche Sachen.«

»Genug geschwommen. Genug Filme gesehen. Der Moment ist da, etwas Vernünftiges zu tun.«

»Das meinst du nicht ernst«, lächelte Reisiger verbissen. »Außerdem würden wir uns nur auf die Nerven gehen.«

»Das muß man aushalten.«

»Ehrlich, Babett, das kann nicht gutgehen«, erklärte Reisiger, den ungeliebten Vornamen seiner Frau wie ein falsches Gebiß in den Mund nehmend. Falsch auch im Sinne von fremd, somit ein fremdes falsches Gebiß.

»Warum denn nicht?« fragte Babett.

»Du bist einfach nicht zur Krankenschwester geboren.«

»Geboren vielleicht nicht. Aber es gibt eine Bestimmung, die steht eben außerhalb des eigenen Talents. So what.« Eine weitere Diskussion ließ Babett nicht zu.

Leichter hatte es Reisiger mit seinen Kindern, die betreten dastanden, unsicher, welche ideellen Leistungen ihnen die Invalidität des Vaters abringen würde. Umso erleichterter waren sie, zu hören, daß er zwar froh sei, sie zu sehen, aber nicht minder froh, wenn sie alsbald wieder an ihre Lebensorte zurückkehren und weitermachen würden wie zuvor. Er sagte: »Manche Liebe wächst mit der Entfernung. Das ist beschämend. Aber es ist so.«

»Ich dachte immer«, meinte sein Sohn, »daß ich es wäre, der einmal im Rollstuhl landet.«

»Es gibt gefährlichere Orte als den Rücken eines Pferdes«, äußerte sein Vater.

Auch Eva Rösner, die Detektivin, erschien an Reisigers Krankenbett. Was ihm eine große Freude war, da er befürchtet hatte, es wäre Tom Pliskas Aufgabe gewesen, sie zu liquidieren. Was Tom aber nie getan hätte. Nein, er hatte Eva Rösner tatsächlich zum nächsten Bahnhof gebracht und ihr liebevoll empfohlen, sich um ihretwillen aus der Angelegenheit herauszuhalten. Wenn eine Bombe ticke, solle man nicht gerade in nächster Nähe stehen.

»Er hat gespürt«, meinte Rösner, »daß alles ein böses Ende nehmen wird. Er hat die Verrücktheit seines Chefs gefürchtet.«

»Na ja, er war ja selbst nicht ganz normal«, meinte Reisiger.

»Eher ungewöhnlich. Schade um ihn.«

»Für wen arbeiten Sie eigentlich?« blieb Reisiger beim Sie. Geduzt hätte er allein jene Kim Turinsky, die nun nicht mehr existierte.

»Wie Bobeck ahnte«, sagte Rösner, »für eine Zeitung. Keine sehr große. Sonst hätten sie kaum jemand wie mich engagiert. Dabei dachte ich, es sei raffiniert, sich an den Mann anzuhängen, der versucht hat, Claire Rubin zu retten. Auch weil ich überzeugt war, es stecke mehr dahinter als reine Zivilcourage. Und als ich herausbekam, Sie würden von München nach Linz fliegen, konnte ich mir ja denken, wohin es gehen soll. Allerdings fand ich es besser, mich schon in München vorzustellen.«

»Vorzustellen?«

»Na ja, wie man's sehen will.«

»Was war mit dieser Frau im Zug ...? Also, mir ist das jetzt ein bißchen peinlich.«

»Warum denn? Die Frau stand auf Sie. Ich habe mich nur zurückgezogen.«

»Das soll ich glauben?«

»Was dachten Sie denn?« fragte die Detektivin. »Daß ich die Dame gezwungen hab, Sie nett zu behandeln?«

»Nett ist kein Ausdruck«, erinnerte sich Reisiger. »Na, lassen wir das. Es bleibt eine Marginalie. Und war in meinem Fall ein letztes kleines Geschenk des Himmels. Der Sex ist ja nun passé.«

»Das ist traurig.«

»Ach was«, wehrte Reisiger ab. »Apropos Geschenk. Nun, das ist vielleicht nicht der richtige Ausdruck. Da wäre dieser

Hund, Sie wissen schon, Vier mit den drei Beinen. Pliskas Hund.«

»Sind Sie sicher, daß es Pliskas Hund war?«

»Absolut«, log Reisiger aus gutem Grund.

»Was ist mit ihm?« fragte Rösner, den Braten riechend, was natürlich bedeutete, daß sie viel zu nahe am Braten stand.

»Er ist jetzt alleine, der Hund. Pliska tot, Rubin tot, und Bobeck dürfte kaum demnächst auftauchen, um das Tier seines verstorbenen Sekretärs zu adoptieren.«

»Was wollen Sie von mir?«

»Nehmen Sie den Hund zu sich«, forderte Reisiger.

»Warum tun Sie das nicht selbst, wenn Ihnen der Köter so am Herzen liegt?«

»Ich habe mir das überlegt. Aber es geht nicht. Aus ästhetischen Gründen. Ein Querschnittsgelähmter mit einem dreibeinigen Hund. Unvorstellbar. Das ist wie eine Parodie, eine miese Parodie, niveauloser Sarkasmus. Das kann ich mir nicht antun. Wir beide, Vier und ich, würden einen jeden Blick anziehen. Niemand würde lachen, aber man wäre fassungslos. Oder würde es für einen geschmacklosen Witz halten. Stellen Sie sich einen Blinden vor, der nicht von einem Blindenhund, sondern einem *blinden* Hund begleitet wird.«

»Das ist ein schlechter Vergleich.«

»Das ist ein guter Vergleich. Die Sache mit mir und Vier ist unmöglich. Wirklich nicht zu machen, wenn man die eigene Würde und die des Tiers erhalten möchte. Bei Ihnen wäre das völlig anders. Eine hübsche junge Frau und eine verletzte Kreatur. Das paßt. Das rührt, ohne abzugleiten.«

»Geben Sie sich keine Mühe. Und erzählen Sie mir jetzt bitte nicht, was mit diesem Hund passieren wird, wenn ich mich nicht opfere.«

»Pliskas Hund. Sie mochten Pliska doch, nicht wahr?«

»Er hätte mich, wenn nötig, umgebracht.«

»Er hätte Sie, wenn nötig, geheiratet.«

»Sie bilden sich wohl ein, weil Ihr Rückenmark im Eimer ist, sich alles erlauben zu können.«

»Es war ein Versuch«, sagte Reisiger. »Kein Wort mehr davon.«

Ein Wort war auch nicht mehr nötig. Tags darauf fuhr Eva Rösner zu Pfarrer Marzell, der unwillig, aber den Wunsch Reisigers erfüllend, den Hund fürs erste bei sich untergebracht hatte. Marzell mochte das Tier nicht, trug ihm sein Geknurre nach. Die Antipathie war beiderseitig und unauflöslich. Kein Wunder, daß Vier das Erscheinen Eva Rösners mit seltener Hingabe begrüßte. Als sie ihn mit sich nahm, war ihm, als sei er zum zweiten Mal in seinem Hundeleben aus einer Lawine befreit worden.

»Jetzt haben Sie, was Sie wollten«, sagte Rösner zu Reisiger am Telefon.

»Ich werde ewig an Sie denken.«

»Lieber nicht.«

Damit war auch das erledigt.

Der Zauber unlesbarer Bücher

Reisigers Rekonvaleszenz zog sich im Rahmen des Üblichen dahin. Am raschesten gesundete seine Seele. Und an die Existenz einer solchen glaubte er ja unbedingt. Entsprechend seiner Weltsicht war er nicht nur dem Tod, sondern vor allem dem Teufel entkommen. Und das wog nun um einiges schwerer. Den Umstand, seine noch verbleibende Lebenszeit in einem Rollstuhl zuzubringen, empfand er ein stückweit als notwendige Folgeerscheinung seiner Errettung. Als eine Art Abgeltung. So ganz ohne Blessuren konnte man sich den Anbiederungen des Teufels nun mal nicht entziehen, wenn dieser – und zwar aus wahrlich unerfindlichen Gründen – sich für einen und nicht für einen anderen interessierte. Reisiger hatte einen immensen Lottogewinn geopfert, die Kraft seiner Beine verloren, würde mit einiger Sicherheit auch nicht wieder in seinen Beruf zurückkehren, mußte die erste Zeit in Sanatorien zubringen, eine enervierende Physiotherapie über sich ergehen lassen, das kurzzeitige Interesse der Medien an seiner Person abwehren, das merkwürdige Engagement seiner Frau in Kauf nehmen und immer wieder die Aufstellung erhaltener Blumensträuße erdulden. Aber er befand sich im Besitz seiner Seele. Und so etwas hätten nur jene Leute mit einem Achselzucken kommentiert, die ihre Seele längst verloren oder verkauft hatten und gar nicht mehr wußten, wie sich das anfühlte, über ein solches Ding zu verfügen. Ein ganzer Mensch zu sein.

Reisiger war also, seinen Schrammen und Einbußen zum Trotz, ein ganzer Mensch geblieben. Ja, er fühlte sich vollständiger denn je zuvor. So vollständig, daß er den Mut besaß, eine seiner beiden wirklichen Leidenschaften aufzugeben: das Lottospiel. Die Möglichkeit, noch einmal als einziger Spieler einen umwerfenden Jackpot zu knacken, lag bei Null. Erst recht ohne Hilfe des Teufels, der gemäß Reisigers neuester Vermutung ein guter Verlierer war und angesichts unzähliger Individuen keinem ein zweites Mal seine fragwürdige Ehre erwies. Nein, die Lottosache war für Reisiger erledigt. Er wollte sich alleine der Betrachtung des Mondes widmen, und er wollte ein Buch über Purbach schreiben. Über den Krater, nicht über die österreichische Ortschaft, die – nachdem sie ein geradezu wallfahrtsmäßiges Interesse geweckt hatte – langsam wieder in jene Vergessenheit geriet, die auch dem englischen Dichter John Malcolm Furness anhaftete. Es blieb also dabei: Die Landkarten Österreichs verweigerten diesem Ort die Aufnahme. Und erst mit der umstrittenen Kardinalsernennung Marzells würde der Name Purbach wieder ins Gespräch kommen, wobei dann die meisten dachten, es handle sich um jenes in Atlanten durchaus aufscheinende Purbach am Neusiedler See.

Wie nun ein Buch über einen einzigen, in keiner Weise bedeutsamen Krater auszusehen hatte, darüber war sich Reisiger selbst nicht im klaren. Aber irgendeine Art von Buch sollte es eben werden, vielleicht so eine Art romanhaftes Sachbuch, was auch immer das zu bedeuten hatte. Jedenfalls vertiefte er sich in diesen Gedanken, während er die diversen Behandlungen geduldig ertrug und sich nach und nach mit seinem Rollstuhl anfreundete, einem nicht uneleganten Gefährt, dessen Räder und Sitzfläche einen sportiven Zuschnitt aufwiesen, während der motorradartige, mit einem Elektromotor betriebene Vorderteil mit seinem weit ausschwingenden Lenker, dem klumpenartigen Scheinwerfer und der langen, dünnen, glänzenden Gabel an eine Harley-Davidson erinnerte, eigentlich ein unsägliches Motorrad, das von einer Unmenge unsäglicher Menschen benutzt wird, die hinter einem Mythos herfahren, wie man einer Frau hinterherläuft, die man andauernd als Schlampe bezeichnet.

Reisiger allerdings nahm auch den Harley-Davidson-Bezug seiner ein- und aussetzbaren Rollstuhlfront gelassen hin. Wenn er Lust hatte und genügend Platz zur Verfügung stand, nutzte er die Möglichkeit des Kraftrads. Wenn nicht, ließ er das Vorderteil abhängen und bewegte sich allein mit der Kraft seiner zwischenzeitlich gesundeten Hände. Er war ein guter Patient, geschätzt, wenn auch nicht beliebt, dazu war er eine Spur zu fröhlich. Ärzte und Pfleger blieben auf Distanz, wie um sich nicht anzustecken. Reisiger stand im Geruch des Merkwürdigen und nicht wirklich Verstehbaren. Er stand auch gewissermaßen im Geruch Siem Bobecks, des Mannes, den die Welt suchte.

Die Zeit verging, und man entließ Reisiger ins Private. Dort empfing ihn Babett, noch immer entschlossen, ihren Mann auf dem Weg durch seinen Lebensrest zu begleiten. Der dann ja auch ihr Lebensrest sein würde. Sie war gleich alt wie er, aber um ein Wesentliches fitter und gesünder.

Niemand verstand Babett. Schon gar nicht ihre Cineasten- und Schwimmfreunde, die meinten, es müsse doch genügen, Leo hin und wieder ... nun, es gab eigentlich nichts, was er nicht selbst hätte tun können, nachdem sein Haus rollstuhlgerecht umgebaut worden war. Wenn er Lust auf ein Rührei hatte, konnte er sich ein Rührei zubereiten. Wenn er in den Park wollte, ab in den Park. Vor allem aber die Mondbetrachtung gehörte zu den Dingen, die man im Sitzen bestens vornehmen konnte. Wozu also wollte sich Babett das antun?

Nun, Babett beschloß, daß es an der Zeit sei, gemeinsam eine Weltreise zu unternehmen, wie das alte Ehepaare so zu tun pflegten.

»Wir sind nicht alt, und wir sind kein Ehepaar«, beschwerte sich Leo.

»Natürlich sind wir alt, und natürlich sind wir ein Ehepaar«, erwiderte Babett. »Wir haben das nur eine ganze Weile verdrängt. Ich rede ja nicht von Liebe. Das muß nicht sein. Aber trotzdem gehören wir zusammen.«

»Was ist los mir dir? Eine Krise? Ich bin es doch, dem eine Krise zusteht.«

»Red keinen Stuß. Es geht allein darum, daß wir beide es redlich verdient haben, uns in aller Ruhe und Gemütlichkeit die Welt anzusehen.«

»Ich will die Welt nicht sehen«, sagte Leo. »In einem Rollstuhl ist die Welt immer die gleiche. Große Städte, Flughäfen, mitleidige Passanten, die einem den Vortritt lassen, behindertenfreundliche Museen. Wir werden wohl kaum in die Wüste fahren, Berge besteigen, den Strand entlanglaufen oder bewaffnete Freischärler besuchen.«

»Wie? Du würdest Freischärler besuchen, wenn du noch gehen könntest?«

»Wenn ich noch gehen könnte, würde ich zur Arbeit gehen.«

»Dr. Moll ist jederzeit bereit, dich wieder aufnehmen. Du warst es, der gekündigt hat.«

»Ja, natürlich. Für die PR braucht es keine gesunden Beine. Und dennoch. Es war an der Zeit, die Sache mit den Plattenspielern aufzugeben.«

»Siehst du. Wie bei mir.«

»Aber du liebst doch deine Filme, deine Festivals, du liebst es, das amerikanische Kino durch den Kakao zu ziehen und das deutsche durch den Dreck.«

»Ich habe nicht gesagt, daß ich aufhören möchte, mir Filme anzusehen. Aber mich nervt die Schreiberei. Mich nerven diese Schauspieler und Regisseure, diese Zicken und Diven. Ich habe das satt. So wie ich es satt habe, irgendwohin zu fliegen, um dann mit den immergleichen Leuten in den Hotellobbys herumzuhängen. Wie bei Kriegsberichterstattern. Ich bin dreimal im Jahr in Tokio. Aber was kenne ich von Tokio?«

»Was hast du vor auf dieser Weltreise?« fragte Leo, aus dem Fenster sehend, das geschlossene Lid eines frühen Mondes erhaschend. »Dir Slums ansehen? Dem Papst über den Weg laufen? Diamanten suchen? Krokodile fangen, wie dieser Kerl da …?«

»Ich will«, erklärte Babett, »daß wir uns was gönnen. Wir haben das Geld dazu. Das weißt du. Was willst du mit dem Geld tun? Es unseren Kindern vermachen? Die haben ihr eigenes Geld. Die kriegen mal das Haus, die Antiquitäten von meiner Mutter, die Lebensversicherung. Die kriegen deine unangetasteten Aktien, die wie Kaninchen im Stall hocken, fett werden oder sterben. Also Leo, entscheid dich für diese Reise, solange dein Gott uns die Zeit dazu läßt.«

»Du könntest doch alleine fahren«, schlug Leo vor.

»Dafür habe ich dich nicht geheiratet.«

»Was soll das jetzt heißen? Seitdem die Kinder aus dem Haus sind, haben wir uns kaum mehr als zweimal im Jahr gesehen. Du hast wahrscheinlich mit mehr Männern geschlafen, als ich in dieser Zeit Überstunden hatte.«

»Warum mußt du gleich so übertreiben?«

»Dagegen habe ich ja auch nichts, ich meine gegen die Männer. Aber jetzt plötzlich möchtest du, daß wir ein altes Ehepaar sind.«

»Genau das«, bestimmte Babett. »Die wilde Zeit ist vorbei. Die Kinder sind erwachsen, die Liebhaber vergessen, deine komische Claire-Rubin-Geschichte überstanden. Wir haben noch ein paar Jahre vor uns. Und zumindest eines davon sollten wir nutzen, um uns unseren Planeten anzusehen. Ohne Streß, ohne Mühe, aber mehr als bloß ein paar Hotellobbys und ein paar Straßen mit Boutiquen rechts und links.«

»Wir könnten achtzig werden, neunzig. Was weiß ich?«

»Ich rede von guten Jahren, in denen man sich noch bewegen kann.«

»Du findest also«, sagte Leo, »daß ich mich noch bewegen kann.«

»Okay, das war eine unglückliche Formulierung. Ich meinte bloß, wir sollten nicht warten, bis wir so senil geworden sind, daß wir auf dem Tafelberg stehen und glauben, wir würden auf Zell am See hinuntersehen.«

»Dir scheint kein Vergleich zu billig.«

»Keiner. Das stimmt.«

»Daß heißt«, stellte Leo fest, »daß du fest entschlossen bist, mich da mitzuschleppen?«

»Fest entschlossen«, bestätigte Babett mit einem Siegerlächeln.

Reisiger bestand darauf, daß die Idee absurd sei. Aber er resignierte: »Wie soll ich mich wehren? Wenn du meinen Rollstuhl packst und mich irgendwohin schiebst, muß ich mir das gefallen lassen.«

»Es wird wunderbar werden«, versprach Babett.

Leo Reisiger verdrehte die Augen. Dann griff er nach den Rädern und führte seinen Stuhl näher an das Fenster heran. Es war ihm ein Trost, daß der Mond überall auf der Welt schien, wenn auch nicht überall in der gleichen Weise. Nun gut, es würden sich auf dieser Reise sicherlich wunderbare Mondansichten ergeben. Das war wenigstens ein guter Grund, die Sicherheit eines komfortablen Einfamilienhauses aufzugeben. Andererseits war ein Jahr eine viel zu lange Zeit für einen so kleinen Planeten wie die Erde. Egal. Die Sache war entschieden. Und vielleicht hatte Babett sogar recht. Vielleicht besaß diese ganze Ehe – von der artgerechten Zeugung zweier Kinder einmal abgesehen – seinen tieferen Sinn in einer Umrundung der Welt.

Eine Weltreise muß vorbereitet sein, will man nicht auf Bahnhöfen und Flughäfen tagelang herumstehen und in Schlafsälen übernachten, in denen die Pilze aus den Wänden und Matratzen schießen. In einem Punkt hatte Babett natürlich recht: Es war genügend Geld vorhanden. Sie waren nicht reich, aber durchaus vermögend. Beide Reisigers hatten in all den Jahren kaum eine größere Anschaffung getätigt. Man war kleine, gebrauchte Autos gefahren, hatte die eine oder andere Ausschweifung im Zuge bezahlter Geschäftsreisen getätigt, war so gut wie nie in Urlaub gefahren und hatte das Gesparte in durchaus vernünftiger Weise angelegt. Selbst der Einbruch des Aktienmarktes war mittels kluger oder auch nur intuitiv richtiger Maßnahmen so ziemlich spurlos an den Reisigers vorübergegangen. Ja, sie konnten sich eine Weltreise leisten, ohne danach in jenen Abgrund zu sinken, wie das bei der Familie Semper der Fall gewesen war.

Leo brauchte sich um rein gar nichts zu kümmern. Die ganze Organisation lag in den Händen seiner Frau, die nun mit demselben Ehrgeiz, mit dem sie bisher ihre Filmkritiken geschrieben hatte, daranging, die Zielorte auszusuchen, die Unterkünfte zu wählen, das wahrhaft Sehenswerte zu bestimmen und bei alldem natürlich den Umstand von Leos Handikap zu berücksichtigen. Babett legte ein feines Netz über die Welt und nannte es »Koordinatensystem einer Ehe«.

»Ich glaube, Babett«, meinte Leo Reisiger, »du leidest unter einem Wahn. Einem Ehewahn.«

»Du gewöhnst dich noch daran«, prophezeite Babett.

Dann ging's los. Man startete in Frankfurt, das bei aller Urbanität etwas von einem Ende der Welt hat, und man also aus dem Nichts in das Etwas flog. Dieses Etwas war zunächst einmal Rom, eine Stadt, in der sich Reisiger noch nie wohl gefühlt hatte. In diesem Punkt war er Marzellianer. Er empfand dieses ganze Italien als eine falsch zusammengefügte Amphore, bei deren Instandsetzung man zu allem Überfluß auch noch grellfarbene Klebebänder benutzt hatte.

Er war froh, als man Rom verließ. Wobei er ohnehin den Verdacht hegte, daß die Schönheit des Reisens darin bestand, einen Ort zu verlassen und in einem neuen *noch nicht* angekommen zu sein.

Wenn nun Italien als unkorrekt zusammengefügte Amphore dastand, dann war Griechenland der Scherbenhaufen, den man gar nicht erst versucht hatte, in seinen ursprünglichen Zustand zu versetzen. Und das war nun mit Abstand der sympathischere Weg. Jedenfalls begann Leo Reisiger sich in Thessaloniki ein wenig besser zu fühlen. Er sprach dem Wein zu, auch wenn niemand behaupten wird, der griechische Wein sei eine Erfüllung. Aber darum ging es ja auch nicht. Reisiger wurde zum Trinker, zu einem wirklichen, was also bedeutete, daß sein Frühstück nach einem ersten Kaffee aus einem ersten Glas Gin bestand. Wobei die Sache mit dem Gin und überhaupt mit der ganzen Trinkerei ein wenig auch damit zusammenhing, daß Reisiger zu lesen begonnen hatte.

Es gibt ja genug Leute, die Bücher für etwas Gefährliches halten und dringend davon abraten. Nicht wegen politischer Verführung, daran glaubt schon lange niemand mehr. Nein, wegen der Verführung hin zu irgendwelchen Unarten, Phobien, Verhaltensweisen, Eigentümlichkeiten. Verführung zum Snobismus. Und das Trinken, das echte, das hingebungsvolle und körperzerfressende, ist nun wahrlich eine Art von Snobismus. Ein Snob, das ist etwas anderes. Darüber man muß nicht reden. Aber ein Trinker lebt seinen Snobismus mit jedem Schluck. Ganz gleich, ob eine Verzweiflung dahintersteckt oder nicht. Und es ist ein großer Fehler zu glauben, und die meisten glaubten es, Leo Reisiger hätte wegen seiner Querschnittslähmung mit dem Saufen angefangen.

Das Buch war es, das ihn animiert hatte: Malcolm Lowrys famos unlesbares *Unter dem Vulkan*. Nur ein unlesbares Buch war für Reisiger auch ein gutes.

Leo Reisiger fühlte sich derart hingerissen von der Figur des Konsuls, von der Schönheit und Würde eines Trinkers, daß er im Frühstücksraum seines Hotels in Thessaloniki sitzend, seinen Kaffee austrank, das Essen zur Seite schob, als handle es sich um eine mit Blumen gefüllte Vase und sich einen Gin bestellte. Man sah ihn an, als verlange er, einen lebenden Oktopus zu verspeisen. Es war ihm gleichgültig. Er spürte die angenehme Wärme, die allein in dieser Bestellung bestand. Er sah seine Zukunft vor sich, ähnlich wie auch Marzell sie gesehen hatte. Natürlich war die Aussicht auf einen Kardinalstitel rosiger zu nennen als die, ein Trinker zu werden. Aber die Wärme war da. Und die Zukunft besaß einen Schimmer, der ihm ... nun, der ihm ziemlich himmlisch erschien.

Die Bestellung ausgerechnet von Gin, mit dem Reisiger bis dato wenig vertraut gewesen war, hing natürlich mit Malcolm Lowrys Vorliebe für dieses Getränk zusammen. Das war ein wenig lächerlich, aber es brauchte ja niemand zu erfahren.

Babett war wenig begeistert. Ihr Vater war am Alkohol zugrunde gegangen, und einige ihrer Freunde hatten sich im Zuge massiver Trinkerei zu kleinen oder großen Arschlöchern entwickelt. Allerdings bemerkte sie auch, daß Leo sich von Exzessen zurückhielt, selten zu lallen begann und auch niemals unhöflich wurde. Er benahm sich in keinem Moment daneben. War er zu müde und zu berauscht, um etwa den Ausführungen von Tischnachbarn zu folgen, so empfahl er sich. Ein Querschnittsgelähmter konnte sich in einem jeden Moment zurückziehen, ohne beleidigend zu wirken. In solchen Situationen suchte Reisiger meistens eine kleine Bar auf, wo man die Freundlichkeit besaß, ihn über irgendwelche Stufen zu heben, und auch nicht meinte, die Atmosphäre des Raums leide unter seiner Anwesenheit.

Für Leo ergab sich der Sinn des Trinkens weniger dadurch, große Mengen in kurzer Zeit hinunterzustürzen und einen Zustand der Benommenheit zu erklimmen (als klettere man gipfelwärts auf einen auf dem Kopf stehenden Berg), sondern einfach darin, nie wirklich nüchtern zu sein. Diese mengenmäßige Beschränkung, die Art, wie er die Drinks gleich einem herzkranken Langstreckenläufer geordnet über den Tag verteilte, wurde ihm als Vernunft ausgelegt. Tatsächlich steckte dahinter aber seine große Achtung vor dem Autor des *Vulkans*.

Leo hätte niemals gewagt, Malcolm Lowrys alkophile Radikalität zu versuchen. Das wäre ihm ungehörig erschienen, vergleichbar einem Menschen, der in vielen Jahren bloß ein paar Seiten zu Papier gebracht hat, aber überall herumerzählt, soeben einen gigantischen Roman vollenden zu wollen. Reisiger selbst hatte von seinem Purbach-Buch noch keine einzige Zeile notiert. Das hatte jetzt zwar nichts mit dem Trinken zu tun, aber das Maß, mit dem er nie ganz nüchtern blieb, aber auch nie einem Absturz nahe war, entsprach der Zurückhaltung, mit der man an einem Buch arbeitet, an dem man gar nicht schreibt.

Solcherart bewegte er sich über den Planeten, und zwar mit größer werdender Lust. Wobei diese Lust wenig mit den verschiedenen Sehenswürdigkeiten zu tun hatte. Es gab nichts, was ihn mehr beeindruckt hätte als etwas anderes. Über allem stand, zur rechten Zeit betrachtet, der Mond, im Idealfall einen Zustand aufweisend, der einen Blick auf die Purbachsche Wallebene zuließ.

Obgleich weiterhin ein Anhänger technikfreier Mondbetrachtung, hatte sich Leo dennoch ein transportables Teleskop zugelegt und saß an vielen Abenden und in vielen Nächten auf irgendwelchen Hotelbalkons oder nahen Erhebungen, um nach Stunden der Beobachtung mit freiem Auge auch einen Blick durch das Linsensystem zu werfen. Dabei geschah es, daß er – im türkischen Gaziantop, nahe der syrischen Grenze – das Glück hatte, genau in dem Moment auf Purbach zu blicken, als sich ein Meteorit in die sandige Landschaft bohrte. Was Reisiger auf merkwürdige Weise bedrückte, ein bißchen wie man in eine Stadt seiner Kindheit fährt, um festzustellen, daß sich alles verändert hat, die kleine Eisdiele verschwunden ist, auf dem Fußballplatz ein Einkaufszentrum steht, die hübschen Mädchen von damals mit immens breiten Hintern durch die Gegend wackeln.

Keinesfalls wäre Reisiger jetzt auf die Idee gekommen, einer von den astronomischen Gesellschaften von seiner Beobachtung zu berichten. Statt dessen fuhr er hinunter in die Lobby, wo Babett mit ein paar Geschäftsleuten zusammensaß – Waffenhändler, wie Leo meinte, weil sie gar so adrett und gebildet wirkten –, und genehmigte sich einen Drink, der außerhalb seines Rhythmus stand. Leo mußte jetzt an das andere, das österreichische Purbach, das Purbach im Garstner Tal denken und stellte sich vor, daß auch dort – im Rahmen eines naturgesetzlichen Gleichlaufs – ein Meteorit niedergegangen war, hinein in Bobecks Tannenwald, genau die Stelle treffend, an der einst eine Sternwarte gestanden hatte.

Mit einem Mal drängte es Reisiger, Pfarrer Marzell anzurufen. Eine verrückte Idee, aber er tat es. Er nahm ein paar bedächtige Schlucke von seinem Gin, zündete sich eine Zigarette an und ließ sich von einem Angestellten in die Telefonkabine helfen, ein Häuschen, eine Hundehütte von Telefonzelle. Er stellte das Glas zwischen seine toten Beine, nahm den Hörer und wählte die Nummer, die ihm Marzell in einem Anfall von Verbundenheit gegeben hatte.

»Hier ist Reisiger«, sagte Leo, als er die Stimme des Geistlichen vernahm.

»Das gibt es ja nicht«, schien Marzell erfreut, »Sie müssen wohl über einen sechsten Sinn verfügen.«

»Was? Sagen Sie jetzt bloß ... ein Meteorit ... auf ein Purbach ist ein Meteorit gestürzt.«

»Wie kommen Sie denn auf so was?«

»Also nicht?«

»Nein, Herr Reisiger. Kein Meteorit. Wo sind Sie überhaupt?«

»Gaziantop. Südöstlicher Taurus.«

»Klingt abenteuerlich.«

»Na ja, keine Bäume weit und breit und ziemlich heiß.«

»Bei uns ist es kalt«, sagte Marzell, »ein kalter Sommer. Und nirgends ein Meteorit, der uns einheizen könnte.«

»Das war nur so ein Gefühl«, meinte Reisiger betreten.

»Jedenfalls verblüffend«, sagte Marzell, »daß Sie gerade jetzt anrufen. Es ist keine zwei Stunden her, da war ein alter Bekannter von uns beiden in der Leitung.«

»Sagen Sie nicht ...«

»Ja, der gute Siem Bobeck. Keine Ahnung, von wo aus er angerufen hat. Das wollte er mir nun lieber nicht sagen. Auch hat er gemeint, er wäre sinnlos, den Anruf zurückverfolgen zu wollen. Keine Chance, er wisse ja ganz gut, daß er vorsichtig sein müsse.«

»Umso erstaunlicher, daß er überhaupt angerufen hat.«

»Das sagte ich ihm auch. Da hat er gemeint, es sei ihm ein großes Bedürfnis, sich bei mir zu entschuldigen. Er denke gerne an unsere Gespräche zurück. Purbach fehle ihm. Vor allem die Kirche, deren Renovierung ihm so am Herzen gelegen war. Auch sei ihm ganz schrecklich zumute, wenn er an diese eine Nacht denke. Nicht wegen seiner Frau, nicht wegen seiner Assistentin. Der Tod der beiden berühre ihn nicht. Natürlich, er habe ein Verbrechen begangen. Doch das wirkliche Verbrechen bestehe darin, daß er mich, ja, und auch Sie, Reisiger, mit hineingezogen habe. Gezwungenermaßen zwar, immerhin habe er raschest handeln müsse, nichtsdestoweniger belaste ihn das. Und obgleich natürlich das Überleben einiger Personen seinen Plan zunichte gemacht habe, könne er sagen, daß in meinem und Ihrem Fall wenigstens die richtigen Leute davongekommen wären.«

»Ich sitze im Rollstuhl« erinnerte Reisiger, ohne Wut, aber das Bild der Idylle ein wenig zurechtrückend.

»Ja, davon hat Bobeck auch gesprochen und wie sehr ihn dieser Umstand schmerzt.«

»Zu gütig.«

»Auch scheint er zu wissen, daß Sie sich auf einer Weltreise befinden.«

»Woher?«

»Keine Ahnung. Er weiß es eben. Und hat mich gebeten, Ihnen beizeiten auszurichten, daß er keine Sekunde vergißt, wie sehr er in Ihrer Schuld steht.«

»Der Kerl soll sich zum Teufel scheren.«

»Ich sagte ihm, daß Sie es wohl so sehen würden. Aber er hat nicht locker gelassen. Und läßt ausrichten, Ihnen gerne einmal wieder begegnen zu wollen. Überzeugt davon, daß Sie nicht der Mann sind, der mit der Polizei antanzt.«

»Aha, glaubt er das.«

»Na ja, wenn man bedenkt, daß Sie sich höchstpersönlich mit Fred Semper angelegt haben, wo doch jedermann auf dem Monopol der Exekutive bestanden hätte.«

»Wie wir da in diesem brennenden Turm eingesperrt waren«, bemerkte Reisiger, »hätte ich jede Polizei der Welt um Hilfe gebeten.«

Erst jetzt, so viel später, wurde Reisiger bewußt, daß keiner der Menschen, die damals in der Sternwarte gefangen gewesen waren, über ein Handy verfügt hatte, um etwa die Polizei um Hilfe zu rufen. Zumindest war niemand auf die Idee gekommen, ein solches zu benutzen. Ungewöhnlich. Wenngleich allerdings die verzweifelten Bemühungen der *Hundertfünfzig* zeigten, wie wenig dies wahrscheinlich gefruchtet hätte.

Und weil dies nun gerade der Moment des Erkennens von Widersprüchen war, fiel Reisiger ein, daß Tom Pliska damals, als man sich das erste Mal begegnet war, von Siem Bobecks Gleichgewichtsstörungen gesprochen hatte. Davon, daß Bobeck kaum in der Lage sei, gerade durch einen Raum zu marschieren.

Nun, das war nicht der Fall gewesen. Bobeck war ganz ausgezeichnet auf seinen beiden Beinen gestanden. Und stand noch immer. Reisiger aber hatte bis zum heutigen Tag gebraucht, seiner eigenen Beinkraft längst beraubt, um sich an Pliskas Äußerung zu erinnern. Komisch, was man alles vergaß und alles übersah.

»Was soll ich sagen?« meinte Marzell. »Bobeck vertraut Ihnen, so wie er mir vertraut.«

»Haben Sie die Polizei benachrichtigt?« fragte Reisiger.

»Selbstverständlich. Er hat ja nicht etwa eine ordnungsgemäße Beichte abgelegt, die mich zum Schweigen verpflichtet hätte. Nicht, daß ich ihm etwas nachtrage. Es wäre kindisch, die Sache persönlich zu nehmen. Andererseits kann ich es mir nicht erlauben, ihn auch noch zu decken. In einem Punkt habe ich mich allerdings zurückgehalten.«

»Wobei zurückgehalten?«

»Nun ja, Bobeck hat darauf bestanden … nun, ich soll Ihnen ausrichten, daß wenn Sie sich schon mal auf einer Weltreise befinden, Sie ihn doch aufsuchen mögen, unseren Freund Bobeck.«

»Ach was. Meint der Mann vielleicht, ich könnte meinen lahmen Hintern in Bewegung setzen und der guten, alten Zeiten wegen bei ihm vorbeisehen. Und wo, bitte schön, soll ich ihn treffen?«

»Am Einstieg zum Fegefeuer«, berichtete Marzell.

»O nein!« stöhnte Reisiger.

»Doch, doch«, sagte der Pfarrer. »Dabei hat Bobeck Surius zitiert, welcher erklärt, Gott wollte derartige Orte, damit die Sterblichen unzweifelhaft von der Existenz solcher Strafen nach dem Tod erführen und also den Herrn recht fürchten lernten.«

»Ein Krater?« interpretierte Reisiger. »Soll ich glauben, Bobeck würde sich am Rande eines Kraters verstecken?«

»Ich bin mir nicht sicher, ob er eine natürliche Öffnung meint. Er hat sich leider sehr rätselhaft ausgedrückt. Ich denke, er will, daß man ihn findet, daß endlich alles ein Ende hat. Aber er will es eben nur mit halbem Herzen.«

Reisiger wurde ungeduldig. »Also los, reden Sie.«

»Bobeck läßt ausrichten, er würde auf dem *Saturn* hocken und *Spaghetti* kochen. Ich denke, ich habe der Polizei nicht viel verheimlicht, indem ich das ausließ. Nicht wahr?«

»Kann man wohl sagen. Was soll man damit anfangen? Saturn? Spaghetti? Ein bißchen sehr unkonkret.«

»Er hat sich geweigert, deutlicher zu werden. Er möchte, daß Sie ihn finden. Aber er möchte wohl, daß Sie sich anstrengen.«

»Er kann mich mal. Ich sehe mir jetzt die Welt an, lass' die Dinge peu à peu an mich herankommen und werde mit Sicherheit nicht beginnen, über die Verbindung zwischen einem Planeten und einer italienischen Teigware nachzudenken.«

»Verständlich«, sagte Pfarrer Marzell. »Saturn kann ja eine Menge bedeuten. Saturn, der Erntegott. Aber natürlich auch der Stern der Melancholiker, was wohl eher zur Pforte einer Hölle paßt. Wieso aber Spaghetti? Meint er die Ringe des Saturns? Hunderttausend Ringe, wie man heute weiß. Ein Topf wohlgeordneter, ringförmig angelegter Nudeln? Hunderttausend Nudeln.«

»Hören Sie auf, Herr Pfarrer. Ich will nichts mehr davon hören. Sie sollten, unverständlich hin oder her, der Polizei davon berichten.«

»Das ist Ihre Sache. Die Information ist für Sie gedacht. Sie müssen entscheiden, wie Sie vorgehen wollen.«

»In den Müll damit«, bestimmte Reisiger, wünschte Marzell einen schönen Abend und legte auf. Er blieb noch eine viertel Stunde in der Telefonkabine, von niemand bedrängt, und genoß seinen Gin. Einen *Bols*. Wenn möglich trank er nur diese eine Marke, Dry Gin. Der Fotografie wegen, die in Reisigers kleiner Lowry-Biographie abgebildet war. Er hatte das Büchlein zusammen mit dem *Vulkan* in einem kleinen Antiquariat in Rom entdeckt, um jetzt auch einmal etwas Gutes über diese Stadt zu sagen. Beide Bände waren deutschsprachig, was ja zunächst der einzige und auch ziemlich lächerliche Grund dafür gewesen war, überhaupt etwas in dem Laden zu kaufen, als würde man sich ein bestimmtes Pferd anschaffen, bloß weil es zufälligerweise den Namen der eigenen Urgroßmutter trägt. Auf diesem Foto sieht man Lowry 1953 im kanadischen Dollarton vor seiner Holzhütte stehend. Er grinst. Er grinst, als balanciere er Nägel zwischen den Lippen. Oder spitze Käfer. Der Gürtel, der die hochgeschobene Hose stützt, scheint den ganzen Mann zusammenzuhalten, zuerst den Unterleib des Mannes und mittels des Unterleibes auch den Rest. In seiner Linken hält Lowry ein Buch, in der Rechten – merkwürdig sachte, als umfasse er den Hals eines noch lebenden Huhns – eine Flasche Gin, *Bols* eben.

Da nun Reisiger eine Affenliebe zu diesem im Ginmeer untergetauchten Autor entwickelt hatte, eine Liebe für seine Literatur nicht weniger als für seine Person, sein dunkles Glück und helles Unglück, glaubte er sich verpflichtet, wann immer möglich, diese eine Marke zu bestellen. Nur auf Grund der Fotografie, die für Reisiger die Qualität eines Heiligenbildchens besaß. Lowry war sein Christus geworden. Und auch so war es zu verstehen, daß Reisiger seine Trinkerei unter Kontrolle hielt, den Exzeß vermied und seine kleinen Einbrüche auf weichen Wellen vornahm, eben ganz im Unterschied zu Lowry und seinem Vulkan-Helden Geoffrey Firmin. Schließlich wäre Reisiger auch nicht auf die anmaßende Idee gekommen, trotz gelebten Christentums einen Märtyrertod am Kreuz sterben zu wollen.

Die Reise wurde fortgesetzt. Am liebsten saß Reisiger im Flugzeug, immer eine Flasche *Bols* bei sich. Was natürlich in der Regel untersagt war, daß Passagiere ihren mitgebrachten Alkohol tranken. Aber erstens flogen die Reisigers erste Klasse, soweit das möglich war, und zweitens scheuten sich die Flugbegleiter, einem Querschnittsgelähmten zu sagen, was sich gehöre und was nicht. Man ließ ihn in Frieden, umso mehr, als er niemals randalierte oder sich auch nur unhöflich verhielt. Von der Unhöflichkeit abgesehen, bloß krümelgroße Mengen der servierten Speisen zu sich zu nehmen.

»Du ißt wie ein Spatz«, sagte Babett, die auf dieser Reise einen immer größer werdenden Appetit entwickelte und nach und nach ihre perfekte Badefigur der Freßlust opferte.

»Ich bin wie ein Spatz«, erklärte Reisiger.

»Spatzen trinken keinen Alkohol.«

»Was weißt du denn?«

Nachdem sie den arabischen Raum absolviert hatten, gleich Zwergen, die durch ein heißes, leeres Backrohr marschieren, wechselten sie hinüber auf den afrikanischen Kontinent, wo man gewissermaßen den Freischälern auswich, jedoch etwas unternahm, was Reisiger im Vorfeld dieser Reise für unmöglich erachtet hatte: eine Reise durch die Wüste. Es ist nicht wichtig zu sagen, um welche Wüste es sich handelte. Wichtig allein war die Möglichkeit, einen Mond zu betrachten, der in der ungewohnt klaren Luft wie ein naher Freund stand. Vor allem war Reisiger damit beschäftigt, jene Stelle der Purbachschen Wallebene zu lokalisieren, in die der Meteorit sich gebohrt hatte. Und glaubte tatsächlich, den Punkt zu erkennen, auch wenn dies höchstwahrscheinlich auf einer Einbildung beruhte. Jedenfalls gab er dem Meteoriten eine Bezeichnung, die sich aus jenen sechs Ziffern zusammensetzte, mittels derer er einen Jackpot geknackt hatte. (Für alle, die es wissen wollen, oder auch nur Lust verspüren, den Teufel herauszufordern: 6, 19, 25, 38, 42, 47 – viel Glück!)

Nach zwei Monaten erreichten die beiden Weltreisenden die Südspitze Afrikas und kamen auf dem Tafelberg zu stehen, wobei sie noch immer so weit bei Verstand waren – auch Reisiger, Gin hin oder her –, bei ihrem Blick auf Kapstadt keineswegs zu meinen, Zell am See würde zu ihren Füßen liegen. Alles war im Lot. Kein Schlund tat sich auf. Die Welt schien ruhig und selbstzufrieden. Selbst das Wetter war ein kleines Geschenk, das man täglich in den Fensterrahmen gestellt bekam. Die Reisigers mußten schon in der Zeitung nachsehen (Babett las laut vor, und Leo tat freundlich, als höre er zu), um festzustellen, daß die Wirklichkeit auch eine andere sein konnte. Man sich etwa vorvorgestern noch in einem Land befunden hatte, in dem vorgestern ein Bürgerkrieg losgebrochen war. Oder daß eine Gegend von schweren Stürmen heimgesucht wurde, in der man vor kurzem bei Sonnenschein und milder Brise am Strand gesessen hatte. Indien ließ man aus, wie man eine Mahlzeit ausläßt, um sich nicht den Magen zu verderben. Oder auch nur – kleiner Selbstbetrug – etwas gegen seinen Bauch zu tun. Nepal aber sah man sich an, ja, man kletterte sogar auf einen Berg, so weit es mit dem Geländewagen ging, und es ging erstaunlich weit. Weit genug, um dünne Luft wie aus einem Strohhalm zu atmen und in den Wolken zu stehen. In einer solchen Wolke gefangen, legte Babett zum ersten Mal nach langer, langer Zeit ihre Hand auf die ihres Mannes und sagte, sie sei glücklich. Er war verwirrt, sehnte sich nach einem Schluck aus seiner Flasche, die gegen seine Hüfte drückte. Aber es hätte sich natürlich nicht gehört, jetzt einen Drink zu nehmen. Wie ein höflicher Automat sagte er: »Ich auch.«

Die Länder und Orte kamen und gingen. Für Reisiger, der ja – die Zeit in Hotelbetten ausgenommen – so gut wie immer in seinem Rollstuhl saß, war es, als zöge die Welt unter seinen Rädern hinweg, als bewege sich allein der Planet. Die Landschaft war ein Teppich auf Rollen.

Ein halbes Jahr nachdem sie ihre Reise angetreten hatten, erreichten sie Australien, wo sie ihren Sohn besuchten. Es freute Leo zu sehen, wie beliebt Robert war, wie sehr er in seiner bescheidenen Art die Leute für sich einnahm, selbst noch die Bescheidenheit dosierend, um auch da nicht zu übertreiben. Gewissermaßen waren es allein die Pferde, die Robert zu beeindrucken versuchte, riesige Tiere, die Leo mit Argwohn betrachtete, fiebrige Wesen, wütende Erzengel, rasant auch im

Zustand der Ruhe. Immerhin war es nett anzusehen, wie gut sich Robert auf diesen Ungetümen machte, ohne sie eigentlich zu kontrollieren. Mehr darum bemüht, das Tier nicht zu stören. Es kam Leo vor, als würde der Sinn dieser Art von Reiterei darin gipfeln, ein Bild zu erhalten. Kein Pferd ohne Reiter, da ein Pferderennen ohne Reiter in die Komik eines Wettlaufs unter Windhunden abgeglitten wäre.

Natürlich sagte er das nicht. Er war der letzte, der von solchen Dingen eine Ahnung besaß. Er war hier der Papa von Robert Reisiger, einem der besten Jockeys des Landes, der zweimal den Melbourne Cup gewonnen hatte und einen exklusiven Reitclub besaß, in dem eine Menge Leute versuchten, nur darum ein wenig Deutsch zu sprechen, um dem Besitzer eine Freude zu bereiten. Welcher wiederum mit keinem Wort erwähnte, daß eben jene Freude sich in Grenzen hielt. Was nicht weiter schlimm war. Roberts Leben schien eine schöne, gepflegte Bahn darzustellen, nicht anders als die Rennstrecken, die er auf den Rücken seiner Pferde absolvierte.

Wozu es nicht unbedingt einer Frau bedurfte. Auch war das nicht das Thema, das Leo und Babett ansprachen. Sie gehörten nicht zu den Eltern, die sich nach Enkeln sehnten. Und vor allem Leo war der letzte, der meinte, das wahre Glück des Menschen liege in einer Ehe begraben.

Umgekehrt machte Robert nicht die geringste Bemerkung bezüglich der Trinkerei seines Vaters, wenngleich dies natürlich jedermann auffiel. So sehr Leo Reisiger sein Maß beibehielt, schien er dennoch mit seinem Glas verwachsen. Er gab es kaum mehr aus der Hand. Gemeint ist ein ganz bestimmtes Glas, ein einfacher, kleiner, mehreckiger Becher, den er in dem Hotel in Gaziantop hatte mitgehen lassen und der in seiner Rechten lag wie ein Kind in einem elterlichen Schoß.

Eine Woche genügte. Nicht, daß auch nur ein ungutes Wort gefallen wäre. Gar nichts fiel. Leo drückte es gegenüber Babett so aus: »Diese Leute, die mit Pferden zu tun haben, kann man nicht verstehen, wenn man nicht selbst hin und wieder auf einem Pferd sitzt. Zumindest auf eines wettet. Was mir nicht im Traum einfallen würde, auf ein Tier zu setzen, das man zwingt, einen Menschen zu tragen. Und sei's mein Sohn.«

Die Eltern küßten diesen Sohn auf beide Backen, versprachen irgendwann wieder zu kommen und flogen hinüber zur Südspitze Südamerikas, zwischenzeitlich mit jener Gelassenheit, mit der man das Wirtshaus wechselt. Allerdings auch ein wenig mit der Müdigkeit behaftet, die der pausenlose Besuch verschiedener Wirtshäuser mit sich bringt. Sie durchquerten den amerikanischen Kontinent, als schritten sie durch einen Traum, ohne mit den Dingen wirklich in Berührung zu treten. Alles wie hinter einer Scheibe wahrnehmend, die einem das Schreckliche wie das Schöne letztendlich vom Leib hält. Was sicherlich die beste Art ist, diesen verwunschenen Kontinent zu begehen, diesen Planeten im Planeten, der wie ein zweiter, unnatürlicher Kopf aus dem Bauch der Erde herauswächst.

Ihre Reise durch die USA war nicht anders, als wenn sie von Köln nach Düsseldorf gefahren wären und dabei einige unnötige Pausen eingelegt hätten. Das eigentliche Ziel war Vancouver, wo ihre Tochter Susanna lebte, die übrigens niemals Susi oder Suse oder so geheißen hatte, immer nur Susanna. Sie war großgewachsen wie ihr Vater und hatte nie ein Pferd auch nur berührt. Es stellte eine deutliche, eigentlich abgeschmackte Ironie des Schicksals dar, daß ihr Verlobter, ein Mann, der wie ein später, gepflegter Punker aussah und im kanadischen Fernsehen die Kulturnachrichten sprach, daß dieser Mann Daniel hieß, also gleichlautend wie jener junge Prophet, der die biblische »Susanna im Bade« vor dem Tode bewahrt hatte, indem er die beiden Ältesten der Lüge überführte.

»Netter Zufall«, sagte Leo.

»Ach weißt du«, erklärte die Tochter ernsthaft, »ich fand nicht unbedingt, daß das gegen ihn spricht.«

»Aber warum denn eine Verlobung?«

»Weil es sich gehört. Der Würde wegen, des Anstands wegen. Ich mag nicht Händchen haltend mit einem Mann im Restaurant sitzen, mit dem ich nicht zumindest verlobt bin. Aber so was kannst du nicht verstehen.«

»Nein«, gestand Reisiger. Immerhin ging er nicht soweit, sich zu fragen, was er bei seinem Kind falsch gemacht hatte. Für so unanständig hielt er es nun auch wieder nicht, sich zu verloben. Nur ein bißchen abgedreht. Obwohl er als Katholik eigentlich Verständnis hätte haben müssen. Aber das war nicht der Katholizismus, den er meinte. In seinem spielte der Teufel eine Rolle. Nicht die Ehe. Nicht die ordnungsgemäße Introduktion zu einer weißen Hochzeit.

Susannas Verlobter war ein humorloser Mensch, der scheinbar immer nur sprach, wenn er etwas wirklich Wesentliches zu sagen hatte. Sein Kopf schien allein aus gescheiten Büchern zu bestehen. Er zitierte mehr, als daß er eine Meinung besaß. Er argumentierte wie mit einem Hammer, der sich aus den Namen großer Denker und großer Querdenker zusammensetzte. Gerade die Sparsamkeit, mit der er diesen Hammer einsetzte, besaß eine zermürbende Wirkung.

»Ein deprimierender Mensch«, meinte Reisiger, als er neben Babett im Bett lag.

»Er sieht blendend aus«, entgegnete seine Frau, »er ist modern, dabei zuvorkommend und hat nur Augen für Susanna. Er sieht sie an, als wäre er bereit, für sie in die Schlacht zu ziehen. In jede Schlacht, ganz gleich wie sinnlos.«

»Ist das denn Liebe, in sinnlose Schlachten ziehen?«

»In Schlachten, die man nicht gewinnen kann. Ja, das ist Liebe.«

»Wäre nichts für mich«, sagte Reisiger.

»Ich weiß, mein Schatz.«

Babett hatte begonnen, ihren Mann wieder mit »Schatz« anzusprechen, was ihm zunächst unangenehm gewesen war, als hätte sie ihn »Schweinchen« oder »mein kleines Stinktier« oder »Leo-Baby« gerufen, aber er gewöhnte sich daran, gewöhnte sich an die Nähe, die auch in dem einen oder anderen innigen Kuß bestand. Während dieser Küsse wähnte er sich als Beobachter, wie jemand, der im Park sitzt und den Tauben beim Picken zusieht. Intimer wurde man nicht. Nicht angesichts der Intimität, die darin bestand, daß Babett ihren Mann auf die Toilette begleitete und ihm half, sich nicht anzupinkeln. Die eigentliche Peinlichkeit aber bestand darin, immer und überall Toiletten finden zu müssen, auf die man ohne große Erklärungen gemeinsam gehen konnte. Und wo dann Babett mit jener krankenschwesternartigen Routine und Gelassenheit vorging, die Reisiger beschämte. Was ihm aber immer noch lieber war, als sich von männlichen Tischnachbarn, Mitreisenden oder Hotelangestellten helfen zu lassen. Wie hätte sich das angehört, den netten, kleinen, pensionierten Universitätsprofessor, den man gerade erst kennengelernt hatte und welcher so sehr für die deutsche Romantik schwärmte, zu fragen: »Könnten Sie mir rasch beim Scheißen helfen?«

Dann schon lieber Babett, die Ehefrau, als Krankenschwester.

Susanna blieb reserviert. Und zwar ganz anders als Robert, dessen gewisse Distanz zu seinen Eltern ja bloß der Distanz zu sämtlichen Menschen entsprach. Auch wäre Robert niemals beleidigend geworden. Sein heimlicher Vorwurf reduzierte sich quasi darauf, daß jemand *kein* Pferd war.

Susanna aber beleidigte durchaus, nicht in einer direkten Weise, sondern mittels einer Art von Stöhnen und Augenverdrehen und indem sie erbarmungslos ein Gesprächsthema wechselte. Leo und Babett fühlten sich in ihrer Gegenwart immer ein wenig dumm, erst recht in Gegenwart dieses famosen Verlobten. Die Angst der Eltern, dumm zu sein, entbehrte natürlich jeglicher Grundlage. Wenn man etwa über Filme sprach – und der Verlobte hielt sich darin für einen Experten –, wäre es für Babett ein leichtes gewesen, sich zu behaupten. Aber sie tat es nicht. Ja, der Verlobte erfuhr nicht einmal, daß es sich bei seiner zukünftigen Schwiegermutter um eine zumindest in Europa anerkannte Kritikerin handelte. Hätte er es gewußt, er hätte achtgegeben, mit dem, was er sagte. Aber er wußte es eben nicht, und Susanna hätte auch nie davon gesprochen. Sie tat so, als seien ihre Eltern eben nur Eltern, oder besser gesagt Kinder, kleine, einfältige Kinder, die sich hoffentlich bald wieder in ihr Kinderzimmer verziehen würden.

Taten sie dann auch. Leo und Babett gaben ihrer Tochter den Segen, verließen die Stadt und fuhren mit einem gemieteten Wagen, den Babett mit einer Sorgsamkeit steuerte, als mähe sie einen Rasen, hinüber nach Dollarton, wo sie nach dem Strand suchten, auf dem Malcolm Lowrys Squatterhütte gestanden hatte, oder vielleicht noch immer stand.

Die kleine Biographie, die Reisiger wie einen in Formalin eingelegten Embryo bei sich trug, blieb diesbezüglich vage, sprach von der Zerstörung des Piers im Frühjahr 1956 (als Lowry bereits zum endgültigen Sterben nach England zurückgekehrt war), nicht aber, was mit dem Häuschen geschehen war. Reisiger befragte Passanten, überzeugt, daß zumindest eine Art von Gedenkstein oder ein nach Lowry benanntes Archiv existieren müßte. Tat es vielleicht ja auch. Aber die Leute schüttelten den Kopf, der Name war ihnen fremd. Einige kannten immerhin die Verfilmung von *Unter dem Vulkan* mit dem wunderbaren Albert Finney, der wie keiner vor und nach ihm die Gestalt eines Trinkers verkörpert hatte, und genaugenommen, wie keiner vor und nach ihm auch die Gestalt eines englischen Gentlemans. Wären alle Engländer so, man müßte dieses Land küssen. Wie schade …

Man kannte also den Film, nicht aber den Autor. Wobei Reisiger natürlich bewußt war, daß er schlichtweg die falschen Personen fragte. Das gab es nun mal, daß einem das Schicksal nur Menschen zuführte, die über Dinge Bescheid wußten, die einen nicht interessierten. Die nur die Straßen kannten, in die man nicht wollte. Da war es wieder: Kästners Seebühl am Bühlsee, das nur jene Leute kannten, die man nicht danach fragte.

Auch im örtlichen Telefonverzeichnis war kein Hinweis zu entdecken. Und ein Tourismusbüro blieb auf rätselhafte Weise verborgen. Dennoch war Reisiger nicht wirklich unglücklich. Es ergab sich eine gewisse Reinheit dadurch, daß er diesen Strand und diese Hütte, oder auch nur den Platz, an dem sie gestanden hatte, nicht finden konnte. Nicht finden durfte. Als angle man nach einem Fisch, schlußendlich froh darüber, ihn nicht gefangen, ihn somit weder gequält, verletzt noch getötet zu haben.

(Dies alles war um so erstaunlicher, als auf dem Gelände von Lowrys Hütte in den Achtzigern ein Park errichtet worden war, den man nach dem Dichter benannt hatte. Aber mal ehrlich: Wer kennt schon die Namen der Parks in seiner Umgebung? Wer beachtet Gedenktafeln, an denen er tagtäglich vorbeiläuft?)

Reisigers fuhren hinüber nach Montana, wo sie zwei Tage nichts anderes taten, als im Bett herumzuliegen, zu lesen oder zu schlafen und sich das Essen samt einer Flasche *Bols* aufs Zimmer bringen zu lassen. Montana lag vor ihrem Fenster wie ein großer, langhaariger Wachhund, dem man nicht wirklich trauen konnte.

Sie verließen die Stadt, ohne sie gesehen zu haben und fuhren quer durchs Land, um schließlich an der Ostküste, in Halifax zu landen, wo man an Bord der *Hyperion* ging, einem Luxusliner, welcher die Reisenden in der gehobenen Atmosphäre einer verlorenen Epoche hinüber nach Europa bringen sollte, nach Cuxhaven, was allein schon klang, als trete man eine Zeitreise an. Cuxhaven war ein Name von vorgestern, schwer vorstellbar, daß die Stadt überhaupt noch existierte.

Reisiger betrat das Schiff mit einem unguten Gefühl, nicht etwa, weil dieses schwimmende Hotel einen schlechten Eindruck machte, ganz im Gegenteil. Auch sicher nicht deshalb, da man eine Route fuhr, die in etwa jenen Punkt kreuzte, an dem die *Titanic* untergegangen war. Ein Unglück, welches derart oft verfilmt worden war, konnte niemandem einen Schrecken einjagen. Umso mehr, als man seit damals in kleinmütiger Weise daran ging, das Abenteuer zu unterbinden und Eisbergen auszuweichen. Das war es also nicht. Das, was Reisiger verunsicherte – wie Wespen das tun, die durch Zimmer fliegen –, war der Name des Schiffs: *Hyperion*.

Als astronomisch halbwegs gebildetem Menschen war Reisiger bekannt, daß dieser Hyperion, dieser Titan aus der griechischen Mythologie, nicht nur Hölderlin als Titelfigur gedient hatte und vielleicht auch noch einen Schokoriegel und ein Rasierwasser bezeichnete, sondern auch einem der Saturnmonde seinen Namen gab.

Saturn!

Seit Gaziantop, seit er mit Pfarrer Marzell gesprochen hatte, mußte Reisiger nun zum ersten Mal wieder an Siem Bobeck denken. Er hatte diesen Mann, diese ganze Geschichte erfolgreich verdrängt gehabt. Ja, es war ihm in einer Weise entfallen, wie dies Felix von Haug in seinem *Über die Vergeßlichkeit und ihren heiligen Nutzen* gefordert hatte. Aber so ist das mit den

Dingen. Die Dinge haben Geduld. Sie sind wie diese Bakterien, die, im Eis eingeschlossen, Ewigkeiten überleben. Die auf warmes Wetter warten können, während Menschen schon verrückt werden, wenn sie im Supermarkt in eine Schlange geraten. Bakterien und Dinge sind aber anders.

Reisiger erinnerte sich nun also an jene Bobecksche Nachricht, die darauf reduziert gewesen war, auf dem *Saturn* zu sitzen und *Spaghetti* zu kochen. Absolut nichts, womit ein Empfänger etwas anfangen konnte, zumindest nicht, wenn er auf wilde Spekulationen verzichtete. Und Reisiger hatte verzichtet. Auch der Umstand, immer wieder mit Saturn-Bezügen und noch viel mehr mit Spaghetti-Bezügen konfrontiert gewesen zu sein, hatte ihn nicht wanken lassen.

Jetzt aber, im Angesicht jenes langen, hohen, tatsächlich mehr wie ein Hotel anmutenden, schneeweißen Schiffes, bei dessen Taufe man wohl kaum an einen Saturnmond gedacht hatte, verspürte Reisiger eine gewisse Beklemmung. Er gehörte zu den Leuten, die hinter solchen Zufälligkeiten Warnschilder zu entdecken meinten. Unklare Warnschilder freilich, die dieses oder jenes bedeuten konnten, deren grundsätzliche Botschaft aber zweifelsfrei in die Richtung ging, besser etwas zu unterlassen, als es zu tun. Also ein Gebäude nicht zu betreten oder es nicht zu verlassen, einen Menschen nicht zu küssen, einen Vertrag nicht unterschreiben. Oder eben ein Schiff zu meiden.

Reisiger scheiterte in der üblichen Weise. Er scheiterte an der Konvention, an der eigenen Gebundenheit an ein normales Verhalten. Ganz klar, er wollte nicht hysterisch sein. Es ging nicht an, ein Schiff nur deshalb nicht zu betreten, weil es den Namen eines Saturnmondes trug. Einen Lottoschein verbrennen war etwas anderes. Der Lottoschein an sich – einer, der einen teuflisch hohen Gewinn versprach – stand außerhalb des Normalen. Nicht aber ein Schiff, so riesig es auch sein mochte. So teuer die Kabinen. So exaltiert das Personal. Ein Schiff war ein Schiff, es konnte maximal untergehen. Ohne daß ein Teufel sich darum hätte kümmern müssen.

Aber wie sicher war das? Reisiger rollte mit einem dunklen Gefühl und einer sprach- und bildlosen Ahnung an Bord. Die

Suite erwies sich als verschwenderisch großer Raum, mit einem Bett, auf dem sich Nilpferde hätten paaren können. Sie verfügte über einen Schreibtisch für Romanciers und einen Einbauschrank für Leute, die dreimal täglich die Garderobe wechselten. Und sie führte hinaus auf einen Balkon, von dem aus das Meer weit übersichtlicher anmutete, als man das gewohnt war. Als befinde sich auch dieses Meer im Besitz der Reederei.

Enten

Als Leo und Babett am ersten Abend das Restaurant betraten, empfing sie ein Steward, der sich mit einem punzierten Lächeln ihren Namen nennen ließ. Mit einem Gang, als schreite er über glühenden Kaviar, führte er sie an einen sechsstühligen Tisch, an dem bereits zwei Paare saßen. Leute Mitte Sechzig, Amerikaner, Freunde des Europäischen. Wie sich bald herausstellte wirkliche Freunde, deren Begeisterung für den alten Kontinent ohne den Vorwurf der Trägheit, der militärischen Abstinenz oder politischer Schwermut auskam. Nicht, daß sie die ganze Zeit von Tintoretto oder so was sprachen. Ihre Zuneigung zu Europa war vergleichbar mit jener, die Reisiger für den Hund Vier empfunden hatte. Der Umstand der Dreibeinigkeit mußte ja nicht unbedingt zu Mitleid führen, wenn ein Dreibeiner so würdevoll daherschritt, so voll mit den Geschichten seines Lebens, wie das Vier getan hatte. Auch Europa war ein Dreibeiner, lädiert, jedoch stolz und anmutig. Zumindest war das die Ansicht dieser beiden amerikanischen Ehepaare.

Nach der Suppe, die Leo ausgelassen hatte, um ein Glas Gin zu konsumieren, wie man zwar eine Hürde nimmt, aber tief in den Wassergraben springt, erschien der Steward von vorher. Das Punzierte in seinem Gesicht hatte sich aufgelöst, er zeigte sich untröstlich. Ein Fehler sei unterlaufen, der seinen Grund darin habe, daß man die eintretenden Gäste neuerdings nicht mehr nach den Zimmernummern frage, sondern nach den Namen, was weniger praktisch sei, aber viel eher dem Stil des Hauses entspreche. So habe es nun aber geschehen können, daß er das Ehepaar Reisiger mit einem Ehepaar Rei*singer* verwechselt habe und somit auch die Zuordnung zu den Tischen unrichtig erfolgt sei. Ein einziges kleines *n* habe dieses peinliche Durcheinander verursacht. Es täte ihm unendlich leid, aber er müsse darum bitten, einen Tausch der Sitzplätze vorzunehmen.

Bei alldem hatte er merkwürdigerweise nicht so sehr Babett und Leo angesehen, sondern einen von den Amerikanern, gerade so, als sei dieser es, bei dem sich der Steward für seine Unachtsamkeit tausendmal zu entschuldigen habe. Und genau dieser Amerikaner war es nun auch, welcher mit einer Stimme, die etwas von einem dicken Stapel alter Magazine besaß, erklärte, es komme gar nicht in Frage, daß man Herrn und Frau Reisiger von diesem Tisch wegscheuche.

»Wegscheuchen? Pardon, Mr. Lichfield, ich hatte nicht im Sinn, jemand ... wegzuscheuchen, ich dachte nur ...«

»Was dachten Sie, daß Leute, bloß weil sie ein *n* mehr in ihrem Namen tragen, besser hierher passen. Wollen Sie mich auch woanders hinsetzen, weil demnächst irgendwelche *Litchfields* bei der Tür hereinkommen und mit ihrem *t* protzen?«

»Aber verehrter Mr. Lichfield, daß ist doch gar nicht ... nicht das Problem ... ich ...«

Er versank in seinem Gestotter.

Lichfield machte dem ein Ende, in dem er kalt meinte: »Gehen Sie. Wir sind alle, denke ich, sehr zufrieden mit dieser Tischordnung. Es sind immer wieder die kleinen Irrtümer, die ein Glück begründen.«

Der Steward nickte wie unter einem Steinwurf, drehte sich um und verschwand.

»Lichfield«, sagte Babett, »*der* Lichfield.«

»Mein Gott«, sagte der kräftige, weißhaarige Mann mit dem Freiluftgesicht eines Segelbootbesitzers, »es gibt wohl eine Menge Leute mit diesem Namen.«

»Vor denen würde sich aber ein Steward nicht in die Hose machen.«

»Hatten Sie diesen Eindruck? Ich wollte den Mann nicht züchtigen.«

»Ich glaube, Sie hätten von ihm verlangen können, über Bord zu springen.«

»Sehen Sie«, sagte Lichfield, »darum rede ich so ungerne darüber, wer und was ich bin. Bevor das der Fall ist, finden mich die Leute sympathisch. Schätzen meine Gegenwart, ja, sogar meine Geschwätzigkeit. Danach ist alles anders, als hätten dieselben Leute Angst, ich würde versuchen, mir ihr

Grundstück unter den Nagel zu reißen. Selbst fanatische Kapitalisten tun sich schwer, mich dann noch nett zu finden.«

»Nun«, meinte Babett, »wenn man bedenkt, wie viele Ölfelder Sie besitzen, so würde ich sagen, ist die Angst ums eigene Grundstück zwar irrational, aber nachvollziehbar.«

»Ich bin kein Monster.«

»Das sagt doch niemand«, warf Lichfields Frau ein, mit Sorgenfalten, die wie eine Jalousie aufklappten.

»Im Gegenteil«, betonte Leo, »es war sehr freundlich von Ihnen, diesem kleinen Mistkerl von einem Oberkellner Beine zu machen. Ist doch klar, was er wollte. Er fand es nicht angebracht, daß einfache Leute wie wir mit einem Multimillionär am Tisch sitzen und vielleicht das falsche Zeug reden. Auch auf einem solchen Schiff existieren Klassenunterschiede, zumindest in den Köpfen des Personals. Wahrscheinlich sind diese Reisingers auch Multimillionäre.«

»Die Frage ist«, sagte Lichfield, »ob *Sie* es stört, hier mit uns zu Abend zu essen.«

»Meine Güte, ich bitte Sie!« erklärte Reisiger. »Wenn Sie wollen, teile ich mir mit Ihnen einen Oberkellner.«

Babett lachte und meinte, daß sie keineswegs um ihr Grundstück fürchte. Freilich sei sie verwundert, daß Lichfields nicht am Tisch des Kapitäns säßen.

»Wir wurden natürlich eingeladen«, sagte der Ölmensch, »aber ich habe höflich abgelehnt.«

Er wies auf das andere Ehepaar, alte Freunde, aber mitnichten Multimillionäre, die man vor vielen Jahren allein deshalb kennengelernt habe, weil man einmal nicht mit dem Privatflugzeug unterwegs gewesen sei. Außerdem müsse er erwähnen, mit dem heutigen Tag, jawohl, mit dem heutigen, in Rente gegangen zu sein. Ohnehin sei seine Gesellschaft längst Teil eines Konzerns, in dem er nur noch als alter Haudegen fungiert habe, ein Clown eigentlich, ein Clown unter Haifischen. Diese Leute hätten ihm zum Abschied allen Ernstes einen Picasso geschenkt, einen mißlungenen dazu. Wie abgeschmackt! Wer von den Reichen würde heutzutage keinen Picasso besitzen. Man müßte dreiviertel aller Picassos verbrennen, um den Wert eines einzelnen auf ein vernünftiges Niveau zu heben. Nicht den Geldwert, der so oder so verrückt sei. Den ideellen Wert.

»Ich habe ihn verbrannt«, sagte Lichfield.

»Den Picasso?«

»Heute morgen, vor unserer Abreise.«

Reisiger fühlte sich schmerzlich an seinen Lottoschein erinnert, auch wenn die Hintergründe natürlich völlig verschiedene sein mochten.

»Aber lassen wir das«, sagte Lichfield, »genießen wir den Abend. Ich sehe, Herr Reisiger, Sie trinken Gin.«

»Das tue ich.«

»Vernünftige Einstellung. Ich werde mich anschließen.«

»Vor dem Hauptgang?«, bemerkte seine Frau mit erneut lamellierter Stirn.

»Den lass' ich aus«, sagte Lichfield, »ich bin zu alt für die Hauptgänge.«

Es wurde ein netter Abend, obgleich man ein heftiges Gespräch über George Stevens' *Giganten* führte, einen Film, den Babett wegen der »surrealen Schärfe der Bilder« schätzte, während Lichfield abfällig davon sprach, daß es lächerlich sei, ausgerechnet Schwule Ölmagnaten spielen zu lassen.

»Haben Sie was gegen Schwule?«

»Das ist es doch nicht. Ich könnte selbst einer sein. Jeder könnte einer sein. Es gibt für mich wahrlich schlimmere Vorstellungen. Aber Ölgeschäft und Homosexualität schließen sich aus.«

»Warum das denn? Ist die Suche nach Öl denn so schrecklich männlich?«

»Nicht männlich«, sagte Lichfield, »sondern konventionell. Es prägt die Persönlichkeit in einer sehr eingleisigen Weise, die nun mal jegliche Entgleisung ausschließt. Ich rede ja nicht über den Wert oder Unwert dieser Entgleisungen.«

»Das ist mir zu hoch«, meinte Babett.

Das andere Ehepaar sprach wenig, schon gar nicht zu diesem Thema. Obwohl sie nicht etwa peinlich berührt schienen. Sie waren einfach gute Zuhörer. Das soll es auch geben.

Als man sich kurz vor Mitternacht trennte, fühlte man sich aller unterschiedlicher Meinungen zum Trotz freundschaftlich verbunden. Was übrigens auch für Mrs. Lichfield galt, die es zwar nicht gern sah, wenn ihr Mann seine Filmtheorien zum besten gab und sich zum Genuß von Gin verführen ließ, aber andererseits hatte sie seine Euphorie bemerkt und empfand Freude darüber. Die Euphorie angesichts von Menschen, die sich nicht aus dem Staub machten, wenn sie wußten, wer ihr Mann war.

Der nächste Morgen begann mit Enten. Nicht mit Entenfleisch, was kaum zu einem guten Frühstück gepaßt hätte, sondern mit Plastikenten.

Leo war nach einer durchwachsenen Nacht bereits rechtzeitig in die Bar gerollt, die lobenswerterweise noch vor den Frühstücksräumen ihre Pforten geöffnet hatte. Der kräftige Barkeeper hob ihn ohne große Umstände auf einen der Hocker. Reisiger liebte diese Plätze direkt am Tresen, auch wenn er dabei eine Haltung einnehmen mußte, als sitze er auf einer Kinderschaukel.

Keine zehn Minuten danach erschien Lichfield, glücklich, seinem neuen Freund zu begegnen.

»Es mag ein dummes Klischee sein«, sagte der Amerikaner, »aber es trinkt sich besser, wenn keine Frauen dabei sind. Gleich, wie diese Frauen denken. Denn mit einem Glas in der Hand – Sie verzeihen meine Offenheit – komme ich mir vor, als würde ich onanieren. Wobei gegen die Onanie, so modern bin ich schon, ja wirklich nichts zu sagen ist. Vom medizinischen Standpunkt so wenig wie vom psychologischen. Das ist erwiesen, habe ich gelesen. Aber unter Männern onaniert es sich natürlich um einiges leichter, als wenn Damen anwesend sind. – Ich schockiere Sie?«

»Nicht im geringsten. Ich verstehe, was Sie meinen, auch wenn ich es anders ausdrücken würde. Ich darf Sie doch einladen, Mr. Lichfield? Pur?«

»Gerne.«

Reisiger bestellte. Der Barkeeper – gläsern, gelblich und dicklich wie ein mächtiges Schauobjekt des eigenen Angebots, eine Flasche seiner selbst – servierte Lichfield seinen Drink und füllte Reisigers mitgebrachtes Glas nach.

»Eine prächtige Frau, Ihre Frau«, erklärte Lichfield, nachdem man sich zugeprostet und einen ruhigen Schluck getan hatte. »Sie wissen, was Sie an Ihr haben, nicht wahr?«

»Nun ja ...«

Es war der Lautsprecher, der Reisiger zu Hilfe kam. Eine Stimme, die wohl aus dem Französischen stammte, erklärte, daß jene Gäste, die Lust auf einen ungewöhnlichen Anblick hätten, sich bitte an Deck begeben wollten. Backbord nähere sich eine schwimmende Ansammlung einiger tausend Plastikenten. Das sei kein Witz. Wie man habe eruieren können, handle es sich dabei um den Teil einer vor elf Jahren zwischen China und Amerika über Bord gegangenen Containerladung von Badeutensilien. Die Enten hätten seither den Weg über drei Ozeane genommen, wären für Jahre im Eis der Bering-Straße festgesessen, um sodann Island zu erreichen und schließlich in den Nordatlantik zu gelangen. Exemplare seien in Europa und Hawaii gestrandet, während der nun gesichtete große Schwarm auf die amerikanische Ostküste zutreibe. Die Tiere seien entsprechend der Umstände stark ausgebleicht, aber nichtsdestoweniger im Vollbesitz ihrer Fähigkeit, sich über Wasser zu halten. Man könne dieses ... die Stimme stockte ... dieses Naturschauspiel mit freiem Auge betrachten, selbstverständlich stünden aber auch Ferngläser zur Verfügung, die auf dem Promenadendeck zur Austeilung gelangen würden.

»Sollen wir das glauben?« fragte Lichfield.

»Hört sich phantastisch an«, meinte Reisiger. »Jedenfalls können wir nicht hier sitzen bleiben, wenn da draußen solch mutige, kleine Tierchen vorbeischwimmen.«

Reisiger gab dem Barkeeper ein Zeichen, welcher ihn mit derselben Leichtigkeit zurück in seinen Rollstuhl setzte. Dieser Mann wäre wohl eine ideale Ergänzung zu Babett gewesen: ein sensibler Bär, der Drinks zubereitete.

»Ich darf Sie führen?« fragte Lichfield.

»Gerne.«

Beide mit Gin gefüllten Gläser fanden ihren Platz zwischen Reisigers Oberschenkeln, während Lichfield die Halterung des Rollstuhls umfaßte und Reisiger hinüber zum Sonnendeck schob, auf dem nun einige Leute in Bademänteln und Sandalen standen. Von Sonne allerdings keine Spur. Ein kräftiger, kalter Wind umspülte jene wenigen, die sich von der morgendlichen Durchsage aus dem Bett hatten treiben lassen. Was freilich kein einziger bereute. Im Gegenteil, es würden die anderen sein – die das wohl für einen idiotischen Scherz, eine absurde Art von Tagwache gehalten und sich verärgert zur Seite gedreht hatten –, welche später dieser Sensation nachtrauern würden. Und eine Sensation war es durchaus, als sich da nun auf dem graugrünen, von einem schneeigen Licht beschienenen Meer eine Armada von Plastikenten näherte.

Zunächst waren sie bloß als ein heller Fleck zu erkennen gewesen, den man für eine Schar von Möwen hätte halten können. Dann aber ergab sich selbst mit freiem Auge die Gewißheit – denn so nahe geriet das Schiff an die Ansammlung heran –, daß es sich tatsächlich um Enten handelte, die einst bestimmt gewesen waren, in den Badewannen amerikanischer Bürgerkinder ein mehr oder weniger trostloses Dasein zu führen. Statt dessen hatten sie mehr als ein Jahrzehnt in einer grandiosen wie gnadenlosen Natur zugebracht. Reisiger stellte sich jetzt bildlich vor, wie sie da einer am anderen, im Eis der Bering-Straße eingeschlossen, einen langen Schlaf geschlafen hatten, nicht anders als jene Burgbewohner im Grimmschen *Dornröschen*. Und wie ein warmer Wind sie wachgeküßt hatte.

Das eigentlich Bemerkenswerte bestand nun weniger darin, daß einzelne Exemplare oder kleinere Gruppen aus dem Verband ausgebrochen waren, um bis nach Hawaii und in diverse nordeuropäische Küstengewässer zu gelangen, sondern daß das Gros dieser Population in all den Jahren, in all den Stürmen zusammengeblieben war, während solches Spielzeug im Durcheinander von Bade- und Kinderzimmern und erst recht im Chaos von Schwimmbädern rasch verlustig ging.

Wer konnte behaupten, ein und dieselbe Badeente ein Jahrzehnt lang nicht aus den Augen verloren zu haben? Diese famosen Tierchen hingegen, die als geschlossene, ovale Formation an der *Hyperion* vorbeitrieben und welche schon längst das Interesse der Meeresforschung geweckt hatten, waren weder untergegangen noch in irgendeinem ewigen Eis verschollen. Natürlich veranlaßte das ein paar Nörgler, die Verschmutzung der Weltmeere und den fatalen Ewigkeitsanspruch von Plastik zu beklagen. Für Reisiger aber, auch für Lichfield, für einen jeden, der hier an der Reling stand, um die Hartnäckigkeit und stoische Würde dieser ausgebleichten, aber nicht ausgebrannten Ententiere zu betrachten, war es ein Wunder. Ja, es erschien Reisiger, als hätte Gott persönlich, aus jener kleinen, puren Freude heraus, mit der man im Hinterhof seines Hauses ein Gemüsebeet anlegt, seine schützende Hand über diese Wesen gehalten. Vielleicht, weil sie es mehr verdienten als der Rest der Welt.

»Herrlich, nicht wahr?« meinte er mit einer Hochachtung, die er selten noch empfunden hatte.

»Man kann sie beneiden, diese Enten«, sagte Lichfield, »es wirkt alles so perfekt. Perfekt und familiär. Es ist die Geborgenheit großer Herden, die ohne Führung und Hierarchie auskommen, weil alle in der gleichen Weise dem Instinkt und dem Schicksal unterworfen sind. Jetzt abgesehen davon, daß für solche Enten die Sexualität keine Rolle spielt. Das ist natürlich ein großer Vorteil, sich nicht vermehren zu müssen und dennoch in der Lage zu sein, die Art zu erhalten. Der Verzicht auf Selektion, das wäre die Lösung.«

»Meine Güte, Lichfield, was sind denn das für Träume?«

»Man darf auch hin und wieder phantasieren, finde ich. Damit ist natürlich kein Staat zu machen. Umgekehrt halte ich wenig von Ideologien. Eben, weil sie alle auf die eine oder andere Weise auf Selektion setzen. Sie versuchen die Welt zu verändern anstatt die Natur. Nicht, daß ich etwas von diesen Gensachen halte. Um die Natur zu verändern, müßte man sie verstehen. Und ich glaube nicht, daß wir das tun.«

»Meine Frau behauptet, Sie wären Ehrenmitglied der republikanischen Partei.«

»Mir ist jede andere Partei genauso unsympathisch. Aber ich sagte ja schon, wer im Ölgeschäft arbeitet, verhält sich eingleisig. In meiner Position gehört es einfach dazu, Republikaner zu sein. Diesem Haufen unmöglicher Leute anzugehören. Vulgäre Menschen, darunter viele Schwule. Die von der schrecklichen Sorte, die vor lauter Angst, entlarvt zu werden, sich markig geben und gegen alles Schwule wettern. Ich nenne sie *Die Röhms*.«

Reisiger fand, daß Lichfield ein bißchen viel zu diesem Thema zu sagen hatte. Aber er verbiß sich eine Bemerkung, konzentrierte sich wieder auf die Schar der Gummi-Enten. Es hatte etwas Trauriges, sich vorzustellen, daß sie demnächst die Ostküste erreichen, möglicherweise stranden würden, um dann untersucht und seziert zu werden, Opfer einer schamlosen Wissenschaft, die dem Wunder mit unlauteren Mitteln zu Leibe rückt, um danach dümmer dazustehen als zuvor. Im besten Fall würden einige Exemplare doch noch in den Badewannen privater Haushalte landen. Aber wäre das wirklich ein Glück zu nennen? Nach einem abenteuerlichen, in der großen Gemeinschaft verbrachten Leben auf den Meeren und im Eis in die Hände eines Kindes oder badenden Fetischisten zu geraten, um dann untergetaucht zu werden. Ganz nach dem Motto: Wollen wir doch mal sehen.

Noch lange blickten die Passagiere den Enten nach, wie sie wieder zu einem weißen Flecken verschmolzen und hinter der Wölbung der Erde verschwanden. Wortlos trat man auseinander. Erst nach und nach sollte sich das Gefühl legen, Zeuge eines geheimnisvollen, übernatürlichen Ereignisses geworden zu sein, Gott zugeschaut zu haben, als dieser gerade mal nicht würfelte. Beim Frühstück dann war die Sache nur mehr eine amüsante Geschichte, eine skurrile Angelegenheit, von der die Dabeigewesenen den Zuspätgekommenen berichteten.

Reisiger aber sprach kein Wort. Er wollte sich die Sache erhalten, wie sie gewesen war. Darüber zu reden hätte alles verdorben. Auch Lichfield ließ sich bloß zu einer kleinen, sachlichen Darstellung hinreißen. Er war verhalten wie selten. Möglicherweise aus Respekt vor Reisigers Schweigen. Es waren Leute vom Nebentisch, die herüberschrieen ... also, sie schrieen nicht, aber erzählten recht laut, was geschehen war, in einer Art, als hätten sie einen Elefanten beim Fußballspielen beobachtet. Widerlich!

Nach dem Frühstück nahmen Mrs. Lichfield, Babett und das andere Ehepaar an einer Führung teil, zu welcher der Kapitän eingeladen hatte, ein Schönheitschirurg von Mensch, der aussah, als hätte er an sich selbst herumgewerkt und den einen oder anderen kleinen Schnitzer begangen. Und zwar mit voller Absicht.

Lichfield und Reisiger gingen zurück in die Bar, um fortzusetzen, was sie begonnen hatten. Der Barkeeper empfing sie ohne große Worte, aber mit einer Geste, mit der man langjährige Stammgäste willkommen heißt.

»Hätten Sie Lust«, fragte Lichfield Reisiger, »mich heute nachmittag auf einen kleinen Ausflug zu begleiten?«

»Was für einen Ausflug?«

»Mit dem Helikopter, den sie hier an Bord haben. Ich bin zwar seit einem Tag und einer Nacht im Ruhestand, aber man kann seine Vergangenheit natürlich nicht so einfach abstreifen. Es ist ein purer Zufall, aber unser Schiff wird sich gegen zwei Uhr nicht unweit einer Bohrinsel befinden, die ich vor elf Jahren errichten ließ. Ja genau, als diese Entchen über Bord gingen. Eine gigantische Plattform, die größte zur damaligen Zeit. Was nichts daran ändert, daß ich es nie geschafft habe, ihr auch nur einen einzigen Besuch abzustatten. Unglaublich. Immer kam etwas dazwischen. Begleiten Sie mich?«

»Auf die Bohrinsel?«

»Ich habe den Kapitän gebeten, mich rüberbringen zu lassen, wenn es soweit ist. Ein Stündchen, vielleicht zwei. Er hat gemeint, das gehe in Ordnung. Der Hubschrauber verfüge über das Potential, das Schiff ohne Problem einzuholen. Auch wenn ich sicher bin, daß das weder den Gepflogenheiten noch den Sicherheitsvorschriften entspricht. Aber Sie können sich vorstellen, daß der Kapitän einen Teufel tun wird, mir einen Wunsch abzuschlagen. Wenn ich schon an seinem Tisch nicht Platz zu nehmen wünsche, will er mir wohl zeigen, daß es ihm ein leichtes ist, einem alten Trottel seinen Spaß zu gönnen. Unser Kapitän scheint mir ein Mann zu sein, der lieber einen Flottenverband kommandieren würde, als sich mit ein paar abgetakelten Millionärswitwen über die Qualität kanadischer Opernhäuser zu unterhalten. Ich denke, er ist der Typ, der gerne einen Eisberg rammen würde, so eine Art Moby Dick der zivilen Schiffahrt. Aber Eisberge rammen geht natürlich nicht mehr. Mir einen Flug spendieren ist was anderes.«

»Das sind dann die Rettungshubschrauber, die im Ernstfall fehlen, weil sich irgendein Minister nach Acapulco bringen läßt.«

»Hören Sie auf mit dem Schwarzmalen. Begleiten Sie mich, wenn Sie ein Freund sind.«

»Ich sitze im Rollstuhl, haben Sie das vergessen?«

»Wer an der Theke hockt, kann auch in einem Hubschrauber sitzen.«

»Das ist weit hergeholt, finde ich. Aber gut, ich komme mit. Meine erste Bohrinsel. Warum nicht?«

»Was willst du auf einer Bohrinsel?« fragte Babett ihren Mann beim Mittagessen, das man zu zweit in einer Art Bistro einnahm und das für Reisiger aus seinem Gin und einem Salat bestand, den er wie ein Hungerkünstler von einer Ecke zur anderen schob.

»Ich weiß nicht. Aber ich stelle es mir spannend vor.«

»Ein Haufen Stahl und Beton mitten im Meer«, kommentierte Babett, nicht, weil sie etwas gegen Technik hatte. Es störte sie, daß ihr Mann sie verließ, auch wenn bloß für eine Stunde. Im Grunde waren sie beide während der gesamten Reise zusammengeblieben. Leos Abstecher in kleine Kneipen oder auf die Dächer der Hotels, um sein Teleskop aufzustellen, waren da nicht ins Gewicht gefallen. Auch wäre Babett jederzeit zur Stelle gewesen, um Leo zu helfen. Eine Bohrinsel, ein Hubschrauberflug, das war etwas anderes. Gerne hätte sie ihren Mann begleitet. Doch offensichtlich wollte Lichfield die Frauen nicht dabei haben. Oder dies wäre allein am Organisatorischen gescheitert.

»Du solltest nicht fliegen, Leo. Ich sage jetzt nicht, daß du ein Krüppel bist, der in einem Hubschrauber und auf einer Bohrinsel nichts verloren hat. Aber muß das wirklich sein? Was will Lichfield da?«

»Die Bohrinsel gehört ihm. Oder hat ihm mal gehört. Er war nie dort. Und jetzt ist er eben sentimental geworden und will sich sein großes Baby ansehen.«

»Er sollte bei seiner Frau bleiben. Und du solltest auch bei deiner Frau bleiben.«

»Mein Gott, Babett, wir gehen nicht auf Walfang. Wir fliegen rüber, sagen guten Tag, kriegen wahrscheinlich einen Helm aufgesetzt, sind ein bißchen überwältigt und kehren auch schon wieder zurück. Pures Sightseeing.«

»Trotzdem.«

Es ärgerte Leo diese mütterliche Anhänglichkeit. Dennoch legte er jetzt seine Hand auf die seiner Frau, wie man ein gutes Buch auf ein noch viel besseres legt, und versprach ihr, auf sich aufzupassen.

Sie sah ihn an, als halte sie das für unmöglich.

»Also gut«, meinte Leo, »dann wird eben Lichfield auf mich aufpassen. Er scheint mir ein gewiefter Mensch zu sein. Einer, der nicht untergeht. Aus der Familie der Plastikenten.«

»Du bist keine Ente«, sagte Babett. »Vergiß nicht, wie du selbst einmal behauptet hast, du seist ein Spatz.«

»Die sind auch robust«, bemerkte Leo und rückte seinen Salat endgültig in weite Ferne.

Babett lächelte müde. In ihren Augen war ein Glanz von Bitterkeit, als stehe sie vor einem Grab.

Um Viertel vor drei klingelte das Telefon in Reisigers Suite. Babett stürmte geradezu auf den Hörer zu, als könnte sie jetzt noch irgend etwas abwenden. Nun, sie hätte schon das Kabel herausreißen müssen. Tat sie aber nicht. Sie hob ab. Es war Lichfield.

»Hat Ihr Mann noch Lust? Ich wäre jetzt soweit.«

»Ja, er hat noch Lust«, sagte Babett, wie man sagt: Friß Scheiße.

Kurz darauf betrat man das Hubschrauberdeck, kleiner, als sich Leo das gedacht hatte. Grün wie ein Rasen, mit einem orangen Punkt in der Mitte und einer orangen Umrandung. Leo fühlte sich unwohl beim dem Gedanken, daß man bei der Rückkehr auf dieser Miniatur eines Golfplatzes würde landen müssen. Nun gut, es war eindeutig zu spät für einen Rückzieher. Lichfield empfing ihn mit dem strahlenden Lächeln eines Wiedergeborenen. Er trug einen weißen Leinenanzug, ein weißes Hemd, weiße Schuhe und einen weißen Hut. Er stand neben dem Helikopter und sah aus wie ein Fernsehprediger beim Antritt zu seiner Welttournee.

»Ein guter Tag«, sagte Lichfield. Das Wetter konnte er nicht meinen.

Zwei Matrosen hievten Reisiger mitsamt seinem Stuhl in den engen Passagierbereich, wo man so knapp hinter dem Piloten saß, als fahre man mit einem Taxi. Augenblicklich wurde der Flugkörper gestartet. Leo fühlte sich wie unter einem Karussell, über das man die Kontrolle verloren hatte. Wie hieß dieser Hitchcock-Film doch gleich, wo am Ende das Karussell ...? Babett hätte es ihm natürlich sagen können. Aber Babett war weit weg. Er sah sie – als man nun abhob und eine Ehrenrunde um die *Hyperion* zog – zusammen mit Mrs. Lichfield an der Reling stehen. Beide Frauen winkten. Selbst auf die Entfernung konnte er sehen, oder meinte eben zu erkennen, daß Babetts Winken die wächserne Steifheit von etwas besaß, was man gegen seinen Willen unternimmt. Wahrscheinlich winkte sie nur, weil Mrs. Lichfield es tat.

Lücken gibt es immer

Der Hubschrauber drehte von der *Hyperion* ab und schoß hinaus in den kaltgrauen Himmel, aus dem einzelne weiße Wolkenränder wie Schimmel aus einer Wand quollen. Das Meer wirkte nun glatt und hart und unbewegt, eine Piste. Das änderte sich, als Minuten später die anwachsende Gestalt der Bohrinsel zu erkennen war und damit einhergehend auch das Meer wieder einen heftig bewegten Eindruck machte.

»*Barbara's Island*«, schrie Lichfield.

»Wo?« schrie Reisiger zurück, der glaubte, Lichfield meine eine wirkliche Insel. Aber wirkliche Inseln gab es hier nicht.

»Die Bohrinsel«, erklärte Lichfield. »Sie heißt so. Ich habe sie nach einer Jugendliebe benannt.«

»Nette Geste. Weiß Ihre Frau davon?«

»Das war natürlich vor ihrer Zeit. Daß ich diese Plattform so getauft habe, davon hat – da bin ich mir sicher – nicht einmal Barbara selbst je erfahren. Während hingegen die Leute, die dort arbeiten, aus gutem Grund glauben, die heilige Barbara sei gemeint, die Schutzpatronin der Bergleute. Die Nothelferin, zu der man betet, wenn ein Sturm aufzieht, einer, der das übliche Maß übersteigt. Nicht, daß Gebete nötig wären. Die Insel ist unsinkbar. Fest verankert.«

»Das hat man von diesem Schiff, das da gleich in der Nähe liegen soll, auch behauptet.«

»*Barbara's Island* steht seit elf Jahren. Ich sagte es schon: So lange wie diese Plastikenten durch die Meere treiben. Es hat nie auch nur den Ansatz einer Schwierigkeit gegeben, im schlimmsten Sturm nicht. Und an schlimmen Stürmen ist die Gegend hier reich. Ein Revier zum Fischen, aber keines zum Angeln, wenn Sie verstehen, was ich meine.«

Tatsächlich entsprach *Barbara's Island* nicht dem Bild, das Reisiger von Bohrinseln besaß. Die ganze Konstruktion mutete utopisch an, als liege sie nicht ein paar hundert Kilometer östlich von Neufundland, sondern im Meer eines allein von Meeren überschwemmten fernen Planeten. Um die zentrale Plattform herum, von der vier hülsenförmige Türme aufragten, war ein mächtiger, nach außen hin zahniger Betonring ausgelegt, welcher frei zu schwimmen schien. Jedenfalls war keine Verbindung zum Hauptgebäude zu erkennen. Wenn man denn von einem Gebäude sprechen durfte, als handle es sich um die Villa eines größenwahnsinnigen Meeresbiologen.

Reisiger dachte unweigerlich an die Figur des Karl Stromberg, welcher von Curd Jürgens mit selbstverliebter Getragenheit interpretiert worden war. Eine Getragenheit, die suggeriert hatte, daß die Welt über und unter dem Wasser auch nichts anderes sei als ein Wiener Burgtheater.

Gemäß Lichfields gebrüllter Erläuterung stellte dieser geschlossene Betonring die Eiswand dar. Welche auch vonnöten war. Denn der Vorteil einer Bohrinsel, die mit dem Meeresboden fest verbunden war und solcherart nicht kippen konnte, während schwimmende Plattformen dies immer wieder taten, dieser Vorteil zog unweigerlich den Nachteil nach sich, unbeweglich zu sein. Definitiv. Denn so weit fortgeschritten, so tief in der Utopie und der Zukunft steckte diese Konstruktion nun doch wieder nicht, daß man sie im Notfall von der Verankerung hätte lösen können. Was bedeutete, daß es unmöglich gewesen wäre, eventuell sich nähernden Eisbergen auszuweichen. Darum diese ringförmige Eiswand, die man ebenfalls fix im Boden installiert hatte und welche die Attacke eines sechs Millionen Tonnen schweren Eisberges hätte überstehen können. Ein Ereignis, das nach den Berechnungen der Statistiker nur alle zehntausend Jahre in Frage kam.

Aber was hieß das eigentlich, fragte sich Reisiger, der als gläubiger Mensch wenig von Statistiken hielt. Was nützte denn die immense Spanne von zehntausend Jahren, wenn diese zehntausend Jahre vielleicht gerade heute zu Ende gingen? Und was war, wenn dieser Eisberg dann nicht bloß sechs Millionen, sondern sechseinhalb Millionen Tonnen wog? Welche Toleranz war noch denkbar? Wann war der Punkt erreicht, da jedes Gramm, jedes Grämmchen ein Grämmchen zuviel war?

Der Punkt existierte, natürlich tat er das. Darum ja Katastrophen. Und der, der in einer solchen Katastrophe wie ein Wurm im falschen, weil gepflückten Apfel saß, für den war es ja wohl kaum ein Trost, daß während der vergangenen zehntausend Jahre nichts dergleichen geschehen war. Freilich war kein einziger Eisberg in Sicht, als man jetzt den Ring überflog und sich der Basis näherte. Mit Erleichterung stellte Reisiger fest, daß das Helideck um einiges großzügiger dimensioniert war als auf der *Hyperion*. Nicht grün, sondern rot. Es kam ihm vor, als setze man auf einem flachen Herzen auf.

Noch auf dem Landeplatz wurde Lichfield vom Direktor der Bohrinsel empfangen. Wenn dieser nun an einen James-Bond-Bösewicht-Burgschauspieler zu erinnern hatte, dann weniger an den stattlichen Curd Jürgens als an den völlig unstattlichen Klaus Maria Brandauer.

Der Mann begrüßte Lichfield mit höflicher Genervtheit, wie man das eben tut, wenn Leute auftauchen, die eigentlich nichts mehr zu sagen haben. Gleich ehemaligen Staatspräsidenten, die die Welt bereisen und mit Ratschlägen bombardieren.

Lichfield aber bombardierte nicht, erklärte vielmehr, er wolle nicht stören, zudem stehe ihm bloß eine gute Stunde zur Verfügung, in der er sich ein wenig umzusehen gedenke. Eine spezielle Führung sei nicht nötig. Auch wenn er die Plattform noch nie aufgesucht habe, könne er behaupten, er kenne *Barbara* ganz gut. Freilich sei es etwas anderes, endlich mit eigenen Füßen auf der guten Seele zu stehen.

Lichfield stellte nun Reisiger vor, den man wie ein antikes Möbelstück aus dem Hubschrauber geborgen hatte.

»Mein Freund und ich«, bat Lichfield, »wollen uns ganz ungezwungen bewegen. Es wird also nicht nötig sein, wenn Sie selbst sich bemühen. Geben Sie uns einen Mann mit, das genügt. Ich will hier keine Unruhe stiften.«

Der Chef der Bohrinsel betrachtete Lichfield mit einem vielsagenden Blick, der wohl bedeuten sollte, daß der Auftritt in einem blendendweißen Anzug sich wenig eigne, die Ruhe zu erhalten. Abgesehen davon war es beleidigend, derart abserviert zu werden. Aber selbstverständlich wurde Lichfields Wunsch entsprochen und ein junger Mensch aus dem Stab beauftragt, die beiden Herren zu begleiten. Wobei der junge Mensch als Cambridge-Absolvent tituliert wurde, was in der gegebenen Situation eher abwertend klang, als bekäme man einen Mann als Bergführer zugewiesen, der noch nie auf einem Berg gewesen war. Tatsächlich wirkte der Cambridge-Mensch ein wenig verloren. Nicht dumm, natürlich nicht. Aber es schien, als sei er nicht gewohnt, sich abseits seines Bürostuhls aufzuhalten. Er stand wie ein dünner Strauch im kalten Wind.

Der Leiter und sein Team verschwanden. Lichfield und Reisiger bekamen den obligaten knallgelben Helm aufgesetzt, als hätte jemand ein Dinosaurierei über ihren Köpfen zerschlagen. Reisiger hatte sich schon immer gefragt, wovor solche Helme einen denn schützen sollten. Vor Eisbergen? Vor herabfallenden Stahlträgern? Vor einem Sturz ins Meer? Wovor denn eigentlich?

Die Anlage war durchaus behindertenfreundlich zu nennen. Eine große Zahl von Aufzügen und breiten, hellerleuchteten Schächten verband die Bereiche. Es war Lichfield, der hier die Führung vornahm. Der Cambridge-Mensch, ohne ein Wort zu sagen, erfüllte bloß den Anstand.

»Ich habe hier so gut wie jede Ecke mitgeplant«, sagte Lichfield in Reisigers Rücken hinein, dessen Rollstuhl er schob. »Es tut gut zu sehen, wie perfekt *Barbara* gelungen ist.«

»Und die wirkliche Barbara«, fragte Reisiger leise, »auch so perfekt?«

Statt eine Antwort zu geben, stoppte Lichfield, drehte sich zu dem Cambridge-Menschen und sagte: »Wenn ich es genau bedenke, brauchen wir Sie eigentlich nicht mehr. Nett von Ihnen, uns begleitet zu haben. Aber wie ich schon sagte, ich kenne mich hier aus. Wir werden also nicht verlorengehen. Und wir werden mit Sicherheit nichts anfassen, was anzufassen sich verbietet.«

»Aber Mr. Lichfield, Kapitän Chips …«

»Ihr Chef nennt sich Kapitän?« tat Lichfield verwundert. »Das ist kein Schiff, sondern eine Insel, eine wirkliche Insel, die mit ihren Beinen fest am Boden steht. Er müßte sich eigentlich als Bürgermeister oder Häuptling oder – etwas freier – als insularer Patron bezeichnen. Na egal. Jedenfalls wird Kapitän

Chips Sie nicht köpfen lassen, wenn Sie tun, was ich sage. Ich möchte mit meinem Freund ein wenig allein sein. Sie verstehen mich doch?«

»Nun, ich weiß wirklich nicht ...«

»Ich werde mich bei der Gesellschaft lobend über Sie äußern. Ich mag ein alter Trottel sein, aber ein wenig Gewicht hat meine Stimme immer noch.«

»Also gut, ich ... Aber ich muß dem Kapitän selbstverständlich Bericht erstatten.«

»Ausgezeichnet, machen Sie das.«

Als der Cambridge-Mensch sich entfernt hatte, sagte Lichfield: »Ich mag diese jungen Leute nicht. Kein Rückgrat. Aber wehe sie kommen in eine hohe Position. Dann führen sie sich auf wie Potentaten.«

»Was hätte er tun sollen?«

»Sich mit mir anlegen, mir sagen, daß es ihm gleichgültig sei, wer ich bin und was ich verlange. Aber natürlich ist es gut so. Wir können jetzt in Ruhe reden. Ja, Barbara, das war sie, die Liebe meines Lebens, wie man so sagt. Keine wirklich schöne Frau wie Mrs. Lichfield, aber ein Geschenk Gottes. Ich hab es leider nicht verstanden, das Geschenk auszupacken. Ich habe es angenommen, aber nicht ausgepackt.«

»Wo lag das Problem?« fragte Reisiger und reichte Lichfield sein Glas Gin.

»Barbara wollte, daß ich das Ölgeschäft aufgebe. Sie hat wenig vom Öl gehalten.«

»Aus politischen Gründen?«

»Aus grundsätzlichen. Sie war nicht etwa eine engagierte Umweltschützerin. Ihr Lebensprinzip war die Zurückhaltung, Zurückhaltung gegenüber allem und jedem. Die Erde anzuzapfen, wie ein Parasit seinen Wirt, erschien ihr als das Gegenteil jeglicher Zurückhaltung.«

»Sie sprechen von ihr, als sei sie nicht mehr am Leben.«

»Ich weiß es nicht. Sie ist einfach verschwunden, ohne ein Wort, ohne eine Spur zu hinterlassen. Freilich hätte ich versuchen können, eine solche Spur ausfindig zu machen. Aber wozu? Für mich war sie tot und wäre nicht wieder ins Leben zurückgekehrt, wenn ich festgestellt hätte, daß sie in irgendeinem Kaff hockt und irgendwelchen Bengels Klavierunterricht erteilt.«

»Verstehe«, sagte Reisiger, »es hat etwas Tragisches, einen Menschen an ein Klavier zu verlieren.«

»Sie spotten.«

»Das tue ich nicht. Ich verachte Klaviere.«

Man durchquerte soeben eine Maschinenhalle, vorbei an Arbeitern, die beim Anblick der beiden Männer zu träumen glaubten. Filmsprachlich gesehen war es so, als würden Figuren aus einer, sagen wir mal, Zauberberg-Verfilmung sich vor dem Hintergrund einer Die-Hard-Episode bewegen. Nicht minder widersprüchlich erschien Reisiger der Umstand – und er erwähnte dies nun auch –, daß Lichfield die Bohrinsel ausgerechnet nach einer Frau benannt hatte, die ihm ja genau wegen seines Ölgeschäfts davongelaufen war.

»Man baut Denkmäler, um sich zu erinnern«, erklärte Lichfield. »Jeder auf seine Art. Bei mir sind es nun mal Bohrtürme. Natürlich wäre Barbara verärgert gewesen, davon zu erfahren. Aber ich glaube kaum, daß das je der Fall war. Sie hat nie Zeitungen gelesen oder Fernsehnachrichten gehört. Das hat sie angewidert.«

Das konnte Reisiger verstehen. Das schon. Nicht aber die Wahl eines solchen Denkmals, das der zugedachten Person völlig entgegenstand. Auch wenn die Widmung nie öffentlich geworden war. Kein Wunder, daß diese Frau sich entzogen hatte.

Aber Lichfield blieb konsequent und meinte, daß ein Denkmal nun mal eher denen zu entspreche habe, die da ihr Andenken pflegen, als jenen, denen dieses Andenken gelte. Wie ja auch ein Grabstein in der Regel die Bedürfnisse der Hinterbliebenen ausdrücke und selten den Geschmack des Toten treffe. Für ihn selbst seien eben Bohrtürme und Bohrinseln schöne, beeindruckende Objekte und diese Anlage hier die schönste und beeindruckendste von allen. Nur logisch also, die Insel nach jener Frau zu benennen, die ihm als einzige wirklich etwas bedeutet habe. Trotz allem.

Reisiger wandte ein, daß sich Lichfield dann aber ganz schön Zeit gelassen habe, um diesem herrlichen Denkmal einen Besuch abzustatten.

»Sie haben recht. Es hat mir an Courage gefehlt. Die Planung war eine Sache, die Finanzierung, die Vorstellung im Geiste. Aber die Plattform auch wirklich zu betreten, das war etwas anderes. Kindisch eigentlich. Aber was soll man machen? Auch der vernünftigste Mensch hat einen Knick in der Seele. Einen Schmerz, um den er wie ein ängstlicher Hund herumschleicht.«

»Warum aber jetzt?«

»Ach wissen Sie, lieber Herr Reisiger ... ich hatte es zunächst nicht vorgehabt. Ich wollte ... ja, ich wollte in Europa sterben.«

»Was?« Reisiger warf seinen Kopf zurück und betrachtete den Mann, der mit den kräftigen Händen des nie zur Ruhe Gekommenen den Rollstuhl führte.

»Krebs!« sagte Lichfield, wie man sagt: FBI! Um gleich darauf zu erklären: »Es ist schrecklich banal. Eine Krankheit, die so viele Menschen überfällt. Ich will Ihnen nicht einmal sagen, welche Art von Krebs. Es ist ja auch gleichgültig. Jedenfalls besteht keine Chance auf Heilung. Es besteht alleine die Chance, der Banalität auszuweichen. Niemand außer meinem Arzt weiß von der Erkrankung. Tja, und Sie wissen es jetzt. Das ist gut so. Ich vertraue Ihnen.«

»Nach nur einem Tag.«

»Es gibt nichts, was man nach einem Tag nicht wüßte. Zumindest nichts Wichtiges.«

»Was haben Sie vor, Mr. Lichfield?

»Ich werde ins Meer springen. Ein Unfall. Und Sie werden diesen Unfall als solchen bezeugen können. Bedenken Sie, wie schön das klingt, daß einer eine Bohrinsel baut, um dann auf ihr ums Leben zu kommen. Ich hatte diese Idee erst kurz vor meiner Abreise. Es ist mir, Gott weiß warum, nun mal wichtig, nicht wie ein Stück Fleisch auf einem noch so luxuriösen Sterbebett zu landen.«

»Sie verlangen hoffentlich nicht von mir, daß ich Sie hinunterstoße.«

»Selbstverständlich nein. Ich besitze durchaus die Größe, einen derart kleinen Schritt selbst vorzunehmen. Es wird auch nicht nötig sein, zu ertrinken. Bei dieser Höhe schlägt man auf wie auf Beton. Wir sind nicht im Kino, wir sind in der Wirklichkeit.«

»Ich müßte Ihnen das jetzt ausreden.«

»Werden Sie aber nicht tun«, zeigte sich Lichfield überzeugt. »Das weiß ich. Darum sind Sie hier bei mir, wenngleich ich natürlich gestehe, daß es eine Zumutung ist. Aber ich will das so. Ich will, daß später von einem Unfall die Rede ist, tragisch, aber auch irgendwie passend. Und nicht von einem Selbstmord. Darin bestand mein Problem. Bis gestern. Bis ich Sie kennenlernte.«

»Nicht Ihr Ernst«, staunte Reisiger.

»Oh doch. Denn als Sie an unseren Tisch kamen, dank eines lächerlichen Irrtums, ist mir rasch klar geworden, daß Sie der Mann sind, der mir helfen wird.«

»Und jetzt soll ich mich geehrt fühlen?«

»Sie sind mir nichts schuldig. Ich kann Sie nicht zwingen.«

»Was soll ich tun?« fragte Reisiger. »Nach dem Kapitän rufen, damit er Ihnen Ketten anlegt, um Sie vor sich selbst zu schützen?«

»Sie könnten sich weigern, einen Unfall zu bezeugen.«

»Würde das an Ihrem Entschluß etwas ändern?«

»Nein«, sagte der Multimillionär als Todkranker. »Es gibt jetzt kein Zurück. Ich bin fest entschlossen. Und ich bin ruhig. Es hat etwas Befreiendes, eigenhändig Schluß zu machen. Ich bitte Sie allein um einen Gefallen, der Sie nichts kostet. Eine Lüge, mit der Sie besser leben werden als mit der Wahrheit.«

»Sie hätten mir das noch auf dem Schiff sagen müssen.«

»Ich war nicht fair, das stimmt. Aber in meiner Situation pfeift man auf die Fairneß. Auf die ich im übrigen mein ganzes Leben lang nichts gegeben habe. Ich behaupte sicher nicht, Sie würden einem guten Menschen helfen.«

»Stopp! Lassen wir das Gerede«, meinte Reisiger verärgert. Gleichzeitig dachte er, daß es sich nicht gehörte, einen Mann, den wohl nicht nur kalte Berechnung, sondern auch eine tiefe Verzweiflung an diesen Ort getrieben hatte, derart hart anzugehen. Den Ton mildernd, sprach er: »Also. Ich tue, was Sie verlangen. Ich werde von einem Unfall sprechen. Nur sollten Sie mich auch genau instruieren. Am Ende verwickle ich mich noch in Widersprüche und stehe plötzlich als Ihr Mörder da. Das wäre mit einfach zuviel des Guten.«

»Keine Angst. *Barbara's Island* ist zwar so gebaut worden, daß derartige Unfälle weitgehend ausgeschlossen werden können. Aber ich kenne natürlich die kleinen Lücken. Lücken gibt es immer.«

Es war ein merkwürdiges und beklemmendes Gefühl, daß Reisiger nun von einem Mann angeschoben wurde, der schon sehr bald nicht mehr am Leben sein würde. Nicht, daß Reisiger die vielzitierte Kühle des Todes spürte. Eher eine Hitze. Eine Hitze, als stünde da schon ein Geist. Ein Mann aus strahlenden Teilchen. Ein Quasar von einem Menschen.

Nachdem man weitere Hallen durchquert hatte, gelangten Reisiger und Lichfield in einen menschenleeren, enger werdenden Gang, der an einer Türe endete, die mit der Aufschrift versehen war, nur Berechtigten den Zutritt zu gewähren.

Nun, die Türe war unverschlossen. Auch bestimmte Lichfield: »Ich bin berechtigt.«

Als er sie öffnete und einen Schwall von Tageslicht und heftig bewegter Luft einließ, meinte Reisiger: »Sollte eine solche Türe nicht versperrt sein?«

»Auf einer Bohrinsel sind es eher die versperrten Türen, die ein Risiko bergen«, erklärte Lichfield und schob Reisiger nach draußen. Man geriet auf eine schmale Gitterkonstruktion, welche entlang der gerade nach unten laufenden, flakturmartigen Außenhaut führte. Das Meer war ein ferner Ort, welcher freilich auf Grund der Zwischenräume im Bodengitter eine deutliche Präsenz besaß. Deutlicher als die Bohrinsel, die hier nur noch als Steilwand fungierte.

»Sehen Sie!« überschrie Lichfield das Tosen, das sie umgab, und zeigte auf die Treppe, die nach mehreren Metern auf eine kleine, blattartig abstehende Auskragung führte, die mehrere Tanks beherbergte. Was die auch immer darstellten. Darum ging es ja auch nicht. Sondern darum, daß zwischen den Behältern, einen Raum von jeweils nicht mehr als einem Meter bildend, das Geländer fehlte.

»Ich werde jetzt dort hinaufgehen«, kündigte Lichfield an, »um mich von der Sicherheit dieser Treibstoffbehälter zu überzeugen, oder besser gesagt von der Unsicherheit. Etwas mit der Verankerung kommt mir komisch vor. Das habe ich im Gefühl. Sagen Sie also den Leuten, die sie später befragen werden, ich hätte eine Schlamperei gewittert. Darum ist ja einer wie ich auch hier, ein alter Knabe, der überall nach Fehlern sucht und kein größeres Glück kennt, als einen zu finden. Das ist plausibel. Meine gottverdammte Schnüffelei. Und dabei bin ich leider ... Für Sie wird es kein Problem geben. Wie auch sollten Sie mich gestoßen haben? Mit Ihrem Rollstuhl kommen Sie die Treppen nicht hoch. Das ist unmöglich. Sie müßten fliegen können. Also, das ist soweit geklärt. Danach fahren Sie zurück zur Türe. Dort ist ein Alarmknopf und eine Gegensprechanlage. Geben Sie durch, was geschehen ist, dann warten Sie. Was sollten Sie auch sonst tun? Niemand wird Ihnen einen Vorwurf machen. Man kennt mich. Man weiß, was für ein engstirniger Kerl ich war, ein Cowboy, der nicht aufhören konnte, Pferde zuzureiten.«

»Sie haben Pferde zugeritten?«

»Das war bildlich gemeint, Reisiger. Also, leben Sie wohl. Und haben Sie vielen Dank. Es wäre mir ein großes Bedürfnis gewesen, Sie und Ihre Frau in meinem Testament zu berücksichtigen. Oder mich irgendwie anders erkenntlich zu zeigen. Aber Sie werden verstehen ...«

»Natürlich. Das wäre keine gute Idee.«

»Grüßen Sie mir Europa, mein Freund.«

Reisiger hätte jetzt gerne etwas Vergleichbares gesagt, etwa »Grüßen Sie mir den Himmel« oder »Grüßen Sie mir die Hölle«, was er natürlich unterließ und statt dessen ein versöhnliches »Auf Wiedersehen, Lichfield« herauspreßte.

Lichfield zwinkerte. Er wirkte jetzt fröhlich wie einer dieser Astronauten, die noch einmal der Welt zulächeln, bevor sie in ihre Kapsel schlüpfen. Er stieg die Treppen hoch, studierte eingehend den ersten Tank, wohl die Möglichkeit einer Videoüberwachung bedenkend, betrachtete mit derselben Intensität den nächsten und verschwand schließlich zwischen dem dritten und vierten. Reisiger konnte ihn nicht mehr sehen. Dann vernahm er einen Schrei. Es klang nach Jubel. Den fallenden Körper sah er nur kurz.

»Gott hab ihn selig«, murmelte Reisiger in den Wind hinein und rollte zurück zur Tür. Noch bevor er etwas tun konnte, heulte eine Sirene los. Offensichtlich hatte man tatsächlich mittels einer Videokamera Lichfields Sturz beobachtet. Das war gut so. Reisiger brauchte dann weniger zu erklären. Vor allem, daß er mit seinem Rollstuhl nie und nimmer ein paar Treppen habe überwinden können. Das Video würde seine Unschuld beweisen. Er konnte sich somit darauf beschränken, zu erklären, daß der alte Haudegen mitnichten in selbstmörderischer Absicht zu den Tanks hinaufgestiegen war. Daß er sich vielmehr in bester Stimmung befunden habe. Und das würde dann nicht einmal gelogen sein.

Rasch waren Arbeiter zur Stelle, die Reisiger nach drinnen schoben und gewissermaßen im Gang abstellten. Eine beträchtliche Hektik brach aus, eine Menge Menschen liefen hin und her, als sei hier oben noch irgendwas zu retten. Als müßte man nachträglich ein Geländer bauen, um das Geschehene aufzuheben.

Der Direktor marschierte wortlos an Reisiger vorbei. Sein Gesicht war ein weißes Blatt. Er sah jetzt auch ein bißchen tot aus. Als er wenig später zurückkehrte, trat er vor Reisiger hin, wütend, hilflos, kurz davor, sein Gegenüber zu packen. Dann wurde ihm wohl klar, daß er einen Invaliden vor sich hatte. Er faltete seine Hände und fragte: »Mein Gott, was hat dieser Idiot dort draußen gewollt?«

»Er meinte, mit den Tanks sei etwas nicht in Ordnung. Die Befestigung oder so. Er wollte nachsehen.«

»Warum haben Sie ihn nicht abgehalten?«

»Mr. Lichfield abhalten? Was meinen Sie hätte ich tun sollen? Ihm ins Bein schießen?«

»Sie haben recht. Entschuldigen Sie. Was meinen Sie, war er im Vollbesitz seiner geistigen Kräfte?«

»Wieso zweifeln Sie daran? Er kam hierher, um sich von der Sicherheit dieser Anlage zu überzeugen. Das Gegenteil hat sich herausgestellt. Auf schreckliche Weise. Hören Sie, Herr Kapitän, Mr. Lichfield war mein Freund. Ich kann Ihnen versichern, daß es mit seinen geistigen Kräften aufs beste bestellt gewesen ist. Und jetzt möchte ich allein sein.«

»Ich kann Sie nicht alleine lassen.«

»Was denken Sie, wo ich hinaufklettern werde?« Reisiger wartete eine Antwort nicht ab, griff nach den Rädern seines Stuhls und fuhr los.

Direktor Chips schickte ihm einen Mann hinterher.

»Wehe, Sie fassen mich an!« fuhr Reisiger den armen Menschen an.

Der hob die Hände, wie jemand, der in Unschuld badet. Und das tat er ja auch. Mit einem bloßen Gesichtsausdruck bekundete er, nur seinen Job zu machen, welcher ungerechterweise darin bestehe, auf einen ziemlich rabiaten Rollstuhlfahrer aufzupassen. Was nicht bedeuten müsse, selbigen auch zu berühren.

»Spielen Sie meinen Schatten, von mir aus«, sagte Reisiger und nahm seine Fahrt wieder auf. Dann aber wandte er sich doch wieder dem Begleiter zu und fragte: »Gibt es hier eine Kirche? Einen Gebetsraum?«

»Ich führe Sie hin«, sagte der Mann und drückte den Knopf des Aufzugs.

Die Kapelle erwies sich als ein Raum, der kernartig im Zentrum des Komplexes lag, ein heller Ort aus weißem, glänzenden Stein, der etwas von einer begradigten Tropfsteinhöhle an sich hatte. Die ockerfarbenen Glasfenster, hinter denen eine künstliche Lichtquelle lag, suggerierten einen Sommertag, der ja gar nicht bestand. Und wenn doch einmal, dann hinter Tonnen von Beton und Stahl.

Nichts war zu hören, nicht die geringste Vibration zu spüren. Ein Kreuz ohne Christus, bestehend aus verglastem Japanpapier, hing über dem metallenen Altar. Sehr modern alles, durchdacht, feierlich, vielleicht ein wenig kalt. Auf der geraden Decke spiegelte sich das Wasser aus dem Taufbecken. Mein Gott, wer wurde hier getauft?

Somit im innersten Punkt der Bohrinsel angelangt, verspürte Reisiger das Bedürfnis, sein Glas Gin, das er ja noch immer zwischen seine Beine geklemmt hatte, auf Lichfield zu erheben. Was er auch tat. Ex est und ex und hopp!

Um aber zudem der regulären Praxis zu genügen, zündete Reisiger eine Kerze an, die er auf einer Art Meditationsstein abstellte. Dann beugte er sich leicht vor und betete. Er murmelte, wie er das gewohnt war, einen frei erfundenen Text: »Herr im Himmel, der du über die Gnade verfügst, einen Mann aufzunehmen, der nicht aufhören konnte, Pferde zuzureiten ...« Und so weiter.

Als das erledigt war, begab Reisiger sich zu seinem Begleiter, der im Eingang stehengeblieben war, und sagte: »Mein Glas ist leer. Bekommt man hier irgendwo Gin?«

»Ach!« sagte der andere mit Unbehagen, meinte dann aber: »Wie Sie wünschen.«

Die beiden Männer begaben sich erneut in den Aufzug und fuhren nach oben, himmelwärts, während unter ihnen gewaltige Rohre ins Erdinnere führten, vielleicht nahe an die Hölle reichend, vielleicht sogar in diese Hölle hineinstechend, als dringe eine Nadel in eine Fruchtblase. Was dann also bedeutet hätte, mit dem heraufgepumpten Öl so etwas wie einen höllischen Saft nach oben zu befördern. Eine Vorstellung, die wohl ganz auf der Linie von Frau Barbara gelegen wäre. Und auch erklärt hätte, warum ausgerechnet die Benutzung mit Benzin betriebener Fahrzeuge in einer beinah schon karikaturistischen Weise den Menschen zum Unmenschen mutieren ließ. Vielleicht war es ja auch wirklich so, daß es gar nicht die Schadstoffe waren, die die Welt vergifteten. Sondern der Geist, der in diesen Schadstoffen steckte. Der Geist der Hölle, der die gute Luft verdarb und in die Hirne drang.

Daß Reisiger jetzt an die Hölle denken mußte und ihm erneut jene Diskussion über die tatsächlichen Größenverhältnisse dieses Ortes in Erinnerung kam (die Frage, ob man sich für zweihundert italienische Meilen oder eine einzige deutsche Meile zu entscheiden habe), erschien ihm als eine Art von Ouvertüre. Eine Ouvertüre zu etwas, von dem er noch nicht sagen konnte, was es sein würde. Doch war er überzeugt, daß Lichfields Selbstmord nicht die letzte Überraschung dieses Tages gewesen war. Reisiger war ein Mensch der Ahnungen. Ob er nun Lottoscheine verbrannte oder in Aufzügen fuhr.

Als er selbigen verließ, eröffnete sich ihm der weite Blick aufs Meer hinaus, der sich durch die hohen Scheiben einer Halle ergab. Entgegen jener ungemütlichen Sitte, an solchen Plätzen schmucklose Kantinen zu errichten, beherbergte *Barbara's Island* ein halbes Dutzend unterschiedlich gestalteter Restaurants, die im hinteren, dunkleren Teil eins an das andere gereiht waren. Woraus sich so etwas wie eine Straße ergab, ein kleiner Boulevard, ergänzt um einen Tabakladen, einen Friseur und eine Bücherei, die mit der Liebe und Sorgfalt einer Gefängnisbibliothek geführt wurde. Die Restaurants, die über richtiggehende Fassaden, über Leuchtreklamen und ausgestellte Speisekarten verfügten, befriedigten die lukullischen Bedürfnisse der fast dreihundert Angestellten, die hier im dreiwöchigen Zyklus ihren Dienst versahen. Und die froh darum waren, sich aussuchen zu können, wo sie morgens, mittags und abends ihr Essen einnahmen, auch wenn gesagt werden muß, daß es sich in gewisser Weise um ein Potemkinsches Dorf handelte. Denn sämtliche Speisen wurden in ein und derselben Küche zubereitet und unterschieden sich auch nicht großartig voneinander. Während hingegen das Ambiente der Lokale dies in höchstem Maße tat, woraus sich dann doch eine willkommene Qual der Wahl ergab.

»Alkohol wird hier nur unter bestimmten Bedingungen ausgeschenkt«, erklärte Reisigers Begleiter.

»Ich hoffe, ich erfülle die Bedingungen.«

»Nun ... wahrscheinlich tun Sie das.«

Die beiden Männer bewegten sich entlang der kleinen Straße. Jetzt, am Nachmittag, saßen nur wenige Leute in den Restaurants, die alle über straßenseitige Fenster verfügten, während hingegen nach außen, zum Meer hin, keine Sicht bestand. Verständlich. Die Leute, die hier arbeiteten, kannten das Meer ja ganz gut und konnten auf einen solchen Ausblick verzichten.

Über der Tür des dritten Lokals, das eine dunkle, hölzerne Fassade besaß, von der beschirmte Lämpchen abstanden, erblickte Reisiger ein Emblem, das ihn augenblicklich halten ließ. Er betrachtete die aus Metall geschnittene, bemalte Form mit jener dumpfen Wut, die man empfindet, wenn man soeben gestochen wurde. Von einem Tier gestochen. Ein Tier, das also schneller war. Das man immer erst bemerkt, wenn es zu spät ist.

Die Form zeigte einen streifigen Planeten, um den ein nicht minder streifiger Ring führte. Darüber stand in Lettern aus Leuchtröhren *Trattoria Saturnius.*

Natürlich! Eigentlich hätte es ihm bereits beim Anflug auf die Bohrinsel mit ihrer abgesetzten Eiswand auffallen müssen, daß er sich nämlich weniger auf das Eiland einer gewissen Barbara zubewegt hatte, sondern auf ein Objekt, das an jenen zweitgrößten Planeten im Sonnensystem erinnerte. Darum der Name dieses Restaurants, der sich wie so oft auf den eigenen Standort bezog. Mit alldem hätte Reisiger rechnen müssen, nachdem er ein Schiff betreten hatte, das den Namen eines saturnischen Begleiters trug. Wer auf einem Mond landete, mußte zwangsläufig auch auf den Planeten gelangen, den dieser Mond umkreiste. An Zufälle glaubte Reisiger ja ohnehin nicht, dafür an Symbole, die den unweigerlichen Weg pflasterten, den man zu gehen hatte.

So blickte er jetzt also auf diese Bohrinsel-Pizzeria, und in seinen Ohren dröhnte jene von Pfarrer Marzell weitergeleitete Bobecksche Nachricht: Ich hocke auf dem Saturn und koche Spaghetti.

Nein, ein Zufall war das nicht. Dafür eine unglaubliche Verkettung. Aber alles, alles bestand nun mal aus unglaublichen Verkettungen, und es war allein Unwissenheit, mitunter glückliche Unwissenheit, dies nicht zu erkennen. Was freilich am Resultat nie etwas änderte. Ob man sich nun auskannte oder nicht. Orakel etwa waren ausschließlich dazu da, um bewußter als andere in sein Unglück zu stolpern. In Löcher fiel man, weil man anderen Löchern auswich. Wobei sich nachträglich immer herausstellte, daß das Orakel genau dieses Loch gemeint hatte, in das man gefallen war. Und nicht das, dem man ausgewichen war. Logisch.

»Ich denke«, sagte Reisiger, »daß ich dort drinnen meinen Gin bekomme.«

Dann rollte er durch die offene Türe in einen niedrigen, von weiteren Wandleuchten in ein rötliches, warmes Licht getauchten Raum. Von der Wiederholung des Emblems auf den Tischdecken abgesehen, erinnerte nun nichts mehr an jenen beringten Planeten. Kerzen, die aus bauchigen Flaschen ragten, Korbstühle, Gesticktes an den Wänden, lilafarbene Servietten, keine Aschenbecher, dafür ein paar Fische aus Wachs über der Bar.

»Putzig«, kommentierte Reisiger und stellte sich und seinen Rollstuhl an einen der Tische. Dann wandte er sich seinem Begleiter zu und meinte: »Könnten Sie draußen auf mich warten. Was sollte ich hier drinnen auch anstellen, als mich ein wenig betrinken?«

»Ich glaube nicht, daß der Kapitän das möchte.«

»Also gut. Ein Glas nur. Aber das würde ich eben gerne alleine trinken. Oder als was sehen Sie mich an? Als Ihren Gefangenen?«

»Ich habe für Ihre Sicherheit zu sorgen.«

»Sorgen Sie draußen dafür. *Bitte!*«

»Wenn Sie unbedingt darauf bestehen«, sagte der Mann und ging, blieb dann aber im Eingang stehen, wie er dies auch schon in der Kirche getan hatte. Gegen den Balken gelehnt murmelte er: »Verfluchte Deutsche.«

Reisiger war jetzt der einzige Gast im Lokal. Er rief: »Hallo!«

Ein Keller erschien. Ein kleiner Mann, der tatsächlich wie ein Italiener aussah, dessen Englisch aber, als er nun fragte, womit er dienen könne, ein Leben auf den Bühnen Londoner Theater nahelegte. Ein langes Leben auf kleinen Bühnen.

Reisiger griff nach seinem persönliches Trinkglas, hielt es dem Mann entgegen und bat darum, es mit Gin zu füllen, *Bols*, wenn das möglich sei.

»Wir führen eigene Gläser«, erklärte der Kellner und kämmte sich mit den Fingern durch das schwarze Haar, wie um seine Kopfhaut zu lüften.

»Davon bin ich überzeugt«, versicherte Reisiger, »aber mir wäre nun mal lieber, dürfte ich den Gin aus meinem eigenen Glas trinken. Sie würden mir eine große Freude machen.«

»Wie Sie wünschen. Ich gehe davon aus, daß Sie ein Besucher sind. Ich darf Alkohol nur an Besucher ausschenken.«

»Wofür sonst könnten Sie mich halten?« fragte Reisiger und blickte ausdrucksvoll an seinen Beinen hinunter.

»Selbstverständlich. Ein Glas Gin, der Herr«, sagte der Kellner und nahm Reisiger das Glas aus der Hand.

»*Bols*!« erinnerte Reisiger. »Und bringen Sie mir eine Portion Spaghetti, eine kleine Portion mit Butter und Parmesan, und nichts sonst.«

Der Kellner sah auf die Uhr und meinte, daß die Küche erst in einer Stunde aufsperre.

»Ich bin mir sicher, daß Sie den Koch überreden können, eine Ausnahme zu machen. Wir sprechen schließlich nicht von gefüllten Champignons, sondern von ein paar Nudeln.«

»Nun, ich werde sehen, was sich machen läßt.«

»Das wäre nett«, sagte Reisiger und bat auch noch um einen Aschenbecher.

»Einen Aschenbecher, sehr wohl.«

Der Mann verschwand hinter der Theke und erschien wenig später mit Reisigers nun großzügig gefülltem Privatglas sowie einem Gesteinsbrocken, in den eine polierte Mulde und eine Furche eingemeißelt waren. Dann ging er nach hinten, in jene schlauchförmige Küche, die sämtliche sechs Restaurants miteinander verband, um den Koch vom Hunger eines Gastes zu überzeugen.

Ein Hunger, der natürlich gar nicht bestand. Ein Durst sehr wohl. Reisiger nahm die Flüssigkeit wie eine kleine Wahrheit in sich auf, eine Wahrheit, die über den Dingen stand und noch wahr sein würde, wenn sich alles andere als Betrug herausgestellt hatte.

Als erstes waren es die Spaghetti, die sich als ein solcher Betrug erwiesen. Allerdings in anderer Form, als man das gewohnt war. Entgegen der Tatsache, eine kleine Portion bestellt zu haben, wurde Reisiger ein gewaltiger Berg serviert, dessen Anblick ihn bereits erschöpfte. Gerne hätte er darauf bestanden, das Essen zurückzuschicken, überlegte es sich aber, dankte dem Kellner, zündete sich eine Zigarette an und gab sich nachdenklich der Betrachtung der nudeligen Masse hin.

Was tat er hier eigentlich? Nun, er ging einen Weg zu Ende, der damit begonnen hatte, einen Lottoschein zu verbrennen.

Danach war er aus dem Hotel und auf die Straße getreten und an einen verträumten Hooligan namens Fred Semper geraten. Dieser einmal eingeschlagene Weg hatte durch einige seltsame Katastrophen geführt, nicht zuletzt auch um die halbe Welt herum, um genau an diesen Tisch zu führen und in diesen Berg dampfender Spaghetti zu münden. Die Nudeln muteten drapiert an, nachgestellt, während die Stücke frisch gehobelten Parmesans wie Marmorsplitter die Kuppe bedeckten. Ja, es sah aus, als wäre dieses Ding in einem Bildhaueratelier entstanden. Als handle es sich allein um die Nachbildung einer Speise. Weshalb es lächerlich und ungehörig gewesen wäre, die Gabel zu nehmen. Wer wollte schon ein Kunstwerk verspeisen?

Folgerichtig schob Reisiger den Teller ein wenig von sich, rauchte seine Zigarette zu Ende und winkte sodann den Kellner zu sich, um nach dem Koch zu verlangen.

»Ist etwas nicht in Ordnung?«

»Alles wunderbar, großartige Spaghetti.«

»Sie haben doch noch gar nicht probiert.«

»Ich sagte großartig. Und ich sagte, daß ich gerne den Koch sprechen möchte. Wenn das bitte möglich wäre. Ich habe schließlich nicht vor, ihn umzubringen. Oder was denken Sie?«

»Ich werde den Koch holen«, sagte der Kellner, der ja eventuell damit rechnen mußte, daß dieser Rollstuhlfahrer sich als Gesellschafter von *Barbara's Island* erwies. Oder etwas Schlimmeres.

Der Mann, der dann erschien, war eine Enttäuschung. Ein verschüchterter Mensch mit weißer Haube, Mexikaner wohl, der zuerst Reisiger, dann die unberührte Portion Spaghetti betrachtete und erklärte: »Alles frisch zubereitet, Señor. Unsere Spaghetti sind berühmt. Kapitän Chips sagt ...«

»Das glaube ich gern. Aber darum geht es auch gar nicht. Sie sind doch sicher nicht der einzige Koch hier, der Spaghetti zubereitet.«

»Was meinen Sie?«

»Wie viele Leute arbeiten in der Küche?«

»Sind Sie von der Polizei, Señor?«

»Ja, ich bin von der Polizei«, sagte Reisiger ohne jede Scheu.

»Sieben Leute«, erklärte der Koch.

»Gut, ich gebe Ihnen jetzt eine Beschreibung. Und Sie sagen mir, ob Sie diesen Mann kennen.«

Nachdem Reisiger ein Bild von Siem Bobeck entworfen hatte, das jetzt wie eins dieser zittrigen Hologramme im Raum stand, gewissermaßen über den erkaltenden Nudeln schwebte, erklärte der Koch, daß die Beschreibung nicht wirklich auf jemanden zutreffe, den er kenne, am ehesten aber auf Dr. Jakobsen.

»Was für ein Doktor?«

»Unser Arzt.«

»Nein, nein, ich suche jemanden, der in der Küche arbeitet.«

»Dr. Jakobsen war früher in der Küche. Er hat uns allen beigebracht, wirklich gute Spaghetti zu machen. Ein großartiger Mann. Großartig als Koch und großartig als Arzt. Ein Genie und ein Heiliger.«

»Ist ja schon gut«, wehrte Reisiger ab. »Was ich mich frage, wie kann jemand hier in der Küche anfangen und dann zum Arzt aufsteigen?«

»Leiter der medizinischen Abteilung«, präzisierte der Koch, blieb jedoch eine Antwort schuldig. Betonte statt dessen das Faktum, daß erst unter Jakobsen die Klinik ihren guten Ruf gewonnen habe. So wie zuvor die Küche. Manche Leute, so der Koch, besäßen nun mal die Kraft und den Geist, die Verhältnisse auf den Kopf zu stellen. Gleich einer marianischen Infektion. War man hingegen in der Zeit vor Jakobsen in die Behandlungsstation getreten, hatte man meinen müssen – trotz aller Modernität der Einrichtung –, in den Hobbyraum von Medizinstudenten gelangt zu sein.

»Er ist also Ihr Heiliger hier, dieser Jakobsen?« zeigte sich Reisiger unerfreut ob solcher Glorifizierungen.

»Er leistet wunderbare Arbeit«, erklärte der Mann mit der Haube bestimmt und nahm eine gerade, feindliche Haltung ein.

»Danke«, sagte Reisiger und schob die Nudeln näher an den Koch.

»Was? Sie möchten nicht einmal probieren? Ich habe extra für Sie gekocht, Señor ... weil wir doch erst in einer Stunde aufsperren.«

»Ich wollte die Nudeln nur einmal gesehen haben«, erklärte Reisiger, wobei er sich natürlich der Frechheit bewußt war, die er diesem Mann zumutete.

Der Koch nahm den Teller, den er kurz hilflos betrachtete und irgendeine Klage in seiner Muttersprache anstimmte. Eine Klage, die die Macht einer Polizei betraf, die vor keiner Schamlosigkeit zurückschrecke. Dann drehte er sich um und ging fort, nicht ohne Würde, wie jemand, der eine verschmähte Juwelenkrone zurück zum Tresor trägt.

Reisiger rief den Kellner und bat um die Rechnung.

Dieser erklärte, es gebe nichts zu bezahlen. Konsumationen würden grundsätzlich auf Kosten des Hauses gehen. Beziehungsweise der Gesellschaft. Gleichgültig, ob es sich bei den Gästen um Angestellte oder Besucher handle. Jetzt abgesehen davon, daß er beim besten Willen nicht sagen könne, was angesichts einer nicht einmal angerührten Portion Spaghetti und somit einer grundlosen Beleidigung der Küche in Rechnung gestellt werden müßte.

»Irgendeine Strafe wird mich schon noch ereilen«, sagte Reisiger, als wäre er jemand, der mit zwei gesunden Beinen im Leben stand und es sich leisten konnte, ein Bedürfnis nach Komplikationen zu entwickeln.

Der Kellner schwieg, verzog keine Miene. Er dachte wohl gerade an die Strafen, die einen querschnittsgelähmten Spaghetti-Verweigerer sinnvollerweise treffen konnten.

Reisiger rollte zum Ausgang, wo sein Bewacher oder Begleiter soeben ein Gespräch beendete, das er mittels seines Funkgeräts geführt hatte. Er sagte: »Man hat Mr. Lichfield geborgen. Er ist tot.«

»Ich hatte nicht erwartet, daß er diesen Sturz überlebt.«

»Nein. Natürlich nicht.«

»Was nichts daran ändert«, sagte Reisiger, »daß sich ein Arzt die Leiche ansehen wird. Dr. Jakobsen, nehme ich an.«

»Sie kennen Dr. Jakobsen?«

»Möglicherweise. Jedenfalls möchte ich gerne mit ihm sprechen.«

»Nun, ich denke, Dr. Jakobsen wird gerade mit Mr. Lichfield beschäftigt sein.«

»Na und«, meinte Reisiger, »ein Genie wie dieser Koch, der zum Arzt wurde, wird es ja wohl mit einem Toten und einem Lebenden gleichzeitig aufnehmen können. Ich möchte ihn sehen. Und ich möchte Lichfield sehen. Das läßt sich ja nun wunderbar verbinden. Können Sie mich also hinbringen?«

»Das habe ich nicht zu entscheiden«, sagte der Mann und trat einige Schritte von Reisiger fort, um erneut sein Funkgerät zu benutzen. Er sprach mit einer Stimme wie unter Schneeflocken und bewegte sich dabei, als spinne er eine Wolldecke oder einen Schal um sein Funkgerät herum. Dann kam er zurück und erklärte: »Es geht in Ordnung. Kommen Sie!«

Bobeck II

Die medizinische Station war nur zwei Stockwerke tiefer gelegen. Ein Teil der Räume, die Krankenzimmer und therapeutischen Bereiche, befanden sich zum Meer hin gelegen, ein Meer, das jetzt – im aufkeimenden Dunkel – erheblich zu toben begonnen hatte. Natürlich war längst die Stunde vergangen, nach welcher geplant gewesen war, zurück zur *Hyperion* zu fliegen.

»Was ist mit dem Hubschrauber?« fragte Reisiger seinen Aufpasser.

»Mußte zurück.«

»Schön, daß ich das auch noch erfahre. Daß bedeutet also, daß ich hier festsitze.«

»So ist es. Der Vorfall muß untersucht werden. Davon zu schweigen, daß Mr. Lichfield ja nicht irgendwer war.«

»Das ist richtig. Man hätte ihm ein Dutzend Leibwächter zur Seite stellen müssen.«

»Wollen Sie sagen, daß *wir* schuld sind?«

»Ach was!« meinte Reisiger und fuhr mit seiner Hand durch die Luft, als wische er Kreide von einer Tafel.

Eine Türe, in die ein kleines Sichtfenster eingelassen war, ging automatisch zur Seite. Reisiger rollte in den Raum. Sein Begleiter hörte auf, ihn zu begleiten, blieb jenseits der sich wieder schließenden Türe.

In dem hohen, fensterlosen und kalten Raum, dessen Boden aus einem grün und gelb gesprenkeltem Stein bestand, was trotz aller Technik, die herumstand, an ein herrschaftliches Palais denken ließ, in diesem Raum also waren mehrere Personen versammelt, die um einen OP-Tisch standen, auf dem Lichfields Leichnam Platz gefunden hatte. Er lag unbekleidet auf der metallenen Fläche, ein sonnengebräunter, stark behaarter Körper, der nackt und tot noch mächtiger und kräftiger wirkte als angezogen und lebend.

»Ah, da sind Sie ja«, meldete sich Kapitän Chips, scherte aus der Gruppe der Leichenbeschauer aus und ging Reisiger entgegen. »Sie sollen sich mit Ihrer Frau in Verbindung setzten. Ich werde Sie nachher in den Funkraum bringen lassen. Ich habe mir zwischenzeitlich erlaubt, Ihrer Gemahlin zu versichern, daß mit Ihnen alles in bester Ordnung ist. Leider schien sie mir nicht zu glauben.«

Reisiger machte eines dieser hängenden, müden Männergesichter, welche die völlige Ratlosigkeit in bezug auf Frauen bekunden. Dann dirigierte er seinen Rollstuhl an Chips vorbei auf die Leiche zu. Von den fünf Leuten waren zwei in Zivil, drei trugen nachtgrüne Ärztekittel und nachtgrüne Schutzhauben. Es war klar, wer hier Jakobsen sein mußte, da es sich bei zweien der Kittelträger um junge Frauen handelte. Der Arzt, der soeben die Mundhöhle des Toten untersuchte, hob jetzt kurz seinen Kopf an und betrachtete aus geröteten, wäßrigen Augen den Herangefahrenen. Eine Sekunde bloß. Und ohne Reisiger auch nur begrüßt zu haben, widmete er sich wieder Lichfield, indem er ein antennenartig ausgefahrenes Lämpchen in dessen Rachen einführte.

Reisiger zweifelte keinen Moment. Und das, obwohl der Mann, der sich da gewissermaßen in den toten Lichfield hineinkniete, kaum noch an jenen strahlenden Modehausethologen Siem Bobeck erinnerte. Dieser Arzt hier, der sich Jakobsen nannte, war um einiges beleibter, ja, fett in der Art eines Rod Steiger, hatte weit weniger Haare am Kopf, dafür mehr im Gesicht, und wirkte im Ganzen lange nicht so vital, wie Siem Bobeck das getan hatte. Seine Bewegungen besaßen etwas Zögerliches, und sein Blick ging in der Art einer leicht schielenden Person an den Dingen vorbei. Schweißperlen glänzten in seinem Gesicht, das die gesunde Farbe früherer Tage an ein graues, schmieriges Rosa verloren hatte. Man konnte sich eigentlich schwer vorstellen, daß dieser erschöpfte Mensch, der sich in seinen Handlungen auszuruhen schien, daß dieser Mann auf *Barbara's Island* die Funktion einer Koryphäe einnahm. In der Kochkunst wie der Medizin. Andererseits war natürlich die Qualität einer Portion Spaghetti oder eines operativen Eingriffs nicht dadurch zu bemessen, ob Koch oder Arzt einen kerngesunden Eindruck machten. Sie waren es ja nicht, die an der Medizin oder der Kochkunst zu gesunden hatten, sondern ihre Gäste und Patienten.

Jedenfalls wäre kaum jemand, der Siem Bobecks Konterfei hin und wieder in der Zeitung, im Fernsehen oder auf einem Bucheinband gesehen hatte, auf die Idee gekommen, daß dieses schwitzende Schwergewicht namens Jakobsen mit dem berüchtigten Nobelpreisverweigerer identisch war. Wobei von einem berüchtigten Kriminellen zu sprechen eigentlich angebrachter gewesen wäre. Doch eine solche Formulierung war den wenigsten über die Lippen gekommen oder aus der Feder geronnen. Selbst die, die mit größter Verachtung über Bobeck geschrieben hatten, hatten ihm dennoch den Status eines charismatischen Verrückten zugestanden und es vermieden, ihn auf eine Stufe mit gewöhnlichen oder auch ungewöhnlichen Verbrechern zu stellen. Selbst noch für die Polizei war er immer nur *der* Bobeck geblieben, so wie seine Frau als *die* Rubin in den Herzen ihrer Fans weiterlebte, faszinierender denn je, illuminiert von der Tragödie eines bizarren Turmsturzes.

Wogegen sich Lichfields Sturz vergleichsweise banal ausnahm, auch wenn jetzt Jakobsen – mit einer Stimme, die deutlicher als alles andere an Bobeck erinnerte – jene Ironie des Schicksals betonte, die sich aus dem Umstand ergebe, daß jemand eine Bohrinsel errichten läßt, die er zunächst einmal zehn Jahre meidet, dann aber keine halbe Stunde benötigt, um auf ihr ums Leben zu kommen.

»Ich will natürlich«, sagte Jakobsen und zog das Lämpchen aus der Mundhöhle des toten Amerikaners, »der Untersuchung der Behörden nicht vorgreifen, aber ich glaube kaum, daß etwas anderes als die Feststellung eines Unfalls herauskommen wird. Zumindest kann ich nichts erkennen, was auf eine Fremdeinwirkung hinweisen würde. Bleibt nur noch die Möglichkeit, daß Mr. Lichfield das Bedürfnis hatte, von sich aus die Welt zu verlassen.«

»Glaube ich kaum«, warf Reisiger ein.

»Sie waren dabei?« fragte Jakobsen mit der Stimme Bobecks.

»Ich war dabei, richtig. Meine Name ist Reisiger, Leo Reisiger.«

»Tut mir leid für Sie, Herr Reisiger.«

»Was?«

»Nun, daß Ihr Freund Lichfield tot ist.«

»Ein guter Mann ...«

»Und Sie meinen einen Selbstmord ausschließen zu können.«

»Soweit man so etwas ausschließen kann, ja«, erklärte Reisiger. »Ja, und nochmals ja. Lichfield war in der Verfassung seines Lebens. Bester Laune. Er war froh, auf seiner Insel angekommen zu sein.«

»Gut so«, hob Jakobsen mit einer schwerfälligen Bewegung seiner Arme an und ließ sich aus dem Kittel helfen, worunter ein Leinenanzug sichtbar wurde, der die Farbe und Struktur feuchten Sandes besaß, ein abgetragenes Ding, das stellenweise schlotterte, stellenweise spannte. Noch einmal sagte er: »Gut so.« Und erklärte, daß es ihm natürlich viel lieber sei, einen Unfall zu bestätigen, als den Verdacht eines Suizids auszusprechen. Und beschloß sodann: »Kein Wort mehr darüber. Mr. Lichfield soll seinen Frieden und sein christliches Begräbnis haben.«

»Er sieht so unverletzt aus«, wunderte sich Reisiger, der einmal um die Leiche herumgefahren war.

»Die Haut hat gehalten«, erklärte Jakobsen. »Aber innen drin ist einiges durcheinandergeraten. Jedenfalls bietet Mr. Lichfield auch als Toter noch einen erfreulichen Anblick. Ein Glück für die Hinterbliebenen. So sollte es immer sein. Keine verbrannten, verstümmelten Gesichter, keine fehlenden Glieder, keine offenen Stellen. Mr. Lichfields Leichnam ist gelinde gesagt mustergültig. Ein Herzeige-Leichnam.«

»Wenigstens das«, seufzte Direktor Chips, der die Vorwürfe der Gesellschaft fürchtete, Lichfield, den alten Schnüffler, aus den Augen gelassen zu haben.

»Was ist mit der Polizei?« fragte der Arzt den Kapitän, sah dabei aber zu Reisiger und schenkte ihm einen von diesen Blicken, mit denen man auf Röntgenbildern unerfreuliche Flecken feststellt.

»Man wollte uns ein paar Beamte herüberschicken«, sagte Chips, »von Saint John's aus. Aber der Hubschrauber ist gar nicht erst gestartet. Wir bekommen einen ziemlichen Orkan serviert.«

»Oha!« meinte Reisiger.

»Absolut nichts, Herr Reisiger«, versicherte Chips, »wovor Sie sich fürchten müßten. *Barbara's Island*! Den Namen können Sie wörtlich nehmen: eine Insel. Eine Insel kippt nicht.«

»Ja, Lichfield hat mir das erklärt. Das einzige, was uns hier umbringen könnte, ist ein Eisberg, der die Sturheit von ein paar tausend Plastikenten besitzt.«

»Was für Plastikenten?«

»Vergessen Sie's.«

»Wie Sie wollen«, sagte Chips, der Reisiger lieber heute als morgen losgeworden wäre. Er befürchtete, daß dieser Querschnittsgelähmte – im Geiste Lichfields wie in einem geborgten Anzug stehend – weitere Unruhe schaffen würde. Aber da war nichts zu machen. Der Sturm, der aufzog, war wohl kein Monster, aber ein unfreundliches Wesen, dem jeder ausweichen würde, der keine Insel war. Und Polizisten waren nun mal keine Insel.

Chips kündigte an, für Reisiger eine Kabine herrichten zu lassen. Selbstverständlich solle ihm jeglicher Service zuteil werden. Von der Vielfalt hiesiger Eßkultur habe er sich ja bereits überzeugen können. Allerdings müsse darauf bestanden werden – schon angesichts dieses Unglücks, auf welches kein zweites folgen dürfe –, daß Reisiger sich weiterhin ausschließlich in Begleitung jenes ausgewählten Mitarbeiters durch die Anlage bewege.

»Ich übernehme das«, sagte Jakobsen.

»Wie meinen Sie das, Doktor?« fragte Chips.

»Ich kümmere mich um unseren Herrn Reisiger. Ich glaube, das ist besser so. Er benötigt möglicherweise medizinische Betreuung. Wir könnten ihm hier auf der Station ein Zimmer geben. Nichts gegen den Burschen, den Sie draußen stehen haben. Aber mein Personal ist diesem Fall wohl geeigneter.«

»Ich bin gesund«, wehrte sich Reisiger.

»Ich meine nicht, daß Sie krank sind«, erklärte Jakobsen. »Ich meine, daß Sie als unser Gast optimale Sicherheit verdienen. Und eine solche ist im Bereich der Medizin viel eher gewährleistet als im Bereich der Unterkünfte. Es wäre mir auch eine Freude, Sie persönlich zu unterhalten. Solche Stürme machen mürbe, ein gutes Gespräch ist dann kein Fehler.«

»Dafür haben Sie Zeit? Für gute Gespräche?«

»Ich komme nicht um vor Arbeit«, erklärte Jakobsen. »Die Bewohner dieser Insel sind ausgesprochen robuste, vorsichtige Leute, die Hygiene vernünftig, die Sicherheitsmaßnahmen optimal.«

»Ach was!« sagte Reisiger und blickte auf den nackten toten Lichfield.

»Tja«, meinte Jakobsen, »manche Leute müßte man an die Leine nehmen. Aber eine Legende – und eine Legende war Mr. Lichfield ja nun wirklich –, eine Legende an der Leine, das ist schwer vorzustellen.«

»Sie müssen es ja wissen.«

»Sie überschätzen mich, Herr Reisiger.«

»Wohl kaum.«

Chips unterbrach dieses Geplänkel, dessen Sinn ihm verborgen blieb, und meinte, daß wenn Dr. Jakobsen sich bereit erkläre, Herrn Reisiger zu sich zu nehmen, dies fraglos die beste Lösung wäre. Nirgends sei Reisiger so gut aufgehoben. Allerdings müsse er, Chips, weiterhin darauf bestehen, daß einer seiner Männer in Reisigers Nähe bleibe.

Jakobsen stülpte seine Lippen blütenartig hervor und sagte: »Darauf können wir, denke ich, verzichten.«

»Das finde ich gar nicht«, wehrte sich Reisiger und meinte plötzlich: »Ich bestehe auf diesen Begleiter.«

»Bei allem Respekt«, erklärte Chips im Ton der Ungeduld und der Verärgerung, »ich habe jetzt zu tun. Auch auf einer Insel muß ein solches Wetter vorbereitet sein.«

Er gab seinen beiden Mitarbeitern ein Zeichen, und zu dritt verließ man den Raum. Der Mann, der draußen vor der Türe wartete, ging mit ihnen. Offensichtlich hatte es sich Chips anders überlegt oder einfach die Nase voll. Jedenfalls schien er es Jakobsen zuzutrauen, mit diesem verrückten Lichfield-Freund selbst fertig zu werden.

Jakobsen wandte sich an seine zwei Assistentinnen und wies sie an, den Toten hinüber in die »Kühltruhe« zu schaffen. Die beiden Frauen zogen eine Kunststoffhülle über den Leichnam, deren Öffnung sie wie ein sehr langes Abendkleid schlossen, lösten die Radsperren des Tisches und schoben die Bahre nach draußen.

Man war nun allein.

»Was haben Sie denn getan«, fragte Reisiger, »daß man Ihnen derart vertraut?«

»Wir hatten so einen Sturm wie den, der jetzt über uns hereinbrechen wird. Im Grunde ein idyllisches Wetter, wie auf einem Gemälde von Turner, wirbelig, ungemein dynamisch, ein dekorativer Brei, barocke Abstraktion. Sehr hübsch, aber windig. Und natürlich ist man dann ziemlich isoliert. Es gab einen Unfall. Die Sache mit der Sicherheit, die ich vorher ansprach ... na ja, manchmal laufen Dinge schiefer als schief. Das Durcheinander damals war beträchtlich, das Personal rettungslos überfordert, der Oberarzt unpäßlich. Ich habe mir erlaubt, da einzugreifen.«

»Wie? Als Koch?«

»Die Leute besaßen nicht die Nerven, mich aufzuhalten. Und als sie dann wieder ganz bei sich waren, hatte ich die Sache soweit im Griff, daß man nicht anders konnte, als mir mit Heldenverehrung zu begegnen. Wäre ich nicht gewesen, hätte es eine Menge Tote gegeben. So aber ...«

»Kein Grund, Sie zum Leiter der medizinischen Abteilung zu berufen. Einen Mann, der Spaghetti kocht.«

»Unterschätzen Sie das nicht. Die Menschheit wäre nichts ohne eine gute Küche. Aber Sie haben natürlich dahingehend recht, daß wir hier nicht an einem Ort leben, wo jeder werden kann, was er will. Allerdings war ich auf eine derartige Situation vorbereitet. Habe erklärt, tatsächlich Arzt zu sein. Und das war ja nicht einmal gelogen. Wenngleich unter neuem Namen. Über die nötigen Papiere verfügte ich. Papiere, die allerdings einer genauen Kontrolle nicht standgehalten hätten. Aber wer sieht sich Papiere schon genau an.«

»Bei einer Erdölgesellschaft sollte man das eigentlich annehmen.«

»Ach, die waren heilfroh, daß es ein legaler Arzt war, der ihnen ihre Mannschaft gerettet hat. Auf diese Weise besaß alles seine Ordnung. Man hat mich praktisch rückwirkend zum Leiter der Abteilung ernannt. Um das Maß der Ordnung auf höchstes Niveau zu heben.«

»Das klingt verrückt.«

»Gerade Sie, Reisiger, sollten wissen, daß die Welt nirgends so aufrecht und gerade steht wie auf dem Boden des Verrückten.«

»Was Sie nicht sagen«, meinte Reisiger verbittert und verwies darauf, daß er selbst leider nicht mehr in der Lage sei, aufrecht und gerade zu stehen. So verrückt könne die Welt gar nicht sein.

»Das ist bedauerlich, Herr Reisiger. Allerdings habe ich Sie nicht von der Sternwarte gestoßen. Das müssen Sie zugeben.«

»Wie? Hätte ich fliegen sollen? Oder lieber verbrennen?«

»Es tut mir leid, was geschehen ist.«

»Es tut Ihnen leid?«

»Man kann sich nicht immer aussuchen, wem man einen Schaden zufügt. Wie auch umgekehrt. Wenn ich als Arzt jemandem das Leben rette, darf ich auch nicht fragen, ob er das eigentlich verdient hat. Genaugenommen müßte man das aber. Es könnte jemand darunter sein, der besser tot wäre. Aber diese Frage stellt sich nun mal nicht. Auch darum nicht, weil wir die Zukunft nicht kennen. Was weiß ich, zu welchen Greueln sich ein Mensch, dem ich gerade sein Leben erhalte, noch hinreißen lassen wird.«

»Sie, Bobeck, hätte man auch rechtzeitig aus dem Verkehr ziehen müssen.«

Der Name war endlich gefallen. Es hörte sich an, als sei ein goldener Ring auf dem Boden aufgeschlagen. Ein Ring groß wie ein Hundehalsband.

»Von Ihrem Standpunkt aus verständlich«, meinte Bobeck, ohne den jovialen Ton früherer Tage anzustimmen. »Andererseits finde ich, daß jemand, der an das Fegefeuer und den Himmel glaubt, sein irdisches Schicksal mit etwas mehr Contenance ertragen sollte.«

Reisiger griff sich an die Stirn, wie um eines kleinen Anfalls Herr zu werden, und sagte: »Können Sie mir einen Drink anbieten?«

»Hilft das Ihrer Contenance?«

»Absolut.«

»Gut, Reisiger, gehen wir in mein Büro.«

Dieses Büro erwies sich als ein kleiner Raum mit Meerblick, unordentlich, verstaubt, sehr privat. Offenkundig hatte der Reinigungstrupp, der den Rest von *Barbara's Island* in ewiger Jugend erhielt, hier keinen Zutritt. Ein Geniezimmer mit Bergen von Papierstößen, Fotografien und Büchern, dazwischen Bildschirme gleich Gartenzwergen. Siem Bobeck zog eine Flasche Scotch aus einer der Furchen, die sich im Durcheinander gebildet hatten und füllte Reisiger das entgegengestreckte Glas. Dann goß er auch sich selbst ein.

»Wir könnten anstoßen«, schlug Bobeck vor, »nicht um die Sache zu vergessen, das werden Sie nicht wollen, aber um ihr ein wenig von dieser Verbissenheit zu nehmen.«

Reisiger konnte sich nur wundern. Was verlangte Bobeck von ihm? Mehr Heiterkeit? Spaß am Rollstuhlleben? Dennoch ließ er sein Glas mit jenem Bobecks kollidieren, nahm einen großen Schluck, dann einen zweiten kleineren, der wie ein Echo war, und fragte: »Wundert es Sie gar nicht, daß ich hier bin?«

»Ich gehe davon aus, daß Pfarrer Marzell Ihnen meine Grüße und meine Entschuldigung übermittelt hat.«

»Ja, hat er. Aber er konnte mir ja keineswegs sagen, wo genau Sie sind. Bloß, daß Sie auf dem Saturn hocken und Spaghetti kochen. Das kann man wohl kaum als präzise Auskunft bezeichnen.«

»Natürlich nicht. Aber schließlich hatte ich auch nicht vor, eine Verhaftung zu riskieren. Denn eins war mir klar, daß Marzell mich verraten würde. Nicht aus Rache. Rache ist ihm zu wenig erhaben. Sondern aus Ruhmsucht. Es wäre ihm eine Freude gewesen, solcherart nochmals in die Presse zu geraten.«

»Ich dachte, Sie mögen ihn.«

»Ein wunderbarer Mann, keine Frage. Aber wie gesagt, es widerstrebt mir, in die Fänge meiner Jäger zu geraten. Jeder dahergelaufene kleine Kriminalist ist vom Ehrgeiz beseelt, mir seine Handschellen anzulegen.«

»Warum dann überhaupt ein Hinweis?«

»Um Sie, Reisiger, zu locken. Ich gestehe, ein sentimentaler Akt. Wie man eben Freunde dazu verführen möchte, einen zu besuchen. Auch wenn man in der Einöde lebt.«

»Ist das Ihr Ernst? Sie wollten mich locken?«

»Nicht auf direkte Weise. Nein, ich habe Ihnen die Lockung wie einen von diesen kleinen intelligenten Schrittmachern ins Herz gepflanzt. Man merkt einen solchen Fremdkörper ja gar nicht. Aber er wirkt. Obgleich ich natürlich alles andere als sicher sein konnte, daß Sie mich auch finden würden.«

»Ich habe nicht nach Ihnen gesucht.«

»Woher wollen Sie das wissen?«

»Na, hören Sie«, empörte sich Reisiger. Allerdings spürte er eine feine Schwäche in seiner Erregung, gleich dem ersten Zeichen einer Verkühlung. Er trank sein Glas leer und stellte es wieder zwischen den Beinen ab. Er trank jetzt ein wenig schneller als üblich. Nein, sehr viel schneller. Mußte wohl das Wetter sein. Der Sturm trieb die Dämmerung vor sich her. Das Wasser war wie eine Unzahl sich epileptisch überschlagender Berge. Regen schlug gegen das Fenster, bloßer Regen, der aber wie Hagel klang. Oder als würde es Steine oder Ratten regnen.

Bobeck drehte das Deckenlicht aus und knipste eine Schreibtischlampe an, welche ein grünliches Licht über die Gegenstände warf und alles sehr viel gepflegter erscheinen ließ.

»Faktum ist«, sagte Bobeck, »daß Sie hier sitzen, mir gegenüber, und daß wir uns ja nicht in irgendeiner Untergrundbahn über den Weg gelaufen sind. Sich auf einer solcher Bohrinsel wiederzubegegnen, kann man wohl kaum einen Zufall nennen.«

»Davon habe ich auch nicht gesprochen«, erwidert Reisiger. »Ich wollte nur, daß Sie sich nicht einbilden, ich sei ein dreiviertel Jahr um die Erde gereist, bloß um Ihrem blödsinnigen Hinweis zu folgen.«

»Davon habe wiederum *ich* nicht gesprochen. Sondern von einem eingepflanzten Herzschrittmacher, der Sie ungeachtet Ihres Widerwillens angetrieben hat, alles und jeden auf seinen Saturn- und Spaghettigehalt zu überprüfen. Nichts leitet uns so sehr wie ein Rätsel. Daß Sie allerdings tatsächlich auf *Barbara's Island* landen würden, hielt ich natürlich für unwahrscheinlich. Unwahrscheinlich wie das Entstehen eines freundlichen, kleinen Planeten mit einer präbiotischen Suppe, in der sich dann gewitzte Makromoleküle bilden. Unser eigenes Vorhandensein beweist, wie sehr gerade das Allerunwahrscheinlichste an die Oberfläche drängt, auf die Bühne des Lebens, ins Licht. Wir vergessen das immer wieder, daß wir permanent vom Unwahrscheinlichen umgeben sind, weil unsere ganze Existenz, die normalste noch, einem an den Haaren herbeigezogenen Gedankenexperiment gleicht, für das einzig und allein spricht, daß bei aller extremen Haarzieherei die Gesetze der Physik erhalten bleiben.«

»Also gut, vielleicht stimmt es. Vielleicht habe ich nach Ihnen gesucht. Jetzt muß ich mich nur noch nach dem Sinn fragen.«

»Neugierde«, erklärte Bobeck. »Alles ist Neugierde. Unsere Trägheit spiegelt bloß die Erschöpfung wieder, die aus dieser Neugierde resultiert.«

»Erschöpft bin ich durchaus«, sagte Reisiger, der jetzt dauernd nach draußen sah, in eine stark bewegte Dunkelheit. »Aber Sie haben recht. Ich bin auch neugierig. Ich frage mich, wie Sie damals aus Purbach entkommen konnten. Sie und Ihre Schwester.«

Bobeck zuckte mit den Schultern. Freilich zuckte auch eine Spur von Amüsement mit. Er offenbarte, Purbach zunächst einmal gar nicht verlassen zu haben. Und zwar mit dem Instinkt eines Tiers, das sich tot stellt.

Wenn nun ein Mensch sich tot stellt, dann tut er dies am besten in einer Umgebung, die seine Täuschung optisch unterstützt. Weshalb Siem Bobeck, nachdem er hatte erkennen müssen, daß sein Plan mit der brennenden Sternwarte nicht aufgehen würde, in die einzige Gruft geflüchtet war, die der Purbacher Friedhof aufzuweisen hat und welche der alte Habsburger für seine beiden Frauen, seine Kinder und eine ominöse französische Dame hatte erbauen lassen. Kaum anzunehmen, daß es den drei toten Frauen eine Freude war, nebeneinander zu liegen.

Übrigens war die Gruft unversperrt gewesen, ganz dem Purbachschen Stil gemäß. Wie ja überhaupt das Katholische, ganz im Gegensatz zum kleinmütig Evangelischen, sich gerne unversperrt gibt. Einen katholischen Himmel und eine katholische Hölle kann man sich als öffentlich zugänglich vorstellen, während die protestantische Version sich eigentlich nur mit einem völlig humorlosen Türsteher denken läßt.

Die Gruft verfügte über eine schwächliche Kellerbeleuchtung sowie eine geradezu winzige Kapelle, die mit ihren vier Bänkchen, dem niedrigen, gerippten Gewölbe und einem handspiegelgroßen Bildnis, das den Heiligen Franz von Assisi zwischen einem Lamm und einem Wolf zeigte, wie für eine kleine Kindergruppe gedacht schien.

Gerade als Bobeck eben jene Kapelle betreten wollte, tauchte seine Schwester auf, die mit jenem geschwisterlichen Instinkt, der eine eineiige Qualität besitzt, geahnt hatte, wohin sich ihr Bruder flüchten würde. Sie wußte Bescheid in Purbach. Auch ihr selbst erschien die Gruft als der geeignete Ort, dem Heer der Polizei, das nun über die Ortschaft kommen würde, zu entgehen. Zudem drängte es sie, ihrem Bruder den Schädel einzuschlagen.

»Später«, meinte dieser kaltschnäuzig und zog seine Schwester in die Kapelle, die bei allem Unversperrtsein sich gleichzeitig dadurch auszeichnete, hinter einer Reihe mehrfach gegen- und zueinander verschobener halber Wände zu liegen, woraus sich der Eindruck einer einzigen, geschlossenen Wand ergab. Diese optische Täuschung – ein Meisterstück des hochgradig verspielten Habsburgers – war derart perfekt, daß Gerda Semper meinte, ihr wahnsinniger Brüder wolle sie direkt in das Mauerwerk hineinführen. Für einen Moment kam ihr das Eintreten in die Kapelle vor wie eine Sequenz aus *Ein Mann geht durch die Wand*.

Die Polizisten, die dann nur Stunden später auch die Gruft einer genauen Überprüfung unterzogen, erlagen wie jedermann der Illusion, ein durchgehendes, lückenloses Mauerwerk vor sich zu haben. Selbst Pfarrer Marzell wußte nichts von dieser Kapelle, deren Pflege – und gepflegt wurde sie durchaus – einer hundertjährigen Purbacherin zukam, die man selbstverständlich weder zum Fall Bobeck noch zur habsburgischen Gruft befragte. Warum auch hätte man das tun sollen?

In dieser Kapelle hockte nun das Geschwisterpaar wie in einem Puppenhaus und war zum Schweigen verurteilt. Gerda betete wortlos. Bobeck vertrieb sich die Zeit mit dem Nachdenken über quantenhafte Störungen, welche nicht nur die Struktur makroskopischer Systeme veränderten, sondern die eines jeden Systems. Die Störung und der Fehler bestimmten das Gesicht der Welt. Und gewissermaßen würden sie auch seinem eigenen Gesicht eine neue Gestalt verleihen.

Zwei Tage verbrachten die Geschwister in der Kapelle, diese nur verlassend, um in den Nischen der Gruft ihre Notdurft zu verrichten. Gerda trank aus dem bis zum Rand gefüllten Weihwasserbecken, während ihr konfessionsloser Bruder die Flüssigkeit bevorzugte, die er in einer Gießkanne neben dem Altar entdeckt hatte.

Es war durchaus vernünftig, die zwei Tage abzuwarten, da sich weiterhin eine Schar von Polizisten im Dorf herumtrieb, Häuser, Scheunen und Keller durchsuchte, die Leute befragte, Hinweisen nachging, jedoch nach und nach die Überprüfung in andere, benachbarte Ortschaften verlegte, längst mit dem Gefühl, etwas durch und durch Sinnloses zu tun. Allein der Routine folgend.

Solange Gerda gezwungen war, zu schweigen, war ihr dies unerträglich erschienen. Die stillen Gebete hatten als Versteinerungen der Wut schwer auf ihre Seele gedrückt. Dann aber, als man sich ziemlich sicher sein konnte, daß die Polizei nicht noch einmal die Gruft überprüfen würde und es möglich geworden war, zumindest mit zurückgenommener Stimme Anklage zu führen, da hatte Gerda kein Wort herausgebracht. Wie jemand, der in all den Gedanken darüber, was er demnächst für Schläge austeilen wolle, abgesoffen war.

»Das kommt vor, Schwesterchen«, meinte Bobeck, als man in der dritten Nacht die habsburgische Gruft verließ. »Zuerst will man alles sagen, alles herausschreien, und dann plötzlich kriegt man sein Maul nicht mehr auf. Nimm's nicht so tragisch.«

Soweit wußte Gerda Semper aber ihre Sprache und ihre Stimme noch zu verwenden, daß sie ihrem Bruder erklärte, er werde sich noch einmal wundern.

Jedenfalls blieben die beiden zusammen, die Schwester vor lauter Haß, der Bruder aus der gleichen Gewohnheit heraus, mit der er so viele Jahre die Familie Semper mit Finanzspritzen versorgt hatte.

»Wir sind wieder ins Haus zurück«, erzählte Bobeck leichthin.

»In welches Haus?« fragte Reisiger, ohne seinen Blick von dem Sturm abzuwenden, der nun so heftig geworden war, daß er wegen Wiederholung die Nacht zum Leuchten brachte.

»Nun, ins Schloß natürlich. Die Polizei war ja aus Purbach abgezogen worden. Sie hatten bloß ein paar lächerliche Plomben angebracht. Bei einem so großen Haus, ist es nicht weiter schwierig, Plomben zu umgehen. Personal gab es natürlich auch keines mehr. Das Haus war tot.«

»Keine schmollenden Frauen mehr«, kommentierte Reisiger.

»Ach ja, ist Ihnen das auch aufgefallen?« zeigte sich Bobeck geradezu erheitert. »Aber ich denke, diese Schmollerei ist eine altersspezifische Angelegenheit, ein postpubertärer Reflex, der gleichwohl der Anziehung wie der Abstoßung bei der Partnerwahl dient. Jedenfalls waren sämtliche dieser dicklippigen Engel verschwunden. Das Haus stand leer, keine Claire, kein Tom Pliska, nicht einmal Pliskas Köter. Dafür volle Kühlschränke. Gerda und ich sind zwei Wochen geblieben, so weit voneinander getrennt als nur möglich. Als ich mich dann aber aufmachte, Purbach ade zu sagen, war sie wieder zur Stelle. Sie hat wahrscheinlich gehofft, mir auf diese Weise den Geist zu rauben, indem sie die Klette spielt. Terror durch Nähe. Aber ich halt schon was aus. Und ich glaube, daß ihr das in der Zwischenzeit auch aufgegangen ist. Sie klebt noch immer an meiner Seite, aber ohne Hoffnung auf Revanche.«

»Wie? Sie ist hier auf der Insel?«

»Sie arbeitet in der Küche. Ich habe Gerda zu meiner Nachfolgerin ernannt. Davor hat sie in den Unterkünften geputzt. Verständlich, daß es ihr bedeutend mehr Freude bereitet, der Küche vorzustehen und ihre Untergebenen herumzukommandieren. Ein Job mit Verantwortung. Die Leute auf *Barbara* stellen eine ziemlich elitäre Meute dar, Feinspitze und Nörgler.

Auch viele Italiener, die sich natürlich für Spaghetti-Spezialisten halten. Man muß dieses Publikum in die Schranken weisen. Das tut man, indem man gut kocht.«

»Ich bin überzeugt, daß man Ihnen und Ihren meisterlichen Spaghetti nachheult«, meinte Reisiger mit einer Ironie aus kleinen, krummen Nägeln, die sich mitnichten in eine Wand schlagen ließen.

»Ein guter Arzt«, sagte Bobeck, »ist auch was wert.«

»Ein guter Arzt ist sicher mehr wert als ein schlechter Aggressionsforscher.«

»Na, na, jetzt begeben Sie sich auf ein Terrain, auf dem Sie nichts verloren haben. Ein bißchen Demut, mein Freund, kann nicht schaden.«

»Keine Demut, Bobeck, wirklich nicht. Nicht gegenüber einem Mann, der getan hat, was Sie getan haben.«

»Was denn getan? Fred hat sich freiwillig diesem Experiment ausgesetzt. Das zählt, nichts anderes. Mich nervt diese kleinkarierte Vorsicht, mit der heutzutage Forschung betrieben wird, als wollte man den Inhalt einer Nuß studieren, indem man sie röntgt, anstatt sie einfach zu knacken. Wir müssen aufhören, uns etwas vorzumachen. Es ist ja nicht nur so, daß der Zweck die Mittel heiligt, die Mittel heiligen auch den Zweck. Jemand, der eine Nuß aufschlägt, anstatt sie feige zu durchleuchten, ist der bessere, der echtere Mensch. Aber davon abgesehen: Die Sache funktioniert.«

»Was funktioniert?«

»Das *Regina*.«

»Was wollen Sie damit sagen?«

»Nun, daß jeder hier auf dem Schiff seine Dosis erhält.«

»Meine Güte, Bobeck, Sie produzieren es?«

»Genau das tue ich. In meiner Funktion als Arzt verschreibe ich die Medizin und dank meiner guten Kontakte zur Küche bringe ich sie in Umlauf. Das *Regina* steckt im Nudelteig. Natürlich glauben die Leute hier, sie seien nach Spaghetti süchtig. Man muß die Dosis gering halten, dann dreht niemand durch. Oder hatten Sie das Gefühl, an einen Kriegsschauplatz gelangt zu sein? Nirgends geht es friedlicher zu als auf *Barbara*, ohne daß die Leute deshalb wie seelenlose, dumpfe Maschinen durch die Gegend laufen. Ich darf sagen, wir haben die Gewalt im Griff, wir haben sie kultiviert. Kein Wildwuchs mehr, kein undurchdringliches Dickicht, keine versunkenen Pfade, sondern ein freundlicher Wald mit breiten Wegen und einer übersichtlichen Ausschilderung. Es wird nicht nötig sein, die Menschheit zu befrieden, indem wir die Hälfte von ihr an die Wand stellen. Oder Gefängnisse bauen groß wie Kleinstaaten.«

»Das klingt paradox, *Regina* bewirkt doch einen Gewaltschub.«

»*Regina* funktioniert wie ein natürlicher Dünger, wie Humus. Es lockert den Boden, aus dem der Mensch herauswächst. Die Leute beginnen, sich ihres Gewaltpotentials zu erfreuen, wie ein Mensch mit Glatze, dem frische Haare sprießen und der nun einen neuen, weit positiveren Zugang zu dem besitzt, was Haare mit sich bringen. Die Leute hören auf, hinter ihrer Aggression einen Dämon zu vermuten. Sie erkennen die Schönheit eines Triebes, der ja im Grunde nichts anderes ist als Bewegung, als Expansion. Sie wachsen, sie gedeihen. Was bitte nicht heißt, daß sie sich in Typen mit stahlblauen Augen verwandeln. Ich rede von der Psyche, die gesundet. Die *Reginanten*, so nenn ich meine glücklichen Patienten, leben Tag für Tag ihre Gewalt aus, aber in einer verschwindenden Weise, kaum sichtbar, kaum spürbar, nadelstichartig. Es kommt zu Rempeleien, Drohgebärden, verbalen Attacken, alles winzig, alles von einer solchen Kürze, daß es einzeln genommen etwas von der Virtualität jener Teilchen besitzt, die im Auftauchen begriffen auch schon wieder verschwunden sind. Die nie wirklich existent sind und dennoch eine Wirkung besitzen. Ein Ball, der gar nicht da ist, jedoch das Tornetz ausbeult.«

»Tor!« rief Reisiger und vollzog eine verächtliche Grimasse.

»Richtig«, sagte Bobeck. »Ein Torschuß ohne Ball.«

»Und der Sprung des Täters in sein Opfer?«

»Soweit kommt es nicht«, versicherte Bobeck. »Diese quasi moralische Seite von *Regina* kann man sich ersparen. Wie ich schon sagte, eine Frage der Dosis. So ist das immer. Darum Forschung, um die richtige Menge festzustellen. Darin sollte übrigens auch die Aufgabe der Theologie bestehen, die richtige

Menge Religion zu bestimmen. Es ist immer zuviel oder zuwenig davon da.«

»Sie sind irre.«

»Mag schon sein. Das Ergebnis zählt. Und es ist ein gutes Ergebnis. Denken Sie daran, was die Menschen all für Zeug schlucken. Warum nicht einmal etwas, daß ihnen auch wirklich hilft?«

»Sie wissen doch gar nicht, wie sich der Stoff langfristig auswirkt.«

»Darum bin ich ja hier, um das herauszufinden. Hinderlich ist nur, daß der Großteil der Leute, die auf *Barbara* arbeiten, alle drei Wochen ausgewechselt werden. Es fehlen ihnen sodann die Spaghetti, die richtigen Spaghetti. Klar, sie nehmen während dieser Pausen jede Menge Teigwaren zu sich, wie Abhängige das eben tun, aber es nützt natürlich nichts. Was zu einigen Problemen führt. Eben nicht nur zu den üblichen körperlichen Symptomen des Entzuges, sondern zu einem Verlust an Gewaltkultur. Sie verhalten sich unmäßig. Anstatt wie unter dem Eindruck von *Regina* ihre Aggressionen hübsch brav auszuleben, sind sie nun stunden- und tagelang friedliche Menschen, um dann aber aus heiterem Himmel jemandem die Fresse zu polieren. Natürlich fällt das auf. Und leider glauben die Verantwortlichen, es hätte mit der Situation auf *Barbara* zu tun. Nun gut, ich werde die Sache noch in den Griff bekommen.«

»Ja, ja, das ist ja Ihre Spezialität, Dinge in den Griff zu bekommen.«

»Nicht alles im Leben ist so einfach, wie für einen Plattenspieler Werbung machen.«

»Damit habe ich aufgehört.«

»Vernünftig«, sagte Bobeck, »die Zukunft wird mit Sicherheit nicht der Musik gehören.«

Reisiger öffnete die Hände zu einer Geste, die wohl bedeuten sollte, daß ihm das Schicksal der Musik gleichgültig sei. Weit weniger gleichgültig war ihm freilich das Schicksal Siem Bobecks, umso mehr, als dieser aus seinen Fehlern nicht gelernt zu haben schien und sich weiterhin fröhlich als Experimentator betätigte. Das Argument einer möglichen Gesellschaft, die ihren Hang zu Gewalttätigkeiten gewissermaßen partikelweise ausatmete, so wie man unmerklich zu jeder Zeit transpiriert, erschien Reisiger in keiner Weise attraktiv, selbst wenn sich daraus eine Welt ergeben konnte, die frei von Kriegen war, erst recht von jenen, die erbarmungs- und aussichtslos eine jede kleine Familie erschütterten.

Eine dank *Regina* befriedete Gesellschaft wäre Reisiger als ein weiterer Versuch erschienen, sich von all den Regeln, die Gott mit Bedacht aufgestellt hatte, zu lösen. Regeln, die vielleicht gar nicht in einem moralischen Sinn zu verstehen waren, sondern als Regeln an sich, vergleichbar der Anordnung, während eines Spiels den Ball nicht in die Hand nehmen zu dürfen. Und zwar einen Ball, der auch wirklich da war.

Wenn Gott eine Hölle geschaffen hatte, dann vielleicht nicht nur, um die Regelverstöße zu ahnden (möglicherweise tat er das gar nicht), sondern um jene zu verfluchen, welche das Regelwerk links liegen ließen. Die so arrogant waren, gar nicht erst mitspielen zu wollen.

Der einzige Punkt in Bobecks Argumentation, welcher Reisiger zu denken gab, war jener einer Pillen schluckenden Menschheit, die auch einmal etwas Gescheites schlucken sollte. Wobei Reisiger sich die Frage stellte, ob der Einsatz von Medikamenten nicht ganz grundsätzlich abzulehnen war. Warum sollte ein blutdrucksenkendes Medikament weniger verwerflich sein als LSD? In einem göttlichen Sinn war beides »unsportlich« zu nennen. Nicht, weil Gott etwas dagegen hatte, daß der Mensch sich weiterentwickelte, nicht, weil Gott sich gegen Flugzeuge und Haarfestiger stemmte. Aber was ihn mit Sicherheit störte, war der Versuch, sich mit unlauteren Mitteln die Gesundheit zu erhalten. Hätte er das gewollt, hätte er gewiß einen anderen Menschen geschaffen.

Natürlich lebte auch Reisiger abseits einer solchen Konsequenz und Sportlichkeit. Beispielsweise hatte er einst einen entzündeten Wurmfortsatz, sprich Blinddarm, entfernen lassen. Was ja wohl kaum den Regeln entsprach. Denn so blind und verzichtbar der Appendix auch sein mochte, war nur ein Schöpfer vorstellbar, der sich bei diesem Gebilde und seiner beträchtlichen Anfälligkeit auch etwas gedacht hatte.

»Eines muß Ihnen doch klar sein«, sagte Reisiger und wandte endlich seinen Blick von einer stürmischen Nacht ab und Bobeck zu, »daß, wenn in einigen Tagen die Polizei hier auftauchen wird, ich beileibe nicht darauf verzichte, denen zu sagen, wer Sie in Wirklichkeit sind.«

»Davon wird Ihr Rückenmark nicht wieder heil, oder?«

»Es geht um mehr als mein Rückenmark. Ich bin ein konservativer Mensch, wie Sie sich eigentlich denken müßten, ich halte was von Gerechtigkeit. Ich finde, daß Menschen, die andere Menschen in Sternwarten sperren, um dann diese Sternwarten in Brand zu setzen, besser in Gefängnissen aufgehoben sind als auf Bohrinseln.«

»Ich bitte Sie, wenn *Barbara* kein Gefängnis ist, dann weiß ich nicht. Seitdem ich hier bin, war ich kein einziges Mal an Land. Zu riskant.«

»Ich glaube kaum, daß Sie verzichten werden, die ganze Welt mit Ihrem *Regina* zu beglücken.«

»Ich werde – zur rechten Zeit – meine Erkenntnisse zur Verfügung stellen. Selbstverständlich. Nach alldem, was geschehen ist, wär's ein Sakrileg, darauf zu verzichten.«

»Man wird Sie sicher zwingen, Ihr Wissen für sich zu behalten. Wer sollte an einer friedlichen Welt interessiert sein, in der dann ein jeder mit seiner Gewalt wie mit einem kleinen, ungefährlichen Schoßhündchen spazierengeht?«

»Schoßhund ist viel zu groß gedacht, lieber Herr Reisiger. Bakterium würde ich vorschlagen, ein Bakterium, das darauf verzichtet, sich zu vermehren.«

»Egal. Man wird es nicht zulassen.«

Bobeck lächelte. Es war ein schwaches Lächeln, besaß jedoch einen breiten, goldenen Rahmen. Beinahe wirkte Bobeck wie ein Toter, der von seinem Grab aus daranging, die Welt zu revolutionieren. Er sagte nichts, aber in seinem Blick lag Gewißheit.

»Was soll's«, meinte Reisiger und sah wieder hinunter auf den Ring der Eiswand, der von hohen Brechern bestürmt wurde, »ich werde die Polizei aufklären.«

»Eigentlich sollten Sie das sofort tun. Per Funk. Oder zumindest mit Chips sprechen. Ich meine, bevor ich vielleicht auf die Idee komme, Sie aus dem Weg zu räumen.«

»Sie haben recht«, sagte Reisiger, unangenehm berührt von der Tatsache, daß Bobeck, der Bedroher, ihn nicht bedrohte, sondern zur Vorsicht ermahnte.

Reisiger griff nach seinen Rädern und rollte in Richtung Türe. Auf halber Strecke stoppte er und sagte: »Eine Frage noch. Obgleich unwichtig.«

»Ja?«

»Was hätten wir tun müssen, um das Licht in der Sternwarte wieder anzukriegen?«

»Ein Poem sprechen, einen Teil davon: *Fahnen von Scharlach, Lachen, Wahnsinn, Trompeten.*«

»Was Sie nicht sagen.«

»Stammt aus einem Trakl-Gedicht. Ich habe die Beleuchtung und die Türen darauf programmiert. Abgerichtet, wenn Sie so wollen. Eine kleine Spielerei, kindisch, aber raffiniert. Sie hätten es allerdings ebenso mit einem betonten *Bitte!* versuchen können. Ein Wort, das die Schalter gleichfalls akzeptiert hätten. Aber wer sagt heutzutage noch bitte?«

»Na ja«, seufzte Reisiger und nahm seinen Weg wieder auf, »das bißchen Deckenlicht hätte uns wahrscheinlich auch nicht vor unserem Schicksal bewahrt.«

»Kaum«, sagte Bobeck und öffnete eine Lade seines Schreibtisches, als befinde man sich in einem kleinen Fernsehkrimi.

Reisiger, der bereits seinen Rollstuhl gewendet hatte und sich somit mit dem Rücken zu Bobeck befand, spürte deutlich den Lauf der Waffe, der jetzt auf ihn gerichtet war. Das war zu erwarten gewesen. Jedenfalls blieb Reisiger vollkommen gelassen, griff nach der Klinke und fragte: »Wie ist das? Schlucken Sie eigentlich selbst Ihr *Regina*?«

Ohne eine Antwort auf seine Frage zu erhalten, aber auch ohne von einer Kugel getroffen worden zu sein, öffnete Reisiger die Türe und glitt nach draußen. Möglicherweise war auch Bobeck bewußt geworden, daß es *so* nicht ging. Daß man nicht einfach eine Lade öffnen und sich wie in einem kleinen Fernsehkrimi aufführen konnte.

Paradoxerweise war es genau dieser Umstand, der des Überlebthabens trotz Pistole im Rücken, der Reisiger dazu verführte, zu unterlassen, was er vorgehabt hatte, sich nämlich in den Funkraum zu begeben, um zunächst mit seiner Frau und dann mit der Polizei in Saint John's zu sprechen. Auch verzichtete er darauf, wenigstens Kapitän Chips über die wahre Identität seines hochgeschätzten Insel-Arztes zu unterrichten. Chips hätte ihm nicht geglaubt, Chips schien wie alle hier ein Jünger Jakobsens zu sein. Unbelehrbar.

Reisiger begab sich also nicht in den Funkraum, sondern ließ sich von einem Krankenpfleger, der im Nebenraum gewartet hatte, in sein Zimmer bringen. Wobei Reisiger überzeugt war, daß dieser Krankenpfleger ihn mit derselben Teilnahmslosigkeit auch als Leiche aus dem Büro des Oberarztes geschoben hätte. *Barbara's Island* war genaugenommen *Bobecks Country*.

Zehntausend Jahre später

Auf ein Abendessen wollte Reisiger verzichten, froh darum, die Spaghetti von zuvor nicht angerührt zu haben. Das verdammte Teufelswerk. Allerdings bat er den Krankenpfleger, ihm eine Flasche *Bols* zu besorgen. Und zwar eine versiegelte Flasche, worauf er unbedingt bestand.

Der Krankenpfleger machte ein verdutztes Gesicht, erschien aber eine halbe Stunde später mit der bestellten Ware und half Reisiger auf sein Bett, dessen Position einen Blick durch das Fenster, hinaus auf eine verwilderte Dunkelheit zuließ. Gleich darauf verschwand der Pfleger mit einer Schnelligkeit, als fürchte er den Anblick eines trinkenden Menschen.

Zwei Gläschen, dann war Reisiger eingeschlafen. Der Trommelwirbel des Orkans begleitete eine Reihe von Traumsequenzen, in deren letzter der Lawinenhund Vier auftauchte, und zwar aus dem Meer, sich auf der nun ruhigen, glitzernden Oberfläche wie auf einem Teppich niederlegte und durch sein halbgeöffnetes Mäulchen etwas sagte, das wie »Bitte!« klang.

Reisiger mochte den Traum nicht. Er mochte es nicht, wenn Tiere wie in diesen unsäglichen Kindergeschichten zu sprechen anfingen. Ihm kam es immer so vor, als würden sich solche Tiere über menschliche Verhaltensweisen lustig machen. Über das Tragen von Kleidung und das Essen mit Besteck. Und eben über Sprache.

Es war dann aber ein traumfremdes Ereignis, das ihn erwachen ließ. Ein reales Gedröhne, das nicht vom Meer her kam, sondern aus dem Bauch der Insel. Das Geheul von Sirenen. Alarm. Um mit Trakl zu sprechen: Trompeten.

Reisiger steckte noch immer in seiner Kleidung. In Ermangelung seiner Gattin als Krankenschwester war er gar nicht erst auf die Idee gekommen, sich auszuziehen. Durchaus besorgt, man könnte auf ihn vergessen, rutschte er sogleich vom Bett in seinen Rollstuhl.

Nun, man vergaß keineswegs auf ihn. Zumindest Bobeck nicht, der jetzt die Türe öffnete. Offenkundig empfand der ehemalige Nobelpreisverweigerer den ehemaligen Hi-Fi-Strategen tatsächlich als einen alten Freund, den zu erschießen ihm nur kurz durch den Kopf gegangen war. Wie eben Dinge durch den Kopf gehen, ohne auch nur einmal anzuhalten.

»Wir müssen runter«, sagte Bobeck und wirkte auf seine neue, kränkliche Art erhitzt und atemlos.

»Wo runter?«

»Runter von der Insel.«

»Meine Güte. Das ist aber nicht das Wetter dafür.«

»Das ist vor allem nicht der Ort, um zu bleiben. Kommen Sie!«

Ähnlich wie in diesen Action-Filmen, wo die Zeit auch immer aus ihrer Knappheit besteht und die Figuren, noch während sie durch die Gegend rennen, dem Publikum erklären, warum sie durch die Gegend rennen, berichtete Bobeck, während er Reisiger den Gang entlang schob, daß sich ein gewaltiger Eisberg nähere. Und zwar einer …

Es schien zu kommen, wie es hatte kommen müssen. Die zehntausend Jahre, von der die Statisik gesprochen hatte, waren abgelaufen. Auch wenn die Bohrinsel erst elf Jahre stand. Was den Eisberg nicht kümmerte. In seinem Denken kamen Bohrinseln gar nicht vor. Im übrigen besaß er ein Gewicht, das weit oberhalb jener sechs Millionen Tonnen lag, welchen *Barbara* widerstehen konnte.

Selbstverständlich waren die Zeiten längst vorbei, da solche Ungetüme wie aus dem Nichts auftauchten. Heutzutage lagen die Augen der Satelliten – immerwache Augen, wie mit Zahnstochern am Zufallen gehindert – auf die Welt gerichtet. Wenn ein Präsident sich hinter dem Ohr kratzte, beobachteten sie es. Da konnte ein solches Zig-Millionen-Tonnen-Monstrum natürlich nicht übersehen werden. Selbst wenn nur das Köpfchen aus dem Wasser ragte.

Die Gefahr war also längst erkannt worden, weshalb eine Spezialfirma darangegangen war, den ganzen Brocken umzuleiten. Und zunächst hatte es auch danach ausgesehen, als würde es keine Schwierigkeiten geben, als ließe sich dieses birnenförmige Gebilde an die Leine nehmen und in Gewässer manövrieren, in denen keine Ölplattformen zur Kollision einluden. Ja, die Angelegenheit schien erledigt. Man hätte es ansonsten kaum zugelassen, daß ein Mann wie Lichfield auf *Barbara's Island* landete. Doch dann war dieser Sturm aufgezogen, auch er angekündigt, freilich als ein recht harmloses Ereignis. Was sich als Irrtum herausstellte. Das zunächst durchschnittliche Unwetter war so rasch und unerwartet zum Orkan mutiert, als stecke ein kleiner, verrückter Lenker in seinem Inneren. Und wenn nun jene Spezialfirma den vorbestimmten Weg des Eisberges verändert hatte, so hatten die erregten Winde diese Korrektur wieder rückgängig gemacht, die Schiffe der Spezialfirma in die Flucht geschlagen und den Eisberg zurück in die alte, naturgegebene Richtung gedrängt. Solche Stürme gibt es. Sie sind wie Schiedsrichter, die die Regeln beherrschen und sich nie und nimmer erweichen lassen.

Wie um die vor zehntausend Jahren aufgestellte Eisbergwirklichkeit einzuhalten, entwickelte der Koloß unter dem Schub der Naturgewalt eine für seine Verhältnisse ungewöhnlich hohe Geschwindigkeit. Nicht anders als Flugzeuge oder Züge, die eine Verspätung aufholen. Wer wollte das nicht begrüßen?

Nun, für die Leute auf *Barbara* besaß dieser Umstand eine geringe Ironie. Eine sofortige Evakuierung war angeordnet worden, trotz der tobenden See. Aber Kapitän Chips konnte nicht riskieren, daß seine Mannschaft zu spät von Bord ging. Daß es sich der Eisberg noch mal überlegen würde, glaubte er nicht. Es war zu eindeutig, daß er seiner Bestimmung folgte und aus dem Weg räumen würde, was in seiner Eisbergwirklichkeit nicht hierher gehörte. Wie alle Berge war er blind.

»Das verdiene ich nicht«, jammerte Reisiger, während Bobeck ihn in einen der Aufzüge schob.

Damit meinte Reisiger, daß jemandem, der seinen Lottoschein verbrannt hatte, eigentlich zustand, endlich einmal von Unglücksschlägen verschont zu bleiben. Andererseits war ihm sehr wohl bewußt, daß hinter einem solchen Eisberg sich kein Teufel versteckte. Eisberge waren, wenn überhaupt, göttliche Geschöpfe. Regelwerk. Reisigers Pech war ungewollt. Pure Natur.

»Wir sind die ersten«, sagte Bobeck, als man jene Etage erreicht hatte, in der ein Teil der Rettungsboote lagerte, ovale, glatte, vollkommen geschlossene Körper, welche dieselbe Form, Farbe und denselben Perlenglanz besaßen wie jene pflaumenförmigen Tomaten, die immer ein wenig teurer sind als ihre runden Verwandten. Und wie diese Tomaten waren auch die Rettungsboote in schönster Ordnung in weiße Einbuchtungen gebettet.

Man stand also völlig allein in der hohen Halle einer monströsen Tomatenzucht. Offensichtlich war der Großteil der Besatzung noch damit beschäftigt, die Bohrinsel auf ihren Untergang vorzubereiten. Was auch immer in diesem Fall zu tun war.

»Wir werden nicht warten«, erklärte Bobeck, »und eines von den kleineren Booten nehmen.«

Tatsächlich befanden sich in einem separaten Bereich weitere Kapseln, in die zwei bis drei Leute paßten, jedoch nicht minder tomatig in ihrem Aussehen.

»Hier braucht es keinen Trakl«, sagte Bobeck und drückte einen Knopf, der gleich einem minimalen Geburtsfehler von der Außenhaut abstand. Etwas wie ein Stromstoß schien durch das Gerät zu gehen. Ein letzter Akt des Brütens. Dann fuhr eine Klappe nach oben und wies in einen grell erleuchteten Innenraum.

»Den Rollstuhl müssen Sie hier lassen«, sagte Bobeck, »dafür sind diese Dinger nicht gebaut.«

»Kann ich mir denken«, sagte Reisiger und ließ sich von Bobeck aus dem Stuhl heben. Er stand jetzt auf seinen Beinen wie auf Frittaten. Ja, das war nun mal das Gefühl, das er hatte, wenn er mit den beiden Gliedern in die Aufrechte geriet. Was sich rasch änderte, da der gealterte Bobeck ihn nicht zu halten verstand. Reisiger stürzte in das Innere der Kapsel und schlug seitlich auf dem Boden auf. Ein weicher Boden immerhin. Auch schien er sich nicht verletzt zu haben, ein Umstand, den er wie eine Krone über das Faktum seines Sturzes stellte.

»Verzeihen Sie«, sagte Bobeck.

»Ich bin drinnen«, stellte Reisiger demütig fest.

Bobeck folgte und half Reisiger auf die bodennahe Erhebung einer Kunststoffsitzbank. Dann legte er seine Hand auf einen in die innere Verschalung eingefügten Monitor, der in der Art aller nervösen, eifrigen Maschinen sogleich eine Flut von Daten präsentierte. Wie um zu zeigen, was für ein fescher Kerl er sei.

»Mein Güte«, meinte Reisiger. »Was ist das hier? Der nächste James-Bond-Film?«

»Ein James-Bond-Film im Bauhaus-Stil«, definierte Bobeck und hatte nicht unrecht, da bei aller futuristischen Gestaltung ein Lämpchenmeer fehlte, das Ensemble als Ganzes einen möbelhaften Eindruck hinterließ und neben dem einen Bildschirm nur noch ein zweiter in derselben beinahe übergangslosen Weise in die Wand eingelassen war. Mehr wie ein Gegenstand, der auf einer Oberfläche schwimmt. Dazu gehörte allerdings auch eine Computerstimme, die die Daten auf den beiden Bildschirmen praktisch vorlas, als hätte sie es mit Analphabeten zu tun.

»Das kann man sich ersparen, wir wissen ja, wie das Wetter draußen ist«, sagte Bobeck und schaltete den Ton aus, und zwar nicht etwa, indem er den Bildschirm oder eine Tastatur berührte. Auch artikulierte er keinen Befehl. Sondern hob seine rechte Hand und spreizte zwei Finger, während er einen dritten nach dem ersten Glied in einen rechten Winkel versetzte.

»Was tun Sie da?« fragte Reisiger.

»Kommunizieren.«

»Wie soll ich das verstehen?«

»Diese Computer sind störrische Hunde«, erklärte Bobeck. »Am ehesten folgen sie, wenn man sie mit einer simplen Zeichensprache konfrontiert. Klingt archaisch, wenngleich es keine geringe Intelligenzleistung darstellt, die Bedeutung dreier Finger zu erkennen.«

Erneut hielt Siem Bobeck seine Rechte in die Höhe, kreuzte Mittel- und Zeigefinger und legte sodann den kleinen Finger der linken Hand quer in die wippenartigen Furche der Überkreuzung. Die solcherart entstandene Fingerformation hielt er dem Bildschirm entgegen. Sogleich fuhr die Klappe, die den Eingang bildete, herunter, während gleichzeitig an den Polen der Kapsel – als handle es sich um die Ouvertüre zu einem Stummfilm – sich mittels einer linsenartigen Öffnung jeweils die Ausbuchtung eines Fensters ergab. Keine wirklich großen Fenster, durch die man viel hätte erkennen können.

»Sieeem!« vernahm man nun eine Stimme, die aber von außerhalb kam und über die Box einer Gegensprechanlage in das Innere der Kapsel drang. »Sieeem! Wo steckst du? Glaub nicht, daß du mich los wirst. Ich weiß doch, daß du da bist.«

»Gott, diese Nervensäge«, stöhnte Bobeck, »ich hätte sie beinahe vergessen. Natürlich wär's besser, nicht zu reagieren. Aber das kann man nicht machen.«

»Warum?« fragte Reisiger flüsternd. »Rettungsboote gibt es ja zur Genüge. Ich denke, für drei Leute ist es hier ein bißchen eng. Ihre Schwester ist nicht die dünnste.«

»Familie ist Familie. Man kann sich ihr nicht entziehen. Auch Sie, Reisiger, sind ja ein Teil dieser Familie geworden. Die Enge, die sich daraus ergibt, gehört dazu.«

Ohne weitere Diskussion schob Bobeck neuerlich seine ineinander verschränkten Finger vor den Monitor, löste jedoch das kleine Glied aus der Krippenform. Was postwendend eine Wirkung zeitigte. Die Türe glitt nach oben. Einen Moment war gar nichts zu hören als jener fern klingende Sturm, der *Barbara* umgab. Sodann näherten sich Schritte. Wütende Schritte, als zerhacke jemand ein ganzes gefliestes Badezimmer.

In der Öffnung tauchte das Gesicht Gerda Sempers auf, schwammiger denn je, rötlich mit weißen Flecken, ein bleicher Fliegenpilz. Als sie Reisiger, der ja noch immer gegenüber dem Eingang saß, erkannte, meinte sie: »Sie geben aber auch nicht auf, was?«

»Ein dummer Zufall«, sagte Reisiger, wie man sagt: Ein häßliches Sofa.

»Können Sie mir später erzählen«, meinte Gerda und stieg in das Kapselinnere mit einer Bewegung, die nichts mehr von jener fettzelligen Leichtfüßigkeit früherer Tage besaß, jener tänzerischen Handhabung der eigenen Masse. Auch Gerda Semper war im Zuge ihrer Flucht nicht einfach nur gealtert, sondern eben vor allem hinter sich selbst zurückgefallen. Ihr zeitweiliger Ton freilich, ihr walzwerkartiges Gekeife besaß die alte Größe und Intensität.

Sie ließ sich neben Reisiger auf die Kunststoffbank fallen. Erstaunlicherweise gaben weder die Bank noch die Kapsel einen Muckser von sich, während ja etwa das Niedersetzen wirklich schwerer Menschen in Flugzeugen und Zügen Geräusche verursacht, die daran erinnern, daß alles hin zum Mürben neigt.

Freilich war das Boot, in dem man sich befand und dessen Türe nun erneut geschlossen wurde, nagelneu, nie benutzt, bloß im Zuge diverser Übungen zart berührt worden. Von Materialmüdigkeit würde in diesem Fall also nicht die Rede sein können. Was nichts daran änderte, daß sich Reisiger von dieser Frau bedrängt fühlte. Er rückte, so gut es ging, gegen das verschalte Ende hin. Gerda warf ihm einen Blick zu, der meinte, daß ihm das gar nichts nütze, seine dumme Herumrückerei, nicht angesichts der paar Quadratmeter, auf denen man nun gefangen war. Denn so sturmtauglich und überlebensfähig dieses Vehikel auch sein mochte, würde man andererseits nicht so schnell auf ein Schiff treffen, das einen aufnehmen konnte. Die Schiffe hatten sich verzogen. Nicht aber der Eisberg.

»Hat dieser Eisberg eigentlich einen Namen?« fragte Reisiger.

»Sie halten viel von Namen, was?« meinte Bobeck, während er die Kuppen seiner beiden Daumen und Zeigefinger zusammenführte und ein Karo formte, durch das er hindurchblies. Offensichtlich gehörten zu seiner Zeichensprache auch jene thermischen Figuren, die ein Hauch oder Atem verursachte. Und sein Atem schien okay. Die Kapsel setzte sich in Bewegung und glitt durch eine Bodenöffnung in einen zunächst waagrechten Tunnel, der die Basis mit dem Ring der Eiswand verband. Dort angelangt, wechselte das Boot in einen senkrechten Schacht und wurde ein Stück aufwärts geführt.

»Ich glaube«, sagte Reisiger, »daß, wenn man den Namen einer Sache kennt und seinen Gehalt richtig deutet, sich ungefähr ausmalen läßt, was einem zustoßen wird. Ich hätte einiges verhindern können, hätte ich mehr auf Namen geachtet.«

Das war unrichtig. Er hatte immer darauf geachtet. Nur hatte es eben nichts genutzt.

»Der Eisberg heißt *Schweinskopf*«, sagte Bobeck.

»Sie machen einen Witz.«

»Keineswegs. Die Struktur des Teils, der aus dem Wasser ragt, erinnert vage an den Schädel eines Hausschweins. Ich kann daran nichts Anstößiges erkennen. Wenn Ihr Gott will, dann wird *Barbara* eben mit einem Schweinskopf kollidieren. Und ich denke, das wird es dann auch gewesen sein.«

Immerhin fiel Reisiger keine Bedeutung eines Schweinskopfes ein, die ihm selbst eine dunkle Zukunft voraussagte. Er hatte in seinem Leben so gut wie nichts mit Schweinen zu tun gehabt. Abgesehen von den Stücken auf Tellern.

Mit einem plötzlichen Ruck löste sich die Kapsel aus ihrer Verankerung, schlitterte durch eine Öffnung und flog gleich einem ausgespuckten Kern durch die Luft, um nach wenigen Sekunden hart auf der hektisch bewegten Wasseroberfläche aufzuklatschen.

Es wurde deutlich ungemütlich in dem Gehäuse, welches über einen Antrieb verfügte, der sich automatisch in Gang setzte, wie einer von diesen selbständigen Rasenmähern, die das Gras wachsen hören. Mit der Unbedingtheit ihrer Programmierung war die Kapsel darum bemüht, sich von der Eiswand zu entfernen.

Die Insassen hingegen konnten nicht viel mehr tun, als sich festzuhalten und die eigene Übelkeit zu bekämpfen. Immerhin besaßen zwei der drei Personen auch noch den Willen zu beten.

Ob das nun half oder nicht, jedenfalls gelangte das Boot aus der Gefahrenzone heraus, von einem Wellental ins nächste stürzend. So ging das Stunde um Stunde, während derer Bobeck, Semper und Reisiger eine Art von Betäubung ereilte, wie unter den dauernden Schlägen eines Gegners stehend, welcher mit der Zeit ebenfalls seine Kraft einbüßt. Sodaß die drei Passagiere schlußendlich mit den Erschütterungen, denen sie ausgeliefert waren, in eine Umarmung gerieten. In dieser Umarmung geborgen, fielen sie in einen Schlaf, der etwas von einer betonierten Wolke hatte.

Als sie erwachten, eben nicht wie man aus einem normalen Schlaf erwacht, sondern nach dem Ende eines mühsamen Konzerts oder einer noch mühsameren Parteitagsrede die Augen aufschlägt, fiebrig, ermattet, aber auch befreit, war der Seegang um einiges erträglicher. Durch die beiden poligen Luken fiel ein schwacher Schein von Tageslicht, der durch die Wellen drang, die gegen die beiden Fenster schlugen.

»Scheint, wir haben es überstanden«, sagte Bobeck. »Den ersten Teil zumindest.«

Er erhob sich, wobei er gezwungen war, eine gebeugte Haltung einzunehmen, um nicht gegen die Decke zu stoßen. Solcherart gedrückt und gekrümmt, stellte er sich vor einen der beiden Monitore und berührte mit seiner Fingerkuppe ein vorgegebenes Feld. Auf dem Bildschirm tauchte eine Karte auf, die der eigenen Positionsbestimmung diente.

»Das erstaunt mich«, kommentierte Bobeck, was er da erkannte. »Und erschreckt mich.«

Wie sich herausstellte, war man entgegen jener südöstlichen Richtung, mit welcher etwa der Schweinskopf-Eisberg auf *Barbara* zutrieb und sie wohl demnächst erreichen würde, nordwärts getrieben. Beziehungsweise getrieben worden, dank jenes Motors, der einen davor bewahrt hatte, an der Eiswand *Barbaras* zu zerschellen. Mit derselben Hartnäckigkeit steuerte das Rettungsboot nun Richtung Labradorsee, jenem gleichnamigen Strom widerstehend, der ja dafür verantwortlich war, daß dicke Kerle wie *Schweinskopf* so tief in den Süden vordringen konnten.

Dies entsprach nun keineswegs der Programmierung dieser kleinen Überlebenshülse, bedeutete ein Fehlverhalten. Unglücklicherweise schien der Computer, der dies zu verantworten hatte, frei von Zweifeln. Schlimmer noch. Entgegen jenem berühmten Kinderliedsänger HAL aus *2001*, der immerhin zur Kommunikation bereit gewesen war und den Menschen die Illusion der Veränderbarkeit gelassen hatte, ließ sich diese namenlose Maschine in keiner Weise auf eine Diskussion ein, verfolgte stur den einmal eingeschlagenen Kurs und übermittelte mit bürokratischer Treue Wetterprognosen, Meerestiefen, technische Daten das Boot betreffend, auch Unterhaltendes, auch Sinnvolles, etwa Vorschläge zur Rationierung der an Bord vorhandenen Verpflegung, auf daß man auch längere Zeit würde durchhalten können.

Warum längere Zeit?

Nun, es gehörte selbstredend zur Aufgabe eines solchen Computers, sämtliche Eventualitäten zu berücksichtigen. Dennoch konnte auch Reisiger sich nicht ganz des Eindrucks erwehren, daß diese Maschine etwas ahnte.

Jedenfalls war sie in keiner Weise bereit darzulegen, warum die Küste Grönlands angesteuert wurde und damit eine Gegend, in die man wirklich nicht wollte. Und welcher man noch dazu den Grund dieser Flucht überhaupt erst verdankte. Einem ihrer Fragmente, von denen natürlich, um so weiter man nach Norden vordrang, immer mehr herumschwammen, wobei der Computer sie erkannte und umschiffte. Solang das eben noch ging.

Es versteht sich, daß Bobeck alles unternahm, um Hilferufe auszusenden und die Position der dreiköpfigen Gruppe durchzugeben. Doch entweder wurden sie nicht gehört oder die Signale nie wirklich gesendet.

Man kann nicht sagen, daß etwas Mysteriöses um dieses Boot gewesen wäre. Es funktionierte ganz einfach nicht. Beziehungsweise nur insofern, als es seine Benutzer am Leben hielt, mit Frischluft versorgte, mit Wärme, mit Nahrungsmitteln, wenngleich leider nicht mit Alkohol. Ein Umstand, der Reisiger, welcher ja über eine einzige Flasche *Bols* verfügte, die er wie ein zweites Herz unter seinem Jackett trug, mit der allergrößten Sorge erfüllte. Wenn hier jemand von Anfang an rationierte, dann war er es. Er trank seinen Gin, als besprühe er seine Zunge mit Goldstaub. Es war zugleich erbärmlich und rührend, ihm dabei zuzusehen, wenn er tröpfchenweise die klare Flüssigkeit in sich aufnahm und versuchte, eine Menge zu imaginieren, die nicht vorhanden war. Er lebte von einem Schluck zum nächsten, die dazwischen liegenden Phasen kunstvoll hinausziehend. Ja, tatsächlich kam ihm der Begriff des Alkoholkünstlers in den Sinn, eine Bezeichnung, die ihm außerordentlich gefiel.

Gerda Semper war in diesem Kontext eine Stänker- und Freßkünstlerin. Sie tat, als befinde sie sich auf einer Urlaubsreise, die sich von den Versprechungen des Reisebüros deutlich unterschied. Ihr Gezeter verqualmte die Luft. Doch Reisiger und Bobeck hörten einfach nicht hin, jeder mit sich selbst beschäftigt. Nur am dritten oder vierten Tag, als Gerda mit schamloser Gefräßigkeit an die Lebensmittel gegangen war, hatte Siem Bobeck sich ihr zugewandt, ihr den Schokoladenriegel wie eine Diskette aus dem Mund gezogen und ihr eine Ohrfeige verpaßt.

»Mußt du gleich schlagen?«

»Würde ich viel reden, würden wir Energie verschwenden. Das ist nicht die Situation, um irgend etwas zu verschwenden.«

Danach nahm sich Gerda ein wenig zurück. Beim Fressen, nicht beim Nörgeln.

Bobeck war bei alldem ein Konzentrations- und auch Geduldskünstler. Wobei sich die Geduld auf jenen widerspenstigen Computer bezog, den Bobeck mit einem naturwissenschaftlichen, wenn nicht sogar medizinischen Interesse studierte. Man konnte meinen, Bobeck halte diese Maschine für einen raffinierten Simulanten, zumindest für jemanden, der ganz gut wußte, wohin genau er da steuerte. Jemand, der im Unterschied zu diesem HAL bösartig zu nennen war, durchtrieben, verspielt, gewissenlos. Wie eben Schauspieler in der Regel sind.

Einen Computer böse zu nennen, hat natürlich etwas von der Idiotie, mit der man ein Tier als gut bezeichnet. Andererseits muß gesagt werden, daß wenn die sogenannten sublunaren Teufel, wenn Hexen, Kobolde, Dämonen tatsächlich existieren, es geradezu als selbstverständlich angenommen werden muß, daß sie ihr Unwesen mittels moderner Maschinen betreiben. Warum auch sollten ausgerechnet jene Wesen, denen der Spuk am Herzen liegt, denen – wie Paracelsus meint – die Erde als Chaos dient, auf die ungeheuren Möglichkeiten einer von Maschinen kontrollierten Welt verzichten und statt dessen in orthodoxer Weise durch die Schlafzimmer unschuldiger Bürger schweben? Nein, sie schweben schon lange nicht mehr, meiden Schlösser und Séancen, meiden alles Reaktionäre und Hinterwäldlerische und Klamottenhafte und hocken dafür mit der größten Lust und Kompetenz in Rechenmaschinen. Das ist es dann, was wir als künstliche Intelligenz mißverstehen. Der Geist wächst nicht aus der Maschine heraus, sondern zieht in sie ein wie in ein gemütliches, kleines Häuschen. Und vielleicht besteht darin der eigentliche Antrieb des Menschen,

Computer zu konstruieren, um nämlich optimale Gehäuse für seine Schreckgespenster zu schaffen.

Unter diesem Aspekt betrachtet, mochte es nicht einmal verwunderlich sein, daß der Computer, der dieses Rettungsboot unter seiner Kontrolle hatte, zwar unentwegt Daten von Satelliten bezog, selbst noch über die aktuellen Werte der Aktienmärkte berichten konnte oder über den Stand der philippinischen Pelota-Meisterschaften, aber diese ganze Kommunikation nicht eine Sekunde der Rettung dreier Menschen zu dienen schien.

Was natürlich nichts daran änderte, daß nach einer ersten Beruhigung der See sich Rettungsteams auf den Weg gemacht hatten, Helikopter wie Schiffe im Einsatz waren, um die »Tomaten« aus dem Wasser zu picken. Aber erstens war so ein Meer alles andere als ein Ort der Übersichtlichkeit, und zweitens wurde vor allem südlich von *Barbara* gesucht. Möglicherweise spielte auch die übliche Schlamperei und jene mit pathetischem Red-Adaireismus gepaarte Nachlässigkeit eine Rolle, daß Bobeck, Semper und Reisiger nicht zur rechten Zeit – als sie sich noch in einer halbwegs nachvollziehbaren Nähe zur Unglücksstelle befunden hatten – entdeckt worden waren.

Für die drei Verschollenen drängte sich der Gedanke auf, daß man gar nicht mehr so richtig nach ihnen suchte, sich vielleicht zufrieden gab, einen nicht geringen Teil der dreihundert Besatzungsmitglieder gerettet zu haben. Wie auch immer. Der Computer blieb eine diesbezügliche Information schuldig. Aktien ja, Pelota ja, auch Kochrezepte, Horoskope, sogar eine jüngste Analyse der Bedeutung Adornos, aber kein Wort zu *Barbara's Island*, kein Wort zum Tode Lichfields und erst recht keines zum Verbleib dreier Leute in einer hochmodernen Nußschale von Rettungsboot.

Man sah jetzt eine Menge von Eisschollen, deren Abstände laufend abnahmen. Dafür beruhigte sich das Wetter, wolkenlose Tage brachen an, sodaß man es wagen konnte, eine kleine, oberseitige Luke zu öffnen und nach draußen zu sehen. Mehr als den Kopf herauszustrecken empfahl sich nicht. Es war eisig kalt und die Oberfläche der »Tomate« glatt und rutschig.

Als Reisiger darauf bestand, ebenfalls ins Freie zu sehen, stemmten ihn Bobeck und Semper widerwillig – widerwillig, weil durch diese Arbeit verbunden – in die Höhe. Reisigers Schädel ragte sodann wie eine eigentümlich blasse Blüte aus der zinnoberroten Hülse. Ihm war die illustrative Komik dieses Anblicks bewußt, wäre da jemand gewesen, der ihn hätte sehen können. Aber da war eben niemand. Auch keine einschlägigen Tiere, wie man sie sich auf Eisschollen vorstellt.

Die Tage vergingen wie Wasser in einem Topf, das verdampft. Die Hoffnung, das Boot würde durch die kritische Zone sich verengender Eisfragmente hindurch die erfreulichere, weil bewohnte Südwestküste Grönlands ansteuern, zerschlug sich. Der Dämon, der den Computer bewohnte, scheute das Erfreuliche und Bewohnte. Während wiederum die Bewohner der kleinen Kapsel seinem Bedürfnis nach Bösartigkeit durchaus zu genügen schienen. Weshalb nun also das Boot in Richtung Ostküste gelenkt wurde. Immerhin ergab sich daraus die Möglichkeit, irgendwann Island zu erreichen.

Allerdings neigten sich die Vorräte dem Ende zu. Reisigers Vorrat ausgenommen. Er war die ganze Zeit über primär damit beschäftigt gewesen, seiner Alkoholkunst zu frönen und einen Verzicht zu üben, dank dem die Flasche erst zur Hälfte geleert war. (Man muß nun wirklich ein Trinker sein, um zu beurteilen, was das bedeutet. Es für übermenschlich zu halten, ist in keiner Weise übertrieben. Darum ja der Begriff der Kunst, der Alkoholkunst, um das Außerordentliche von Reisigers Tun beziehungsweise seiner Unterlassung zu bezeichnen. Und worin sonst könnte Kunst bestehen als im Weglassen?)

Ende einer Flasche *Bols*

Island wurde nicht erreicht. Als man eines Morgens – die Tage hatten wieder ihr Taubengrau angenommen – aus der üblichen traumfreien Bewußtlosigkeit erwachte, bemerkte ein jeder sofort die Veränderung. Der feine Klang des Motors, dieser Klang von Damenschritten auf Stein, fehlte. Was ebenso fehlte, war der Eindruck von Bewegung. Man trieb nicht dahin, man stand. Durch die Scheiben fiel bloß ein schmaler Streifen Licht, darunter lag die Dunkelheit gepreßten Schnees.

»Das war's dann wohl«, bemerkte Bobeck und rieb sich die Nase, als stünde er bereits in der Kälte.

»Wir stecken fest?« fragte Reisiger.

»Wir stecken fest.«

»Ohhhhrg!« brüllte Gerda, ballte die Fäuste und hielt ihrem Bruder vor, daß seine ganze blödsinnige Wissenschaftlerei ihn nicht in die Lage versetzt hätte, ein kleines, bockiges Rettungsboot zu beherrschen. »Leute mit Spaghetti vergiften – ja! Sternwarten anzünden – ja! Aber mit einem Boot fertig werden – nein!«

»Stimmt«, sagte Bobeck, »es ist das Boot, das mit uns fertig ist.« Und dabei war Bobeck keiner von denen, die an Dämonen glaubten. Sehr wohl aber an die dämonische Qualität von Maschinen. Weshalb er sich auch beeilte, mittels Handzeichen die Ausstiegsklappe zu öffnen, bevor etwa eine generelle Sperre oder völlige Lahmlegung sämtlicher Systeme ihnen drei ein Lebendig-Begraben-Sein bescherte.

Die Türe entließ eines dieser Flaschenöffnergeräusche, blieb aber in einer ersten Bewegung stecken, wohl des Eises wegen, das gegen die Außenwand drückte. Allerdings wurde die Verriegelung gelöst, sodaß Bobeck dank eines Stemmeisens – das wie ein ausgestelltes prähistorisches Relikt eine Nische geschmückt hatte – die Luke nach oben schob. Er fluchte mehr, als daß er keuchte.

Die Kälte strömte wie ein Sturzbach ins Innere, sodaß für einen Moment ein jeder seine Augen schloß. Schnee trieb herein, der mit nichts die Bezeichnung »Flocken« verdiente, eher »Messer« oder »Mücken«. Als man die Lider wieder aufschlug, eröffnete sich der Blick auf das, was allgemein als Eiswüste bezeichnet wird. In der Ferne mochten einige Erhebungen zu erkennen sein. Aber sicher war das nicht. Der Horizont besaß eine matschige Konsistenz. Dafür bestand eine große Klarheit darüber, daß man im Packeis eingeschlossen war, und zwar aussichtslos. Das Meer, das halbwegs freie, war längst ein ferner Ort. Und Island eine Insel wie aus einem Märchenbuch.

Bobeck drückte die Luke wieder nach unten, verschloß sie aber nicht, sondern ließ einen Spalt frei, durch den der eisige Wind mit der Penetranz einer defekten Klimaanlage strömte. Sodann trat er vor einen der Monitore hin und versuchte die genaue Position auszumachen. Der Computer lieferte eine Karte der nicaraguanischen Cordillera Isabella und spielte dazu das Drehorgelgetöse einer Nationalhymne, die das bananenrepublikanische Moment wie eine zerquetschte Frucht in sich trug.

»Sehr witzig«, kommentierte Bobeck und legte seinen Finger auf ein Feld, um den Computer auszuschalten. Dazu erklärte er: »Sicher ist sicher. Das Ding will uns nicht nützen. Bevor es also auf die Idee kommt, uns noch mehr zu schaden ...«

Es funktionierte. Die beiden Monitore erloschen, ohne zuvor ein sentimentales Liedchen angestimmt zu haben. Soweit war man also noch nicht in der Zukunft angelangt, daß die simpelsten Befehle verweigert wurden. Auch dieser Computer, Dämon hin oder her, war also zumindest in jener Konvention gefangen, die bedeutete, daß *Aus!* gleich *Aus!* war.

»Ich denke«, meinte Bobeck, »es ist sinnlos, darauf zu warten, daß man uns findet. Wenn überhaupt noch nach uns gesucht wird, was ich bezweifle. Sicher nicht hier oben.«

»Meine Güte, wir sind in Grönland«, sagte Reisiger, seine Flasche in einer Weise umklammernd, mit der man Puppen und Stofftiere an sich preßt. »Was wollen Sie tun? Die nächste U-Bahn nehmen?«

»Die Aussichten sind deprimierend, keine Frage. Aber wenn ich unsere Position nicht ganz falsch bemesse, befindet sich in nördlicher Richtung ein Dorf namens Isortoq.«

»Hat Ihnen das unser Boot geflüstert?«

»Wie ich schon sagte, das sind meine eigenen Berechnungen. Notgedrungen, da Compañero Computer vor zwei, drei Tagen begonnen hat, ein gewisses Faible für den zentralamerikanischen Raum zu entwickeln. Er phantasiert. Auch er ein Opfer der Kälte.«

»Na gut, was wollen Sie tun? Einfach losmarschieren? Ein paar Minusgrade dürfte es schon haben.«

Statt einer Antwort öffnete Bobeck einige Behältnisse. Darin befanden sich mehrere Sets einer Ausrüstung, die ganz offensichtlich dazu diente, einige Zeit in kaltem Wasser zu überleben. Und sich wohl nicht minder eignete, die kalte Luft etwas auf Distanz zu halten. Zumindest viel eher, als jene Freizeitkleidung es tun würde, welche die drei Personen trugen.

»Jetzt noch einen Rollstuhl«, sagte Reisiger, »und ich bin zufrieden.«

»Sie bleiben hier«, bestimmte Bobeck. »Gerda ebenso.«

»Gerda«, sagte Gerda, »wird mit dir kommen. Das würde dir passen, mich hier erfrieren zu lassen.«

»Erfrieren tust du draußen.«

»Wär das so, würdest du nicht aufbrechen.«

»Ich breche auf, weil mir nichts Gescheiteres einfällt.«

»Glaub ich nicht«, sagte Gerda, erhob sich, wirkte jetzt wieder mächtig wie in alten Tagen, entschlossen.

»Nun ...« Bobeck zögerte. Dann griff er in ein Fach unter der Sitzbank und zog ein Buch hervor, eines seiner eigenen, das den Titel *Untersuchungen über die Dummheit* trug. Aber es handelte sich um kein reelles Exemplar, sondern um ein innwendig hohles, eine getarnte Schatulle, in welcher sich, wie Bobeck jetzt erklärte, ein Vorrat an *Regina* befinde.

Es mutete komödiantisch an, daß Bobeck ein derart innovatives Präparat in einem geradezu poetisch rückständigen Versteck untergebracht hatte. Andererseits paßte es ganz gut. Und entsprach auch Bobecks Eitelkeit, jenen suchterzeugenden »Juwelenschatz« hinter einem seiner Buchtitel verschanzt zu haben.

Bobeck beschrieb nun, daß man während der Versuche mit Fred festgestellt hatte, daß *Regina* im Falle hoher, gefährlich hoher Dosen eine zauberische Kälteunempfindlichkeit hervorrufe. Was letztendlich wohl nichts daran ändern könne, daß, wenn bei extremer Kälte die Zehen abzusterben beliebten, sie dies auch tun würden. Man mutiere dank *Regina* also sicher nicht zum absoluten Schneemenschen, sei aber in der Lage, sehr viel länger unter arktischen Bedingungen auszuhalten. Was freilich auch seine Tücken besitze und – bildlich gesprochen – Partien des Hirns in ein Flammenmeer versetze, welches möglicherweise nicht mehr zu löschen sei. Genau könne er das nicht sagen, da das Experiment mit Fred ja im entscheidenden Moment gekippt war.

»Soll heißen«, sagte Gerda, »du wolltest den armen Jungen grillen.«

»Auf einen solchen Ton gehe ich nicht ein.«

»Ach je!« meinte Gerda und riß ihrem Bruder die *Untersuchungen über die Dummheit* aus der Hand.

»Mach keinen Unsinn«, flehte Bobeck, wohl in der Befürchtung, Gerda könnte das *Regina* zerstören wollen. Um die Welt zu retten. Oder ihn, den Bruder, in den Wahnsinn zu treiben. Etwas in dieser Art.

Aber in erster Linie wollte sie wohl sich selbst retten und stopfte sich das drogenhältige Buch unter ihren Pullover, in der berechtigten Annahme, daß Siem sich unter keinen Umständen würde überwinden können, der Schwester unter die Kleidung zu fassen. Es gab Grenzen, und zwar in einer jeden Situation.

»Also gut, was willst du?« fragte Bobeck.

»Ich komme mit dir«, erklärte Gerda. »Wir werden da gemeinsam durch den Schnee stapfen. Und beklag dich nicht über das Tempo.«

»Ich weiß, du hast die Kondition eines Mammuts.«

»Wie schön«, fuhr Reisiger dazwischen, »daß Hänsel und Gretel sich einig sind, mich hier verrecken zu lassen.«

»Hören Sie zu«, begann Bobeck. »Wenn wir draußen sind, setzen Sie den Computer in Betrieb und geben Anweisung, die Luke zu schließen.«

»Mit den Fingern?« fragte Reisiger und verkrallte demonstrativ seine Hände.

»Sie kriegen das schon hin. Dann geht auch die Heizung wieder an. Wenn Sie Lust haben, spielen Sie mit diesem erbärmlichen Rechner. Versuchen Sie, das Kerlchen aus seinem lateinamerikanischen Traum herauszuholen.«

»Ach wissen Sie, den träume ich selbst gerne.«

»Wie Sie wollen. Ihre Sache«, erklärte Bobeck. »Jedenfalls sollten Sie hier drin warten, bis Hilfe kommt.«

»Sie werden sterben. Ich werde sterben. So sieht es aus.«

Bobeck ignorierte den Pessimismus Reisigers und meinte: »Wir könnten Ihnen etwas von dem *Regina* hierlassen. Falls die Heizung ausfällt, irgendwann wird sie das wohl tun. Auch wenn die Hülle des Bootes praktisch mit jeder Pore das Sonnenlicht einsaugt.«

»Welches Sonnenlicht?« fragte Reisiger.

»Eben.«

Reisiger verzichtete auf das *Regina*. Er fürchtete eine Aggression, die dann ohne ein Gegenüber würde auskommen müssen. An einem dämonischen oder auch nur durchgeknallten Bordcomputer sich schadlos zu halten hielt er für aussichtslos. Wie denn? In den Bildschirm treten? Lächerlich. Nein, er nahm auch so die Entscheidung hin, daß man ihn zurückließ. Ohnedies war es besser, alleine zu sein. Wirklich alleine. Und nicht etwa mit Gerda Semper alleine.

Die Geschwister schlüpften in ihre Rettungsanzüge, deren voluminöse, astronautische Ausmaße zwar einen passablen Schutz vor der Kälte suggerierten, aber ein rasches Weiterkommen unmöglich erscheinen ließen. Die beiden würden schon eine Menge *Regina* schlucken müssen, um diese Sache durchzustehen, zwei nicht mehr ganz junge Menschen, die ja nicht wie dieses Fräulein Smilla in Eiswüsten aufgewachsen waren. Natürlich besaß ein gebildeter Mensch wie Bobeck eine gewisse Kenntnis der grönländischen Geographie, der hiesigen Tierwelt, der Chemie des Eises und der geistigen Zerrüttungen, die ein Zuviel an Leere hervorrief, aber er war nun mal kein geborener Schlittenhundführer. Abgesehen davon, daß hier nirgends Schlittenhunde auf ihn warteten.

Die Dramatik des Abschieds hielt sich in Grenzen, obwohl doch recht wahrscheinlich war, daß es ein Abschied für immer sein würde. Zumindest das Diesseits betreffend. Aber auch was den jenseitigen Komplex anging, hielt Reisiger ein Wiedersehen für unwahrscheinlich. Er war überzeugt, daß die Hölle, in die man Bobeck sperren würde, nicht die seine sein würde. Und das wäre dann ein wahres Glück.

»Noch etwas, was ich für Sie tun kann?« fragte Bobeck, während seine Schwester – ein Magenknurren von Gruß zurücklassend – bereits nach draußen getreten war, hinein in einen Sturm, der blau war. Ja, nicht das Eis oder der Himmel waren blau, sondern der Sturm an sich, welcher dann alles einfärbte, mit einem lichten Blau anstrich, das weder metallisch noch kalt oder wäßrig anmutete, sondern einfach rasant. Als entstünde die Farbe allein aus der Bewegung, aus der beträchtlichen Geschwindigkeit.

»Ob ich noch etwas für Sie tun kann?« wiederholte Bobeck.

Reisiger hätte jetzt etwas Ordinäres oder Spöttisches sagen wollen. Aber das verbat er sich, um seine Würde zu erhalten. Er meinte nur: »Sehen Sie zu, daß man mir recht bald eine Flasche Gin herunterwirft. Das würde ich dann eine rechte Rettung nennen.«

»Versprochen«, sagte Siem Bobeck in einem wehmütigen Ton, als rühre ihn Reisigers Alkoholismus. Ganz klar, Bobeck, dieses ehemalige Modehausgenie, wurde alt und älter. Nicht gerade der beste Moment, um eine Eiswüste zu bewältigen.

Das Geschwisterpaar marschierte davon, schwerfällig, sich gegen die Windrichtung stemmend, wie vom ersten Moment an erledigt. *Regina* sei bei ihnen!

Die Einsamkeit ist eine schöne Sache, sagt Balzac, aber man braucht einen, sagt er weiter, der einem sagt, die Einsamkeit ist eine schöne Sache. Das fand auch Reisiger. Die großartigste Verlassenheit noch fordert ein Gegenüber, zumindest ein Tier, dem man sagen kann, wie wohl man sich fühlt. Ein Tier kann so tun, als würde es einen verstehen. Ein Computer hingegen … Reisiger setzte geringe Erwartungen in diese Maschine und jenen Dämon, der in ihr stecken mochte. Während dagegen der Dämon in seiner Flasche *Bols* ein freundlicher, kleiner Herr mit ausgezeichneten Manieren war, der allerdings zu allem vornehm schwieg und am Boden der Flasche angelangt es vorziehen würde, den Ort zu wechseln.

Jedenfalls schaltete Reisiger den Computer an, nicht mittels Handzeichen, sondern dank einer konventionellen Tastatur, die es hier ja ebenfalls gab und welche in die aufklappbare Lehne der Sitzbank eingelassen war, über Maus und Mikro verfügte und sich auch nahe genug am Bildschirm befand, um eine sinnvolle Arbeit zu ermöglichen.

Mit der Inbetriebnahme schloß sich automatisch die Türe und es setzten Durchlüftung und Heizung ein. Eine Heizung, die erwartungsgemäß eine bloß kleinflammige Erwärmung des Raumes gewährleistete. Reisiger fühlte sich wie im Vorzimmer einer Altbauwohnung.

Ohne daß er dem Computer eine Frage gestellt hatte, begann dieser – noch immer tonlos, allein durch Bilder und Daten sprechend –, Informationen über den gesamten lateinamerikanischen Raum zu übertragen.

Es kam, wie es kommen mußte. Irgendwann krepierte die Tomate. Glücklicherweise kündigte sich dieser Umstand mittels eines alarmierenden Symbols an, das aus einem unmißverständlich blinkenden Schrägkreuz bestand, welches ein kleines Notenblatt ausstrich, was ja wohl bedeuten mußte, daß demnächst die Musik verklingen würde. Natürlich hätte dies für noch ein paar andere Sachen stehen können. Aber Reisiger lag schon richtig. Und weil auch ihm widerstrebte, in ein solches Rettungsboot wie in einen Sarg gesperrt zu sein, gab er mittels Zeichensprache Anordnung, die Ausgangsluke zu entriegeln und ein Stück weit zu öffnen. Der eisige Wind trieb herein und vertrieb den Rest von Wärme.

Wie um dem Computer ein letztes, ein gesprochenes Wort zuzugestehen, drehte Reisiger den Ton an. Die leicht süßliche Damenfernsehstimme, die, bevor Bobeck sie außer Betrieb genommen hatte, eine englische gewesen war, meldete sich nun auf Spanisch. Vielleicht aber war es Portugiesisch. Nicht einmal das hätte Reisiger sagen können. Er verstand kein Wort.

Wenn nun tatsächlich ein Dämon in dieser Maschine einsaß, dann bedeutete es eine besondere Perfidie, Reisiger eine abschließende Botschaft zukommen zu lassen, die er aus dem einfachsten aller Gründe nicht imstande war zu entschlüsseln. Selbst der spöttischste Kommentar wäre humaner gewesen, wäre er in einer Reisiger verständlichen Sprache erfolgt. So aber verabschiedete sich der Computer mittels eines Wortgewitters, in dessen Zentrum stehend Reisiger die Blitze vom Donner, den Regen vom Wind nicht auseinanderzuhalten vermochte.

Mit einem finalen Kreuz, das sich nun über die gesamte Fläche beider Bildschirme erstreckte und das mit seinen zwei Querbalken ein erzbischöfliches Signum zitierte, erloschen die Monitore und erstarb jegliche Einrichtung dieser Kapsel. Sie versteinerte im wahrsten Sinn. Reisiger wäre es jetzt nicht einmal mehr möglich gewesen, einen der kleinen Behältnisse zu öffnen, um an den Rest von Nahrung, an Werkzeug und seinen Überlebensanzug zu gelangen. Was er freilich längst unternommen hatte.

Auf die Nahrung jedoch kam es nicht mehr an. Reisiger war ja schon zuvor kaum noch in der Lage gewesen, außer Wasser und dem tröpfchenweise konsumierten Gin etwas zu sich zu nehmen. Hin und wieder einen Keks, der nach Algen schmeckte und vor dem ihm grauste. Nicht vor dem Algengeschmack, sondern vor der staubigen, gleichzeitig harten wie bröckeligen Konsistenz der Keksscheibe. Als beiße man in einen Saturnring.

Nun, es hatte sich ausgekekst. Nicht, weil der Vorrat zu Ende ging, sondern weil Reisiger beschlossen hatte, diese vermeintliche Lebenserhaltungsmaßnahme einzustellen. Seinem Ekel recht zu geben. Keine Kekse mehr. So wenig wie von der grünlichen Paste, die man sich aus der Tube in den Mund zu drücken hatte, als verspeise man den Kot eines Wurms. Sollte doch der nun obdachlos gewordene Dämon sich dieser Genüsse bedienen. Leo Reisiger hatte anderes vor, als sich einen Magen zu verderben, auf den es ja nun nicht mehr ankommen würde. Denn gerade einen solchen, überflüssig gewordenen Magen auch noch verderben zu wollen wäre absurd gewesen.

Als schlage man Löcher in ein untergehendes Boot. Oder trage Geld in eine Bank, die soeben überfallen wird.

Worauf es Reisiger freilich durchaus ankam, war der Aspekt des Erfrierens. Beziehungsweise der Ort, an dem dies geschehen würde. Und das Innere der Kapsel kam nun mal nicht für ihn in Frage, auch wenn seine Querschnittslähmung dies nahegelegt hätte.

Wie die meisten Menschen, die ihr Ende in deutlicher Nähe wahrnehmen, beschäftigte Reisiger die Vorstellung des Anblicks, den er im Moment des Auffinden seiner Leiche bieten würde. Darum auch war es vielen Leuten so sehr zuwider, in einem Bett, erst recht in einem Krankenhausbett zu versterben. Man machte dort selten eine gute Figur. Vielleicht weniger der Körperhaltung wegen, die sich ja im Liegen gar nicht so unelegant ausnahm, als auf Grund des Ortes, der Häßlichkeit und Unförmigkeit der Betten. Es war nun mal ein Faktum, daß man in einem verunfallten Sportwagen sitzend, so demoliert der Wagen, so schrecklich zugerichtet man selbst sein mochte, einen sehr viel interessanteren Eindruck machte. Und das war kein geringes Argument. Es war mitnichten unbedeutend, wie wer starb und welche atmosphärische Note er hinterließ. Das war wie die Signatur unter einem Bild. Eine solche Signatur konnte eine Menge retten und eine Menge verderben. Gerade Reisiger, dieser uneingestandene Kunstgeschichtler, wußte das nur zu gut.

Es war ihm also sehr gelegen, solange er dazu noch in der Lage war, die Kapsel zu verlassen. Weshalb er sich zunächst in den Überlebensanzug kämpfte und die noch zu einem guten Drittel gefüllte Ginflasche über der linken Brust unterbrachte, während er die rechte Seite mit jenem schmalen Malcolm-Lowry-Bändchen panzerte. Selten war ein Mann besser gewappnet gewesen.

Auf der Sitzbank ließ Leo Reisiger eine kurze Notiz zurück, die er – in Ermangelung von etwas so Simplem wie Papier an Bord – auf der herausgerissenen Vorsatzseite des *Vulkans* aufgeschrieben hatte. Selbstverständlich mit jenem großartigen, höchstpersönlichen Kugelschreiber, der zusammen mit dem Gin und dem Büchlein sein privatreligiöses Tabernakel füllte.

Die Nachricht, die er auf diese Weise deponierte, verwies

darauf, daß es sich bei dem guten Dr. Jakobsen um niemand anders als Siem Bobeck handeln würde, welcher auf *Barbara's Island* seine Experimente fortgeführt habe und sich noch immer im Besitz eines Vorrats an *Regina* befinde. Beziehungsweise seine Schwester, mit der zusammen er nach Isortoq unterwegs sei.

Es stehe außer Zweifel, daß Bobeck die Welt mit dieser Droge zu beglücken denke und sich von keinem gegenteiligen Argument beeindrucken lasse. Der Mann müsse, wenn dies die grönländische Wildnis nicht schon erledigt habe, aus dem Verkehr gezogen werden.

Kurz überlegte Reisiger, seine Frau und seine Kinder zu grüßen. Aber das war ihm dann doch zu billig: Familiäre Dinge hatten auf einem solchen Zettel nichts verloren. Umso mehr, als er kein Selbstmörder war, der einen Abschiedsbrief hinterließ.

Er hockte nun auf dem Boden, die Wärme des Anzugs gleich der trockenen Luft alter Dachböden wahrnehmend, und schob die Ausstiegsluke so weit nach oben, daß es ihm möglich wurde, den gehäuften Schnee zur Seite zu drücken und zu versuchen, nach draußen zu gelangen. Dabei fühlte er sich weniger gelähmt als festgebunden. Als klebten seine Frittatenbeine an der Tomate fest. Aber er schaffte es. Er stemmte sich ein wenig in die Höhe, wuchtete seinen Oberkörper ins Freie und schlängelte und schlitterte zur Seite. Seine Beine schnalzten hinterher wie ein hartes Gummiband.

Diese Aktion hatte ihn fürs erste beträchtlich erschöpft. Der Wind trommelte gegen sein Gehör. Die Luft schmeckte nach kleinen, geschliffenen Diamanten. Sie schmeckte spitz. Keine zwei Meter von dem Rettungsboot drehte er sich auf den Rücken und sah hinauf in den von schneeigen Wirbeln gemusterten Himmel. Die Dachbodenwärme des Anzugs wich rasch einer Kälte, die etwas von einem dieser Schlägertypen besaß, die einen zwar nicht anfassen, aber ihre verzerrten Gesichter ganze nahe heranführen und irgendwas in der Art von »Fick dich in die Gürtelschnalle!« zum besten geben. Man kann die Unebenheiten ihrer Nasenspitzen erkennen und ihr Atem weht als Speisekarte des Lebens herüber. Ganz abgesehen davon, daß man in einer solchen Situation jeden Moment einen Kopfstoß erwartet. Oder etwas ähnlich Direktes.

Noch aber blickte die Kälte Reisiger einfach nur in die Augen hinein. Nasenspitze an Nasenspitze.

Reisiger hob den Kopf und betrachtete das Rettungsboot. Nach seinem Geschmack befand er sich viel zu nahe an der »Tomate«. Er sah sich jetzt selbst wie auf einem Gemälde und meinte, daß die Kapselform mit ihrer starken Farbe von seiner Person ablenkte. Er wollte sich gewissermaßen aus diesem Bild herausstellen, um sich in eines zu fügen, dessen zentraler Anziehungspunkt er selbst sein würde. Das war vielleicht ein wenig kleinkariert oder eitel, aber angesichts der Umstände hielt er diesen Wunsch für angebracht. Weshalb er nun begann, über den eisigen Boden zu kriechen. Dabei entwickelte er nach und nach eine Technik des Robbens, die es ihm erlaubte, rascher vorwärts zu kommen. Ja, eine kleine verrückte Euphorie erfaßte ihn. Wie schön, sich solcherart mit den Verhältnissen anzufreunden. Seehundartig.

Was natürlich nichts daran änderte, daß es mit seinen körperlichen Kräften zu Ende ging. Nachdem er etwa eine Distanz von dreißig, vierzig Metern zurückgelegt hatte, erschlaffte sein Körper, so wie zuvor das Boot erschlafft war. Das erzbischöfliche Kreuz blinkte nun auch über ihm. Er gab auf, rollte auf den Rücken, sah himmelwärts. Was mit Abstand die bessere Lage darstellte, wenn man bedachte, daß Reisiger die Ansicht vertrat, im Erdinneren existiere ein Fegefeuer. Es war ja nicht nötig, sich diesem Fegefeuer opfergleich anbieten zu wollen, indem man seinen Blick auf den Boden gerichtet hielt.

Es war also geschafft. Er befand sich nun weitab der tomatenroten Kapsel. Befand sich im anderen Bild. Dann aber, nach einem kurzen Moment der Erleichterung, spürte er die Anwesenheit von etwas zweitem, das wie er selbst die Ebenheit der Fläche konterkarierte. Er vermutete ein Tier in seiner Nähe oder auch nur ein Loch im Eis.

Reisiger drehte den Kopf zur Seite. In ein paar Metern Entfernung erkannte er eine geringe Erhöhung, handhoch. Das Objekt war weiß, aber die Weiße, die es besaß, war eine andere als die hier übliche. Es war so, als hätte man in einem Glas

Milch eine Kugel Zitroneneis entdeckt. Und es besteht doch wohl ein deutlicher Unterschied zwischen dem Weiß von Milch und dem von Zitroneneis. Wie zwischen dem Weiß einer Kerze und dem Sahnebezug einer Geburtstagstorte.

Mein Gott, was konnte das sein?

Reisiger war verärgert. Verärgert wie über eine Bildstörung. Und genau das war es ja auch. Eine Störung, der Reisiger glaubte auf den Grund gehen zu müssen. Erneut drehte er sich auf den Bauch und schleppte sich mit einer Kraft, die nun tatsächlich die letzte war, zu dem Objekt hin. Solcherart damit beschäftigt, einen Rest von Energie aus sich herauszupressen, hob er den Blick erst an, als er den Gegenstand erreicht hatte.

»Ich glaub's nicht«, sprach er unhörbar, setzte sich auf und zog die Flasche Gin von jenem Regal, das sein eigener Brustkorb bildete.

Er nahm einen Schluck, einen kräftigen, gleich darauf einen zweiten. Auch die Alkoholkunst war nun an ihr Ende gelangt. Jetzt wurde getrunken, ob das nun eine Kunst war oder nicht.

Es war ein freundlicher, ja liebevoller Blick, den Reisiger dem Objekt zuwarf, das ein wenig schräg im Eis steckte: eine Plastikente.

Ganz offensichtlich handelte es sich um einen Ausreißer aus jener großen Herde. Einen Ausreißer, der wohl bis zur isländischen Küste im Pulk geblieben war, sich aber nach Durchquerung der Danmarkstraße von der Gruppe abgesondert hatte, um zum zweiten Mal – nachdem er ja bereits in der Bering-Straße festgesessen war – vom Eis eingefangen zu werden.

Reisiger fühlte sich gerührt und verzaubert. Es lag soviel Würde und soviel ... ja, soviel Poesie in diesem Anblick. Er vergaß seinen Wunsch, später als Leiche von nichts gestört zu sein. Assoziationslos dazuliegen. Jetzt, mit dieser Ente, war alles anders. Nie zuvor hatte sich Reisiger derart zu einem Gegenstand hingezogen gefühlt. Es war so, als hätte er mit dem ausgebleichten, aber unverwüstlichen Plastiktier etwas Verlorengegangenes wiedergefunden, ein entschwundenes Fragment seiner Seele. Reisiger empfand ein tiefes Einverständnis mit diesem Stück robusten Kunststoffs, das seit elf Jahren auf ihn zugetrieben war, so wie auch umgekehrt. Wodurch die beiden,

Reisiger und Ente, eine friedliche, idyllische Version jener Barbara-Schweinskopf-Kollision darstellten.

Er trank die Flasche leer, und zwar ohne großes Theater. Sodann legte sich Reisiger nieder, wobei er nun eine Seitenlage einnahm, demutsvoll den Himmel wie die Hölle anerkennend, aber in keine von beiden seinen Blick richtend. Dieser galt allein der Plastikente, neben der er seinen Kopf abgelegt hatte. Reisiger sah in die weißen Augen des Tiers. Die Wärme, die ihn nun neuerlich erfüllte, war ein kleines Grab, in das er seine jetzt komplette Seele ablegen konnte. Es hätte nicht besser sein können.

Epilog

Lieber Hauptkommissar Marcuse,

Sie haben sich direkt an mich gewandt und mich gebeten, Ihre Anfrage mehr in einem privaten als offiziellen Sinn zu behandeln. Dies ist nicht ganz einfach, da wir beide, obgleich Kollegen, uns persönlich nicht kennen und nur auf Grund der Überschneidung verschiedener Fälle und über den Weg der Amtshilfe einige Informationen ausgetauscht haben. Und gerade dieser Austausch ist es, von dem Sie meinen, er sei unbefriedigend. Sie haben recht, das ist er. Zwischen unseren Ländern Kanada und Deutschland liegt wohl mehr als eine ziemlich beträchtliche, aber leicht überwindbare Wassermasse. Schwieriger ist es da mit den nationalen und höheren Interessen, wobei es oft schwammig bleibt, worin diese zu bestehen haben.

Als Polizisten, die sich – ich möchte es triebhaft nennen – der Wahrheit verpflichtet fühlen, wohl mehr als der Gerechtigkeit, drängt es uns, einen Fall nicht nur in einer bürokratischen Weise abzuschließen, sondern die Geschichte dieses Falls als etwas Vollständiges zu erfahren. Das ist selbst unter optimalen Bedingungen schwierig und wird erst recht schwierig, wenn die erwähnten nationalen Interessen eine wirkliche Aufklärung verhindern. Der Ehrgeiz, der uns beide verbindet, besitzt dann keine Relevanz mehr, wirkt vielmehr störend. Wir haben in solchen Augenblicken bloß noch eine Funktion zu erfüllen, die das Bild ordentlicher Verhältnisse bestätigt. Nicht, daß ich nicht vom Wert dieser ordentlichen Verhältnisse überzeugt wäre, die in unseren Ländern dominieren und sie mir als wohnliche Orte erscheinen lassen, aber der Einfluß jener, die hinter dem Primat des Nationalen und Höheren unvernünftig dünne Süppchen kochen, ist so bedeutend wie bedauerlich.

Ich sehe den großen Unterschied zwischen uns, der Polizei, und etwa den Geheimdiensten und all jenen, die an die Notwendigkeit dieser Geheimdienste glauben, darin, daß wir, die

Polizisten, an den Staat glauben. Geheimdienste hingegen mißtrauen dem Staat, dem eigenen mehr noch als dem fremden. Sie existieren in einem Gehäuse, das sie für instabil halten. Darum auch die beträchtliche Nervosität, mit der sie agieren, als bewegten sie sich auf dünnem Eis. Dabei ist das Eis gar nicht dünn, sondern eben jene Süppchen, die ihrer eigenen traurigen Küche entstammen.

Ich gehe sehr weit, indem ich mich Ihnen auf diese Weise öffne. Das entspricht keineswegs meiner Art. Eine eigene Meinung ist nur sehr bedingt von Nutzen. Und mehr als ein Bürokrat verstehe ich mich als Technokrat, der stets bemüht war, den Nutzen einer Sache vor das Vergnügen zu stellen, eine eigene Meinung zu besitzen.

Wir beide kennen uns allein aus einigen wenigen Telefonaten, und wie mir scheint, verbindet uns ein Bedürfnis nach Präzision. Ebenso glaube ich aber, daß wir keine Hasardeure sind und zwischen privatem Interesse und einer weisungsgebundenen Ruhestellung zu unterscheiden vermögen.

Darum auch beantworte ich Ihren Anruf, der auf meinem Band aufgezeichnet wurde, in Form eines Briefes, der in der guten, alten postalischen Weise an Ihre Wohnadresse versendet wird. Nicht zuletzt die Frankierung mittels dieser langen Reihe ausgewählter Briefmarken, die Sie auf dem Kuvert vorfinden, soll die Vertraulichkeit meiner Mitteilung betonen. Als Philatelist war mir dies eine kleine Freude.

Erwähnen muß ich zuvor noch etwas anderes, obgleich es sich dabei um einen höchst unsachlichen Grund meiner Vorgangsweise handelt. Unsachlich, jedoch ausschlaggebend. Auch so etwas kommt vor. Es ist Ihr Name: Marcuse. Seit meiner Studienzeit bin ich ein begeisterter Leser der Bücher Ludwig Marcuses, ich halte sein *Mein zwanzigstes Jahrhundert*, seine Werke über Heine, über Freud und vor allem Wagner für so ziemlich das einmaligste ... Lassen wir das. Keine Ausschweifungen und Schwärmereien. Es ist schwärmerisch genug, daß ich auf Grund dieser Namensgleichheit ein gewisses Vertrauen zu Ihnen gefaßt habe. Schwärmerisch, aber nicht völlig irrational, da Ihr Name Sie verpflichtet. Man kann nicht mit einem solchen Namen ausgestattet sein, um sich sodann verantwortungslos zu benehmen und eine Indiskretion zu begehen. Was ich Ihnen also zu besagtem Fall mitteile, soll nicht an die Öffentlichkeit gelangen oder zu einer neuen Untersuchung führen, solange dies nicht auf anderem, von den zuständigen Stellen sanktioniertem Wege ohnedies geschieht. Sind Sie aber nicht bereit, meiner Bitte zu entsprechen, so möchte ich Sie bei Ihrer Ehre packen, der Ehre Ihres Namens, und Sie ersuchen, an dieser Stelle abzubrechen und mein Schreiben zu vernichten.

Nun gut, Ihr Einverständnis zu meinen Bedingungen voraussetzend, werde ich jetzt beginnen. Wie Sie wissen, wurde ich damit beauftragt, den Fall des verstorbenen Aleister Lichfield zu untersuchen. Ein Fall, der seine Bedeutung nicht nur der Prominenz des Toten verdankt, sondern auch dem Umstand, daß einerseits seine Leiche zusammen mit der Bohrplattform *Barbara's Island* im kanadischen Territorium der Grand Banks versunken war und andererseits ausgerechnet jener Zeuge, der den Tod Lichfields als Unfall bestätigt hatte, in Folge der Katastrophe als vermißt galt. Die Identität dieses Zeugen, Leo Reisiger, führte dazu, daß wir uns an die deutschen Behörden wandten, um mit einigem Erstaunen zu hören, daß es sich bei diesem Mann um einen Überlebenden der Bobeck-Affäre handeln würde. Daß so jemand nun ausgerechnet als die einzige Person feststand, die den Unfalltod eines legendären Ölmagnaten beobachtet hatte, erschien uns zumindest bemerkenswert. Es versteht sich, daß wir ein großes Bedürfnis verspürten, uns mit diesem Mann, wenn er denn noch am Leben war, zu unterhalten. So wie ja auch Sie, Herr Marcuse, lebhaftes Interesse am Verbleib Reisigers zeigten.

Man kann zunächst einmal festhalten, daß das Unglück auf der *Barbara* in keiner Weise manipuliert worden war. Über die Eigenwilligkeit von Eisbergen braucht nicht mehr gesprochen werden. Ebenso ist es naheliegend, daß niemand die Zeit und Nerven besessen hat, die Leiche Lichfields in eines der Rettungsboote zu schaffen, nur um eine Obduktion zu gewährleisten. Vergessen wir nicht, daß einige Leute ihr Leben ließen, weil sie zu spät von der Insel gingen.

Die vordringliche Frage für uns war also die nach dem Verbleib Leo Reisigers. Denn mit großer Sicherheit gehörte er zusammen mit zwei weiteren Personen zu jener Gruppe, welche die Plattform als erste verlassen hatte. Auch deutete nichts darauf hin, daß das Rettungsboot untergegangen war. Zumindest nicht sofort. Eine großangelegte Suche führte zu keinem Ergebnis. Nicht ein Hinweis auf die Vermißten.

Ein Gespräch, das ich mit Reisigers Frau führte, legte nahe, daß das Zusammentreffen ihres Gatten mit Aleister Lichfield auf einem ziemlich grotesken Zufall begründet war. Aber das scheint ja ohnehin Reisigers Spezialität gewesen zu sein, das Hineintappen in groteske Zufälle. Man müßte solche Leute in Gewahrsam nehmen, denn sie ziehen das Unglück an. Vielleicht, indem sie es herbeibeten. Wobei ich gestehe, daß das Herbeibeten eines ein paar Millionen schweren Eisbrockens mich immerhin beeindrucken würde.

Das alles war trotz der Dramatik ein wenig dürftig, weshalb ich mich zunächst einmal auf die beiden anderen Personen konzentrierte, die mit Reisiger das Rettungsboot bestiegen hatten und seither ebenso als verschollen galten. Einen Mann namens Jakobsen, Chef der medizinischen Abteilung, und eine Köchin, welche von der Ölgesellschaft unter einem finnischen Namen angestellt worden war. Daß Dr. Jakobsen und Leo Reisiger zusammen in das Rettungsboot gestiegen waren, erschien uns nicht weiter auffällig, da der Arzt zuvor die Verantwortung für den invaliden Reisiger übernommen hatte. Wie aber kam die finnische Köchin zu den beiden? Auch das bloß ein Zufall in der Hektik einer nahenden Katastrophe?

Meine Recherchen ergaben, daß Jakobsen bei einem früheren Vorfall mit äußerster Souveränität gehandelt und einige fulminante Notoperationen hingelegt hatte. Seine Bewertung durch die Gesellschaft war die allerbeste. Allerdings stieß ich in den Unterlagen, die ich einsah, auf einige Widersprüche, die den Verdacht zuließen, die Anstellung Dr. Jakobsens sei erst nach besagter Heldentat erfolgt. Ein Umstand, den mir niemand erklären konnte oder wollte. Auch änderte sich nun das Verhalten der Gesellschaft. Sie beendete jegliche Kooperation und verwies mich auf ihre Anwälte, junge Leute ohne Respekt, die einem das Gesetz, das man doch selbst vertritt, um die Ohren zu werfen pflegen.

Freilich nahm ich mir dennoch ein paar Leute vor und erfuhr, was ich zunächst nicht glauben konnte, daß Dr. Jakobsen im Moment seiner hochgelobten Handlungsweise nicht als Arzt, sondern als Koch auf *Barbara's Island* tätig gewesen war, in einer Position, die nach ihm jene Finnin einnahm. Das fand ich doch mehr als erstaunlich. Wozu Köche in der Lage sind. Wobei es im ersten Moment schien, als sei Jakobsen bis zu seiner Bestellung als Chefarzt einfach ein Mediziner auf gastronomischen Abwegen gewesen. Bei genauerer Nachforschung aber fand ich heraus, daß ein Arzt mit diesem Namen und dieser Biographie zwar einstmals praktiziert hatte, aber bereits neunzehnneunundachtzig verstorben war. Derartiges geschieht. Wir wissen beide, wie häufig untergetauchte Flüchtige die Existenz anderer Personen, lebender wie toter annehmen. Es ist immer zielführender, sich in eine reale als eine fiktive Hülle einzufügen.

Jetzt stellte sich die Frage, wer dieser Arzt war, wenn nicht Jakobsen. Wobei ich überzeugt war, daß wir trotz allem von einem gelernten Mediziner ausgehen mußten, zu perfekt war dieser Mann vorgegangen. Auch vermutete ich, daß zwischen ihm und Reisiger eine Verbindung bestand, die über das Offenkundige hinauswies. Gerne hätte ich damals mit Ihnen, Herr Marcuse, gesprochen. Ich erkannte klar den Deutschland-Aspekt dieser ganzen Angelegenheit und wie der Fall über die Lichfieldsche Dimension hinausführte. Leider waren mir zu dieser Zeit bereits die Hände gebunden. Die Ölgesellschaft hatte meine Zudringlichkeit als unkanadisch erklärt und sich an übergeordnete Stellen gewandt, die sich lieber an der Empfindlichkeit der Privatwirtschaft als den Pflichten der Polizei orientieren. Jedenfalls trat man mir auf die Füße. Wie ich schon sagte, ich registriere wohl den Schmerz, der aus solcher Treterei resultiert. Immerhin beließ man mir unter Auflagen den Fall Lichfield, welcher die Rätselhaftigkeit des Falles Jakobsen einschloß. Darum war auch ich es, der nach Grönland gerufen wurde. Im Eis der Ostküste, zweihundert Kilometer südlich einer Ansiedlung namens Isortoq, war das Rettungsboot entdeckt worden. Mehr wollte man mir nicht mitteilen. Ich sollte mir die Sache selbst ansehen. Ich war angehalten, mich zu beeilen, solange alles so blieb, wie man es vorgefunden hatte. Wobei die Grönländer mich baten, den Wind um die Sache gering zu halten.

Man darf nicht vergessen, Kanada und Grönland sind Nachbarn, aber durch Wasser getrennte Nachbarn, wie etwa Engländer und Franzosen. Das Wasser bewirkt alles andere, als daß es einen verbindet. Ganz im Gegenteil. Die grönländischen Beamten zeigten wenig Bedürfnis, eine Horde ehrgeiziger Nordamerikaner über eine ihrer Eisflächen trampeln zu lassen. Sie scheinen ihre Eisflächen in etwa so zu betrachten wie man dies anderswo mit empfindlichen Teppichböden tut. Nun, es ist ihr Eis, und sie entscheiden, wen sie auf dieses Eis lassen. Weshalb ich entgegen der Gepflogenheiten die Reise ohne mein Team, ohne einen einzigen Assistenten unternehmen mußte.

Der Mann, der mich in Nuuk empfing, ein gebürtiger Däne, der nicht gerade die Gesprächigkeit erfunden hatte, führte mich zu einem Hubschrauber, mit dem wir quer durchs Landesinnere flogen, um an der vereisten Ostküste zu landen. Das grellfarbene Rettungsboot war bereits aus der Ferne zu erkennen. Wir hatten einen schönen Tag, einen Polizeitag, möchte ich sagen. Um das Boot herum standen eine Menge Leute mit Hunden und Schlitten. Man zeigte mir das Innere des Bootes, das eher einer Raumkapsel entsprach. Es war leer. Genau das sagte ich auch, daß es leer sei. Mein Begleiter nickte und führte mich an eine nicht unweit gelegene Stelle im Eis, an der ein Mann lag. Ich erkannte ihn mittels einer Fotografie, die ich bei mir trug. Es war Leo Reisiger. Ganz offensichtlich war er erfroren. Eine Verletzung war nicht zu erkennen. Er trug einen Schutzanzug, der ihm augenscheinlich nichts genutzt hatte.

Was nun überraschte und erstaunte, war der Umstand, daß neben dem Gesicht des Toten eine Plastikente im Eis lag, eine richtiggehende Badeente, bloß weiß statt gelb. Ich fragte, was der Unsinn solle, wer so geschmacklos gewesen sei, dieses Spielzeug neben der Leiche zu plazieren.

»Geschmacklos?« fragte mein Begleiter und fragte, wofür ich die Grönländer eigentlich halten würde. Für Leichenschänder?

Wie sich nun erwies, war der Leichnam zusammen mit dieser Gummiente entdeckt worden. Auch erfuhr ich von jenen zigtausend Plastiktieren, die soeben auf die amerikanische Ostküste zutrieben und zuvor auf der Höhe Islands gesichtet worden waren. Dieses eine Tier hatte sich scheinbar von den anderen abgesondert, um genau an jener Stelle zu landen, an der dann auch Leo Reisiger zusammengebrochen und erfroren war.

Wie um meine Uninformiertheit bezüglich dieser Heerscharen schwimmender Enten auszugleichen, verschwieg ich, daß Leo Reisiger querschnittsgelähmt gewesen war und es somit einer bedeutenden Anstrengung bedurft haben mußte, sich an die fünfzig Meter vom Rettungsboot zu entfernen. Wozu eigentlich? Um einer Plastikente Gesellschaft zu leisten? Gerne hätte ich dieses Badewannenutensil sofort untersucht. Aber ich war natürlich nicht hier, um etwas anzufassen, sondern um mir einen Überblick zu verschaffen. Und um selbigen zu erweitern, fragte ich, ob man auch die anderen beiden Vermißten entdeckt habe.

Mein Begleiter gab mir ein Zeichen, ihm zu folgen. Wir bewegten uns zurück zum Rettungsboot, wo ich auf dem Sozius eines Motorschlitten Platz zu nehmen hatte und mich Herr … ich erinnere mich jetzt wieder seines Namens, Herr Kolding, in entgegengesetzter Richtung nordwärts chauffierte. Was trotz des Panoramas alles andere als ein Vergnügen war. Solche Landschaften gehören ins Fernsehen. Es ist kalt, es ist windig, und auf einem Motorschlitten sitzt es sich wie auf einer Kuh, die bockt.

Nach einigen Kilometern trafen wir auf eine weitere Ansammlung von Polizeibeamten und einheimischen Helfern, die sich um einen Punkt herum aufgestellt hatten, ohne aber etwas zu berühren oder auch nur zu fotografieren. Mir war, als werde ich Zeuge einer Andacht. Und so etwas wie Andacht verdiente das Bild, das sich bot, auch tatsächlich.

Zwei Personen, beide kniend, hatten sich, einer den anderen, an der Kehle gefaßt. Man spürte noch immer die Kraft, die mit dem jeweiligen Druck einherging. Eine Kraft im doppelten Sinn, die Kraft nämlich, die im Würgen bestand als auch im Aushalten dieses Würgens.

Lieber Herr Marcuse, glauben Sie mir bitte, daß der Anblick dieser beiden Menschen – ein Mann und eine Frau, die Frau nicht minder mächtig, ja um einiges voluminöser – keinen Zweifel darüber ließ, daß sie nicht etwa im Zuge ihres gegenseitigen Gewürges erstickt waren, oder auch nur einer, sondern daß die zwei im Zuge ihres endlosen Gerangels erfroren waren, ohne im Moment des Todes von sich zu lassen. Dazu kam nun, daß zwar ihre in Anstrengung erstarrten Gesichter Merkmale des Kältetodes aufwiesen, ihre Köpfe auf Höhe der Stirn aber verschont geblieben waren. Verschont unter Anführungszeichen, da nämlich eine ringförmige, fingerbreite Brandwunde in der Art eines Kranzes die Schädel markierte. Wenn Sie so wollen, gleich einer herabgesunkenen, festsitzenden Gloriole. Auch war ich von Anfang an überzeugt – und die nachträglichen Untersuchungen haben dies bestätigt –, daß hier nicht etwa ein äußerer Eingriff vorlag, eine abartige Kennzeichnung von fremder Hand, sondern diese Feuermale von innen heraus entstanden waren, etwa in der Art eines Kabelbrandes.

Ich darf mich als gläubigen, aber nicht abergläubischen Menschen bezeichnen. Ich halte Stigmata für eine kuriose Erfindung von Fanatikern, die eine Welt ohne Wunder nicht ertragen. Und ich bin überzeugt, daß auch in diesem Fall sich eine Erklärung finden läßt, die abseits des Übernatürlichen steht. Die Untersuchungen, die ich bereits erwähnte und über die ich nur sehr oberflächlich unterrichtet worden bin, sprechen von einem intrakraniellen, also innerhalb des Schädels gelegenen Brandherd, der in Form einer sehr flachen Spirale die äußerste Zone erreicht habe. Das beweist immerhin einen Vorgang, der nicht einfach aus dem Nichts geboren wurde, sondern auf eine zerebrale Reaktion zurückzuführen ist. Eine höchst ungewöhnliche freilich, wie man zugeben muß. In einer Weise dramatisch und symbolhaft, daß die oben angesprochenen Fanatiker ihre wahre Freude daran hätten.

Doch das scheinbare Wunder relativiert sich rasch, wenn man die wahre Identität der beiden Betroffenen kennt, die da wie in einer ewigen Umklammerung im Eis aufgefunden worden waren.

Nachdem ich mehrmals die knienden Leichname umkreist hatte, hielt mich Kolding an, drückte mir einen beschrifteten Zettel in die Hand und erklärte mir, daß man die Mitteilung in dem verlassenen Gehäuse des Rettungsbootes aufgefunden habe.

Kolding ließ mich alleine. Ich öffnete das einmal gefaltete Papier und las den Text. Er stammte von Reisiger. Darin teilte er mit, daß es sich bei Dr. Jakobsen um den weltweit gesuchten Siem Bobeck handeln würde. Ein Schicksal, schrieb Reisiger, das gleiche nämlich, welches Eisberge und Ölplattformen kollidieren lasse, habe ihn und Bobeck wieder zueinandergeführt, worauf er, Reisiger, gerne hätte verzichten können. Aber es sei nun mal nicht von Bedeutung, worauf ein einzelner, ob Mensch oder Bohrinsel, verzichten könne. Der Plan erfülle sich. Und zumindest im Falle der Menschen stelle sich allein die Frage, mit welcher Demut man den Eintritt des Unvermeidbaren annehme.

Er, Reisiger, hoffe sehr, daß ihm schlußendlich diese Demut gelingen würde, wenn er sich nun ins Freie begebe, um sich einem unvermeidbaren Tod hinzugeben. Und zwar gerne hinzugeben. Genug gelebt. Zuvor fühle er sich jedoch noch verpflichtet, auf die Umtriebe Siem Bobecks hinzuweisen, welcher sämtliche Besatzungsmitglieder der Bohrinsel mit jener Droge namens *Regina* gefüttert habe, um eine »Kultivierung der Aggression« hervorzurufen. Sehr wahrscheinlich gedenke Bobeck in Großversuchen von noch ganz anderem Ausmaß sein »Wundermittel« zu überprüfen.

Scheinbar sei es ihm gelungen, eine kleine Ration des Präparats wie wohl auch Aufzeichnungen bezüglich der Herstellung im Hohlraum eines Buches unterzubringen, bei dem es sich peinlicherweise um eins seiner eigenen Werke handle. Eines Buches, das übrigens jene Frau, die als Köchin auf *Barbara's Island* beschäftigt gewesen war und bei der es sich um Bobecks ebenfalls flüchtige Halbschwester handle, an sich genommen habe. Bobeck und seine Schwester seien aufgebrochen, in der wilden Hoffnung, eine nächste Ortschaft zu erreichen. Zuzutrauen sei den beiden alles. Auch ein Überleben in eisiger Kälte, da nach Bobecks Aussage das *Regina* in größeren Mengen eingenommen zu einer bedeutenden Kälteunempfindlichkeit führe. Bedeutende Nebenwirkungen eingeschlossen.

Soweit also Leo Reisiger, welcher dann scheinbar unter Aufbringung eines letzten, unbedingten Willens nach draußen gekrochen war. So rätselhaft es auch klingen mag, war doch für einen jeden Betrachter offenkundig, daß diese Plastikente Reisigers letztes Ziel gewesen sein muß, zu evident der Umstand, in der ewigen Weite ausgerechnet dieses kleine Objekt, dieses in seinem ausgebleichten Zustand kaum wahrnehmbare Relikt der Zivilisation angesteuert zu haben. Obwohl Reisiger von der Position dieses Entchen eigentlich nichts hatte wissen können. Sei's drum. Leo Reisiger scheint, wenn mein Eindruck mich nicht täuscht, mit jener Demut gestorben zu sein, die er sich so sehr gewünscht hat.

Lieber Herr Marcuse, ich bin weit weniger als Sie mit der Geschichte vertraut, die zur Entwicklung der angesprochenen Droge geführt hat. Und besitze so gut wie keine Information über ihre genaue Wirkungsweise. Es sind vor allem Gerüchte, die das Bild dieser Substanz geprägt haben. Und an Gerüchten mag ich mich nicht orientieren. Dennoch hat mich die Betrachtung der beiden Leichen, die des Siem Bobeck und seiner Schwester Gerda Semper, zu der Annahme veranlaßt, daß die beiden Personen besagtes *Regina* in der von Reisiger angesprochenen hohen Dosis zu sich genommen haben. Was wohl nicht nur zu einem Ausbruch von Gewalt und gegenseitiger Mordlust geführt hat, sondern in Folge einer extremen Körperreaktion auch zu den ringförmigen Brandverletzungen, die dann also etwas von ihrem Mysterium einbüßen würden. Gott sei Dank.

Als ich Reisigers Nachricht fertiggelesen hatte und zu den beiden Toten zurückgekehrt war, stellte ich fest, daß es jetzt Kolding und seine Leute waren, die sich etwas abseits begeben hatten. Es schien, als wollten sie mir die Möglichkeit geben, zu tun, was auch immer ich tun wollte. Anzufassen, was ich anzufassen beliebte. Nicht, daß ich glaube, Grönländer wären bessere Menschen, schon gar nicht, wenn sie eigentlich Dänen sind. Aber sie besitzen ein gesundes Desinteresse an den Dingen. Sie halten ihre Insel, die ein Kontinent ist, für den einzig sauberen Ort der Welt. Und wenn man eine Landkarte betrachtet, muß man ihnen eigentlich recht geben.

Ich hatte also die Zeit und die Möglichkeit, die Leichen genau zu überprüfen. Und so entdeckte ich zwischen den Knien Bobecks, vom Schnee verdeckt, jenes Buch, das Reisiger als den Aufbewahrungsort der Restmenge an *Regina* genannt hatte. Ich nahm es an mich, steckte es ein, ohne auch nur einen Gedanken an die Rechtmäßigkeit meines Handelns zu verschwenden. Was mich nachträglich in großes Erstaunen versetzt. Wozu man imstande ist. Inklusive, daß ich die Reisigersche Notiz ebenfalls in einer meiner Taschen verwahrte.

Als ich später in den Flieger stieg, der mich zurück nach Saint John's brachte, packte mich das schlechte Gewissen, ich wandte mich zu Kolding um und fragte ihn, warum er den Zettel nicht zurückverlangt habe.

»Welchen Zettel?« fragte Kolding und blickte mich an, als sei ich einer von denen, die alles und jedes durcheinanderbringen. Als ich dann kurz darauf seinen Bericht las, stellte ich fest, daß Kolding mit keinem Wort die Notiz erwähnte, die Reisiger hinterlassen hatte. Statt dessen beschrieb er in einer Ausführlichkeit und Ernsthaftigkeit, die einem ein großes Vergnügen bereiten konnte, die genaue Lage und Beschaffenheit der Gummiente, die ja im Gegensatz zu den drei Toten in Grönland verblieb. Als wollten die Grönländer nur das Wahre und Schöne behalten.

Wie Sie wissen, Herr Marcuse, haben die kanadischen Behörden noch eine ganze Weile benötigt, die wahre Identität Jakobsens und der Frau festzustellen. Woraus Sie schließen können, daß ich nach meiner Rückkehr aus Grönland wesentliche Informationen zurückhielt.

Indem ich Ihnen dieses nun gestehe, begebe ich mich in Ihre Hände. Das kann mich meine Karriere und meine Ehre kosten. Aber so muß es wohl sein. Wobei ich nicht sagen kann, was mich angetrieben hat, zu tun, was ich tat. Moralischer Eifer? Visionäre Vernunft? Bloße Dummheit? So hieß übrigens das Buch, in dem sich die Droge befand: *Untersuchungen über die Dummheit*. Ein wenig war mir dieser Titel auch Wegweiser. Erstens darin, es nicht zu öffnen, nicht nachzusehen, wieviel von dem *Regina* und was sonst noch sich darin befand. Und zweitens, indem ich diese Dummheit vernichtete. Ja, ich habe das Buch, zusammen mit seinem Inhalt verbrannt. Wie auch Reisigers Niederschrift. Man muß die Dinge verbrennen, will man sie zerstören. Also nicht vergraben oder versenken. Nichts Halbes tun. Nichts, woraus sich irgendeine dumme Fortsetzung ergibt.

Vielleicht habe ich auf diese Weise die Welt vor ihrem Unglück bewahrt. Oder aber vor ihrem Glück, dem größten, welches ihr je beschieden gewesen wäre. Wahrscheinlicher aber sind uns allen bloß ein paar komplizierte Staatsaktionen erspart geblieben.

Selbstverständlich haben die merkwürdigen Brandverletzungen eine eingehende Obduktion nach sich gezogen. Erst recht, als endlich herauskam, wer Dr. Jakobsen wirklich gewesen war. Ein Grund mehr, daß Ihr Land auf die rasche Überführung der drei Leichname bestand, wobei der Korpus des Herrn Reisiger natürlich eine weit geringere Rolle spielte.

Über das Ergebnis der Obduktion ließ man mich im unklaren. Der Fall erhielt nun endgültig eine Priorität, in der die Beteiligung eines kleinen Kriminalbeamten als verzichtbar qualifiziert wurde. Man signalisierte mir, den Tod Lichfields unabhängig von Reisigers Zeugenschaft zu bewerten. Und freundlicherweise zu vergessen, je in Grönland gewesen zu sein. Eine Bitte, der ich gerne nachkam.

Natürlich befanden und befinden sich noch immer eine Menge Menschen auf der Suche nach dem verbliebenen *Regina*. Sollten Sie, Herr Marcuse, ebenfalls mit einer solchen Suche beauftragt sein, so wissen Sie jetzt, daß es sich nicht lohnt. Ich kann Ihnen nur empfehlen, sich mit dem privaten Wissen um die Wahrheit zufriedenzugeben. Sollten Sie freilich gegen mich vorgehen wollen … bitteschön. Aber ich glaube kaum, daß Sie etwas Derartiges vorhaben, Herr Marcuse. Nicht bei einem Mann, der einen solchen Namen trägt.

Das wäre alles.

Mit Gruß David Cassini

Heinrich Steinfest

Cheng

Sein erster Fall. 272 Seiten
Serie Piper

Markus Cheng ist Privatdetektiv in Wien. Seine Geschäfte gehen schlecht, und zudem wird auch noch sein letzter Klient mit einem Loch im Kopf aufgefunden. In diesem Loch steckt ein Zettel mit einer rätselhaften Botschaft: »Forget St. Kilda«. Und ob Cheng nun will oder nicht – damit steckt er mitten im Schlamassel. Denn eine unbekannte Dame erweist sich als eine knallharte Mord-Maschine mit System ...
Heinrich Steinfests ausgesprochen skurriler Humor und einzigartiger Schreibstil machen diesen Krimi zu etwas ganz Besonderem.

»Amüsant, wie Heinrich Steinfest die Ikonen der Gesellschaft unverschlüsselt und unverklausuliert aufs Korn nimmt.«
Falter

05/2064/01/L

Ulrich Wickert

Der Richter aus Paris

Eine fast wahre Geschichte.
256 Seiten. Serie Piper

Intrigen, Korruption, Verrat, Mord – bei seinen Ermittlungen auf Martinique stößt Untersuchungsrichter Jacques Ricou auf Verbrechen, die im Schatten politischer Machtkämpfe seit Jahrzehnten ungesühnt blieben. Und auf die verführerische Kreolin Amadée, die in den Fall verwickelt ist. Ulrich Wickert erzählt von einem Mann, der Bedrohungen und Diffamierungen aushält, um die Schuld ehrenwerter Männer aufzudekken. Eine Geschichte, die in der Hölle der Gefangenenlager spielt und im Paradies auf Erden, der Karibik – mitreißend geschildert von einem Autor, der seine Leser zu fesseln weiß.

»Der grimmig-sympathische Richter Ricou beeindruckt selbst eingeschworene Mankell-Fans. Chapeau!«
Hajo Steinert im Focus

05/1866/01/R

SERIE PIPER

Volker Klüpfel, Michael Kobr

Milchgeld

Kluftingers großer Fall. 320 Seiten. Serie Piper

Ein Mord in Kommissar Kluftingers beschaulichem Allgäuer Heimatort Altusried – jäh verdirbt diese Nachricht sein gemütliches Kässpatzen-Essen. Ein Lebensmittel-Chemiker des örtlichen Milchwerks ist stranguliert worden. Mit eigenwilligen Ermittlungsmethoden riskiert der liebenswert-kantige Kommissar einen Blick hinter die Fassade der Allgäuer Postkartenidylle – und entdeckt einen scheinbar vergessenen Verrat, dunkle Machenschaften und einen handfesten Skandal.

»›Milchgeld‹ ist ein Volltreffer, weil er Mentalität in Reinform verkörpert.«
Süddeutsche Zeitung

05/1899/02/L

Volker Klüpfel, Michael Kobr

Erntedank

Kluftingers zweiter Fall. 384 Seiten. Serie Piper

Der Allgäuer Kriminalkommissar Kluftinger traut seinen Augen nicht: Auf der Brust eines toten Mannes in einem Wald bei Kempten liegt, sorgfältig drapiert, eine tote Krähe. Im Lauf der Ermittlungen taucht der Kommissar immer tiefer in die mystische Vergangenheit des Allgäus ein, und es beginnt ein Katz-und-Maus-Spiel mit dem Mörder, bei dem die Zeit gegen ihn arbeitet. Denn alle Zeichen sprechen dafür, dass das Morden weitergeht …
Mit eigenwilligen Ermittlungsmethoden riskiert der liebenswert-kantige Kommissar einen Blick hinter die Fassade der Allgäuer Postkartenidylle und deckt Abgründe auf.

»Kommissar Kluftinger hat in seinen Kniebundhosen durchaus das Zeug zum Columbo von Altusried. Und schon deshalb wird dieser Krimi auch über die Grenzen des Allgäus hinaus bekannt werden.«
Die Welt

05/2061/01/R

Karin Fossum

Fremde Blicke

Roman. Aus dem Norwegischen von Gabriele Haefs. 352 Seiten. Serie Piper

Still und schwarz liegt der Schlangenweiher, eingebettet in die Hügel der grünen Fjordlandschaft, als Hauptkommissar Konrad Sejer am Ufer die junge Annie Holland findet. Sie ist ermordet worden, und niemand in dem kleinen norwegischen Dorf kann sich erklären, weshalb. Denn Annie galt als liebenswert und äußerst hilfsbereit. Doch als der wortkarge Konrad Sejer mit Beharrlichkeit und feinem Ohr für die Mißtöne in der Dorfgemeinschaft Annies letzte Wochen rekonstruiert, stellt sich heraus, daß sie sich in dieser Zeit sehr verändert hatte – sie war plötzlich tieftraurig, wankelmütig und launisch geworden. Und dann stößt Sejer auf einen zweiten tragischen Todesfall in der Gemeinde, der erst wenige Monate zurückliegt …

05/1009/01/L

Anne Chaplet

Russisch Blut

Kriminalroman. 256 Seiten. Serie Piper

Für Katalina Cavic sollte es ein Neuanfang sein auf Schloß Blanckenburg. Doch sie kommt nicht zur Ruhe, Lüge und Betrug sind hier ebenso offensichtlich wie der Verfall des alten Anwesens. Während die junge bosnische Tierärztin noch mit den Dämonen ihrer eigenen Vergangenheit kämpft, erschüttert der Mord an einem angesehenen Archäologen die Schloßbewohner. Im Zuge der Ermittlungen tritt ein altes Geheimnis zutage, das mit der dramatischen Flucht einer Frau in den Wirren des Zweiten Weltkriegs zusammenhängt und Katalina an ihre eigene Geschichte erinnert.

»Anne Chaplet ist ein Glücksfall für die deutsche Kriminalliteratur.«
Der Spiegel

05/1996/01/R